在"浙里"

听见 共富中国

杨子和她的广播剧

夏强 杨子 著

ZAI ZHELI
TINGJIAN GONGFU ZHONGGUO
YANGZI HE TA DE GUANGBOJU

ZHEJIANG UNIVERSITY PRESS
浙江大学出版社
·杭州·

目
CONTENTS
录

在『浙里』听见共富中国

——杨子和她的广播剧

第一辑

春风助学：
共富路上润新苗

YANG ZI HE TA DE GUANG BO JU

杨子和她的广播剧

"春风"吹拂的希望之花

你相信光吗？那种温暖的，即使在漫长黑夜，也能点亮前方道路的光，如同温暖的春风，吹过一个又一个悲伤、困惑的心田，让他们从阴霾中走出，拥抱希望。

在建党100周年全面助力打造共同富裕示范区之际，怀抱着美好信仰，以"春风助学行动"为主题的系列广播剧《春风化雨润新苗》在杭州市总工会的大力支持下，开启了我们的创作之路。本系列包括《被拒收的录取通知书》《艰难的选择》《母亲的白发》《春暖广元》《爱心永驻》《温暖的春风》《姐姐的约定》《一封特殊的来信》《筑梦青春》《我的第二故乡》等十个小故事。

慈善美德，古已有之。魏晋南北朝萧纲说："一善染心，万劫不朽；百灯旷照，千里通明。"在《春风化雨润新苗》中，我们记录了那些关于困境与梦想的真实故事，故事中的主人公们，正是在这股春风的呵护下，茁壮成长，绽放出生命的光辉。这些真实的故事，不仅包含了对社会温暖与亲情力量的认同，同时也表达了对人性中善良与希望的崇敬。它们是一个个作品，更是向社会传递关爱和正能量的媒介。我们也希望通过广播剧的形式，将那些平凡而温暖的故事呈现给大众，用声音温暖人心，唤醒内心深处的感动，让人们沉浸式地感受生活中的真情与美好，在寻常的故事中寻找到意义。

项目启动之初，我们广泛征集助学故事，收到了100余万字的投稿内容，近千名受助对象讲述了他们的感动和感谢。在阅读资料的过程中，我们看到了许多令人动容的助学故事，也看到了许多在角落无声闪耀的爱心与善举，内心燃起炽热激情和创作渴望。在这些故事里，默默耕耘、孜孜以求的有志青年，背负着生活的艰辛，却从不放弃追求知识、追逐梦想的机会，他们坚定迈出的每一个步伐都是对命运的挑战。在我们看来，在他们坚韧奋发中，充溢着他们对改变命运的渴望。

孟子说："故天将降大任于是人也，必先苦其心志，劳其筋骨，饿其体肤，空乏其身，行拂乱其所为，所以动心忍性，曾益其所不能。"命运的车轮并不总是平坦前行，对这些贫困孩子而言更是如此。经济的拮据折断了他们追逐梦想的翅膀，家庭的重担让他们无奈放弃上大学的机会。此时，"春风助学行动"的出现无疑给了所有人希望，它如同一束光照进这些平凡家庭，托起即将坠落的少年勇敢前行。相信在这个世界上，有无数个"春风行动"在悄然帮助新苗成长。了解了他们的故事后，我们更加坚定了创作的决心，同时为了让更多人感受到社会温暖，看到积极向上的力量，筛选题材时，我们更加注重情感共鸣和社会反响，力求让故事更加接地气、贴近人心。最后在100余万字的资料中筛选出了十个典型故事。

这十个故事各有亮点，但都源于真实生活。刚刚经历过高考的贫困学子们，因为经济困局再一次无奈地站在人生的十字路口，孙琳、张怡蓓、张怡蕾、朱明明、沈晓晓……这些努力学习的孩子，即将与他们心心念念的大学梦失之交臂。

原本令人开心的录取通知书，在他们那却成了烫手山芋，一边是对大学梦的渴望和追求，一边却是道不尽的辛酸和无助。《被拒收的录取通知书》里，它是被孙琳千方百计错过的存在，只敢在父亲看不到的地方触摸，但即使再不舍，为了减轻家庭负担，她依旧毅然放弃上大学的机会。《艰难的选择》里，它被姐姐张怡蓓勇敢放弃，却被妹妹张怡蕾执着守护，它既是姐姐对妹妹的成全，也是妹妹对姐姐的维护，而这二选一的大学机会也让她们更加珍惜彼此。《母亲的白发》里，它交织着两个母亲对孩子的爱，也饱含女儿对母亲的爱，看着母亲渐白的头发、愁苦的面容，朱明明理解了外婆，也心甘情愿地放弃了上大学。《爱心永驻》里，它被沈晓晓小心藏起，只为让生病的父亲安心养病，让辛劳的母亲少一丝忧愁。《一封特殊的来信》里，它是周凯的执着追求，是他被泪水浸湿的梦，可即使如此，面对生病的父亲他也愿意忍痛割舍。

跨越山海，爱与希望依旧不变。《春暖广元》中，录取通知书承载了晓宇的梦想和母亲竭尽全力却无可奈何的爱，也承载了邻里与陌生城市的友善。《温暖的春风》，是陈诗与家人相互成全的见证，也是社会温暖的体现。《姐姐的约定》，让我们看到了杭州与湖北恩施相连的心、相通的爱。《筑梦青春》，展示了刘家思为梦想拼搏的精神，也展示了沉重的父爱与用心良苦的师情。《我的第二故乡》，将无私的爱淋漓尽致地展现出来，让我们相信善意无处不在。

每一个事件的亮点，都是情感的碰撞、希望的绽放、勇气的展现。乖巧懂事的孙琳、勇敢奉献的张怡蓓、坚守信念的张怡蕾、通情达理的朱明明、努力进取的晓宇、知恩图报的沈晓晓、善解人意的陈诗、执着的周凯、饮水思源的姚姚、刻苦勤奋的刘家思、孝顺的林浩，每个主人公都是既独特又鲜活的个体，共同展示了人性中的美好品质。他们用勇气面对逆境，用坚持书写梦想。他们是不甘平庸的青少年，在命运的曲折中挣扎前行，用努力和希望铸就自己人生的奇迹。

这些故事里还有一群普通的人，他们是无私的父母、热心肠的邻里、尽职尽责的"春风行动"工作人员、友善的同学……他们用不同的爱打动着我们，也让我们看到了爱与责任的重要性。也正是如此，那些困惑的少年才能在"春风行动"的帮助下坚定地走向梦想，而"春风行动"给予他们的也从来不只是金钱的帮助，还有追逐梦想的勇气。

在喧嚣的世界中，我们不愿那些真挚、无私的爱被遗忘，而真实又鲜活的故事，也让我们找到了故事里那些触动人心的瞬间，给了我们很大的剧本创作空间。为了深入刻画人物，赋予他们最真实的情感，我们创作团队在启动之初走访了城市的角角落落，走进了乡村的田间地头，从浙江杭州到四川广元，再到湖北恩施，与每位贫困学生进行了对话，并切身体会了他们的生活环境。然后根据不同受助对象的生活和情感经历，运用多种艺术手段，创作出紧贴人物内心的剧本。初稿写成后，创作团队又是第一时间联系主人公，经过反复商讨、修改和完善，最终呈现真实又不失戏剧性的故事内容。

但广播剧不同于传统戏剧，没有场景支撑的它，只能依靠声音与台词勾勒画面。为了使故事更加生动鲜活，在剧本的录制阶段，演员、配音师、音效师以及制作团队的每一个成员都对剧本进行了深入研读。个性化的语音、应景的背景音效、原型的真声……团队力求用声音营造一个个栩栩如生的场景，让听众亲历其境。对我们来说，每个音符都是情感的延续，每个声音都是故事的一部分。我们以台词、音乐、音效为线，编织出一个又一个成长的故事，让听众们感受到主人公内心的起伏与蜕变，体验家庭与梦想的矛盾、奉献与坚持的抉择。

在采访沟通过程中，我们不断地思考：是什么让这些贫困的孩子们如此坚定地前进？是什么支撑着他们勇敢地面对挑战？对我们而言，这些故事并不仅仅是文字的叠加、声音的交汇,更是希望的传递,以及对梦想的热爱。在生活的磨炼中,每一个主人公都在坚持与希望的交错中成长,他们的故事是人生的真实写照。而这些故事也如同一个个温情的细胞,相互连接,呈现出一个关于爱、希望与梦想的绚丽图景。它是希望之光,鼓励人们勇敢面对生活的挑战,不要轻易放弃追逐梦想的机会;它也是引子,让我们看到了人性的光辉,同时激发着人们思考和行动,使更多人感受到社会的温暖、人与人之间的情感。

松下幸之助说:"德行善举是唯一不败的投资。"在这个快节奏、瞬息万变的社会中,这些故事提醒我们:每一个不放弃的付出都会在未来绽放出绚烂的花朵。它们所传递的意义超越了情感层面,涵盖了对社会的思考与影响。每个故事都承载着坚持、希望和奉献的精神,呼唤着人们在困境中不屈不挠,用自己的努力书写人生的精彩。我们也希望春风助学系列的故事可以获得更多人的关注,触及人们内心最柔软的地方,激励更多的人投身到社会公益事业中,让那些因贫困而错失的机会能够重回人生的舞台,让那些需要帮助的人都能感受到社会的关爱,将如春风般的温暖传递到更多的地方。

荀子说:"不登高山,不知天之高也;不临深溪,不知地之厚也。"让我们一起走进这个温馨、感人的世界,共同分享每一个感动的瞬间。愿这些故事春风化雨,润泽新苗,传递感动,温暖情感,成为每个人心中的美好记忆。

被拒收的录取通知书

🕐 **时间**：某年 8 月

📍 **地点**：某县农村

👥 **剧中人物**：

　小　张：男，30 岁左右，乡村邮递员，为人热心，办事负责；

　孙　琳：女，18 岁，应届高中毕业生，正在等待高考录取通知书；

　爸　爸：男，50 岁左右，孙琳的父亲，带有残疾的老实巴交农民；

　林大婶：女，50 岁上下，村口为民小商店店主，快嘴快舌；

　其他村民若干。

🎤　**片头**：一个炎热的夏天，一座偏僻的山村，一封被拒收的录取通知书，一个让人难以忘怀的小故事。春风化雨，哺育新苗，携子之手，一路同行。是温暖，是亲情；是感动，是力量；这是我们身边的故事。欢迎收听《春风化雨润新苗》——"春风助学"十集系列广播剧第一集《被拒收的录取通知书》。

　　【8 月的江南小山村，知了的鸣叫声和村道上不时驶过的摩托车、电瓶车、小汽车的声音，与从旁边家里传出的越剧唱腔声交织在一起，分外热闹。
　　【村民小广场上，一群人在闲聊，夹杂着小孩子的哭闹声。
　　【一阵摩托车声音响过，邮递员小张嘎吱一声停住。

老人一：小张师傅，又来送信啊！这个大太阳天，你可受累了。

邮递员：阿姨，工作嘛，总要辛苦的。

老人二：这么一大包，好家伙！

邮递员：这不，暑假了嘛，包裹比较多。大学的录取通知书也有不少。

老人一：我们村里又有人考上大学了？好啊。

邮递员：大伯，为民商店搬到哪了？

老人二：巷子里面拐弯，不远，就 200 米了。

邮递员：哦，可算找到了。谢谢哦！

　　　　【摩托车一加油，又停下。

邮递员：为民商店，孙琳，大学录取通知书到了，赶快拿身份证来取。

店　主：是小张啊，你找谁？

邮递员：林大婶，孙琳是你们家的吧，恭喜啊，大学录取通知书。

店　主：孙琳？你搞错了吧？我家户主姓林呢。

邮递员：可地址就写着这里啊。

店　主：我看看。（移动桌椅声）还真是啊！奇了怪了。

邮递员：那你们村里有没有叫这个名字的。

店　主：我想想啊！考大学，那应该是年轻人，不认识。

邮递员：那会是谁？留的手机号码也打不通。

店　主：让我再想想。唉，孙琳，会不会是……

邮递员：谁家？

店　主：顺着这条路一直往里面走，看到旁边那条小弄堂了吗，你顺着那边的大路爬到半山腰，那个小矮屋就是。大路好走一点。

邮递员：好，我去问问，这么重要的地址竟然填错，现在的孩子啊，真不知道在想什么。谢谢，大婶。

　　　　【一阵轰鸣声过去，汽车声和知了声越来越大。

　　　　【溪水潺潺，树叶婆娑。老房子的门吱呀一声。

爸　爸：琳琳，这大热天的，不在家里待着，到处乱跑干什么？

孙　琳：同学找我有事情，过去一趟。（倒水声，喝水）

爸　爸：慢点，慢点，泉水凉，不能这么着急着喝。

孙　琳：嗯嗯。爸，没事的。

爸　爸：你这个孩子，真不知道怎么回事。高考志愿报好了，就整天瞎跑！快去看看录取通知书到了没有。

孙　琳：爸，不用看，录取还没这么早呢。

爸　爸：还早，别人都快开学了。（吱呀声、喘气声、咳嗽声）把拐杖给我。

孙　琳：爸，你干什么？

爸　爸：我去村里问问看。

孙　琳：爸，录取通知书都是寄家里，你去哪里问？

爸　爸：去邮局。

孙　琳：爸，你不用去了。通知书没来，那就是我没考上。

爸　爸：你是成心气我？你成绩这么好，怎么能考不上！

孙　琳：爸，不要急，我比你更急。

爸　爸：唉！都怪我啊，身体不好，赚不了钱。这是你大姨给你的读书红包，你拿一点去买身新衣服。

孙　琳：爸，这些不急，我马上回来。

【脚步声，关门声，村道旁边的流水声。

孙　琳：林大婶。有我的信吗？

店　主：你叫……孙……琳，琳琳？

孙　琳：是的。

店　主：快，快，你赶快回家，有好事，大学录取通知书到了。

孙　琳：真的？

店　主：我还骗你！你是不是把我家的地址填上去了？我都告诉邮递员了。你赶快回家。

孙　琳：啊！不好，要坏事了。（急急忙忙往家里跑）

店　主：小心！这孩子，火急火燎的！考上大学要请我们喝喜酒啊！

【孙琳往家跑的声音。摩托车熄火的声音。

孙　琳：邮递员叔叔，等一等！

邮递员：这里是孙琳家吗？你是孙琳吧。可算是找到你了，赶紧拿身份证来签收。有出息，考上这么好的大学。唉！你别光顾着看，赶紧拿身份证让我登记！……怎么还摸上了呢！登记好了，你想摸多久都可以。

孙　琳：对不起，叔叔。这不是我的。

邮递员：你不就是孙琳？

孙　琳：我是叫孙琳，可不是这个地址。

邮递员：可这个村里就你一个人叫孙琳啊，地址错了，可人还是你啊，难道你让我退回去？

孙　琳：（狠狠地还到邮递员手上）你爱给谁就给谁吧！（反手关门）反正不是我的，退不退是你的事。

邮递员：嗨，难道真的错了！？没有这个人？这可是大学录取通知书，我得回去再核实一下。

孙　琳：叔叔，谢谢你！

【听着摩托车远去的声音，孙琳压抑着，哇地哭了一声。

【在一阵幽怨的音乐声里，孙琳长吁一口气，然后开门进屋，一不小心碰到了地上的脸盆。

爸　爸：琳琳回来了，刚刚外面吵吵闹闹，是谁啊？

孙　琳：哦，问路的，找错路了。

爸　爸：不对，我怎么听见了什么录取……通知书……

孙　琳：啊，不是，（又是一声脚踢脸盆的声音）爸，你肯定听岔了。

爸　爸：嗨！我是腿不好，又不是耳朵聋！你告诉我，是不是你的大学录取通知书到了？

孙　琳：爸，不是。我说了，考大学没希望的，您就不要老问我这个事情了。

爸　爸：琳琳，你可不能这么想！荒废了学业，爸更难受啊。我们这样的人家，再不把你培养出来，我们家就真的没有希望了。孩子，我会在家里，就是爬，也会把山上的茶叶培育好，卖点钱，还有你大姨她们帮衬一下，我就是砸锅卖铁也要让你上大学去。

孙　琳：爸，你不要说了！谁叫我们家这么个情况呢！等你身体好一点，我就要去打工、赚钱，给你治病。我不要去读大学了。

爸　爸：你是想气死我啊？你考上了大学，不去读，你对得起谁！？我怎么会有你这样的孩子啊。（拳头捶床声）

孙　琳：爸！（哭了出来）

爸　爸：你不要叫我爸，我没有你……这个……女儿。（力度越来越轻）

孙　琳：爸，你能让我读到高中，我还去考上了大学，我就不遗憾了。我们家真的负担不起了啊！

爸　爸：琳琳，都是爸爸对不起你。（哭）

【在音乐声里传来广场舞的声音。

【一阵议论的声音传来。

声音女：喂喂，你们听说没有，山坡上老孙家的姑娘，琳琳，考上了名牌大学却不去上学了！

声音男：这不，昨天邮递员来送录取通知书，居然被拒绝了。

声音三：还不都是钱闹的，没有钱，怎么能读得起书啊！

声音四：不对，不对，我听说不是被拒绝，是邮递员送错了。

店　主：你可别胡扯。能有这么巧？能把我家小卖部地址写得这么清楚的，还叫孙琳的，只有她你一个。

声音男：嗨，可惜啊，可惜！真是可惜了。

声音三：你们看，邮递员小张又来了。一定是给琳琳送通知书的。我们看看去。

众　人：去，去，看看我们能不能帮上什么。走、走。

【他们叫喊着小张一起走上山坡。

【山坡上的琳琳家里，琳琳在收拾碗筷的声音。

爸　爸：琳琳，爸想了一晚上，如果你想读大学的话，我今天就去找找你大姨，让她想
　　　　办法再帮我们一次。

孙　琳：不，爸，我们欠大姨家的够多了，再说表姐也在读大学，也不宽裕。

爸　爸：还有其他亲戚呢，我去求他们……

孙　琳：爸，我想过了，我可以一边打工，一边自考，也能读大学……

爸　爸：可那样……孩子，委屈你了！生在我们这个家里，听天由命吧。唉！老天爷啊，
　　　　你怎么就不开开眼呢，帮帮我，帮帮我家琳琳啊！

　　　　【扑通一声，琳琳爸爸跪在地上。

孙　琳：爸，爸，你这是做什么……

　　　　【窗外，一群人走了过来。

邮递员：孙琳，孙琳，在家吗？

店　主：琳琳，邮递员给你送录取通知书来了，快出来。

声音男：老孙师傅，恭喜你啊！

声音三：真是寒门出贵子，茅草屋里飞出来金凤凰。了不起啊！

　　　　【琳琳开门，出来。

孙　琳：你，你们，我都跟你说了，你找错人了。

邮递员：孙琳，（因为气急咽口水的声音）我已经跟大学核对过你的信息了，这录取通知
　　　　书就是你的。

店　主：琳琳，傻孩子，哪有考上大学不去读的！你是在担心学费吧，我们都愿意帮你。

孙　琳：不，不，我们家，已经麻烦你们够多的了。不能再麻烦了！

爸　爸：都是我拖累了她啊！

邮递员：孙琳，别着急，大爷您也不要急。我问过大学里，他们有困难补助，也有助学
　　　　贷款，他们不会让每一个考上大学的孩子失去学习的机会的。

众　人：是啊，是啊，我也听说了。我也听说了。

邮递员：而且啊，我昨天跟我们领导也汇报了您的情况，最近市总工会特意通知我们邮
　　　　局，如果发现有家庭困难的学生，可以协助申请"娃哈哈春风助学金"。

声音四："娃哈哈助学金"，是有这么回事，听说大学四年都可以申请。

邮递员：是的，一直到你大学毕业为止，年年都可以申请。这是申请资料，我也带来了。
　　　　你填写以后，我帮你送到总工会，他们再和你协调。

声音女：这真是及时雨啊，老孙师傅，你遇上好人了。

声音男：谢谢你，小张，这可帮了琳琳家大忙了。

爸　爸：我不是在做梦吧！琳琳，还站着干什么，快去拿身份证，快接录取通知书啊！

众　人：对，对，快拿身份证！

【孙琳愉快地嗯了一声。

孙　琳：谢谢，谢谢你们。其实身份证我一直带在身上。给。

邮递员：（看）好，确实是本人。祝贺你，孙琳同学，我们的大学生！

【孙琳接过录取通知书，递给爸爸。

孙　琳：爸爸，您来拆！

爸　爸：好，好，我家琳琳终于可以上大学去了。

众　人：（鼓掌）好，好，恭喜，恭喜！孩子，好好读书。

爸　爸：孩子，你读完大学，参加工作了，一定要好好报答大家。

孙　琳：嗯。嗯！

邮递员：嗨，录取通知书终于送达了。好，再见！

🎙【（同期声）娃哈哈总裁宗庆后：娃哈哈集团，自创业以来一直十分重视教育。我们开展春风助学活动，目的就是要让更多人拥有平等的人生和出彩的机会，通过努力实现自己的理想和目标。

🎙【片尾：刚刚您收听的是由杭州市总工会和浙江广播电视集团经济广播联合出品的《春风化雨润新苗》——"娃哈哈春风助学"十集系列广播剧第一集《被拒收的录取通知书》。

总策划：王越剑

总监制：朱幼青

策划：楼萍波

监制：汤泽勇

编剧：夏强

录制：好声音音频制作

文学编辑：陈张立

总导演、制作人：杨子

谢谢收听。

艰难的选择

🕐 **时间**：某年9月

📍 **地点**：从某大学学生宿舍到江南某县城的家

👥 **剧中人物**：

张怡蓓：女，18岁，大一新生，双胞胎姐姐；

张怡蕾：女，18岁，大一新生，双胞胎妹妹；

老　张：男，55岁，张氏姐妹的父亲，退休工人；

妈　妈：男，50岁，张氏姐妹的母亲，退休工人；

老　李：男，40来岁，老张的同事，邻居；

其他同学老师等。

🎤 **片头**：美丽的大学校园，美好的崭新人生。一对懂事的双胞胎姐妹，一段难舍的人间亲情。春风化雨，哺育新苗，携子之手，一路同行。是温暖，是感动；是力量，是真情；是我们身边的故事。欢迎收听《春风化雨润新苗》——"娃哈哈春风助学"十集系列广播剧第二集《艰难的选择》。

【9月的大学校园，大礼堂内，正在举行迎新大会。

主持人：下一个节目，音舞诗《灿烂的阳光下》，舞蹈表演张怡蓓，笛子伴奏张怡蕾……

【……悠扬的笛子声结束，响起热烈的掌声。

同学一：真不错，听说是双胞胎，两姐妹呢！

老师一：了不起，祝贺你们，怡蓓、怡蕾！

两姐妹：谢谢，谢谢老师，谢谢同学们。

同学三：你们父母亲真不容易，培养出两个艺术大学生。

同学四：怡蓓怡蕾，你们家一定是大款吧。

张怡蓓：我们……能够来上大学，要感谢很多很多好心人……还有我的妹妹。

张怡蕾：不，姐姐，你不要感谢我，要感谢的是好心人……没有他们，我也不会一个人来上大学的。

张怡蓓：对，那是属于我们的故事。

张怡蓓：那是我们收到大学录取通知书后的故事。

【音效转到8月的午后，某县城旧小区，张怡蓓、张怡蕾姐妹兴冲冲地跑回了家。

张怡蓓：妈，快来看啊。

张怡蕾：我们都考上同一个大学了。

张怡蓓：录取通知书。一模一样。

妈　妈：张怡蓓、张怡蕾，真棒。

张怡蕾：妈，晚上是不是可庆祝一下。

妈　妈：那是当然的了，妈妈马上给你们做好吃的。

张怡蓓：妈妈，我来帮你。

妈　妈：不，不，我一个人来，你们都练习去。快去。

【在锅碗瓢盆声音里，笛子的声音在隔壁响起。

张怡蕾：姐，还是老规矩，我伴奏，你跳一个。

张怡蓓：好！

张怡蕾：姐，小时候你说过，只要你去跳舞，我就给你伴奏。现在我们的梦想差不多就要实现了。

张怡蓓：嗨，也许吧。

张怡蕾：姐，你为什么叹气？

张怡蓓：没什么，来吧，我都准备好了。

张怡蕾：好。

【悠扬的笛声起，夹杂着姐妹欢笑声。

【一声开门的声音传来。

妈　妈：孩子她爸，今天回来得有点早啊。菜还没有烧好呢。

老　张：今天能不急吗！姐妹俩都拿到录取通知书了，我必须早回来。

张怡蕾：（笛声停）爸，你是怎么知道的？

老　张：就你那喳喳的大嗓门，还用得回家说，整个楼都听见了。

张怡蕾：哎呀，爸……

老　张：好好，是邻居李叔叔打电话告诉给我的。你们两个小丫头，这么好的大喜事也不立即告诉我。

张怡蕾：爸，我们是想给您一个惊喜嘛。

张怡蓓：（递水）爸，喝水。

老　张：好好，（喝水）还是老大懂事。

妈　妈：好好，蕾蕾别缠着你爸了，帮忙摆筷子，吃饭了。

张怡蕾：爸，我给你倒酒。（倒酒声）你快坐下吧。

老　张：咦，考上大学，真的长大了，都懂事了。

妈　妈：孩子们就是高兴。

老　张：我今天也高兴，我喝了这一杯。来，再给爸倒上。

张怡蕾：唉！

　　　　【旁边妈妈在喊。

妈　妈：蓓蓓，过来帮妈妈一下。

张怡蓓：好。

妈　妈：蓓蓓，你好像有心事。怎么了？

张怡蓓：妈，有件事，我想跟你说我们两姐妹的学费加起来要四万一年呢。

妈　妈：四万！这么多！（勺子碰到了锅）

张怡蓓：这还不算每个月的生活费呢！

妈　妈：要这么多钱啊？我晚上和你爸好好商量。

张怡蓓：妈，要不……

妈　妈：先吃饭吧，我们想办法。

老　张：来来，快来！（喝酒声）哎呀，今天这酒，喝着就是痛快啊。

　　　　【深夜时钟滴答滴答。父母房间里传来妈妈的叹气声。

妈　妈：电话都打了吗？借到多少钱？

老　张：你声音轻一点，小心吵醒她们两个。

妈　妈：借到多少钱了？

老　张：都问遍了，还差得远呢。

妈　妈：要不算了吧！

老　张：算了？！你天天盼着孩子有出息，现在有出息了，你却打退堂鼓了？

妈　妈：那我也没有办法啊！我们两个退休工人，送不起啊！

老　张：我再想想办法吧。天不早了，睡吧。（关灯声）（脚步声）

　　　　【深夜时钟滴答滴答。两姐妹的房间里。

张怡蕾：姐！你怎么还没睡着？

张怡蓓：嘘！

张怡蕾：咦，大半夜的你不睡觉，坐在地上干什么啊？还穿着舞鞋，不用这么疯狂吧？

张怡蓓：我只是想多穿一会。

张怡蕾：（爬起来）姐！你怎么了？

　　　　【张怡蓓突然轻轻地哭泣起来。

张怡蕾：姐，吃饭的时候你和妈妈在说什么？

张怡蓓：没什么。

张怡蕾：姐，明天我们一起去买行李箱，还有衣服。

张怡蓓：时间不早了，快睡觉吧。

张怡蕾：唉，一想到要上大学了，我就睡不着。姐，你想好要买什么样的行李箱了吗？我想买一个红色的，就和你的舞鞋一样。

张怡蓓：我还没有想过。

张怡蕾：姐，我发现通知书来了，你变了。

张怡蓓：我？怎么变了啊？

张怡蕾：考试前，你一直在想大学的生活是什么样的？你还跟我说，那里一定有很大很大的舞蹈教室，还有标准的把杆，明亮的镜子，你要在里面跳舞，把自己的不足看得清清楚楚，然后改正。

张怡蓓：想过就算了，哪有天天挂嘴边的。

张怡蕾：你还说要去学校的礼堂里去跳，去剧场里去跳，要让所有人都来看你的红舞鞋。因为那是爸爸送你的生日礼物。

张怡蓓：你还让不让人睡觉啊。明天早上还要练习曲子呢，别整天胡思乱想的。

张怡蕾：姐姐，你怎么哭了啊？

张怡蓓：哪有眼泪，这是汗水。

张怡蕾：明明就是……

张怡蓓：（生气地）不理你了。

　　　　【清晨，笛声和舞蹈声延续，家里的门打开了。

老　　张：蓓蓓、蕾蕾，你们看这是什么？

张怡蕾：呀！好漂亮的行李箱，白的是给我的，红的是给姐姐的吧！爸爸就是好。

老　　张：就你机灵。

妈　　妈：你们赶紧来吃早饭。她爸，你来帮我一下。

　　　　【脚步声、厨房流水声。

妈　　妈：你不是说要去多干点活，怎么这么早就回来了？还给她们买了行李箱。

老　　张：问了几家，都不是特别需要人手，我就顺便到早市上给她们买了行李箱。

妈　　妈：学费还没有着落呢！你就开始乱花钱了。

老　张：迟早要买的，省不了。

妈　妈：瞧你这满头大汗的，我给你擦擦。

老　张：哎呦！

妈　妈：你胳膊怎么了啊？

老　张：今天想多干，所以多挑了几担。

妈　妈：我看看。肩膀都肿了，你这哪是多挑了几担啊！你啊，就死撑着吧！

老　张：小声点，老大过来了！

【张怡蓓走了过来。

张怡蓓：爸爸，把我的行李箱退了吧。

老　张：你说什么？

张怡蓓：你们昨晚的话我都听到了，我想让妹妹一个人去读书，我留下来帮你们。

妈　妈：蓓蓓，爸爸和妈妈不是这个意思。

张怡蓓：我知道。这些年爸爸为了我们能学习舞蹈和音乐，已经很辛苦了，现在我不能再不懂事了。

老　张：蓓蓓，你可是老师都看好的人，你怎么可以说这样的话。

妈　妈：孩子，我们不能亏待你啊。

张怡蓓：我是自愿的，不会埋怨你们的。

【张怡蕾跑了过来。

张怡蕾：不，我不答应。我不要一个人去上大学。

张怡蓓：妹妹，你冷静点。

张怡蕾：姐，小时候你就说过，只要你去跳舞，我就给你伴奏。现在我们的梦想差不多就要实现了。要是你不去上大学，我也不会去的。

张怡蓓：可是，现在我们家的条件，只能让一个人去读大学。我明年再去，不也一样的吗。

张怡蕾：不，你今年要是不去读了，我也不去读了。

张怡蓓：不行！你必须去，而且必须好好上学，将来成为一个大演奏家，不能让爸爸妈妈失望。

张怡蕾：不要，不要，我不要。姐姐没有的，我也不要！

张怡蓓：妹妹！你为什么不听话……

张怡蕾：我就是不听！

【两个人抱头痛哭。

妈　妈：你们，这可……

老　张：让她们哭吧，哭出来了，大家心里好受点。

妈　妈：（也哭了起来）你们两个，就不该生在我们家里！

老　张：嗨，孩子，委屈你们了……

　　　　【音乐延续，好一阵子，外面传来了急促的敲门声。

老　李：老张，老张，你们在家吗？

老　张：是老李？他来干什么？有什么事情吗？

老　李：（推开门）不是我说你，孩子上大学，这么大的喜事，你其他人都找了，就是不来找我。

老　张：你家平时已经很帮我们，我还怎么好意思开口。

老　李：你这是什么话！蓓蓓、蕾蕾，这是我的一点心意，不多，也就1万块。你阿姨让我马上送过来。

老　张：嗨，还是不够啊！加上你这个雪中送炭的，还缺1万块！

老　李：不急，还是有办法的！市总工会不是有一个"娃哈哈春风助学"行动，像你家这样的情况，完全可以申请。

老　张：真的？我家行吗？

老　李：当然是真的了。这两天我看在眼里，急在心里，都帮你们打听过了。

老　张：那真是太好了。

老　李：这不，市总工会的人马上就来了。我是先来通知你们准备资料的。

张怡蕾：李叔叔，你说的都是真的？我姐姐也能够上大学去了？

老　李：当然，你看，这就是表格，你快填好，我们明天一起去总工会申请。

张怡蕾：太谢谢了，李叔叔，您就是我们家的及时雨。姐，还不感谢李叔叔。

张怡蓓：谢谢李叔叔。感谢您。

老　李：不用谢我，要谢，就谢谢总工会的春风助学行动。

　　　　【一家人愉快地笑了起来。

　　　　【大学校园，迎新大会继续进行。

老师一：同学们，我们能够来上大学，都非常不容易。每一个家庭，每一个关心你们的人，都希望你们好好学习，将来成长为一个对社会有用的人。

张怡蓓：是的，我们今天的好好学习，不光是对自己，对家人负责，还要对社会负责。

张怡蕾：姐姐，我一定会努力的！

众　人：对，我们一起，努力，一二三，加油！

🎙【在加油声里，出（同期声）娃哈哈总裁宗庆后：娃哈哈企业，自创业以来一直十分重视教育。我们开展春风助学活动，目的就是要让更多人拥有平等的人生和出彩的机会，通过努力实现自己的理想和目标。

【**片尾**：刚刚您收听的是由杭州市总工会和浙江广播电视集团经济广播联合出品的《春风化雨润新苗》——"娃哈哈春风助学"十集系列广播剧第二集《艰难的选择》。

总策划：王越剑

总监制：朱幼青

策划：楼萍波

监制：汤泽勇

编剧：夏强

录制：好声音音频制作

文学编辑：陈张立

总导演、制作人：杨子

谢谢收听。

母亲的白发

🕐 **时间:** 某年7月下旬

📍 **地点:** 江南某老旧小区朱明明家。

👥 **剧中人物:**

朱明明:女,18岁,刚刚考上大学的学生,善良温柔,朱家唯一的孩子。

外　婆:明明外婆,女,60多岁,因为脑梗下半身瘫痪在床。

朱慧娟:明明母亲,女,40来岁,病退工人,患病常年吃药。

张老师:男,40来岁,明明高中班主任。

邮递员:男,30来岁。

🎙 **片头:** 一缕花白的长发,一片慈母的爱心。相依为命的三代人,牵挂不断的母女情。春风化雨,哺育新苗,携子之手,一路同行。是温暖,是感动;是力量,是真情;是我们身边的故事。欢迎收听《春风化雨润新苗》——"娃哈哈春风助学"十集系列广播剧第三集《母亲的白发》。

【8月的江南,电视机里传来越剧的声音。闹钟起,又被按停。

朱慧娟:明明,明明……

外　婆:慧娟,你醒了?

朱慧娟:啊,太困了,打了个瞌睡。明明呢,她干什么去了?

外　婆:你看你,一醒来,就惦记着女儿,你怎么就不惦记躺在床上的妈呢?

朱慧娟:妈,你又开玩笑了。我不是着急孩子的高考成绩。

外　婆:知道,知道。我都躺一下午了,你帮我换个姿势让我看看太阳。

朱慧娟:(扶)妈,小心。

外　婆:(大口喘气)人老了就是不中用咯。

朱慧娟:妈,我把枕头给你在后背垫上,是不是舒服一点?

外　婆:好。慧娟,看你这着急上火的样子,是不是担心明明大学录取通知书……

朱慧娟：妈，按明明的成绩，我一点也不担心，我只是……嗨。

外　　婆：等等，你站住。你头上那是不是白头发？

朱慧娟：妈，（紧张地）我真的有白头发了？

外　　婆：刚才光线不好，我还瞧不太真。这不是吗！

朱慧娟：我怎么没有摸到！

外　　婆：傻孩子！白头发能用手摸到？你手上长眼睛了？我们家现在就靠你一个人了，你可千万要注意自己的身体。

朱慧娟：妈，你放心，不就几根白头发，我不怕。

外　　婆：还犟嘴。别看我躺在床上，连房间的门都出不去，可我心里明白着呢。给我看病，还有明明读大学的事，你都得操心。你自己也吃着药，能不叫人发愁吗？

朱慧娟：妈，你别想这么多，明明已经长大了，能帮上我的忙了。等你身体好一点，我和明明陪你到外面玩玩。

外　　婆：唉，说起明明，不知道这孩子通知书寄出来了没有？

朱慧娟：就是啊，这孩子，一点也不急，现在都不知道跑哪去了。

外　　婆：嗨，别担心，明明不会在外惹事的。

朱慧娟：不是，是我……

【窗外传来一阵急促的脚步声，还有一个男人的喊声。

邮递员：朱明明，朱明明在家吗？快来领录取通知书。

外　　婆：外面有人找明明。

朱慧娟：（开门）她不在，你是……

邮递员：不在家，那我打电话给她也没人接，大学录取通知书，你们快找到她啊。必须她本人签收。

朱慧娟：她好像把身份证留在家里了。我的身份证也在，你看能不能……

邮递员：都拿来吧，你是她妈妈吧？代签也是可以的。只是遗憾，孩子没有在第一时间领到录取通知书……您拿好。

朱慧娟：谢谢，谢谢！

【一阵关门声，朱慧娟拿着录取通知书走进房间。

外　　婆：明明的大学录取通知书来了？

朱慧娟：是的呢，妈，你看，学校还不错呢！明明没有让你失望吧。

外　　婆：没有想到我们这个穷人家也能出个大学生，让我看看，这通知书真好看。

朱慧娟：所以啊，你安心养病，好日子在后面呢。

外　　婆：上大学，学费够吗？

朱慧娟：够……够了。你放心……

外　婆：你又瞒我！家里本来收入就少的，给我看病又花了不少，哪还有什么钱。

朱慧娟：你放心，我能凑来的。

外　婆：嗨，我看啊，这录取通知书还是收起来吧。

朱慧娟：你不再多看几眼了？你可是最疼明明了。

外　婆：我也想看啊，通知书没到，我天天想它。可现在真看见它了，我就觉得胸口堵得慌。

朱慧娟：妈。

外　婆：我就怎么这么没用呢！不能帮上你一点忙。

朱慧娟：妈，你别这样想。

外　婆：你还能让我怎么想？自从我病了，你是医院家里两头跑，那时候明明还正要高考。也幸亏明明这孩子懂事，才让你省心不少。现在我躺在家里，又要你照顾，明明这里还不能帮上忙，你说我活着有什么意思呢！

朱慧娟：妈，你别哭，别哭，等会让明明看到了，可不好。孩子心细，现在不能让她瞧出来。

外　婆：我不哭憋着难受。

朱慧娟：妈！你这一哭，我也想哭了，我们家怎么就这么难呢！

外　婆：你别哭，别哭，你真不能让明明看出来。行了，行了，我们一起不哭行了吧。

朱慧娟：唉！你不哭，我也不哭了。

外　婆：现在我们最主要的就是别让明明知道这个事情，她要是知道了，可说不定有什么想法呢！这孩子，从小就懂事。

朱慧娟：妈，趁现在明明还没有回来，你帮我拔拔头上的白头发吧。要跟以前一样，这样明明就看不出来了。

外　婆：来，你帮我往窗口挪挪。

朱慧娟：要不我把灯打开。

外　婆：开灯干什么，浪费钱。你帮我往窗口挪挪就行。

朱慧娟：好。

　　　　【就在这个时候，门外传来女儿的声音：妈，我回来了。

　　　　【听到开门锁的声音，朱慧娟急忙把拔下来的白头发塞进被子下面。

朱慧娟：快，把这些白头发藏起来，不要让明明看到。

外　婆：我来，你出去看看吧。

朱慧娟：唉。（脚步声）明明，一下午你到哪去了？

朱明明：你看！

朱慧娟：你哪里来的这些钱？一百，两百，三百，有六百。

朱明明：这是我这几天在小区便利店做小时工挣的。

朱慧娟：你没去同学家？

朱明明：妈妈，我知道你在为我的大学学费发愁，我就想做一点自己能做的。

朱慧娟：你知道自己被录取了？

朱明明：这个学校早就告诉我了。班主任知道我家没电脑，特地帮我查的。妈，录取通知书到了吗？

朱慧娟：到了。

朱明明：赶快拿出来让我看看。

【外婆在里屋喊。

外　婆：明明，录取通知书在外婆这里呢！你过来。

朱明明：唉！（蹦蹦跳跳的脚步声）外婆，我考上大学了你高兴吗？

外　婆：明明啊，外婆有件事情想跟你商量。

朱明明：外婆，什么事情啊？你这么严肃地看着我，我有些紧张了。

外　婆：我让你妈给做个镜框，把这录取通知书给挂起来怎么样？

朱明明：外婆，你这是什么意思啊？录取通知书留在家里，我怎么去大学报到呢？

外　婆：外婆想啊，这大学我们不读了。

朱明明：外婆，你不要和我开玩笑，我开不起这个玩笑。

外　婆：外婆没有和你开玩笑，外婆说的是真的。

朱明明：不行，不行！其他事情都可以商量，这个事情没有得商量。同学们都去读大学了，为什么我不能。

外　婆：我们家实在负担不起了。你从小就懂事，现在长大了，更要承担起这个家的责任。

朱明明：不听，不听，我不听。我从小学起就帮妈妈做家务，但是我的学习一点也没有落下，我就是梦想着有一天能进入大学，学好本领来孝顺外婆和妈妈。现在终于如愿以偿了，我不能放弃。

外　婆：明明，你看看这个。

【外婆摸摸索索地从被子底下拿出了白头发。

朱明明：外婆，你要拿什么？我来帮你。这是什么？

外　婆：这是从你妈妈头上拔下来的，她怕你看到，所以让我拔了下来。你知道外婆怎么拔的吗？那是咬着牙，含着泪，拔下一根头发，外婆的心就狠狠地揪一下。你妈妈疼你，我也疼我自己的女儿啊！

朱慧娟：（进来）妈！你别说了，明明还小，受不住的。明明，你放心，不到最后一刻，妈妈不会放弃的。

外　婆：你还想把自己熬到什么时候去？这才几天，你头发都白了这么多了。你才40
多啊！你怕明明看到，为什么不去染发呢？你心疼钱。这些年，一块钱掰成两
块钱花，你以为我不知道吗？还有，你也没有稳定的工作，你刚才不是打盹，
你是累得睡着了。明明，你妈妈的这些事情你知道吗？

朱明明：妈妈，这是真的吗？

朱慧娟：妈妈累点没有关系，只要你有出息就行。

外　婆：我有关系。我问你，医生明明给你开的一天吃三次药，你为什么偷偷变成了一
天吃两次？你是不是想着钱赚不到，就省钱。可是这钱能省吗？你倒了，这个
家还靠谁去？

朱明明：外婆，你放心，我不要家里的钱，我有空余时间，我自己去挣钱。你让我去读
书行吗？外婆，我求你了。

外　婆：明明，我的好孩子。外婆也想，可是我们家条件不允许啊！你要与你妈妈一起
撑起这个家了。听外婆的话，出去找份工作，让你妈妈也松口气。

朱明明：我……

【就在这时，门外响起了敲门声。

张老师：朱明明，录取通知书收到了没？

朱慧娟：（开门）是张老师，你怎么来了？

张老师：我听说明明还没有收到通知书，所以特地去邮局查了，他们说刚刚送到你家里
来了。

朱慧娟：收到了，收到了。

张老师：明明妈，怎么我来了也不让我进去？明明，你怎么了？

【朱明明委屈地出来。

朱明明：（大哭）张老师！

张老师：呀！这是怎么了啊？明明。

朱慧娟：张老师，不瞒你说，明明的学费我实在凑不齐了。刚才她外婆跟她商量，让她
不要去读大学了，她就成这样了。

张老师：嗨，我就猜到会出现这种情况。我啊，我正是跟你们来说这个事情的！

朱慧娟：怎么了？！

张老师：你们不就是在为明明的学费发愁吗？

朱慧娟：我们家这个样子，实在培养不起一个大学生啊！你看，我们家三个女的，外婆
瘫痪，我又病退，孩子要上大学，哪来的钱啊！

外　婆：都是我这个老婆子，拖累了你们啊。

朱明明：外婆，我听你的，我不读大学了！外婆！

【音乐声里，张老师深深地叹气。

张老师：你们都放心，我们决不会让每一个考上大学的孩子失去上大学的机会。你看，市总工会有一个"娃哈哈春风助学金"，专门帮助那些交不起学费的大学生。这些我都给你们带来了。

三　人：真的?

张老师：错不了。

外　婆：明明，你一定好好读书，将来报答他们。

朱明明：嗯嗯。

【在填写资料的声音里，音乐延续，朱明明把心中的诗念出来。

每一只小鸟都想张开希望的翅膀，

纵身飞入蓝天白云里尽情去翱翔，是春风，

让我看到了雨后那道亮丽的彩虹，

是春风，让我看到了明亮憧憬和无穷的希望。

一份份真诚援助，汇聚成爱的海洋，

一份份爱心陪伴，把美好未来畅想。

春风让我们告别往日的忧伤迷茫，

我们尽情拥抱那无限明媚的阳光。

🎤【在诗歌朗诵声里，出（同期声）娃哈哈总裁宗庆后：娃哈哈企业，自创业以来一直十分重视教育。我们开展春风助学活动，目的就是要让更多人拥有平等的人生和出彩的机会，通过努力实现自己的理想和目标。

🎤【片尾：刚刚您收听的是由杭州市总工会和浙江广播电视集团经济广播联合出品的《春风化雨润新苗》——"娃哈哈春风助学"十集系列广播剧第三集《母亲的白发》。

总策划：王越剑

总监制：朱幼青

策划：楼萍波

监制：汤泽勇

编剧：夏强

录制：好声音音频制作

文学编辑：陈张立

总导演、制作人：杨子

谢谢收听。

春暖广元

🕐 **时间：**某年7月

📍 **地点：**四川广元某社区——曹阿姨家

👥 **剧中人物：**

    曹阿姨：女，50岁，社区服务人员，勤奋实诚；

    晓 宇：男，应届高考生，曹阿姨的儿子，聪明懂事；

    老 郑：男，55岁，社区工会主任，为人热情；

    刘大嫂：女，45岁，曹阿姨的同事，富有同情心；

    其他邻居不等。

🎙 **片头：**广元和杭州，相距千里的距离。是阻不断的"春风"，让我们再次相会，并把春风吹到了金秋。春风化雨，哺育新苗，携子之手，一路同行。是温暖，是感动；是力量，是真情；是我们身边的故事。欢迎收听《春风化雨润新苗》——"娃哈哈春风助学"十集系列广播剧第四集《春暖广元》。

    【8月，知了鸣叫，和社区里纷杂的人声交织在一起。

    【曹阿姨家中，行李箱拖动与打开及整理的声音。

晓 宇：妈，你这么急着给我整理行李，是不是要我马上就要去上大学啊？你看，都收拾大半天了，也不休息一下。

曹阿姨：妈真是舍不得你走啊。

晓 宇：妈，读完大学我还回来陪你。

曹阿姨：你长大了，要远走高飞了……把你的大学录取通知书拿来，让妈再看看。

晓 宇：好嘞。妈，再看，上面的字都快被你看掉了。（笑）

曹阿姨：傻孩子，就是再看千次百次，妈也看不够啊。

晓 宇：妈，这些年，辛苦你了。

曹阿姨：（仔细地摸着通知书）晓宇，上学要继续用功！你能上大学不容易。

晓　宇：嗯，妈。

【进入晓宇的心声。

晓　宇：这是我上大学前和我妈妈的一次对话。那是我接受杭州市总工会春风助学行动的资助，要去大学报到的前一天。我能够上大学多亏了春风行动……我的家在四川广元，我是一个单亲家庭的孩子，我妈妈是一个普通的社区服务人员……

【社区服务点，居民往来、交谈声组成一曲生活交响曲。

曹阿姨：各位居民朋友，今天是我们社区服务日，义务帮大家修理家电，有需要的可以拿来看看。

女邻居：曹阿姨，吹风机能修吗？

曹阿姨：能，能，你回去拿过来。

女邻居：那我马上去拿。

刘大嫂：曹阿姨，我这个锅你帮我看看，好像插头有问题了。

曹阿姨：刘大嫂，是不是还等着烧晚饭啊？我给你看看。

刘大嫂：谢谢啊。呃，曹阿姨，你家晓宇是不是今年考大学？录取通知书来了吗？

曹阿姨：嗯，你这个插头坏了，我给你换一个吧。

刘大嫂：好，好。多少钱？不要钱？那太感谢了。……你家晓宇考上没有？

曹阿姨：现在是工作时间，我不方便谈这些个人的事情。

女邻居：刘大嫂，她家晓宇啊，学习勤奋，人又懂事，肯定能考上大学的。曹阿姨，你说是不是？

曹阿姨：吹风机拿来了，我看看。

【一阵急促的脚步声过来。

老　郑：曹阿姨，我刚在在社区门口看到邮递员来了，他找你，应该是晓宇的大学录取通知书到了。

刘大嫂：你看，说曹操，曹操就到了。曹阿姨，恭喜啊！

曹阿姨：那，我去看看。你们等我一下。

女邻居：去吧，我们不急。录取通知书是大事。

老　郑：晓宇的身份证在家里吗？要不要去家里拿？

曹阿姨：不用了，这些天我一直随身带着呢！

老　郑：那赶快去。

曹阿姨：好好！

【曹阿姨快步向社区门口跑去。

【街道上嘈杂的声音。曹阿姨的脚步声由远及近。

刘大嫂：拿到了，拿到了。

老　郑：快让我们看看。

刘大嫂：曹阿姨，成都大学医学院，怎么是医学院?

曹阿姨：前几年我生病，跑了好多医院，这孩子陪着我医院去多了，就有了当医生的念头。成都离我们这里近，刚好分数也够，就报了这个学校。

女邻居：不错啊！成都是大城市，又离家近，非常好。

老　郑：医学院，这可不是一般人能进得去的。晓宇优秀!

曹阿姨：晓宇就是想读大学，我生病的时候，就是照顾我，他也没有耽误学习。

刘大嫂：真是个懂事的孩子。

女邻居：曹阿姨，你可要请我们庆祝一下。

老　郑：晓宇考上大学，你看起来比曹阿姨还高兴。

女邻居：那是，晓宇是我看着长大的，算是我半个侄子。

老　郑：你倒是会说话。曹阿姨，你快回家把好消息告诉晓宇，下午放你半天假，反正有刘大嫂在。

刘大嫂：你……社区主任，有一点偏心喽。哈哈哈。曹阿姨，去吧，我不吃醋的。

老　郑：你这个大嫂子……就喜欢开玩笑。

刘大嫂：高兴，今天高兴，我干活咯。

曹阿姨：不用了，晓宇现在也不在家，还是晚上回家我再告诉他吧。老郑、大刘，这件事情你们可别先开口，我，要给他一个惊喜。

老　郑：你这是……

曹阿姨：我没有别的意思。

老　郑：也好，也好。刘嫂子，你可要管牢你的嘴。

刘大嫂：这……可要把人憋坏了。

【深夜，曹阿姨家，曹阿姨还在家里踩着缝纫机。滴滴答答的。

晓　宇：妈，你还没有睡啊?

曹阿姨：晓宇，妈妈是不是吵到你了?

晓　宇：我都睡了一觉，听到你踩缝纫机，就过来看看。

曹阿姨：我把这个做完，就睡觉去，你去吧。

晓　宇：嗯……妈，我刚刚回家的路上看到刘大嫂看我怪怪的，你是不是和她闹意见了?

曹阿姨：闹意见? 没有啊！你这孩子，想哪里去了。

晓　宇：那你今天在家话都少了很多，一个人坐着发呆，肯定有事情。

曹阿姨：没有，没有。（停住踩缝纫机）晓宇，妈问你，万一，妈妈说是万一，你没有被大学录取怎么办？

晓　宇：妈妈，怎么可能。我都查到了。通知书马上就到。今天没有，不是明天就是后天。

曹阿姨：你就这么肯定？

晓　宇：我都网上查了。通知书已经发出来了。

曹阿姨：（重重低叹气）哎！

晓　宇：妈，你怎么了？

曹阿姨：（继续踩缝纫机）没什么。

晓　宇：妈，不会是大学录取通知书到了，你才这么发愁的。妈，是不是？

曹阿姨：妈，也是没办法啊。妈这一场病，花了不少钱，现在还是靠着社区的照顾，我们两个勉强过日子。

晓　宇：嗯。

曹阿姨：晓宇，这大学，我们家，实在是读不起啊。

晓　宇：妈，……这么多年，上大学，就这么一个信念支撑着我。

曹阿姨：妈知道。早些年，妈就想让你去读职高，早点工作，减少家里的负担。可看着你那么努力，我就不忍心。

晓　宇：妈妈，我都打听过了，我们可以申请助学贷款。

曹阿姨：可是你的生活费、住宿费等等，还要给你买生活用品，这些加起来，也是一笔不小的数目。妈妈一个月就 1900 块，可怎么办啊！

晓　宇：妈妈，我自己去想办法，我要去读大学。

曹阿姨：孩子。这可难住我了啊，要学费没有学费，要生活费没有生活费。怎么办啊！

【母子俩抱头痛哭。

【又一天早上，社区服务站。许多人进进出出，声音嘈杂。

刘大嫂：曹阿姨，西区 3 栋的水电费都收齐了，这是要开发票的单据。

曹阿姨：小刘，这么快，辛苦了。谢谢啊！

刘大嫂：曹阿姨，这都是我们应该做的，谢啥啊，没事的。

【又过来几个人找。一阵忙碌。停顿下来，刘大嫂突然问了起来。

刘大嫂：曹阿姨，这几天我看晓宇怎么闷闷不乐的，问他，他也情绪不高啊，一点也不像要去读大学的开心样子。

曹阿姨：小声点。小刘，我想让我们家晓宇早点工作，大学，先不读了。

刘大嫂：啥？你说啥子话嘛，晓宇考上了大学你却不让他去读！你这是怎么当妈的！多少人想去读大学还去不成呢！你，你！

曹阿姨：小声点。就算他哭着喊着，可我又有什么办法呢！

刘大嫂：不行！我这里有点钱，就算给晓宇的开学红包了。

曹阿姨：这我不能要，不能要，你家也不宽裕。

刘大嫂：你拿着，拿着。

曹阿姨：我不能要，我绝对不能要。再说了，你也不能管他四年吧。

刘大嫂：哎！这可怎么办呢？

曹阿姨：哎！

【一阵哀叹。

【老郑一阵风一样推开门跑进来。

老　郑：好消息，好消息。曹阿姨！你们……愁眉苦脸干什么？

刘大嫂：都火烧眉毛了，你说愁眉苦脸干什么。

老　郑：不就是晓宇读大学的事情吗？不急！

曹阿姨：老郑，你都知道了？

老　郑：那天你说要自己告诉晓宇，我就知道你在为学费犯难。晓宇也悄悄问过我学费申请的事情。我就留意了一点，

刘大嫂：那你有办法了？

曹阿姨：不光学费，还有生活费呢。

老　郑：不光是学费。生活费也有着落了。

刘大嫂：郑主任，你发财了？

老　郑：不是我，是我们广元的贫困孩子都有希望了。

曹阿姨：这？

刘大嫂：你这个老郑，开玩笑也不捡个好日子！没谱！

老　郑：你们，嗨。是我们广元和杭州结对帮扶了，是他们杭州可以帮晓宇。

曹阿姨：杭州？是那个上有天堂下有苏杭的杭州？有西湖的杭州？

老　郑：是的。我已经跟杭州市总工会联系上了，他们的"娃哈哈春风助学金"今年有西部行动，正好我们广元就是其中之一。他们可以给晓宇资助，解决上晓宇上大学的学费和生活费问题。

刘大嫂：杭州，我知道。

【曹阿姨连忙起身往外走。

老　郑：你干嘛？

曹阿姨：我要回去告诉晓宇去。他可以读大学了。

老　郑：表格，这是资助表格。你回去填写好，到社区来盖章。你们的情况我们都知

道的。

刘大嫂：是的，我愿意作证。

曹阿姨：（含泪）嗯嗯。

【曹阿姨拿着表格往外走了。

刘大嫂：老郑，真有你的啊，不动声色就办了件大好事。

老　郑：这个，要谢谢的是杭州市总工会，要谢谢"娃哈哈春风助学"行动啊。
　　　　今年，他们共资助我们广元143名困难学生，发放38.6万元助学金，帮助他们
　　　　开启求学新征程。

刘大嫂：这真是春暖广元啊，谢谢你，杭州。

【九月的广元火车站，人声嘈杂。车站播报：开往成都的D1911开始检票，请
旅客们排队检票。

曹阿姨：晓宇，再见。

晓　宇：再见，妈妈。

【动车呼啸声。晓宇的心声。

晓　宇：我终于能够去上大学了。感谢你们，所有帮助过我的人。感谢杭州，感谢春风
　　　　行动，是你给了我上大学的机会。以后，我一定会去杭州，去看看那座美丽的
　　　　城市，去看看那些热心的人们。

【在动车飞快的运行声里，出片尾。

【片尾：刚刚您收听的是由杭州市总工会和浙江广播电视集团经济广播联合出品的
《春风化雨润新苗》——"娃哈哈春风助学"十集系列广播剧第四集《春暖广元》。

总策划：王越剑

总监制：朱幼青

策划：楼萍波

监制：汤泽勇

编剧：夏强

录制：好声音音频制作

文学编辑：陈张立

总导演、制作人：杨子

谢谢收听。

爱心永驻

🕐 **时间:** 2015 年 7 月——2021 年 8 月。

📍 **地点:** 杭州市总工会职工权益中心——医院——老沈新家。

👥 **剧中人物:**

老　沈:男,55 岁,企业退休工人,突发脑梗住院;

沈晓晓:女,应届高考生,老沈的女儿;

老　伴:女,53 岁,老沈的妻子;

许昌盛:男,50 岁,市总工会工作人员;

其他医生、工人等若干。

🎙 **片头:** 小时候,我们相聚在春风里,我们得到过共同的爱;长大后,我们要像那和谐的春风,不能忘记曾经的爱。春风化雨,哺育新苗,携子之手,一路同行。是温暖,是亲情;是感动,是力量;这是我们身边的故事。欢迎收听《春风化雨润新苗》——"娃哈哈春风助学"十集系列广播剧第五集《爱心永驻》。

【市总工会职工服务中心,又一年的"春风行动"爱心捐款活动正在举行。

主持人: 各位来宾,感谢你们对"春风行动"爱心捐款活动的大力支持。春风化雨,哺育新苗,携子之手,一路同行。是温暖,是亲情;是感动,是力量;我在这里代表广大受助学子对你们的爱心表示衷心的感谢。谢谢。

【在掌声中,一阵清脆的脚步声响起。

沈晓晓: 叔叔,我来捐款。

【许昌盛接过钱,放入点钞机里,点钞机点毕报数:2 万元。

许昌盛: 谢谢谢谢,哎呀!晓晓,你又来捐款了!

沈晓晓: 许叔叔,这么重要的时刻,我能不来嘛。

许昌盛: 每年你都来,已经连续三年了。每次捐得还不少。

沈晓晓: 比起你们之前帮我的,我这点又算得了什么。我不仅今年要来,以后还是要每年都来。

许昌盛：我们的助学事业，离不开你们这样的热心的市民。

沈晓晓：你们在我最需要帮助的时候伸出了援手，我现在有能力了，当然也要出一份力，帮助更多有需要的人。

许昌盛：晓晓，你真是个懂事的好孩子。

沈晓晓：许叔叔，我永远不会忘记，那一年，在我高考结束后，我爸爸突发脑梗和心梗的日子……

【救护车快速穿过城市街道，报警声不断。

【医院，杂乱的脚步声伴随着医生的催促声，医疗器材运转的声音。

医　生：准备急救，上氧气。

老　伴：老沈，老沈，你睁开眼睛看看啊，你到底是怎么了啊？刚刚还好好的，怎么就晕倒了呢！

护　士：病人家属，这里是急救区，请在外面等候。

老　伴：你们一定要把他给救回来，我们家可全靠他了。

护　士：我们会尽力的，你放心。

【医生护士将病床推入急救室，关门声。

老　伴：老天保佑，老天保佑，保佑我们老沈平安无事，平安无事。

【急促的跑步声传来。

沈晓晓：（气喘吁吁）妈，爸爸怎么了啊？

老　伴：他中午吃饭的时候还好好的，突然就说有些头晕，要休息一下，没有走出几步，就倒了下来。

沈晓晓：现在怎么样了？

老　伴：在急救，还不知道呢！

【时钟滴答滴答转动的声音，不久，急救室的门打开，病床推动的声音。

沈晓晓：医生，我爸怎么样？

医　生：病人已经脱离危险，但还需要后续住院治疗。你去办一下住院手续吧。

沈晓晓：谢谢医生。

【医院楼梯间，外面不时有闲聊声。

沈晓晓：妈，住院手续办好了。可是……

老　伴：可是什么？

沈晓晓：押金没有缴够，医生看我也有点为难，先办理了手续。他说这几天要尽快缴进去，治疗要花的钱有点多。

老　伴：还要多少?

沈晓晓：他也没有说，就说先缴着，反正出院的时候结算，每天会有费用清单过来的。

老　伴：再缴三千可以吗? 妈就带了这么多了。

沈晓晓：我不知道，去试试吧。

老　伴：晓晓，这事来得急，我们也没有多少准备，你跟人家好好说，妈回头再想办法。

沈晓晓：哎! 我去看看爸爸吧。

　　　　【就在晓晓转身的时候，一个邮件从沈晓晓的外套里滑落下来，掉在地上。

老　伴：这是什么?

沈晓晓：(快速捡起来) 没有什么。

老　伴：快递? 是不是……

沈晓晓：是……是……是我的大学录取通知书。

老　伴：你考上了?

沈晓晓：嗯，还是不错的学校。

老　伴：让妈看看。(抽泣) 孩子，我的好孩子。

沈晓晓：妈，你别哭，别哭，你一哭我心里慌。

老　伴：妈这是高兴，你别紧张。不过，这事你先别跟你爸说，他需要安心养病，情绪
　　　　不能太激动。

沈晓晓：我知道。

老　伴：晓晓，你也别想太多。我们家虽然困难，但是这个大学肯定会让你上的。

沈晓晓：先给爸爸治病要紧，我读大学的事情，不急……

老　伴：嗯，好孩子。

　　　　【时钟滴答，老伴陪着老沈在医院花园里散步。

老　伴：老沈，之前有个事情我不敢跟你说。现在看你恢复得还不错，我可以放心地
　　　　说了。

老　沈：是住院费的事情吗? 我这病实在来得太突然了，让你和晓晓操心了。

老　伴：跟这个有关，也没有多少关系。

老　沈：那是什么事情? 你怎么卖起了关子。啊，我这个脑袋……

老　伴：是晓晓，考上大学了。

老　沈：啊，什么时候? ……哦，对啊，今年她高考……

老　伴：录取通知书都到了。

老　沈：好、好!

老　伴：这孩子没吭声。被我发现了，她才说出来的。

老　沈：真是大好事啊！那，那个……学费是多少？

老　伴：这个你就别操心了，有我呢！

老　沈：你自己有糖尿病，长期要吃药，我这个病，花的钱肯定不少，这一家过日子就靠着一点工资，你说还有钱交学费吗？

老　伴：你别激动，听我说。

老　沈：你别安慰我。你想办法，你有什么办法可以想？

老　伴：你又动不了，那自然我来了。

老　沈：谁说我动不了。我现在就走给你看。

老　伴：老沈。

老　沈：别扶我，我自己来。（要想站起来）

老　伴：（按住）老沈，你别激动。

老　沈：我能不激动吗？我说晓晓这些天哪里有点不对劲，虽然脸上笑着，可心里有事藏不住啊，她肯定是为了这个事情犯愁了。

老　伴：难为她这孩子了！

老　沈：哎！我真没用。怎么就在这个时候生病了呢！

老　伴：老沈，这不能怪你。

老　沈：要是耽误了孩子的大事，我……

老　伴：我会去找人的，你放心养病，总会有办法的。

老　沈：我们家，能够有什么办法啊！我们两个，泥菩萨过河，自身难保啊！

老　伴：嗨！

【无言的停顿。

【吱呀一声，门被推开了。许昌盛提着水果篮匆匆找来。

许昌盛：老沈，原来你们在这里散步啊，可找到你们了。

老　沈：老许，你怎么来了？

许昌盛：工会知道你生病住院了，特地让我来看望你。还有，这是慰问金。

老　沈：谢谢，谢谢。

许昌盛：我刚才远远地看你是想自己站起来走，老沈，这养病可急不得的，要一步一步地来。

老　沈：我也知道，可有什么办法呢！

许昌盛：怎么了？出了什么事情？

老　沈：没什么，工会能来看我，还送慰问金，已经是很好了。

许昌盛：有什么事情你尽管说。

老　伴：还说没有大事。老许，你也不是外人，我就……

老　沈：嗨！

老　伴：孩子考上大学了，我们正在为学费发愁呢！

许昌盛：晓晓考上了，好事情啊！你们放心，我都知道了。

【回到市总工会职工服务中心现场。

沈晓晓：许叔叔，多亏你当时帮我们找到了"娃哈哈春风助学金"，我才顺利上了大学。这一资助，就是四年。真是雪中送炭啊。

许昌盛：尽力扶持就学和就业，这是我们应该做的。

沈晓晓：四年后，我大学毕业了，在我参加工作的第一个春节，在年夜饭桌上，我们一家人做出了一个重要决定。

许昌盛：是吗，你们还这么有心，说来听听。

【新年春节的鞭炮声里，老沈新家。妈妈在厨房里忙得不可开交。

沈晓晓：妈，我回来了。呀！今天准备了这么多好吃的，这是有什么大事吗？

老　伴：晓晓回来了。来，帮我端出去，准备吃饭了。

沈晓晓：爸呢？

老　伴：说是出去一趟，不知道去哪里了。

老　沈：哈哈，我回来了。你们是不是趁我不在家，说我坏话啊？

沈晓晓：哪里啊，爸！咦，你怎么买了酒？自从你生病后，就没有喝过酒了。

老　沈：今天高兴，双喜临门啊！老伴，快来坐下，我有事情跟你们说。

老　伴：有事情你就说好了。我还有一个菜要烧呢。

老　沈：请你坐下你就坐下。来，我给你倒上酒。还有晓晓，爸也给你倒上。

沈晓晓：白酒，我只能喝一点点。

老　沈：好，举杯，先庆祝一下我们搬入新家。

老　伴：原来是为这个啊！那是该喝。

沈晓晓：喝。

老　沈：祝我们的日子一天比一天红火，身体一天比一天健康。

沈晓晓：干杯。

【三人碰杯，喝下酒。

老　沈：接下来，我有一件事情想跟你们商量一下。

老　伴：什么事情啊？

老　沈：晓晓大学毕业，工作稳定。又遇上拆迁，我们的日子是越过越好了。所以，我想从拆迁款里拿出一点钱来，捐给"娃哈哈春风助学金"，也算是我们对他们的感谢。

老　伴：捐款？你是说说的，还是认真的？

老　沈：当然是认真的了。我想问问你们两个人的意见。

沈晓晓：爸，我举双手赞成。人家帮助过我们，现在也该是我们帮助别人的时候了，这叫回报社会。

老　伴：我也赞成。

老　沈：那就这么定了。

【一家人欢乐的笑声由强渐弱。

【市总工会职工服务中心。许昌盛和沈晓晓交谈，迎面走来很多熟悉的捐助者，他们都已经成了朋友。

许昌盛：原来还有个这么精彩的故事。好，晓晓，这个捐款，我们再一次收下了。替我谢谢你的爸爸妈妈，谢谢他们。

沈晓晓：好嘞。许叔叔，我一定传达好！

男声甲：晓晓，今年又是你快了一步。我又落后你了。

沈晓晓：你啊，做好事，还分什么快慢啊！我们都是春风行动的受益者，又是朋友，还比什么啊！

男声乙：是的是的，我们在春风里相识，我们有一个共同的心愿，就是把爱心传递，不分先后。

许昌盛：对，是春风行动，让爱心永驻。谢谢你们。

【在众人的欢笑声里，出片尾。

🎙【片尾：刚刚您收听的是由杭州市总工会和浙江广播电视集团经济广播联合出品的《春风化雨润新苗》——"娃哈哈春风助学"十集系列广播剧第五集《爱心永驻》。

总策划：王越剑

总监制：朱幼青

策划：楼萍波

监制：汤泽勇

编剧：夏强

录制：好声音音频制作

文学编辑：陈张立

总导演、制作人：杨子

谢谢收听。

温暖的春风

🕐 **时间：**某年 6—8 月

📍 **地点：**陈诗家——社区办公室

👥 **剧中人物：**

陈　　诗：女，应届高考生，社区里年龄最小的低保户；

陈　　原：女，23 岁，陈诗的姐姐，已嫁人组成新家庭；

老　　董：男，45 岁，社区工作人员，工作细致；

陈　　伯：男，50 岁左右，交通协管员；

其他邻居等若干。

🎙 **片头：**温暖的春风，共同的爱；和谐的日子，不曾忘却的爱。春风化雨，哺育新苗，携子之手，一路同行。是温暖，是亲情；是感动，是力量；是我们身边的故事。欢迎收听《春风化雨润新苗》——"娃哈哈春风助学"十集系列广播剧第六集《温暖的春风》。

【8 月的街道上，热气腾腾。社区办公室里，电风扇呼呼地吹着。不时有报修的电话打进来，众人七嘴八舌地忙碌着。

【陈诗推开门，有人问她。

一男生：你找谁？家里电路出故障了？来，登记排队，都 30 号了。

陈　诗：不，不，我找董叔叔。他昨天打电话说让我来的。

【里面的门开了，一个声音从里面传出来。

老　董：是陈诗啊！到里面来。我给你倒水。

陈　诗：不用，不用，董叔叔，我在家刚喝过。

老　董：这么热的天，要多喝水。（倒水声）你小小年纪就一个人独立生活，更要注意保护好自己。

陈　诗：谢谢。

老　董：这是今年的送清凉慰问金，你拿好。在这里签个字。

陈　诗：谢谢董叔叔。

老　董：你和他们不一样，爸妈走得早，姐姐又出嫁了。在社区里，你的年纪最小，情况最特殊。我们应该多关心你。你还有其他需要帮忙的吗？

陈　诗：我……暂时没有什么要帮忙的。

老　董：有什么困难就和我们说。有什么需要就告诉我，我们一定帮你想办法。

陈　诗：嗯。（签字，放下笔）对了，董叔叔，大学读本科是不是学费很贵，读大专是不是可以便宜点。

老　董：大学？本科？这个可不一定，要看学校和专业的。不过，本科要读四年，大专要读三年，时间上倒是有差别。这样看，大专是要省一点。

陈　诗：哦，那，谢谢董叔叔了。

老　董：你问这个干什么？是不是要填高考志愿了？

陈　诗：没，还没有呢！我只是问问。

老　董：陈诗，我跟你说，大专和本科还是不一样的，你能上本科一定要上本科，知道吗？

陈　诗：嗯。董叔叔，没有其他事情了吧，那我先回去了。

老　董：好！记住哦，能上本科，一定要上本科……

　　　　【老董把陈诗送到门口。

老　董：哎，可怜的孩子，才十几岁，就一个人……

　　　　【蝉鸣声一阵。
　　　　【陈诗狭小的家里灯火通明，陈诗姐妹和大伯面对面坐着，翻看志愿书。

陈　伯：这么多大学，要选一个学费便宜将来又好就业的大学，真是水中看月、雾里看花啊。

陈　诗：唉！大伯，姐姐，要不……我还是报一个离家近的大专吧。这样我就可以住家里，节省不少住宿费和生活费呢。

陈　原：可是，你的分数完全可以读本科……

陈　诗：读本科需要读四年，读大专只要三年就行了。而且我听老师说，大专第三年就是实习了，实际上只要读两年，这样第三年我就可以赚钱，自己养活自己了。

陈　原：可是读大专和读本科，还是有很大区别的，妹妹，你要不再好好想想。

陈　诗：我也想读本科。可是我分数不够，那三本大学的学费很贵。你看，我们家这个情况。我也不想大伯和姐姐太替我操心。

陈　原：妹妹，你不能这样苦了自己啊。（抽泣）

陈　伯：（反复看，放下）诗诗，你先别想这么多。虽然你爸妈都不在了，姐姐也出嫁了，在这里大伯就是你的家长，我来想办法吧。

陈　原：大伯，要不还是我回家去和他姐夫商量一下。

陈　伯：你结婚才一年多，现在又有了孩子，家里开销也大。还是我去想办法吧。

陈　诗：大伯，姐姐，你们不要为难了。我决定了，还是报大专，这样大家负担都轻一点。

陈　伯：诗诗，你怎么就不听话呢，你要去读本科！我们家好不容易出来一个读书人，为什么就要放弃呢。学费的事情听我的，我来想办法。

陈　诗：大伯，我先读好大专，等我毕业参加工作了，还可以再用其他方法去读本科的，还可以考研究生呢。

陈　原：诗诗，姐对不起爸妈，对不起你啊。

陈　诗：姐，不要难过。

　　　　【姐妹俩拥抱在一起，轻轻地抽泣了起来。

陈　伯：哎！那，也好，先就这样吧。

　　　　【大伯打开门，蝉鸣声好聒噪啊。

　　　　【广播里传来高考通知书发放的消息：今年的第一批大学录取通知书正式发放，我们向被录取的大学生表示祝贺。

　　　　【邮递员车辆飞驰而过，刹车声，敲门声。

男　声：江畔新村6号，陈诗，陈诗，大学录取通知书到了。

陈　诗：来了！

男　声：身份证拿来登记一下。

陈　诗：稍等。（打开柜子的声音）给。

男　声：祝贺你。

陈　诗：谢谢。

男　声：再见。

　　　　【关门又开门的声音。

陈　诗：姐姐，你怎么来了？你看，录取通知书来了。

陈　原：给我看看。真的是巧啊，今天来帮你收拾东西，为你上大学做准备，没有想到这大学录取通知书就来了。

陈　诗：姐姐，这学校真好看。

陈　原：好。赶快拆开来看看。

陈　诗：哎！（撕开信封）好漂亮的学校啊，大专也没有想象中的那么差嘛。

陈　原：小丫头，你开心了，姐姐心里也开心。

陈　诗：咦，不是说大专学费不高吗，怎么还要这么多？

陈　原：我看看。怎么会呢……不，妹，姐会帮你想办法的。

陈　诗：可是，姐，你哪里来这么多钱？

陈　原：你就放心吧。我先出去一趟。

陈　诗：姐，你去干什么？

　　　　【陈原出门，蹬蹬下楼。

　　　　【小区岗亭，人来人往，汽车声和人声交织成一片。
　　　　【大伯正在指挥交通。

陈　伯：陈原，你怎么来了？快，到阴凉的地方来。要不要喝水？

陈　原：不要了，大伯，好消息，诗诗的大学录取通知书到了。

陈　伯：真的？好啊，我等一下下班就去祝贺她。

陈　原：可是，学费……原来我们想大专学费会省一点，可还是超过预计了。

陈　伯：原来准备的那些不够？

陈　原：不够，没想到还有许多琐碎的开支呢。我可以拿出一点，但还是不够。

陈　伯：我再去想想办法。两三年，总能想办法熬过去的。

陈　原：大伯，我们只有找你想办法了。

陈　伯：……你先回去。我下班了就来。你们别……急啊！

　　　　【大伯转身急忙去指挥交通。

　　　　【在一阵缓慢的音乐里，陈原回到陈诗家中，开门，发现录取通知书放在桌子
　　　　上，陈诗不见了。

陈　原：诗诗，诗诗，你在吗？诗诗，大白天的，你怎么躺床上了？

陈　诗：姐，我想……我还是不要去读这个大专为好。

陈　原：不读……你说什么呢？

陈　诗：其实，你们不说，我心里也明白。你和大伯是没办法负担我的学费和生活费的。

陈　原：小丫头，你怎么这么想呢！

陈　诗：你刚才只是安慰我的，你一定是去找大伯了。可是大伯靠着做交通协管员的那
　　　　点工资，又怎么能负担得起呢！我不要你们为我为难。

陈　原：你，你放心，姐和大伯一定会想出办法的。

陈　诗：哪还有什么办法可以想呢！我们这样的人家……

　　　　【敲门声响起。

陈　伯：原原，诗诗，在家吗？快开门。

陈　原：大伯来了，去洗把脸。别让大伯伤心。

陈　诗：嗯！

陈　伯：原原，诗诗，开门啊！

陈　原：来了。（开门声）大伯，你这么快就过来了啊？

陈　伯：不光我来了，你看，社区的董叔叔也来了，诗诗的事情有办法了。

陈　诗：大伯，董叔叔，你们好。

　　　　【两个人进来。陈原递水。

老　董：诗诗，你那天问我本科和大专的事情，我就心里琢磨着你心里一定有事情。想来想去呀，我就想你一定是在为大学的学费发愁。

陈　诗：董叔叔，我不想读大学了，反正也没考好……

陈　伯：录取通知书都来了，就是好。考上了就要去读。

老　董：是啊，刚才你大伯找到我，说你学费不够。其实我前段时间就帮你打听过了，杭州市总工会有"娃哈哈春风助学"行动，你的条件完全符合。

陈　伯：刚刚你董叔叔告诉我，就是整个读书的学费都可以申请资助。

陈　诗：可还有生活费、实习费呢，我们家……

陈　伯：诗诗，加上我和你姐姐再帮你出点，你可以安心的读完整个大专。有我们在，有董叔叔在，有"娃哈哈春风助学"行动在，你还担心什么呢！

老　董：就是，你不要担心。你看，我把表格都带过来了，你填写好。我们一起送到杭州市总工会去。

　　　　【陈诗接过表格。

陈　诗：姐姐，我真的能去上学了。

陈　原：这真是雪中送炭！帮了我们大忙啊。

　　　　【大学校园的广播声：亲爱的同学们，欢迎你们在新的校园里开启新的征程。

陈　诗：我就像一只小鸟
　　　　纵身飞进了蓝天白云里，
　　　　是春风让我看到了那亮丽的彩虹，
　　　　是春风让我看到了明亮的希望和憧憬。
　　　　一份份真诚援助，汇聚成爱的海洋，
　　　　一份份爱心陪伴，把美好未来畅想。
　　　　春风让我告别往日的忧伤迷茫，
　　　　春风让我尽情拥抱明媚的阳光。

　　　　【在欢笑声里，出片尾。

🎙【片尾：】刚刚您收听的是由杭州市总工会和浙江广播电视集团经济广播联合出品的《春风化雨润新苗》——"娃哈哈春风助学"十集系列广播剧第六集《温暖的春风》。

———————————————

总策划：王越剑

总监制：朱幼青

策划：楼萍波

监制：汤泽勇

编剧：夏强

录制：好声音音频制作

文学编辑：陈张立

总导演、制作人：杨子

———————————————

谢谢收听。

姐姐的约定

🕐 **时间：** 2018 年 8 月——2020 年 10 月

📍 **地点：** 湖北恩施——杭州

👥 **剧中人物：**

姚　姚：女，应届高考生，恩施贫困生；

弟　弟：男，10 岁，小学高年级学生；

妈　妈：女，50 岁，姚姚的母亲，勤劳质朴；

阿　公：男，70 岁，寨子里的长辈；

刘老师：男，28 岁，娃哈哈职业体验夏令营领队，幽默风趣；

其他同学、劳模、工人等若干。

🎙 **片头：** 相距千里，有阻不断的"春风"；扶贫助学，是我们不变的初心。春风化雨，哺育新苗，携子之手，一路同行。是温暖，是感动；是力量，是真情；是我们身边的故事。欢迎收听《春风化雨润新苗》——"娃哈哈春风助学"十集系列广播剧第七集《姐姐的约定》。

【2020 年夏天，北师大礼堂，一场演讲比赛正在进行。

主持人：下面请大二年级的姚姚同学演讲，演讲题目是《约定》……

姚　姚：尊敬的老师、亲爱的同学们，晚上好。我是教育系大二的姚姚，来自湖北恩施。今天我演讲的题目是《约定》。两年前，在我踏进北京师范大学校园的那一刻，我就向一个未曾蒙面的朋友作出了一个单方面的约定：将来，我要以一名优秀人民教师的身份去见她，以报答她对我无私的帮助。

【现场响起热烈的掌声，由强渐弱。

【声音转入湖北恩施山区的鸟语花香。

弟　弟：这是我姐姐心中的约定，是埋藏在我姐姐心中的故事。亲爱的姐姐，我也不会忘记那一天，你收到大学录取通知书时的那一个故事。那是 2018 年的 8 月，一个炎热的夏天……

【瀑布飞泻声与姚姚嘴里哼着的《龙船调》，愉悦地交织在一起，悦耳动听。

中年女：姚姚细娃儿，啥事这么高兴啊？蹦蹦跳跳的，难不成是捡到宝贝了？

姚　姚：婶，我考上大学了！北京的大学。

【乡邻们惊喜万分，开始议论了起来。

中年女：真的啊，我们寨子里又出大学生了，这可是大喜事。

中年男：姚姚有出息，要去大城市了。

姚　姚：叔叔、婶婶再见。

【姚姚歌声渐远，乡邻们议论议论不止。

【姚姚家里，织布机的声音不断响起。妈妈正在织布。

姚　姚：妈，快看，我的大学录取通知书。

妈　妈：呀！真是漂亮，就跟画一样。

姚　姚：妈妈，我念给你听。姚姚同学，你已经被北京师范大学录取。

妈　妈：北京师范大学？

弟　弟：姐，师范大学是做什么的？

姚　姚：师范大学，毕业了就能当老师。就像我们的老师那样，去教一批又一批的学生。

弟　弟：姐，那你以后也要当老师了，好啊！姚老师！我也会也要去北京！

妈　妈：北京，那么远啊，去那读书，要不少钱吧？

姚　姚：妈，好像不用交学费的。

妈　妈：路费呢？还有每个月的生活费……哎。（继续织布）

弟　弟：姐，给我看看北京的通知书。

姚　姚：好，你也要努力读书，不要惹妈妈生气……走，姐带你去背书……

【织布声延续，突然门"吱呀"一声开了，外面人声鼎沸。阿公和乡邻们走了进来。

妈　妈：阿公，你怎么来了？

阿　公：姚姚妈，祝贺你啊，姚姚考上了北京的大学，给我们寨子里长了脸。这是我攒下来的一点布，就当是给姚姚的礼物。

妈　妈：阿公，这不能收，不能收。

阿　公：你家有困难，姚姚这几年读书都是靠政府帮助的，现在要去大城市了，更需要用钱。我这点布卖了，也能换点钱。

妈　　妈：阿公，不瞒你说，我还没有决定让不让她去呢！

阿　　公：姚姚妈，做父母的怎么能不让孩子去读书呢！不许说，不许说。

妈　　妈：可是，我家真的供不起她了啊。

阿　　公：嗨，你家的情况，大家都知道。要不把寨子里的亲戚都叫来，我来开口。

男　　声：阿公，我看你还是少说几句吧，现在不比以前了，没有多少人会听你的。

中年女：一个女娃子早点去打工赚钱，也是不错啊。

年轻女：女娃子怎么了？为什么就不能读书了。我就吃了当年没有读书的苦！

男　　声：是啊，现在就是打工也要看学历，大学生能坐办公室，赚大钱，高中生只能在工厂，做脏活累活。

阿　　公：你听听，姚姚妈，你可别耽误了姚姚这个孩子。

妈　　妈：可是我，真的负担不起了。

阿　　公：嗨！我们……

男　　声：阿公，读大学可要好几年，你能帮得了一次，可帮不了四年啊。

阿　　公：你，住嘴。

【议论声逐渐变得小声。

【傍晚，溪水叮当声不断，姚姚坐在石头上犯愁。

弟　　弟：姐，姐，我找遍了整个寨子，原来你在这里呢！

姚　　姚：弟，你……我没什么，我想一个人静一静。

弟　　弟：那我陪你聊天，好不好？

姚　　姚：我不想跟任何人说话。

弟　　弟：姐，你现在难过吗？

姚　　姚：嗨，你说人活着到底是为了什么？

弟　　弟：姐，你是不是让妈妈生气了？妈妈在家里哭呢。

姚　　姚：没有……

弟　　弟：姐，太阳都快下山了，我们回家吧，不然妈妈会担心的。

姚　　姚：（站起来）唉，回家吧。

【溪水声音在群山回荡。

【一阵忧伤的吹树叶声传来。

弟　　弟：那一个暑假，姐姐都在闷闷不乐中度过。我想和姐姐说一点什么，可是我又能够说些什么呢？看着妈妈一天天劳累的背影，看着家里破旧的墙壁，还有那漏风漏雨的屋顶，我，我什么也帮不上……

【2020年夏天，北师大礼堂，姚姚继续演讲。

姚　姚：我永远忘不了那一天，那是 2018 年 8 月 28 日，那一天，杭州市、恩施两地总工会发起实施的"春风助学"行动助学金发放仪式在恩施举行，我和许多需要帮助的孩子一起领到了助学金，我作为受助学生代表上台发言。就在这个时候，我在心里，就和杭州，那一座我心中伟大的城市，有了一个约定，我一定要去看看，看看杭州的模样。

弟　弟：姐姐在去北京上大学的那一天，悄悄地告诉我，大学毕业后，一定要去杭州，要去感谢那座让她能上大学的城市。让姐姐没有想到的是，一年后的暑假，她心中的那个约定就要实现了。

【动车的鸣笛声、飞驰声。动车语音播报：各位旅客，杭州东站到了，请拿好行李物品有序下车。

大　刘：同学们好，首先欢迎大家来到杭州参加"娃哈哈职业体验夏令营"，我是你们此次杭州之行的领队大刘。在接下来的一周时间里，我将带你们参观大学、听劳模讲座，为大家的职业规划提供帮助。

【姚姚跟随同学们坐上了汽车，行驶在宽敞的马路上。

大　刘：同学们，我们现在要参观的是工厂，请大家下车。

【同学们纷纷下车，露出了惊叹的表情。

女　声：这是工厂？这么大的厂房。

男　声：钱塘江，那就是钱塘江！

男　人：看，还有那么多高楼，那是大桥。

大　刘：同学们，这边来。

【进入工厂，工人的操作声、货物的搬运声交织在一起形成火热的工作场面。

姚　姚：刘老师，这是上班的地方吗？

大　刘：是的。

姚　姚：你真幸福。

男　声：我以后也要来杭州上班。

女　声：姚姚，你呢，你想好没有？

姚　姚：我，还没有呢……

大　刘：其实，我和你们一样，也是在上大学的时候遇到了困难，是"娃哈哈春风助学"行动帮助了我。在毕业那一年，我看到他们来招工，我就报名了，后来也顺利地通过了面试。

姚　姚：真的？我以后也能来杭州吗？可是我是师范生。

男　声：杭州也需要老师啊，这个，不矛盾。是不是？

女　声：对，对！

大　刘：姚姚，不用急，你大学毕业还有好几年呢。在我大学即将毕业的时候，其实我
　　　　也很迷茫。对于我将来要从事的工作、对于我要在这个行业里做什么样的事
　　　　情，我都不知道。我所知道的就是找工作。

姚　姚：是啊，这些问题，我真没有想过。

大　刘：这就是我们这次职业体验夏令营的目的，我们通过参观走访、讲座学习和实际
　　　　体验，让你们提前对社会、对将来要从事的职业有一定的了解，提前做好自己
　　　　的职业规划。

姚　姚：我一定认真听讲，服从安排。

大　刘：好。下面我们去听劳模讲座。

　　　　【《梦想天堂》的音乐声里，大家欢快地聆听着关于杭州的一切。

　　　　【夜晚的声音，手机铃声。

姚　姚：妈，我们刚回宿舍，今天参观了杭州好多的地方。

妈　妈：那累不累啊？

姚　姚：一点也不累。妈，我现在非常兴奋。

妈　妈：走了这么多地方，居然还不累，年轻真好啊。

姚　姚：妈，我跟你说，我已经爱上杭州这座城市了。这里到处荡漾着春风的温暖。

弟　弟：姐，你说过，以后也要带我去杭州的，你可不要忘了。

姚　姚：当然，只要你听妈妈的话，我肯定带你来。

弟　弟：姐，那我们说好了。拉钩上吊，一百年不许变！

姚　姚：姐答应你了！

妈　妈：姚姚，听你说得这么好，妈妈都想去杭州看看了。

姚　姚：妈，我又有了一个想法，等我毕业了，我要来杭州工作。到时候，你和弟弟，
　　　　我们一起都到杭州来生活。

弟　弟：姐，好，我听你的。

妈　妈：瞧你这高兴的样子，妈也答应你，我们一起来杭州！

　　　　【2020 年，北师大礼堂，演讲还在继续。

姚　姚：此后每一个夏天，杭州的名字总会在我的脑海里浮现。因为我跟这座城市已经
　　　　有了约定。我相信在不久的将来，我一定会以一名合格的人民教师身份再次到
　　　　这座城市。我的演讲到此结束，谢谢！

　　　　【热烈的掌声响起，经久不息。

　　　　【回到山区的环境声。

弟　弟：这就是我姐姐心中的约定。也是我们一家人的约定。感谢杭州，让我姐姐上了
　　　　大学，感谢杭州，让我们一家人都有了希望。

　　　　【在弟弟吹树叶的声音里，出片尾。

🎙【**片尾**：刚刚您收听的是由杭州市总工会和浙江广播电视集团经济广播联合出品的
《春风化雨润新苗》——"娃哈哈春风助学"十集系列广播剧第七集《姐姐的决定》。

　　总策划：王越剑

　　总监制：朱幼青

　　策划：楼萍波

　　监制：汤泽勇

　　编剧：夏强

　　录制：好声音音频制作

　　文学编辑：陈张立

　　儿童配音：沈子睿

　　总导演、制作人：杨子

谢谢收听。

一封特殊的来信

🕐 **时间**：8月的中旬

📍 **地点**：江南某县农村周凯家

👥 **剧中人物**：

周　凯：男，19岁，即将进入大学的大学生；

老　周：男，50岁，周凯父亲，菜场小贩；

刘主任：女，40岁，市总工会春风行动办公室副主任，热情细心；

小　孙：女，25岁，市总工会工作人员，恪守纪律；

三　嫂：女，45岁，小超市经营者，能说会道；

其他邻居、工作人员若干。

🎙️ **片头**：一封特殊的来信，一次特别的寻访；是认真负责的帮扶，带来最真切的希望。春风化雨，哺育新苗，携子之手，一路同行。是温暖，是亲情；是感动，是力量；是我们身边的故事。欢迎收听《春风化雨润新苗》——"娃哈哈春风助学"十集系列广播剧第八集《一封特殊的来信》。

　　【清晨，《梦想天堂》的音乐声，西湖边上的喷泉声，公交车报站的声音。

小　孙：每个清晨，当我坐上公交车，走在上班的路上，看着杭州这座城市日新月异的变化，看着路上那一个个朝气蓬勃去上班的年轻人，我的心都不平静。我看着他们，就不由得想起那年夏天，我在杭州市总工会收到的那一封来信，那是2019年的一个快下班的下午。

　　【音效转到市总工会职工服务中心，结束了一天的工作春风行动工作人员正在收拾文件，准备下班。同事们互道告别，交汇成一片。

刘主任：大家检查一下，今年我们的春风行动就要告一段落了，大家看看，资料都整理好了没有？

众　人：都齐了。胜利完成任务。

刘主任：好，那我们准备下班!

众　人：好。主任你不准备请我们庆祝一下?

刘主任：啊，好，你们说，想去什么地方?

　　　　【众人七嘴八舌地。值班门卫送过来一封信。

门　卫：刘主任，刚刚邮递员送过来一封信，你们办公室收的。没有写具体的人。你看……

刘主任：我看看。春风助学办公室收，江南县梧坑乡周家村。不会是请求资助的吧。

一男声：刘姐，今年助学的名额已经用完了，再来申请，已经迟了。公告上写得明明白白的。

刘主任：先把信拆开看看什么情况再说。要不你们先回去吧，这个事情我一个人能行的。

小　孙：我来拆吧，处理来信是我的工作。（拆开）尊敬的……

　　　　【转为周凯的声音：你们一定要帮我，我真的很想很想上大学，这是我的大学录取通知书。

刘主任：还真是一个申请资助的。打打电话看。

小　孙：没留电话。

刘主任：打电话给江南县总工会，让他们摸摸情况。

小　孙：现在都下班了，去麻烦他们?

　　　　【刘主任看着信封和信。

刘主任：小孙，看出来了没，信纸上有这么多眼泪的痕迹，这一定是个苦孩子!

小　孙：还是明天一上班，我就跟他们县总工会联系吧。

刘主任：来不及了，我们明天亲自去一下，去看看到底是怎么回事。

　　　　【汽车飞驰在崎岖的山道上的声音。

小　孙：刘主任，今年都没有资助名额了，要增加名额也不是说加就加的。我们这次……

刘主任：小孙，我们去看看又没有关系的，你就这么确定我要准备增加名额?

小　孙：如果这个周凯真符合资助条件，那我们不是很麻烦，加难，不加也难。

刘主任：不让每一个考上大学的贫困学生失去学习的机会，这就是我们的宗旨。你没有忘记吧。才开出一个小时，你让我休息一会，路还长呢!

　　　　【汽车一路飞驰，来到周凯家楼下。刘主任和小孙开门下车。

小　孙：这就是周凯家啊? 房子不错，就是旧了点，石灰都掉了。

刘主任：小孙，去问问，是不是这里。

【小孙敲门。

小　孙：请问，这是周凯家吗？周凯在家吗？周……

老　周：哎呀，王老师！我跟你说多少遍了，周凯已经高中毕业，成年了，已经跟你们
　　　　高中学校没有关系了。（打开门）你们……

小　孙：我们是杭州市总工会"娃哈哈春风助学"办公室的工作人员，今天是特地来找
　　　　周凯了解了解情况的。这是我们刘……

老　周：什么春风不春风的，我不知道，也不想知道。（关门声）

小　孙：你……

刘主任：那，周凯在吗？能让我们进去吗？

老　周：没有，没有这个人！

小　孙：哎，你这是什么态度啊！我们可是开了两个小时的车过来的，你居然连门都不
　　　　让我们进。

刘主任：小孙，别！

小　孙：刘主任，你也看到了，这样的情况我们也没有办法。回去吧。

刘主任：不，既然来了，那就四处走走，我们先要找到周凯。

【小孙嘟囔了一声，跟着刘主任上了车。

【小卖部，几个人正在打麻将，一群人围观，牌的碰撞声、交谈声和外面知了
　　声交汇成一片，不时传来客人购买物品的声音和支付宝收费的声音。

小　孙：那里有个小卖部，人多，我们去问问吧。

刘主任：走吧。

小　孙：老板，来两瓶矿泉水，要冰的。

三嫂子：那边冰柜里，自己拿。

刘主任：忙着呢，我问问你，你们村里有个周凯？

三嫂子：周……凯，你找他干什么？

小　孙：我们是杭州来的，来找他了解点情况。

三嫂子：他不会是出事了吧？

男声甲：这孩子啊，可惜了，可惜了。

刘主任：出了什么事情吗？

男声乙：平时看这孩子挺懂事，挺乖巧的，可这个暑假也不知怎么了，变样了。

男声甲：听说已经平白无故的失踪两天了，昨天后半夜才回的家。

三嫂子：去去，打你的牌去，少在这里胡说。就算你学坏了，周凯也不会。

男声甲：三嫂，你这么护着他，是不是想把女儿嫁给他！

三嫂子：打你的牌吧！

刘主任：你们，能告诉我具体情况吗？

三嫂子：你们是哪的？

刘主任：我们是杭州市总工会春风助学办公室的，这是我的工作证。

三嫂子：（接过看）是不是那个能够帮助上大学有困难的那个春风行动？

小　孙：是的，大嫂你知道我们？

刘主任：我们这次来，就是想核实一下他家的真实情况的。

三嫂子：嘿！这小子还真有点种，真没有骗人。

刘主任：能给我仔细说说吗？

三嫂子：我女儿前几天向我要钱，说要借给周凯。我才知道这件事的。周凯今年考得不错，也很早被大学录取了，可是不知道怎么回事，他爸不让他读了。他是听村里的干部说，他的情况可以找你们试试，没有想到你们真的来了。

刘主任：那他现在人在哪里？

三嫂子：你等一下，我打个电话。（打电话）晶晶，你知道周凯在哪里吗？哦，他刚刚回家去了啊！好的。

刘主任：那谢谢你了啊！小孙，我们走。

　　　　【刘主任带着小孙急忙去周凯家。

三嫂子：（在后面喊）等等我，我带你们一起去！

　　　　【周凯家，老周正发脾气，手拿扫把要打周凯。

老　周：你这孩子，长本事了，还敢把杭州的人叫过来帮你了，看我不打死你！

周　凯：你凭什么打我。

老　周：凭我是你老子，就能打你。

周　凯：我已经成年了，有自己的想法了。

老　周：你翅膀硬了，想自己飞了！我不让你读书，你居然还去杭州找帮手。

周　凯：我明明考上大学了，你为什么不让我读？我不甘心，我不愿意。

老　周：你这是要气死我了。

周　凯：我凭什么要为了你的面子牺牲我的前途？难道我不去读大学，人家就不知道你这些年做生意亏本了吗！

老　周：我……我！

　　　　【清脆的耳光声。

周　凯：爸，你不要打自己耳光，你不要。

老　周：是我没用，我真的没用。我丢不起这个人啊！

周　凯：爸，既然人家都已经来了，你就跟人家实话实说了吧，我真的很想读大学。

老　周：我可是当年村里的致富大户，我的孩子去读大学，却拿不出钱，要别人资助，我丢不起这个人啊。

周　　凯：我，我悄悄地用自己的名义去申请的，和你没有关系的，爸爸。

老　　周：可我是你爸啊！孩子，这都是老爸不好，你就认了吧。你爷爷、奶奶相继去世，花去了一笔钱，积蓄就不多了。想着为了你再挣点钱，可没有想到全亏进去了。

周　　凯：爸，我上大学能勤工俭学，我还能去做暑期工，我能够自己养活自己。

老　　周：……看吧，看吧，这是我前几天从医院拿来的检查报告，你自己去看吧。

周　　凯：肝腹水！爸，你怎么不早说呢！

老　　周：我已经做了最坏的打算，唯一放心不下的就是你。我哪天不在了，而你还在读书，那可怎么办！

周　　凯：爸，你怎么不早说啊？

老　　周：我不想你太担心。我们早点工作，早点能养活自己，没有什么不好。

周　　凯：好！我听爸的。

　　　　　【老周和周凯抱头痛哭。

　　　　　【一阵深沉的音乐。

　　　　　【刘主任和小孙敲着周凯家的门。三嫂子也追来。

三嫂子：老周，赶快开门。杭州来人找你们了。

　　　　　【周凯打开门。

刘主任：周凯，你的情况我们已经跟村里了解过了，经请示领导批准，同意今年就将你纳入我们的帮扶名单。

周　　凯：谢谢，对不起，我已经想好了，我不去读大学了。

三嫂子：你这孩子，脑子昏头了，人家大老远跑过来，你自己却不要读了？

老　　周：真的不用这么麻烦了。既然孩子自己决定了，就听他的吧。

刘主任：老周，你听我说。孩子读大学是大事情，关系到他的一生，我们会帮助你们解决一些困难的。

老　　周：帮得了一时，帮不了一世，还是让他早点进入社会的好。

刘主任：不，至少，我们能在他读大学的时候帮助他。而且，我们还有很多就业帮助，也可以在他毕业以后提供一些帮助。

三嫂子：老周，这位领导说的都是真的！隔壁村老张家的孩子，前些年就是在"娃哈哈春风行动助学"行动的帮助下上了大学，毕业的时候，也被捐助企业优先录取了。

男声甲：对，对，我也听说了。

　　　　　【众人一阵附和，老周迟疑了。

老　　周：真的？孩子，那，你赶快谢谢这位领导。

周　凯：爸，你是……

三嫂子：傻孩子，你爸这是同意了。

周　凯：真的，谢谢，谢谢你们！

刘主任：感谢就不用了。这是正式的申请表格，你填一下。

周　凯：我，好！爸，我能上大学了。

　　　　【众人都发出了愉快的笑声。

　　　　【汽车奔驰在路上的声音。

小　孙：那一天，我们为周凯建好资助档案，用视频连线的形式给他办好所有手续。回家的时候已经天黑了。那一天，我们忙得都忘记了吃晚饭。在回来的路上，我看着刘主任带着笑容进入了梦乡。我也很高兴，为周凯，也为我们杭州这座充满人情味的城市，为我所从事的工作，为我是杭州市总工会的一名职工而高兴。

　　　　【在汽车广播播放的音乐里，出片尾。

【**片尾**：刚刚您收听的是由杭州市总工会和浙江广播电视集团经济广播联合出品的《春风化雨润新苗》——"娃哈哈春风助学"十集系列广播剧第八集《一封特殊的来信》。

总策划：王越剑

总监制：朱幼青

策划：楼萍波

监制：汤泽勇

编剧：夏强

录制：好声音音频制作

文学编辑：陈张立

配音：胡淳停

总导演、制作人：杨子

谢谢收听。

筑梦青春

🕐 **时间**：某年 6 月中旬—8 月

📍 **地点**：四川广元某高中学校排练厅，奶茶铺，农村小张家

👥 **剧中人物**：

刘家思：男，23 岁，当年的高考生，家庭贫困，沉默寡语；

金老师：女，28 岁。刘家思高中班主任，耐心负责；

璐　璐：女，20 岁，刘家思打工的奶茶店员工，热情天真；

老　刘：男，50 岁，刘家思的父亲，常年生病的农民；

佳　佳：女，18 岁，刘家思高中班级的文艺委员，做事踏实；

其他同学、奶茶店顾客若干。

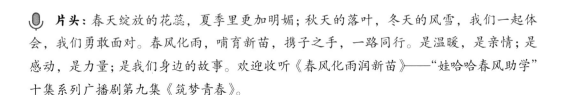

🎙 **片头**：春天绽放的花蕊，夏季里更加明媚；秋天的落叶，冬天的风雪，我们一起体会，我们勇敢面对。春风化雨，哺育新苗，携子之手，一路同行。是温暖，是亲情；是感动，是力量；是我们身边的故事。欢迎收听《春风化雨润新苗》——"娃哈哈春风助学"十集系列广播剧第九集《筑梦青春》。

【7 月午后的学校排练厅里，《毕业歌》（春天绽放的花蕊）歌声阵阵，即将告别高中的学生们正在准备献给青春的最后一份礼物，歌声嘹亮，带着不舍和眷恋。

刘家思：每个放暑假的 7 月，我都要回到我在四川广元的高中母校，去看一看，看一看母校的学弟学妹们，看一看我过去的老师。我叫刘家思，现在是一名研二的学生。看着他们憧憬的笑容，仿佛看到了我的过去。那一段日子，是我已经走过的人生里最难忘的。那天，我记得也是我们的毕业晚会……那是我的同学佳佳，那是我们的金老师，那是属于我的故事……

【钢琴声起，女声轻轻哼唱，优美动听，男声哼唱起，却出现了凌乱。

佳　佳：停，停。男声部怎么回事？都多少次了，每次到这里就出错。

男　声：都怪刘家思，他每次都跟不上大家的节奏。

佳　佳：家思，你怎么老心不在焉？

刘家思：我，我已经很努力了。

佳　佳：努力？这就是你的努力？知道大家陪着你练多少次了？都给你耽误了。

刘家思：我就是五音不全，要不，我退出，你们就可以了。

佳　佳：退出？不行。我们班级就是一个整体，不能放弃任何一个人。

刘家思：我坐在下面看大家演出也是一样的。

女　声：你看，他自己都说可以了，佳佳你就不要坚持了。

佳　佳：刘家思，你还是个男子汉吗，你？

刘家思：我不是！我走！

佳　佳：刘家思！家思，你给我站住！

　　　　【刘家思离去的脚步声，同学们议论纷纷。

金老师：佳佳，怎么了？

佳　佳：金老师，节目排练得差不多了，可刘家思退出了。

金老师：出了什么事？

佳　佳：他说没时间练习，怕影响大家。

金老师：哦，那……你们继续排练，我去找他。

　　　　【金老师去寻找的脚步声。

　　　　【毕业晚会现场的报幕声起。

男　声：还有两个节目就我们上了，大家准备好了没？

女　声：好像就刘家思没到！

佳　佳：大家别急，再等等。……金老师，找到刘家思没有？

金老师：我在校园里找了半天，没有见到他。

佳　佳：要不你跟校长说说，把我们的节目挪到后面去。

金老师：来不及了。大家赶紧去候场吧。

佳　佳：嗨，这个刘家思！看我不……

　　　　【同学们上台的脚步声，歌声响起。减弱。

　　　　【大街上的奶茶铺里音乐悠扬，客人点奶茶的声音、电子付款声。

刘家思：一杯杨枝甘露，四个麻球，一共 37 块。马上就好，请稍等。

璐　璐：家思，你今天不是去参加毕业晚会了吗？怎么还在上班？

刘家思：嗨，都毕业了，那有什么好参加的！我还是打工赚钱要紧。

璐　璐：也是啊，以后上大学还要好多钱呢，赚一点零花钱也好。咦，你好像看起来有点不高兴。

刘家思：嗨，那还不是为了填报高考志愿的事。

璐　璐：那你快去看看吧。

顾　客：给我来杯卡布奇诺。

刘家思：我这不是忙着嘛。

璐　璐：有我呢！你去看看吧，高考志愿可是大事。

刘家思：其实……也没啥好看的。我还是工作吧。

璐　璐：你啊，那等一下你早点下班。

刘家思：嗯，好。

【马路上的声音，树荫下。

佳　佳：金老师！

金老师：是佳佳啊！高考志愿填报好了吗？

佳　佳：金老师，我妈让向你咨询一下，您觉得我报什么学校比较好？

金老师：你的成绩都不错，报一本没有问题。哎，你有刘家思的消息吗？

佳　佳：他啊，没有呢，我发他微信也没有回。老师，他考得怎么样啊？

金老师：他考得不错，我担心他错过填报志愿的时间，正到处找他呢，可是手机也打
　　　　不通。

佳　佳：哦，要不我带你去找他吧。

金老师：他家在农村，过去比较麻烦，还是我去吧。

佳　佳：我想他应该还在城里。我带您去吧。

金老师：你知道他在哪？好。我们现在就去找他。

　　　　【马路上车来车往的声音。

　　　　【奶茶铺外马上路，车来车往的声音。

佳　佳：看，那不就是刘家思吗！家思，金老师来看你了！

　　　　【刘家思在里面看见，连忙出来。

刘家思：金老师，佳佳，你们……

金老师：说吧，为什么骗我？

刘家思：金老师，我没骗你，我是回家收稻子去了。

金老师：那你怎么又在这里打工？电话不接，消息不回，你知道我和同学们都在记挂着
　　　　你吗？毕业晚会那天，佳佳把观众席都找遍了，还是没有找到你。

刘家思：老师，我……对不起，佳佳。

金老师：你大学志愿填了吗？

佳　佳：你准备报什么学校？

刘家思：我，我等会下班就去报。

金老师：记住，就根据你的分数报，千万别因为学费问题报其他学校。

刘家思：我知道了。

金老师：填报志愿拿不准的时候，给我打电话，我帮你。

佳　佳：要不，我等你一起到我家里去填报吧。

刘家思：（迟疑地）我？不用……

金老师：你要拿不准，就给我电话。

刘家思：嗯……金老师，佳佳，我请你们喝冰水！

金老师：不用了，找到你，我心里就凉快了。

佳　佳：那再见了，家思同学。

　　【汽车启动的声音，逐渐远去。

　　【时钟滴答，深夜，刘家思家，他躺在床上难以入眠。

老　刘：儿子，这么晚了怎么还不睡觉？明天还要早起呢！

刘家思：爸，你怎么还没有睡啊？

老　刘：你高考分数一天不出来，我一天睡不着。

刘家思：都已经考完了，知道和不知道没有什么两样的。

老　刘：我听说别人都已经在填志愿了，你的分数怎么还没有出来？

刘家思：可能我考得不好吧。

老　刘：胡说，你就是考零分，那也查得到。你现在就用手机给我查查看。

刘家思：爸，查不查的很重要吗？

老　刘：我让你读高中，就想着让你读大学，怎么不重要？你这些年没日没夜的读书，一放假又去县城打工，为的又是什么？

刘家思：我想攒钱，学技术，将来也开一家奶茶铺，让家里的生活好起来。

老　刘：你怎么会有这样的想法？你把手机给我。

刘家思：爸！我的分数，在年级里都是靠前的，上一本大学没有问题。

老　刘：那你报了什么学校？

刘家思：爸……我也想请读大学，可我们家是这个情况，我走了，家里的农活就你一个人了。还有学费、生活费，我们负担不起。

老　刘：我就是借钱去贷款，也要让你去上大学。

刘家思：爸，我跟你说，在奶茶铺打工，我学到了很多。

老　刘：你别说了，我听不得。听了，我心里堵得慌。哎！

　　【老张长长的叹息，在深夜传得很远、很远。

【清晨，奶茶铺门口，车来车往。

璐　璐：咦，是金老师吧？这么早啊，你是在等家思？

金老师：是啊！他什么时候来上班。

璐　璐：哎呀，不巧了，他昨天晚上跟我说以后就不来了。

金老师：为什么？

璐　璐：他没有说。好像挺着急的，工资都是让我微信转过去的。

金老师：这样啊！（拨电话声，忙音——）这孩子，真让人操心。

　　　　【金老师的手机铃声起。

金老师：佳佳。

佳　佳：金老师，我已经报好志愿了。

金老师：好，好。

佳　佳：老师，刘家思报了没有？

金老师：不知道呢，我现在正要去找他。

佳　佳：哦。

　　　　【车来车往的声音。刹车声。

　　　　【溪水流动的声音。金老师敲刘家思家院子门的声音。

老　刘：你是？……你找谁？

金老师：请问这是刘家思的家吗？我是家思班主任，来找他的。

老　刘：是金老师啊，快请进来。你来得正好，快帮我劝劝他，这孩子中邪了，说什么也不想去读大学了。

金老师：这到底是怎么回事？

老　刘：都怪我，生病加残疾在家，他怕我给他交不起学费，他想去打工挣钱。

金老师：那他人呢？

老　刘：说是去上班了啊。一大早就出去了。

金老师：我去了他打工的地方，说辞职了。

老　刘：那一定是换了地方了。

金老师：嗨，这……那他走多久了？我去找他。再见。

老　刘：金老师，您等一下，喝口水再……走……

　　　　【电瓶车发动的声音。

　　　　【乡村公路上，刘家思骑着自行车正艰难地往前走。

金老师：家思，你停一下，你停一下。

刘家思：金老师，你是来劝我的吗？我自己决定了的事情，我不想改变不了。

金老师：家思，你别着急，你先来看看这一张报纸。

刘家思：金老师，我没有时间了，我还要去上班呢。

金老师：难道要我给你念出来吗？

刘家思：（拿起报纸）娃哈哈春风助学行动？……跟我有关系吗？

金老师：怎么会没有关系呢！这是杭州市总工会会专门为我们广元家庭困难的高考生准备的，你的情况完全可以申请。

刘家思：金老师，我要是不想申请呢？

金老师：为什么不申请？这么好的机会。

刘家思：四年大学，除了学费，还要那么多的生活费……大学四年，我难道还要老师您给我饭票吗？

金老师：傻孩子，读书也学会只是读一半了！你仔细看看，下面还有呢，不仅今年，在大学的每一年都可以申请。

刘家思：（笑）金老师，我！我能上大学了！金老师，谢谢您。

【突然，远处传来了同学们的叫喊声。

佳　佳：刘家思，你看，我们都来了。

金老师：家思，你看……孩子们，你们都来了！

刘家思：啊，你们……

男　声：家思，总算看到你了，祝贺你考了高分。

女　声：家思，让我们一起上大学吧。

众　人：是呀，让我们一起去迈开青春的脚步，去追逐青春的梦想，筑梦青春。

刘家思：谢谢，谢谢亲爱的同学们。

【众人唱着《毕业歌》的音乐前奏。

刘家思：就这样，在老师和同学们的鼓励下，在杭州市总工会春风助学行动的资助下，我顺利跨进了大学的校门，后来我还考上了研究生，开启了我筑梦青春的新旅程。

【在众人一齐唱《毕业歌》的欢笑声里，出片尾。

🎙【片尾：刚刚您收听的是由杭州市总工会和浙江广播电视集团经济广播联合出品的《春风化雨润新苗》——"娃哈哈春风助学"十集系列广播剧第九集《筑梦青春》。

总策划：王越剑

总监制：朱幼青

策划：楼萍波

监制：汤泽勇

编剧：夏强

录制：好声音音频制作

文学编辑：陈张立

总导演、制作人：杨子

———————————————————

谢谢收听。

我的第二故乡

🕐 **时间：** 2018 年 7 月—2020 年 7 月

📍 **地点：** 杭州某大学校园——湖北恩施林浩家

👥 **剧中人物：**

林　浩：男，20 岁，杭州某大学学生，家庭贫困；

陈主任：女，40 岁，市总工会工作人员，热情细心；

林　母：女，50 岁，林浩的母亲；

王阿姨：女，55 岁，大学宿管员；

张子轩：男，20 岁，林浩的同寝室同学，富二代；

其他同学等人物若干。

🎙 **片头：** 故乡，温暖的春风，和谐的阳光，是我最牵挂的地方。杭州，我的第二故乡，不曾忘却的记忆，是我最感动的地方。春风化雨，哺育新苗，携子之手，一路同行。是温暖，是亲情；是感动，是力量；是我们身边的故事。欢迎收听《春风化雨润新苗》——"娃哈哈春风助学"十集系列广播剧，第十集《我的第二故乡》。

【浙江大学的校园，校园广播正在播放着校园新闻，又是一个开学的季节，来来往往的学生和家长让校园异常热闹。

林　浩：欢迎你，新同学，让我来帮你拿行李吧。

同　学：谢谢，谢谢。

中年人：同学，谢谢你啊，看你的样子，是杭州本地人吧，杭州真美啊，好地方。

林　浩：哈哈，我……不，不，杭州是我的第二故乡……我的老家，在很远很远的地方。

【湖北恩施林浩家。鸟鸣打破清晨的宁静，随后猪的叫声与林浩打水、倒水的声音交汇成一曲晨间劳作曲。

陈主任：林浩，林浩，你在家吗？

林　浩：陈主任，您怎么来了？（水桶掉地上）真是没有想到，还能在恩施见到您。

陈主任：我正好去恩施出差，所以就绕了点路，过来看看你。

林　浩：妈，陈主任来了。

林　母：陈主任？您……

陈主任：我是从杭州来的，您儿子不是在杭州上大学吗？

林　母：哦，杭州？我知道，我知道。来，快请坐。晨晨，赶快给杭州来的客人倒茶去。

陈主任：不急，不急。我今天来啊，主要是看看林浩，这一转眼大半年没见了，心里老惦记着。

林　母：陈主任，你们真是大好人啊！要不是你啊，他们两兄弟现在还真不知道在做什么呢！

陈主任：不用客气的。（接过茶水）对了，听说林晨马上要中考了，但家里没有上网课的电脑？

林　母：不碍事不碍事，就是要跑到别人家里一起听，山里人，不碍事。

陈主任：这个，是我从杭州特地带来的平板电脑，给他试试。

林　母：那，这怎么好意思！不用不用。

陈主任：孩子的学习要紧。林浩，帮我打开包，试试看，能不能用。

林　浩：（一阵开包的声音）可以用，连上了，连上了。弟弟，快来看，你可以在家里上网课了。

林　晨：真的，我能上课了。谢谢您！我向你保证，一定好好学习，将来像哥哥那样考到杭州去上大学。

陈主任：好，有志气！那我在杭州等着你。（伸出手指）来，拉钩！

林　母：孩子啊，我们家能碰上陈主任，真不知道是我们哪里修来的福气！谢谢啊。

林　浩：妈，你不知道，在学校里，我的同学和老师都以为陈主任是我的亲人呢。

林　母：那是，比亲人还要亲。

【抒情的音乐起。

【大学校园男生宿舍，朗朗书声、流行音乐声交汇成一片。
【林浩边走边读课文。

王阿姨：307，林浩，我这里有你的东西。

林　浩：我的东西？

王阿姨：刚刚下午有人来找你，你不在，就放在我这里了。

林　浩：好，谢谢阿姨。

王阿姨：林浩，我问你，那是不是你的亲戚啊？

林　浩：亲戚？

王阿姨：你别这样看着我，她不是你亲戚？就是经常来看你的那个阿姨。

林　浩：你是怎么知道的？

王阿姨：不是你亲戚，怎么会经常来看你，还给你带这么多生活用品。

林　浩：就……是吧。（笑）阿姨，我先上楼了。

王阿姨：要我帮忙吗？这两大袋子，可不好提。

林　浩：没事，我提得起。

【林浩提着东西上楼，打开宿舍门，读书声由弱变强。

张子轩：动量矩守恒定律，又称角动量守恒定律，指的是根据动量矩定理推论，当合外力矩为 0 时，其动量矩保持不变。

林　浩：我回来了。

张子轩：又是两大袋，你家亲戚真好。赶快看看，有什么好吃的。

林　浩：你就知道吃。我真想不通了，你家条件这么好，你怎么还这么嘴馋！

张子轩：哦，我知道了，你这个是爱心牌的，世界上最珍贵的。那我不吃你的了。

林　浩：哪里啦，都是一些普通的，你看不上眼的东西。不过在我心里，这个是天底下最珍贵的。

张子轩：当然，从你每一次收到这些，我就看出来它们可不普通。你知道吗？我可羡慕你好久了，你亲戚经常来看你，脾气还这么好，对人总是笑。不像我家，除了给我钱，就是钱。

林　浩：你就身在福中不知福吧！我还不知道我妈在老家找到工作了没有！

张子轩：这有什么难的，只要你说一句话，我立马去跟我爸说，让你妈进我爸的工厂。

林　浩：算了，我弟弟还在老家上学呢，给，这个奖励你。

张子轩：嘿，今天不抠门了？哈哈哈。

林　浩：你呀，不吃还给我。

【张子轩与林浩的交谈声由强减弱。

【时钟滴答，夜晚，走廊里，林浩打电话给林母。

妈　妈：浩浩，你在学校里过得怎么样啊？

林　浩：我这里都好，同学关系不错，老师也对我很好，陈主任经常来看我。

妈　妈：妈妈在家里也很好，你别担心。（倒吸一口气的声音）

林　浩：妈妈，你怎么了啊？

妈　妈：没事，没事，就是这几天有点上火，牙疼。

林　浩：你要注意身体。

妈　妈：妈妈没事。浩浩，你该休息了吧，妈妈不打扰你了，先挂了。

林　浩：妈……

【电话机里传来一阵挂断的忙音。

【大学校园中午，宿舍楼下。同学们进进出出。陈主任走了过来。

陈主任：阿姨，307 寝室的林浩在吗？

王阿姨：林浩？哦，你是那个……林浩的亲戚。

陈主任：（笑而不答）他在吗？

王阿姨：你真是好啊，这才开学两个月，你就已经来看他好几次了，每次来都带好多东西，真不容易。

陈主任：哈哈，你观察得真仔细。

王阿姨：那是，我当这些孩子就跟自己的孩子一样，他们的一举一动，都瞒不过我的眼睛。

陈主任：那最近，林浩表现怎么样？

王阿姨：没的说，这孩子学习劲头真不错，也不大出去玩。就是吧……好像这几天有心事。

陈主任：出了什么事？

王阿姨：我只是觉得，他好像有什么心事。听说辅导员也问过他，他都说没事。

陈主任：哦，那他现在人在哪里？

王阿姨：应该在湖边看书吧，那边人少，他可喜欢去了。

陈主任：好，谢谢你啊！

王阿姨：你去那边看看。

【一阵脚步声。
【湖边绿荫小道旁，林浩正在看书。

陈主任：林浩，听说你这几天心情不好，是不是有什么事情？

林　浩：陈主任，啊，没有……

陈主任：有些事你不能闷在心里，那样对身体不好。

林　浩：我……

陈主任：还把我当外人吗？

林　浩：不，不是……

陈主任：那你还记得不，上大学家里有困难时，还能主动找我们。现在读大学了，就和我们生分了？

林　浩：不，不，我不是这个意思。

陈主任：那你快说啊，说不定我真能帮上忙。

林　浩：可是，这件事情……有点难为情。

陈主任：难为情？那是什么事？谈恋爱了？找女朋友了？

林　浩：不，不，……我是有点想家了。

陈主任：啊，那有什么不能说的？

林　浩：我觉得我帮不上妈妈，帮不上家里，不像一个男人。

陈主任：（笑）那你觉得应该怎么样，才能叫男人？

林　浩：我应该回去帮助妈妈，照顾弟弟，先把自己家撑起来。所以我想休学，过几年再来读大学。

陈主任：休学？你这想法不错，有男子汉的担当。可是你现在休学，是不是意气用事？你想啊，你要给弟弟做榜样，鼓励他好好学习，将来也能和你一样考上大学。

林　浩：可是我忍不住，就是想家，担心我妈妈。想她一个人在家里照顾弟弟，很辛苦。

陈主任：这的确是个问题。我怎么没有想到呢。……你妈妈肯定是希望你能好好读书，将来毕业了再撑起这个家。现在你的任务是学好知识，将来用你学习到的知识去支撑起这个家。

林　浩：嗨！

陈主任：……

林　浩：我昨天给妈妈打电话的时候，感觉妈妈身体不对劲，可是她又不说。

陈主任：原来是这样。

林　浩：我……

陈主任：我来帮你想办法。你安心学习，听我的话，知道吗？

林　浩：嗯嗯。

陈主任：走，回寝室去吧，下午要上课。

【音乐延续，校园里的上课铃声响起。

林　浩：那天，我看着陈主任急急忙忙地离开，一边走还一边打电话，非常着急的样子。我心里非常内疚，我觉得不应该告诉她妈妈和家里的事情。一晃几天过去了。那一天，正好是双休日，我正躺在床上看书……

【轻轻的敲门声，宿舍门被推开。

王阿姨：林浩，林浩，你亲戚又来找你了。这次来了好几个。

林　浩：亲戚？

【林浩急匆匆下床。

林　浩：妈，弟弟，你们怎么来了？

林　母：浩浩，妈妈以后就要和你一样，在杭州生活了，以后就可以经常来看你了。

林　浩：真的吗？那太好了。弟弟，你长高了。

林　母：多亏了陈主任，她帮我联系了这边的工厂，给我买好车票，我就过来了。

林　浩：陈主任，太感谢你了。

陈主任：嗨，其实，在我到你家了解娃哈哈春风助学贷款情况的时候，我就注意到了这个事情。特别是那天知道你在学校里还不放心妈妈和弟弟的时候，我就更把这件事情放在心上了。这不，我寻找到了适合你妈妈工作的企业，就把你妈妈和弟弟接过来了。

林　母：正好我也有外出打工的想法，我听陈主任说是来杭州，我就立马同意了。

弟　弟：哥，我以后就在杭州读书了，就在杭州考大学。

林　浩：好，好。我们一家人再也不分离。

陈主任：林浩，这个不唐突吧？

林　浩：我真的……太感谢您了。

陈主任：嗨嗨，别哭，别哭啊！哭了就不是男子汉了。

林　浩：不，我不是哭，是高兴，激动。

【一家人往上走。

王阿姨：哦，这下我是看出来了，原来你们不是亲戚关系啊！

林　母：不，我们是亲戚，陈主任就是我们的亲人。

王阿姨：嗨，这真跟戏里唱的一样了，我活了这么大岁数，今天算是开眼了。

【众人欢笑。

【校园里欢快的音乐声。

林　浩：是杭州，那温暖的春风，不仅帮助我解决了经济上的担忧，改变了我的命运，也更让我明白了人生的意义。老吾老以及人之老，幼吾幼以及人之幼。为别人点一盏灯，照亮别人，也照亮了自己；感受到别人带来的光与热，从此不再步履维艰。我将在未来，像他们一样，用自己的光亮去照亮更多的人。感谢你，我的第二故乡。

【在林浩的声音和音乐声里，出片尾。

🎙【片尾：刚刚您收听的是由杭州市总工会和浙江广播电视集团经济广播联合出品的《春风化雨润新苗》——"娃哈哈春风助学"十集系列广播剧第十集《我的第二故乡》。

总策划：王越剑

总监制：朱幼青

策划：楼萍波

监制：汤泽勇

编剧：夏强

录制：好声音音频制作

文学编辑：陈张立

配音：胡淳停

总导演、制作人：杨子

谢谢收听。

在『浙里』听见共富中国

——杨子和她的广播剧

第二辑

湖州篇

青春担当：
共富路上敢为先

YANG ZI HE TA DE GUANG BO JU

杨 子 和 她 的 广 播 剧

绽放青年力量之光

　　唐朝诗人孟郊说："青春须早为，岂能长少年。"青年，是社会的新生力量，他们用活力、激情与担当塑造着未来。每个时代都需要这股青春奔流，正如当下，当我们聚焦于共同富裕的目标时，青年力量显得尤为重要。他们是变革的推动者，是梦想的实践者，也是社会进步的引领者。而我们与他们的故事是在一次偶然的采访中展开的，正是那次的相遇推动了"共同富裕的青春担当·湖州"系列广播剧的诞生。

　　我们有幸与共青团湖州市委深度畅聊，也正是这次交谈，让我们发现了一群默默耕耘的湖州青年。在他们身上发生的故事，闪耀着澎湃的青年力量，那种充满活力、积极向上、推动着家乡和祖国不断发展的力量。这股力量成了我们的灵感源泉。在共青团湖州市委员会的支持下，"共同富裕的青春担当·湖州"便有了雏形，而那群以执着与勇气书写未来、点亮共同富裕前进道路的年轻人就是我们故事的主角。

　　"共同富裕的青春担当·湖州"系列由《鱼意》《笔缘》《球梦》三个故事组成，但它并非几个故事的堆砌，而是一份对青年们的真诚致敬，对他们为共同富裕事业所作出贡献的赞美。我们也希望通过这个系列广播剧向大众展示一个不一样的湖州，一个传统与现代并存、孕育了许多闪光的青年力量的文化之城。同时也希望激励更多人投身社会事业。

　　但没想到的是，我们在创作之初便遇到了诸多困难。深入走访、调研后，我们挖掘出了许多令人敬佩的湖州青年——为家乡发展毅然放弃稳定生活的研究院副院长、奔走在战"疫"最前线的医护人员、积极参与扶贫教育工作的人民教师、坚持不懈宣传湖笔文化的技艺传承人、热心公益反哺社会的企业家、斗志昂扬带动农民增收致富的"粮二代"……因为有太多如他们一般令人瞩目的年轻人，创作团队在选题设计过程中出现过多次意见分歧。为了挑选出更具代表性的故事主角，我们研究了湖州的历史人文，并与湖州市不同行业、背景的年轻人进行了交流，聆听他们的故事，最终选择了庆渔堂董事长沈杰博士、湖笔制作技艺传人杨文、希望工程援助者郑凯丞三人作为系列故事的主角并展开创作。

为什么会选择这三位作主角？因为他们身上既有让人难以抵挡的独特魅力，又有湖州年轻人的共性。他们让我们看到了青年的担当和奉献，他们不仅仅在为实现自己的梦想努力着，同时也在积极地帮助别人改变命运，为社会做贡献。

沈杰博士，原本在中国物联网产业研究院担任院长助理、副院长，但他毅然放弃稳定、体面的工作回到家乡养鱼，他的父母、同事、好友中很多人都不理解，甚至在他创业初期推广物联网养鱼技术时，村民们都觉得不可思议，但他依旧毫不动摇。我们很难理解他是抱着怎样的心态跨出这步的，从前程似锦的副院长到从零开始的创业者，从繁华的城市回到朴素的农村，他放弃了很多人梦寐以求的东西，只为圆满儿时的梦——以科技改善鱼塘养鱼。他的故事瞬间感动了我们，勇往直前的魄力、不忘初心的坚持、以科技带动共富的行动力……他身上聚集了现代青年的优秀品质。他的经历涉及了家庭、传统农业和现代技术之间的冲突，在倡导科技助力农业发展的当下发挥着很好的启示作用。

与专注科技的沈杰不同，杨文是湖笔制作技艺的传承人，但两人身上却有着同样的闪光点——坚持不懈、努力创新。对湖州而言，湖笔是一张城市名片，但这个古老技艺却逐渐没落，二十多岁的年轻人在湖笔世界里更是凤毛麟角。疫情的冲击，更是让它的处境雪上加霜，原材料短缺、销量骤减都让湖笔的传承变得艰难。可杨文面临这些困难时非但没有轻言放弃，还迎难而上坚守技艺，并勇敢尝试创新销售渠道，通过网络直播将湖笔展示给更多人，在拓宽销路的同时，推广了优秀的民族传统文化。

而作为公司总裁的郑凯丞与他们完全不同，他是青年力量的另一种体现。他热心公益，关爱他人，并愿意为此投入资源和时间。在他的资助下，农村的孩子们拥有了自己的曲棍球队，他给了他们一个做梦的机会，让他们拥有了体育梦想。在碰到有体育天赋却因为家庭困难不得不放弃的孩子时，他坚持劝说，并主动为就业困难的他们提供工作机会，守护了孩子的体育梦想，也改善了他们的生活状况。他向社会传达了希望、梦想、坚持和社会责任等价值观，鼓励人们追求梦想，回馈社会，帮助他人，用实际行动带动人们实现精神共富，具有深刻的启发意义。

为了探寻他们坚韧的灵魂、奋斗的足迹，创作团队除了采访他们本人，也同时采访了他们周边的人，力求为听众呈现完整立体的、充满活力的人物。《笔缘》中最后孩子与医生的戏份，就是走访过程中收获的灵感。杨文定制了一批湖笔作为礼物赠送给抗疫一线的医护人员，这种行为彰显了他的社会使命感和对抗疫工作人员的尊重。而医生通过湖笔消除了孩子对做核酸检测的恐惧，将希望与鼓励通过湖笔传递了出去。这与我们创作"共同富裕的青春担当·湖州"系列广播剧的初衷也有着异曲同工之妙，将青年力量传达出去，将爱与希望传达给更多人，而这个信念从剧本创作到广播剧录制，贯穿了整个创作过程。

感谢共青团湖州市委员会的重视和支持！这个系列广播剧只是一个起步，它向社会传递了优秀的价值观，也传达了对年轻人的赞美和鼓励。而在这个过程中，我们也不断学习和成长，他们教会了我们什么叫做坚韧、什么叫做奉献、什么叫做担当。虽然目前只制作了三集，但他们的故事不会就此停止，我们的创作也不会就此停止，未来有机会，我们会继续将青年力量编写成剧带给大众，让更多人看到、听到他们的努力和付出。

青年是创新和社会变革的主力军，他们的担当和努力为社会带来积极的影响，也让我们相信只要心怀梦想、坚守初心，每个人都可以成为共同富裕的青春力量。我们也希望听众能够从中汲取灵感，积极参与社会改革，为更美好的未来而共同努力。

席慕蓉说："含着泪，我一读再读，却不得不承认，青春是一本太仓促的书。"愿我们都不负春光，不负韶华。

鱼意

🕐 **时间：** 2016 年夏天—2021 年中秋节

📍 **地点：** 浙江南浔

👥 **剧中人物：**

沈　　杰：男，40 岁，物联网养鱼推广者；

沈　　父：男，63 岁，沈杰的父亲，鱼塘承包者；

沈　　母：女，60 岁，沈杰的母亲，鱼塘承包者；

沈　　妻：女，38 岁，沈杰的妻子；

沈欣欣：男，10 岁，沈杰的儿子；

小　　李：男，25 岁，沈杰的同事；

张　　婶：女，50 岁，村民，鱼塘承包者；

其他：村民甲、村民乙。

🎙 **片头：** 新时代浪潮已在太湖的南岸涌动，美丽中国湖州样本正展露出她前所未有的魅力，新一代湖州青年，正用文化的厚度、科技的维度、创造的速度、生活的温度集结成章，演奏成曲，连接起共同富裕的起点、责任和担当。欢迎收听"共同富裕的青春担当·湖州"广播剧第一集《鱼意》。

【2021 年中秋节，浙江南浔的沈杰家中，电视里中秋晚会的声音、碗筷摆放的声音、沈欣欣和沈父的笑声交汇成一曲节日欢奏曲。

沈　　妻：欣欣，吃饭了。

沈　　父：欣欣，走，跟爷爷吃饭去，今天你妈妈和你奶奶准备了好多你爱吃的菜。

沈欣欣：（跑着到位子上）吃中秋团圆饭喽！

沈　　妻：欣欣，你看这些菜喜不喜欢？

沈欣欣：妈妈，爸爸呢？今天不是中秋节吗？不等他吗？

沈　　妻：欣欣，爸爸在做重要的事情，等他完成了就会回来了。

沈欣欣：爸爸已经有快一个月没有回家了。他今天答应过回家陪我玩的。

沈　妻：欣欣乖，爸爸很快就会回来的。

沈欣欣：不要，我要爸爸，我要爸爸！

沈　母：欣欣，听奶奶的话，先吃吧。

沈欣欣：为什么这几年爸爸越来越忙了？你们好像都习惯了爸爸不在家一样。

沈　妻：欣欣乖，妈妈告诉你为什么爸爸越来越忙，好不好？

沈欣欣：好。

沈　妻：那是 2016 年，你爸爸升职了，又刚刚完成了全球首部物联网顶层架构国际标准的制定，正是职业生涯走向巅峰的时候，却决定从研究院辞职回家养鱼……

【2016 年，沈杰家中。沈杰的父亲、母亲和妻子正在一起为沈杰庆祝《标准》制定完成，酒杯碰撞声，欢笑声交织成一片。

沈　母：我们家阿杰啊，没有让我们失望，也没有辜负爸妈这么多年的培养。

沈　父：（微醉）多亏了我这么多年养鱼培养的阿杰。

沈　母：（笑着）老头子你这就自夸上了。不过阿杰啊，你爹养鱼真是辛苦。看到你现在能舒舒服服地坐办公室，收入也稳定，不用像你爹那样风里来雨里去，我们真是很满意啊。

沈　杰：爸，妈，我……

沈　妻：（胳膊碰了一下沈杰，小声说）你别现在说呀。

沈　杰：爸，妈。我，我不想瞒你们了。我准备从研究院辞职。

沈　父：（被酒呛到，咳嗽）你说什么？从研究院辞职？你可是刚升为研究院的副院长啊！

沈　母：沈杰，你没开玩笑吧！放着研究不做，辞职干什么？

沈　杰：我已经向研究院提交了辞职报告，院里基本上同意了。

沈　母：什么时候的事情？你遇到了什么麻烦吗？难道是像职场剧里那样，遇到职场斗争了？被排挤了？

沈　父：我不同意！你好不容易有今天的成就，就这么放弃了？你到底在想啥？你现在就去给领导打电话，说你要继续留在研究院工作。

沈　杰：没有什么斗争。领导和同事都待我很好。

沈　母：那又是为什么？我也不同意。

沈　妻：（小声）其实我也不同意。

沈　杰：爸，妈，你们别着急，听我说。

沈　父：你不去打电话，那我明天就去你们研究院找你们领导去！

沈　杰：爸，你去找他们有什么用？

沈　父：你知道我们供你读书，供你做研究容易吗？那可是我们在鱼塘里顶风冒雪熬出来的。

沈　杰：正是因为看着你们整天在鱼塘忙碌，我才想回家养鱼。

沈　父：养鱼？真是白养你了！（重重地把酒杯放到桌上）

沈　母：阿杰，养鱼可是一个苦活。你看看我和你爸，养了大半辈子的鱼，还没有到六十呢，头发白了，这手上的老茧是一层又一层的。把你培养出来，就是为了让你不再干这个啊。

沈　杰：爸，妈。我在研究物联网的时候就一直在想，如果能把物联网技术带回老家，用物联网技术养鱼。那你们和乡亲们就再也不用顶着酷暑熬夜守鱼塘了。

沈　父：就为了一个想法，你就要放弃大好前程？

沈　杰：六岁那年，爸爸和妈妈辛苦养了两年的鱼在一夜之间全部翻塘死掉，看着你们一边抹眼泪，一边把一筐又一筐死鱼抬上来，那场景我永远都忘记不了。那之后我们家节衣缩食，吃了好久的咸菜，特别是你俩的碗里，见不得一点肉。

沈　母：哎，正是因为过过苦日子，我们才想你不要轻易放弃现在到手的东西啊。

沈　杰：爸，妈。后来我在想，咱们家那时候的不幸是偶然吗？恐怕不是。这是传统露天鱼塘养殖模式固有的缺陷，是水产行业桎梏，它阻碍着我们，阻碍着所有渔民。现在我想用物联网技术杜绝翻塘死鱼的现象，带着家乡的人们甚至天下的渔民一起致富。

沈　母：真的能做到不死鱼？

沈　杰：能，而且不死鱼只是第一步。我更大的想法是打造物联网＋生态渔业项目，把互联网与大数据技术运用于水产养殖，最终跨越空间和时间的限制，把小农经济的农业资源用数字经济时代的方式进行管理。资金我已经筹集到了，我们打算成立一个叫"庆渔堂"的团队。

沈　父：就算你有这个心，可乡亲们也未必愿意。

沈　杰：爸，不试试又怎么知道呢！

沈　父：好吧。难得你有这个心。

沈　母：老头子，难道你也……

沈　父：阿杰也不是毛头小子了，有自己的想法很正常。但是阿杰，你得去找乡亲。如果你能说服大家，普及技术，那我就同意。否则的话，你得给我乖乖回到研究院上班。

沈　杰：谢谢爸！

【几天后的南浔清晨，沈杰家所在的村的鱼塘边。鱼塘承包者交谈声交织成一片。

村民甲：张婶，你又熬了一夜啊，身体扛得住吗？

张　婶：哎，这么多年，都已经习惯了。我们养鱼的人，谁身上没点毛病。

村民乙：咱们风里来雨里去管这鱼塘，对鱼儿比亲闺女还亲，就指望着这些鱼能平平安安地长大。这辛苦下来，能不有点病嘛！

【汽车由远及近，先后传来刹车声、关门声，沈杰带着同事小李下车。

沈　杰：大叔，张婶，你们都在呢。我正有事情找你们呢。

张　婶：阿杰，你都当上院长了，怎么还往我们这里跑。

沈　杰：我这次回来，带来了最新的养鱼技术，只要我们稍微改造一下鱼塘，就能通过手机看到鱼在水里的情况，这样养鱼更方便，也不用三更半夜起来去鱼塘巡逻了。

张　婶：阿杰，你别跟我们开玩笑了。要是真有这样的技术，我做梦都笑醒了。

小　李：这是我们最新的研究成果，希望大家都能试试。

村民甲：最新技术就用来养鱼？还说能监控鱼的情况，这不是高射炮打蚊子，大材小用了嘛！

【村民们一阵哄笑。

小　李：叔叔阿姨，其实新技术没有想象中的那么高大上，用起来很方便的。不如大家先听听沈博士怎么说。

村民乙：阿杰，不是叔信不过你。只是这年头套路太多了，咱们老农民口袋里就这仨瓜俩枣，可不敢随便试啊。

沈　杰：大叔有顾虑也正常。小李，我们再去其他地方走走吧。

【汽车开门声，启动的声音，沈杰带着同事小李离开鱼塘。身后，村民们悄悄议论。

张　婶：阿杰这是干啥，他真辞职了？

村民甲：说不定是去搞经销卖设备去了，听说有些供应商赚的比研究院多多了。瞧，这都推销到我们头上了。

张　婶：阿杰应该不会那样吧。哎呦——

【张婶差点跌倒在鱼塘边，村民乙赶紧扶住

村民乙：张婶，你没事吧。

张　婶：没事没事，就是最近天热了，熬夜看浮头看多了，有些恍惚，一下子有点站不住。

【汽车里，小李边开车边和沈杰交谈。

小　李：哎，大清早的，把附近的鱼塘都跑遍了，就是没有人愿意接受新技术。

沈　杰：别担心，慢慢来。新事物应用总需要有一个接受过程。

小　李：现在是村民们不愿意接触陌生的物联网技术。杰哥，咱们再跟村民们耐心解释解释吧。

沈　杰：不能光说不做。不如，我们先给他们做个榜样。

小　李：你是说只要我们成功了，他们自然会愿意改造鱼塘的?

沈　杰：小李，我决定把自己家的鱼塘先改造了。

小　李：对啊！这个办法好。

沈　杰：那我们现在就干。

　　　　【沈家。大家刚吃完晚饭，客厅里有收拾碗筷的声音。

小　李：谢谢叔叔阿姨的招待。

沈　母：小李别客气，以后要常来玩啊。

沈　父：小李，调试得怎么样了? 这几天热起来了，可要注意鱼浮头。

小　李：叔，保准万无一失，你就放心吧！

沈　父：你们可不能说大话吹牛啊！我就指望这套设备打一场翻身仗呢！

沈　杰：爸，你这话说得有点像在跟谁赌气一样。

沈　母：你不知道，你这段时间在村里推广技术，一些人就在背后说你沈杰推广技术是假，卖设备才是真。你爸为这个已经憋好几天气了。

沈　父：我没生气。但是阿杰，你要用事实去证明你说的是对的。

沈　杰：爸，妈，你们放心，今年鱼塘肯定大丰收。

小　李：叔叔，阿姨，你们放心吧。

沈　父：好了好了，不说这个了。难得有空，小李，你也别急着走，你们两个年轻人陪我老头子搓搓麻将。

小　李：（笑）那我就恭敬不如从命了。

沈　杰：麻将我记得放在——（手机铃响）

沈　父：谁的电话?

沈　杰：我看看……这是鱼塘缺氧的告警电话。小李，我们去看看。爸，回来再陪你打吧。

沈　父：好，好，你们先忙。
　　　　【沈杰、小李出门的脚步声，开、关门声。

　　　　【沈杰和小李在鱼塘忙完工作。夏天夜晚的鱼塘传来蛙叫和知了叫声。从不远的地方依稀传来张婶的抱怨声。

沈　杰：好了，溶氧曲线稳定了。我们回去吧。

小　李：我好像听到有什么声音。

沈　杰：这是——张婶。张婶家的鱼塘就在边上。我们去看看吧。

【沈杰和小李走向隔壁张婶家的鱼塘。一路上有脚步声。

沈　杰：张婶！

张　婶：是阿杰还有小李啊。

沈　杰：张婶，有什么麻烦吗？

张　婶：哎，就是天气太热，蚊虫太多，扇子扇扇么也没用。年纪大了，守着这鱼塘越来越耐不住了。阿杰，最近好像没看到你爸来守鱼塘了。

沈　杰：我们家现在是物联网养殖了，通过监控平台 24 小时监控。家里人就不用一直守着。我和小李是接到告警电话才过来转转的。这会就准备回去了。

张　婶：你们就不用去鱼塘再看看？

沈　杰：（掏出手机）鱼塘如果水温过低或者含氧量过低，这里就会发出警报，我们就要过去处理了。平时么，看着手机屏幕就行了。我们家几个鱼塘的情况，都在上面显示着。你看，这是 1 号鱼塘，就是挨着你家鱼塘的那个，水温正常，含氧量也正常。那是 3 号鱼塘，同样正常。

张　婶：真这么轻松吗？要是这样，那我也不用每天守着了。这个平台会不会很难用？

沈　杰：不会，不会，只要有台智能手机就行了。

张　婶：智能手机么我有的，我女儿今年买给我的，就是不太会用。

小　李：没关系的张婶，只要下个 App 就行了。你愿意的话我可以帮你下。

张　婶：好，那就麻烦小李了。

沈　杰：学会手机操作后，再也不用顶着大热天关注浮头了。

小　李：下好了！

沈　杰：张婶你看，打开 App，我们在手机上就可以掌握整个鱼塘水质的变化。这个按键是遥控增氧机的开关，在家就可以操作。

张　婶：看起来还真方便哎。

沈　杰：外边热，我们要回家了，张婶也一起来吧，可以再跟你说说手机的具体操作。

张　婶：这个操作难吗？

小　李：不难不难，几下一点就好了，学起来很快的。学完说不定还有时间在杰哥家搓搓麻将，正好凑一桌呢。

张　婶：好，我也尝尝这手机养鱼的日子，看来以后可以睡安稳觉咧。

沈　杰：放心吧张婶，相信我们庆渔堂团队，包你安稳。

【三人发出轻松的笑声，踏上回家的路。

【两个月后，沈杰家。门口响起敲门声。

沈　杰：谁啊？

张　婶：是我，张婶。阿杰在家吗？

【沈杰开门，张婶走进。

张　婶：阿杰，告诉你一个好消息，这两个月我家鱼塘的鱼没有一条死掉哎。卖鱼挣的钱还比去年多了不少。这都是你们庆渔堂物联网养殖的功劳啊。

沈　杰：这真是一个好消息。

沈　父：张婶，你看我家阿杰没有骗人吧！

张　婶：岂止没有骗人，还帮了我的大忙。我现在再也不用去鱼塘守夜了，只要坐在家里看看手机，就能知道鱼塘的一切情况。你看，我现在身体比以前好多了，吃的药也少了。

【"咚咚咚"，门外又传来敲门声。

沈　母：又有谁来了？

张　婶：（笑着）那些也想保养身体的老哥吧。

【沈母走去开门。脚步声。好几个村民走进来。

村民甲：阿杰，阿杰！赶快，趁着我现在把鱼卖完了，你给我装了你的那套设备吧！我掏钱！

村民乙：我也要。阿杰，给叔也来一个。

沈　杰：大家不要着急，我会安排我团队的人一个一个给大家安装的。

张　婶：看吧，现在大家都信得过阿杰。

沈　杰：如果大家都信得过我，那么不光是这些，我还有更大的目标。

村民甲：什么目标？赶快给我们说说。

沈　杰：不用守鱼塘只是第一步。我想打造一个利用物联网技术养殖鱼的产业网，建成一个"数字生态鱼仓"，探索一个智慧、高效、生态的养鱼模式。

张　婶：什么叫"数字生态鱼仓"？

沈　杰：简单来说，就是不止轻松养鱼，也要轻松卖鱼。这要考虑的不只是技术，还有市场和服务问题。通过"数字生态鱼仓"，突破咱们农户零散养殖的限制，实现咱们小养殖户、散养殖户水产品的库存数字化和品控全程化，降低咱们的风险。到时候，我们的产品就可以做到优质优价，和消费者建立信任关系。

村民甲：这次我们都听你的，你就说怎么做吧！

沈　杰：好！我们一起干！

村民齐声：一起干！

【2021 年的中秋节，浙江庆渔堂农业科技有限公司的办公室里。有敲击键盘和点鼠标的声音，还有翻资料的声音。

小　李：杰哥，咱不是说好轮流值班的嘛。这有我守着，你先回去吧。今天是中秋节啊。

沈　杰：（一边看屏幕数据一边说，有敲击键盘和点鼠标的声音）动物联网+生态渔业的新项目还忙着呐，别忘了咱们要全面升级1.7万亩鱼塘的科技服务，还有双鱼塘微水循环生态养殖标准。

【咚咚咚，门外传来敲门声。

沈　杰：难道是有村民上门？小李你去开一下。

小　李：（小李起身离开座位的声音，然后是开门声）好咧。

沈　杰：（埋头工作）小李，你看这里的数据——

小　李：（打断他的话）杰哥，你瞧谁来了！

沈欣欣：爸爸！

【沈欣欣跑向沈杰的跑步声，还有沈妻随后走进来的脚步声。

沈　杰：（从座位上站起来，一把抱起沈欣欣）儿子，你们怎么来了？

沈　妻：（笑着说）还不是欣欣吵着要见你。

沈　杰：（放下沈欣欣，有点歉疚的语气）不好意思啊，我本来打算马上就回家的。

沈欣欣：（好奇又小心翼翼地打量着办公室）原来这就是爸爸工作的地方。

沈　妻：欣欣你看，就是在这里，爸爸一干就是五年。你爸爸和李叔叔他们让养鱼的人赚到了更多的钱，让吃鱼的人享受到更多更环保的美味，大家都很喜欢你爸爸呢。欣欣想不想长大后也做一个被大家喜欢的人呢？

沈欣欣：想！我长大了也要像爸爸一样！

沈　妻：欣欣明白了就好。

沈　杰：（笑着）老婆你这说的，我都有点不好意思了。

沈欣欣：妈妈，我们把给爸爸带的东西拿出来吧。

沈　妻：好，你拿出来吧。

【沈欣欣放下背包，拉开拉链，拿出月饼。

沈欣欣：爸爸，这是给你带的月饼。还有李叔叔的。

小　李：（接过月饼）哎呦，谢谢欣欣。

沈　杰：大家一起吃吧！

【大家拆包装吃月饼的声音，以及欢声笑语。

【片尾：刚刚您收听的是"共同富裕的青春担当·湖州"系列广播剧第一集《鱼意》，由共青团湖州市委员会、浙江广播电视集团经济广播联合出品，湖州市南浔区千金镇人民政府倾情支持。

总策划：汤佩佩

总监制：代旻

策划：梅远婷、姚豪杰

监制：李正、汪震东、叶珂沁

编剧：夏强

录制：好声音音频制作

文学编辑：陈张立、朱金文

儿童配音：沈子睿

总导演、制作人：杨子

谢谢收听。

笔缘

🕐 **时间：**2020 年 2—3 月

📍 **地点：**湖州南浔善琏镇

👥 **剧中人物：**

> 杨　文：男，28 岁，湖笔传人；
>
> 姚玉粼：女，26 岁，杨文妻子，湖笔传人；
>
> 姚真泉：男，53 岁，杨文的岳父，湖笔传人；
>
> 王主任：女，35 岁，杨文所在镇工作人员；
>
> 胡医生：男，30 岁，抗疫医生，杨文书法好友；
>
> 其他：孩子甲、人员甲、人员乙。

🎤　**片头：**新时代浪潮已在太湖的南岸涌动，美丽中国湖州样本正展露出她前所未有的魅力，新一代湖州青年，正用文化的厚度、科技的维度、创造的速度、生活的温度集结成章，演奏成曲，连接起共同富裕的起点、责任和担当。欢迎收听"共同富裕的青春担当·湖州"广播剧第二集《笔缘》。

> 【湖州南浔杨文家，姚玉粼择笔时湖笔杆子碰撞的声音与电视里的新闻声音交织成一片，略显沉闷。新闻声："下面关注国际新……"窗外的喇叭声由远及近，盖过前面两种声音。外面巡逻的防疫人员用喇叭反复播报："疫情期间，请各位村民做好防护措施，讲卫生，勤洗手，出门戴口罩。多居家，不聚集。"
>
> 【杨文正在和经销商电话沟通。

杨　文：王总，我都已经做好了，你现在取消订单，那我不是亏了啊。要不我给你包个邮？哎呀迟几天发也可以的嘛，我杨文这里给你把货留着，只要不取消……哎，王总，王总……

姚玉粼：订单又取消了吗？

杨　文：哎，已经是这个月第五单了！接下来不知道会有多少折手里。

姚玉粼：往年这个时候，过年送礼、过完年学生开学都有不小的需求，咱们湖笔人都指望着这时候多赚点。今年倒是闲下来了。

杨　文：师父昨天也从杭州打电话过来，问我这边的情况。他说有人承受不了这个压力，已经考虑转行了。昨天做水盆的王婶说现在原料涨得厉害，狼毫的原料根本就买不到。

姚玉粼：羊毫、兔毫呢？咱湖笔可有三大品种啊。

杨　文：也不容乐观啊。兔毫原料价格从每两两千多涨到了近四千。连带着山羊毛也涨了。但是我们的笔不能涨啊。要是涨了，经销商电话可更难打通了。

姚玉粼：原料涨了，销售停了，哎，真是千头万绪，难啊！我爸爸和师父那一辈，千辛万苦维持着。好不容易传到我们手里。师父当初觉得，有了90后传人，善琏湖笔技艺至少能再延续四五十年，说不定能有更多年轻人加入，现在看啊，能不能撑过五年都是个未知数。

杨　文：玉粼，不要自责。你为了湖笔，放弃了营养师的志向。这几年你的努力，师父和爸爸都看在眼里。

姚玉粼：我就是怕有负他们的希望啊。

杨　文：玉粼，我有一个想法，现在所有人都和我们一样待在家里。大家都在网络上打发时间。不如我们就趁这个机会在网络上推销湖笔。

姚玉粼：这倒是一个不错的主意，我们马上试试。

【深夜，杨文家中，杨文正用沙哑的嗓子对着手机屏幕做直播。

杨　文：善琏湖笔历史悠久，书写舒适，具有几百年的技术积累，有笔中之冠的美誉，是难得一见的好笔。这套笔纯手工制作，精选狼毫，韧性好，弹性足，笔头个个聚峰强，不易分叉，书法、绘画都可——

姚玉粼：老公，收了吧！没人了。

杨　文：（喝水声）看一下来了多少人？

姚玉粼：四个小时，你嗓子都说哑了，直播间加起来不到十个人。哎，白费功夫。

杨　文：怎么会只有这么点人呢？我可是准备了半天，把我这几年学到的都讲了。

姚玉粼：就是只有这么点。算了，都快半夜，早点休息吧。明天还要和爸爸一起献爱心呢。

杨　文：我把东西收拾一下。

姚玉粼：明天再收拾吧！

杨　文：怎么了？"今日事，今日毕"可是你的座右铭。

姚玉粼：我没劲了。师父和爸爸虽然嘴上不说，我却能感受到他们内心的焦虑。形势比人强，师父的徒弟好几个已经转行了。我们还想坚持，可是我好迷茫！

杨　文：玉粼，你还记得带第一次我来南浔是什么时候吗？

姚玉粼：记得，恰好是九月十六"蒙恬会"。

杨　文：是啊。我看着数百湖笔工人在蒙恬庙前举行纪念仪式，对着笔祖求湖笔兴旺。在那一刻，我就起了学习湖笔制作工艺、把这门古老的技艺传承下去的念头。

姚玉粼：也是在那时，你留在了我家，和我一起拜入师父门下，成为湖笔的新传人。

杨　文：那个时候我们就说，无论多么困难，我们都需要坚持。办法总比困难多，我们多尝试，总会有收获的。

姚玉粼：（语气渐渐舒缓）你这个人，学手艺快，也总是这么会说话。

杨　文：一起把这些收拾好吧。人气要靠积累，直播这个东西也有门道，咱们再琢磨琢磨，会成功的。

姚玉粼：好。

【手机、电线与桌子的碰撞声由强减弱。

【第二日早上，闹钟声连续响了几遍，由弱渐强。夹杂着姚真泉的呼喊声、敲门声。

杨　文：（开门）爸，您叫我们什么事情？

姚真泉：都日上三竿了，你们怎么还在睡觉。

杨　文：昨晚我们搞直播，睡得有些晚。

姚真泉：直播？

杨　文：（有点不好意思）恩，我们想尝尝新的销售渠道。您觉得怎么样？

姚真泉：哎，挺好，挺好。新东西啊是可以大胆尝试的。来，帮我推一下，这么多东西，一个人有点踩不动三轮车。

姚玉粼：饼干、矿泉水、方便面……爸，我都说了等我们一起过来帮您啊。

姚真泉：等不住啊，防疫人员没日没夜地守在岗位上，可能有些饿了呢？来，和我一起送到村里的防疫点去。

姚玉粼：我开车送您去就行了，骑什么三轮车啊。

姚真泉：你不懂，有些防疫点车子进不去，就得靠三轮车。

杨　文：那您坐车上，我来骑。

姚真泉：这倒是可以。

姚玉粼：我扶您上去。

杨　文：还真有点沉。（杨文使劲踩，脚踏板和链条转动发出声音）哎！走了。

【三轮车压在青石板上发出沉闷的声音，还有车上物资摇晃、碰撞的声音。

【露天的防疫点，风呼呼地吹着。王主任、胡医生正在检查防疫点的工作，指导防疫:"哎,对,这里也要注意。"两人因为寒冷,边说话边发出响亮的吸气声音。

杨　文:(停住三轮车)王主任、胡医生,我们来了。

王主任:杨文、老姚,还有玉粼,你们这是全家出动了啊!

姚真泉:这算什么,你们才辛苦呢!大家还没有吃早饭吧,这里有饼干,先垫垫。

王主任:谢谢你了啊!大家快过来拿。

人员甲:赶紧吃点。(塑料纸包装打开的声音)给你。

人员乙:谢谢。

胡医生:杨文,你们昨晚在做直播?

杨　文:胡医生,你怎么知道的?

胡医生:昨晚巡逻路过你家,就听见你在大声地介绍湖笔,那声音都透过窗户了。

杨　文:你晚上巡逻,怎么现在早上了还不回家?你身体扛得住吗?

胡医生:疫情防控是大事,我肯定不能离开的呀。

杨　文:这里就一个雨棚,四面透风,你们晚上睡哪里啊?

胡医生:村里安排了,还不错的。

杨　文:我还能帮你什么?我们认识好几年了,平时还经常交流书法,有需要尽管说。

胡医生:那我可就说啦。晚上啊,给他们弄点热的东西吃吃。

姚玉粼:那就给大家包顿饺子吧,我现在就去准备。

王主任:好。那就辛苦你们了。

杨　文:那就不耽搁了,我们现在就回去准备。

【三轮车压过青石板的声音渐渐远去。

【杨文家。杨文、姚玉粼和姚真泉一起包饺子。擀饺子皮的声音、筷子碰撞不锈钢盆的声音、搅拌饺子馅的声音交织在一起。

姚玉粼:杨文,我心情突然好多了。

杨　文:是吗,说来听听。

姚玉粼:今天看到王主任和胡医生他们为了我们村的安全,冒着寒风坚守在村口,他们都没有叫苦叫累,我们这点压力算什么。

姚真泉:想开了就好。之前看你愁眉苦脸的,我早就想开导开导啦,但就怕你嫌我唠叨。

姚玉粼:我不嫌。您说吧。

杨　文:爸,我也有兴趣听。

姚真泉:像你们这么大的时候,我学了一年的湖笔蒲墩工序,一心想着卖自家的笔。于是我就带上大包小包的笔,骑自行车从乡下家里出发,到善琏镇上再换汽车到全国各地。我不知道该去哪,只是一路看见文具店就进去询问是否需要毛笔。

当时主要卖给学生，笔价也低，一支只有几毛钱，最贵的也就三四块。就这样，我跑过山东、河南、安徽。

姚玉粼：爸，终于让您说出自己的故事了。

姚真泉：鬼丫头，就你机灵。实话跟你们说吧，你们这几天为订单的事情发愁，我也在发愁，真怕你们两个撑不住。

杨　文：爸，您放心。当年您这么困难都坚持了下来，我们也一定会想到办法解决现在的难题的。

姚真泉：哈哈，我相信你们。

姚玉粼：（惊呼）老公，你手上包的是什么？

杨　文：哎呀，心里想着湖笔和抗疫的事情，手上就不知不觉包出来了，这像不像那个坚守在防疫点的工作人员。

姚玉粼：像，真像。

杨　文：爸，我有一个新的想法。我们制作一批抗疫元素的湖笔赠送给在抗疫一线的医护人员，表达我们的敬意。您看怎么样？

姚真泉：这类东西叫做什么来着？

姚玉粼：文创产品。

姚真泉：对对，文创。你们想法很好，我支持你们。

杨　文：我还想和王婶商量一下，让她在挑毛的时候加一些其他的材料，使毛笔更具有弹性，吸水性也会加强一些，还能缓解传统原料不足的困境，节约成本。

姚玉粼：你别说，上次我就看到王婶在搜集一些新毛，估计是要研究新品种。

姚真泉：可以啊！想不到短短两三年下来，你们都会自己创新了。

杨　文：我和玉粼其实就是不满足现状。天下湖笔出湖州，湖州湖笔出善琏。咱们湖笔是毛笔之冠，可不能无人问津。

姚真泉：好。那等送完这顿饺子，杨文就去找王婶，玉粼去设计笔的款式。

姚玉粼：45份饺子，咱加油干，让防疫人员早点吃上夜宵。

【杨文家院子里。杨文专心致志地在工作台前制作湖笔。有制笔的声音。姚玉粼拿着手机对着杨文直播。

姚玉粼：（直播解说）大家看到了，这就是湖笔的制作全过程，由我们杨老板亲自演示。有意购买的请点击我们的网店。今天下单的有优惠哦。直播就先结束了，大家再见。（关掉手机）

【杨文和姚玉粼收拾台面的声音。

杨　文：玉粼，看你今天说得挺带劲儿的，是看的人不少吗？

姚玉粼：差点破千了！

杨　文：这么多？我还以为制作湖笔挺枯燥的，没人看。

姚玉粼：看来对传统文化有兴趣的人还是不少。

杨　文：恩。也可能是因为杨老板亲自卖笔，魅力非凡。

姚玉粼：（拍了一下杨文）瞧把你美的。杨老板不是因为请不起网红才亲自上阵的吗？

杨　文：玉粼，我想过了。咱们不需要网红。直播间就由咱守着。你看，咱们虽然还没有好的直播水平，但这样简单但朴实地直播制笔过程，也能吸引到对湖笔有兴趣的观众。

姚玉粼：恩。就是这样挺费劲的，每周只能直播一次。

杨　文：光这一次就能提升不少销售额了。我们还是要把主要精力放在制笔上，把湖笔做好。

姚玉粼：是啊。手艺才是根本。不能因为直播耽误了制笔。

杨　文：我还想，等疫情过后，继续到中小学组织研学，向学生展示湖笔文化。孩子们写书法也好，画画也罢，只要看着他们拿起湖笔，我的心里就特别开心。

姚玉粼：好咧。都依你。

【2020年3月，湖州南浔某医院，胡医生正在给孩子做核酸检测。

孩子甲：（哭闹）不，我不要做！

胡医生：别怕，来，"啊"，张大嘴巴，核酸检测很快就好。

孩子甲：胡医生，我，我害怕。

胡医生：不要怕。就当叔叔来你嘴里捉个小虫子，可不要把嘴闭上哦。

孩子甲：我，我还是害怕。

胡医生：不用怕，不用怕，我们把虫子抓出来就好了。

孩子甲：啊——（孩子哭泣的声音渐渐停止）

胡医生：真棒！你看，叔叔说过做核酸很快的吧。医生叔叔可以满足你一个愿望。

孩子甲：我想画画，用湖笔画。以前有个杨文哥哥会来我们小学给我们看湖笔，教我们用湖笔画画。我已经有好多天没有画啦。

胡医生：叔叔早就想到了，（拿出湖笔）你看我带来了什么。

孩子甲：湖笔。（仔细观察）咦，这支湖笔看起来好特别，上面有字！

胡医生：这支湖笔就是杨文哥哥赠送给我们抗疫医护的抗疫湖笔，这里面蕴含着我们"万众一心，不怕困难"的力量。

孩子甲：就是说，我和胡叔叔万众一心，就不会害怕新冠病毒了？

胡医生：是啊，相信叔叔，我们可以一起做好防疫。

孩子甲：恩！叔叔，这支笔能送给我吗，我要带着它和大家一起战胜新冠病毒！

胡医生：好，我送给你！

【结尾是春日里鸟语花香的笑声。

🎤【**片尾**：刚刚您收听的是"共同富裕的青春担当·湖州"系列广播剧第二集《笔缘》，由共青团湖州市委员会、浙江广播电视集团经济广播联合出品，湖州市南浔区千金镇人民政府倾情支持。

总策划：汤佩佩

总监制：代旻

策划：梅远婷、姚豪杰

监制：李正、汪震东、叶珂沁

编剧：夏强

录制：好声音音频制作

文学编辑：陈张立、朱金文

儿童配音：沈子睿

总导演、制作人：杨子

谢谢收听。

球梦

🕐 **时间：**2021 年 5—10 月

📍 **地点：**甘肃某村、浙江湖州

👥 **剧中人物：**

郑凯丞：男，25 岁，湖州某公司总裁，希望工程援助者；

舟　舟：男，11 岁，甘肃某乡村学校学生，特长是曲棍球；

吴阿姨：女，35 岁，舟舟的母亲；

李师傅：男，37 岁，舟舟的父亲；

小　何：男，23 岁，郑凯丞的助手兼司机；

刘老师：女，27 岁，甘肃某乡村学校教师，舟舟所在球队的教练；

其他：队员甲、邻居甲、摊主甲、摊主乙、解说。

🎙 **片头：**新时代浪潮已在太湖的南岸涌动，美丽中国湖州样本正展露出她前所未有的魅力，新一代湖州青年，正用文化的厚度、科技的维度、创造的速度、生活的温度集结成章，演奏成曲，连接起共同富裕的起点、责任和担当。欢迎收听"共同富裕的青春担当·湖州"广播剧第三集《球梦》。

解　说：2021 年 10 月，首届全国小学生曲棍球夏令营暨 2021 青少年锦标赛在甘肃兰州盛大开赛。

【比赛现场，球员大声交流的声音、跑动的声音、球棍击打球的声音、观众的加油呼喊声混在一起。

队员甲：（呼喊）舟舟，接球！

【击球声。舟舟接到传球，大声喘着气。

刘老师：（在赛场边大喊）舟舟，好机会，射门！

【砰，击球入网的声音。舟舟打进最后一球，比赛结束的哨子声随即响起。全场爆发出热烈的欢呼声。

【队员们拥抱庆祝，兴奋地喊："我们赢了，我们赢了！"

刘老师：舟舟，你打得太棒了，我们赢了！来，大家都等着和你一起庆祝。

舟　舟：（喘着气，兴奋的语调）老师，我想给在湖州的大哥哥打个电话，告诉他这个好消息。

刘老师：是给郑凯丞郑总吗？

舟　舟：恩。半年前，是他帮助了我，我才能在这里比赛。

刘老师：好，我马上给他打电话，告诉他这个好消息。

【半年前，去往甘肃某小学的路上，郑凯丞和助理小何带着礼物看望小学曲棍球队的队员们。车内音乐和汽车疾驰的声音混在一起。

小　何：郑总，孩子们要是看到这么多礼物，肯定开心得不得了。

郑凯丞：他们开心，我就开心。记得第一次到他们学校，我真的被眼前的景象惊呆了。我真的无法想象一个学校会没有任何体育设施。孩子们平时根本没法锻炼。

小　何：所以您特地在学校组建了一支曲棍球队。不仅出资金搞定了场地和设备，还经常抽空去看他们。

郑凯丞：没办法，我就是牵挂这些孩子。快到了吗？开快点。

小　何：马上就到了。

【汽车刹车声。郑凯丞和小何下车，车门打开和关上的声音。郑凯丞看到刘老师正带着队员们在训练。

刘老师：好，训练开始前，大家先跟我做热身运动。一、二……（抬头看见郑凯丞走近）同学们先停一停，你们看谁来了。

队员们：（开心地）大哥哥来了！大哥哥好！

郑凯丞：同学们，看，我给你带什么来了。

队员们：好漂亮的礼物啊！谢谢大哥哥。

郑凯丞：不用谢，只要你们好好训练，到时候我带你们去参加全国比赛。

队员们：哇！太好了，我们一定努力训练。

队员甲：可是舟舟不在，我们很难打赢比赛。

郑凯丞：刘老师，出了什么事情？舟舟怎么不来训练？

刘老师：具体情况我也不知道。就在一周前，舟舟突然说要好好读书，不参加训练了。

郑凯丞：你没有问情况吗？

刘老师：我找他谈过好几次了，他就是不说话，只是闷头学习，就连课间休息都在看书。

郑凯丞：那他现在成绩怎么样？

刘老师：你也知道，舟舟的强项是在运动上。而且感觉他现在念书的时间虽长，但是总提不起精神。

郑凯丞：他现在人在哪里？

刘老师：在教室里学习呢。

刘凯丞：我去看看。

【郑凯丞急促地跑向教室，留下一阵脚步声。

【教室里很空旷，只有舟舟一个人双手揉着头发里，正苦闷地默默背书。

舟　　舟：京口瓜州一水间，钟山……钟山，钟山，我怎么这么笨呢！
这么几句诗都背不下来。

郑凯丞：钟山只隔数重山。

舟　　舟：这声音……（抬头看，惊喜）是大哥哥！

郑凯丞：（笑着）你这诗啊，我念书的时候也背过。舟舟，我来看你了。

舟　　舟：大哥哥，你怎么来了？

郑凯丞：我想你们了，所以特地开车过来看你。

舟　　舟：（有点难过）以后你不用来看我了。

郑凯丞：你这是怎么了啊？你不想看到我吗？

舟　　舟：我不会去打球了，让大哥哥和队里的同学们失望了。以后也就不想见大哥哥了。

郑凯丞：为什么不打球啊？你不是说过曲棍球是你最喜欢的运动吗？

舟　　舟：以前是，现在不是了。我现在要好好读书，只有读好了书，我才能走出去。

郑凯丞：舟舟，其实走出去有很多种方式，每个人都有自己的长处。

舟　　舟：我的长处就是读书。我先走了。

郑凯丞：哎，舟舟，你听我说。

【舟舟抓起书本跑出了教室。郑凯丞急忙追了上去，却发现没有人影了。刘老师气喘吁吁地跑了过来。

刘老师：郑总，你看，这是我刚在舟舟作业本里发现的纸条。

郑凯丞：（念纸条）退出球队。

刘老师：这肯定是发生了什么事情，不然舟舟不会这么做的。他一个月前去打比赛的时候还非常开心呢！

郑凯丞：我们去找他吧。

刘老师：他估计现在回家去了吧。

郑凯丞：那我们去他家。

刘老师：快到晚上了，路不好走。再说他家那边车子也很难开。

郑凯丞：没有关系，我可以走过去。小何，我们走。

小　　何：郑总，真要去啊？

郑凯丞：你不去的话，可以在这里等着，我一个人去。

小　何：那我跟你去。

刘老师：我给你们带路。

【路上，秋虫鸣叫声营造静谧空旷的场景。

小　何：（气喘吁吁）郑总，您身体真好，走了这么长的路，一点都不累。

郑凯丞：你不知道吧！我从高中开始，每年都会跟着我爸回老家红旗村看望有困难的乡亲。那里的山虽然没有这里的高，但身体是练出来了。

小　何：可是您为什么就这么执着让舟舟打曲棍球呢？你说只要他们开心就好。

郑凯丞：可是我们看得出来，原本舟舟最开心的就是打曲棍球。

刘老师：是啊。对曲棍球的热情，以前队里没有谁比舟舟更高。而且舟舟还很有天赋。

郑凯丞：高三那年，我把积攒下来的六千块零花钱捐给了家乡。我爸还带着100多个乡亲一起做物流。正是在他的身上，我读懂了什么叫"先富带动后富"。

刘老师：郑总，原来你的公益爱心是家传啊！

郑凯丞：大家都觉得舟舟是个打球的好苗子，我想帮他去实现梦想，找到自己的人生方向。

刘老师：舟舟遇到郑总你这样的好人，真是幸运。

郑凯丞：我们得先弄清楚舟舟不打球的原因。快到了吗？

刘老师：前面有灯光的村子就是了。瞧，好像有人在跑步。

郑凯丞：是舟舟。舟舟！舟舟！

小　何：他怎么听到声音就跑了，这孩子也太不懂事。

郑凯丞：不，他刚才跑步的样子像是在做体能训练，他应该还没有放弃打球。走，我们追上去。

【舟舟快速跑进简陋的屋子，"砰"一下关上木门。拿起书本开始读了起来。

舟　舟：（声音从屋内传来）京口瓜洲一水间，钟山只隔数重山。

刘老师：（敲了敲门）舟舟，大哥哥来看你了，赶快开门。

舟　舟：（声音从屋内传来）别打扰我读书。

郑凯丞：舟舟，能让我进来吗？

舟　舟：（声音从屋内传来）我家不欢迎你！

小　何：我们走了十几里路来找你，你竟然说不欢迎我们。

舟　舟：（声音从屋内传来）我又没有请你们来。别打扰我读书。

郑凯丞：舟舟，有什么事情让我们进去说可以吗？我们一定会帮你解决的。

舟　舟：（声音从屋内传来）我要睡觉了。对不起，大哥哥，刘老师，你们回去吧。

郑凯丞：舟舟，舟舟，舟舟？没声音了。

【邻居家开门的声音。有一个人走出来。

邻居甲：你们找舟舟什么事啊？

郑凯丞：请问你是？

邻居甲：我是舟舟家邻居，他爸爸妈妈都去湖州打工了，托我平时照看着点舟舟。

刘老师：我是舟舟学校的老师，这位是资助舟舟打球的郑总。我们今天是来了解舟舟的情况的。

邻居甲：没啥好了解的，你以后也不用资助舟舟打球了。你们走吧！

郑凯丞：大叔，这总得有个原因吧？

邻居甲：你们再不走，我就叫人了啊！赶快走吧。

郑凯丞：大叔，我们有话好说。

邻居甲：没有什么好说的。我得对得起他爸妈的吩咐。你们走了就别再来啦。

【沉重的关门声。

小　何：白跑一趟。郑总，现在该怎么办？

郑凯丞：小何，你通知给公司，就说我要在这里多住几天。

小　何：郑总，公司眼下的数字化革新还等着你推动呢！你这一住，不就耽搁了。

郑凯丞：这个事情不解决，舟舟耽搁的可能就是一辈子。

小　何：那我马上就联系公司。

刘老师：这么晚了，连晚饭都没顾上。郑总，我们要不先找个地方吃点东西吧？

郑凯丞：好吧。

【村集市，收拾摊位的声音、摊主聊天的嘈杂声、煮面的声音混杂在一起。

摊主甲：（一边收摊一边说）哎，后天在前面那个村摆摊，别忘记了。

摊主乙：那边人多，我一定会去的。到时候见。

摊主甲：到时候见。大妹子，你怎么还不收摊啊？

摊主乙：把剩下的几碗面卖了就收。

摊主甲：好的，后天别忘记了。

摊主乙：忘不了。

【郑凯丞等人走近。

刘老师：你果然还没有收摊呢。

摊主乙：刘老师，你怎么来了。赶快坐。

郑凯丞：你们认识？

刘老师：她也是舟舟的邻居，经常在这一带赶集摆摊，他儿子也在我们球队。我给你介绍一下啊，这就是资助我们球队的郑总。

摊主乙：你就是郑总啊。感谢你啊，多亏你的资助，俺孩子终于有课余活动了。天天锻炼身体，精气神也好了，也不担心他乱跑了。

郑凯丞：谢谢，都是我应该做的。对了，你知道舟舟家发生了什么事情吗？

摊主乙：舟舟怎么了？

郑凯丞：他突然之间不想打球，说要专心读书。

摊主乙：怪不得我最近见他都是闷闷不乐的。他是个打球的好苗子啊！

郑凯丞：他是不是遇到什么难事了？

摊主乙：我想想，会不会跟他父母有关？

郑凯丞：他父母怎么了？

摊主乙：俺听说舟舟父母在浙江的湖州打工，不过最近好像因为不会用电脑被调整岗位了。也不知道有没有再找到好工作，俺们这里人懂得少，飘在外面打个工也很不容易。

郑凯丞：湖州……他爸爸妈妈之前在哪家公司？

摊主乙：这俺不知道，只知道是家做运输的，好像叫什么物流来着。

郑凯丞：物流……小何，待会你打电话回去查一下。

小　何：好的，郑总。

郑凯丞：咱们抓紧把面吃了吧。明天再去找舟舟。

【哧溜吃面的声音。

【几天后，湖州，郑凯丞家门口。汽车刹车声。汽车开门声。郑凯丞和舟舟下车。郑凯丞开门带舟舟走进家里。

郑凯丞：舟舟，这是大哥哥的家。

舟　舟：大哥哥，我爸爸妈妈呢？

郑凯丞：你爸妈一会就到。你要喝什么？我给你拿。

舟　舟：我知道大哥哥对我好。但是我也要听爸爸妈妈的话。

郑凯丞：来，喝点什么？（打开冰箱）这瓶怎么样？

舟　舟：（接过饮料，打开瓶盖喝了一口）谢谢大哥哥。

郑凯丞：舟舟，我会跟你爸爸妈妈谈的。你只需要告诉大哥哥，你自己心底里想不想打球？

舟　舟：我，我想——

【开门声。小何带着吴阿姨、李师傅进门。

小　何：郑总，吴阿姨、李师傅接来了。吴阿姨、李师傅，这位是郑总。

舟　舟：爸爸、妈妈，你们真的来了啊！

吴阿姨：舟舟，你怎么在这里？

舟　舟：大哥哥带我来的。

李师傅：郑总，你这是？

郑凯丞：吴阿姨、李师傅，我叫郑凯丞，也是舟舟学校曲棍球队的资助人。今天找你们来，主要是想跟你们商量一件事情。能不能让舟舟继续打球。他真是一个好苗子，自己也很喜欢打球。他现在可以说是球队的核心，带着球队拿了好几个奖呢。

吴阿姨：不瞒你说，要是条件允许，舟舟打球么，俺们也愿意的喽。可是，俺们现在也没有办法啊。

李师傅：俺两个人现在都不知道去哪里找工作，他这球还怎么打？说到底，打球不过是打着玩玩。可是俺家这条件，舟舟玩不起啊。

郑凯丞：舟舟在曲棍球上有罕见的天赋。如果好好培养，说不定以后能打职业，开辟一条不一样的道路。首届全国小学生曲棍球夏令营暨2021青少年锦标赛马上会在甘肃举办，对舟舟来说是个很好的锻炼机会。最重要的是，舟舟热爱打球。不信你们再问问舟舟。

吴阿姨：舟舟，你真的那么喜欢打球吗？

舟　舟：……恩。我，我想回到球队，和大家一起……

李师傅：（叹了口气）郑总，不是俺们不让孩子玩。只是俺们只知道读书才有希望出人头地。俺周围几个村，没听说过有谁家孩子搞体育出头的。俺家这条件，不懂也玩不起这个啊。

郑凯丞：读书当然是最好的方式。但是孩子人生的路不止一条。如果能让舟舟做到读书和打球两不误，他的人生就可能多一种选择。在赛场上发出的光芒会让他的人生更精彩。这样吧，我的公司也是做物流的。不如你们来我的公司工作。

李师傅：可是俺们连智能手机都不大会用。上一家公司都嫌弃我们嘞。我们怕进来又给郑总添麻烦。

郑凯丞：这个没关系。李师傅、吴阿姨，你们可以先做简单的岗位，慢慢熟悉了再换岗。待遇就按上一家的水平来。

吴阿姨：真，真的吗？

李师傅：俺也有点不敢相信。

郑凯丞：当然是真的了。你们先在我家吃顿团圆饭，再带着舟舟玩几天。这是我给你们的上岗红包。

李师傅、吴阿姨：这怎么好意思收呢！

郑凯丞：没啥不好意思的，你就收下吧！

李师傅、吴阿姨：谢谢郑总。

郑凯丞：舟舟现在能安心打球了吧？

李师傅：郑总都这样了，我们怎么好意思不答应。

吴阿姨：舟舟，你就回到球队吧，爸爸妈妈再不给你压力了。

舟　　舟：大哥哥，我向你保证，一定努力拼搏，用球去实现我的梦想。爸爸，妈妈，我会好好加油，说不定有一天，我能成为体育明星呢！

郑凯丞：那我们就等着舟舟的那一天！

【欢声笑语中，大家走向餐桌。

【片尾：刚刚您收听的是"共同富裕的青春担当·湖州"系列广播剧第三集《球梦》，由共青团湖州市委员会、浙江广播电视集团经济广播联合出品，湖州市南浔区千金镇人民政府倾情支持。

总策划：汤佩佩

总监制：代旻

策划：梅远婷、姚豪杰

监制：李正、汪震东、叶珂沁

编剧：夏强

录制：好声音音频制作

文学编辑：陈张立、朱金文

儿童配音：沈子睿

总导演、制作人：杨子

谢谢收听。

在「浙里」听见共富中国

——杨子和她的广播剧

第二辑

钱塘篇

青春担当：
共富路上敢为先

YANG ZI HE TA DE GUANG BO JU

杨子和她的广播剧

弄潮儿勇立潮头

　　在岁月的涟漪中，我们曾走过一个独特的地方，那是一个被梦想围合的地方，那里有滚滚浪潮，有洒满汗水的土地，有热血沸腾的青春，还有一个又一个美好的梦。那里就是钱塘，一个位于杭州东部、孕育了伟大围垦精神的地方。当我们踏上这片土地时，我们看到的不仅仅是繁华的都市和风景如画的钱塘江，更是一群被民族精神所点燃的年轻人携手追逐的共同梦想。

　　钱江大潮，举世闻名。明田汝成《西湖游览志》记载："濒江之人，好踏浪翻波，名曰弄潮。"每年农历八月十八日，钱塘江有观潮之举，善泅健儿，踩水嬉弄于潮头，以显示其惊险动作和高超技艺，体现勇于搏击、不屈不挠的奋斗精神。这就是弄潮儿。

　　"2019 年 4 月 18 日，钱塘新区获授牌成立"，"2021 年 4 月 9 日，钱塘区正式成立"。在一代又一代钱塘人的努力下，一座新城矗立在钱塘江畔。作为创业的弄潮儿和见证者，他们百折不挠的围垦精神感动了很多人，在共同富裕的主旋律之下，这种精神更加需要被记载并传承下去。为此，共青团杭州市钱塘区委员会联合我们共同策划了"共同富裕的青春担当·钱塘"系列广播剧。这是一个重要的话题。我们也希望通过广播剧的形式探讨它、思考它，让生活在这片热土上的人民了解钱塘围垦历史，让更多的人看到"勇战狂潮、艰苦拼搏、团结奋斗、坚持不懈、无私奉献"的伟大围垦精神，鼓励更多人加入共同富裕的建设队伍。

　　为了呈现更真实的故事内容、塑造更鲜活的人物性格，我们在项目启动后优先收集围垦相关资料，深入了解围垦历史。随后我们走访了许多参与过围垦的老人，从他们口中了解了一段又一段真实的历史故事，然后把这些片段拼凑还原，"共同富裕的青春担当·钱塘"最初的构想就完整了。随着想法的不断深入，故事题材越来越多，可选择性也愈发多样，我们的创作想法也从一开始只专注围垦历史故事转移到了钱塘人的故事。

"学史明理、学史增信、学史崇德、学史践行。""共同富裕的青春担当·钱塘"系列广播剧不应该局限在过去，也应该关注当下，如同钱塘的围垦精神是持续的，不断传承的。它是这片土地的文化之根、精神之源，鼓励着这片土地上的人自信地走向未来，创造未来。"共同富裕的青春担当·钱塘"系列广播剧不应该只反映地方的发展历程，它还应该是一群普通人用坚韧和梦想书写人生的壮丽史诗。最终，我们决定用《筑梦》《追梦》《圆梦》三个故事去展示，从围垦到发展，再到新的希望，将钱塘区的围垦文化精神传承下来，弘扬出去。

　　《筑梦》《追梦》《圆梦》三个故事包含了不用年龄段、不同行业的城市建设者。《筑梦》讲述的是围垦的老故事，它是钱塘区开始的阶段，年轻的阿水爷爷，还有和他共同参与围垦的那批战友，他们是这片土地的功臣，是围垦精神的原点，也是这片土地上最应该被铭记的一批人。阿水爷爷就是他们的缩影，也是一个时代的缩影，他经历了从无到有的开垦过程，也经历了钱塘发展的每个阶段，他们把最宝贵的青春献给了这片土地。以他为主人公展开故事，可以让曾经江潮汹涌、威胁两岸人民的钱塘江更加立体，也可以让人更深刻地感受围垦精神。

　　《追梦》则是钱塘发展的一个缩影，它展示的是一个朝气蓬勃的钱塘，这里有坚定不移追逐梦想、投身城市发展的年轻人，也有困惑迷茫、停步不前的年轻人，这里包容形形色色不同的人，它给予他们平等的实现梦想的机会。张远江展现了一个普通人如何坚持自己的梦想，最终走向成功，也展现了一个爱惜人才的领导，如何在下属迷茫时给予帮助。坚守梦想又乐于助人的他，让我们相信，只要拥有坚定的信念和毫不动摇的决心，就能创造属于自己的辉煌。这何尝不是围垦精神的另一种体现，为梦想努力拼搏，为发展竭力留住人才。

　　《圆梦》既是钱塘围垦历史最后成功的阶段，也是钱塘充满希望的未来开篇。周斌作为钱塘区的招商干事，积极参与地方发展，努力吸引更多的投资和资源，为钱塘区的崛起贡献自己的力量。他身上肩负的是城市建设的重要使命，同时也代表着新一代的城市担当。他将自己的孩子取名为周潮，既是希望孩子将钱塘的围垦文化、江潮文化传承下去，也希望孩子未来成为时代的弄潮儿，为钱塘的建设作出贡献。这是一个热血青年对他脚下这片土地最真挚的祝福，表达了他对钱塘区未来的信心和承诺，也表达了如他一般的年轻人坚定不移为共同梦想而努力的决心。

这三个故事就像钱塘区发展的不同阶段，呈现的不仅仅是三个主人公的生活经历，更是钱塘区从无到有，不断发展、壮大的过程。故事中的人物都对钱塘区充满了自豪感，他们的情感纽带和共同的梦想促成了地方的快速发展，共同构建了一个以时代精神、地方热爱和共同梦想为核心的感人故事，也生动地展现了共同富裕的伟大梦想。在这里，"共同富裕"得到了很好的诠释，它不再只是一句口号，更像是一种信仰，一种精神，一种力量。

在整个系列的创作过程中，我们深深感受到了这一点。从最初的素材搜集、选择，到剧本的创作、打磨，到最后的录制、上传，大家克服一个又一个难题，朝着同一个目标前进，默契值也在不断提升。

宋潘阆诗咏钱塘潮曰："弄潮儿向涛头立，手把红旗旗不湿。"这一刻我们更加深刻地体会到了围垦精神，同时也更深刻地理解了"共同富裕"的内涵——大家同心协力，为更美好的未来而努力奋斗。

感谢共青团杭州市钱塘区委员会的重视和支持！这个系列广播剧在播出后，获得了广泛的社会反响。有人表示深受鼓舞，有人为钱塘区的发展感到骄傲，有人从中获得了生活启发，这些正能量的反响也让我们深感欣慰。"共同富裕的青春担当·钱塘"旨在启发听众和传承文化，这些故事代表了坚韧、智慧和梦想的力量，希望它们能够成为积极向上的声音，激发更多人争当传承围垦精神、参与共同富裕的新时代弄潮儿。

我们都是钱塘人·筑梦

🕐 **时间**：当代

📍 **地点**：杭州

👥 **剧中人物**：

陈秋平：女，40 岁左右，社区书记；

阿水爷爷：男，80 岁，当年围垦的青年突击队队员，老党员，当年的共青团员；

涛　涛：男，10 岁左右，钱塘区某小学高年级学生；

其他人物若干。

🎙 **片头**：共同富裕，青春担当，智涌钱塘，现代星城。我们用青春助力钱塘，我们让梦想走向辉煌。我们接受历史使命，我们履行时代担当；我们在担当中历练，我们在尽责中成长。我们钱塘青年正在高质量发展建设共同富裕示范区的道路上，走在前、做表率。欢迎收听"共同富裕的青春担当·钱塘"系列广播剧《我们都是钱塘人》第一集《筑梦》。

　　　　【一群少年儿童来参观的声效："哇，这是我们的家乡"，"我们家乡好美啊"。

陈秋平：同学们，欢迎你们来我们社区陈列馆参观，我们这里展示的一切，都是从各家各户收集起来的，你们看这是水车，这是锄头，这是风车，这是晒萝卜干的垫子，这是插秧机，这是打稻机……同学们，你们看，这是什么？（不认识。这是……不知道……）你们知道我们钱塘区，我们这一块土地，是怎么来的吗？

涛　涛：怎么来的？不是一直就在这里吗？

陈秋平：小朋友，你们爷爷奶奶、爸爸妈妈有没有告诉你们，我们钱塘区是怎么来的？

　　　　（没有，我们家是去年才搬到这里的。）

　　　　（我爸爸妈妈都是外地人。）

涛　涛：我听爷爷奶奶说，我们一直住这里，可他们也没有告诉我啊。

陈秋平：好，那我来告诉你们吧。你们看，这个呀，是打堤坝的，是围垦我们这一片土地的时候用的。

（围垦？围垦是干什么？）

（阿姨，是不是打猎啊，好多人在一起，围猎？）

涛　涛：不对，阿姨，是不是开荒，开垦土地？

陈秋平：嗯，有一点答对了，但又不完全对，你们知道吗，我们这里，原来啊，是钱塘
　　　　江的江里，这里到处是水，还有钱塘江大潮，潮水一来，我们这里就是水茫茫
　　　　一片，什么都没有，后来啊，党和政府号召我们的前辈来围垦，人工造出来我
　　　　们钱塘区。

（我们这里是从钱塘江里造出来的？）

（不可能，钱塘江大潮那么厉害，怎么能造出地来呢？）

（是啊，潮水一下子不就把地冲走了？）

涛　涛：我也不相信，那个时候有挖土机吗？有推土机吗？都没有，怎么可能！

阿水爷爷：怎么不可能啊，孩子们。

（老爷爷，你是……）

陈秋平：同学们，这位80岁的阿水爷爷，就是我们钱塘区历史的见证人，他啊，就是
　　　　第一代围垦人，我们就请他来给我们讲一讲他们围垦、筑梦的故事，好不好？

（同学们七嘴八舌地说"好！"）

阿水爷爷：来来，孩子们，我带你们来看，这里就是我们围垦的第一条大堤，当年就是
　　　　我们一铲一铲，一担一担垒起来、筑起来的。

涛　涛：就是用这个铲子，这个担子吗？那要挑多少次啊？

阿水爷爷：是啊，为了我们今天，在过去，我和我们那一代又一代垦荒者，经历得太多
　　　　太多……

涛　涛：爷爷，那你能不能给我们讲讲，我们要听你讲围垦的故事！

阿水爷爷：围垦的故事！好！……爷爷的故事就从那一天开始讲起，那是上个世纪60
　　　　年代的一天，那时，爷爷才20岁！还是一名共青团员。

【音乐转换。

阿水（少年）：（高喊）抢—潮—头—咯……

一群少年：（跟喊）抢—潮—头—咯……

（声音描述：潮水声音起，钱塘江边，一群抢潮头的少年追赶着潮水，少年阿水
　　　　在飞奔翻滚，抢得一条又一条大鱼，突然肆虐的钱塘江大潮席卷而来，抢潮头
　　　　的人四处奔逃，少年阿水被潮水卷着，奔向远方，在岸边的阿水妈失声大喊，
　　　　可是少年阿水却不见踪迹了。）

阿水妈：（带着哭声喊）阿水，你在哪里！你到哪里去了，你快回来！！！回家
　　　　来啊……

【风声呼啸，音乐低鸣，众人无语。

【阿水妈抱着阿水的衣物，一步三回头地往回走。

【石头房子、茅草屋前，大家正在安慰阿水妈。这时，大队老支书骑着破脚踏车，穿着风凉鞋，急匆匆地赶来。

老支书：好消息，好消息！县里要围垦我们钱塘江了，大家快来看啊！这是施工图！

【他一连喊了好几声，都没人理他。

老支书：你们这是怎么了？以前不是老想要围垦，现在围垦来了，你们……

一邻居：阿水，没啦！

阿水妈：我可怜的阿水啊……

老支书：阿水？什么时候？你们怎么不去找啊？（说完就要去）

邻居二：老支书，来不及了，潮头已经快到三堡了。

老支书：你们，嗨！快去找啊！

【突然一声："我回来了！"

一邻居：你们看，那是谁！

众　人：哪！……啊，啊，啊，那不是阿水吗！

阿水妈：……阿水！！！我的儿！

阿　水：妈妈，妈妈，你怎么了！

老支书：好了，好了。保住命就万幸了。你们以后还是要小心一点。这个潮水，不好惹啊！

年轻人：支书叔，你刚刚不是说找阿水？

老支书：瞧我，一高兴，把正事都忘了。阿水，县里要围垦钱塘江了，每个大队都要成立青年突击队，我们大队推荐你担任队长！

阿　水：围垦？好啊，我早就想了。什么时候开始？都要干些什么？

老支书：你们的青年突击队，哪里有困难，你们就到哪里。

年轻人：支书叔，青年突击队，我也要参加。

阿　水：我先来。你跟在我后面。

老支书：怎么样？你要不要当队长？带领青年人去开山，打石头，运石头，我们来修堤，把钱塘江拦在外面。

阿　水：好，我愿意！

阿水妈：不，不，我们家阿水不能去！阿水，妈就你一个孩子在身边了，你不能去！

阿　水：妈！

老支书：大嫂子，你……不是老要我给阿水找个正经事做吗？怎么？

阿水妈：太危险了。阿水，你刚刚把命捡回来，又要去……妈不让。

年轻人：支书叔，我去当队长，我去。

阿　水：老弟，你想当，要问我答应不答应。

年轻人：你妈不让你去啊，你是妈妈的大宝贝。

老支书：这个，那……

阿水爸：支书老弟，阿水妈是怕了！

阿　水：爸，妈怕什么？

阿水爸：因为你的外公就是在开山采石的时候，不小心被石头砸破了头，没救回来。阿水妈一家在老父亲去世后，四处逃命。才逃到我们沙地来的……

阿水妈：太危险了，阿水。支书大哥，我……

老支书：是啊，围垦，就一定有危险，可是，大家都不干，那我们怎么样才能够改变自己家乡的模样呢！嗨……

阿　水：妈，可是不去围垦队，我在家里又能干啥呢？

阿水爸：是啊，这个潮水一年一年的崩岸，不去围垦，说不定什么时候，这个家就会被冲到杭州湾里去。

阿水妈：我，……

老支书：老嫂子，这样吧，青年突击队不去开山炸石了。运石头，垒堤，这个，你看怎么样？

阿　水：青年突击队就是要去危险的地方。

老支书：不，我决定了，你们年轻人，是我们的希望。危险的地方我们年纪大的人去。你们大家同意吧！

众　人：同意！

老支书：老嫂子，我答应把阿水带在身边，我护着他！还有他们这些年轻人！你看呢？

阿水妈：（点点头）……

老支书：好，那就是同意了。大家听好，明天一早，我们就集中出发！

众　人：好！

【20世纪60年代的音乐和广播里传来的声音，可以一边广播诗歌，一边演播故事内容：

《围垦·筑梦》　作者：阿水

茫茫无边的滩涂上，我们来围垦！

看，那一堆堆，一担担，都是我们挑出来的；

看，那扁担，土箕，铁耙，是什么千万社员同上阵；

堤埂上下，到处唱响"嗨哟嗨哟嗨哟"的号子。

落雪结冰，亦冷亦软的污泥，

赤脚穿草鞋，一根扁担两只土箕，

单布衫，汗哒哒，西北风一吹要人命，

拼命干，打消歇脚的念头让身体产生更多的热量。

海涂的泥地下面像是装了弹簧，

一百多斤的泥担，挑起来比两百多斤还吃力，

过夜的泥坑，刺骨的痛，一脚踏下两只脚冰水浸泡，

忍，天黑了，挑着挑着就跑错工地，找不到北。

可是，我们不怕，什么也不怕！

看，那鲜艳的红旗啊，

在夜晚我虽然看不到你的颜色，

但我知道你永远在前方飘扬！

【阿水和大家一起去开山采石，用船队运石头，大家积极工作……终于，大家兴高采烈地在大堤上舞蹈，欢呼……

众　　人：大堤坝修起来啰，我们胜利啰！

老支书：同志们，请把大红旗授予青年突击队，表彰他们在围垦工作里的优异成绩！

阿　　水：（接过旗帜，和突击队员们一起摇旗呐喊）同志们，我们成功了！

【突然，风云突变，乌云呼啸而来，大雨和大潮一起把新修的大堤冲垮了，潮水扑面而来。

众　　人：大堤要垮了，快跑啊！

【众人四处乱跑。

老支书：大家紧急撤离，不要慌。

阿　　水：青年突击队，跟我来！

【青年突击队跟在阿水后面，一步一步地护送众人到达安全地带。

有　　人：不好啦，有一台压路机还在大堤上，怎么办？

年轻人：压路机！怎么还在那里！

阿　　水：不行，我们要把它保护下来，同志们，青年突击队，跟我来！

众　　人：好！

【就在他集合队伍要出发的时候，老支书带着大家回来了，连忙阻止他们年轻人。

老支书：阿水，你带领大家转移。这里交给我们。

阿　　水：老支书，我们一起去！

老支书：转移大家要紧，你们快走！

年轻人：支书叔，危险！

老支书：我知道，我能处理！

【老支书招呼几个大人一起上去。一二三，一起抬压路机。

【在大家紧张的观望中，机器回到安全地带。

老支书：大家仔细检查一下，看看还有没有设备遗落！

年轻人：一二三四，不对，好像还有一个配件在堤上。

阿　水：我去取！

老支书：不，我去，堤坝上的情况我熟。

众　人：老支书，小心一点！

【老支书再一次爬上大堤。

众　人：不好，危险！堤要垮了！老支书，快回来！

老支书：没关系，我找到了，你们接住，保护好设备！

【老支书奋力把配件扔下来。

【一个大潮过来，把他卷进去了。

众　人：老支书！

【一阵手忙脚乱地，老支书被救了上来。

阿　水：老支书，你……

老支书：孩子，别哭！

年轻人：老支书，你流血了！

阿　水：老支书！快，送医院！

老支书：孩子，来不及了，（喘气）我……

阿　水：老支书！

老支书：孩子，答应我，一定要带着大家把围垦大堤建起来，把我们大家的梦，筑起……来……答应……我，我……

阿　水：（抱住老支书）我答应你！老支书！你不要走啊……不要走……

众人：老——支——书——

【山河无言，大地悲歌。

【少年儿童们的抽泣声，还有哭声。

涛　涛：爷爷，您流眼泪了，我给您擦……

阿水爷爷：围垦，说起来，都是故事啊！已经过去六十年了啊！六十年，我们不能忘记啊！！！那一天的潮水，真的好大好大！把我们好不容易垒起来的堤坝摧垮了，老支书也牺牲了。

（爷爷，那后来呢？）

陈秋平：后来，阿水爷爷接过老支书的责任，带领大家继续围垦，继续筑梦……

阿水爷爷：是的，我们围垦出了这么多的土地，我们开垦出了良田，我们修好了道路，我们建起了工厂，我们迎来了新生活……

【少年儿童的声音:

春风吹绿了钱塘大地,

处处焕发着勃勃生机。

这里是我们的家乡——钱塘!

家家户户生活在梦想的天堂,

我们播种着希望,

我们收获着幸福,

我们品尝着甜蜜,

我们欣赏着喜悦,

我们歌唱我们的家乡,钱塘!

【欢快的音乐起。出片尾。

【**片尾**:刚刚您收听的是"共同富裕的青春担当·钱塘"系列广播剧第一集《**我们都是钱塘人·筑梦**》,由共青团杭州市钱塘区委员会、浙江广播电视集团经济广播联合出品,杭州市钱塘区义蓬街道党工委、办事处倾情支持。

总策划、总监制:钱玲

策划、监制:王芳

编剧:夏强

录制:好声音音频制作

文学编辑:陈张立

儿童配音:沈子睿

总导演、制作人:杨子

谢谢收听。

我们都是钱塘人·追梦

🕐 **时间:** 当代

📍 **地点:** 杭州

👥 **剧中人物:**

张远江:男,32 岁,某汽车制造企业部门经理,团支部书记;

顾宏飞:男,27 岁,张远江下属,部门培养对象;

顾　父:男,50 岁,顾宏飞的父亲,普通农民;

顾　母:女,49 岁,顾宏飞的母亲,普通农民;

吴晓兰:女,32 岁,张远江的妻子,企业管理人员;

佳　佳:女,5 岁,张远江的女儿。

🎙 **片头:** 共同富裕,青春担当,智涌钱塘,现代星城。我们用青春助力钱塘,我们让梦想走向辉煌。我们接受历史使命,我们履行时代担当;我们在担当中历练,我们在尽责中成长。我们钱塘青年正在高质量发展建设共同富裕示范区的道路上,走在前、做表率。欢迎收听"共同富裕的青春担当·钱塘"系列广播剧《我们都是钱塘人》第二集《追梦》。

【环境声效:钱塘江潮水的声音。这是假日午后的小区,阳光明媚,居民在散步,各种欢笑声、脚步声、羽毛球碰撞球拍声等交汇成一片欢乐的海洋。

【广播声音:2019 年 4 月,浙江省政府正式批复设立杭州钱塘新区,规划控制总面积 531.7 平方公里,包括原杭州大江东产业集聚区和现杭州经济技术开发区,新成立的钱塘新区将优化资源配置,强化科技创新,加快转型升级,着力打造世界级智能制造产业集群、长三角地区产城融合发展示范区、全省标志性战略性改革开放大平台、杭州湾数字经济与高端制造融合创新发展引领区。

【张远江夫妻带着女儿佳佳正在练习自行车,佳佳欢快地按着自行车铃声,不时发出舒畅的笑声。

佳　佳：爸爸，妈妈，我会骑了！你们看，我骑得快不快？稳不稳？！

吴晓兰：佳佳，小心。

佳　佳：有爸爸教我的方法，我不怕。爸爸，你看我是不是很厉害？

张远江：佳佳真棒！我们佳佳最聪明。

佳　佳：不，爸爸你才聪明呢！这么快就教会我骑自行车了。

吴晓兰：呦呦，这小嘴甜的，抹了蜜啊。

佳　佳：那是，爸爸，你怎么会这么多呢，会开汽车、会造汽车，也会骑自行车！爸爸你好厉害！

吴晓兰：傻孩子，你爸从小到大骑自行车，风里来，雨里去，骑了十几年，能不厉害嘛！

佳　佳：那，爸爸，我也要像你一样厉害。你快来，带我去看钱塘江的潮水吧……爸爸，爸爸……

　　　　【不远处张远江手机铃声突然响起。

张远江：喂，什么事情？什么？这么严重？这可不能马虎，我马上过来。

佳　佳：不嘛，爸爸好不容易休息一次，你要马上陪我去看潮水。

张远江：佳佳，爸爸公司真有事情，晚上回来陪你好不好？

佳　佳：不要，不要。

吴晓兰：佳佳，听话。……是哪里出了事情？

张远江：今天一批出厂汽车抽检，查出了问题，已经好几年没有发生过了，不知哪个环节出了差错。

吴晓兰：那你快去吧，佳佳有我呢！

佳　佳：爸爸，爸爸，我要爸爸。

吴晓兰：佳佳，妈妈和你在这里一起，等爸爸回来再去看潮水，好不好？你快去啊。

张远江：好，再见！

　　　　【脚步声，汽车开门声。张远江启动汽车，向着公司驶去，路上的汽车喇叭声一片。刹车声。张远江下车穿过工厂，不时有工人向他打招呼"经理好！"工厂机器声、货物搬运声嘈杂一片，急促的脚步声。

　　　　【机器声渐弱，两个同事正焦急地议论着这件事情，声音中充满了忧虑和疑惑。

同事甲：怎么会出这样的事情呢？

同事乙：我也不知道啊。

同事甲：这太不应该了。

张远江：这么常识性的错误怎么还会出现？你们是怎么发现的？

同事甲：经理，这是我们在正常检验环节中发现的，这是非常低级的错误，照理是不应该发生的。

张远江：知道是那个环节出的错吗？

同事甲：这个……

张远江：马上查记录！

同事乙：……是……

同事甲：是……宏飞，这个环节正好是他负责的，按照生产批号，正是他工作时间。

张远江：顾宏飞！他人呢？

同事甲：都找过了，没找到。可能是外出了吧。

张远江：马上打个电话，让他到我办公室来。

同事甲：好。

张远江：你们大家再仔细检查，仔细再仔细！不能让任何一辆汽车带着问题出厂！

众　人：是！

　　　　【张远江走进办公室，长叹了一口气。然后一阵敲门声起。

顾宏飞：经理，你找我？

张远江：宏飞，坐。自己倒茶。

顾宏飞：经理，谢谢。不用了。你找我有什么事情？

张远江：你是我们公司重点培养的青年员工，工作上更应下苦功才行，怎么能……

顾宏飞：其实我，早想辞职了。

张远江：辞职？宏飞，说起这个事情，我倒要问问你，公司对你不好吗？是不是有什么让你受委屈的地方。

顾宏飞：不，不，公司、你对我已经很好了，是我自己……

张远江：为什么呢？

顾宏飞：嗯……做着没有意思，每天都是千篇一律的工作，太无聊。我想换一个工作。

张远江：真的决定了？就不再考虑考虑？

顾宏飞：经理，我……谢谢你。

张远江：嗨，人各有志，我也不能拦你。可是你也不能在工作上敷衍了事，你知道这样做事情的后果吗？

顾宏飞：经理，我辞职信都提交好几次了，可每次你都不同意！压着。

张远江：那是因为我觉得你适合这个岗位。

顾宏飞：可我想赚更多的钱……

张远江：钱？质量问题与钱多钱少有关系吗？你知道每一辆汽车的后面关联着什么？那是一个完整的家！能把质量问题当儿戏吗！你知道这一次因为你的疏忽，我们公司要损失多少钱吗？你赔得起吗！

顾宏飞：经理，我……我不是故意的。

张远江：你要是故意的，那就是犯罪！这样吧，你把手头的工作交接一下，我先放你几天假，你回去好好想一下。

顾宏飞：经理，那赔钱……

张远江：这不是你考虑的问题。你先走吧。

顾宏飞：……经理……对不起，那我先走了。

【张远江轻轻叹一口气，拿起电话拨电话。

张远江：是质检室吗？你们两个来一下。（放下电话）你这个孩子糊涂啊！嗨！！！

同事甲：（推开门）经理，我们来了。

张远江：宏飞最近除了工作上的三心二意外，还有其他反常吗？

同事甲：我看他最近老是喜欢一个人待着，其他的倒没有什么。

同事乙：哦，我想起来了，他最近老往家里打电话，说很快就能回去了，是不是家里出了什么事情。

张远江：有什么事情吗？

同事乙：不知道，他不跟我们说。

张远江：哦！

同事甲：经理，他要辞职就让他辞，为什么要这样挽留他。难道离开他，我们就不能继续干下去了？

同事乙：就是。今天的事情差一点让我们部门每一个人都要受罚，他工作这样不安心，我们都会被他连累的。

张远江：嗯，我知道了。这样吧，我们大家都留心一下，看能不能帮帮他。

两　人：那……好吧。

【音乐起，张远江回到小区，电梯开门声，脚步声，屋子开门声。

佳　佳：爸爸，你终于回来了！给你留的饭菜都凉了。

【吴晓兰端来热好的饭菜，放下筷子的声音。

吴晓兰：快吃吧。刚刚是出了什么事情？你那么着急地赶过去？

张远江：顾宏飞要辞职。

吴晓兰：他不是干得蛮好的嘛，你们公司正在培养他，他为什么要走？

张远江：现在我还不是很清楚。过几天我想叫他来家里吃个饭，跟他聊聊。可以吗？

吴晓兰：可以啊，完全可以。我对他的印象很不错，斯斯文文的。

张远江：就是啊。

【突然张远江的电话响起。

张远江：哦，好的，我知道了，你们这几天多陪陪他，跟他多谈谈心。

吴晓兰：他一个外地孩子，一个人在杭州不容易，你多帮帮他。

张远江：是的。我们请他来吃你做的拿手菜，看他到底遇到了什么困难。只是又要辛苦你了。

吴晓兰：不怕，我已经习惯了。又不是第一次，哈哈哈。

张远江：感谢老婆大人……

佳　佳：爸爸，你别贫了，现在你可以告诉我，你什么时候带我去看潮水？

张远江：过几天等一个大哥哥来我们家时，我们吃好饭一起去。

佳　佳：大哥哥？这么神秘啊！你可不能又说话不算话哦。

吴晓兰：这孩子。

佳　佳：来，爸爸，我们拉钩。

　　　　（两人说话：拉钩上吊，一百年不许变。）

　　　　【几天后，火车站。嘈杂的人声和车站播报声交织成一片。张远江走到两位淳朴的老人面前。

张远江：您好，请问你们是顾宏飞的父母吗？

顾　父：您是……张经理？

张远江：是我。

顾　父：宏飞呢？这麻烦您又买车票，又亲自来接我们，该不会是宏飞出了什么事情吧？

顾　母：是啊，我们这一路过来，心里老是犯嘀咕。

张远江：没有呢。你们大可放心，先跟我回家，宏飞正在我家里等着你们呢！

顾　母：啊，那，张经理啊，我们宏飞要是有什么犯浑犯糊涂的，你可打可骂，千万不要留情。

张远江：宏飞好着呢！他是我们公司重点培养的青年人才。

顾　父：哦，那我们就安心了。

顾　母：安心了。

　　　　【汽车加速行进声，张远江开车一路飞驰，来到了自己家小区。电梯开门声，钥匙转动的声音，房门打开，吴晓兰正跟顾宏飞聊天，佳佳不时插话，交汇成一片热闹的场景。

张远江：叔叔、阿姨，这就是我家，你们赶快进来。

顾宏飞：爸，妈，你们怎么来了？

顾　父：是张经理把我们接来的。

顾宏飞：张经理，你，嗨，就算我爸爸妈妈来了，我也要辞职的。

顾　母：辞职？你好不容易在杭州找到工作，我们都高兴得不得了呢。你为什么要辞职？

顾　父：你这孩子，就是不听话，看我不教训你。

张远江：叔叔，叔叔，这使不得，使不得。我今天请你们来，不是这个意思。

顾宏飞：爸，我是想，找一个工资更高的工作，给家里赚钱。

顾　父：你哪也不许去，就在这家工厂，好好干。你看经理煞费苦心培养你，你别不领情！

张远江：叔，不是领情不领情的事情。宏飞，今天我把你父母请来，主要是想和你和你父母说说我的故事。

众　人：故事？

张远江：其实我和宏飞你一样，也是从农村出来的。进入汽车行业，源自一个我童年的一个梦想。

顾宏飞：梦想？

张远江：我第一次看到真正的汽车，是30年前，我5岁的时候，跟我女儿现在一样大。那一年，我们村修了一条简易公路。从那时候，我看到大卡车翻山越岭开进我们那小山村，别提有多威风了。我和小伙伴们在后面跑，就是追不上。就是在那个时候，我许下了一个愿望，将来有一天，我一定要开汽车，我要去造汽车，让我制造的汽车跑遍世界上所有地方。

吴晓兰：原来你考汽车专业是因为这个啊！

顾宏飞：兰姐，你不知道？

吴晓兰：你们不知道，他在我们学校当时可出名了，人家选什么计算机啊，材料啊，他偏偏选了个汽车制造。

顾宏飞：就是因为小时候的一个梦想？

张远江：是啊，梦想一旦在心中发芽，就会产生取之不尽的动力。大学毕业后，我又考上汽车制造专业的研究生，后来我就到来杭州，来到了钱塘江边上的这个工厂。那个时候，工厂刚刚起步，我住的地方距离工厂有些远，天天骑自行车上班……一开始我也只是个技术员，工资也不高，那时候，我跟宏飞你一样，也想家，我也想跳槽。可是，我看着工厂周围一天天变得好了起来，房子越来越多，道路越来越好，我就咬咬牙坚持了下来。我一边工作，一边学习。后来我跟晓兰结了婚，买了房，买了第一辆汽车。还是我亲手制造的。

顾宏飞：嗯。

张远江：宏飞，其实我想说的是，我们需要梦想，也需要坚持，只要坚持，我们的愿望都会实现。

顾宏飞：经理，我明白了。你和公司这么培养我，我却……

张远江：宏飞，我知道你是因为不放心父母，想让父母过得好一点，才想换单位的。叔叔、阿姨，你们愿不愿意留在杭州、留在钱塘区？

顾　父：我们？

张远江：对！我们钱塘是个温暖的大家庭。区委、区政府各个部门对我们企业的发展、对青年员工的成长都很关心支持。我们企业为了解决青年员工的后顾之忧，特意腾出来一批后勤岗位，给大家提供帮助。这次可以根据你们的实际情况争取，这样就可以解决你们家的问题了。

顾宏飞：真的？

顾　母：好是好啊，能够来杭州，我们做梦也想不到啊！可是我们行吗？造汽车我可不会。

张远江：放心，我们研究过了，是简单的后勤保洁工作，不会太复杂的，非常适合你们。

顾　父：那可好了，没有想到我们一家还能在杭州、在钱塘区团圆。

顾　母：经理，你是大好人啊！不瞒您说，我们也想和宏飞生活在一起，可是没机会啊。你这个安排实在太好了。

张远江：那，就这么定了。

顾宏飞：谢谢你，经理。感谢公司。

张远江：不用谢我，我们都是钱塘人。从今天开始好好工作吧。

顾　父：是的是的，你小子可不能再调皮了。

顾宏飞：是，经理。

吴晓兰：你们怎么还这么客气？看，菜都烧好了，来，大家来吃饭。

佳　佳：开饭啰……

　　　　【音乐起，大家举杯。

佳　佳：爸爸，你什么时候带我去看潮水？

张远江：好，吃好饭爸爸就带你去。我们大家都去。

佳　佳：好咦。爸爸，我长大了也要造汽车。

张远江：好！

佳　佳：嗯，还有，我将来还要造飞机、造火箭。

　　　　【众人齐声说好。

　　　　【欢快的音乐起。出片尾。

🎙【片尾：刚刚您收听的是"共同富裕的青春担当·钱塘"系列广播剧第二集《我们都是钱塘人·追梦》，由共青团杭州市钱塘区委员会、浙江广播电视集团经济广播联合出品，杭州市钱塘区义蓬街道党工委、办事处倾情支持。

　　　总策划、总监制：钱玲

　　　策划、监制：王芳

编剧：夏强

录制：好声音音频制作

文学编辑：陈张立

儿童配音：沈子睿

总导演、制作人：杨子

谢谢收听。

我们都是钱塘人·圆梦

🕐 **时间**：当代

📍 **地点**：杭州

👥 **剧中人物**：

周　斌：男，30 岁，钱塘区招商干事；

郑珏华：女，27、8 岁，医药港研发人员，周斌妻子；

妈　妈：女，55 岁，退休职工，郑珏华母亲；

其他医生、防疫人员、列车员、旅客等若干。

🎤 **片头**：共同富裕，青春担当，智涌钱塘，现代星城。我们用青春助力钱塘，我们让梦想走向辉煌。我们接受历史使命，我们履行时代担当；我们在担当中历练，我们在尽责中成长。我们钱塘青年正在高质量发展建设共同富裕示范区的道路上，走在前、做表率。欢迎收听"共同富裕的青春担当·钱塘"系列广播剧《我们都是钱塘人》第三集《圆梦》。

　　　　【开门声，周斌夫妻正抱着年幼的孩子回到家里。

周　斌：我们回家啰，终于回家啰。

郑珏华：女儿，看，这就是我们的家！我们终于回来啰。

周　斌：还是家里好啊。

　　　　【刚满月的孩子咿咿呀呀的声音起。

郑珏华：老公，你看，我们女儿回家了多高兴啊！

周　斌：累死我了，我躺一下，把女儿给我抱吧，你休息一下。我抱着女儿看电视。

　　　　【打开电视机的声音。

　　　　【新闻播报：2021 年 4 月 9 日，杭州市钱塘区正式设立。7 月 23 日，杭州市钱塘区设区揭牌仪式在钱塘区人民政府举行。2021 年是钱塘历史上具有划时代和里程碑意义的一年，"十四五"拉开大幕，72.92 万钱塘儿女在经历区划调整后

　　　开启"区政合一"新征程，全区上下要以建设变革型组织、提高塑造变革能力为突破口，在争创高质量发展建设共同富裕示范区时代样板的赶考之路上阔步前进。

周　斌：钱塘人，一个多么响亮的名字，老婆，从今以后，我们一家都是钱塘人了！

郑珏华：瞧把你高兴得，要不要开一瓶红酒庆祝一下？

周　斌：红酒，好像可以有啊！

郑珏华：去去去，一提到喝酒就嘚瑟起来了。老公，孩子的名字取好了吗？

周　斌：名字？瞧我这记性。把这大事差一点忘了。对，孩子名字一定要取好，取得与众不同，非常有意义。

郑珏华：孩子都满月，要去上派出所户口了，名字一定要取好。

周　斌：是的，我们这孩子生得真是时候。

郑珏华：那你还记得孩子出生那一天发生的事情吗？

周　斌：我当然记得，那一天，发生了许多许多的事情。

　　　【音乐转，一个月前，某市招商会上，周斌正在面对诸多企业进行宣讲。

主持人：下面请杭州来的周斌同志介绍一下钱塘区的基本情况。

周　斌：各位企业家朋友，大家好。非常荣幸能有这一次宝贵的机会向大家介绍钱塘区。钱塘区虽然是一个新成立的区，但它的工业基础好，投资环境好，历史可以追溯到 1993 年，包含下沙和大江东两个区块。在这片土地上，有诸多企业带着梦想开拓未来，描绘宏伟蓝图，包括我自己。

企业家甲：你到钱塘区几年了？

周　斌：我从大学毕业后，就一直在钱塘区工作，我爱人也是，我们非常喜欢这个地方。

企业家乙：一直都在？

周　斌：以前是，现在是，我相信将来也是。

企业家乙：这个真不错。

企业家甲：信得过，我决定去看一下。

企业家乙：到时候一起去。

周　斌：欢迎，欢迎，希望我们能早日在杭州，在钱塘区见面。而且我还要告诉大家一个好消息，我们钱塘区正式挂牌的时候我希望大家能够来共同见证！（掌声起）

　　　【纷杂的人声起，招商会顺利结束，几个企业家挽留周斌。

企业家甲：周科长，我们这里有很多风景名胜，下午我们陪你走走，你再跟我们说说钱塘区。

周　斌：我也很想和几位多聊一会，但是我买了下午的车票。

企业家乙：既然来了，就多待几天，我们也可以互相多了解一下。

周　斌：下次几位来杭州，我陪你们在新的钱塘区走走看看。

企业家甲：没有想到周科长还这么有原则，那我们就更放心了。

周　　斌：我们钱塘见。

企业家甲：钱塘见。

　　　　　【周斌脚步声远去，两位企业家互相交谈，对周斌夸赞不绝。

　　　　　【火车站，旅客交谈声、行李箱轮子声、车站播报声交织成一片繁忙景象。周斌拨通了妻子郑珏华的电话，"嘟嘟"的电话声响起。

周　　斌：老婆，你身体怎么样？一个人在家还好吧？

郑珏华：你是想我们的孩子了吧！告诉你，可有劲了，每天不在肚子里踢我几下，他是不会罢休的。

周　　斌：告诉你一个好消息，这次出差很顺利，我现在已经到高铁站了，再过几个小时，就能到家了。

郑珏华：再过三天就到预产期了，我交给你的任务完成了吗？

周　　斌：给孩子取名的事情，哎呀，我这段时间脑袋里全是招商的事情，倒把这事情给忘记了。

郑珏华：那你在车上有时间想了吧！

周　　斌：老婆大人的命令，立刻执行。

郑珏华：你就贫嘴吧！

　　　　　【车站播报：乘坐高铁前往杭州的旅客朋友们请注意，列车马上就要出发了。

周　　斌：我要检票了，你在家等我。

郑珏华：路上小心。

　　　　　【人群进站嘈杂的声音，车厢内旅客交谈声音，动车呼啸的声音。

周　　斌：终于可以回家了。哎（伸懒腰），给孩子取个什么名字好呢！周珏斌，哎，不行，不行。还要想个更好听的！

　　　　　【列车呼啸而过。

列车员：各位旅客朋友们，有一个事情需要告诉大家。（旅客疑惑的小声交谈声）由于外地突发疫情，按照我们的防疫要求，在杭州站下车的旅客朋友需要隔离14天。

旅客甲：隔离！那我的旅行不就全泡汤了！

旅客乙：怎么这么倒霉啊！

列车员：请大家配合一下。

　　　　　【周斌手机铃声响起，里面传出郑珏华焦急的声音。

郑珏华：老公，老公，你到哪里了？我肚子疼得有点厉害，是不是要发作了。

周　　斌：预产期就是这几天，那你赶紧去医院。

郑珏华：你还有多少时间到家？

周　　斌：我这里出了点意外，可能一下子回不了家。你别着急，我先给你打车。

郑珏华：你那边出了什么事情？

周　斌：我出差的那个城市发现了疫情，成为中风险地区了，所有从那里经过的人都需要隔离。

郑珏华：隔离！！那我怎么办？

周　斌：怎么办？你父母又不在，我父母又不在，怎么办呢？我联系他们！

郑珏华：不，不。我，还是一个人先去医院吧。幸亏这几天我把需要准备的都准备好了。

周　斌：那还是你一个人啊！那怎么行！

郑珏华：我妈已经在来杭州的路上了，你放心吧。你在路上一定要做好防护措施。我能照顾好自己的。

周　斌：你小心啊！

郑珏华：我能行的。

　　　　【音乐、声效。医院，郑珏华病房，帘子拉开的声音。

医　生：我说你胆子也太大了！一个人就这么来了，你不知道自己快到预产期了？

郑珏华：这不是还有两天吗？

医　生：预产期只是一个估测，提前或者推迟都是有可能的，你的孩子随时都有出生的可能，你的家属呢？

郑珏华：我妈正在赶来的路上。

　　　　【妈妈急匆匆进门。

妈　妈：女儿，你怎么样啊？

郑珏华：妈，我没事。

妈　妈：这个周斌也真是的，知道自己老婆快要生了还出差，真不顾家。

郑珏华：妈，那是他的工作，也是他的职责，这你不能怪他。

妈　妈：我知道，我就是心疼你。你们结婚好几年了，好不容易有个孩子，还这么不上心。他整天出差，你整天挺着个大肚子还上班，临产前一周才休息。真不爱惜自己。

郑珏华：妈，你就别说了。

妈　妈：好，好，我不说了。我去买点需要的东西。

　　　　【防疫旅馆走廊，旅客不时传出叹息声。防疫人员正在讲解防疫措施。

防疫人员：每隔几天，我们都会给你安排一次核酸检测，14 天隔离期满后，核酸检测阴性，你才能离开。在此期间，你不能走出这个房间门也不能邀请别人进入这个房间。

周　斌：同志，你是医生吗？

防疫人员：我是工作人员，不是医生。

周　斌：你们这里有医生吗？

防疫人员：你有什么事情吗？

周　斌：我老婆快生了，可我又出不去了，我想找医生帮忙联系一下医院。

防疫人员：这的确是让人着急的事情，我帮你去问问吧。

周　斌：谢谢！

防疫人员：但是你记住，无论如何你不能出这个门。

周　斌：我一定不出去。

　　　　【房间门关上的声音。周斌拿出手机急忙给郑珏华打电话，"嘟嘟"的电话声音起。

周　斌：老婆，你怎么样了？

郑珏华：我已经在医院了，有妈陪着我。我有点想你。

周　斌：我也想陪在你的身边，一起迎接孩子的降临。可是，现在我不能够这么做。

郑珏华：我知道，我也理解。这些年，你一直在为招商的事情出差、奔忙，我就默默的支持，等着你的回来。

周　斌：每一次回家路上，我总能在脑海浮现你的笑容，那是一种温暖。我多么想每天陪着你的身边，但是我不能够这么做。

郑珏华：因为你有一个信念，一个梦想，其实那也是我的梦想。

周　斌：看着我们在努力奋斗的地方，一天天发展，一天天变美，那种归属和自豪，让我们付出任何东西都值得的。

郑珏华：所以，无论有多么的思念，多么的依恋，我都深埋在心里。

周　斌：老婆，我爱你。

郑珏华：我也爱你。好了，别肉麻了。我交给你的任务怎么样了？

周　斌：已经想了几个了，但还没有决定用哪个好。

郑珏华：反正你在隔离期间也没有事情做，你就专心做这件事情吧。

周　斌：好。我一定给我们的孩子想一个特别有意义的名字。

郑珏华：哎呦！我的肚子又疼了，好疼，好疼。

周　斌：赶快叫医生。

　　　　【妈妈焦急的呼叫声，医生闻讯而来杂乱的脚步声、郑珏华疼痛难忍的呻吟声交汇，气氛紧张了起来。

医　生：孩子马上就要出生了，赶快送产房。

周　斌：老婆，老婆。医生，不要挂电话，就让我在电话里陪着她进产房。

医　生：好，我答应你。你要一直鼓励她，知道吗？

周　斌：我一定，一定。

　　　　【郑珏华不断地呻吟，牵动着周斌的心。郑珏华被抬上推车，轮子急促地滚动生，产房门被推开声，医疗仪器运转声，护士报数据声依次出现。

医　生：别害怕，别紧张，慢慢来。

周　斌：老婆，加油，老婆，加油，我们的孩子马上就要出生了。

郑珏华：我能行的，你放心。（呻吟声）

医　生：家属，多鼓励鼓励她。

周　斌：老婆，你还记得我们结婚那天说的话？我们在钱塘相识，又在钱塘相爱，还在钱塘结成夫妻，将来我们的孩子还要在这里继续生活。

【一声清脆的婴儿啼哭声响起，医生、护士发出笑声。

医　生：告诉你一个好消息，母子平安。

周　斌：太好了。老婆，你辛苦了。

郑珏华：老公，你听到了吗？这是我们孩子的声音。（婴儿啼哭声）

周　斌：老婆，我听到了。

【时间又回到家里，电视里钱塘江大潮的声音再延续，一阵一阵的……未来五年，钱塘区生产总值要突破1600亿元，人均生产总值达到16万元，主要经济指标进入国家级新区前10位。未来五年，钱塘区将锚定十项重点任务，向世界级智能制造产业集群、长三角地区产城融合发展示范区、浙江省标志性战略性改革开放大平台和杭州湾数字经济与高端制造融合创新发展引领区不断前行。

【孩子咿咿呀呀声。

周　斌：钱塘江，钱塘区，潮，大潮……老婆，我想到了，我想到了……我们的孩子就叫周……潮。

郑珏华：是弄潮儿的那个潮，钱塘江大潮的那个潮字吗？

周　斌：对，就是这个潮字。我们随着钱江潮踏浪而行，奋力向前，为建设美丽家园而奋斗。将来孩子长大了，也要汲取钱江浪潮的精神力量，为钱塘区的建设作出贡献。

郑珏华：踏浪而行，勇立潮头。周……潮，真是一个好名字。

【欢快的音乐起。出片尾。

🎙【片尾：刚刚您收听的是"共同富裕的青春担当·钱塘"系列广播剧第三集《我们都是钱塘人·圆梦》，由共青团杭州市钱塘区委员会、浙江广播电视集团经济广播联合出品，杭州市钱塘区义蓬街道党工委、办事处倾情支持。

总策划、总监制：钱玲

策划、监制：王芳

编剧：夏强

录制：好声音音频制作

文学编辑：陈张立

儿童配音：沈子睿

总导演、制作人：杨子

谢谢收听。

在『浙里』听见共富中国

——杨子和她的广播剧

第三辑

奔跑骑手：
共富路上奋斗者

杨子和她的广播剧

聚焦平凡的"骑手们"

　　"准点挤上地铁，准时抵达公司。""中午点一份外卖，在空调房里享用美味。""下班不用排队，一路畅通到家。""拎着大袋小袋回家，发现昨天下单的快递已经在家门口了……"对大部分人而言，快乐其实就是这么简单，但有没有人想过，这些看似普通琐碎的日常也需要有人守护。

　　他们肩负着推动城市商业流动的使命，穿梭在大街小巷之中，奔走于社区楼道之间，为了一顿温暖的饭菜、一个期盼已久的包裹，在烈日下奔跑、在风雨中坚守，将坚韧与奉献融入城市的每个角落。他们是我们最熟悉也是最陌生的外卖员、快递员。

　　随着互联网的快速发展，网购与外卖早已融入我们的生活。特别是疫情防控期间，"骑手们"背负起运输的职能，将生活物资、药品等传递到不同人的手中，他们用行动告诉城市，爱与希望一直都在。无论是平时的默默守护，还是特殊时期的执着前行，他们的付出都值得被看见、被回应。

　　为了让更多人了解他们、读懂他们，杭州市总工会联合我们共同制作了八集系列广播剧《共富路上的奔跑者》，向大众展示这些人多彩的面貌。我们希望能够透过这些故事，揭示出在平凡岗位上闪耀的伟大，引领听众深入思考普通生活中的温情、奉献与梦想。

　　我们很荣幸将这八个令人感动的故事记录、演绎，它们反映了外卖员和快递员的工作日常，以及他们的坚韧、善良和勇敢。在最初寻找题材的过程中，我们并没有预料到这些平凡人身上会藏着这么多触动人心的故事。

　　他们看似相同却又各有千秋：有的人执着，有的人勇敢，有的人善良，有的人无私，有的人笨拙……他们的故事是外卖和快递行业中不同的精彩片段，也是我们城市中不可或缺的一部分，这些故事每天都在街头巷尾默默上演，共同勾画出城市"奔跑者"朴素的面貌，而作为记录者的我们，最终筛选出八个代表人物展开创作。

最开始吸引我们的是全国技术能手、杭州工匠蒋教芳老师。他虽然入行晚，但凭借着认真工作、专心研究的态度，成了专业的快递业务员培训师，同时编写了《快递业务员职业技能鉴定辅导教程》，摸索出了快递行业的标准。他的身份是再普通不过的快递员，44岁才入行，没有年龄优势，但他依旧可以在行业中发光发热。

和蒋教芳同样身为快递员的童俊伟、沈涛又给了我们另一种触动。童俊伟已是揽投部的经理，但他对工作丝毫没有掉以轻心，春节期间甚至放弃与家人团聚，坚守岗位，只为保证揽投工作能够正常运行，而与他一样在忙碌加班的快递员不计其数。沈涛最让人触动的是他执着的精神，虽然对有些人来说他像个固执的傻瓜，但他依旧初心不改。风雨交加、电梯停电，他可以爬上12楼，只为给老人送一包中药；快递地址不清无法送达，即使下班了他仍然执着配送，只是想让外出务工的工友穿上一件来自家乡的温暖冬衣。还有怀抱创业梦、开办菜鸟驿站的天广乐，凡事亲力亲为，电梯停运，他依旧把100多斤的土送上17楼，认真做好为居民服务的每一步。

列夫·托尔斯泰说："最伟大的真理就是最平凡的真理。"他们是平凡的小人物，在各自的岗位上支撑着城市运转，默默付出，无声守护。除了快递员，还有外卖员。他们每天和时间赛跑，顶着烈日、冒着风雨，将餐食按时送到顾客手中。虽然忙碌，虽然不起眼，但我们依旧能从他们身上感受到对生活的热爱，感受到他们对城市运转的支撑力。

为家庭走进外卖员行列的裴彩萍，做一行爱一行，积极面对工作中的困难，她身上有伟大的母爱，也有让人钦佩的热诚。秉承"多跑多挣钱"理念的叶阳辉，在面对有困难的人时，会将时间和金钱抛之脑后，为了帮助行动不便的计女士，不仅自己送餐时，陪她一起吃饭，帮她处理垃圾，还会叮嘱接她单子的同事多加照看。他们的善意质朴纯粹、温暖感人。

著名作家路遥说："平凡的人，也可以过得不平凡。"他们是城市里平凡的一员，也是城市中的一群无名英雄。路遇火灾，可以毫不犹豫出手相助，然后默默离开继续骑车送餐，不需要感谢、不需要鲜花，对陈忠强来说，他只是做了一件理所应当的事情。特殊时期勇敢逆行的姚权刚，在疫情防控期间冒着感染风险，来往于大街小巷，为大家无偿代购、跑腿，不曾要求回报，也从来没有怨言。这就是这些人最可爱的地方，他们即使做了大事，依旧默默不语，坚守初心。

故事里的每个人都有着令人难以忘怀的亮点。这些亮点不仅是情感的高潮，更是生命的闪光点。蒋教芳的专注、裴彩萍的热爱、天广乐的服务精神、叶阳辉的奉献、童俊伟的坚守、沈涛的执着、陈忠强的勇敢、姚权刚的无私，这些都是真实生活中的平民英雄之光。

每个故事都承载着坚守、奉献的精神，呼唤着人们用自己的努力书写人生的精彩。在这个系列的创作过程中，我们深刻感受到了平凡的人性和魅力。这些"奔跑者"是城市中光辉的一部分，他们用实际行动让我们明白——真正的英雄不一定都穿着斗篷跃马扬鞭，他们可能就默默地在我们身边。

用实干与汗水，迎接收获的笑容；用坚韧与奉献，托起城市脉动的幸福。感谢杭州市总工会的重视和支持！这些故事不仅让我们看到了平凡劳动者的力量，也启迪我们，每个人都可以为社会做出贡献。对我们而言，这个系列广播剧所传递的意义超越了情感层面，涵盖了更多对社会的思考。我们希望通过《共富路上的奔跑者》，激励更多人去感知和尊重这些默默付出的无名英雄，也鼓励大家在自己的领域中尽自己的一份力量，共同建设更美好的社会。

桃李芬芳

🕐 **时间：** 当代

📍 **地点：** 杭州

👥 **剧中人物：**

蒋教芳：男，55 岁，全国技术能手、2022 年杭州工匠；

小　李：男，25 岁，杭州高层次人才，蒋教芳徒弟；

张　总：男，40 岁，萧山区某快递公司经理；

王阿姨：女，50 岁，蒋教芳大师工作室邻居；

晨　晨：小外孙，男，10 岁，某小学五年级学生；

其他快递员、附近居民若干。

🎙 **片头：** 心怀梦想，不负韶华。他们，无论身份，无论年纪，无论性别，用实干的心态迎接风雨挑战，用努力的汗水开辟新的领域，用收获的笑容证明奋斗的喜悦。他们因梦想而美丽，因努力而坚韧，因奉献而迷人。他们，是努力奔跑在共富路上的追梦人；他们，是描绘共富路上美好愿景的实践者；他们，就是与你我风雨同行、一路相伴的快递员和外卖员。他们拥有一个共同的名字——奔跑者。欢迎收听系列广播剧《共富路上的奔跑者》，请听第一集《桃李芬芳》。

【2022 年 9 月某双休日上午，蒋教芳大师工作室。撕胶带的声音和蒋教芳的教学声交织成一曲充满希望的交响乐。

【王阿姨带着小外孙参观蒋教芳大师工作室。

王阿姨：蒋师傅，你们在忙呢！晨晨，你看看他们，多有干劲，多朝气。

晨　晨：蒋教芳大师工作室？外婆，（郁闷地）这就是你给我安排的假期社会体验工作？我这个暑假就是送快递、给快递打包，这样你满意了吧！

王阿姨：怎么？有问题？

晨　晨：大师？送快递还有大师！！！

蒋教芳：王阿姨，你们祖孙俩这是？

王阿姨：这孩子一放假就知道玩游戏，不想学习，我想让他到你们这里体验体验。让他吃吃苦。

晨　　晨：撕胶带、打包装，这有什么好学的，我闭着眼睛都会。我才不想做这个没出息的事情呢。

【外面脚步声传来，小李喜气洋洋地快步进来。

小　　李：谁说送快递就没出息啊。你看！我的杭州市人才认定证书拿到了。

王阿姨：人才认定证书？送快递还能送出给人才来？

【其他快递员们私语声起：小李，你以后就是人才了。真不错！ 100 万补贴呢！……

王阿姨：晨晨，你快看，听说这政府认定的人才，光购房补贴就有 100 万呢。

小　　李：我呀，比起我师傅来，那还差得远呢。我师傅，刚刚被市政府认定为杭州工匠呢。

晨　　晨：送快递还能当杭州工匠？蒋伯伯，你给我说说，你是怎么做到的？

蒋教芳：哈哈，你刚才还不是说送快递没出息吗？其实啊，各行各业都能够干出成就来的。关键就看你怎么干，能干出什么样的成就……

晨　　晨：那你是怎么干的呢？你都有什么样的成就？蒋伯伯，你快说说。

蒋教芳：这事啊！还得从 2012 年的那一天说起。那一天……

【时空转换。汽车刹车声起，装卸快递的声音。有一个人的声音："蒋师傅，你回来了，老板叫你去一下办公室。""哦，好呢。"
【蒋教芳答应着跑过去敲开张总办公室的门。

蒋教芳：张总，您找我？

张　　总：蒋师傅，坐。公司派你在贵州工作两年，做出了不少成绩。这次把你调回来，工作还适应吧？

蒋教芳：都是干快递，没什么不适应的，到哪干都行。张总找我有什么事情吗？

张　　总：好，蒋师傅，我就喜欢你这个性格。这不，公司准备对快递员进行业务培训，我想把公司新成立的培训部交给你。

蒋教芳：培训？可我入行才三年多一点，干好自己的工作还行，要去培训别人、教别人，还……我是怕误人子弟啊，要不领导再考虑一下？

张　　总：你就别谦虚了。虽然你 44 岁才入职我们公司，年龄是有点大，但你仅用了一年时间就熟悉了快递工作的所有业务，带领团队创造出了很好的业绩。所以培训这个岗位，你是最合适不过的。

蒋教芳：那，谢谢领导肯定。我一定保证完成好任务。

张　　总：好，我就喜欢你的这种工作态度！明天开始你就走马上任。

【快递网点，饭碗和筷子碰撞的声、饭菜咀嚼的声音和蒋教芳讲课的声音交织成一曲激扬的乐章。

蒋教芳：同事们，我们干快递、做骑士这一行，最基本的能力是什么？（认路！）对，就是要认路！要能够快速熟悉周围环境！这是我们做快递员必须具备的能力。今天我们就把这一块熟悉起来。看，这一条是什么路？这一条呢？大家要记住，记在脑子里。这叫磨刀不误砍柴工。大家记清楚了没有？

快递员齐：记清楚了。

蒋教芳：好，那我的课也就告一段落。我们明天再见。

【下课的声音。有人跟上来。

快递员：蒋师傅，你讲得太好了，我按照你设计的路线，这个月多送了几十单呢！谢谢你。

蒋教芳：这是我的工作，不用谢。再说，这也是你听得认真，自己吃得了苦的结果。

快递员：蒋师傅吃饭了没？你为了不影响我们送快递，每次都是趁着我们吃饭的时候来给我们上课，真的是太辛苦你了。要不要来一份？

蒋教芳：不用了，我还要去下一个网点培训其他人呢。我们明天见。

快递员：你这么辛苦啊！好，明天见。哎，我给你打包一份快餐吧。

蒋教芳：不用不用，我带了面包……

【快递车子发动的声音……知了声，脚步声起，张总办公室。

张　　总：蒋师傅，你培训工作做得风生水起，大家反响非常不错。辛苦了。快坐，我给你倒杯水。

蒋教芳：张总，不用了。我刚在外面喝过。

张　　总：坐。有一件事情，刚收到省里要组织开展快递技能大赛的通知，我想让你在我们公司挑选几个合适的人，组成一支队伍代表我们公司去参赛。

蒋教芳：有没有具体的要求？

张　　总：看，这是具体的要求，你可以结合着这段时间的培训，先把人物色起来。

蒋教芳：好。利用这段时间的培训，我也整理出了一些我们值得改进的地方，借着这次机会，正好可以实践一下。

张　　总：好。参加这次比赛，不仅仅是荣誉问题，也是为给全公司的快递员树立一个标杆，蒋师傅，你身上的担子不轻啊！

蒋教芳：放心，我一定全力以赴。

张　　总：好。

【时空转换。2022年9月，蒋教芳大师工作室。

晨　　晨：做快递还能参加全省的比赛？你不会是编个故事骗我吧！

小　　李：奖状在墙上挂着呢！不信你可自己去看。

晨　　晨：我得去看看。

王阿姨：慢点！

晨　　晨：连续三年团体第一名！还有，这么多奖状啊！蒋伯伯，小李哥哥，你们是怎么做到的？

蒋教芳：世上的事情，最怕认真两字，只要你踏踏实实付出了，总会得到回报的。

王阿姨：要不是因为蒋师傅他们认真的工作态度，我和他也不会认识。

晨　　晨：外婆，这里面还有你的事？

王阿姨：当然了。

晨　　晨：蒋伯伯，那你赶快说下去。

蒋教芳：公司让我寻找人选，组建队伍的时候，有一天，遇到了小李，你的小李哥哥。那时候，他还是一个大学毕业不久，刚参加工作的文员……

【时空转换。急促的脚步声起，蒋教芳追赶小李，气喘吁吁。

蒋教芳：小李，你就不能再考虑一下吗？做快递员很适合你的。

小　　李：蒋师傅，都三天了，你天天追着我要电话，要我改岗位。

蒋教芳：那是你没有发现自己的优点。那天，我看你找快递，速度可快了，手脚可灵活了。你一定可以成为一名出色的快递员的。

小　　李：我再跟你说一遍，我只愿意干文员，我没有改岗位的想法。别来烦我。

蒋教芳：你不答应，我天天跟着你。

小　　李：你这不是强人所难嘛！

蒋教芳：不管怎么样，反正我认定你了。

小　　李：那你跟我说说，参加这个技能大赛对我有什么好处？

蒋教芳：好处，你至少可以证明自己的能力不是吗？

小　　李：我只想有一份稳定的工作，我觉得这是对我自己最好的证明。

蒋教芳：你是在处理客服问题的，你觉得工作上最大的问题是什么？

小　　李：嗯……快递件遗漏或者破损吧。

蒋教芳：这是什么原因造成的呢？是不是业务员操作不规范？只要我们把操作规范做到了实处，客户的电话是不是会少很多？

小　　李：我……那你是说……

蒋教芳：再仔细想想。

小　　李：嗨……还是我去跟你试一试吧！

蒋教芳：好。我们明天就去仓库试一试。（等着小李离开以后。轻轻地）我就不怕说不动你。嘿嘿嘿。我相信你来了就不会离开我们团队的。哈哈哈。

【仓库中，被蒋教芳挑选来的快递员们已经在等候了。

蒋教芳：各位同事，今天我们训练的是包装，要求是包扎严实，从一米高的台子上摔下去，物品不碎。大家都跟我一起做。

【撕胶带的声音起。

蒋教芳：我已经包好了，看我摔下去。

【包裹落在地上，发出"碰"的声音。

蒋教芳：大家看看有没有碎。

小　李：还真没有碎啊！

快递员甲：这是怎么做到的？

蒋教芳：只要大家熟练操作，也能做到的。

小　李：好，我们一起干。

【撕胶带声、包裹落地声嘈杂一片。王阿姨用扫把敲玻璃窗声起。

王阿姨：你们干什么呢！装修都没有你们吵的，我心脏病都被你们吓出来了！

蒋教芳：不好意思啊！我们在训练包装，是要参加比赛去的。

王阿姨：你们参加比赛就拿我出气？平时你们车进车出的就够吵了，现在还开始"碰，碰，碰"的了！

蒋教芳：大姐，对不起啊。你看这样行不行，我们把窗户关上，这声音就小了。

王阿姨：我告诉你们，不许再吵到我，再吵到我，我打电话投诉你们。

蒋教芳：好好。快，大家赶紧把窗户关上！我们轻一点。

【快递员们嘟囔着关上了窗户。撕胶带声、包裹落地"碰"的声音再起。

小　李：蒋师傅，关上窗户我都快透不过气来了。

快递员：这仓库跟蒸笼差不多，还不如在外面送快递呢！我不干了！

【快递员齐声附和。

蒋教芳：大家不要走，不要走。

小　李：蒋师傅，这地方你让我们怎么训练嘛！我们回去了。

蒋教芳：你们听我说。

【在阻拦小李和其他快递员的过程中，一本书从蒋教芳的包里掉了出来。

小　李：邮电大学课程？蒋师傅，你这么大年纪了还在读书？

蒋教芳：你们愿意听我说吗？我44岁进入公司，最早做的就是分拣。别人只记住一条路线，我把所有路线都记熟了。这几年，公司的所有岗位我都做过。我想摸索出我们快递行业的标准。

小　李：行业标准？就凭我们？

蒋教芳：这次技能大赛就是一个很好的机会。只要我们做到了，就可以证明这是可行的。

　　　　大家想想，有了行业标准，我们做业务就有了依据，效率也可以提高上去。

小　李：蒋师傅，我答应你，留下来。

　　　　【快递员们齐声附和：我们留下来。

蒋教芳：好！我们一起干！！！

众　人：我们一起干。

　　　　【时空转换。2022 年 9 月，蒋教芳大师工作室。

晨　晨：那后来你们……

王阿姨：傻孩子，那么多的多奖状你不是都看见了。

晨　晨：是哦。你看，我听故事都听着迷了。

众　人：哈哈哈哈。

小　李：晨晨，你看，这是蒋师傅参与编写的《快递业务员职业技能鉴定辅导教程》。这些年，他已经培训了超过一万名的快递员和业务员。有了他的教导和培训，我们公司所有人一起努力，这些年的效益越来越好，大家都非常有成就感。

王阿姨：你看，小李哥哥成了杭州市的高层次人才，还有好多员工也得到了各种各样的奖励、荣誉。你看，这一个个经过蒋伯伯培训、辅导的员工，笑得多灿烂啊。

晨　晨：真是桃李芬芳啊，蒋伯伯，我为你点赞！

小　李：怎么样？晨晨，你以后再也不会看不起送快递的了吧？

晨　晨：我……（不好意思地笑）不会啦。

蒋教芳：晨晨，路是人走出来的。其实只要我们认真对待每一件事情，做好每一件事情，我们就会不停地进步。

王阿姨：听懂了吗？

晨　晨：嗯。外婆，我明白了。从明天开始，我一定好好学习，将来也像蒋伯伯、小李哥哥那样做一个对社会有用的人。

🎙【片尾：刚刚您收听的是由杭州市总工会和浙江广播电视集团经济广播联合出品的八集系列广播剧《共富路上的奔跑者》，第一集《桃李芬芳》。

总编剧：夏强

编剧：陈张立、朱金文

录制：好声音音频制作

儿童配音：沈子睿

总导演、制作人：杨子

谢谢收听。

爱的温暖

🕐 **时间**：当代

📍 **地点**：浙江建德

👥 **剧中人物**：

裴彩萍：女，30 岁，6 岁孩子的妈妈，外卖员；

刘志强：男，33 岁，裴彩萍丈夫，家电修理工；

老　张：男，35 岁，裴彩萍外卖团队队长；

宝　儿：男，6 岁，裴彩萍和刘志强的儿子；

客　户：女，25 岁，点午餐外卖的白领；

其他外卖员、新入行的外卖员若干。

🎤 **片头**：心怀梦想，不负韶华。他们，无论身份，无论年纪，无论性别，用实干的心态迎接风雨挑战，用努力的汗水开辟新的领域，用收获的笑容证明奋斗的喜悦。他们因梦想而美丽，因努力而坚韧，因奉献而迷人。他们，是努力奔跑在共富路上的追梦人；他们，是描绘共富路上美好愿景的实践者；他们，就是与你我风雨同行、一路相伴的快递员和外卖员。他们拥有一个共同的名字——奔跑者。欢迎收听系列广播剧《共富路上的奔跑者》，请听第二集《爱的温暖》。

　　【2022 年 9 月某日早上 9 点，建德某公园一角，清脆的鸟叫声、外卖员的交谈声交织成一曲愉快的交响乐。

裴彩萍：老张，我回来了！

老　张：哎呀，彩萍，你伤好了？不是让你再多休息几天吗。你看你……

裴彩萍：我全好了，不信，你看，（蹦跳几下）这次真的要感谢你和同事们，有你们才能让我渡过难关。

老　张：我们大家互相帮助，没有什么的。彩萍，我给你介绍一下，这是小王，今天刚上班的新同事，你带他一下。

新外卖员：张经理，你说的裴师傅，原来是个女的？这女的也送外卖？

老　　张：你不要小看我们裴师傅，她可是我们这个团队的大功臣。

新外卖员：这么厉害！裴师傅好。

裴彩萍：你好。唉，师父，你怎么不和我商量，就突然让我带新人，我可以吗？

老　　张：怎么不可以！公司正在给你申报劳动模范，绝对有资格带新人。

新外卖员：还要申报劳模？这个送外卖还可以评劳模？张经理，你给我说说，还有这好事？

老　　张：哈哈哈，你没想到吧。我们外卖员，两新组织的员工竟然也能评劳模。

新外卖员：什么是两新组织？我还第一次听说。

老　　张：哈哈，两新组织指的就是新经济组织和新社会组织，不懂了吧。算你还机灵，叫我师傅。彩萍，你给他讲讲你是怎么进入这一行，成为劳模的吧！

新外卖员：彩萍姐，你快讲讲吧。

老　　张：这孩子，改口还挺快。

裴彩萍：我，其实，我直没什么可讲的……要说，那还得从 2022 年春节说起，那段时间我和我老公都在家闲着，我们家有一个 6 岁的孩子，马上要开学了……

【2022 年春节，裴彩萍家中，外面不时燃放的爆竹声、宝儿玩耍欢笑声、手机视频直播的声音交织成一曲春节欢乐乐章。

宝　　儿：妈妈，妈妈，今年开学了你要天天去接我放学。

刘志强：宝宝，你妈妈要去找新工作，忙，不能天天去接你。

宝　　儿：不，我要妈妈来接我。其他小朋友都有妈妈接的。

裴彩萍：好，妈妈答应你，以后天天送你上幼儿园，接你回家。老公，我听说跑外卖时间还是很自由的，要不我去试试？

刘志强：送外卖？我也听人说了，只要在手机上接单，送到客户手里就行，而且收入也不少。只是风里来雨里去，太辛苦了。

裴彩萍：正好，快到中午了，我们点个外卖吧，顺便向他打听一下。

宝　　儿：妈妈，你陪我玩游戏。

刘志强：你去陪宝儿玩一会，我来点外卖。

【儿子和妈妈玩游戏的声音。不久门铃声响起，裴彩萍起身开门，见到前来送外卖的老张。

老　　张：刘先生，您的外卖，炒饭、馄饨和面条。

裴彩萍：给我吧，谢谢师傅。师傅，我有个问题想问一下，送外卖好做吗？

老　　张：这个？怎么说呢，吃得了苦，就能赚钱。怎么，你不会也想送外卖吧？

裴彩萍：我想试试。

老　张：真的？正好我那个点需要人手……（订单响了）我现在还得送其他的外卖，迟了客户要投诉的……要不，我们加个微信，等有空的时候聊。

裴彩萍：好啊，好啊。

　　　　【微信加好友的声音"滴"的一声。

裴彩萍：谢谢啊！

刘志强：彩萍，你真的要去送外卖啊？

裴彩萍：试试看吧。不试怎么知道呢。你看他来微信了，要我三天后去他们站点看看。

刘志强：嗨……现在工作难找，你去试试看也好。宝宝，来吃饭！

　　　　【三天后上午9点，公园一角，老张外卖团队早会，老张带着裴彩萍见同事。

老　张：各位同事，今天我们有一位新的同事加入，大家欢迎一下啊。

　　　　【掌声起。

裴彩萍：我叫裴彩萍，以后大家叫我彩萍吧。

老　张：今天上午我带她先熟悉流程，下午让她自己跑一下试试看。她遇到有什么不明白的地方，希望大家能帮她一下。

同事们：没有问题。

老　张：好，今天的早会就到这里，大家去准备吧，马上午餐高峰要来了。

　　　　【同事们陆续接单，启动电瓶车的声音和告别声。

裴彩萍：张师傅，要我做什么，你告诉我。

老　张：不急，今天我先带你熟悉周围的道路和环境。做外卖员送外卖，最重要就是熟悉道路情况，知道在哪里拿餐，走哪条路可以第一时间把外卖送到客户那里。如果道路都不认识，你就会耽误时间。如果送餐超出规定时间，客户会不高兴，平台也会扣钱。

裴彩萍：好，我一定把这些记在心里。

老　张：走吧！

　　　　【老张带着裴彩萍骑车上路，汽车声、行人嘈杂声起。

　　　　【时空转换。深夜，滴滴答答的时针走动声，裴彩萍家中，裴彩萍趴在桌上看地图熟悉道路。刘志强给裴彩萍倒水，倒水声起。脚步声起。

刘志强：跑了一天了，休息一下，喝口水。

裴彩萍：我还是边看边喝吧！这路不熟，真的不好送外卖。

刘志强：今天遇到困难了？

裴彩萍：有一家店是在小区里的，手机没有办法导航，我找了好久，都快急死了。幸亏有同事们帮忙，我才找到。

刘志强：我有一个好消息要告诉你，我找到新工作了，比原来的待遇要好，就是上班时间长，只能晚上带孩子了。

裴彩萍：真的啊！老公，你放心，白天孩子交给我。等孩子开学了，我就多跑点。

刘志强：跑外卖挺辛苦的，你吃得消嘛？

裴彩萍：累是累点，但是我很开心。我跟你说，今天我送一份外卖过去，人家还给我了一瓶水。

刘志强：给你水干什么啊？

裴彩萍：我当时不敢要，他说我们送外卖很辛苦，给我们路上解渴。我感受到了一丝温暖。

刘志强：是啊，世界上还是好人多啊。时间真的不早了。

裴彩萍：还有一条路，我看看是不是更近一点，你去看看宝宝睡觉了没。

刘志强：你啊，真是干一行爱一行啊。

【关门的声音……

【街道的环境声，接单的声音："78号，猪肝拌面一份，加急。"

裴彩萍：收到。马上送过去。

【拉上包装盒的声音，电瓶车离开是声音，电梯门打开声，脚步声，门铃声"叮咚"起。裴彩萍把外卖到客户家。

裴彩萍：你好。你的外卖。

客　户：好的。哎，等等。多少钱？我付给你。

裴彩萍：钱？什么钱？你不是在平台上付过了吗？

客　户：我是说让你带的香烟钱。

裴彩萍：香烟？你不是点的猪肝拌面吗？

客　户：猪肝拌面没错，你没有看见我备注上写着香烟一包。你是怎么做事情的！

裴彩萍：哎呦，不好意思，我走得急，没有看到。不好意思。再说我们公司也有规定不让带。

客　户：没有看到就没有看到好了！说什么公司规定。我们顾客是上帝，你服务没有到位就是没有到位。好了好了。你不要说了。走吧走吧。

裴彩萍：我，唉……

客　户：我投诉你，让你长点记性！

【客户很不耐烦地关上门。

【失落的音乐，公园一角。裴彩萍有些郁闷地看着手机。

裴彩萍：张师傅，有个客户给了我一个差评。

老　张：啊，什么原因啊？

裴彩萍：他让我带一包烟，我没有带。

老　张：那不是你的错啊，人我看看订单。不要紧，公司规定不让带这些东西。你不要
　　　　灰心，哎，现在还是有很多人不理解我们。我们呢努力做好自己就行……

裴彩萍：那平台会不会给我们站点降级？会不会扣钱？

老　张：这不是你的错，我会去平台解释的。

裴彩萍：师傅，谢谢你。

老　张：好好干。你有干好这一行的潜力，加油！

裴彩萍：加油！努力，为我为全家！

　　　　【2022年9月的某日，建德公园一角，新外卖员听着入神，禁不住发问。

新外卖员：加油！努力，为我为全家！说得多好啊。彩萍姐，那我以后遇到有需要带东
　　　　　西的，带还是不带呢？

裴彩萍：做我们这一行，耐心是最重要的。客户的要求需要满足，公司的规定也需要遵
　　　　守。关键看你们怎么应对了。

新外卖员：要怎么应对？

裴彩萍：耐心，最大的耐心。不能着急。一着急，就会出事情。我就是遇到客户催得急
　　　　才出事的。

新外卖员：怎么回事？

裴彩萍：那是今年暑假的一天，我那天接到一个电话……

　　　　【时空转换。2022年6月下旬某日，裴彩萍送外卖途中手机响起。

裴彩萍：喂，你好。

客　户：我刚下了一份单，你能不能给我马上去取啊？

裴彩萍：可是我要先去幼儿园接孩子呢！

客　户：我吃了这个就要出门了，你就给我快点吧，我有急事。

裴彩萍：那我尽量吧！

　　　　【裴彩萍拨电话。

裴建萍：老师，我是宝儿妈妈，我今天要晚点来接宝儿，麻烦你帮我照看一下。谢
　　　　谢啊！

　　　　【电瓶车启动的声音，汽车声交织成一曲繁忙的乐章，突然急刹车，汽车、电
　　　　瓶车碰撞声划破长空。

　　　　【救护车声起。

　　　　【医院里，杂乱的脚步声夹杂着宝儿的哭声起。

宝　儿：妈妈，你怎么了啊？

裴彩萍：宝儿乖，妈妈没事。哎呦！

宝　儿：妈妈生病了，一定很痛。

裴彩萍：妈妈不痛，宝儿不要哭，好不好？

宝　儿：好，我不哭。

裴彩萍：原本想着跑外卖既可以赚钱，又可以带孩子，没有想到会车祸，我真没用。

刘志强：其他事情你不要想，先把伤养好再说。

【音乐转换。彩萍家，老张提着水果和刘志强走进来。

刘志强：彩萍，你看，谁来看你了。老张师傅来我们家看你来了。

老　张：彩萍，你出院以后情况怎么样？

裴彩萍：师傅，你怎么来了？医生要我回家再静养三个月。你说公司会不会不要我了？

老　张：我今天来就是代表公司来看你的。医药费公司也会给你报销的。

裴彩萍：那我以后还能送外卖吗？

老　张：当然能！你是在送外卖的途中负伤的，我们都等着你养好伤回来呢！你看，这是同事们凑的一点心意。

裴彩萍：这怎么好意思！师傅，我有一个想法，你能不能跟公司说说？

老　张：什么想法？

裴彩萍：公司和同事们这次给我很大的帮助，我想提前上岗，帮公司和大家做一点事情，给大家整理内勤和网络派发。我不要工钱，我免费帮大家做。师傅，你能不能帮我表达一下……

老　张：好，答应你这个事情前，你也要答应我一个要求。

裴彩萍：只要你们答应我，什么要求我都答应。

老　张：其实我这次来，还有一个意思，就是公司会按时给你发放基本工资。既然你有帮大家做事情的想法，我就一块告诉你。

裴彩萍：真的，那太好了！我的心又能和大家在一起，又能和大家共同工作了。

【回到 2022 年 9 月某日，建德公园一角。

裴建萍：这 8 个月，我经历了风雨，也感受到了爱的温暖。我会一直努力下去，做好这份工作。

新外卖员：彩萍姐，我以后要好好跟着你。多向你学习。

老　张：你可不能只动嘴皮不动腿哦。

新外卖员：不会，以后我也要争取做一个劳动模范呢。我一定会努力的。

众　人：好，我们欢迎你。

🎙️ 【**片尾**：刚刚您收听的是由杭州市总工会和浙江广播电视集团经济广播联合出品的八集系列广播剧《共富路上的奔跑者》第二集《爱的温暖》。

总编剧：夏强

编剧：陈张立、朱金文

录制：好声音音频制作

儿童配音：沈子睿

总导演、制作人：杨子

感谢您的收听。

菜鸟展翅

🕐 **时间：** 当代

📍 **地点：** 浙江杭州

👥 **剧中人物：**

天广乐：男，31岁，杭州拱墅区清水公寓菜鸟驿站老板；

王大爷：男，60多岁，刚退休的职工，清水公寓小区居民；

姜大妈：女，50多岁，临近退休的职工，王大爷老伴；

大　周：男，32岁，天广乐好友，和天广乐一起经营菜鸟驿站；

贝　贝：男，7岁，天广乐儿子；

其他人物若干。

🎤 **片头：** 心怀梦想，不负韶华。他们，无论身份，无论年纪，无论性别，用实干的心态迎接风雨挑战，用努力的汗水开辟新的领域，用收获的笑容证明奋斗的喜悦。他们因梦想而美丽，因努力而坚韧，因奉献而迷人。他们，是努力奔跑在共富路上的追梦人；他们，是描绘共富路上美好愿景的实践者；他们，就是与你我风雨同行、一路相伴的快递员和外卖员。他们拥有一个共同的名字——奔跑者。欢迎收听系列广播剧《共富路上的奔跑者》，请听第三集《菜鸟展翅》。

【2022年7月，清水公寓菜鸟快递点，快递包裹移动的声音、居民取快递的声音、贝贝的笑声交织成一曲愉快的乐章。

【脚步声起，姜大妈来取快递。

姜大妈：菜鸟，拿个快递。

天广乐：取件码给我看一下。

姜大妈：3—7345。

天广乐：好呢，稍等，我给你去拿。

贝　贝：奶奶，你不能叫我爸爸菜鸟。

姜大妈：哦，菜鸟，这是你儿子吧？小菜鸟，真可爱。

贝　贝：我不是小菜鸟，我爸爸也不是菜鸟。

姜大妈：呦！你还不高兴了啊！你告诉奶奶，为什么不能这么叫啊？

贝　贝：菜鸟是个网络语言，就是新手、小白的意思，可我爸爸做快递已经好多年了，他可厉害了！

姜大妈：小朋友你知道的还挺多的嘛，那你知道奶奶为什么叫你爸爸菜鸟吗？

贝　贝：不知道。不过我不喜欢你们这样叫我爸爸……

夭广乐：贝贝，爷爷奶奶们一直这么叫爸爸的！这里有个故事你不知道。

贝　贝：故事？爸爸，什么故事，你快告诉我吧！

夭广乐：等爸爸忙完，就给你讲吧！那是两年前，爸爸和好朋友大周叔叔一起来到这给小区，开办快递站……那是 2020 年的 5 月 1 日，国际劳动节……

【2020 年 5 月 1 日，夭广乐与好友来到清水公寓小区门口。在小区门口的轻微人流和喧闹声中，两人停住了脚步。

大　周：清水公寓？广乐，这就是你选中的地方？

夭广乐：大周，（兴奋）是啊，你觉得怎么样？

大　周：看起来这个小区还挺大的。

夭广乐：这是我花了两个月时间考察杭州的小区、楼盘，看来看去，还是觉得清水公寓这里好，可以设立一个快递站。

大　周：那你觉得好的理由有哪些？

夭广乐：一是这里居民多，有 1200 多户。二是相对租金便宜些。来，你进来看。

【伴随着脚步声，两人走进小区。

夭广乐：你看，这间出租的店铺就离东大门不到 10 米，我们走几步就进来了。30 多平方米，年租金 6 万，你觉得怎么样？

大　周：确实不错。广乐，这两个月你没白跑。

夭广乐：哈哈，看来我的创业前考察还是很有效果的。我们再在小区里面逛逛。

大　周：好。

【两人边走边看边谈。

大　周：广乐，清水公寓的居民很多，看来我们以后会很忙。

夭广乐：我想好啦，咱们和那些走街串巷的快递小哥不同，既然以后所有工作区域都在清水公寓里，那我们就专注服务本小区的居民。

大　周：就算是这样，恐怕也要从早忙到晚啊。

夭广乐：（笑）怎么，你怕啦？

大　周：哈哈，我可没有。倒是广乐你吃得消吗？一圈转下来，我发现，这里的单元楼一半是电梯房，另一半是楼梯房，走楼梯会消耗更多的体力。你这样身高 180 体重 180 的大家伙，到了夏天坚持得了吗？

天广乐：（笑）你可别小看我啊。做小工、跑货船、送外卖，力气活我可不少做。多花力气，做好服务，我们才能积攒口碑。

大　周：广乐，你确实成长了不少啊。

天广乐：等到我们站稳了脚跟，我就把老婆孩子从安徽老家接过来。可惜，哎……

大　周：想起叔叔阿姨了？

天广乐：是啊，好想带爸妈也逛逛杭州这么美丽的城市。可是他们在我成家前就去世了。

大　周：把自己的生活过红火了，就是对他们最好的纪念。

天广乐：你说得对。我一定会在这里立稳脚跟的。

大　周：好了，考察也考察完了。走，我们去办正事。

天广乐：什么正事？

大　周：当然是把合同签了，把店面租下来啊。

天广乐：今天就办？

大　周：当然了，今天是五一劳动节，正好我们开始全新的劳动。

天广乐：好，就从今天开始我们的创业梦！

　　　　【时间过渡。几天后，天广乐和大周的菜鸟驿站开业。

天广乐：清水湾菜鸟驿站开业咯！！！

大　周：我去放电子鞭炮！

　　　　【一阵噼里啪啦声音响过。

两　人：以后我们要齐心协力、风雨同舟了，来，加油！！！

姜大妈：咦，菜鸟驿站？你们都开到我们小区里面来了啊？

天广乐：是的。大妈，你网上买了东西，都会送到我们这里，我们给你送过来。你有什么要寄的，也可以送到我们这里来。

姜大妈：那能不能直接送到家里的？

天广乐：可以送的。

姜大妈：那要是很重的东西呢？

天广乐：也是送的，大妈，你放心好了。

姜大妈：那可太好了，我可以放心买东西了。

大　周：欢迎，欢迎。大妈再见。这是我们快递站的联系方式，您收好。

姜大妈：好，服务态度不错！

　　【晚上，姜大妈家中，大爷不断地调换着电视频道。不同的节目声音接续出现。

姜大妈：老头子，你干什么呢！十分钟时间，频道都换了十几个了，遥控器都要给你按坏了。

王大爷：没意思，真当没意思了！

姜大妈：你这个人啊，真是奇怪！退休前嘛，老是说退休后要好好休息，享受生活，现在退休了，倒是整天唉声叹气的，干什么呢！

王大爷：干了一辈子活，突然之间闲下来，有点不适应。

姜大妈：老头子，我们不是有个阳台嘛，你可以在阳台上养点花，每天浇浇花，修修枝叶，这不就有事情了，还能养身体。

王大爷：这倒是个好办法。可是，去哪里弄泥土呢？

姜大妈：我们可以网上买啊！现在网上卖花种子、泥土、养料的一大堆，什么都有。

王大爷：还是算了吧！

姜大妈：这又怎么了啊？

王大爷：这么多东西让我搬上来，半条老命都没了。

姜大妈：我下午给你问过了，小区门口的那个菜鸟驿站可以送的。

王大爷：真的？

姜大妈：千真万确，那小伙子亲口跟我讲的。

王大爷：那我们试试。

　　【两人一阵忙活，叮当一声传来。

姜大妈：老头子，你看，三天后就会送到。我们就等着吧。

王大爷：那我要快点把场地整理出来。老太婆，你来帮我一下。

姜大妈：好嘞。

　　【音乐过渡。几天后王大爷家。

姜大妈：老头子，帮你整理场地都三天了，我的腰累坏了啊！

　　【这时手机上一声叮当传来。

姜大妈：老头子，快来看，我们买的东西到小区门口菜鸟驿站了，你马上就可以种花了。

王大爷：真的啊！那他什么时候送来啊？

姜大妈：既然到了，那肯定会送来的，你急什么！

王大爷：我有些激动啊，等种出花来，我一定要发一个朋友圈。

姜大妈：你呀，越来越孩子气，越老越活回去了。

王大爷：嗨，等你到我这个年纪，不也一样！不跟你啰嗦了，我要下楼去看看。

姜大妈：哎哎，老头子，你去看有什么用？你能扛上来吗？光种花的土就快有100斤。

王大爷：100斤啊？我这老胳膊老腿的，那还是算了吧！哈哈哈。

姜大妈：（开门往外看）咦，今天怎么电梯不响了？

王大爷：哦哦，电梯检修，暂停三天。

姜大妈：啊，那坏了，菜鸟驿站的小伙子们，不知道会不会送。100斤呢。

王大爷：我们住十七楼呢，这么高，他们肯定不会送过来了。我啊，就推迟几天种花吧。

【楼梯间里，在喘气声和脚步声中，天广乐抱着快递箱爬楼梯。

天广乐：一楼，二楼（气喘吁吁）五楼……十楼……十五楼，呼呼，还有两层……十七，终于到了！（砰的一小声，放下快递箱，敲响门）大妈，大爷，您家的快递到了。

王大爷：（哐的一声，开起门）哎呦，是你啊，小伙子。谢谢谢谢。没想到你这么快就送上门了。

姜大妈：今天不是电梯检修吗，这又不是紧急物品……

天广乐：那不行，我们菜鸟驿站说过，客户要求送上门的，就一定要按时送上门。我们说话算话。

姜大妈：小伙子，你们真行！

【王大爷哒哒的脚步声走进里屋，传来砰的一声关冰箱的声音，又哒哒走出来，手里拿着一只冰棍。

王大爷：来，吃根冰棍吧。

天广乐：不用不用，谢谢大爷。

王大爷：哎，别客气。七月的杭州太热啦，吃根冰棍解解暑。

姜大妈：你看你，一身的汗，把T恤都浸湿了。快拿着，拿着啊。

天广乐：那就谢谢大妈大爷了。垃圾我帮你们带下去吧。

王大爷：好好。

天广乐：那，大妈大爷再见。

两　人：再见，小伙子，天气热，你们送快递注意避暑啊。

天广乐：嗯，我们会做好防护的。

【在取单声音里，天广乐飞快地跑下楼梯。

【时空转换。2022年7月的一天，菜鸟驿站。

贝　贝：奶奶，我爸爸还有这么厉害？一个人就能把100斤的土扛上十七楼。

姜大妈：那是我亲眼看见的，错不了。

贝　贝：看来我爸爸还真是个大力神啊！不过，我还是想不通，你们为什么要叫爸爸菜鸟呢？

在"浙里"听见共富中国
——杨子和她的广播剧

天广乐：那是因为啊，爷爷奶奶也把爸爸当成了这个小区的一分子，他们刚开始不知道爸爸叫什么名字，就叫我菜鸟，叫着叫着，就变成了一个很亲切的称呼。

姜大妈：对，对，就是那次你爸爸帮我们家背100斤土上楼的那次，菜鸟这个名字，这个名字还是我老头子叫出来的呢，一转眼，好几年了。

天广乐：是呀，那一天，你们来我们快递站看望我们，也是小区居民第一次带礼物来看我们。我们好感动啊。

【时空转换。天广乐正在站内工作。外面传来脚步声近，有两个人走了进来。天广乐抬起头。

天广乐：哎哟，是大爷、大妈。你们有事吗？是来取件？其实你们不用特意来站里。等我将入库的货物盘点好，我会上门给你们送过去的。

姜大妈：（笑）我们不是来取件的，也没有件要你送。

王大爷：是啊，小蔡同志，哦，不，不，小伙子，菜鸟同志，（笑）相反啊，我们要送你一点东西。

天广乐：送我？

王大爷：是啊，菜鸟同志，你看，这一箱是6瓶1.5升的矿泉水。我们给你和同事。怎么样，菜鸟同志。

姜大妈：你王大爷一定要扛下来，亲自交给你们。

天广乐：那、这怎么好意思呢。

姜大妈：这有什么不好意思的。小伙子，菜鸟同志，这是我今天煮的绿豆汤，已经冰过了。正好下午拿来给你们解暑。这不比矿泉水好喝多啦。

王大爷：欸，老太婆，咱们来的时候可说好的，不能攀比啊。

姜大妈：不比，不比。

天广乐：大爷，大妈，你们这……真让我不知说什么好。

两　人：不要说，什么也不要说，我们高兴。哈哈哈。以后啊，我们也会帮你们在小区宣传的，让大家都知道我们小区新来了一个菜鸟……同志！哈哈哈。

【时空转换。当下，2022年7月。菜鸟驿站里。

天广乐：咱们小区的居民都太有爱了。和大爷大妈熟悉以后，到冬天送我们暖手宝、热腾腾的饺子，夏天送过来冰棍、绿豆汤、矿泉水。这个小区的居民啊实在是太照顾我们了。

姜大妈：欸，比起来，还是你照顾我们老年人更多。你看，这个月，你已经跑上跑下给我们小区老年人送过好几次大件了。你看今年夏天天气又这么热。

天广乐：是啊。这2022年的夏天是我干快递三年以来最热的夏天了。现在我每天送三次以上，送货上门 300 单左右。今天还有两次要送。

姜大妈：午后送快递，真要注意防暑咧。你看这阳光这么刺眼，驿站内外的温差大得很。

天广乐：（笑）有您的绿豆汤，再大的阳光我也扛得住。

姜大妈：（笑）我就说吧，咱们菜鸟心态好，性格好，靠得住。

天广乐：是小区里的大家待我好。许多从大门进出的居民都跟我打招呼，还有和你们一样给我送东西的。我只能更努力工作来回报你们的爱心和信任。

贝　贝：爸爸，给，送快递之前先把绿豆汤喝了吧。

天广乐：好咧。谢谢儿子。（咕咚咕咚灌下一碗）真好喝！出发！

两　人：一路平安。

【快递车的声音在小区里驶过，留下一片快乐的笑声。

【片尾：刚刚您收听的是由杭州市总工会和浙江广播电视集团经济广播联合出品的八集系列广播剧《共富路上的奔跑者》，第三集《菜鸟展翅》。

总编剧：夏强

编剧：陈张立、朱金文

录制：好声音音频制作

儿童配音：沈子睿

总导演、制作人：杨子

感谢您的收听。

爱心承诺

🕐 **时间**：当代

◎ **地点**：浙江杭州

👥 **剧中人物**：

叶阳辉：男，26岁，外卖小哥；

周主任：女，35岁，叶阳辉所在街道主任；

计女士：女，40岁，常常独居在家，小脑萎缩患者；

小　张：男，23岁，叶阳辉同事；

其他外卖小哥、社区居民若干。

🎙 **片头**：心怀梦想，不负韶华。他们，无论身份，无论年纪，无论性别，用实干的心态迎接风雨挑战，用努力的汗水开辟新的领域，用收获的笑容证明奋斗的喜悦。他们因梦想而美丽，因努力而坚韧，因奉献而迷人。他们，是努力奔跑在共富路上的追梦人；他们，是描绘共富路上美好愿景的实践者；他们，就是与你我风雨同行、一路相伴的快递员和外卖员。他们拥有一个共同的名字——奔跑者。欢迎收听系列广播剧《共富路上的奔跑者》，请听第四集《爱心承诺》。

【2022年5月，某街道办事处，社区居民来咨询事务和工作人员回答咨询的声音交织成一曲愉快的乐章。

【脚步声起，叶阳辉找到正在和居民谈心的周主任。

周主任：叶阳辉，来，这边坐。

叶阳辉：周主任，这是我的入党申请书。

居民甲：周主任，他不是送外卖的吗？怎么送外卖也能加入中国共产党？

周主任：当然能了，我们和他深入沟通了好几次，也进行了广泛调查，今天正式接受他的入党申请书。

叶阳辉：感谢党组织的信任，我一定接受党的考验。

居民甲：这到底是怎么回事？小叶，你快跟我这个老党员说说。

叶阳辉：事情还得从 2018 年 5 月的一天说起，那一天我接到一份外卖……

【时空转换。2018 年 5 月，计女士家门口，叶阳辉按下门铃，门铃声连续响了几遍。

叶阳辉：您好，您的外卖到了。怎么没有人啊？您好，您的外卖到了。

计女士：（虚弱）门没关……你进来吧。

叶阳辉：我们公司有规定，不能私自进入顾客的房间，您方便出来拿一下吗？

计女士：您还是……送进来吧。

叶阳辉：（迟疑）要不，我给您放房门口吧。

计女士：（虚弱）我……腿脚不便，你……送进来……就可以了。

叶阳辉：好吧，那我进来了。

【脚步声起，叶阳辉走入计女士家。

叶阳辉：您的外卖，您看放哪里？

计女士：放……床上就行。

叶阳辉：那我给您放床边了。祝您用餐愉快。

计女士：（双手在床上杂物堆里翻找餐具和小桌板）好，好……

【叶阳辉转头准备离开。不锈钢餐具掉地上的声音起。

叶阳辉：您怎么了？

计女士：（迟缓）人老了……手抖得厉害。

叶阳辉：不介意的话，我来帮您吧。

【外卖系统声音：系统自动为您接单了。

计女士：小伙子，谢谢你。你去忙吧，别耽误了工作。

叶阳辉：您一个人可以吗？

计女士：可以的，慢慢来……总是可以吃上的。

叶阳辉：大姐，您行动不便……我还是留下来帮您吧。

计女士：不用……会耽误你的工作的……

叶阳辉：（笑）我的工作就是让你们好好吃上饭。可您这样，万一把饭菜打翻了，那我这单工作就白做啦。

计女士：哎，给你添麻烦了。

叶阳辉：没事。我帮你把桌子支起来。

【支桌子的声音起。

计女士：谢谢你。小伙子。

叶阳辉：大姐再见。祝您用餐愉快。

【叶阳辉奔波在路上。车流声、喇叭声等此起彼伏交织成一曲繁忙乐章。外卖系统声：您有一个外卖订单，请接收。

叶阳辉：咦，这个地址，这个时间段。这不就是昨天那位老大姐的家吗？难道大姐又是一个人在家吃外卖？她的家人呢，怎么没人陪在身边？

【计女士家门口响起敲门声。

叶阳辉：您好，您的外卖到了，要我给您送进来吗？

计女士：麻烦你送进来吧……

【叶阳辉推门进。

计女士：（惊讶）呀！还是你！

叶阳辉：是啊，大姐，太巧了，今天又是我给您送餐。

计女士：好，你放下吧，赶紧去送下一家，我今天不能再耽误你的工作时间了。

叶阳辉：大姐，不会耽误太多时间的，您别担心，我先帮您支桌板，拆饭盒。

【叶阳辉拆开塑料袋，打开饭盒声，支起小桌板声。

叶阳辉：大姐，东西都准备好了，您来吃饭吧。

计女士：小伙子，多谢你了。

叶阳辉：大姐，您都是这样一个人吃外卖的吗？

计女士：哎，不瞒你说，我瘫痪啦，腿脚不灵便，难得下床。走下四楼去吃饭对我来说更是难上加难。

叶阳辉：怪不得您这房间看起来……平时倒垃圾也一定不方便了。这样吧，我等您吃完，把饭盒理好，垃圾带下去。

计女士：不，不，你这样会耽误工作的。

叶阳辉：大姐，没事的。

计女士：好孩子，真是好孩子。

叶阳辉：大姐，这样……您不嫌弃的话，以后我接到您的订单，我都陪您吃完再走，可好？

计女士：这使不得啊，你的工作……可怎么办？

叶阳辉：互相帮助，应该的。有一次，我接了单子去偏僻的地方，碰巧车胎坏了，修理的车行在2公里外。当时，我急得不行，幸亏一位路过的大哥帮了我。

计女士：好……好……小伙子，你贵姓啊？

叶阳辉：大姐，你叫我小叶就好。以后你还有什么需要帮忙的就和我说。

计女士：好的，小叶。我……我想看电视……

叶阳辉：好，我帮您开。

【电视机被打开，放出声音。伴随着电视节目的声音，不一会儿，计女士吃好了饭。

计女士：小叶啊，谢谢你陪我一块儿吃饭，我这心里，好久都没有这么高兴了。连说话都顺畅了，四肢感觉也灵便了一些。

叶阳辉：看着您吃好喝好，我也打心底里高兴。

【外卖系统声：系统已自动接单。

计女士：我已经吃好了，你快去工作吧，别耽搁太多了。

叶阳辉：好，那我先走了，大姐您休息吧。外卖和其他垃圾，我就顺便帮您带下楼啦。

计女士：小叶，太谢谢你了！

叶阳辉：大姐再见。

计女士：……再见。

【叶阳辉关门离开。

【时间过去了几天后，小张送外卖到计女士家。脚步声起。

小　　张：大姐！你今天的外卖到了，我进来帮你摆好？

计女士：小叶啊，快进来吧！

小　　张：桌子在哪里？我帮你支起来。

计女士：就在那边。咦，小叶呢？小伙子，你不是前几天送来的小叶，你怎么知道要帮我支桌子的呢？

小　　张：大姐，是这样的。我们叶哥他一直记挂着你，担心自己接不到你的外卖，就在公司群里发了消息，让我们接到你的外卖订单，就照顾一下。所以我们大家都知道了。

计女士：原来是这样，小叶，真有心啊。我记住他了，你们人真好啊。谢谢你们。

小　　张：我们做外卖服务的，一天到晚在外面跑，很多人也理解我们，遇到台风或者下雨的天气，还让我们慢点。

计女士：那我快点吃，不耽搁你。

小　　张：大姐，你不用着急，慢慢来。

计女士：中午这个时间是你们送外卖的高峰期，老是耽误你们，我心里……（抽泣）过意不去。

小　　张：你别哭，别哭。我们都盼着你的病好起来呢！我告诉你一个好消息，我是上周的"跑单王"。

计女士："跑单王"是什么？

小　　张：就是在上一周里，我是送外卖最多的。

计女士：真的啊，那你真厉害。那小叶呢？

小　　张：他啊……以前老是我们的跑单王，可最近，好像有一点少了。嗨，光顾着说话了，您吃饭。

计女士：哦。

【2022 年 5 月，街道办事处，居民咨询交流的声音起。
居民甲：原来你们还有比赛的啊？做到"跑单王"是不是有奖励的？
叶阳辉：这只是我们公司内部的一个统计，没有什么的。
居民甲：那你有没有拿过？是不是一直稳居第一啊？
叶阳辉：不敢说稳居第一，只是偶尔拿过几次。
居民甲：那也很厉害啊。
周主任：就是，小叶，你就不要谦虚了。他啊，其实还做了好多比跑单王更有意义的事情呢。
居民甲：比赚钱更有意义的事情？是什么呢？你快说说。
叶阳辉：那是在我给计女士送餐一个月后……

【2018 年 6 月的某日上午，公园一角，蝉鸣声此起彼伏交织成一曲火热乐章。
小张和几个同事在聊天。
同事甲：哎，你们发现没有，最近一段时间叶阳辉跑单的数量要比以前少了。
小　　张：我也发现了，可是他的工作时间没有变。
同事甲：这是我最疑惑的地方。
小　　张：今天我跟着他跑单，看看有没有什么不同。要是他遇到困难了，大家也好帮他一下。
同事甲：好。
　　　　【系统提示音响起：系统已为你自动接单了。
小　　张：叶阳辉，你接了什么单子？
叶阳辉：给一个客人送餐。
同事乙：又是那位老客人啊，你呀，为了她丢了好多大单呢！值得吗？真是……

【计女士家，叶阳辉把桌子折叠起的声音起。
叶阳辉：大姐，你吃好了？那我帮你把垃圾带下去吧，你好好休息。
计女士：不急。小叶，我有个问题想问你。
叶阳辉：什么事情？
计女士：以前老听到你手机里接单的声音，这几天为什么没有听到过？
叶阳辉：哦，这段时间中午点餐的人少，我自然接的也少了。
计女士：该到夏天了吧？点外卖的应该更多才对。
叶阳辉：现在是点奶茶的多，好多人在上班路上就给自己点奶茶，所以中午就少了。

计女士：原来是这样。你去吧。

叶阳辉：那我走了。

　　　　【塑料袋的声音起、脚步声起，开门声起。

计女士：小叶。

叶阳辉：我在呢！你还有什么需要？

计女士：这是我给你的补偿，你收下，不然大姐心里过意不去。

叶阳辉：大姐，我不能收，帮你，我是自愿的。你快收起来。

　　　　【两人一阵推脱。

计女士：小叶，谢谢！谢谢你和你的同事们。

叶阳辉：大姐，能够为你做一点好事，我心里高兴呢。

计女士：小叶，感谢你们！谢谢！

　　　　【2022 年 5 月，街道办事处。

居民甲：这一声谢谢说得我眼泪水都要下来了！真的好感人。不过，叶阳辉，你跑单数
　　　　量少了以后钱赚少了，怎么办？还没有告诉我呢！

叶阳辉：赚钱是小事。其实也没有少赚。我只是在晚上再多加班，花的时间多了一些
　　　　而已。

周主任：这就是一份爱心啊，也是一份责任。其实不属于他个人的责任。

居民甲：我越听越糊涂了，到底是怎么回事？

周主任：他呀！为了照顾计女士安心吃饭，每次接到计女士的单子，就关掉系统不接
　　　　单了。

居民甲：啊！你就这样坚持了三年，还不肯说出来？

周主任：要不是计大姐打电话告诉我们，谁都不知道这件事情呢。叶阳辉，我们为你骄
　　　　傲、自豪！

叶阳辉：其实平均下来也就一周三次，也没有多少。

居民甲：三年，一周三次也不容易的。接近 1000 次！你真是好样的！我支持你加入中
　　　　国共产党，我愿意做你的入党介绍人。

周主任：我也愿意担任你的入党介绍人。

叶阳辉：谢谢，谢谢。我一定按照中国共产党党员的要求来严格要求我自己。

两　人：欢迎你，我们未来的同志！！！

　　　　【掌声响起来。音乐响起来。

🎤【片尾：刚刚您收听的是由杭州市总工会和浙江广播电视集团经济广播联合出品的八
集系列广播剧《共富路上的奔跑者》，第四集《爱心承诺》。

总编剧：夏强

编剧：朱金文、陈张立

录制：好声音音频制作

儿童配音：沈子睿

感谢您的收听。

平凡坚守

🕐 **时间**：当代

📍 **地点**：浙江杭州

👥 **剧中人物**：

童俊伟：男，50岁，杭州某揽投部经理；

小　张：男，20多岁，投递员；

小　李：男，20多岁，投递员；

记　者：女，20多岁；

童　母：女，60多岁，童俊伟母亲，退休职工；

童　父：男，70岁，童俊伟父亲，退休职工；

嘉　佳：男，9岁，童俊伟儿子；

其他人物若干。

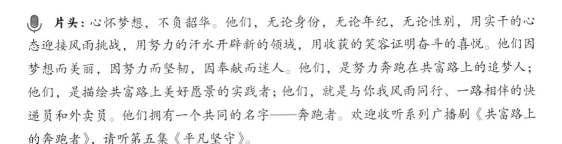

🎙 **片头**：心怀梦想，不负韶华。他们，无论身份，无论年纪，无论性别，用实干的心态迎接风雨挑战，用努力的汗水开辟新的领域，用收获的笑容证明奋斗的喜悦。他们因梦想而美丽，因努力而坚韧，因奉献而迷人。他们，是努力奔跑在共富路上的追梦人；他们，是描绘共富路上美好愿景的实践者；他们，就是与你我风雨同行、一路相伴的快递员和外卖员。他们拥有一个共同的名字——奔跑者。欢迎收听系列广播剧《共富路上的奔跑者》，请听第五集《平凡坚守》。

【2022年8月的某一天，童俊伟家中传来噼里啪啦的跳绳声和嘉佳的数数声，嘉佳在完成学校布置的跳绳作业。

童　母：138，139，140下，我们嘉佳真棒。

嘉　佳：奶奶，你不是说我跳完绳，你就给我讲爸爸的故事，你赶快讲。

童　母：好，好。来，先擦擦汗，休息一下。

嘉　佳：奶奶你快讲，快讲。

童　母：那你先告诉我，为什么要听爸爸的故事？

嘉　佳：嗯……我发现这几年，特别是那些购物节、元旦、国庆等节日的时候，爸爸就会好几天不回家。

童　母：好，那我们打开电视机，看看爸爸的新闻，好不好？

嘉　佳：爸爸还能上电视？

童　母：你看了不就知道了。

【打开电视机的声音起，入记者的声音。

记　者：各位观众，"双十一"期间，很多人都希望能早点收到自己的快递。今天我们来到了邮政揽投部，请童经理给大家介绍一下情况。

童俊伟：好的。"双十一"以来呢，这个揽投部日均揽投邮件超过 12000 件。你可以看到，大家都在加班加点，争取早一点把快件送到大家手中。

记　者：能介绍一下站内员工们的防疫措施吗？

童俊伟：我们员工每天上班的时候，门口会进行测温、亮码，定期进行核酸检测。

记　者：眼下省外部分地区出现涉疫快递包裹，请问你们是如何落实落细快递转运中的各项防疫要求的呢？

童俊伟：为降低疫情传播风险，运输车辆和快递分拣区等重点场所每天都会进行三次全面消杀。对车辆，从出班、归班到中间，每天进行三次消杀。我对此特别留意，防止次数有遗漏。

记　者：对于收快递邮件的市民们，童经理有什么建议呢？

童俊伟：建议可以选择无接触配送，请快递员将快递存放在快递柜。收件后，包裹和包裹内的物品用医用酒精或含氯消毒液喷洒或擦拭。

记　者：你们站内消杀就是用这些吗？

童俊伟：是的。当然，也可以把收到的包裹置于空旷处通风一段时间。此外，建议尽量就地拆封，外包装不带回家，按照生活垃圾分类处理。

记　者：还有什么建议吗？

童俊伟：取完快递后，及时按照"七步洗手法"认真揉搓双手。我们站里的小伙子们也是这么洗的。

记　者：听说童经理加班加点，已经在站点里睡了好几天了。

童俊伟：我是一名共产党员，又是一名老员工，在面对困难工作的时候理应如此。

【时空转换。回到 2022 年 8 月，童俊伟家里。

嘉　佳：爸爸这个笨蛋，为了工作居然不要我了！哼，哼！

童　母：嘉佳，你爸爸在坚守岗位是为了服务大众，这是他的职责。

嘉　佳：职责是什么？

童　母：职责就是应尽的责任，你将来走入社会，也会有自己的工作，有自己的责任。

嘉　佳：奶奶，你赶快再讲讲。

童　母：谁叫你爸爸是一个邮政快递人呢。我给你讲一讲你爸爸去年的故事的吧。那是 2021 年春节前的一个中午，在杭州邮政拱墅揽投部里……

【2021 年春节前的一天中午，杭州邮政拱墅揽投部，员工们正在进行紧张的工作。放置快递件的声音、传送带滚动的声音等交织在一起。

小　张：哎，这么多快递，看来今天免不了又要加班了。

小　李：可不是，每年的春节前哪天不这样。昨天我到家已经快 11 点了。

小　张：说起来，我最佩服的还是我们揽投部的童大哥——童俊伟。据说，他昨晚又没回家。

小　李：没回家，那他回的哪？

小　张：他就睡在站点里。

小　李：说实话，我也佩服童大哥，要是揽投部里没他做榜样，我可能还真坚持不下来。

小　张：童俊伟大哥可是七〇后，干起活来比我们九〇后都精神。

小　李：据说，童大哥 1992 年就参加工作了。

小　张：那会我都还没出生呢。

小　李：不止你。在杭州邮政局一线工作岗位上，童大哥已经默默坚守了近 30 个年头，工龄比站点里很多人的年龄都大。

【童俊伟脚步声走近。

童俊伟：小张、小李，聊什么呢？

小　张：童大哥，我们在算你的工作年头呢。

童俊伟：（笑）那有什么好算的。

小　李：不算不知道。童大哥已经在邮政干了这么久了。可干起活来，分明比我们都强。这次面对超出往常三倍的投递量，大家都还加班加点干得起劲，那都是因为童大哥身先士卒。

小　张：三，五，七，十。

小　李：你在算什么。

小　张：我在算童大哥加班的日子。据我算来，今天是童大哥在站点里睡的第 10 天了。

童俊伟：（笑）你们算这种日子做什么。有那个精力，好好算算消杀环节有没有遗漏。对了，我进来时看到一辆邮车停在门口，那是等会要开出去的？

小　李：不是，那辆邮车已经完成邮件运输工作了。

童俊伟：那开回来后消毒了吗？

小　张：好像没有吧，我们开回来后就进来工作了。

童俊伟：没消毒？那可不行！消毒液呢？

小　李：在这里。

　　　　【一阵小跑声。童俊伟跑到邮车边上，用消毒液喷洒，开始消杀工作。小张和小李也跟上来。

小　张：对不住啊童大哥，我们给忘了。

童俊伟：你们记住，这段时期，对快递分拣区要每天三次消杀。对车辆，也要从出班、归班到中间，每天进行三次消杀。你们牢记快递分拣区的消杀，那很好。不过开回来后也要记得消杀。

小张、小李：记住了，童大哥。

童俊伟：咱们站点里现在每天的邮件量如此巨大，为了降低疫情传播风险，这些消杀操作马虎不得呀。好了，去忙吧。这次这辆车就由我来消杀。

　　　　【嘟嘟嘟。童俊伟放在一旁的手机响起铃声。

童俊伟：（一边干活一边喊）小李，麻烦帮我接一下！

小　李：好！

　　　　【噗噗，童俊伟还在喷消毒液。手机铃声随着脚步声越来越近。

童俊伟：（埋头干活）小李，你怎么还不接啊，是记者打来的吗？你就跟她说，直接到揽投部来找我们就行了。

小　李：童大哥……

童俊伟：怎么了？

小　李：是您家里打来的。

　　　　【童俊伟看向还在嘟嘟嘟响的手机，看到来电显示，上面是"父亲"两个字。

童俊伟：爸……小李，麻烦你先接起来，我脱一下手套。

小　李：喂，您好。稍等一下啊，童经理马上就来接。

童俊伟：给我吧……喂，爸爸，您怎么来电话了。

童　父：我再不来电话，你要忘了我和你妈喽。

童俊伟：（笑）瞧您说的，怎么会呢。

童　父：你看看，你都几个月没回家来了，还说不会呢。就连接个电话，都要别的员工帮你接。你就那么忙吗？

童俊伟：我们揽投部——

童　父：好了好了，工作上的事情不要跟我讲，我老头子也不懂。俊伟，我就问你，今年春节有空回来看我和你妈不？

童俊伟：这个……

童　父：什么这个那个的。给句话有这么难吗？罢了，你不来，我和你妈每天也过得挺好，还不用给你烧吃的。

童俊伟：爸，是这样的。现在正是春节前忙的时候，我们的日均揽件量都非常大，在这个时候，我还不能离开。也许，再过十天——

童　父：还要十天！我给你算算。离你上次回家已经是两个月了，61 天！你这样的，跟那些在外地工作的子女有什么区别。街坊邻居，知道的会问我，你儿子也在杭州，怎么总是不见人？不知道的，还以为你在国外呢。

童俊伟：爸，我——

童　父：人家都说养儿防老，我到老了，可都没指望你什么。但是你妈，前两天跌了一跤，现在路都不好走，还叫我别打扰你——

童　母：哎呀，老头子，打电话前就叫你别说这个。（抢过手机）俊伟。

童俊伟：（紧张）妈，您怎么了？去医院看过没？

童　母：看过了，没什么，医生说没伤到骨头，不碍事。擦点药水，过几天就好了。

童俊伟：哎，如果我在家里——

童　母：俊伟，不要自责，这跟你没关系，不是你的错。

童俊伟：哎，还是怪我平时没多关心你们。

童　母：都说了，妈不怪你。妈知道，你作为揽投部经理的经理，要坚守岗位；作为一名共产党员，更要起到模范带头作用。这都是你应该做到的。要是你做不到这些，妈才会怪你。我挂了……

童俊伟：妈——我今年春节一定回家，陪你们……妈！

　　　　【对面啪的一声，挂断了电话。

童俊伟：妈？（没有声音，他收起手机）继续消杀！

　　　　【大家继续消杀工作。他哐的一声拉开邮车，噗噗喷洒消毒液，然后关上门。

童俊伟：消毒完毕。准许出发！

　　　　【汽车发动的声音，开走。

　　　　【时空转换。回到 2022 年 8 月，童俊伟家里。

记　者：这些年下来，你觉得最对不起的都有谁？

童俊伟：家人，我的家人，30 年了，我有太多地方对不起他们。还有我的儿子——嘉佳。

嘉　佳：奶奶，你看，爸爸还在说我呢。哈哈哈。爸爸，爸爸我爱你。

记　者：那你跟他们打一声招呼，说不定他们正在电视机前看呢。

童俊伟：爸爸，妈妈，老婆，儿子，你们好。我爱你们。

嘉　佳：哦咦！！！爸爸棒！

童俊伟：这么多年，我没有好好关心你们，对不起。等我退休以后，我一定好好补偿你们……

童　母：傻孩子，你怎么就没关心我们了？你哪次回家不都是拎着大包小包，给我们
　　　　买这买那。对了，今天早上你爸还收到你寄了一个大包裹呢，这么快你就忘
　　　　了啊。

童俊伟：爸寄的？都寄了什么？

童　母：都是好吃的。你听……

记　者：还有吗？

童俊伟：爸爸妈妈……等过了这段快递高峰期，我就回家看望你们。儿子，等着爸爸。

童　母：好的，好的。不过在那之前，你可得把工作做好。杭州市里，多少人等着收你
　　　　们送的邮件呢。

嘉　佳：爸爸，放心吧，我会把作业全部做好的，让你检查。

记　者：各位观众，这就是面对困难，总是坦然处置，毫无怨言，兢兢业业工作三十年
　　　　的童俊伟。

童俊伟：谢谢，那我继续工作去了，再见。

嘉　佳：爸爸再见！奶奶，想不到我爸爸还这么了不起，电视台都采访他。

童　母：那是你爸爸平日里为人低调，不愿意张扬。

嘉　佳：看来以后我要好好向爸爸学习了。老师说我们要注意身边的榜样，从身边学起，
　　　　我终于有方向了，咦……

童　母：那以后奶奶就监督你了。

嘉　佳：好，我们拉钩，来，拉钩，一百年不许变！！！

两　人：（拍手）咦！

🎙️【片尾】：刚刚您收听的是由杭州市总工会和浙江广播电视集团经济广播联合出品的八
集系列广播剧《共富路上的奔跑者》，第五集《平凡坚守》。

总编剧：夏强

编剧：朱金文，陈张立

录制：好声音音频制作

儿童配音：沈子睿

总导演、制作人：杨子

感谢您的收听。

精益求精

🕐 **时间**：当代

📍 **地点**：浙江杭州

👥 **剧中人物**：

    沈　涛：男，37岁，邮政投递员，某揽投部负责人；

    小　李：男，20岁出头，投递员；

    老　杜：男，50多岁，建筑工人；

    周大爷：男，70岁，居民；

    其他同事若干。

🎙 **片头**：心怀梦想，不负韶华。他们，无论身份，无论年纪，无论性别，用实干的心态迎接风雨挑战，用努力的汗水开辟新的领域，用收获的笑容证明奋斗的喜悦。他们因梦想而美丽，因努力而坚韧，因奉献而迷人。他们，是努力奔跑在共富路上的追梦人；他们，是描绘共富路上美好愿景的实践者；他们，就是与你我风雨同行、一路相伴的快递员和外卖员。他们拥有一个共同的名字——奔跑者。欢迎收听系列广播剧《共富路上的奔跑者》，请听第六集《精益求精》。

【2021年9月26日傍晚，中国邮政杭州某揽投部内，邮政车辆进出、包裹分装碰撞声、同事们的交谈声音交织成一曲欢快的乐章。

小　李：欢迎欢迎，大家热烈欢迎，我们的杭州工匠回来了！

同事们：老沈，领奖的感觉怎么样？是不是很高兴？

沈　涛：我的心情是复杂的。

小　李：复杂？为啥是复杂呢？

沈　涛：能被评上"杭州工匠"，我非常激动，这既是一份荣誉，也是一份责任。今后我要做得更好。

小　李：我是到现在也有点不敢相信，我们送邮政包裹的，还能受到市政府的表彰。你给我们说说，你是怎么做到的？

同事们：对，让我们学习一下经验。

沈　涛：你们还记得上个月那个台风天吗？下着暴雨、刮着大风，我去给一位大伯送紧
　　　　急包裹……

小　李：我记得，那是 2021 年 8 月的一个夜晚……那一天……

【2021 年 8 月的一个夜晚，雷声、雨声、风声交织成一片。

沈　涛：（拨通电话）喂，周大爷，您好。您的快递已经到楼下了。您在家吗？在啊，
　　　　那我给您送上来。

【推门声和脚步声中，沈涛推开住宅一楼大门，走到电梯口。

沈　涛：这电梯怎么不显示楼层呢？咦，墙上有通知：电梯因雨水倒灌，暂时无法使用。
　　　　糟了，怎么办？十二层，喷，十二层，爬！

沈　涛：（喘着气爬楼）四楼……八楼……十二楼！

【咚咚的爬楼声以及喘气声中，沈涛爬上了十二楼，敲了敲门。开门声传来，
　　　　门开了。

周大爷：来了来了。

沈　涛：这是……大爷您的……快件……

周大爷：啊呦，怎么累成这样子。

沈　涛：楼下的……电梯……坏了，我……爬上来的……

周大爷：啊哟，辛苦你咧。喘口气哈。

沈　涛：没事了。七八年前，在四季青送快递时，因为不想耗费半个小时等电梯，我常
　　　　常扛着快递走楼梯，那时年轻，天天爬 31 层，也不觉得累。现在小区大多有
　　　　电梯，很久没有爬楼梯送快递了。身体有点不适应。现在没事了。

周大爷：电梯坏了，你可以再打个电话告诉我嘛，放楼下快递柜得了。

沈　涛：不行啊，我天天给您送，知道您这是一包煎好的中药。您每天都要吃的。如果
　　　　我放楼下快递柜，今天电梯又修不好的话，您不是吃不到了吗？

周大爷：哎，其实啊，我看今天天气这么坏，大风大雨的，就已经做好要断一天药的准
　　　　备了。没想到准时收到。真是谢谢你啊。

沈　涛：大爷不用谢，我只是做了应该做的。

周大爷：自从有你送邮政快递啊，我们这边的住户都能按时收到，非常省心。大家都觉
　　　　得你很不错。你平时也花了很多心思吧。

沈　涛：还好，还好。这边老年住户多，你们有早锻炼、午睡的习惯，避开这些时段送
　　　　快递，基本上就能一次送达，也不会打扰到你们。

周大爷：爬楼辛苦啦。进来喝杯水吧。

沈　涛：不了，我还有别的快递要送，明天再见，周大爷。

【2021年9月26日傍晚，中国邮政某揽投部。

沈　涛：事情就这么简单，大家散了，快去工作吧。

小　李：你别糊弄我，这么小的一个事情怎么可能评得上"杭州工匠"呢！

同事们：对，我们也不信。你肯定有什么秘诀，赶快讲出来。

沈　涛：好吧！今天就当是一次经验分享吧。其实，我有一个习惯，这个习惯支持我走到了今天。

小　李：赶快说给我们听听。

沈　涛：每天工作结束后，我都会对自己的工作进行复盘，就是把没有送到的包裹整理出来，思考一下为什么会送不到。第二天再去送。两年前，在我复盘的时候遇到了一件事……

小　李：什么时间？我怎么不知道？

同事甲：我记得，大概是2020年的11月份，天气已经冷起来了。那天……

【2020年11月的某日傍晚，起风了。中国邮政某揽投部。同事们互相打招呼下班。

同事甲：老沈，怎么还不下班啊？

沈　涛：你们先回去，我整理完东西就回去。

同事甲：送包裹的什么时候开始咬笔头了？

沈　涛：今天我有一个包裹没有送到，我在想明天怎么送过去方便点。

同事甲：说到这个，我手头也有一个包裹，我今天打了好几个电话，那边都没有人接。我准备推掉算了。

沈　涛：你拿过来我看看。

同事甲：地址也没有写清楚，根本找不到了，你别白忙活了。

沈　涛：你这样，我们是轻松了，但耽误了客户怎么办？你去拿来我看看，能送我们尽量给送到。

同事甲：那我去拿来？

沈　涛：明天早上7点，我们早一点去送。早上人可能会在家。

同事甲：好的。

【第二天早上，沈涛带着包裹上路，打通了老杜的电话。

同事甲：老沈，天气越来越冷了。你说这个客户会在家吗？我们会不会白跑一趟？

沈　涛：试一试也好。哈哈。（拨打电话）喂，您好。我是邮政投递员，您这邮件上写着的地址具体是在哪里啊？

老　杜：（电话那头，操着浓重的乡音）就是俺们这个工地上。前面有个门啊，俺们就住在门进来的工人宿舍。

沈　涛：我是说门牌几号？

老　杜：哎，你不是邮递员嘛，你怎么来问我路怎么走啊！我要是知道，我不就告诉你了，真是。

沈　涛：邮寄地址上只写着三号路，三号路有十公里长呢，你具体是在什么位置？

老　杜：具体位置啊！俺是来这个工地打工的，公司把我们放在这里，我也不知道是哪里啊！

沈　涛：那你怎么到的工地？周围有没有人可以问问。

老　杜：周围都是我的工友，我们都是坐公司的车来的，根本不知道。

沈　涛：那你看看周围有什么特别的建筑什么的吗？你告诉我，我找找看。

老　杜：哦，我们记得工地外面有一个夜宵。

沈　涛：可是，夜宵摊白天也不开啊。

老　杜：那可怎么办？这是我老婆给我寄的衣服，这天一天比一天冷了，我马上要穿的。

沈　涛：那我们再找找吧，等会给你电话。

老　杜：好。

　　　　【车子上，沈涛对着包裹思考。同事甲倒了杯水递过来。水声起。

同事甲：老沈，别想了，这个包裹退回去算了。你看，我们也要上班了。迟到了可是要扣奖金的。划不来。

沈　涛：不行，既然今天联系上了，就要送到的，我再仔细找一找，你先回去上班。我再去跑一趟。

同事甲：可是他现在一直不接你电话，已经不是我们的责任了。

沈　涛：我刚才从电话里听到他那边有机器的声音，他应该在大机器干活，没有听到我们的电话。你开车先回去。我一个人慢慢找。

同事甲：那要是他一直不接电话呢？再说门牌他也说不清楚。我把车开回去了，你怎么回城？

沈　涛：我打的回去。你看，这包裹一定是衣服，人家等着这衣服穿呢！我还是找一下吧！

同事甲：那好吧。你慢慢找，我先回去，我帮你请假哦。等一下我再开车来接你。

沈　涛：不用，帮我请假就可以了。再见。

　　　　【车子发动离开。一阵风声，一段脚步声后，沈涛停住了。

沈　涛：这里面好像有挖掘机，这个工地大门在哪里？哦，找到了，转进来。应该就是这里。

【一阵工地的噪声中，有脚步声接近。工人老杜气喘吁吁跑过来。

老　杜：对不住、对不住，哈。真还让你找到了。等好久了吧？谢谢啊。我就说还是你们城里人有办法。哎呦，冻死我了。

沈　涛：没关系。没关系。老杜，收件人就是你吧？来，身份证，我核对一下信息。

老　杜：俺姓杜，喏，这是俺的身份证，手机号码。

沈　涛：没错。就是你的快递，收好。

老　杜：好咧——哎呦，老沉咧。辛苦你咧，带这么沉的快递一路找过来。

沈　涛：不辛苦。你们能及时收到才是最重要的。

老　杜：（笑）这都是俺家媳妇，从老家寄过来的衣衫，还有水果。俺说不要寄咧，她说大城市里水果贵，一定要给俺寄。一寄出来，就天天问俺收到没。俺这可以回她咧，嘿嘿。

【时间回到 2021 年 9 月 26 日。

小　李：老沈，你是切切实实做到了邮政的迅速、准确、安全、方便。我算是知道你这些年的投递是如何做到不错投、漏投了。

沈　涛：认真负责，对职业认同，对事业有荣誉感，这是促进我们前行的动力。每年暑期的放榜招生、重大节假日的节礼、凌晨时分的同城快送件，都格外考验我们投递员的综合素养。

同事们：沈大哥总结得很对，我们还要向沈大哥多多学习。

沈　涛：是互相学习。

小　李：哈哈，互相学习。以后我们也要争取成为杭州工匠。

沈　涛：好了，我们奋斗，加油！我们一起加油！

同事们：加油！

沈　涛：你们先忙，我要去复盘了……

【音乐起，邮政局工作的声音起……

🎙【片尾：刚刚您收听的是由杭州市总工会和浙江广播电视集团经济广播联合出品的八集系列广播剧《共富路上的奔跑者》，第六集《精益求精》。

总编剧：夏强

编剧：朱金文、陈张立

录制：好声音音频制作

总导演、制作人：杨子

感谢您的收听。

救火骑士

🕐 **时间：** 当代

📍 **地点：** 浙江杭州

👥 **剧中人物：**

陈忠强：男，31岁，外卖小哥；

张长城：男，30多岁，某小区物业工作人员；

张宝喜：男，30多岁，某小区物业工作人员；

章主任：男，50岁，某区工会主席；

孙琳琳：女，28岁，陈忠强的妻子，社区清洁人员；

消防员、陈忠强同事等若干。

🎙 **片头：** 心怀梦想，不负韶华。他们，无论身份，无论年纪，无论性别，用实干的心态迎接风雨挑战，用努力的汗水开辟新的领域，用收获的笑容证明奋斗的喜悦。他们因梦想而美丽，因努力而坚韧，因奉献而迷人。他们，是努力奔跑在共富路上的追梦人；他们，是描绘共富路上美好愿景的实践者；他们，就是与你我风雨同行、一路相伴的快递员和外卖员。他们拥有一个共同的名字——奔跑者。欢迎收听系列广播剧《共富路上的奔跑者》，请听第七集《救火骑士》。

【2021年10月8日上午，陈忠强所在的外卖公司里，正在播放当天的午间新闻。脚步声、电瓶车换电瓶声和外卖小哥的交谈声交织成一曲忙碌的交响曲。

章主任：请问你们哪位是陈忠强？

同事甲：你找陈忠强？

章主任：是的。我是区总工会的，我们今天特地来找陈忠强的。

同事甲：哦，你看，那就是。陈忠强，有人找你。

陈忠强：（跑过来）我是陈忠强，请问你们找我什么事情？

章主任：你还记得前两天救过一次火吗？在一个小区里。我们今天是特地来慰问你的。

陈忠强：救火？哦，那件事情啊，嗨，那是我应该做的，就一点小事，不足挂齿，小事
　　　　一桩。

章主任：这不是一件小事啊，或者在你看来就是一件小事，但对于起火的那户人家，对
　　　　于整个小区来说，如果不及时扑灭，那就不是一件小事了。陈忠强同志，我代
　　　　表区总工会，代表杭州人民，感谢你！谢谢！

陈忠强：谢谢，我真的没有想到，就那么一下子，你们……嗨，还是难为情。

同事甲：救火？这么大的事情，忠强，你什么时候救的火？我们怎么一点也不知道啊！

同事们：快给我们说说。

陈忠强：就是两天前，我去小区送外卖的时候……

同事甲：两天前，那就是 10 月 6 号咯，国庆假期里啊！快说说……

章主任：陈忠强同志，我也想听听……

陈忠强：好吧。

【时空转换。2021 年 10 月 6 日中午，某小区。清脆的鸟叫声起。电动车声起，
　　　　电话声起。

陈忠强：您好，您的外卖已经送到楼下，马上给您送上去。

张长城：咦，这儿窗户缝里怎么冒烟了？

陈忠强：还有股臭味，不会是着火了吧！

张长城：你是？

陈忠强：我是这一片送外卖的骑手，我叫陈忠强。

张长城：小伙子，你帮忙看着这里，我们去联系社区微型消防站，把灭火器拿来。

【嘟嘟嘟。对讲机响起。

张长城：喂，宝喜。赶紧去社区微型消防站拿两个灭火器过来，这里的地下储藏室好像
　　　　起火了！

张宝喜：收到，我马上来！

陈忠强：我绕着地下储藏室周围看了一遍，浓烟冒出来了，还有明火。肯定是起火了，
　　　　赶紧报火警！

张长城：好，好。（拨通电话）喂，是消防站吗？我这里 21 幢有一个地下储藏室起
　　　　火了！

【张长城挂掉电话。此时跑步声传来，是张宝喜气喘吁吁地带着两个灭火器到
　　　　达现场。

张宝喜：老张，我把两个灭火器带来了！

张长城：来得好！

陈忠强：消防员过来还要一点时间的，我们先控制住局面。

张宝喜：这位是？

张长城：他叫陈忠强，是外卖骑手。

张宝喜：哦，经常送我们小区的吧，我好像见过你。多谢你啊，赶来搭把手。

陈忠强：不客气。

张长城：咦，地下储藏室的门锁住的。

张宝喜：试试能不能撞开。

张长城、张宝喜：三，二，一！

【砰的一声，两人撞在门上。门纹丝不动。

张长城、张宝喜：哎呦。

张长城：怎么办，门撞不开，这浓烟还在往外冒。

陈忠强：不如我们绕后面看看。我看储藏室后面有窗户。

张长城、张宝喜：好。

【伴随着紧急的脚步声，三人绕到后面。

张长城：呀，两扇窗户也是关着的。

张宝喜：我们拿石头把窗户砸开。

陈忠强：你们等等！

【说完等等，陈忠强就跑开了。跑步声远去。

张宝喜：他咋了？

张长城：别管了，人家也要送外卖的，帮一下忙已经够意思了。

张宝喜：石头这里就有，咱们一人一个把窗户砸开。

张长城：好咧。

【两人用石头砸窗户。砰砰两声响。

张长城：没砸开啊，再来——

陈忠强：等一下！

【陈忠强的喊声传来。陈忠强从远处跑来，手中捧着块大石头。

张宝喜：呀，想不到你又回来了！

陈忠强：你们手里的石头太小了，得用我手中这块大的。

张长城：那就请你——

【砰。陈忠强把石头放到地上，在口袋里掏着什么。

张宝喜：你咋把石头放下了。哦，也是，你怕有危险。没事，我来！

陈忠强：等等！这里是三个口罩。我们一人一个戴好。现在已经有这么多浓烟从窗户边
　　　　缝里冒出来了，砸开窗户会有更多的烟。一定要戴好口罩。

张长城：好，好，还是你想得周到。

陈忠强：口罩都戴好了。你们拿好灭火器，等我破窗。

张长城：好。

张宝喜：好。

　　　　【砰的一声响。陈忠强砸开窗户。

陈忠强：咳咳，（喊）快灭火！

　　　　【张长城和张宝喜拿着灭火器喷向地下储藏室。

张长城：咳咳。

张宝喜：咳咳。戴着口罩都觉得呛人啊，快吃不消了。

陈忠强：把灭火器给我，我来！

张宝喜：你会用吗？

陈忠强：会！我们骑手受过公司的消防安全培训，我懂消防知识。

张宝喜：咳咳。那麻烦你了。

　　　　【陈忠强接过灭火器，喷向地下室。

　　　　【火势渐渐散去。噼啪的燃烧声消失了。灭火器也暂停了喷射。不一会儿，传来了消防警笛声，由远及近。一辆消防车停在了现场。

张长城：消防队，是消防队来了。消防队员你好，我是这个小区的物业工作人员，我姓张。

消防员：是你报的火警？

张长城：是的。

消防员：看起来明火都被扑灭了，虽然还有浓烟往外冒，但火情已经得到了初步控制，也没有人员伤亡。

张长城：（长出一口气）呼，那就好。

消防员：你们做得好啊。接下来为了确保安全，我们会继续用水枪对起火位置进行降温处理，以免现场发生复燃。

张长城：这还多亏了一位姓陈的外卖小哥，他带领我们砸开地下储藏室的窗户，用灭火器灭火，还提醒我们戴好口罩防浓烟。不然我身边这个队员怕是要呛出事来。

张宝喜：咳咳，真的多亏了那位外卖小哥。

消防员：看来真的要特别感谢一下这名外卖小哥，在起火的第一时间帮助灭火，防止了火势进一步扩大。他人在哪？

张长城：哦，他就在——咦，他人呢？怎么不见了，快去找找看。

张宝喜：我们一定要找到他。

消防员：多亏了他，要不然不可想象。

　　　　【音乐转换。当日傍晚，陈忠强家里。孙琳正在厨房里做菜。锅、铲碰撞的声音交织成一曲温馨的生活小乐章。

【开门声起。

陈忠强：老婆，我回来了。

孙琳琳：正好，饭也做好了，赶快来吃吧。

陈忠强：我还真是饿了。

孙琳琳：哎呀，你身上怎么这么脏，你这是怎么了？

陈忠强：哪里啊？

孙琳琳：肩膀上，这黑漆漆的是什么啊？

陈忠强：可能是哪里碰到了吧！对了，家里口罩还有吗？给我一些。

孙琳琳：早上不是刚买了一包？你用完了？

陈忠强：哦，是其他同事没有了，我送给同事了。

孙琳琳：有，我去给你拿。以后你再送外卖，还是要小心一点啦，我们一大家子，靠的就是你这根顶梁柱啊，知道不！

陈忠强：知道呢，老婆。哎呀，我困了，要赶紧休息一下。

孙琳琳：去吧去吧，碗筷我来收拾。

【不久就传来了陈忠强的鼾声。

孙琳琳：今天睡得还挺快啊。

【轻轻的关门声，音乐延续。

【时空转换、2021年10月8日上午，陈忠强所在外卖公司。

同事甲：陈忠强，你当时是怎么想的？难道一点也不害怕？

同事们：对啊，你不怕送单迟到吗？再说了，你回家怎么一下子就睡着了，不紧张刺激啊？

同事甲：那你回来为什么不告诉我们？

陈忠强：这有什么好说的。

陈忠强：对了，章主任，我想问个问题，你们是怎么找到我的？

同事乙：这个有什么难的，新闻都放出来了。

陈忠强：他们又是怎么知道的呢？

章主任：后来两位保安看了监控录像，才找到你……

同事甲：看来你不想留名，还不行呢，哈哈哈。

章主任：他们还在进行善后工作，我们一起去看看吧。

众　人：走，走。

【火灾现场，地下储藏室外，围了不少人，大家在叽叽喳喳地讨论着。消防员正在宣传消防知识。张长城在打电话。

张长城：（对着电话里说）对，对。根据消防员的调查，那天起火的是小区居民楼地下储藏室的一些杂物，没有人员伤亡。火势很快就被控制住了。多亏了消防队，还有一位叫陈忠强的外卖小哥……

【呜呜。电动车的声音由远及近。陈忠强骑着电动车返回了现场。

张宝喜：你看，那位小哥回来了。

张长城：你回来啦，我们正在找你呢！

陈忠强：找我干什么？

张长城：（笑）是啊。我跟社区的领导汇报了。领导们都表示，感谢你为了人民群众的生命财产安全在危难时刻挺身而出，都说为你见义勇为的精神点赞。社区还联系了你所属的站点。你们站长表示要为你申请模范骑手的奖金，如果因为救火导致订单异常，他们要帮着申诉。

陈忠强：（笑）感谢领导们的关心。不过订单没有异常，看来我时间掌控得还不错。

张长城：那就好。

陈忠强：很幸运，没有给顾客造成困扰。我送的这两单都在小区附近。这里还有需要我帮助的地方吗。

【脚步声。消防员走近。

消防员：你就是陈忠强？

陈忠强：消防员你好，现场情况怎么样了？还有什么我能做的吗？

消防员：这次多亏了你控制火情，为阻止火势蔓延争取了宝贵的时间。这次基本没有造成什么损失。

陈忠强：那就好。

消防员：我代表杭州消防非常感谢你。

张长城：我们也代表小区感谢你。

陈忠强：不必不必。我不太会说话，我觉得这只是自己的无心之举，没想到会受到大家这样的感谢。我想别的同事遇到这种情况，也会第一时间上去搭把手的，这没什么。

章主任：陈忠强同志，你在危险面前，能主动站出来，贡献自己的一份力量。我们的社会太需要这样的正能量了。希望人人都能有这份责任心。

陈忠强：责任心。对，要说有什么的话，那也许就是我对杭州的那一份责任心。我终于发现，原来我已经把杭州当成了自己的第二故乡，当成了可亲可靠的"娘家"。在这里，我有了归属感。理所当然的，我也应该做些什么。

众　人：（鼓掌）好，好！！！

🎙【**片尾：**刚刚您收听的是由杭州市总工会和浙江广播电视集团经济广播联合出品的八集系列广播剧《共富路上的奔跑者》，第七集《救火骑士》。

总编剧：夏强

编剧：朱金文、陈张立

录制：好声音音频制作

配音：王文浩、陶振宇、叶世忠

总导演、制作人：杨子

感谢您的收听。

逆行壮举

🕐 **时间：**当代

📍 **地点：**浙江杭州

👥 **剧中人物：**

姚权刚：男，42 岁，外卖骑手；

姚　妻：女，40 岁，姚权刚妻子，水果网络销售；

小　魏：男，28 岁，外卖骑手，姚权刚同事；

强　强：男，10 岁，姚权刚儿子，某小学学生；

曼　霖：女，30 岁，小区居民；

吴小哥：男，20 多岁，小区居民；

傅阿姨：女，50 多岁，小区居民；

其他居民若干。

🎙 **片头：**心怀梦想，不负韶华。他们，无论身份，无论年纪，无论性别，用实干的心态迎接风雨挑战，用努力的汗水开辟新的领域，用收获的笑容证明奋斗的喜悦。他们因梦想而美丽，因努力而坚韧，因奉献而迷人。他们，是努力奔跑在共富路上的追梦人；他们，是描绘共富路上美好愿景的实践者；他们，就是与你我风雨同行、一路相伴的快递员和外卖员。他们拥有一个共同的名字——奔跑者。欢迎收听系列广播剧《共富路上的奔跑者》，请听第八集《逆行壮举》。

【2022 年 6 月，杭州某小学某班语文课堂正在进行作文朗读活动。

老　师：同学们，今天我们这堂课的主要内容是作文评议，下面我们请强强同学来朗读他的作文，作文题目叫《外卖小哥》。大家欢迎。

　　　　【掌声起。

强　强：我的爸爸是一名外卖小哥，他叫姚权刚。他每天奔波在城市的大街小巷，要工作很长很长时间。有一天，他一夜没有回家，我问他去了哪里？他很平淡地告诉我去陪一位叔叔聊天了。后来我才知道，他是在医院。那是 2019 年冬天的一个夜晚……

【时空转换。2019 年 11 月夜里，杭州某医院，急促的脚步声起，姚权刚走进医院。

姚权刚：小魏，你怎么样？伤在哪里啊？

小　魏：姚大哥，我就是想着晚上车少人少，骑得快了一点，没有想到……

姚权刚：现在在医院里，先把伤治好，别想其他的事情。药费有吗？

同事甲：还没有交呢！

姚权刚：我这里有一点，大家一起凑一点，先去把钱交了。

小　魏：我的手机呢！我的手机呢！姚大哥，我自己有的。

姚权刚：嗨！谁不知道你一有空就跑网吧，就是有也没有多少了。先留着吧，后面养伤用得着。

小　魏：谢谢了。

姚权刚：谢什么呢！我是站长，你是我的同事，就该互相帮助。你就什么都别想了。我先去把钱交了。

【脚步声起，姚权刚和同事走到外面。

同事甲：姚大哥，医生说要住院观察。可是他家人不在杭州，你说怎么办？

姚权刚：外面有一个小超市，你帮忙去买点毛巾、脸盆、牙刷等生活用品，今晚我留下来陪他，你们等会还是继续跑单去。

同事甲：姚大哥，还是我留下来吧，你可是这一带有名的"单王"，你单数不能少。

同事们：我来，我来。

姚权刚：都别争了，就我了。都赶紧去忙吧。

同事们：好！

【2022 年 6 月，杭州某小学。强强朗读课文当中。

强　强：后来小魏叔叔告诉我，那一夜，天很冷，风很大，但是他的心里很暖。2020 年 2 月，新冠病毒肆虐，我们居住的小区也发现了确诊病例，我的爸爸又做了一个勇敢的逆行决定……那一天，是 2 月 8 日，我记得很清楚……

【时空转换。2020 年 2 月 8 日下午，姚权刚家，外面传来防疫宣传的声音：各位小区居民，请做好个人防护，勤洗手，多开窗。

姚　妻：老姚，你别走来走去的了，看了头晕。

姚权刚：我这不是闲的嘛。那天我还跟同事小魏说明天再见，结果一转眼，因为疫情，大家都待在家里了。

姚　妻：你要是闲，陪你儿子玩去。平时也不着家，这会就该好好陪陪儿子。

姚权刚：陪儿子玩了一上午了，他这会在午睡呢。

姚　妻：那你就不能歇着？平时每天跑单十四个小时。现在是疫情防控期间，大家都居家。你也正好缓一缓啊。"拼命三郎"还没当够啊。

姚权刚：可是，整个街道的疫情挺严重的，咱们小区也有确诊了，我坐不住啊。

姚　妻：你这是有什么想法了？

姚权刚：（拿出手机，几下手机按键声）居家买菜不方便。你看，我加了好几个业主群，给大家发一些攻略。我凭我的职业经验，教教邻居怎么更容易在网上买到菜。群里好多人说感谢姚师傅呢，呵呵。

姚　妻：我说你这两天怎么一直盯着手机呢。那攻略发出去，效果怎么样？

姚权刚：不太好啊。现在各大 App 上的菜都被"秒抢"，上架就没了，攻略已经不顶用了。群里聊天已经能感受到邻居们的焦虑和恐慌了。

姚　妻：可是你能做什么呢？

姚权刚：现在小区也加强管理了，一个星期只能出去两次，一次一个人。邻居们买不到东西，出入又不方便。我想，我是不是能够替他们出去买东西？

姚　妻：太危险了，不行！这个时候待在家里最安全。居民的困难，小区物业和志愿者们会想办法的。你不是说做骑手太忙，想多陪陪家人，多照顾家里面嘛。

姚权刚：老婆，你到窗边来看看。（开窗的声音）

姚　妻：（脚步声）怎么？

姚权刚：我们小区的工作人员只有十名，志愿者也还没有招募齐。你看下面，他们光是管控小区几个出入口和提供基本服务就已经是超负荷了，怎么还有余力呢？我有美团的工作证明，属于民生保障，每天可以出去一次。我出去替住户们买东西是可行的。

姚　妻：可是……可是频繁出去有风险啊。我……我担心。你别忘了你还有儿子呢。

姚权刚：我没钱，没资源，也没什么特长，做不了什么别的贡献，但是专业送货送菜还行。反正我明天也要出去给家里买菜，不如给大家带一点吧，就一点。

姚　妻：真的就一点？

姚权刚：就一点。

姚　妻：那……好，好吧。

姚权刚：（兴奋）谢谢老婆支持！我这就在业主群里发消息，让大家要买的联系我，把菜单发给我。

姚　妻：我看看。你倒是改个微信名啊，不然谁知道你是谁呢。

姚权刚：对对对。我改一下——美团骑手姚权刚。

姚　妻：不如改成"免费代购姚权刚"吧，更直接明了。

姚权刚：对对对，还是老婆聪明。咦，你不是反对我去帮忙吗？

姚　妻：你呀，反正我拦不住你，就只能给你出出主意吧。明天出门记得做好防护！

姚权刚：谨遵吩咐，哈哈哈哈。

【2022 年 6 月，杭州某小学。强强朗读课文当中。

强　强：这样的事情在我爸爸身上，还有很多很多……比如有一次，在超市里……

【超市环境声，购物车滚轮声和超市工作人员的交谈声交织成一曲紧张的乐章。

【姚权刚手机响起。

姚权刚：喂。曼霖是吧，我在超市，你有什么需要？

曼　霖：喂，姚师傅，不好意思啊。我家里小孩才 23 个月，想要吃馄饨，姚师傅方便再带点速冻馄饨吗？

姚权刚：馄饨是吧。我看看。（推车、脚步声）这边冰柜里的馄饨皮太厚了，不好吃的。这个我不在超市里买了，等会帮你去找人工包的地方买。

曼　霖：哎呦，那多不好意思啊。让姚师傅多跑路了。

姚权刚：没关系，没关系。买菜，就要买到你们心里去。还有你菜单上写的那个鲳鱼啊，我拍照发你了。

曼　霖：嗯嗯，我看到了。价格怎么比我之前买的贵了那么多。

姚权刚：对啊，不划算。不如给你买黄鱼吧，给你挑个新鲜的。

曼　霖：好好，谢谢姚师傅。

姚权刚：哎呦，你怎么给我转账 150 块。你买的全部东西加起来最多 100 块。

曼　霖：姚师傅这么辛苦。就当给姚师傅的跑腿费了。

姚权刚：哎呀，我在群里一再强调了，不要多发，不要多发，快退回去吧。我是免费代购，邻里之间帮帮忙嘛。

曼　霖：好吧好吧，我退回。那谢谢姚师傅了。

姚权刚：哎，不谢不谢。

【地下室环境声，姚权刚电话声响起。

姚权刚：喂，是小吴吗？我照片拍给你了，苹果有好几种价格，你看下要哪种价格的。

吴小哥：我，我不知道啊，姚师傅看着买吧。

姚权刚：还有荤菜，想好吃什么没？

吴小哥：（惭愧）我还真不知道。平时都是手机上点外卖，真不知道超市菜场有什么。

姚权刚：我就知道你们年轻人，平时工作忙，很少逛菜场。这样吧，我都给你拍一遍。你看着选。

吴小哥：哎呦，那怎么好意思。

姚权刚：没关系。举手之劳。帮你们买菜，就要买到你们心里。

吴小哥：那谢谢姚师傅了，谢谢谢谢。

【大马路上环境声，姚权刚电话声又响起。

傅阿姨：姚师傅，你好。

姚权刚：傅阿姨，还有什么想买的菜?

傅阿姨：没有了没有了。我是想告诉你，你这样为大家跑来跑去，大家都很心疼你。你自己要注意安全，千万要注意安全。

姚权刚：我没什么的，这活我熟。

傅阿姨：我一个人住，女儿和我不住在一个小区。疫情发生后，她过不来，心里一度很着急。我告诉她，有姚师傅替我们送菜，解决物资问题。她才放下心来，说非常谢谢你。

姚权刚：没有没有，这就是我们邻居之间互相帮下忙，买下菜嘛，没什么大不了的。对了，口罩我也买到了。100 只。我留 20 只，剩下的回来都发给你们需要的人吧。

傅阿姨：姚师傅，你天天要替我们出门，自己多留几只啊。

姚权刚：我一个人出门够用了。老婆孩子也不出门。大家这么多人，剩下的口罩就留给大家中间有需要的人吧。

傅阿姨：那真谢谢姚师傅了。大家的心都是连在一起的，我们都很感激你。

姚权刚：哎，我就是做点力所能及的事，互帮互助。

【嘟。姚权刚挂掉手机：师傅，黄鱼来一条，谢谢。这块肉，切两斤……

【2022 年 6 月，杭州某小学，强强朗诵作文。

强　强：后来，我的爸爸出现在了电视上、报纸上，他受到了表彰。我说要向爸爸学习，做一个大英雄。他却依旧平淡地说，踏实做事，认真做，认真活，是最好的。我虽然还不懂这些话，但在我心中，他永远是个英雄。

【热烈的掌声响起……

🎙【**片尾**：刚刚您收听的是由杭州市总工会和浙江广播电视集团经济广播联合出品的八集系列广播剧《共富路上的奔跑者》，第八集《逆行壮举》。

总编剧：夏强

编剧：朱金文、陈张立

录制：好声音音频制作

儿童配音：沈子睿

总导演、制作人：杨子

感谢您的收听。

在「浙里」听见共富中国
——杨子和她的广播剧

第四辑

家乡蝶变：
共富路上看文旅

YANG ZI HE TA DE GUANG BO JU

乡土文化的味道

"古有梧桐，凤凰来栖。"

摇橹声划破水面，漾起涟漪，晕开了烟雨。长廊、古桥、灰墙、黛瓦……这里像是江南的扉页，流水环绕、炊烟袅袅。一壶茶、一首曲，摇摇晃晃便靠了岸。她是很多人梦里的故乡，也是很多人心中的江南，她，便是桐乡。

温暖湿润、地势平坦、河网密布，这里素称"鱼米之乡、丝绸之府、百花地面、文化之邦"，自古便美名在外，是典型的江南水乡。随着高质量发展的不断推进，桐乡昂首阔步，迈向新的征程。千年古镇、世界互联网大会、乌镇戏剧节、子恺杯全国漫画大展、丰子恺中外散文奖、茅盾文学新人奖……浙江桐乡以十年磨一剑的韧劲和执着，不断增强城市实力、增进民生福祉、厚植文化底蕴，为文旅融合发展贡献了优秀范本。为了让更多人了解这些优秀故事，我们创作了十集"文旅融合话共富"系列广播剧，旨在通过故事，展示文化旅游融合发展的魅力。

在旅游业高速发展的新时代，"旅游+"模式已经成为时下热门的新趋势。伴随着人们对高品质精神文化需求的不断提升，"旅游+文化"如一颗明星冉冉升起，具有文化内涵、文化特色的旅游项目、景点和线路受到人们的追捧，文化与旅游相互融合、相互促进、共同发展的趋势也愈加明显，"文旅融合话共富"系列广播剧正是在这种趋势下应运而生的。

项目启动之初，我们首先将目光锁定在文旅融合这个大主题上，以此为中心开始发散思维。在收集素材的过程中，我们还特意找了许多不同地区的朋友采访，采访前，我一直想知道他们眼中的桐乡是什么样的，不出所料，答案五花八门，有人谈及美食，有人谈及江南水乡，有人谈及文化名人，也有人谈及乡村旅游，但最让我意外的是还有人将桐乡与千里之外的四川松潘联系在了一起。经过研讨，最终我们决定分不同单元呈现整个系列，分别是"文旅当家人""文旅融合"和"百县千碗"，外加"浙川协作"的单集故事，内容涵盖了桐乡文化、乡村旅游、桐乡味道及其文旅融合发展道路上的各类故事。

在广播剧的创作过程中，我们深入桐乡，从剧本创作团队到广播剧录制团队，大家都亲身体验了这个地方的风土人情。当地的美食、居民的闲谈、游客的反馈，这一切都为广播剧的创作提供了宝贵的灵感。而我们也试图将自己的情感和感受融入剧中，以便听众更加深入地了解这个令人着迷的地方。

在经过大量的资料搜集和实地走访后，好戏终于开锣了。"文旅当家人"的单元，总共规划了两集《新韵》《富声》，故事分别围绕汇丰村和海华村展开。他们都通过开发乡村旅游，将村庄的自然资源和文化价值最大化地展现给游客，不仅提高了村民的生活水平，还改善了村庄的整体环境。汇丰村通过土地流转、旅游开发、农业产业升级等方式成功实现乡村振兴，这靠的是陆书记的坚持与无私奉献。海华村的成功也离不开张书记的努力。不同于汇丰村，海华村通过挖掘本土文化、改善生态环境吸引游客，在实现农村共同富裕的同时传承了优秀文化。有人可能会认为这个"当家人"有特指，其实不然，对我们来说，陆书记、张书记这样推动着乡村发展不断前行的人是，周婶、冯叔这样质朴的村民同样也是，只有大家团结一心，才能办好文旅产业。

"文旅融合"单元包含了《我们的家乡是花园》《一路同行》《故乡味道》三个故事内容。第一个故事发生在东安村，勇于创新、热爱家乡的企业家吕兴泉，通过创建森利园景区，将传统文化和现代旅游相融合，为家乡注入新活力，同时还创造了新的就业机会，带动村民共富。第二个故事则聚焦疫情防控期间桐乡的旅游业，展示了如何在困境中寻找新的希望。政府的政策支持虽然暂缓了旅游企业的压力，但真正解救他们的还是他们自己。逆境中他们抱团取暖，互帮互助，共同探索新的经营模式，并充分利用地域文化促进旅游业发展，他们积极乐观、坚持不懈的精神也是故事里的一大亮点。第三个故事，我们就把目光聚焦在了桐乡的美食上。这个选题灵感来源于丰子恺先生描写的一段儿时与家人中秋赏月吃蟹的场景——"父亲说：吃蟹是风雅的事，吃法也要内行才懂得。先折蟹脚，后开蟹斗……脚上的拳头（即关节）里的肉怎样可以吃干净，脐里的肉怎样可以剔出……脚爪可以当作剔肉的针……蟹螯上的骨头可以拼成一只很好看的蝴蝶……父亲吃蟹真是内行，吃得非常干净。"这段描述让我们意识到文旅融合中，吃，是必不可少的。《故乡的味道》里方建华师父对美食的坚持，以及他对家乡味道的热爱，让我们感受到桐乡扑面而来的美食底蕴，同时通过美食文化的传承，也带动了地方文化的发展和旅游业的兴盛。在敲定这个故事后，大家一致认为美食内容还可以增加，于是便有了"百县千碗"单元。

"十里不同风，百里不同俗。"如果你在桐乡闲逛，遇上两人正在争辩生抽与老抽的区别，一定不要意外，有着各种酱园的桐乡对待吃可是一丝不苟的。《从梦想到分享》里的百翠山居、《从找寻到回归》里的"从前慢"、《从传承到开拓》里的振石大酒店、《从经营到文化》里的沈院饭店，它们用不同的特色向我们展示了文旅融合的可能性。目光独到的百翠山居负责人哈密将庄园改造成一个与大自然融为一体的休闲胜地，既是有机农业基地、美食基地，也是住宿、体验的游玩基地。他将数字技术与文旅结合，通过直播推广、线上销售，与更多的人分享美丽的乡村风光和美食，满足人们对不同体验的需求。《从传承到开拓》则是一个聚焦传承与突破的故事，无论是方建华、张震洲师徒，还是张震洲、沈建忠师徒，都强调了传统美食文化的传承性，这种传承是保护和发展传统文化的关键。而在传承的同时，他们努力创新、积极拓展，推动了更多特色美食的诞生。

而"从前慢"与沈院饭店，一个听名字就很有桐乡特色，出自木心先生的《从前慢》，一个则将丰子恺文化融入其中。在"从前慢"面对疫情挑战时，老程破除阻碍发展外卖，帮助餐馆度过危机，同时还帮助餐馆扩展了业务。沈院饭店则是以美食为文化载体，吸引游客、传播文化。读过《缘缘堂随笔》的人都知道，丰子恺先生是一位懂生活的人，他笔下的吃都充满情趣。沈院饭庄不仅在环境上追求文学意境，在菜品上也传承文化，还原丰家八碗等有故事的菜品，让游客可以沉浸式感受文化浸润。

人文名城，自古风雅，但桐乡的风雅却不仅仅局限在江南，千里之外的西北高原也同样可以感受到桐乡的风雅之韵。《情暖雪域》讲述的便是这跨越千里的共富文旅情。自 2021 年浙江桐乡与四川松潘确认结对以来，桐乡很快把帮扶工作落实在文化、旅游、产业、人才、医疗等各方面，让共富之风从长三角腹地吹到了西北高原。《情暖雪域》从文化交流、产业合作、医疗援助几个角度切入，全面展示了文旅共富路上山海一家亲的故事。桐乡花鼓戏牵手了松潘花灯，松潘美景激发了桐乡艺术家的创作，雪域的耗牛毛也走进了江南的针织厂。在桐乡医护人员的帮扶下，松潘医疗也焕然一新，为旅游产业打下了更牢固的地基。

"乡土是一切现代文明的起源地，从这个意义上说，乡土文化才是更具有历史意义的文化。"每个地方都有自己独特的文化，每个地方都有自己特殊的故事。文化是我们扎根的土壤，也是我们心灵的寄托。没有文化的旅游是浅显的，没有旅游的文化难以创造完整的价值链。而当文化与旅游产业相结合，就会创造出无限可能。

这些故事是对文化传承的肯定，也是对地方旅游发展的肯定。在这个系列广播剧的创作过程中，我们不仅仅是发起人，还是倾听者和学习者。我们深刻体会到了文化的力量，他们的故事仿佛就发生我们身边，亲切又温暖。这次的创作经历也让我们更加珍惜文化的多样性，不同的文化带给我们的创作灵感截然不同。这个系列故事的创作，是经历，也是领悟，更是成长。希望听众能够与我们一同感受到热爱与情感。

新韵

🕐 **时间：** 当代

📍 **地点：** 浙江桐乡

👥 **剧中人物：**

陆书记：男，59岁，桐乡市屠甸镇汇丰村党委书记；

阿　丽：女，55岁，陆书记的妻子；

王主任：男，45岁，汇丰村村干部；

老　赵：男，50岁，汇丰村村干部；

周　婶：女，50岁，汇丰村村民；

杨　杨：女，25岁，主播；

沈一晨：男，10岁，小朋友；

汇丰村村民甲、村民乙等其他人物。

🎤 **片头：** 风雅桐乡，文旅新貌。步步悦心，处处皆景。在深入推进"村庄景区化"建设中，桐乡用"一村一品"、"一村一景"、"一村一韵"的理念，培育乡村旅游新业态，以文旅融合促进乡村旅游高质量发展。广播剧《共同富裕路上的文旅当家人》带您全景式、零距离地倾听桐乡乡村文旅带头人的心声。请听第一集《新韵》。

【2022年3月，汇丰村汇丰家苑的道路上。主播杨杨和沈一晨一边走一边直播。陆书记走在一旁。

杨　杨：（边走边用手机直播）哈啰，大家好，我是你们的主播杨杨。今天呢，我在桐乡市屠甸镇汇丰村。你们能看到我身后都是江南韵味十足，错落有致的民宅哈。它也是刚入选为"中国美丽休闲乡村"。今天我还带了一位小朋友给我作向导。

沈一晨：大家好，我是沈一晨，今年10岁了，今天我给杨杨姐姐做向导。

杨　杨：好，那我们第一站要去哪？

沈一晨：今天首先要去的啊，是汇丰村的康馨文化园。这是一个集科普、教育、游览、餐饮等功能于一体的综合性生态乐园，还是 3A 级景区哦。

杨　杨：2022 年进入 3 月，天气渐渐转暖，春天就要来了，文化园的万余株郁金香也要进入花期了，大家是不是也很期待呢？对了，今天还有特别嘉宾哦。

沈一晨：杨杨姐姐，你看，那不就是你要找到特别嘉宾？

杨　杨：对哦。大家记得关注我的直播间，稍后有惊喜，我们待会见。

【一阵脚步声，气喘吁吁的声音。

陆书记：杨杨，小晨，你们干什么？什么？要找特别嘉宾？找到没有？

沈一晨：（气喘吁吁地）不用找了。

陆书记：为什么？

杨　杨：就是您呀，陆书记。这道路洁净如新，两边的树绿意盎然，农户的房子整洁有序，整个村子好像一个天然氧吧，你们一定做了很多努力吧。

陆书记：这都是我们应该做的。倒是汇丰村刚刚获评"浙江省 2021 年电子商务示范村"，离不开你们主播还有电商的贡献。

杨　杨：您可以跟我说说您的故事吗？

沈一晨：我也要听……

陆书记：那得从 2006 年，我和我妻子阿丽刚回到汇丰村说起……

【2006 年，陆家，陆书记的妻子阿丽正在扫地，外面的雨声和扫地的声音交汇成既嘈杂又具有生活气息的乐曲。陆书记从村里考察回来，一身雨水，鞋上满是污泥，开门走进家门。

陆书记：（关门）阿丽，我回来了。

阿　丽：啊呦，老陆，你去哪里了啊？这才半天时间，新鞋上的泥都能刮下两碗了。我这搞卫生呢，你先别走进来。

陆书记：去村里转了一圈，没有留意脚下。哈哈，阿丽你别生气，我擦一下就好。

阿　丽：老陆，你说你出门转悠也不挑个天气好一点的日子，这么大的雨，路又不好走。

陆书记：村里的事情可等不得。我刚回村，缺少在村里工作的经验，得好好补补啊。

阿　丽：村里办公室现在连张办公的桌子都没有，你还等不得这几天了？

陆书记：我告诉你啊，这一圈走下来，我还真有不少收获。

阿　丽：什么收获啊？

陆书记：我发现啊，村里有不少宝贝。

阿　丽：（埋怨）我看你就是个大宝贝。

陆书记：哎，我是说真的，宝贝，资源就是宝贝。咱们村不缺发展资源，就是需要改变。

阿　丽：你呀，先改变改变自己不爱干净的毛病吧。

陆书记：你尝尝这个。

阿　丽：榨菜？（咬榨菜的声音）嗯，村里的榨菜还真不错。

陆书记：榨菜是眼下村子里为数不多拿得出手的东西。所以，我想我们家垫些钱，先把
　　　　路修起来。要致富，先修路嘛。路通了，榨菜才好卖。

阿　丽：我们家垫？你什么意思？

陆书记：村里欠着不少钱呢，又没办法贷款，只能暂时由我自己来承担了。

阿　丽：你是不是脑子被雨淋坏了？还是在城里赚了仨瓜俩枣，人飘了？你一个人替整
　　　　村人担，担得起吗？

陆书记：村里什么都没有，实在想不出办法了。

阿　丽：公是公，私是私，你拿自己的钱去给村子修路，你图什么？

陆书记：因为我是党员，我是村干部。我要带头啊！修路，是我向村民们递上的第一份
　　　　成绩单。

阿　丽：这……哎……

陆书记：放宽心。不会往里面垫太多的，等村里走上正轨就好啦。来，把拖把给我。

阿　丽：好吧，说不过你。我手酸了，先去休息会。拖完地后记得把窗户擦了。

陆书记：去吧，去吧，我来干。

　　　　【阿丽走到里屋。老赵从外面冒雨跑了进来，脚步踩在水洼里声音很急促。

老　赵：陆书记，出事情了！

陆书记：老赵，出什么事情了？

老　赵：周婶一堆压榨菜的石头堆在修路的规划区域内，她说什么也不肯移，还说要来
　　　　找你理论。

陆书记：村民有想法是正常的，你这个村干部耐心解释过了吗？

老　赵：我就差给她跪下了，她就是不答应啊！还说……

陆书记：还说什么？

老　赵：还说她家榨菜做得好，我是眼红她，在打她家石头的主意。

陆书记：这也不能怪村民。多年来，村子经济薄弱，一些民生问题总得不到解决，才会
　　　　导致村干部威信下降，日常工作都难以开展。

老　赵：哎，以前也没开展这些工作呀。

陆书记：别抱怨了，走吧，老赵，一起去看看。

　　　　【陆书记和老赵冒雨急匆匆往外走去。脚步声在下雨声中渐渐远去。

阿　丽：（发现陆书记又出门了）哎，老陆，你怎么又出去啊！先换双雨鞋啊！哎……

　　　　【周婶家门口，几个村民在围观，窃窃私语。雨声不止。

村民甲：修路是好事，周婶怎么还不愿意了呢？

村民乙：事是好事，要动东西可就两说了。换你你愿意挪吗？

周　婶：你们评评理。（大声）反正不给我一个说法，我是不会答应移这些压榨菜的石头的。

村民甲：陆书记和老赵来了。

　　　　【陆书记和老赵在脚步声中走近。

陆书记：你是周婶吧。你好，我姓陆。你看这下着雨呢，你站在这里小心着凉，我们进去说。

周　婶：心里没鬼，不怕打雷，就在这里光明正大地说。

老　赵：哎呀，周婶，我跟你说了多少次了，现在不一样了。

周　婶：有什么不一样的？无非这次把理由换成修路罢了。

老　赵：诶，话可不能这么说。你说我老赵也就算了，但陆书记是真心为我们村的发展着想。这么说吧，别看我这几天忙前忙后，跑的路还没陆书记一半多。

周　婶：那你说说，陆书记怎么为我们村里着想了？

陆书记：周婶，大家。我刚回到村子的时候，就有位老伯跟我说："把面前的路修好，不让我们扛着车子走，什么事情都可以谈。"大家看看家门口这条泥泞的羊肠小道，是不是出门都难？所以我当时就下了决心，一定要先把这条路修好！

周　婶：修路么自然是好事喽，但是难道我移了这些石头，就能修成了？咱们村出了名的穷，还欠了很多外债，大家口袋里也没钱，村里有钱修路吗？

村民甲：这倒是。修路不会是喊喊口号吧。

老　赵：修，当然得修。你知道修这条路的钱是从哪里来的吗？陆书记自己出的！

村民乙：我没有听错吧？

周　婶：陆书记，他说的是真的吗？你可不能说空话的哦。

陆书记：也没老赵说的这么夸张。村里之前不是有些没有平整，没分下去的地嘛。我与附近的砖瓦厂取得联系，让他们负责将土地推平，再将土卖给了厂里。除了解决土地分配问题，还从中赚了13万元。有了这笔钱，我再从自己家里拿些，就能凑够修路的启动资金了。

周　婶：陆书记，想不到你……

陆书记：周婶，乡亲们，我们村之所以在桐乡经济垫底，大家生活水平上不去，首先就是因为没有路。外面的人不愿意进来，大家的榨菜也不好拿出去卖，这怎么发展得起来呢？

村民甲：这修路得要多久啊？

陆书记：只要准备工作顺利，今年就可以修好一条宽4米、长约1公里的水泥路。预计两三年后，所有通组达户的道路全部修好，彻底改变全村"通行难"的状况。

周　婶：陆书记，你不用说了，我明白了，坚决不给你添麻烦。我现在就找人把这些石头抬走。

陆书记：不用另找人了。老赵，我们一起来。

老　赵：陆书记，还是我来吧，大家来搭把手。

陆书记：不，一起来。

村民甲：大家也一起帮忙啊！

村民乙：来！

众人齐声：一！二！三！移！

【2022年3月，前往康馨文化园的路上。杨杨和陆书记边走边聊。

杨　杨：原来汇丰村曾经这么困难。

陆书记：修路只是振兴汇丰村的第一步。我再讲讲2013年的事儿吧……

【2013年，汇丰村的田间，鸟叫声和人们的脚步声、喘息声混杂在一起。

老　赵：哎呀，这陆书记又跑哪去了，我们都找到田里来了。

王主任：阿丽同志，辛苦你给我们带路。

阿　丽：老赵，王主任，别客气，我是我应该的。只是我也不清楚老陆具体在哪里，只在家里听他念叨要去田里看看。

老　赵：你们看，远处那个人是陆书记吧？

王主任：他好像在那沉思着什么。你看，又拿出了笔，在本子上写东西。

阿　丽：走近瞧瞧吧。

阿　丽：（笑着）人找到了，你们说着，我先走了啊。

　　　　【阿丽的脚步声远去。

王主任：陆书记，老陆！

陆书记：（回过神来）哦，是王主任啊，还有老赵。

老　赵：陆书记，你怎么又跑到田里来了。

王主任：（读起陆书记手中本子上的标题）《汇丰村旅游发展规划》。陆书记，你有新的想法了？

陆书记：是啊。咱们村已经脱贫了，但是要让村子变富，不能只靠农业，更不能只靠卖榨菜。

老　赵：所以你想发展旅游？

陆书记：是的。光是环境好，老百姓口袋里没钱，就算不上真正的美丽乡村，并且也无法长久地保持村庄环境的美丽。那些榨菜厂排放的废水，已经对周边水环境、居民生活环境都造成影响了。

王主任：这些年来，咱们出去跑企业、跑大户、引项目，发展蔬菜产业。在没资金、没项目、没路子的情况下，大家纷纷出钱出力，陆书记你又以个人的房产作抵押，筹得村级经济发展的启动资金。现在咱们土地盘活了，村集体收入增加了，农民收入也提高了一些。还需要再找新路子吗？

陆书记：你们看，多么好的风景。和周围一些村子比，我们村的交通更方便，资源更丰富，发展前景也更好。我觉得乡村旅游是一个很好的发展新思路。你们看，这里可以种一片竹林，那里或许可以建个水库。还有文化方面，我们可以把握于谦故里文化，建二十四史清官园……

王主任：（边翻本子边点头）没想到你已经考虑了这么多。本子上密密麻麻记了好多，真有你的，陆书记。

陆书记：路通到哪里，绿色长廊就跟进到哪里。但汇丰村要发展乡村旅游，绝不仅仅是种树。应该打造的是一个真正的森林公园。

老　赵：可是陆书记，造公园，搞旅游要土地。想要村民们交出自己赖以生存的土地，可比说服他们移走压榨菜的石头，要难得多啊。

陆书记：这得我们村干部身体力行。这样吧，我们回去做做宣传，请全村每家出一人作为代表，由村里出资，我带着去周边村庄取取经，感受乡村旅游的繁荣。相信大家看到之后会转变观念的。

老　赵：这个主意好。

陆书记：搞乡村旅游，还要让村民们感受到实实在在的利益。村里应该成立旅游公司，运营旅游事业，按产出效益给村民分红。

王主任：对啊，还有正在建设的教育基地、廉政文化园，到时候这些都会成为资源，搞旅游是绝不会赔本的。乡村旅游经营得好，村民就能在"家门口"实现创业和就业。

陆书记：那我们就回去集体讨论，把这幅"宜居、宜业、宜游"的美好画卷彻底铺展开来。

王主任：走！

老　赵：走！

【2022年3月。主播杨杨和陆书记走到了康馨文化园。周围有鸟叫声。

陆书记：后来，全村通过流转近6000亩土地进行旅游开发。很快，招商引资、建设景点，规划、设想都逐渐成真。康馨文化园是2018年正式对外开放。喏，我们已经到了。

杨　杨：（打开直播）好啦，直播间的各位久等了。我现在呢，就来到了康馨文化园。放眼望去啊，全是绿色。

沈一晨：一路走过来，清新的空气扑面而来，鸟语花香的感觉。真是感觉回归到大自然一样。哎，前面有一位游客，我们去跟她打个招呼。

杨　杨：（走上前去的脚步声）你好。

周　婶：你好。

杨　杨：你好，我是杨杨，在做直播。请问你怎么称呼？

周　婶：我姓周，叫我周婶就好了。我是汇丰村的村民。

沈一晨：你是村民啊，你觉得文化园怎么样呢？

周　婶：是个能让人放松的好地方。我带你们走走吧。你看，前面是汇丰村的南天门。

杨　杨：前面怎么会有一座山呢，我们这里是平原吧。

周　婶：这是由建筑垃圾再利用堆成的。你看脚下这些石头，形状是不是非常规则，好像特制的一样？

沈一晨：是哦，这个石头好特别，为什么每个石头上面都有一个孔，像抽屉一样？

周　婶：以前我们村每家每户都是种榨菜，腌榨菜的。这个啊，就是用来压榨菜的石头。

杨　杨：那你们现在不做榨菜了吗？

周　婶：（笑着）我是不做啦。很多人也不做了，进了康馨文化园工作。周边的农户则开设农家乐、野火饭、民宿、销售农副产品，等等。我开的农家乐，距康馨文化园只有100米。这些石头呢，就回收起来，变废为宝，做成山上的路。

沈一晨：汇丰人真的很厉害耶。

周　婶：（笑着）随着游客增多，我的农家菜越来越吃香，已经不需要以腌榨菜为生了。我们村民也有了很多时间，常来这里锻炼身体，生活过得不比城里差，幸福指数很高。

杨　杨：哎呀，直播间的大家都看到了吧。我来了都不想走了，好想好好在这感受幸福生活。最后有请我们汇丰村的陆书记，来告诉我们汇丰村这么好的原因吧。

陆书记：这是我们以美丽乡村"撬动"乡村休闲旅游与乡村振兴所取得的成果。汇丰村始终把产业兴旺作为美丽乡村建设的重点和核心，全面提升村民生产生活条件，同时，在保护好现有生态环境的前提下，科学植入新业态，努力将生态效益转化为经济效益、社会效益。未来，也将继续探索农旅融合发展的新路径。坚持规划引领，做到美丽休闲乡村建设一张蓝图绘到底。

🎙️ 【片尾】刚刚您收听的是广播剧《桐乡共同富裕路上的文旅当家人》第一集《新韵》，由桐乡市文化和广电旅游体育局、浙江广播电视集团经济广播联合出品。

总策划：李新荣

总监制：顾守菊

策划：申姚

监制：陆钟煜

编剧：夏强

录制：好声音音频制作

文学编辑：陈张立、朱金文

制片：应鸽

儿童配音：沈子睿

总导演、制作人：杨子

感谢收听。

富声

🕐 **时间**：当代

📍 **地点**：浙江桐乡

👥 **剧中人物**：

张书记：男，47岁，桐乡市大麻镇海华村党委书记、村委会主任；

冯　叔：男，55岁，海华村村民，生态农庄餐饮负责人；

小　朱：女，30岁，冯叔儿媳妇；

方主任：女，35岁，海华村妇女主任；

游客一家三口，其他人物若干。

🎤 **片头**：风雅桐乡，文旅新貌。步步悦心，处处皆景。在深入推进"村庄景区化"建设中，桐乡用"一村一品"、"一村一景"、"一村一韵"的理念，培育乡村旅游新业态，以文旅融合促进乡村旅游高质量发展。广播剧《共同富裕路上的文旅当家人》带您全景式、零距离地倾听桐乡乡村文旅带头人的心声。请听第二集《富声》。

【2022年春，海华村生态农庄，时髦的游客穿过质朴而清新的门楼，服务员的招待声、游客的笑语声和络绎不绝的汽车声交织成一曲欣欣向荣交响乐章。

【一群游客进入生态农庄，坐下来聊天。

游客爸：你别说，咱们找地方度假，还真选对了。这海华村啊，环境好，风景美，有玩头！

游客妈：是啊。南北向那条路一路开过来，路两边满满的香樟、水杉。城里待久了，周末来这里玩玩真是舒服。

冯　叔：来喽，这是咱海华村生态农庄的招牌菜——特色红烧鱼，请大家慢用。

游客儿：（尝了一口）嗯，爸爸妈妈，这个菜真鲜啊！

游客妈：（尝了一口）老板，这个鱼味道很不错啊，有什么秘方吗？

冯　叔：哎，我不是老板，叫我冯叔，或者老冯就行啦。这个鱼啊，是彩色稻鱼共养基

地里养出来的，绿色有机，所以肉质就特别好。再用了我们海华村的老配方，
专门烹制的。

游客爸：彩色稻鱼共养基地是什么？

冯　叔：咱们海华村的现代农业观光园里面啊，建了很多好玩的地方，彩色稻鱼共养基
地就算一个。其他的还有循环式跑道鱼养殖区、精品胡柚种植园、百亩四季花
海，你们饭后都可以去转转。咱这里养鱼啊，在鱼塘的水面建了很多流水槽，
里面的推水增氧装置保证两边池塘里的水24小时循环流动，中间么，用纳米
管池底增氧，还设有吸污装置。

游客儿：难怪味道这么好，这鱼天天"冲浪"呀。

冯　叔：彩色稻鱼共养基地把鱼和水稻养在一起，这水稻还是彩色的，既好看，又没有
污染。

游客妈：连养鱼都这么花心思，怪不得你们村这么漂亮呢！

游客儿：还有还有，刚才那个网红花海可迷人了，你们真有创意

冯　叔：这可说来话长了……

游客儿：冯叔，您就给我们讲讲吧，我想边吃边听。

冯　叔：（拉出椅子，坐下）那是三年前，2019年的春天，我正在鱼塘翻塘的时候，我
们村的张书记来找我……

【2019年春天的早上，冯叔的鱼塘，清脆的鸟鸣、泥土翻叠的声音、鱼塘放水
的"哗哗"声勾勒出春季鱼塘忙碌的乐章。小朱走近。

小　朱：爸，爸，张书记又来找你了。

冯　叔：（不耐烦）怎么又来了，就说我不在鱼塘。

张书记：（跑进，笑着打招呼）冯叔，冯叔！冯叔、小朱，早上好啊。

冯　叔：张书记，你再来十趟都没用的，就算周边鱼塘都已经废弃了，我这个鱼塘也是
不会搬的。

张书记：我今天不是为这个事情来找你的。

冯　叔：你一个村书记，不为这事找我，难道还能来找我聊天啊！

张书记：我今天啊，就是跟你来聊天的。

冯　叔：没看见我正忙着翻塘呢！没空。

张书记：那我来帮你，我们边干活，边聊天。

小　朱：张书记，这怎么使得。春天水冷，你小心生病。

张书记：没事。

冯　叔：他愿意做，不干咱们的事。

张书记：冯叔，你看你，春天水冷，你天天在这里干活，这么辛苦。

冯　叔：我们农民干活就是这样的，苦惯了，也没觉得有啥。

张书记：也许你可以不用这么辛苦的。现在的农村可不是以前的农村了。

冯　叔：这怎么说？

张书记：我们村环境好，历史文化悠久，有不少好东西，就看我们怎么去挖掘了。

冯　叔：有好东西，这是当然的了。就拿我养的鱼来说吧，就是一宝。

张书记：不光是你的鱼，还有更多的东西。我们要把农村变成一个美丽的大花园，人人
　　　　幸福的家园。

冯　叔：张书记，我知道这几年村集体一直在搞什么生态、文化、旅游，村里环境也确
　　　　实变好了。但是我呀，说实话，对那些东西不是很懂，只想守着自己的鱼塘。

张书记：冯叔，我们还是得变呀，改变思路，改变方法。村里已经做了规划。你要是了
　　　　解一下，很快就会懂的。

冯　叔：那等规划落实了再说吧。好了，你走吧。

小　朱：哎呀，这不是说得好好的，怎么就变脸了？

冯　叔：他就是奔着我们的鱼塘来的，我不变脸，难道还留他吃饭吗？

张书记：冯叔，有时候我们真的需要改变一下想法，一味死守着这个鱼塘也许不是最好
　　　　的选择。

冯　叔：我养了大半辈子的鱼，我只懂养鱼，这鱼塘就是我的命根子，谁也不能动。

张书记：冯叔，我听说你还会做一手好菜——

冯　叔：走，你给我走。

小　朱：张书记，要不您先回去吧，我再劝劝爸。

张书记：行。

小　朱：张书记我送送您。

　　　　【张书记和小朱走出鱼塘。

小　朱：张书记您别介意。爸就是这样，

张书记：小朱，你是冯叔的儿媳妇，你说说，你们家里现在经济状况怎么样？

小　朱：我们家现在就靠着这个鱼塘过日子，生活只能算勉强过得去。因此爸把鱼塘看
　　　　得很重。

张书记：这是我担心的啊！光凭鱼塘，致富太难了。这样吧，小朱，等民俗文化博物馆
　　　　修好以后，你带着冯叔去参观参观，特别是里面的村史馆。

小　朱：张书记，您这是……

张书记：去吧。一直守着鱼塘太苦了，让冯叔散散心。

　　　　【张书记办公室。张书记快步走进门。

方主任：张书记，你鞋子上怎么这么多泥，这是去哪里了啊？

张书记：方主任啊，哦，我刚去冯叔家鱼塘了。不好意思，你在我办公室等了多久了？

方主任：他答应了没有？

张书记：还没有，不过我相信他会同意的。

方主任：如果冯叔能同意，这废弃的鱼塘总共加起来就超过百亩了。我们要怎么利用？再建几所场馆？

张书记：不。我们应该保留原生态的美。让我再想想。

方主任：还有，关于民俗文化博物馆的开馆日……

张书记：做好宣传，鼓励村民尽量都来参观。这是一个开头，做好了，有希望让大家养成参与文化活动的习惯。我们不能让农村成为文化洼地啊。

方主任：好，我这就回去和其他村干部一起做好宣传。

【民俗文化博物馆开馆当日，锣鼓喧天，村民争相参观，人声嘈杂。广播播送着："海华民俗文化博物馆今天开馆，欢迎大家有序参观。博物馆共分三部分，金子久名医馆陈列包括金子久医案等价值极高的资料、实物；农耕文化馆陈列与海华农耕文化、民俗文化有关的众多实物；村史党史馆陈列海华从建村以来的历史资料。"

小　朱：爸，原来我们村古称"海泻"，有这么长的历史啊。

冯　叔：我虽然从小听长辈讲我们村的故事，但还是第一次能这么全面地了解村里的历史。

张书记：（突然出现）冯叔，小朱，这博物馆感觉怎么样？

冯　叔：好啊！这事儿办得好。"三千亩水域秀和美，八百年乡村云和海"，参观了博物馆，我才知道我们村得到过这么高的赞誉。

张书记：是啊，这句话里说的场景是多么美啊。

冯　叔：不得不说，我长年埋头在鱼塘里，没发现我们村的风景是越来越好了。一路走过来，路边种下的香樟已经有十米多高，好多鸟儿都在这里筑巢安家。

张书记：我们正想把它打造成纵贯村子南北的一条植满香樟、水杉的"十里海泻路"。

冯　叔：还是你们村干部有文化，会弄这些。我们啊，只觉得瞧着好看。

张书记：冯叔，你想过没有，为什么海华村以前能得到"三千亩水域秀和美，八百年乡村云和海"这么高的评价？

小　朱：博物馆里看到的，这里古代是个水乡集市。应该过往的人很多吧，也许名声渐渐就传开了？

张书记：是。现在水路不是主要交通方式了，海华村也已经不是集市了。但是我们依然可以靠水发展经济。外地人不来做生意，可以来旅游嘛。我们不仅要建民俗文化博物馆，还要修建彩色鱼稻共养基地等设施，发展旅游产业，将我们村建设成一个绿色发展、富民增收的新农村。

冯　叔：是啊，就这博物馆，这十里海泻路，不值得他们来打……小朱，那词怎么说
　　　　来着？

小　朱：打卡。

冯　叔：对，打卡。

张书记：这是我们的规划。我们的最终目标，是把海华村建设成为一座大花园。

冯　叔：你不用说了，这鱼塘我同意搬。

张书记：不急，不急。

冯　叔：我急啊。参观完博物馆，我心里突然亮了起来，为了我们村能更漂亮，更有发
　　　　展，我不能拖了后腿。

张书记：谢谢你，冯叔。

冯　叔：是你把村建设得更加美丽，应该我感谢你啊。

张书记：是村干部和村民们一起努力的成果。

冯　叔：小朱，我们现在就回去收拾。

小　朱：好。

　　　　【小朱和冯叔离开的脚步声逐渐远去，张书记长舒一口气。

方主任：（走近）张书记，还是你厉害，冯叔的事情终于解决了。

张书记：方主任，我有一个想法，我想把这些废弃的鱼塘利用起来，种上一大片花。

方主任：种花？

张书记：是的。我们可以在十里海泻路种满树，当然也可以填平废弃的鱼塘种满花。想
　　　　象一下，在春天的时候，百亩油菜花的竞相绽放，放眼望去，到处都是醉人的
　　　　金黄。数不清的游客从外地赶来打卡，拍照，拍视频。那该有多么吸引人。到
　　　　了秋天，百日草、硫华菊则吸引着人们再来走一走，逛一逛。

方主任：光是想象就觉得非常吸引人了。

张书记：还有，如何接待这些游客呢？为此我还想再建一个农庄，最好能开发出独特的
　　　　菜肴。

方主任：玩的，吃的，这下全有了。

张书记：走，我们回村里集体讨论一下。文化旅游和生态旅游，我们要把这两者结合
　　　　起来。

方主任：好。

　　　　【冯叔家。冯叔刚从外面散步回来。小朱正在看电视。

小　朱：爸，您怎么散完步回来还无精打采的？

冯　叔：没有啊。

小　　朱：我看得出来。是不是因为前几天鱼塘搬迁的事。你还在心疼鱼塘？

冯　　叔：你爸我像是这样的人吗？

小　　朱：那您是身体不舒服？

冯　　叔：哎，忙了大半辈子，一下子闲下来，还真有点不舒服。

小　　朱：您可以和他们一起锻炼锻炼身体，或者去文化礼堂，那儿常有活动。我记得今天有海华大讲堂。

冯　　叔：不让我做点事情，我心里总是觉得少点什么。

　　　　　【敲门声起。

张书记：冯叔在家吗？

冯　　叔：（跑去开门）在，在，张书记，你怎么来了？

张书记：冯叔，我今天有一件事情要请教你。

冯　　叔：只要我知道的，我一定告诉你。

张书记：我们村里想建一个农庄，为游客提供服务。村里研究了一下，想请你来管理餐饮。

冯　　叔：让我管理餐饮？我没听错吧？

张书记：没有听错。

冯　　叔：张书记，你的好意我领了，可是经营农庄这事情我怕做不好。

小　　朱：别。爸，你不是刚说，不让你做点事情，心里总是觉得少点什么吗。

张书记：（笑）看来我找冯叔是找对了。这个农庄，主打的是我们的农家菜，菜单还需要冯叔帮助我们完成。

冯　　叔：这个我倒是在行。

张书记：我们想要有我们海华村自己的特色菜。

冯　　叔：好，这包在我身上。不过张书记，先说好，我只想菜单，不管农庄。小朱，你把纸笔拿来，我一个个想。

小　　朱：好！

　　　　　【电视里新闻联播的音乐声起。

小　　朱：张书记、爸，都7点了，先吃饭吧。

冯　　叔：你别打断我思路，这可是大事。

小　　朱：爸，再怎么重要你都要吃饭吧。

冯　　叔：我不饿。

小　　朱：你不饿，张书记也饿了。

冯　　叔：哦，我怎么忘记这个事情了。张书记，我们先一起吃饭吧。

张书记：你先吃饭，我回去查点资料，想办法恢复几道老菜。

冯　　叔：吃了再走也没有关系的。

张书记：不吃了，不吃了。

　　　　【张书记离开的脚步声由强减弱。

冯　叔：小朱，你把饭端过来，我边吃边想。

小　朱：准备好了，爸最爱吃的鱼。

冯　叔：（尝了一口）鱼，这是什么鱼，味道怎么比我家鱼塘的还好。

小　朱：这是彩色稻鱼共养基地里的鱼。

冯　叔：好吃，真好吃，这可以作为特色……

小　朱：爸，您筷子怎么停了？

冯　叔：虽然好吃，但感觉还缺了点什么。"想办法恢复几道老菜"……"老菜"……对了，就是那种海华村的老味道。用我们的老配方烹制，味道还能更好。小朱，还有活鱼吗？

小　朱：有，有。

冯　叔：好，老配方配上彩色稻鱼，来，我们来试试……

　　　　【2022 年春天，农庄里，游客边品尝农家菜边听冯叔讲故事。

冯　叔：最后我还是被张书记说服啦。就这样，我开始负责管理这农庄的餐饮。

游客妈：没有想到这背后竟然还有这么多的故事。这菜吃得更有味道了。

游客儿：人美，菜美，环境美，海华村真是一个好地方。以后我要经常来。

冯　叔：欢迎啊。我们海华村的美，就像张书记说的，透着原生态的美。他说，他期待着，村庄的生态美景，不仅能让村庄里的人生活得惬意，也能让游客享受到远离喧嚣的慢生活。

游客爸：从踏入海华村的那一刻起，我的身心就都已经慢下来啦。

游客妈：我们商量着，今天不走了。明天是周日，留下来好好体验一番。

游客儿：好耶好耶！爸爸妈妈真棒！！！

冯　叔：（笑着）张书记说过，绿水青山已经真正从一种风景变成内心追求，融入了海华人的生活。欢迎你们啊，也来体验我们的生活！

🎙️【片尾：刚刚您收听的是广播剧《桐乡共同富裕路上的文旅当家人》第二集《富声》，由桐乡市文化和广电旅游体育局、浙江广播电视集团经济广播联合出品。

────────────────────

　　总策划：李新荣

　　总监制：顾守菊

　　策划：申姚

监制：陆钟煜

编剧：夏强

录制：好声音音频制作

文学编辑：陈张立、朱金文

制片：应鸽

儿童配音：沈子睿

总导演、制作人：杨子

感谢收听。

我们的家乡是花园

🕐 **时间：** 当代

📍 **地点：** 浙江桐乡

👥 **剧中人物：**

　　吕兴泉：男，近 70 岁，企业家，森利园景区负责人；

　　雨　辰：男，大学生，吕兴泉的外孙；

　　周大姐：女，50 多岁，东安村村民；

　　陈　总：男，60 岁。吕兴泉在皮草生意上的伙伴；

　　钱女士：女，30 多岁，吕兴泉的员工；

　　小小周：男，8 岁，周大姐的小孙子；

　　其他人物若干。

🎤 **片头：** 文旅融合，城乡一体。在共同富裕的道路上，浙江桐乡，发挥地域优势，创新旅游业态，提振旅游经济，走上一条共享城乡文化，促进精神共富的先行之路。三集广播剧《文旅融合话共富》将带您走进浙江桐乡大地，领略江南共富华章。请听第一集《我们的家乡是花园》。

　　【2022 年春天，江南，鸟语花香，流水潺潺。

　　【吕兴泉家，外孙雨辰的房间门口。

吕兴泉：（哼）我们的祖国是花园，花园里花朵真鲜艳，和暖的阳光照耀着我们，每个人脸上都笑开颜……（敲门声）雨辰？

雨　辰：外公，请进。

　　【推门声。吕兴泉走进房间。

吕兴泉：（笑眯眯）雨辰，在做什么呢？

雨　辰：画漫画呢，外公。

吕兴泉：我看看。哦，在平板电脑上也可以画啊。

雨　辰：对，有专门的绘图软件。

吕兴泉：我看看，哎呦，虽然外公看不懂具体内容，但从直觉来看，画得真不错。

雨　辰：哈哈，外公过奖了。

吕兴泉：不不不，绝对没过奖。你以后不管是做漫画家还是设计师，都会很有水平的。

雨　辰：要说设计，外公才是大设计师呢。

吕兴泉：哎，我那怎么叫设计，我就一木匠师傅。从十三岁那年开始，做了四十二年木工。后来又搞过苗木种植，研究过一点园艺而已。

雨　辰：这还不厉害呐。再说外公后来做皮草生意也是很成功的。

吕兴泉：做生意还是次要的。外公最得意的，你应该知道，还是那座森利园。

雨　辰：是啊，吕兴泉，我外公的大名已经和那座美丽的森利园牢牢捆绑在一起，在我们的家乡那是家喻户晓呢。

吕兴泉：低调低调。哈哈哈，不过啊，这园子里很多东西，都是你外公我自己设计，自己施工，自己装修的。

雨　辰：所以我说，外公也是一名当之无愧的设计师。外公，把您建森利园的故事告诉我吧。

吕兴泉：好，好。那你听外公讲啊……那是 2008 年的一天……

　　　　【吕兴泉厂房后院。吕兴泉正在研究盆景。脚步声响，有人渐渐走近。

陈　总：哎呦，老吕，吕兴泉！我在你办公室找不着你，问了好几个人，才有人告诉我。你怎么躲在这里？

吕兴泉：哈哈，是陈总啊。来来来，你看看，这是我购进的第一批苗木盆景，你给品鉴品鉴？

陈　总：你看你，又拿我寻开心？我哪懂这个，我们还是谈皮草生意吧。

吕兴泉：欸，皮草的事等会去办公室谈不迟嘛。你看我这，厂房后面 8 亩多的荒地。多好的地方啊，空着多可惜。你说建个什么好呢？

陈　总：（没好气）建个堆皮草的地方。

吕兴泉：哈哈哈，那种地方，已经有库房啦。我呀，要在这里建起一座长廊，逐步从外面购进一些苗木盆景进行培植，慢慢地形成一座微花园。也许以后，还能扩大成一个大公园。

陈　总：（疑惑）你是不是太闲了？

吕兴泉：怎么可能，我忙得很呢！你看，弄个花园，要设计，要施工……

陈　总：好家伙，咱们还是先谈皮草吧。还是先把钱赚到手再说吧……嗨，我的老吕啊！！

　　　　【一阵爽朗的笑声。

　　　　【2022 年春，吕兴泉家，孙子雨辰的房间。

雨　辰：外公，您原来在我刚上小学的时候，就有了建森利园的想法啊，外公您太有超前意识了。了不起。

吕兴泉：那时还只是一个想法，一个雏形。就像——

雨　辰：就像我这个漫画人物，还只有一个轮廓，连鼻子眼睛都没画。

吕兴泉：哈哈，是这么说。再后来，就是八年后的 2017 年了……

　　　　【2017 年初。吕兴泉的办公室。

吕兴泉：小钱，最近森利园的员工招聘怎么样了？

钱女士：都挺顺利的。

吕兴泉：我们森利园的招聘，首先要招的必须是 55 至 60 岁，本村的中老年人。

钱女士：按您的吩咐，除了部分岗位外，其他全部是咱们村里的。

吕兴泉：有些老同志，身体有不舒服都熬着，不想去医院。你别忘了跟他们说，身体是最重要，工作可根据身体情况进行调休。

钱女士：我都提醒过了。

吕兴泉：希望村里的老人都能老有所为、老有所乐。村里因病致贫的困难家庭名单统计了吗？空闲用地的出租，租金都分给村民了吗？

钱女士：统计了，款项已经到账。

吕兴泉：现在园子蒸蒸日上，我们应该做更多让村民幸福加码的活动。特别是传统节日的时候，希望附近的乡邻都能参与。你觉得呢？

钱女士：今年中秋的时候，办个团圆宴如何？

吕兴泉：好主意，可以考虑。今年的戏台搭得怎么样？

钱女士：很热闹。前两天唱的是越剧团。

吕兴泉：很好。今天花鼓戏戏团来了吗？

钱女士：已经请到了。

吕兴泉：都安排了什么剧目？

钱女士：《卖婆记》、《庵堂相会》。

吕兴泉：（高兴）好啊，等会我也要去听。

钱女士：按照安排，您还要在这里先和陈总见面。

吕兴泉：哎，老陈啊。干脆叫他直接去戏台那边——

　　　　【咚咚咚，敲门声传来。

吕兴泉：请进。

　　　　【陈总走进。脚步声。

陈　总：老吕！

吕兴泉：老陈。你来得正好。

陈　总：可不是嘛。我这从上海赶来，掐着点——

吕兴泉：走，一起逛园子，看戏去！

陈　总：哎，你这。我是来谈皮草生意的。

吕兴泉：（笑）生意已经交给我儿子啦，你到时候和他谈吧。来来，去晚了错过花鼓戏开场。

陈　总：老吕！

吕兴泉：（笑）走，走。

　　　　【吕兴泉拉着陈总走出门。脚步声去。森利园门口。人来人往，声音嘈杂。

吕兴泉：来，给你看个好东西。

陈　总：什么？

吕兴泉：喏，就是这辆电动旅游观光车。来，上车。

　　　　【两人上车的声音。关车门声。车启动的声音。

吕兴泉：最近跟我孙子学了网购。"剁"的第一次手，就是这辆电动旅游观光车。四万三千五，怎么样，便宜吧，比实体店便宜八千。

陈　总：老吕，你可是越来越潮了，这第一次"剁手"，就出手不凡呢。

吕兴泉：不然怎么说咱们得学学年轻人的生活，就两个字——方便。

陈　总：你还真是越来越不一样了。

吕兴泉：（一边开车缓慢行驶，一边介绍）来，我给你介绍介绍。咱们现在开进的是贯穿南北的老街，东边是东园，西边是西园。分东园、西园两部分，由花木盆景欣赏与古树名木区、果蔬采摘区、农耕区、餐饮住宿区、休闲垂钓区、老街购物区、戏台、状元馆、民俗博物馆、"五福舫"红船、百鸽壁等景点构成。

陈　总：你别说，粉墙黛瓦，古色古香，这江南园林的风格还真像那么回事。老吕，我有点佩服你了。

吕兴泉：哈哈，先别急着佩服，好好享受吧。现在周末和节假日就有好多跟你一样从上海来的客人，还有杭州、海宁的客人，都喜欢在这座园子里享受慢生活。

陈　总：今天看起来人不少啊。

吕兴泉：昨天有将近一万人呢，今天估计也差不多。毕竟咱这园区已经被评为3A级景区了。

陈　总：你不卖门票吗？

吕兴泉：一开始卖了七个月。后来不卖了。本地人当然不收他们钱嘛。那要是只收外地人钱，还不如干脆不卖算了。

陈　总：你这够大方的啊。欸，这建筑不错。

吕兴泉：那是状元馆。森利园八景之一"状元传文"，纪念的是北宋最后一名状元沈晦，也是崇福出过的唯一一位状元。沈括跟他也是亲戚呢。

陈　总：老吕，你什么时候变得这么有文化了。

吕兴泉：我知道自己文化底蕴不够，一直想培养自己的文化意识。至少，建设这座园子让我对自己家乡的历史文化有了更深的了解。

陈　总：那边那个建筑也不错，那又是什么馆？

吕兴泉：哈哈，那个是公共厕所。

陈　总：厕所？还真没见过外观这么漂亮的厕所。

吕兴泉：建这厕所花了五十八万呢。我当时就说要建一个A级厕所。

陈　总：老吕你还真是有钱没处花啊。

吕兴泉：我只是觉得，基本建设很重要，因此在这方面从不吝惜投入资金。当然有人觉得我是神经病。但我只是想做好旅游和公益，哈哈。

陈　总：老吕，你的境界真是不一样了。

吕兴泉：这园子，也是从2012年开始，响应政府号召搞旅游的成果。只要政府说一句话，我老吕从来都是全身心投入。

陈　总：那边怎么这么热闹？

吕兴泉：那是新开的民俗博物馆，估计很多人图个新鲜吧。

陈　总：博物馆？里面都有些什么？

吕兴泉：没什么，都是一些老物件罢了。

陈　总：你说得轻松，估计在建造和收集藏品中你又花了不少心血吧。

吕兴泉：嘿嘿。

陈　总：不过说实话，进入这座园子，整个人都放松下来了。

吕兴泉：……前面好像是周大姐吧，咱们村的村民。周大姐——

周大姐：哎呦，是老吕啊。老吕，这是我小孙子。来，快跟吕爷爷打招呼。

小小周：吕爷爷好。吕爷爷，谢谢您。

吕兴泉：呦，好孩子。你怎么上来就要谢我呀？

小小周：我奶奶说了，这个园子是吕爷爷造的，当然要谢谢吕爷爷啦。

吕兴泉：（笑）不用谢。你们玩得高兴，我就高兴。

周大姐：谁让你今天安排了这么多好活动，我当然要带小孙子来看看。

陈　总：那你们平时不来吗？

周大姐：来，常来。没事就来这散步、喝茶、聊天。这园子现在就是我们家休闲的第一选择。

陈　总：好，好。

　　　　【花鼓戏声音从远处响起。

周大姐：哎呦，那边花鼓戏要开始了。吕总，这桐乡花鼓戏班子请得好啊。我先去看去了，也让孩子见识见识桐乡的传统文化。

吕兴泉：好。

小小周：吕爷爷再见！花鼓戏，花鼓戏！

【脚步声远去。周大姐离开。

陈　总：老吕啊，你这园子办得可以说是崇福镇甚至桐乡市的一张名片了。

吕兴泉：我还想继续扩大呢。

陈　总：还要投入？

吕兴泉：未来我还想有跑马场、儿童娱乐区等。让城里的孩子来玩的时候，有机会体验农事，与大自然亲密接触。

陈　总：哦。我现在算是理解你了，走，我们一起看戏去。

【在桐乡花鼓戏音乐里，电动车远去。

【2022年春，吕兴泉家，孙子雨辰的房间。

雨　辰：外公对这座园子，果真倾注了太多的心血。在这背后，是对家乡的爱啊！

吕兴泉：自从开始建这园子，就停不下来。这里想设计一点，那里想装修一下。

雨　辰：（笑）就像我在创作一部动漫作品。

吕兴泉：就这样。其实我想添加的东西还有很多。我希望也能吸引你们年轻人前来，甚至有时候想，能不能把动漫元素也加进去呢？

雨　辰：哈哈，外公很有想法啊。

吕兴泉：这不，发展旅游嘛。

【叮叮叮，手机铃声响。吕兴泉接起电话。

吕兴泉：喂，陈总……哎，哎，好的，你放心，我一定在森利园等你。

【吕兴泉挂掉电话。

吕兴泉：这就是我前面说的那位陈总打来的。之前他每年春天都要带他的上海朋友来逛园子。今年因为疫情来不了啦。他问我园子里的花开了没有，树长得怎么样。我告诉他，森利园什么时候都很美，欢迎他随时前来。

雨　辰：是啊，森利园什么时候都很美。外公，说了这么久，说得我又想去逛园子了，不如我们现在就出发吧。

吕兴泉：你的漫画画好了？

雨　辰：画好了。而且我下一个想画的就是森利园。

吕兴泉：哦？

雨　辰：我想给森利园画一副手绘地图。

吕兴泉：这好啊。

雨　辰：不仅如此，我还在想是否能给森利园设计一个拟人的形象。

吕兴泉：好，好，还是你们年轻人有主意，这才叫设计师嘛。

雨　辰：哈哈。外公才是名副其实的设计师。没有外公设计的森利园，我们又哪有机会添砖加瓦呢。

吕兴泉：哈哈。走，我们一起去园子看看。

雨　辰：一起走吧，外公。

【两个人一起唱：我们的家乡是花园，花园里花朵真鲜艳，和暖的阳光照耀着我们，每个人脸上都笑开颜……

🎙【**片尾**：刚刚您收听的是三集广播剧《文旅融合话共富》第一集《我们的家乡是花园》。浙江省桐乡市崇福镇东安村村民吕兴泉，在文化旅游部门的指导下，主动出击，率先作为，建设城乡一体、文旅融合的大公园，踏上精神富有、共同富裕的文旅先行之路。风雅桐乡，处处皆景；文旅新貌，步步悦心。广播剧《文旅融合话共富》由桐乡文化和广电旅游体育局、浙江广播电视集团经济广播联合出品。

总策划：李新荣

总监制：顾守菊

策划：申姚

监制：陆钟煜

总编剧：夏强

编剧：朱金文

录制：好声音音频制作

总导演、制作人：杨子

儿童配音：沈子睿

感谢收听。

一路同行

🕐 **时间**：当代

◎ **地点**：浙江桐乡

👥 **剧中人物：**

吴惠泉：男，64 岁，桐乡市旅游业协会会长、桐乡国际旅游有限责任公司总经理；

小　赵：男，30 岁左右，吴惠泉的秘书；

成　总：男，桐乡市一家旅游有限公司负责人；

高老板：男，乌镇一家民宿的老板；

记　者：女，30 多岁；

银行工作人员：女，30 岁左右；

小小吴：男，8 岁，吴惠泉的外孙；

其他人物若干。

🎙 **片头**：文旅融合，城乡一体。在共同富裕的道路上，浙江桐乡，发挥地域优势，创新旅游业态，提振旅游经济，走上一条共享城乡文化，促进精神共富的先行之路。三集广播剧《文旅融合话共富》将带您走进浙江桐乡大地，领略江南共富华章。请听第二集《一路同行》。

【2022 年夏，桐乡一家银行的营业厅内，人来人往，熙熙攘攘。

银行工作人员：您好，吴先生。这是退给您的 56 万元旅游服务质量保证金。请您确认。

吴惠泉：谢谢，谢谢。

银行工作人员：请问还有什么别的需要吗？

吴惠泉：没有了。非常感谢。

记　者：你们好。我是浙江人民广播电台经济广播的记者。你们几位方便接受采访吗？

银行工作人员：方便。

吴惠泉：方便。

记　者：请问，这就是我们桐乡市文化和广电旅游体育局在近期全面启动的暂退旅行社旅游服务质量保证金工作吗？

银行工作人员：是的。

记　者：能简单介绍一下这次工作吗？

银行工作人员：在此次暂退旅游服务质量保证金的审批过程中，我们始终秉持"最多跑一次"服务理念，通过企业线上递交申请材料、邮件传送取款通知书等形式，实现"零跑腿"，便民利民措施得到最大限度的落实。

吴惠泉：是的。我今天第一次来，一次就办妥了。

记　者：请问您怎么称呼？

吴惠泉：我是桐乡市旅游业协会会长、桐乡市旅游有限责任公司总经理吴惠泉。

记　者：您怎么看待政府这次工作？

吴惠泉：这次疫情，对旅游业造成了较大影响，这段时间以来，虽然员工没有上班，但是我们依旧要给员工发放工资、交社保，资金压力比较大。政府部门采取的这一举措，帮助我们解了燃眉之急！

记　者：在退款过程中一切顺利吗？

吴惠泉：就像工作人员说的，只跑了一次，非常顺利。预计其他同行们也能很快收到退款。

银行工作人员：是的，接下来我们将第一时间把取款通知书发给首批申请的旅行社，确保本周内暂退旅游服务质量保证金全部兑现。

记　者：看来此次工作确实非常顺利。还有什么能介绍的吗？

银行工作人员：此次暂退旅游服务质量保证金范围为全市所有已依法缴纳质保金的旅行社，暂退标准为现有账户缴纳数额的80％。

记　者：非常感谢，那么——

吴惠泉：我还有一句话要说。

记　者：吴会长请讲。

吴惠泉：暂退旅游服务质量保证金绝对是市文化和广电旅游体育局疫情防控期间推进"三服务"活动、助力旅行社复工复产的有力举措，肯定可以在一定程度上缓解小微企业受疫情影响带来的资金压力。

记　者：谢谢吴会长。那么采访到此结束。

【马路上的环境声。

吴惠泉：小赵。

小　赵：在，吴会长。

吴惠泉：我们这次给政府添忧了。要早日扭转局势，给政府解忧、添喜才是。

小　赵：是啊。

吴惠泉：走吧，回协会。路上联系一下其他会员，请他们来一趟。

小　赵：好的。

　　　　【汽车发动机发动的声音。

　　　　【桐乡市旅游业协会会议室。有人已经在会议室等待。

　　　　【吴惠泉推门进入的开门声。脚步声。拉起椅子站立的声音。

成　总：吴会长。

高老板：吴会长。

吴惠泉：成总、高老板，你们都来了。

成　总：（笑）吴会长发令，怎敢不来？

吴惠泉：（笑）成总还有心思开玩笑，看来公司运营得还不错啊。

成　总：哪有。我这是苦笑啊。疫情以来，我的旅游公司基本处于半停滞状态了。

吴惠泉：高老板，你的民宿呢？

高老板：哎，跟成总差不多。

成　总：这不，吴会长一发令，我们就过来了。想听听吴会长有什么高见？

吴惠泉：（笑）我能有什么高见。

高老板：那……听听吴会长的架子鼓也成啊。

吴惠泉：哈，（笑）架子鼓可以有。不过不解决大家的问题，我是没有心情敲架子鼓的。
　　　　话说前头，我高见没有，只是和大家一起探讨。

成　总：对对，一起探讨。

吴惠泉：我今天领到了旅游服务质量保证金退款。很快其他旅行社也会收到的。

成　总：这是好事啊。

吴惠泉：是啊。这足见政府对我们旅游行业的扶持。但是我们不能只靠政府，更不能只
　　　　在原地等待行业复苏的到来。我们要自救！

高老板：对，自救！

吴惠泉：我作为会长，要组织大家进行行业管理，生产自救，以协会的名义互帮互利。

成　总：我们相信会长。

吴惠泉：现在全国旅行社及在线旅游企业暂停了经营团队旅游及"机票＋酒店"旅游产
　　　　品。困难自不必说了，大家八成是没有收入、业务归零吧。

成总、高老板：是啊。

吴惠泉：大家不要灰心。还记得 2013 年，我们桐乡旅游行业也遇过冷吗？

成　总：是啊，那年十一正值新《旅游法》的实施。一些长线和出境游团的价格上涨幅
　　　　度很大，导致黄金周遇冷。

吴惠泉：我的旅行社的报团量下降了近60%。整个桐乡的旅行社接待的团队游客量普遍至少下降了40%，部分旅行社甚至面临关闭的窘境。

高老板：跟团的人变少了，很多年轻人选择了自驾游。

吴惠泉：对，这也是当时旅行社遇冷的原因之一。所以我当时说，要维护好老客户，特别是中老年客户。要上门接客人，必要时我可以亲自带团。

成　总：是啊，当时还逼着大家拓展自驾游、自由行、散客游。

吴惠泉：所以说，困难并不全是坏处。它逼着我们不断做精业务、提升服务水平，树立更好的口碑，从而继续生存并发展壮大。

成　总：后来挺过了那个阶段，咱们桐乡旅游是红红火火。境外旅游人数大幅增长。还有很多中老年客户。

高老板：我们民宿也得益于乌镇旅游的发展，广纳全国游客。

吴惠泉：现在我们又遇到新的困难了。这种情况下，我们是不是可以另辟蹊径，比如把目光投到线上平台，探索新的经营模式？

成　总：会长是说，做直播？

吴惠泉：是的。

成　总：我也想过做直播，但是还没想好要做什么内容。毕竟一场直播几小时，没有内容填充会很困难。

吴惠泉：你和你的员工可以尝试直播推介公司，讲述你们的故事，同时也介绍景区和旅游产品。

成　总：是个法子。

吴惠泉：四月份预计会有"畅游桐乡美食荟"活动，也可以通过直播预热。以后有活动就直播跟上，不愁没东西讲。

成　总：呼。这样讲来，我也恢复了一点信心。

高老板：我们民宿也难呐。多亏地方政府牵头地方银行推出了"民宿复工复产贷"，缓解了一些压力，否则现在就关门大吉了。

吴惠泉：哎，民宿行业的复苏之路，确实比酒店他们还要难。

高老板：听吴会长的意见，我们民宿也可以搞搞直播？

吴惠泉：不错，信息时代，要充分利用互联网。你们还可以拍视频，制作发布到各网络平台，为民宿打打广告。

高老板：有什么可告的呢？现在多数人也不能来住。

成　总：高老板，你看这样行不行。首先肯定是介绍民宿内的环境、住宿条件，打出牌子，为以后可能的客流，比如五一小长假做准备。此外，你是不是可以将民宿内自制的小物件，比如用来装饰的小瓷器发布到网上，看看有没有买家。这也可以盈利，帮助渡过眼前的难关。

吴惠泉：对对，很多年轻人喜欢这些摆件、周边。

高老板：哈哈，我怎么没想到呢。还是要大家集思广益。

吴惠泉：还有就是，可以改变业务。你们民宿的内部环境和条件还不错吧。

高老板：不错。特别是这段时间没人来，越发显得清新整洁了。（苦笑）

吴惠泉：比如随着户外活动的逐渐放开，你可以在民宿院子里尝试接一些商拍和户外策
　　　　划类活动。抓住民宿的场地优势，开展户外活动嘛。

高老板：好主意啊。

吴惠泉：再来点下午茶什么的，随着进一步放开，还可以考虑在户外接求婚、生日、纪
　　　　念日等各类活动呢。

高老板：吴会长的话让我听到了转机。

吴惠泉：（笑）你们都知道，我老吴在茅盾纪念馆工作过很多年。我觉得自己还算是个
　　　　文化人嘛，想的路子也比较"文"一些。

成　总：文一点好。现在讲究文旅融合嘛。

吴惠泉：不过要跟上新形势，需要学习的东西还有很多啊。小赵！

　　　　【推门声。脚步声。小赵进。

小　赵：吴会长。

吴惠泉：安排一下，关于直播、网购、策划，还有其他跟文旅融合相关的内容，搞一个
　　　　培训。趁这个时间，让大家找找短处，补补课，"自我充电"，提升员工的业务
　　　　能力。

小　赵：好的，会长。

吴惠泉：不过，这第一堂嘛，得我们先上。咱们老伙计也要补补课嘛。

成总、高老板：会长说的没错。

吴惠泉：只有我们补上课，才能深入理解游客消费需求的转变，并为游客提供顺应新需
　　　　求的旅行产品，以此增强客户黏性，拓宽营收渠道。

成　总：（笑）面对新形势，要重新做一回学生了。

吴惠泉：现在这个时间里，我们只提倡桐乡市内游。先让我们从这里开始吧。这是我们
　　　　旅游行业受到的一次意外冲击，也是一场考验。我们旅游行业经受住这场考
　　　　验，就能等到春暖花开，在未来占得先机。

高老板：是的，咱们全市旅游行业线下线上共同发力，迎接复苏曙光。

吴惠泉：还有一点，咱们协会会员单位要携手同行，共度难关。

成总、高老板：对，携手同行，共度难关。

　　　　【2022 年夏天。吴惠泉的办公室。吴惠泉正在电话聊天。

小小吴：外公外公，您看，你给我买的儿童架子鼓到货啦。（敲了一下架子鼓，发出

声响）

吴惠泉：不错，不错。买回来要用心练哦。

小小吴：我要外公陪我练，外公，现在就回来一起打嘛。

吴惠泉：（微笑）现在可不行，你外公要为桐乡旅游人坚守岗位呢。

【敲门声响起。

吴惠泉：等外公下班回来一起打。外公现在要工作啦。

小小吴：那外公再见，（电话挂断）早点回来哦。

吴惠泉：请进！

【推门声。脚步声。

记　者：吴会长，又见面了。

吴惠泉：请坐，请坐。

记　者：已经是下班时间了。那我就开门见山地提问了，疫情两年多来，您遇到了不少困难吧？

吴惠泉：要说没困难，那是假的。疫情前，我的公司年产值3000万，能排进全国百强。而今只算勉强自保。某种程度上来说，旅游人就是"靠天吃饭"。但现在天公不作美。

记　者：那么您是如何应对的呢？

吴惠泉：首先要感谢政府的帮扶。疫情开始后不久就推出了应对疫情支持文化和旅游企业共渡难关的十条措施，暂退旅行社旅游服务质量保证金，后来又下发旅游产业疫情专项帮扶资金补助。今年桐乡又出台了《关于进一步加大旅游惠企纾困专项帮扶资金补助细则》，以专项帮扶资金的形式为文旅企业注入信心。

记　者：信心，比黄金更重要。

吴惠泉：没错，2022年，疫情仍将是影响旅游业复苏最大的不确定因素，但我们有信心，旅游业复苏向上的进程不会停止。我常对协会的会员们说，要"自救"与"共救"，大家携手同行。

记　者：吴会长如何理解"自救"？

吴惠泉："自救"就是指我们旅游人要苦练"内功"，实现"质量提升"。因为人们对美好旅行，对休闲度假总是有需求的。我们协会针对服务质量也建立了公约。

记　者：那么"共救"呢？

吴惠泉："共救"就是要充分发挥协会的力量，以协会的名义互帮互利。我们对每家旅行社进行评估，按照员工人数、成立时间、资质、会员等进行评分。协会成立临时计调组，进行协会内互帮互助。而我作为会长，就做好分配、调配，保证大家利益共享，共度难关。

记　者：吴会长对桐乡旅游业的前景怎么看待？

219

吴惠泉：我预计，今后散客会越来越多。不过当下年轻人的钱会暂时变少，单位组织的旅游，除了疗休养，也会变少。我们要适应疫情后旅游业新变化，在复苏进程中负重前行。我是乌镇人，乌镇旅游是桐乡的风向标，希望乌镇旅游能恢复往日的红火，我们也会增添信心。

记　者：吴会长有很清晰的认识啊。

吴惠泉：不管怎么说，不能给政府添忧，要为政府解忧。

记　者：吴会长说得很对。感谢吴会长在下班时间还接受我们采访，谢谢。

吴惠泉：哎，没什么。我这人啊，就是闲不住。这回到家里，还要带外孙打架子鼓，还要家务全包呢，哈哈哈……

【在架子鼓的鼓声里，迎来快乐的笑声。

【**片尾**：刚刚您收听的是三集广播剧《文旅融合话共富》第二集《一路同行》。浙江省桐乡市旅游业协会会长、桐乡国际旅游有限责任公司总经理吴惠泉，在文化旅游部门的指导下，敢为人先，主动思考，创造"抱团取暖"的营销模式，带领全市旅游企业共渡难关。风雅桐乡，处处皆景；文旅新貌，步步悦心。广播剧《文旅融合话共富》由桐乡市文化和广电旅游体育局，浙江广播电视集团经济广播联合出品。

总策划：李新荣

总监制：顾守菊

策划：申姚

监制：陆钟煜

总编剧：夏强

编剧：朱金文

制片：应鸽

录制：好声音音频制作

儿童配音：沈子睿

总导演、制作人：杨子

感谢收听。

故乡的味道

🕐 **时间：**当代

📍 **地点：**浙江桐乡

👥 **剧中人物：**

方建华：男，66 岁，厨师，钱塘新世纪大酒店行政总厨；

小　李：男，20 多岁，钱塘新世纪大酒店青年厨师；

小　方：男，19 岁，方建华之子；

食客 A：男，30 多岁，在钱塘新世纪大酒店吃年夜饭的客人；

食客 B：女，30 多岁，在钱塘新世纪大酒店吃年夜饭的客人；

食客 C：男，8 岁，在钱塘新世纪大酒店吃年夜饭的客人，A 和 B 的儿子；

其他人物若干。

🎤　**片头：**文旅融合，城乡一体。在共同富裕的道路上，浙江桐乡，发挥地域优势，创新旅游业态，提振旅游经济，走上一条共享城乡文化，促进精神共富的先行之路。三集广播剧《文旅融合话共富》将带您走进浙江桐乡大地，领略江南共富华章。请听第三集《故乡的味道》。

【环境声：今天是 2022 年 1 月 31 日，农历除夕。欢迎光临桐乡钱塘新世纪大酒店。

【后厨，人们忙忙碌碌，翻炒、切菜、洗菜、抽油烟的声音混杂在一起。总厨方建华正在指导厨师小李做一道菜。

方建华：小李，河蟹清理好了马上把它放进蒸笼。再拿 200 克海鲈鱼净肉切好。

小　李：好咧，方师傅。（一阵切肉的声音）

方建华：嗯……还不够，要切成黄豆粒一般大小。

小　李：好咧，方师傅。（一阵切肉的声音）然后是五花肉，对吧，也是黄豆大小？

方建华：不，绿豆大小。

小　李：（犯难）绿豆大小？

方建华：我来吧。你去把蒸好的河蟹取出来晾一下，再把蟹肉取出来。

小　李：好。

方建华：（一阵切肉的声音）……

小　李：方师傅，我这边好了。

方建华：正好。你把猪肉粒和鱼肉粒一起搅打起劲。

小　李：葱姜汁、盐和味精都加上，对吧？

方建华：还有姜末，注意别加多。

小　李：对对，还有姜末。哎，这道菜没有方师傅在一旁指导啊，真是不行。

方建华：（微笑）这道菜一般只有逢年过节才做，也怪不得你们年轻人不熟悉。好了，搅得差不多了，把蟹肉拌进去。

小　李：好咧。（搅拌的声音）

方建华：糯米已经泡涨了。接下来把搅拌好的馅料挤成核桃大小的丸子，滚上糯米，放在笼里蒸十分钟。蒸好后，上菜前，记得撒上葱花并淋几滴熟鸡油。

小　李：好的，方师傅。

方建华：（微笑）不错不错，那就抓紧干吧。

小　李：方师傅。抱歉啊，都怪我不熟练，才让您除夕夜还待在后厨。

方建华：说哪里话。这是我的职业啊。我已经四十二年没有好好过除夕啦，哈哈，跟你没关系。

小　李：做了这么多年，方师傅还对这行充满热情。

方建华：习惯了嘛。唉，蒸熟了，快上菜吧。记得——

小　李：记得撒上葱花并淋几滴熟鸡油。

方建华：（笑）好小子，快去吧。

　　　　【小李端菜走出的脚步声。春节联欢晚会开始的声音起。

方建华：嗨。又是一年过去咯，不知道儿子女儿他们今晚吃的什么，有没有参考我留的菜谱？

　　　　【脚步声。小李回到后厨。

方建华：回来啦。马上做下一道菜。

小　李：方师傅。刚才那道菜，客人尝了连连称赞，说什么都要见见主厨一面。

方建华：刚才那道菜的厨师不是你小子嘛。

小　李：（笑）我哪成啊。方师傅，这道菜没您不行。

方建华：好……吧。等下空了，我们一起就看看。

　　　　【后厨做菜的声音渐渐变大，又变小……方建华和小李走出后厨。

　　　　【餐厅内，觥筹交错的声音此起彼伏。小李带方建华走到一张餐桌前。那张桌上的谈话声马上停止。

小　李：这位就是我们的行政总厨方建华方师傅。

食客A、B：（笑）方师傅好。（对儿子）喊方爷爷好。

食客C：方爷爷好！

方建华：各位朋友好。小朋友你好，我做的菜还好吃吗？

食客C：好吃！我妈妈做的已经很好吃了，您做的比妈妈做的还好吃。

食客A：（笑）我家儿子啊，平时老挑食了，今天对着方师傅做的菜，却根本停不下筷子。对了，方师傅，这道菜叫什么？味道真不错啊。

食客B：我吃着感觉里面有猪肉、鱼肉，好像还有螃蟹的味道。

方建华：不错，这位客人尝得很准确。这道菜叫珍珠蟹粉刺毛球，是河蟹肉、海鲈鱼肉、猪五花肉还有糯米混合而成的。

食客B：（开心）我就说吧，里面一定有螃蟹。

食客C：这么新奇的菜，我们还是第一次吃到呢。方爷爷您是怎么做出这道菜的？

方建华：以前桐乡有一道菜，虽然没有半点蟹肉、蟹黄，但是吃起来，却像是在吃大闸蟹一样，鲜嫩肥美。很多桐乡本地人都叫这道菜"蟹粉"。

小　李：方师傅手上，已经烧出过很多名菜，但是在方师傅心目中，蟹粉这道地方菜，始终无法替代。

方建华：因为啊，那是妈妈做的菜，又是只有逢年过节才能吃的。所以这么多年来印象始终特别深。

食客B：那么今天这道珍珠蟹粉刺毛球，就是蟹粉的升级版喽？

方建华：算是吧。刚说了，蟹粉菜名字里有个"蟹"字，但是原材料里，却没有半点跟螃蟹沾边的东西。肥肉、咸蛋黄、鲢鱼，只要这三样原料就可以把这个菜做出来了。

小朋友：听起来，这道菜历史悠久？

方建华：是啊。这道菜的由来，大概可以追溯到一百多年前。那个时候，本地的大户人家，都是吃真蟹粉的。但是因为穷苦人家吃不起螃蟹，于是就有人想到，可以用廉价的鱼肉，来代替蟹肉。这道菜桐乡尤其是乌镇一带，曾经广为流传。

食客B：猪肉、鱼肉，跟今天这道菜的料差不多。那蛋黄是用来……

方建华：蛋黄是用来替代螃蟹的蟹黄，这个味道吃起来跟真蟹粉当然有差别，但是也相差无几。因为用蛋黄制作原料便宜，口感又不输真蟹粉太多，在老百姓那里很容易就普及开来。我就是从小吃到大的。

食客C：原来一道菜还有这么多的故事。

方建华：蟹粉成糊状，所以在桐乡，也有人管它叫蟹糊。这道菜烧制的过程很简单，但现在吃起来，还是有一种满满的幸福感，那是母亲的味道，家乡的味道。虽然算不上不高档，却也是婚宴、家宴上必点的一道经典菜式。

食客B：今天的升级版，我们也吃出了满满的桐乡味道。

方建华：现在生活水平好啦，咱们可以用真蟹肉做。其他配料上也有提升，味道只会更好。

小　李：但最关键的是，还是要方师傅把关，才有那种味道。

方建华：小李，别都归功于我。你学得很快，不久就会完全掌握的。

食客C：听起来，方爷爷研究厨艺有很多年了啊。

小　李：可不是，方师傅已经有四十二年没有舒舒服服地吃过一次年夜饭了。

食客B：（惊讶）原来方师傅掌勺这么多年了。怪不得菜的味道如此之好。

食客C：方爷爷，讲讲您的故事吧。我很想听。

方建华：我是乌镇人。从小受母亲的影响，十三岁就开始烧菜。最早学会的菜，就有刚刚说的蟹黄。

小　李：原来这么早就……比我想象得还早。

方建华：从宁波商校毕业后，1980年，我回到桐乡的一家公司，就负责烧菜做点心。后来厨艺渐长，就进入酒店工作。先是三星级的梧桐大酒店，后来当上了厨师长。1993年，又去了光明大酒店，年薪是六万。后来又去桐乡国际大酒店，一直到2009年。来到钱塘新世纪大酒店啊，我记得很清楚，是2015年的7月1日。

食客B：原来方师傅有这么丰富的酒店厨师工作经历。

方建华：就是因为在酒店工作啊，越是过年过节越是忙，专心为客人服务，渐渐地也就顾不上除夕夜自家年夜饭的事了。

小　李：方师傅记忆力很好。除了酒店工作，还有很多其他丰富的经历。方师傅，您不妨再给我们讲讲吧。

食客A：对啊，方师傅，讲讲吧，我们想听。

方建华：哎，你们别听这小李瞎说。我也没有什么特殊经历。就是1988年去桐乡农技学校当过老师。1990年，老年大学开办的时候，教过老人烧菜。2009年的时候，去乌镇旅游公司当过行政总厨。

小　李：（插话）还曾经在上海外语频道教过外国人做中国菜。

食客B：哦？那方师傅也教外国人做这道珍珠蟹粉刺毛球吗？

方建华：没，这个太复杂了，一时半会学不会。小李这插话倒让我想起，我的确还有一些经历。比如带六个人去北京做过一个月的菜。比如参加过桐乡美食节。又比如还去过古北水镇一年。

食客C：爸爸妈妈，方爷爷的经历真是丰富啊。我还想听其他的。

方建华：好啊，那我再讲一讲我和我儿子的故事……

【下雨天，方建华家。开门声。方建华儿子小方走进。

小　方：爸，我回来了。

方建华：（低沉）儿子回来了。坐吧。

小　方：爸，您怎么了？

方建华：没，没什么……

小　方：我看您情绪不对。

方建华：那家快餐公司，我准备关了。

小　方：怎么？

方建华：六元一份的快餐，利润空间太小了。我又不好提价。再说自己还有开的那家酒店，太耗精力了，每年二十万的利润也不高。你爸爸年纪大了。哎，或许……

小　方：爸爸……

方建华：或许你爸爸不适合干餐饮了吧。这些年埋头做餐饮，每天想的就是食材、火候、菜品、调料，似乎和外界的互相交流越来越少了。和你还有你姐姐好像也越来越没话说了。早点不干这个，多放点精力在家庭生活上，或许你妈妈当初也不会跟我离婚……

小　方：（坚决否定）不，爸爸。不是的。

方建华：儿子，你……

小　方：我知道的。家里那一整排的书架上，放的都是爸爸的关于菜的书，讲做菜的、讲菜的营养价值的。这两天又多了几本新的。我知道，做菜不仅是爸爸的工作，也是爸爸一辈子的兴趣所在。

方建华：儿子，我还以为你……

小　方：我知道。因为爸爸您总是说，自己十三岁就会做饭了。可是您儿子我，快二十了还不会烧饭。您觉得我对做菜没兴趣，肯定也不支持您的厨师事业。

方建华：哎，我只是觉得，会烧饭在生活上可以更方便一些。

小　方：过去一年，姐姐结婚又刚有了孩子，问候您的时间少了。我又忙着准备高考，没有过问您的厨师事业是否顺利。

方建华：哎，你们大了，有自己的事。你们的事更重要。

小　方：其实，我们都很支持您。我是说，不仅是在备考时，看着您研究菜谱给我配营养餐时候才支持您。我一直都希望，您能遵循自己的内心，在厨师行业一如既往地做下去。

方建华：儿子。每年除夕我晚归的时候，都觉得自己没当好爸爸，我以为……

小　方：不。您是个好爸爸。做厨师，就要有家人的理解，才能做好。爸爸，我理解您，姐姐也理解您。

方建华：孩子，谢谢你们……

小　　方：对了，爸爸。还有个好消息（拉开书包的声音），我刚收到了大学录取通知书。

方建华：（激动）浙江工业大学。儿子，恭喜你!

小　　方：谢谢爸爸。这里面少不了爸爸的付出。所以爸爸，坚持自己的事业做下去吧。

方建华：好，儿子成为大学生了。你爸爸我也不能再迷茫了，我决定重新回到酒店做厨师。

小　　方：（笑）我会跟同学好好吹嘘的，我有一个做菜最好吃最有营养的爸爸!

方建华：（笑）我也有一个学习优秀又支持我的儿子!

【场景回到当下的餐厅。春节晚会背景声再次响起。

方建华：有了家人的支持，我才一直做到现在。如今，我还办了工作室，一则代表酒店品牌，二则作为厨师的交流地、培训地和新菜品尝地。

食客A：确实啊。职业上的发展离不开家庭的理解和支持。

食客B：这个工作室听起来好有诱惑力，真想去里面尝尝新菜品。

食客C：哇，我也想去，我想学烧菜!

小　　李：方师傅对于菜品一直是非常重视的。虽然早就是行政主厨了，但每一桌菜，他都要亲自示范过。一桌十二个菜，至少有两三个是他现场操作的。就算不是他完全操作的，比如这道珍珠蟹粉刺毛球，他也一直都在旁边悉心指导，甚至有的环节亲自动手。

食客A：我说这菜怎么做得这么好呢。

食客B：而且鲜而不腻，刚刚好的感觉。

方建华：也许是自己年纪大啦，我现在特别注重菜品的养生方面，在调料的使用上也尽可能的简单。食材上也是，最近在研究用简单的食材做出好菜。

食客A：我们正好想加菜，方师傅方便再露一手吗?

方建华：好啊。几位想吃什么?

食客C：我想吃白萝卜!

食客B：那就用白萝卜怎么样?

方建华：好啊。那就来一道土酱水晶萝卜。

食客B：哇，一听名字就很有趣。

食客A：想听听方师傅大致讲解一下这道菜。

方建华：前面说了，食材追求简单。这道菜只用白萝卜和黄豆酱。小李，还记得怎么做吗?

小　　李：将白萝卜去皮切成长方块。调制酱料，将两大勺黄豆酱加入糖、味精、菜籽油、姜、干辣椒，搅拌均匀。然后将白萝卜和酱料分别用压力锅蒸十分钟，再分别取出，将酱料浇在白萝卜上即可。

方建华：不错，记得很清楚嘛。走，那我们就快点去做吧！

小　李：好咧，方师傅！

【**片尾**：刚刚您收听的是三集广播剧《文旅融合话共富》第三集《故乡的味道》。浙江省桐乡市钱塘新世纪大酒店行政总厨方建华，在文化旅游部门的指导下，长期自觉钻研烹饪文化，主动开发新的菜肴，弘扬桐乡民间美食文化，让文旅融合插上愉悦的翅膀，飞向更广阔的天空。风雅桐乡，处处皆景；文旅新貌，步步悦心。广播剧《文旅融合话共富》由桐乡文化和广电旅游体育局，浙江广播电视集团经济广播联合出品。

总策划：李新荣

总监制：顾守菊

策划：申姚

监制：陆钟煜

总编剧：夏强

编剧：朱金文

制片：应鸽

录制：好声音音频制作

儿童配音：沈子睿

总导演、制作人：杨子

感谢收听。

从梦想到分享

🕐 **时间：**当代

📍 **地点：**浙江桐乡

👥 **剧中人物：**

哈　密：女，35岁，职业经理人，百翠山居管家；

小　刘：女，25岁，应届大学毕业生，哈密助理；

小　董：男，28岁，百翠山居摄影师；

京　京：男，10岁，上海游客，小学生；

张　总：女，45岁，上海某企业老总，小男孩妈妈；

其他人物若干。

🎤 **片头：**美好"食"光，寻味浙江。在文旅融合的道路上，我们秉传统风味，承人文风貌，亮时尚文创，探寻出属于自己的共富味道，促进文化和旅游产业高质量发展。文旅融合话共富系列广播剧《百县千碗·共富味道》之桐乡十碗，将带您一起走进浙江桐乡，品鉴乡村美味，共赏魅力文化。请听第一集《从梦想到分享》，带您走进浙江桐乡，寻找属于浙江的独特味道。

【2022年10月的某一天，桐乡百翠山居，哈密、小刘、小董三人正在餐厅里做直播。优雅的轻音乐、服务员迎宾声、哈密的介绍声交织成一曲温馨的乐章。

哈　密：各位直播间的朋友们，大家好，我是百翠山居的运营总监哈密，又和大家在直播间里见面了。之前，有很多朋友说想认识一下我的助手小刘和摄像小董。我们今天就满足大家的愿望。小刘、小董，到镜头前给大家打个招呼。

小　刘：大家好，我是小刘。大家看到给哈密老师递物品的那只手，那就是我的手。

小　董：看，有人说可算见到活人了。

哈　密：现在说话的是我们的摄像小董，他可厉害了，要是没有他，我们直播间都没有办法开播。

小　董：大家好，感谢大家关注支持百翠山居直播间，我一定把百翠山居和哈密老师拍得美美的。

哈　密：好，下面又到了我们介绍百翠山居特色美食的时候。今天我要介绍给大家的是红烧老鹅。这个菜选用桐乡特有的老鹅，全程采用绿色饲养。在制作的时候，加入我们桐乡特有的酱料，大火煮开，然后是小火慢炖，让肉质在温度、时间和佐料的作用下渐渐软化，浓汤中的汤汁也慢慢渗入肉中。开锅时刻，满室飘香。

【张总带着儿子走进餐厅。

京　京：哎，妈妈，你看，他们是在拍电影吗？

张　总：……那是在做直播。

京　京：我也要去做直播。

张　总：京京，你回来！

【跑步声起，京京走入直播镜头。

京　京：大家好，我是百翠山居的客人京京，我太喜欢百翠山居这个地方了。我……

张　总：不好意思！小孩子好奇，他也想做直播。

哈　密：没事，没事，我们刚刚播完，不影响的。张总，这几天入驻的感受怎么样？

张　总：嗯……怎么说！我觉得这里的创意十分好。住在这里，关起门来，就是自己温馨的家，打开门，就是一个恬静的村子。还有你们安排了各种各样的研讨、学习交流活动，还有趣味体育活动，我们一家人啊，四处走走看看，好像走进了一个大庄园。

京　京：是啊，妈妈，你看，这里还有红烧老鹅呢，今天晚上我们一起来体验一下，点一道红烧老鹅，怎么样？

张　总：好，好。这个红烧老鹅，我要仔细品品这其中的味道。

哈　密：张总恐怕不单单是品尝美食吧！

张　总：这红烧老鹅在桐乡可以说是一绝，你们又是怎么发现这道名菜，从中做出大文章的呢？

哈　密：有很多资源隐藏在乡村，需要我们去发现，去推广。百翠山居的创意其实来于市场的需求。那是2014年5月，我们在这里承包了土地开始做有机农业……

【2014年5月，桐乡有机农业地，哈密正忙着指挥人打包蔬菜。

小　刘：哈密姐，摘这么多蔬菜干什么？还要分拣好。

哈　密：小刘，这些都是老板朋友要的。他们听说我们在种有机蔬菜，都高兴得不得了。以后每个月都要给他们准备好。

小　刘：他们都在大城市里，有的是菜场、超市，至于嘛！

哈　密：这你就不懂了吧！以前的吃好，是吃各种高档的食物，现在的吃好，是要吃得安全。我们的蔬菜生长在绿水青山间，没有任何污染，所以他们才喜欢。

小　董：可是，这个跟我们要做的事业有关系吗？

哈　密：有，当然有！我问你们，你们的梦想是什么？

小　刘：我想有一个温馨的家，有一个可以让我和我的家人完全放松的地方。

小　董：我想有一天自己能住上舒适的房子，然后可以放下所有的烦心事，安静地享受生活。

哈　密：其他呢？

两　人：还没想好……

哈　密：哈哈哈，我们接下来要做的事情啊，就和让我们大家都过上好日子有关。

小　刘：真的？

哈　密：没错！你们看看。这就是我准备的方案。

小　刘：（把资料拿过去看）把空闲的房子利用起来，打造一个世外桃源，让人的身心融入自然，感受慢生活。

小　董：慢生活？自然，愉悦！姐，你太厉害了。你是怎么想到的？

哈　密：你们可不要尽说好话，为了这份方案，我可是花了不少精力，自学了不少规划上的东西。

小　刘：姐，我要什么时候才能成为你这样的人。

哈　密：我也不是天生就会。4 年前，我就在长兴负责庄园的运营。在这之前，我是学文秘的，庄园怎么运营我是一窍不通。这都是这些年边工作，边学习，遇到不懂的地方就问人，一步步总结出来的。

小　刘：姐，那我以后也来问你，你可要告诉我。

哈　密：我还怕你不问呢！大家一起加油，把我们百翠山居做得越来越好，越来越强。

两　人：好，我们赶快加油干起来……

【2020 年 1 月。桐乡百翠山居。前来入住的游客络绎不绝，订房咨询电话不停地响起，交织成一曲热情乐章。

小　刘：你好，这几天我们这里的房间都已经满了，一周之后才会有。你可以提前安排。

小　董：我来接电话吧。你喝口水，休息一下，都已经半天了。

小　刘：哦，越是接近春节，我们这里就越忙。我说得嗓子都冒烟了。

小　董：我们把龙泉的瓷窑都搬过来让顾客体验了，口碑能不好嘛！还有马场，这是江南少有的。现在最讲究体验感了。

小　刘：我们就在高铁站旁边，全国各地的游客来这里都很方便。

【急匆匆的脚步声起，哈密从外面走了进来。

哈　密：小刘，赶快联系农庄，多准备点蔬菜，小董，你去库房看一下，我们基本的生
　　　　活用品还有多少。

小　刘：姐，怎么了？

哈　密：刚接到通知，外省发生疫情，我们在接待顾客的时候需要特别注意。哦，万一
　　　　有顾客走不了，我们也要给他们提供生活保障。要做好充分的准备。

小　刘：疫情怎么说来就来啊！

哈　密：还等什么，赶快去准备。

【2020 年 4 月某一天下午，哈密办公室。小刘和小董气喘吁吁地跑进来。

小　刘：姐，过完年都已经好几个月了，可是来我们这里的人还是很少。

小　董：是呀，一直是这样的情况，可怎么办。姐，你怎么只看手机，不说话？

小　刘：姐，我们都等着你想办法呢！

哈　密：你们都来看。

小　刘：网络直播，姐，你不会也想做直播吧！

哈　密：我们原来的顾客，大多是外省的，现在跨省不是那么方便，我想开发本地市场。

小　董：这和网络直播有关系吗？

哈　密：我问你，开发市场要做什么？

小　董：打广告啊，我们刚开始不就是这么做的。那时候，你为了广告方案，还没日没
　　　　夜地修改了几十稿呢！

哈　密：网络直播也是一次广告。这段时间，大家都是通过网络视频了解信息的，我相
　　　　信今后网络也会越来越重要。

小　刘：姐，你想得真远，真有高度。

哈　密：这次，我们不是打广告宣传我们，我们要直接和顾客直接面对面交流。

小　刘：姐，你说吧，我们按照你吩咐的做。

哈　密：小董，你平时不是喜欢拍照嘛，你再去学一下视频的拍摄，你来当摄像和剪辑。
　　　　小刘，你去招人设计房券。

小　刘：房券，这是什么？

哈　密：我们在网上预售房券。顾客买了，只要凭着这个券就可以来我们这里入住。

小　刘：对啊！房券卖出去了，不就等于我们的房间有人预订入住了。别看我们现在房
　　　　间空着，顾客总会有一天来的。

哈　密：最主要的，还是我们的庄园可以依靠这种模式运转下去。我们在等顾客，顾客
　　　　其实也在等我们。

小　董：姐，我们是不是还可以加一个春游的主题。现在快 5 月了，正是最美丽的季

节，人们更愿意出来走走。

哈　　密：这个想法很好。你们就照这个方式去做。哦，对了，还有一个问题。以我的经验，房券都是有期限的，我们也要设定一个期限。比如半年。

小　　刘：设定期限，那不是给自己出难题吗？顾客买了，三个月到期，他不来，房券作废，他没有损失，我们空忙一场。

小　　董：是啊！要是一两个还好说，如果都退了，我们承受不起。

哈　　密：嗯……这个问题我也想到了。真遇到这样的情况，我们给他延期一次。毕竟现在有些人有出行的意愿，但也会遇到突发情况。

小　　刘：好，我们马上去做。

【2020 年 12 月，哈密办公室。

哈　　密：一眨眼，好几个月过去了，我们这段时间的直播效果不错，你们两个也辛苦了。特别是小刘，我想要介绍什么，一个眼神你就能领会，很不错。我们需要这样的默契度。还有小董，你制作的宣传短片也有很多人点赞。

小　　刘：姐，那我们是不是得庆祝一下？

哈　　密：先别急着高兴。今天叫你们过来是想研究一下问题？

小　　刘：姐，你说，我们马上去改进，我现在信心满满。

哈　　密：也不是具体问题，我是想把直播间改进一下。我看了不少其他的直播间，都是以推广产品为主。现在我们也是推广产品为主，和他们一样，就没有了特色。

小　　刘：你是在考虑长远的计划，对不对？

哈　　密：做运营，不能局限在眼前，得有长远的考虑。直播必定是今后几年推广的热门。这点不光我们知道，其他人也知道。你们想，所有人一窝蜂一样进入，那将会是什么样的局面？

小　　董：我可以从不同角度拍摄，制作更多的短片。

小　　刘：直播也需要有新的内容加入。

哈　　密：前几天，我接到了湖南某个地方的邀请，他们邀请我们去做直播，帮他们做推广。我已经答应了。

小　　刘：我们要去外面做直播，这能行吗？

哈　　密：这件事情打开了我的思路，我们百翠山居需要推广，其他地方肯定也需要做推广。可是，他们受到条件的限制，没有时间和精力去做直播，我们正好可以帮助他们。

小　　董：那老板那边怎么解释？他会同意？

哈　　密：他肯定会同意的。你们还记得几年前给他上海的朋友送蔬菜的事情吗？那时候，老板告诉我一句话：我们百翠山居的初衷是从梦想到分享。我们做的事情是帮助所有人实现一个田园梦。我们把直播间搬到各省的乡村，让直播间里的粉丝跟着我们去领略美好田园风光。

【2023年10月某一天，百翠山居餐厅。餐厅摆盘的声音起。

京　京：阿姨，你们走了多少地方啊？我也好想跟着你们一起走。

哈　密：我们一路从湖南张家界出发，走遍了大半个中国。

京　京：妈妈，我也要去走一遍。

张　总：好，下次妈妈陪你去。

京　京：还有阿姨和姐姐们，我们一起做直播。

张　总：好，好，好。但是，我们先品尝红烧老鹅，吃饱了才有力气去做直播。

京　京：这鹅肉真香，真好吃。我吃到了田园的味道。

张　总：这里还有梦想和分享的味道。

【在欢快的音乐里出片尾。

🎙️【片尾：刚刚您收听的是文旅融合话共富系列广播剧《百县千碗·共富味道》之桐乡十碗，第一集《从梦想到分享》由桐乡文化和广电旅游体育局、浙江广播电视集团经济广播联合出品。

総策划：李新荣

総监制：顾守菊

策划：申姚

监制：陆钟煜

総编剧：夏强

编剧：陈张立

制片：应鸽

录制：好声音音频制作

儿童配音：沈子睿

総导演、制作人：杨子

感谢您的收听。

从找寻到回归

🕐 **时间**：当代

📍 **地点**：浙江桐乡

👥 **剧中人物**：

老　程：男，45 岁，从前慢江南菜老板，厨师；

程　妻：女，43 岁，老程妻子，从前慢江南菜经理；

大　付：男，45 岁，从前慢江南菜合伙人，厨师；

张凯男：男，20 岁，从前慢江南菜服务员，外来打工者；

蓬　蓬：男，10 岁，游客，小学生；

妈　妈：女，35 岁，游客，蓬蓬妈妈，白领；

其他人物若干。

🎤　**片头**：美好"食"光，寻味浙江。在文旅融合的道路上，我们秉传统风味，承人文风貌，亮时尚文创，探寻出属于自己的共富味道，促进文化和旅游产业高质量发展。文旅融合话共富系列广播剧《百县千碗·共富味道》之桐乡十碗，将带您一起走进浙江桐乡，品鉴乡村美味，共赏魅力文化。请听第二集《从找寻到回归》，带您走进浙江桐乡，寻找属于浙江的独特味道。

【2022 年 10 月某一天，桐乡从前慢江南菜餐馆。前来就餐的外来游客、桐乡当地居民络绎不绝。悠扬的音乐、食客介绍餐馆声、服务员脚步声等交织成一曲典雅的乐章。

【妈妈和蓬蓬走入从前慢江南菜餐馆，张凯男上前迎接。

张凯男：中午好，请问几位用餐？

妈　妈：一大一小两位。

张凯男：请到这里点菜。上面这排是我们从前慢江南菜的特色菜，有桐乡特色富贵喜蛋……

蓬　蓬：妈妈，喜蛋不是长毛的吗？这个为什么没有？还一边大一边小。

妈　妈：对啊，这到底是怎么回事？

张凯男：这个得需要问一下厨师，不过，我还是建议你尝尝，你肯定会喜欢上的。

妈　妈：还有没有其他的菜推荐？

张凯男：我们老板过来了，我请他给你介绍吧！老板。

老　程：你们好！点菜吗？

张凯男：老板，他们说喜蛋跟外面的不一样。

老　程：我们这个喜蛋是用上好的猪肉和鸡蛋做成的，和外面的喜蛋不一样，我们的叫做富贵喜蛋，寓意富贵吉祥，是桐乡特有的一道菜。

妈　妈：哎，还真是啊！这么有意思的菜，你是怎么想出来的？

蓬　蓬：妈妈，这家店的名字叫从前慢江南菜，很特别，也很有趣。

妈　妈：老板，你能给我们讲讲吗？你坐。

老　程：好，我给你们讲讲。（椅子移动的声音，老程坐下）我是一名厨师，20岁来到桐乡，后来又去过杭州等地。兜兜转转，还是觉得桐乡好，2019年下半年，我和朋友们盘下了这家店，最初的名字不叫从前慢，是叫最江南……

【2019年12月，老程家中。程妻正在电话联络店面装修事宜。

程　妻：你们装修能不能再快一点。什么？另外还有工程，需要从我们这里抽走人，工程要延后几天？不行，绝对不行。我们这店准备下个月要开业的，一天也不能拖，要按照合同上的来。出延误费也不行。

【开门声起，老程回到家里，疲惫地坐了下来。

程　妻：回来了，你好像很累的样子。

老　程：去工商局注册餐馆名字，没有过。

程　妻：最江南这个名字可是你想了好久才想出来的，也很好听，怎么不让过呢？

老　程：我咨询了一下朋友，我们最江南的最字是最大的最，广告法明确规定类似的字是不能用的。

程　妻：餐馆下个月就要开业的，营业执照不能注册下来，可怎么办？这餐馆的位置不是最好的地段，要店名再叫不响，那可就麻烦了。为了这店，我们把这房子都作了抵押贷的款。

老　程：这我都知道，你也不要着急，我再想想。

程　妻：你午饭吃了没有？我去给你做点吃的。

老　程：我一路上就惦记着想新名字了，哪还顾得上这些。

程　妻：你现在可是餐馆的主心骨，要注意身体了。我给你去做点吃的。

老　程：这些天你也做了不少事情，也别累着了。

程　妻：你先看会电视，放松一下，也不能老想着这些事。

【叶炫清《从前慢》歌声起。

老　程：记得早先少年时，大家诚诚恳恳，说一句是一句。这词写得好。

程　妻：老程，你怎么听歌入迷了，你以前很少听这种流行歌曲的。

老　程：我想起以前的事情。从桐乡到杭州，从厨师到厨师长，大城市、小县城我都待过，也给各种不同的客人做过菜，总结出一条经验，菜不仅仅可以解决温饱问题，更是一种生活。现在大家都富裕了，吃在生活中也越来越重要了。

程　妻：你这么一说，我也有点想念以前的事情了。

老　程：要不，我们就把餐馆名叫做从前慢。

程　妻：这行吗?

老　程：我觉得可以。现在餐馆取名字跟以前不一样了，需要跟上人的想法。

程　妻：我支持你。

老　程：我现在就给几个股东打电话……

【2020 年 1 月除夕夜，从前慢江南菜餐馆。电视里传出春节晚会的声音。碗筷摆放声、倒酒声、员工对新年的期待欢笑声交织成一曲欢乐乐章。

【酒杯碰撞的声音起。

老　程：今天，我有几件事情要说。第一件，我们从前慢江南菜餐馆顺利开业，客源稳定，我们这一步走得非常成功。

大　付：这里的地段不是最好的，老程最初要盘下来的时候，我还有点其他想法。可是这些天营业下来，我才觉得老程你眼光真不错。

程　妻：老程的话还没有说完呢! 你让他说下去。

大　付：看不出来嫂子还挺护着程的。

程　妻：是他护着我，我哪有能力护着他啊。

大　付：嫂子，你放心，这段时间，从跑注册公司到装修、布置，你和老程都辛苦了，我们都记着呢!

程　妻：我不是这个意思。

老　程：我来说第二件事，今天是除夕夜，我们的股东、员工大付、凯男等大家都在，团团圆圆，从今以后，这里就是我们大家的家。

张凯男：我真是幸运啊，刚来浙江打工，就遇到了这么好的一家店。以后，我要也要学厨师。

大　付：你真要学，我和老程都可以教你。前提是你得经过我们的考验，我们收徒还是很严格的。

张凯男：我一定努力。

老　程：第三件事情，通过这些天的营业，我也发现了一些问题，这是要做改进的，不过今天除夕，我们就先不讨论这些。让我们一起举杯，祝我们从前慢江南菜馆越来越红火，我们的日子越来越红火。

大　付：干杯！

众　人：干杯！

　　　　【喝酒声、老程招呼其他人吃菜声起。

　　　　【老程手机声起。

老　程：哦，街道啊！你说什么！要停多少时间？还不知道。

程　妻：怎么了啊？

老　程：没有什么！

大　付：老程，跟你一起也有七八年了，我从没有看过你脸色这么难看。

老　程：新冠疫情防控，全市所有餐馆从今天凌晨开始不能堂食。

张凯男：什么叫不能堂食？

大　付：就是不能让客人进门吃饭，这不就是关门嘛！有没有多少时间？

程　妻：是啊，十天半个月的，那熬一下也过去了，要是长了，这房租，工资都是要给的，这不是坐吃山空，谁受得了。

老　程：原本我们就计划要到初五再营业，大家趁这几天休息一下吧，然后我们也只能这样了。

　　　　【2022年2月底，从前慢江南菜餐馆。程妻正在对员工进行培训。桌椅的碰撞声、员工的叹息声在一起，气氛沉闷。

程　妻：记住，端菜的时候一定要稳，心态稳，手上就稳。脸上始终带着微笑。明白了吗？

张凯男：（有气无力地）明白了。

程　妻：怎么都无精打采的，提起精神来。

张凯男：可是，老板娘，我们学好了也没有用。店不知道什么时候能开，客人也不知道什么时候能上门。

程　妻：这个不用你操心，工资我们照给，你安心学好就行了。

张凯男：哦。

程　妻：行吧！今天的培训到此结束，你们做自己的事情去吧。

　　　　【张凯男和其他员工叹息声起。

　　　　【刹车声起。老程喜匆匆地走了进来。

老　程：大付在不在？

程　妻：你还是先别管大付了，赶快想办法把店里的生意做起来吧。再这么拖下去，恐怕这些员工都要走掉了。

老　程：你先稳定他们的情绪，告诉他们马上就有事情做了。

程　妻：你都说了多少遍了，就是三岁小孩都不吃你这一套了。再说了，这些日子，店里只有开销，没有进账的，资金也吃不消啊！

老　程：你先别说这么多了，办法我想到了，大付人呢！

程　妻：其他股东找他有点事情，还没有回来。

老　程：我去找他。

程　妻：你先告诉我想到什么办法了？就不能跟我商量吗？

老　程：也对。我刚才在路上想，现在疫情防控，客人不能上门，再说他们也出不来，但是我们可以去啊！无论怎么封控，总要吃饭的是不是？

程　妻：你是说做外卖？这倒是一个好办法。

老　程：所以，我要和大付商量一下准备食材的问题。我先去找他。

程　妻：你别急。我听说做外卖要在平台上注册，通过以后才可以。注册好了吗？

老　程：你看，在平台注册的资料我都准备好了。

程　妻：那我们先注册，大付估计也快回来了。

老　程：好！你来注册，我做安排一下。凯男，你过来一下。

张凯男：老板，你是不是要教我烧菜了？

老　程：烧菜不急，这个给你。

张凯男：这是你的车钥匙，你让我做司机？

老　程：我们准备送做外卖，你可以开着我的车去送外卖。

张凯男：啊！这个太危险了，我不去。

老　程：你不是有驾照了，还开了一年多，我的车你也开了好几次了。

张凯男：我是服务员，我要在店里。

程　妻：凯男，现在店里的情况你也知道，你应该体谅一下。

张凯男：我怕出去容易，回来就难了，我不去。

老　程：那你给我走。

程　妻：你干什么发这么大的火！好好说话不行吗？

老　程：我好不容易想到可以让店经营下去的办法，他居然不愿意，你说我能不发火嘛！

程　妻：凯男，你也要理解一下老程，他为了这个店可以经营下去，已经好长时间没有睡好觉了。现在这个店不是我们几个人的事情，是大家的事情。

　　　　【大付气喘吁吁地跑进来。

大　付：老程，你先别想着外卖了，有更大的事情。

老　程：什么事情？

大　付：店里没有收入，有几个股东想把店关了。今天你在外面，他们就找我过去聊这个事情。

程　妻：这店一关门，那前面的投入可不就全部打了水漂。

大　付：就是不关门，没有现金收入，也撑不了多少时间，迟早要关门。

老　程：大付，你怎么看？

大　付：我虽然也是股东，但是我听你的。

老　程：疫情总会有结束的一天，这个店我要开下去。我不仅要开下去，还有更好的想法。

大　付：你赶快说。

老　程：大付，还记得我们为什么要做江南菜吗？我和你都是厨师，都知道在传统菜系里，有浙江菜，可没有江南菜的说法。我们做这个是想从菜里做出江南的意蕴，江南的生活。你别忘记了，这是我们做厨师的责任，也是我们开这家店最初的目的。

大　付：可是现在都没有人，你说再多也没有用。

老　程：做外卖可以让我们渡过难关，也解决了现金流的问题。其他困难，只要我们齐心，都能克服的。

大　付：一举两得，好办法。我跟你干。

张凯男：还有我。

老　程：你不是怕危险吗？

张凯男：老板，你的压力比我大多了，你都不怕，我怕什么。送外卖就交给我。

老　程：好。老婆，你在平台上注册，我和大付现在就去找股东们。

【2022年10月某一天，从前慢江南菜馆。

妈　妈：那股东们有没有答应啊？

老　程：我和大付一起跟他们解释，最终，他们都答应了。那段时间，我和大付两个人在网上找土菜的资料，向当地的老人和厨师请教，还四处寻找最好的食材。一忙活，就是两个月，一刻也没有停。

蓬　蓬：2月份，再加两个月，那是到4月了。

老　程：真聪明。2020年4月，我们从前慢江南菜馆重新开业，副市长还来给我们代言，推荐桐乡土菜。现在，我们已经开出了第二家门店，开发出江南宴，以宴会的形式讲述爱情故事。第三家门店也正在筹备当中。

蓬　蓬：江南菜，江南宴，那第三家店的名字叫什么？

老　程：我早就想好了，叫作江南潮，让我们江南的菜肴源远流长。

蓬　蓬：妈妈，我要把程叔叔他们这个故事写成作文，让更多人知道。好不好？

妈　妈：好，妈妈支持你。

众　人：哈哈哈……

【《从前慢》歌声起。

【在欢快的音乐里出片尾。

🎙【**片尾**：刚刚您收听的是文旅融合话共富系列广播剧《百县千碗·共富味道》之桐乡十碗，第二集《从找寻到回归》由桐乡文化和广电旅游体育局、浙江广播电视集团经济广播联合出品。

总策划：李新荣

总监制：顾守菊

策划：申姚

监制：陆钟煜

总编剧：夏强

编剧：陈张立

制片：应鸽

录制：好声音音频制作

儿童配音：沈子睿

总导演、制作人：杨子

感谢您的收听。

从传承到开拓

🕐 **时间：** 当代

📍 **地点：** 浙江桐乡

👥 **剧中人物：**

张震洲：男，56岁，桐乡人，振石大酒店厨师；

沈建忠：男，40岁，张震洲工作室的徒弟、同事；

方建华：男，66岁，厨师，张震洲的师父；

小　吴：男，29岁，厨师，张震洲的徒弟；

言　言：男，8岁，张震洲的侄子；

其他人物若干。

🎤 **片头：** 美好"食"光，寻味浙江。在文旅融合的道路上，我们秉传统风味，承人文风貌，亮时尚文创，探寻出属于自己的共富味道，促进文化和旅游产业高质量发展。文旅融合话共富系列广播剧《百县千碗·共富味道》之桐乡十碗，将带您一起走进基层，品鉴乡村美味，共赏魅力文化。请听第三集《从传承到开拓》，带您走进浙江桐乡，寻找属于浙江的独特味道。

【2022年11月的一天，浙江省张震洲工作室。嘈杂的人声。

小　吴：师傅，您把奖牌拿好。来，一、二、三。（咔嚓的拍照声）好了。

沈建忠：好，下面，我们请今天的主角，我们的师傅，张震洲大师讲话。

张震洲：谢谢、谢谢。今天很高兴，大家能在百忙之中来捧场。再一次感谢。从2020年桐乡市张震洲中式烹调师高技能人才工作室成立，到2021年嘉兴市张震洲技能大师工作室挂牌，再到今天浙江省张震洲工作室的成立，三年里，我们一年一个台阶，很不容易啊。这其中，离不开桐乡振石大酒店的各位同事，还有各位朋友的鼓励和支持。现在，我宣布，浙江省张震洲工作室今天成立，我张震洲也会努力用更好的味道回报大家。

【周围人们的鼓掌声响起。

言　言：恭喜大伯伯!

张震洲：谢谢言言。

言　言：大伯伯，今天是不是该露一手呀，请我们吃些好吃的。

张震洲：好。那今天就请言言吃稻香羊肉。

言　言：（拍手）好耶，好耶!

沈建忠：哈哈，言言你有口福啦，这可是你大伯伯工作室的金牌菜。

【众人叫好，外面有脚步声走近。

方建华：哎呦，我来迟啦。

张震洲：（惊喜）方师傅，您来啦，快请进。

言　言：这是大伯伯的老师?

张震洲：是呀。钱塘新世纪大酒店的行政总厨，方建华方大师。

言　言：伯伯的老师好。

方建华：哈哈，小朋友好，大家好。

小　吴：居然是方大师。这可是咱桐乡厨师界的名厨啊。没想到今天能到场。

方建华：震洲是我的第一个徒弟。现在青出于蓝而胜于蓝，我当然要来祝贺了。

张震洲：师傅您过奖了。

言　言：大伯伯，你是怎么拜方大师为师的呀。

张震洲：那时很多年以前啦。1992年的那一天，我慕名来到梧桐大酒店找方建华方师傅……

【1992年的一天，梧桐大酒店。

张震洲：方师傅，请您收我为徒。

方建华：小伙子，你要拜我为师啊，你叫什么名字?

张震洲：我叫张震洲。

方建华：之前有过厨师经历吗?

张震洲：有，我从1984年就开始当厨师了。当时我18岁，招工进了一家国企。

方建华：哦? 那也有快十年了。没想过转行吗?

张震洲：没有。我不想改行。我们家是三代做菜，我爷爷、我爸爸都是厨师。我也想跟
　　　　他们一样，做一个厨师。

方建华：（沉吟）是呀，三代做菜，三代……你是怎么找到这里来的?

张震洲：梧桐大酒店的厨师长方建华大师傅，是宁波商校的高才生，在我们桐乡这一代
　　　　是鼎鼎有名啊。我特意前来，就想请您收我为徒，和您共事，向您学习。

方建华：好说，好说。你觉得咱们做厨师，最应该追求的是什么?

张震洲：嘿嘿，可能我有点肤浅，我觉得是做出来的菜好吃。

方建华：哈哈哈，说得好，就是好吃。可就是这简单的两个字，也不容易做到呀，需要我们做厨师的一直钻研、学习。对了，震洲，你最想做的一道菜是什么？

张震洲：红烧羊肉。

方建华：哦？红烧羊肉已经是有名的本土菜了，你是想要继续改进吗？

张震洲：是的。我想要突破红烧羊肉的味道，做出独一无二的羊肉。

方建华：好。只要你朝着目标坚持努力，你会有自己的团队，自己的场地，自己成功的那一天的。震洲，很高兴认识到你这样的年轻人，如果不嫌弃，就先跟着我做菜吧。

张震洲：（高兴）好的，师傅！

【2022 年 11 月的一天，张震洲人才工作室。

张震洲：就这样，我拜了方老师为师，聆听方老师的教诲直到今天。

方建华：哈哈哈，震洲，别把我捧得太高。你有今天的成就，主要还是你自己的努力和创新。特别是你肯吃苦的精神。

沈建忠：是啊。2020 年 11 月，那是张震洲第一次获批成立工作室，我沈建忠也获了奖。可是我们并没有因为满足而停下脚步，这才又有了今天的奖牌。细想起来，那都是老张推着我向前走的。

言　言：沈叔叔，能讲讲当时的故事吗？

沈建忠：好呀。那是 2020 年 11 月的一天，拿了奖，我急匆匆地来找老张报喜……

【2020 年 11 月的一天，桐乡市张震洲工作室。急匆匆的脚步声临近。

沈建忠：（兴奋）师傅，好消息！好消息！

张震洲：（兴奋）小沈，你获奖了？

沈建忠：是啊，你看！

张震洲："食尚秀洲·四季有味"秀洲区 2020 大运河文化旅游美食节个人赛特金奖沈建忠。好呀，恭喜你，小沈！

沈建忠：这个月，你成立了大师工作室。当我走进门，看着门牌上的"桐乡市张震洲中式烹调师高技能人才工作室"的时候，我一面感觉光荣，一面也想着不能给你拖后腿。

张震洲：小沈，我可从没觉得你拖后腿啊。你是我不可缺少的帮手。

沈建忠：师傅你是桐乡市优秀工匠，又是嘉兴市技术操作舵手，我做徒弟的再不拿个奖，怎么好意思当你的徒弟嘛，哈哈哈。

张震洲：小沈，有一件事先前没告诉你，我托人……

沈建忠：托人定做了蓝印花布包装的托盘。

张震洲：你已经知道啦？

沈建忠：是啊。

张震洲：你真的没意见啊？我还怕你们觉得我不务正业呢。

沈建忠：师傅，你是承办过国际年会的人。几十个国家的人的审美和口味你都能照顾。各种特色的菜肴你都能拿捏。各种模式的宴会你都有经历。咱们其他人的眼界没有你广。但经过这次比赛，我也意识到了，提高美食体验的手段有很多，好的餐具，也能提升菜肴的口味。

张震洲：对。我所追求的好的餐具是指适合的餐具，并不是一味买贵的。这套蓝印花布托盘正契合我们菜的气质，也契合江南风貌、桐乡名人等本地特色文化，是我找了好久才找到的。对了，我还对一些菜品有了改良的想法。你看看。

沈建忠：新二锦馅、糟酿鲴鱼、千里飘香、菊韵，都是传统菜肴啊。这二锦馅不是嘉兴老字号嘛。

张震洲：是啊，我打算在传统二锦馅的基础上进行改良，新二锦馅要口感更鲜嫩滑润，汤清味更纯，既提升口味也提高菜的颜值。

沈建忠：还有这菊韵。没记错的话，杭白菊是桐乡特产，中国国家地理标志产品，每年在11月初会举办"桐乡菊花节"。

张震洲：对，这道菊韵就是取自菊花的外形，造型别致，味道软嫩清醇，入口即化。我想在改进后让其真正融入日常餐饮接待中，将特色美食和本地文化推广给酒店宾客。

沈建忠：好啊，真是好想法。

张震洲：小沈，咱们振石大酒店位于桐乡市振东新区商业繁华之处，应该发挥引领示范作用，传承桐乡地方特色菜。发掘改良现有菜肴，才能够提升桐乡美食文化的品牌和竞争力。

沈建忠：师傅，你说得对，成立工作室、获奖，都是起点而非终点。咱们要再接再厉。

张震洲：是啊，咱们要再接再厉。

沈建忠：再接再厉。

【2022年11月的一天，浙江省张震洲工作室。

张震洲：（笑）好啦，故事讲完了。我们开始做稻香羊肉吧。

言　言：（拍手）好呀。这还是第一次现场看大伯伯做稻香羊肉。

小　吴：师傅，我把羊肉拿来了。

言　言：哇，好嫩的羊肉。

张震洲：这是声名远扬的桐乡湖羊肉。羊肉甘温，经归脾肾有益气补虚、温中暖下、开胃健力之功效，所含蛋白质远比猪肉多。桐乡湖羊肉又是羊肉中的上品。桐乡特产的湖羊不吃饲料，以老桑叶为主食，所以羊肉中没有农药残留，是目前少有的绿色食品。尤其是冬至快到了，这个时节的羊肉格外鲜美，好食材啊。

沈建忠：（笑）所以老张你从做厨师起，就心心念念要做稻香羊肉。

张震洲：不过，小吴，你这羊肉没拿对。

小　吴：师傅，这就是新鲜的湖羊肉啊。

张震洲：可这是后腿肉，不是五花肋条。

小　吴：都是羊肉，应该没差吧……

张震洲：不，这里面差距可大了。要做好菜，原材料的选取是第一步。

方建华：小吴，师傅说得对。做菜的每一道工序都有定好的。佐料、火候乃至餐具，每一项都影响味道。

张震洲：我们在做菜的时候，要尽力做到精细化、精准化、标准化。不断朝这些方向努力，才能做出好的菜品。

小　吴：好，我这就去换！

　　　　【小吴匆匆的脚步声离开。

言　言：原来做菜有这么严格呀。

张震洲：那都是为了追求好的味道。一道工序不对，菜的口感都会大打折扣。

言　言：原来做菜也有这么多讲究呀。大伯伯，你们都是怎么记住这么多道工艺的？

张震洲：靠吃苦呀。做厨师，就要有吃苦精神。追求好味道，钻研新菜品，都要能吃苦。

　　　　【小吴匆匆的脚步声走近。

小　吴：师傅，五花肋条羊肉取来了。

张震洲：好。我们开干吧。

　　　　【一阵切肉的声音。

张震洲：切好了，现在用新鲜稻草把一块块的羊肉捆起来，焯水，定型。

小　吴：好咧。稻草来了。

张震洲：稻草浸泡过二十分钟了吧。

小　吴：是的。浸泡过了。

张震洲：秋后的干稻草经过浸泡之后，韧性十足。小吴，记得剪掉草根，草根浸泡在水里，味不好。剪掉草根后的稻草顺时针缠绕，用结压住穗部。

小　吴：好的，师傅。

言　言：原来的红烧羊肉已经很好吃了。大伯伯做的稻香羊肉更好吃。

张震洲：本地传统的红烧羊肉，酥酥的，甜中带辣，烧好以后非常酥烂，不腥不膻，是嘉兴各种宴席的必上菜之一。不过加入稻草，别有一种滋味。

方建华：我们那代人，小时候家里比较穷，香喷喷的白米饭就是最香的味道。特别怀念那个味儿。震洲把稻香味和羊肉味结合起来，让羊肉再次升华，一口羊肉知稻香，那可是满足感爆棚啊。当年震洲你说要做出独一无二的羊肉，现在做到啦。

张震洲：也是方师傅指引了方向，让我一直努力到今天。

沈建忠：现在师傅和方师傅一样，都对做菜有独到的理解了。

张震洲：菜肴的口味是灵魂。对传统菜肴的重新包装，重新制作，是咱们工作室的一项重要工作。

沈建忠：好，接下来，我来做面条。

言　言：为什么有面条呀。

沈建忠：（笑）是啊。吃羊肉也要有主食嘛。想想面条拌羊肉汁的味道。

言　言：嗯，那一定很香。

沈建忠：而且你大伯伯这个面条可不是普通面条，是手工菠菜翡翠面。

言　言：哇，好特别的名字。

张震洲：我配了菠菜汁，揉到面里，这手工菠菜翡翠面配上羊肉会更有口感。

小　吴：师傅，羊肉捆好了。

张震洲：接下来就是炖煮了。

言　言：炖煮要等多久呢?

张震洲：要等到稻草的清香淋漓尽致地释放，被羊肉完美吸收。这样不仅能去除羊肉的膻味，还能使肉香、酱香、稻香多味混合。

言　言：哇，听着就好想吃。真羡慕大伯伯和叔叔们能做出这么好吃的菜。

张震洲：哈哈哈，那都是我们吃苦努力，不懈追求得来的。言言，你今年几岁了?

言　言：八岁。

张震洲：言言，你记住，只要你也能吃苦，能坚持努力，总有一天你会超越伯伯和叔叔们的。那时候，不论你在哪片领域，哪个行业，你都能创造出属于你的味道的"稻香羊肉"。

言　言：嗯，记住了! 我也要追求属于我的独一无二的"稻香羊肉"!

众　人：好，我们等待着那一天。

【在众人的笑声里，音乐加大。

【出片尾。

🎙【片尾：刚刚您收听的是文旅融合话共富系列广播剧《百县千碗·共富味道》之桐乡十碗，第三集《从传承到开拓》由桐乡文化和广电旅游体育局、浙江广播电视集团经济广播联合出品。

总策划：李新荣

总监制：顾守菊

策划：申姚

监制：陆钟煜

总编剧：夏强

编剧：朱金文

制片：应鸽

录制：好声音音频制作

儿童配音：沈子睿

总导演、制作人：杨子

感谢您的收听。

从经营到文化

🕐 **时间**：当代

📍 **地点**：浙江桐乡

👥 **剧中人物**：

沈建萍：女，40 多岁，桐乡市石门镇沈院饭店负责人；

宋雪君：男，70 多岁，丰子恺的外孙；

陈飞龙：男，40 多岁，沈院饭店厨师；

顾客A：男，30 多岁，来沈院吃饭的一家人；

顾客B：女，30 多岁，来沈院吃饭的一家人；

轩　轩：男，8 岁，来沈院吃饭的一家人，A和B的儿子；

小　李：男，20 多岁，沈院饭店员工；

其他人物若干。

🎙️ **片头**：美好"食"光，寻味浙江。在文旅融合的道路上，我们秉传统风味，承人文风貌，亮时尚文创，探寻出属于自己的共富味道，促进文化和旅游产业高质量发展。文旅融合话共富系列广播剧《百县千碗·共富味道》之桐乡十碗，将带您一起走进浙江桐乡，品鉴乡村美味，共赏魅力文化。请听第四集《从经营到文化》，带您走进浙江桐乡，寻找属于浙江的独特味道。

【2022 年 10 月 9 日上午，沈院饭店大厅。大厅现场都是忙碌着干活的声音。包括吱嘎推桌子、拖椅子的声音，叮叮当当摆盘子的声音，噗噗抖桌布的声音。

沈建萍：来，把这张餐桌的位子也移好。一、二、三——

陈飞龙：一、二、三——

小　李：一、二、三。唔，移好了，可累坏我了。今天都是 2022 年 10 月 9 日了，没想到过了国庆，还这么繁忙。

沈建萍：今天的预定都满了。不好意思，大家辛苦点，赶紧布置好。

陈飞龙、小李：好的，沈总。

　　　　【门口传来轩轩稚嫩的童声："吃饭喽！吃饭喽！"随着一阵脚步声，顾客A、顾客B带着轩轩走进沈院饭店大厅。

沈建萍：看吧，已经有客人到了。

　　　　【脚步声起。沈建萍迎了上去。

沈建萍：（笑）你们好，我是沈院饭店的负责人沈建萍。请问是预定的客人吗？

顾客A：是的，我们在大厅预定了一桌。

沈建萍：好的，那这边请坐。

　　　　【吱嘎拖出椅子的声音，还有落座的声音。

沈建萍：老陈，菜准备好了吗？

陈飞龙：好了。小李，走，跟我去端上来。

小　李：好咧。

　　　　【两人脚步声离去。

轩　轩：吃饭，吃饭……

沈建萍：（笑）小朋友，想吃什么呀？

轩　轩：想吃肉肉！

沈建萍：等会上来的菜就有很多肉肉哦。

顾客B：（笑）我们家孩子啊，刚出来玩有点兴奋。对了，沈总，能推荐一下附近的旅游景点吗？

沈建萍：来石门，丰子恺纪念馆那是一定要去看看的，缘缘堂就在里面。

顾客A：《缘缘堂随笔》，这本书我们家还有呢。

顾客B：原来是丰子恺大师的故居，那我们等会一定要去看看了。

轩　轩：丰子恺？丰子恺是谁呀？

沈建萍：是一位很出色的漫画家和文学家哦，也是我们石门的骄傲。

轩　轩：漫画。我也喜欢看漫画。

　　　　【脚步声近。小李端上主菜。

小　李：主菜来喽。

顾客A：这一锅看起来很不错嘛。这是什么菜？

沈建萍：天气进入秋季了，来桐乡当然要尝尝桐乡煲。这就是我们今天的主打菜——四季暖锅。锅里是土鸡配时令蔬菜，蔬菜根据不同的季节调整。

顾客B：色香味俱全，感觉不是一般的菜品。

沈建萍：这是丰子恺的美食——丰家八碗之一。

顾客A、顾客B：丰家八碗？

沈建萍：丰家八碗就是丰子恺家膳八碗菜。这四季暖锅呀，就是一家人围坐一起，品着文火慢炖的暖锅，滋补身体，感受家人相聚的温暖。如果是过年的时候上这道菜，尤其能增添祥和的氛围。

顾客B：丰家八碗，那就是还有其他七种菜喽？

沈建萍：是的。请看菜单。桐乡豆干，外脆内嫩，奇香无比。元宝蛋饺，用蛋皮包肉沫，形如元宝，外香内鲜。莲花鱼茸，将运河白水鱼的鱼茸烩制成清汤莲座。八宝年鸭，将糯米、火腿等八种食材嵌入鸭腹，小火慢炖，味道鲜美。石湾煮虾，捞出沸水里的虾，用酸醋一蘸，感受虾的鲜与真。鲫藏肉糜，取运河之鱼，嵌以肉糜，油余成燥，蕴意吉祥如意。子恺乡恋，被评为首批浙江省十大药膳。

顾客B：以前读《缘缘堂随笔》的时候就觉得丰老是个很懂生活的人。果然，连吃都这么有情趣。

顾客A：轩轩，味道怎么样？

轩　轩：好吃！

沈建萍：（笑）小朋友，好吃就多吃点。你们二位也尝尝。

顾客A：嗯，好吃。一口下去，感觉全身充满了暖意。

顾客B：打从我们走进沈院饭店，就觉得环境颇有意趣。庭院里的青石板加上石桌石凳，和那些草木一起，让人觉得很清新。走廊上玻璃顶盖、六角宫灯、花格楣子结合得恰到好处。那时我就跟我先生说，这里老板可能是个文化人。等到一上菜，果然充满着浓郁的文化气息，让我们得到了口腹和精神的双重享受。

沈建萍：（笑）过奖了。我们确实是在走文旅融合这条路子，希望客人们都能在享石门美食之余，了解石门和丰子恺文化。

顾客A：沈总，这背后一定有故事吧，方便和我们说说吗？

顾客B：是啊，我们很感兴趣。

沈建萍：不瞒几位，我是乌镇人，原来是做投资的，后来来石门做餐饮。2017年，在新天泽庄园里开办了沈院饭店。那时身边很多人不理解，说我不行。我也是个倔脾气，就说自己无论如何都要试一试。就这样，我一直摸索经营特色，直到2019年，我得到了丰子恺后人的帮助，挖掘、整理了丰子恺先生一生中所喜欢菜肴，终于有了现在的丰家八碗菜。我就说说2019年那一天的故事吧……

【2019年的一天。沈院饭店沈建萍的办公室。响起咚咚咚的敲门声。

小　李：沈总，是我，小李。

沈建萍：进来吧。

【开门声，关门声，脚步声。小李走到沈建萍桌前。

沈建萍：小李，什么事？

小　李：那个……沈总，我是来辞职的。

沈建萍：怎么了？

小　李：这个……这个吗……

沈建萍：有什么原因，不妨直说。

小　李：外面有人说，说沈总你……

沈建萍：说我什么？

小　李：说你原来是职业经理人，后来才转行来到石门做餐饮的，还采取了从庄园到餐厅的模式。很多人不理解你的转行，觉得无论从经验还是模式上说都不行，说你不会成功。我看最近店里生意也不怎么样，自己不如提早……

沈建萍：（笑）我当是什么呢。不错，我确实是半路转行的。最近的生意也并不红火。不过小李，我做的是品牌，是长线。你做事挺踏实，不妨再想想。

【咚咚咚，外面又想起敲门声。

陈飞龙：沈总，是我，陈飞龙。

沈建萍：老陈啊，进来吧。

【开门声，脚步声。陈飞龙走了进来。

陈飞龙：呦，小李也在啊。

小　李：陈师傅。那沈总，我再想想吧，我先走了。

【脚步声离去。小李离开。

陈飞龙：小李这是怎么了？

沈建萍：他觉得我是半路出家做餐饮，不看好我们的前景，想要辞职。

陈飞龙：嘻。

沈建萍：老陈，我们再商量商量特色菜吧。我一直同你说，我希望抓住外地游客过来旅游的生意。我希望他们来吃饭，是奔着咱们的特色来。

陈飞龙：我正是要来跟你说这个。沈总你觉得咱们这附近最有名的文化景点是啥？

沈建萍：当然是缘缘堂啊，丰子恺先生的故居。

陈飞龙：是啊，我刚从那边过来。听说丰子恺先生的后人现在就在缘缘堂。

沈建萍：是吗，我要赶紧去拜访！

【一阵急促的脚步声远去。

【汽车行驶的声音。下车关车门的声音。

沈建萍：这里就是丰子恺纪念馆啊！我还是第一次来。呃，您好。

宋雪君：你好。今天纪念馆的活动结束了。请明天再来吧。

沈建萍：您是宋雪君老师吧，丰子恺先生的外孙。我是专门来拜访您的。

宋雪君：我是。你是？

沈建萍：果然是宋老师。您好。我叫沈建萍，这是我的名片。

宋雪君：哦，沈院饭店，沈总。

沈建萍：丰子恺先生是我们石门的文化名人，也是石门的一张文化名片。我虽然是做餐饮的，也想学习丰子恺先生的文化思想。丰子恺先生的漫画、文章、书法我都有初步的了解。对了，我们沈院边上就是丰子恺漫画村呢。

宋雪君：想不到沈总在繁忙的工作之余还能坚持学习。

沈建萍：听说宋老师您发起成立了丰子恺研究会，致力于研究丰子恺文化思想，最近又恰好正在石门，我怎能错过啊。这不，就急匆匆地登门拜访了。还请宋老师不要见怪。

宋雪君：哈哈哈，我怎会见怪。对丰子恺文化感兴趣的朋友，我迎接还来不及呢。说起来，我这两年忙的一桩事情，也算和沈总有些关系呢。

沈建萍：哦？那可得请宋老师说说。

宋雪君：沈总你看，这是什么？

沈建萍：我看看，呀，这是一张民国时期的结婚证书。结婚人宋慕法、丰林先。莫非——

宋雪君：（笑）不错，结婚人是我的父亲母亲，也就是外公的学生和次女。这张结婚证书是外公手写的。

沈建萍：怪不得笔迹如此熟悉。

宋雪君：这是一场高朋满座、人才云集的婚礼。婚宴的嘉宾签到册上，有苏步青等74位名家学者的签名。

沈建萍：这既是一场婚礼，也可算得一次文化盛会了。

宋雪君：是呀。因此我一直希望寻找到这74名嘉宾得后人，追溯那一场丰家喜宴和浙江的人文往事。

沈建萍：不知道宋老师目前进展如何？

宋雪君：进展很顺利，找到了60多位嘉宾的后人。大家相聚在一起，感受丰子恺留下的丰厚文化和精神财富。

沈建萍：那太好了。希望优秀的文化永不逝去。

宋雪君：是啊，退休之后，我一直忙忙碌碌，就是为了弘扬宣传丰子恺的思想与哲学，将外公的事迹推广给更多的人。今天遇到沈总，让我想到了从新的角度发掘丰子恺的文化遗存。

沈建萍：什么角度？

宋雪君：你想，这样一场婚宴，虽然是在西迁途中在贵州举办，但席间应当也有丰家菜吧。所以我说和沈总也有些关系，因为沈总是搞餐饮的嘛。

沈建萍：原来如此。确实有关系。读丰子恺先生的散文，常能看到描述故乡食俗的段落。

比如《忆儿时》里的吃螃蟹，《家》里提到的臭豆腐干、冬菜和红米饭，《过年》里的全鸡，等等。

宋雪君："我们是浙江石门湾人，住在上海，也只管说石门湾的土白，吃石门湾的菜，度石门湾似的生活。"这是外公说过的话。外公非常和蔼，小时候，每每听外公讲到故乡美食，总是欢乐的，我知道那包含着他儿时的快乐和自身的故乡情结。

沈建萍：真希望我们饭店能够重现丰子恺先生当年喜欢的菜肴，给我们石门的文化添色彩。

宋雪君：沈总果真有这样的想法？

沈建萍：是啊。我们沈院饭店坐落在新天泽农庄。目前农庄致力于风景建设，打造农旅融合，取得了一定的成果。但是，我一直还想要传承桐乡文化、石门文化，做好文旅融合。丰子恺先生的思想和文化是我们桐乡、石门的宝藏，一定要好好挖掘才行。

宋雪君：我一直想为传承丰子恺思想文化做更多的事。我会尽力帮助沈总的。

沈建萍：那太谢谢宋老师了！

宋雪君：我想想，说起丰家美食，沈总前面有提到豆腐干，这确实是一道特色菜。外公每次返乡的时候，心心念念的就是这豆腐干，石门民间当时叫作"檀香香豆腐干"。外公曾经对好友朱光潜、朱自清等说："檀香豆腐干与花生米一起吃，可以吃出'火肉滋味'。"

沈建萍：果然，每道菜里面都有故事。

宋雪君：还有，过年时，有一道八宝年鸭，以前也有石门人叫"百宝年鸭"。在丰家，是过年必备的一道家庭菜。鸭子要选择本地的麻鸭，还要往鸭肚子里嵌糯米八宝饭，至少八种食材，其中必不可少的是外公最喜欢的香菇。

沈建萍：这八宝年鸭听起来就非常有趣，而且荤素搭配，营养丰富。

宋雪君：是啊。得亏沈总前来，让我回忆起丰家菜，才想起居然有这么多有意思的美食。这也是对丰子恺思想文化的新的发掘和传播角度了。丰家美食还有其他菜，需要慢慢回忆和发掘。

沈建萍：希望我们沈院能得到宋老师的帮助。我们一起挖掘、整理丰子恺先生一生中所喜欢菜肴，制作最具代表性的石门地方菜肴特色，打造桐乡知名的旅游美食品牌。

宋雪君：当然，当然。我们一起努力！

沈建萍：一起努力！

【2022 年 10 月 9 日上午，沈院饭店大厅。

顾客A：原来背后有这样的故事，真是增长知识。

顾客B：轩轩，别光顾着吃，沈阿姨讲的故事有听吗？

轩　　轩：有！爸爸，妈妈，我还想看丰子恺爷爷的漫画，听丰子恺爷爷的故事。

沈建萍：（笑）缘缘堂今天开放的哦。

轩　　轩：哪我们赶紧吃，吃好饭下午就去缘缘堂。

顾客A、顾客B：好。我们一起再去缘缘堂！

　　　　【在众人的笑声里，音乐加大。

【片尾：刚刚您收听的是文旅融合话共富系列广播剧《百县千碗·共富味道》之桐乡十碗，第四集《从经营到文化》，由桐乡文化和广电旅游体育局、浙江广播电视集团经济广播联合出品。

总策划：李新荣

总监制：顾守菊

策划：申姚

监制：陆钟煜

总编剧：夏强

编剧：朱金文

制片：应鸽

录制：好声音音频制作

儿童配音：沈子睿

总导演、制作人：杨子

感谢您的收听。

情暖雪域

🕐 **时间：** 当代

📍 **地点：** 浙江桐乡——四川松潘

👥 **剧中人物：**

老　朱：男，40岁，桐乡某艺术馆馆长；

冯医生：女，35岁，桐乡医疗专家；

何志远：男，35岁，桐乡青年摄影家；

何　父：男，60岁，桐乡某针织厂老板；

小　刘：女，25岁，桐乡花鼓戏演员；

嘉　央：女，20岁，松潘牧民，藏族；

嘉央父：男，40岁，松潘牧民，藏族；

老　何：男，50岁，松潘某村村民；

何　母：女，80岁，松潘某村村民；

王主任：男，40岁，桐乡医院某科主任；

小　郑：女，25岁，桐乡医院援助松潘医生；

其他人物若干。

🎤 **片头：** 一个在长三角腹地，一个在西北高原，虽然相隔千山万水，却阻不断两地的深厚情谊。浙江桐乡和四川松潘，不远千里、携手同行，在共同富裕的道路上，它们畅叙友情、共谋发展、共商合作，以文赋能，以旅促消，共同描绘了文旅新风貌。浙川文旅协作广播剧《情暖雪域》将带您走进两地，共同感受跨越千里的共富文旅情。

【2023年8月某日，桐乡某地，老朱带着小刘等花鼓戏演员集合。

队员甲：你们知道我们要去松潘吗？听说松潘可美了。

队员乙：也可远了，好像在四川，还是高原呢。

小　刘：远点有什么，就当去旅游。

【打开喇叭，发出"嘀"的声音。

老　朱：大家好，我是本次赴松潘艺术交流的领队老朱。我先向大家介绍一下此次赴松潘艺术交流的情况。2021年，桐乡和松潘牵起千里情缘，开始对口支援。三年来，我们桐乡紧扣需求点、关键点、优势点和创新点，持续加大产业、就业、消费等帮扶力度，实施教育、卫生等"组团式"帮扶工作，助推松潘加快乡村振兴建设步伐、国家历史文化名城创建速度，奋力实现产业、人才、文化、旅游、生态等全面振兴。花灯是松潘非常有特色的非遗项目，花鼓戏是我们桐乡的非遗项目。这次桐乡花鼓戏参加松潘花灯节是桐乡和松潘两地文化艺术交流的一次大事。大家一定要调整好自身状态，把最精彩的节目展现给当地民众。

【成员们热烈鼓掌。

老　朱：我们出发。

【汽车发动的声音起。

小　刘：朱馆长，您是不是去过松潘很多次了？

老　朱：哦，你是刚进花鼓戏表演队不久的小刘吧！

小　刘：是我，您怎么知道我的？

老　朱：你们为了这次交流活动已经排练几个月了，我去看过好几次，当然知道你了。怎么？第一次担任这么重要的表演任务，紧张了？

小　刘：雪域高原总是让人充满遐想，我很想知道那里的故事。

众成员：您给我们讲讲吧。

老　朱：好。我给你们讲一个与牦牛有关的故事吧！2021年5月，我接到文艺人才赴松潘进行文化交流的任务。当时，我找到青年摄影师何志远，想让他为松潘的文艺骨干作一次摄影创作讲座……

【2021年5月某日，桐乡何志远摄影工作室。相机快门声连续响起。

何志远：最后一个造型了。手再高一点，哎，笑容再灿烂一点。对。不要动。（快门响起）好。

老　朱：哦，志远，在忙呢！

何志远：朱馆长！我已经好了。您请坐，我去泡茶。

老　朱：我今天来有一件重要的事情和你商量。市里要组织艺术家赴松潘交流，我想让你一起去。

何志远：好啊！高原风景不错，我可以拍照片。

老　朱：你是我们这的青年摄影人才，拍照是必须的。另外，还需要给当地的艺术人才讲课。

何志远：讲课？不行，不行，你还是找别人吧。

老　朱：实践和理论同样重要，拍摄创作重要，经验交流也同样重要。

何志远：讲座我真不会。朱馆长，您就别为难我了。

老　朱：有什么困难吗？

何志远：我怕讲不好，也不知道从哪入手。

老　朱：就从你创作经历讲起，讲讲自己的那些优秀作品的创意是怎么想到，怎么拍摄的，好在哪里。

何志远：非讲不可？

老　朱：我们和松潘对口支援不是一天两天了，是长期的，是要帮助他们提升整体实力。即使你今天不讲，下次也还要讲的。

何志远：那您答应我个要求。

老　朱：哦，还有要求，你尽管说。

何志远：以后去松潘交流都要叫上我。

老　朱：你是想着拍松潘的景色，搞创作了。好，我答应你。

【2021 年 6 月某日，松潘某课堂。何志远作讲座。

何志远：同学们，虽然我们的摄影讲座只有一节，但我们也算建立了师生情谊，我相信通过今天的理论学习，你们一定会有新的创作视野和灵感。最后我想说，艺术创作其实就一句话，用心发现美，用情塑造美，用力持之以恒探索美。

【何志远讲课完毕，学员鼓掌致谢。

老　朱：志远，你讲得真不错，松潘的学员们听得津津有味。下了不少功夫练习讲课吧？

何志远：讲课之前，我还很紧张。可讲着讲着，就放开了，不过还有很多不足，下次如果还有机会，我争取做到完美。

老　朱：那可太好了，正需要像你这样既能创作又能讲课的人来交流呢！

何志远：现在该兑现您的诺言了吧？

老　朱：我给你介绍一下，这是我们的采风向导嘉央，她会带我们去领略松潘壮丽景色。

嘉　央：朱馆长，我能提一个小小请求吗？

老　朱：你说，只要我能办到的，我肯定满足你。

嘉　央：我很喜欢何老师在课堂上放的那些照片，真的很漂亮，我也想变成他那样的摄影师，把我们松潘美丽的景色拍下来，传播到更多地方，让更多人知道松潘。

何志远：没问题，这几天我继续教你摄影。

嘉　央：谢谢何老师。我们现在马上出发。

老　朱：嘉央，你先去准备一下，我们马上就出来。

嘉　央：好的。我去外面等你们。

【脚步声起。

何志远：我们还要等什么？拍摄的设备我都准备好了。

老　朱：你真要继续教嘉央拍照？

何志远：都已经答应人家了，肯定要做到的。我们来这里不就是帮助他们打开艺术视野的吗？

老　朱：嘉央家是牧民，买不起你那些拍摄装备。

何志远：我送她一套不就行了。

老　朱：听当地对接的人说，嘉央是一个有志气的姑娘，她不一定能接受你的馈赠。再说，她以后拍照技术提升了，想要更好的拍摄设备了，你能一直送吗？

何志远：嘉央刚才的话让我看到她对家乡的热爱，她的请求我们无法拒绝。您说的也是事实，要改变起来也很困难。这可怎么办？

老　朱：要不，我们先去嘉央家看看，想办法帮她圆了这个愿望。

何志远：好。

【嘉央家。牦牛叫声起。

嘉　央：你们看，这片大草原就是我家，我们每天在这里放牧生活。

何志远：碧绿的青草长得真精神，牦牛、骏马在这里自由自在地生活，远处还有雪山，真的太美了。

嘉　央：朱馆长、何老师，你们为什么要改变采风路线，到我家来呢？

何志远：听说你家有很多牦牛，我没见过，按捺不住好奇，所以想来看看。

嘉　央：牦牛是我们牧民的宝贝，它身上的毛可以做面料，也可以做毯子。

何志远：有没有样品？拿来给我看看。

嘉　央：不拍照了吗？

老　朱：嘉央，何老师家在桐乡开着针织厂，每年要生产好多羊毛衫。所以，他听到和针织有关的事情，就特别好奇。

嘉　央：赶快进屋，我拿给你们看。阿爸，我带远方的客人来了。

嘉央父：客人们，赶快请坐，尝尝我们的酥油茶。

嘉　央：这位是摄影师何老师，我要跟着他学摄影，拍很多漂亮的照片。

嘉央父：让你去给客人做向导，你却让客人给你做老师。这么大的人了，还这么不懂事。

何志远：这几天的讲座嘉央都学得很认真，也很有天赋。能有嘉央这样的学生，我们都很高兴。

嘉央父：嘉央就是贪玩，客人别放在心上。

嘉　央：阿爸，我是认真的。不是贪玩。

嘉央父：你跟我出去说。客人，你们坐会。

【嘉央和嘉央父走出了屋子。

何志远：我说错了吗？我感觉嘉央父亲很不高兴。

老　朱：你看看这里的摆设很简单，和我之前见到的几家差好几个档次。嘉央的爸爸应该也是知道这一点，才不让嘉央学摄影的。

何志远：我出去走走。

老　朱：你别去打扰他们父女谈话。这不是我们能插手的事情。

何志远：她们家有很多牦牛，看看能不能把羊毛衫的原料换成牦牛毛，用这个方式帮帮嘉央。

老　朱：哎！这是一个好办法。桐乡有很多羊毛衫企业，如果这件事做成了，整个松潘的牦牛毛都可以为桐乡羊毛衫企业供应原料，给牧民们增加收入，还可以提高松潘知名度。

何志远：我回桐乡就和爸爸商量，从我家开始实验。如果成了，我免费和所有企业分享经验。

老　朱：等回到桐乡，我们立刻推动牦牛毛制衣的事情。

【2021年6月某日，桐乡何志远家工厂。针织机的声音响起。

何　父：这些羊毛衫都是最新款式，市场销量也不错。你们一定要保证质量。质量是一个企业的根本。

工人甲：何总放心好了。这个车间都是跟了您十几年的老工人，有丰富的经验。

【何志远拉着行李箱走进来。

何志远：爸，我在办公室里找了一圈都没见到人，原来你在车间里。我想和你聊聊羊毛衫的事情。

何　父：我们父子分工很明确的，你负责产品拍照，顺带搞自己的艺术创作，从来没有过问过产品设计、生产的事情。去松潘一周，你怎么关心起产品来了？

何志远：我刚下车就来找你了，都没有回家放行李。

何　父：哦，你这么着急，肯定是好事。就在这里说吧。

何志远：松潘的很多牧民都养殖牦牛，牦牛毛也是针织的好原料。所以，我想把那边的牦牛毛运来作为我们羊毛衫的原料。

何　父：我在羊毛衫行业干了二十多年，就没听说过用牦牛毛制作的。你不要异想天开，这件事情没什么好聊的。

何志远：这是我收集的牦牛毛资料，还带来了牦牛毛绒实物。你看一下再作决定嘛。

何　父：牦牛毛的确不错，摸起来很柔软，弹性也好。如果透气性也可以的话，倒可以尝试一下。

工人甲：老板，用牦牛毛做的衣服，还叫羊毛衫吗？

工人乙：羊毛衫是市场认可的产品，销量也一直很好。我们换了原料，市场不认可怎么办？

工人们：是啊，这个风险太大，没有必要冒险的。

何志远：我们所有产品都不是一成不变的，有尝试才有向前发展的动力。羊毛衫产业是我们桐乡成熟的产业，通过我们的努力带动松潘的经济发展，让那边的乡亲也和我们一起走向富裕之路，就更有意义了。

何　父：有热情，有想法，不错。你试试吧！

【手机铃响。

何志远：喂朱馆长，我给您说个好消息。

老　朱：志远，我也有个好消息。你先说。

何志远：我爸答应试试牦牛毛了。

老　朱：真的啊，那太好了，好消息赶一块了，市里刚刚来电话说要组织企业赴松潘考察，你正好可以拉上你爸一起去实地考察一下。

何志远：爸，去吗。

何　父：去，当然去。

【2023年6月某日，松潘古城。汽车开门，大家下车脚步声起。

老　朱：松潘古城到了，大家下车注意安全。

队员们：好。（穿插）馆长您也注意安全。

【脚步声停。

小　刘：朱馆长，您故事还没有讲完呢！牦牛毛做衣服的事情后来成了没？

老　朱：在桐乡多个部门的努力下，我们在松潘投资建造的牦牛毛绒项目马上要投入使用了。

队员甲：小刘，我感觉胸闷，喘不上气，你扶我一下。

老　朱：应该是高原反应。医院就在附近，小刘，我们一起送她去医院。

小　刘：大家帮忙扶一把。

【2023年6月某日，松潘县医院，老朱和小刘看护队员。仪器声音的"滴滴"声响起。

冯医生：你躺下，我给你测一下心率。

小　刘：医生，过几天我们还要和松潘的花灯节目一起演出，您一定要快点治好她。

冯医生：放心。高原反应，需要吸氧观察。松潘海拔高，氧气稀薄，像我和你这样从平原地区过来的，多少会有点水土不服。适应一下就好。

小　刘：您也有过高原反应？怎么克服的？

冯医生：责任、情怀，从桐乡支援松潘的我们都有一个心愿，那就是要分享我们的幸福，竭尽我们所能去帮助这里有需要的人。

小　刘：那您到这多长时间了？能和我讲讲你们的故事吗？

冯医生：2022 年 8 月，医院挑选人员支援松潘，我主动报名并顺利入选。到松潘的第五天凌晨 2 点，医院的一位产妇胎心监护频繁晚期减速，提示胎儿宫内窘迫，如不及时处理，易造成胎死宫内。那会儿我们刚到，仪器设备不熟，和松潘的医护人员也不熟，哪哪都是问题，但可能因为人命关天，大家很快适应了，配合着完成了手术。

【2022 年 8 月某日，松潘县医院病房。】

护士甲：大家安静一下，医生查房了。

冯医生：恢复得很好，再安心观察几天，就可以出院了。

马小兰：谢谢医生，多亏有你，我和孩子才能平安。

冯医生：出院以后，也要注意身体。以后有病也要来医院看，别硬撑着、熬着。

马小兰：以前我觉得生病了忍忍就过去了。这次怀了孩子也没有注意，没想到后果这么严重。我记住了，以后有病一定会来医院。

冯医生：好。好。你先好好休息。我去其他病房看看。

【脚步声起，李斌和小郑等人走出病房。】

冯医生：小郑，我们这次要做的事情很多，要抓紧时间工作，一项项落实了。

小　郑：我们还需要做什么？

冯医生：通过这次手术，我发现这里的人都没有到医院看病的习惯。我了解了一下，一是好多村子离古城远，过来不方便。二是他们对疾病的认识不足，没有看病的习惯。

小　郑：这里的医疗水平也和桐乡那边有差距。

冯医生：我等会去找院长沟通，他们下乡开展医疗活动的时候，我们也一起去。在诊断过程中，也可以教这里的医护一些我们的技术。

小　郑：这是一个好办法。我也和你一起去。

冯医生：那是当然的。还有，我们也需要这里医护的帮助。

小　郑：他们能帮我们什么？

冯医生：高原气压和平原气压不同，仪器的数据会有偏差。所以，我们不能只依赖仪器，还需要摸索经验。这件事要和远在桐乡的同事们，还有这里的医护共同完成。

小　郑：明白了。

冯医生：你利用下班时间准备一下，可能马上就要下乡了。

【2022年8月某日，松潘某村政府外。易拉宝拉起的声音、看病的村民交谈声、医生的嘱咐声等交织成一曲繁忙的乐章。

小　郑：冯医生，我们到这个村子来义诊，一个上午都没几个人来。是村子太小吗？我还特地花了一周时间准备呢。

冯医生：村子不小，人也很多。可能都在忙吧。我们趁着这个间歇把刚才几个病例整理一下，然后大家一起交流。

【老何急匆匆地跑过来。

老　何：这里是给人看病的吗？

小　郑：大叔，这里坐。你哪里不舒服？

老　何：是我妈生病了，听说来了医生，我特地来请你们去给她看病的。

冯医生：她现在在哪？你把她带过来就行。我们今天一天都在这义诊。

老　何：我妈在家不肯下床，我是偷偷来找医生的。你们可以跟我回家看病吗？

冯医生：好，你带我们去。

老　何：我骑了摩托，你和我坐摩托去吧。

冯医生：路程很远？你在前面领路吧，我们坐医院的车跟在你后面。

老　何：我也是来碰碰运气的，没想到你们这么爽快。谢谢。

冯医生：治病重要，我们走吧。

【车子发动的声音起。冯医生和小郑坐车去老何家。

【老何家。冯医生和小郑在老何的带领下走了进来。汽车开门声、摩托车熄火声起。

老　何：两位医生，这里就是我家了。我妈住在旁边的屋子里，我带你们去。

何　母：儿子，谁来了啊？

老　何：妈，我把医生请来了。

何　母：你尽瞎胡闹，我好好的，不用医生。你叫他们走。

老　何：这两位医生是从桐乡来的，今天在村子里义诊。我把你的情况一说，他们就赶过来了。

何　母：我知道你孝顺我，关心我，但不能没事找事。

老　何：你半夜睡觉老喊疼，整天坐在床上不下地，一定是生病了。听我的话，让医生看看，把病治好了。

何　母：我都八十岁了，有地方疼是正常的。你赶快送医生回去，别耽误人家时间。

冯医生：老奶奶，我们是来给你做体检的，不是治病。

老　何：对，对，检查一下身体情况。

何　母：老胳膊老腿的，有什么好查的。还浪费你们时间。

冯医生：做体检花不了多少时间。小郑，把血压仪拿出来，我们先量个血压。

何　母：好吧！

冯医生：血压稍微有点高，但问题不大。我再给您捏捏脚。

老　何：妈，我扶着你。

冯医生：脚关节的这个凸起有多久了？

何　母：具体几年我不记得了，反正有好些年了。医生，你就别操心了，人老了骨头歪一点是正常的。

冯医生：晚上是不是这里疼？尤其是冬天的时候，疼得特别厉害。

何　母：你怎么知道，这件事我没对人说过。

冯医生：您先别着急。我打个电话请桐乡的同事给你看看。

何　母：桐乡在哪？

冯医生：桐乡距离这里几千公里，在沿海的浙江省。

何　母：不看了，不看了。你们回去了。

老　何：医生，谢谢你，我现在送你们回去。

冯医生：我不是请同事赶过来看病。我是说给他打视频电话，请他在视频里给你看病。我同事医治这方面很有经验的。

何　母：视频是什么？还能联系上几千公里外的医生？

冯医生：等会您就知道了。（冯医生拨通视频电话）王主任，我这里有个病人脚关节有一个坚硬的凸起，您帮忙看看。

何　母：我能看到那个医生，那个医生也能看到我。真神奇。

冯医生：我同事等会就把需要的药方发给我。你们按照药方配药就可以了。

何　母：医生，我的病真能治好吗？

冯医生：能的。您放心好了。

何　母：真的太感谢你们了。我知道我这脚有病，可是我们有病都是自己忍忍就过去了。没有想到，今天真有医生给我们治病，还能治好。我真的太幸运了。

冯医生：我们会经常来村里义诊的，到时候您让乡亲们都来检查一下。

何　母：好，好。等我能走了，一定告诉乡亲们。

【2022年10月，松潘县医院。工作人员调试网络信号。电脑鼠标声、网线移动声、工作人员调试交谈声等交织成一曲欢乐的乐章。

冯医生：王主任，经过两个月的共同努力，网络诊断室终于建好了，我们还建立了"随时会诊"制度，松潘医院和桐乡医院的医疗资源全部实现了共享。以后遇到疑难杂症，就直接视频连线诊断就可以了，村民方便了，游客也方便，操作和咱们那也都差不多，之前很多游客担心这儿就医难，现在也可以放心来玩了！

王主任：是啊，我们这次还和松潘签订了医疗帮扶协议，我带来了6万多的医疗物资。刚才做完妇产讲座，还给每一个来听讲座的孕妇发了孕产包。

冯医生：太好了。我们现在下乡义诊，来看病的人也多了，医疗物资正是我们急需的。

工作人员：网络已经调试完毕，可以开始视频诊断了。

冯医生：小郑，你去请病人进来。

【何母在老何的搀扶下走了进来。

何　母：吃了冯医生同事开的药，我的腿好多了，你别扶着我，我能走。

冯医生：老阿姨，您的腿还没完全好，要注意安全。

何　母：冯医生，真的太感谢你了。你不仅到我家给我看病，现在还给我预约了桐乡的专家医生给我看病，我真是赶上好时候了。

冯医生：这些都是我们应该做的。我们最大的心愿就是这里的人都健健康康的，享受幸福生活。

何　母：好，好。你要我怎么做，我都配合你。

冯医生：还是和上次一样，您就坐在这里。我们通过视频给您看病。

何　母：好。

老　何：冯医生，这是我家的一点特产，我妈特地让我带来送给您的。

冯医生：我不能收，真不能收。

何　母：你就收下吧，这是我们的一点心意。

冯医生：收下了你们的心意，我的心就不安了。从桐乡出发到松潘，我怀抱着一个医生的责任和理想，尽我所能去除病痛。

何　母：我也是想表达我的谢意。

冯医生：谢意我心领了，心在一起，比任何物质都强。

【2023年8月某日，松潘县花灯节现场。

【主持人声音起：本次花灯节我们还邀请了桐乡花鼓戏表演团队的精品节目前来演出。请欣赏桐乡花鼓戏《观灯》，音乐起。

老　朱：于我们而言拥有特色人文风情、悠久历史文化和丰富旅游资源的松潘，是被彩池、雪山、峡谷、森林环绕的另一个诗意世界，不同于秀美的慢江南，它巍峨、厚重，但同样凝聚了时光、沉淀了色彩，与桐乡相距千里，却仿佛我们另一个家乡。相信由我们每个人奋斗和努力浇灌的友谊之花，必将跨越距离，绚丽绽放。

冯医生：不负韶华，砥砺前行，做一个有理想、有担当的有志青年，松潘之旅不单单是一场简单的医疗支援，更是经济、文旅持续发展的助力。山海一家，携手同行，我们带来的是问候、是信心、是更长远的发展与传承。我们用奋进的青春谱写共富华章，展现时代风采。

老朱、冯医生："松潘所需，桐乡所能"。

🎙【**片尾**：刚刚您收听的是桐乡市文化和广电旅游体育局出品的浙川文旅协作广播剧《情暖雪域》。

总策划：李新荣

总监制：顾守菊

策划：吴会金

监制：凌依炜

总编剧：夏强

编剧：陈张立、蔡梦谣

制片：应鸽

录制：好声音音频制作

总导演、制作人：杨子

感谢您的收听。

第五辑

大医精诚：
共富路上中医情

杨 子 和 她 的 广 播 剧

为"大医精诚"而歌

不知道大家有没有发现，随着国力的日益提升，中华传统文化也在重新崭露头角，汉服兴起，传统美学复兴，国潮文创出圈……中医也受到了更多人的重视和追捧。从各路奶茶中脱颖而出的"特饮酸梅汤"，"不添加一粒味精"的六珍菌过桥米线突然爆火，其中的中医特调成了许多年轻人养生的必备品。而中医，作为中华民族的智慧结晶，中华民族的哲学体系、思维模式、价值观念等都可以在中医学上找到痕迹。

"问切望闻四诊详，分型辨证治则良；君臣佐使好团队，遣药点兵知热凉。"中医诞生于原始社会，春秋战国时期中医理论就已经基本形成。经过几千年的传承发展，中医文化早已成为中国历史发展长河中最为璀璨的一颗明珠。但回望近代百年，伴随着西方文化的强势影响，包括中医在内的许多中华传统文化受到了忽视和打压。而中华民族优秀传统文化是中华文明的智慧结晶和精华所在，是中华民族的根和魂，在倡导"文化自信"的今天，宣传和弘扬中华优秀传统文化势在必行，这也为中医题材文艺作品创作带来了很好契机。在浙江省中医院和方回春堂的支持下，13集系列广播剧《共富路·中医情》制作顺利启动。我们也希望能借此机会在弘扬中医文化、传递医学知识的同时，也传达医疗工作者的价值观、责任感和敬业精神，并向医护人员表达尊重和感激。

说起我与医学行业的缘分，我的内心就无比激动。了解我的朋友都知道，我曾经主持过一档广播节目叫《保健天使》，当时这档以健康为主题的节目市场反响很好，有百余位名医走进过直播室与听众分享医学知识，我也收到了很多听众的来信。三年的节目录制让我学习了不少医疗保健知识，也让我与各科的医学名家成了好友。

2010年，我将播出的85期节目整理成书，我的第一本医疗题材相关书籍《保健天使——跟着杨子看名医》就在大家的期待中出版了。文稿整理期间虽然疲惫，但我始终感觉浑身充满干劲，可能是医生们的精神感染了我，也可能是听众的喜爱鼓舞了我，我也因为这两次经历跟医学行业结下不解之缘，想用音频创作的方式讲述祖国传统中医的故事，用广播剧呈现医学知识。想法一出，我们就得到了浙江省中医院和方回春堂的倾情支持，开始采访、交流、采写、创作、录制、播出……

系列广播剧《共富路·中医情》不同于之前的节目，除了需要确认主题、联系专家、访谈交流外，还需要创作剧本、物色演员、后期录制等。所以在选题设计过程中，我们不仅把视线放在医生个人身上，同时也对医生周围的其他医护人员、病人、亲友等做了沟通交流。另外，这次我们还加入了中医药品牌的故事，希望通过这些故事可以让人们对中医有更多的了解，扩大中医影响力。

前十集《医者仁心》《儒心仁术》《精诚授业》《肝胆相照》《协力同心》《如此"肾"好》《生死时速》《影像世界》《传承有方》《天下无病》，讲述了十位中医名家葛琳仪、陈意、王坤根、李宁、吕宾、何强、江荣林、许茂盛、徐志瑛、高祥福的行医故事。这其中还有不少是我的老友，当他们听说我将再启动一档新的中医主题剧作时，纷纷表示感激和支持。

这些故事涵盖了各种中医主题，包括疾病诊断、治疗、多科室协同合作、影像医学、医患关系、医道精神等，既可以帮助大家了解中医，看到与时俱进的中医文化，又可以科普医学知识，让大家对疾病、医疗方式等有一定的认识。而这其中还有一个贯穿所有故事的主题——医德，故事里的每一位医生都将病患放在首位，即使90岁高龄的葛琳仪教授也不例外。他们在面对患者及其家人不解时，不厌其烦地耐心讲解；在面对突发病情时，废寝忘食、分秒必争；在开具药方时，一丝不苟，不放过任何一个疑惑点……他们不仅是医生，也是患者的朋友。

精者，医术精湛；诚者，医德高尚。医者兼有精诚，堪称大医。孙思邈的《备急千金要方·大医精诚》就曾论述了有关医德的两个问题：第一是精，亦即要求医者有精湛的医术，认为医道是"至精至微之事"，习医之人必须"博极医源，精勤不倦"；第二是诚，亦即要求医者有高尚的品德修养，以"见彼苦恼，若己有之"，发"大慈恻隐之心"，进而发愿立誓"普救含灵之苦"，且不得"自逞俊快，邀射名誉"，"恃己所长，经略财物"。深厚的人文精神，精进的医术追求，这大概就是中医文化源远流长的重要原因之一吧。

《启程复兴》《仁者仁心》《立德利民》三集故事，则围绕杭州百年中医药品牌"方回春堂"展开。孤注一掷复馆、寻找参茸、四处拜访寻良医，百年老字号的坎坷复馆历程，展示的是坚守，是魄力，也是传承。他们延续着先辈的教诲，严格把控药品质量，全心全意为人民服务。二十多年坚持发放免费凉茶，开办各类公益活动，帮助困难学子实现梦想，他们也在用行动诠释了"精诚"两字。

  中医，不仅仅是一门中国特色的学科，还是一门充满人文关怀的艺术。传统的医学作品通常着重于临床情景，而我们广播剧的目标是深入中医内核，多方面地呈现中医背后的人性。在创作过程中，我们努力避免抽象概念的泛泛而谈，每一集都通过具体的情节和对话，展开对人的描写，以此展示中医文化。可以说，这13集故事是中医文化的宣传，也是我们的另一种传承方式。

  在这个纷繁复杂的世界里，医疗一直是人们生命中最重要的一环，而中医作为其中的重要组成部分，是"中华民族的瑰宝"，是"打开中华文明宝库的钥匙"，凝聚着深邃的哲学智慧和中华民族几千年的健康养生理念及其实践经验。《共富路·中医情》只是一个开始，希望在未来，我们的中医文化能走向更广阔的世界，为全人类的健康贡献中国智慧。

医者仁心

🕐 **时间：** 当代

📍 **地点：** 浙江杭州

👥 **剧中人物：**

　　杨　子：女，主持人，广播剧《共富路·中医情》主创；

　　葛琳仪：女，91岁，国医大师；

　　王主任：男，55岁，浙江省中医院葛琳仪工作室负责人；

　　小　刘：男，25岁，医学院硕士实习医师；

　　王老太：女，65岁，退休工人，反复咳血两年；

　　张志强：男，40岁，王老太儿子，某公司高管；

　　其他病人、跟诊学生等若干。

🎤 **片头：** 在迈向中国式现代化的征程、奔向共同富裕的道路上，我们都离不开健康的体魄。有这样一群人，他们，为我们默默奉献、风雨兼程；他们，为我们刻苦钻研、辛勤探索。他们就是守护着我们生命健康的医护人员们。把脉问诊良方出，携手共富健康来。今天，让我们一起去探访他们。欢迎收听由浙江省中医院和浙江广播电视集团经济广播联合出品的十集系列广播剧《共富路·中医情》。请听第一集《医者仁心》。

　　【2022年5月某日中午，浙江省中医院门口，蝉鸣叫的声音、汽车行驶声音、公交车进站声、行人交谈声交织成一曲欢乐的乐章。

　　【杨子一边走进浙江省中医院，一边说话。

杨　子：听众朋友们，大家好！我是杨子。十几年前，我主持《跟着杨子看名医》节目，多次走进浙江省中医院。今天，我再次来到这里，这一次，我将作为10集系列广播剧《共富路·中医情》的主创带领大家一起拜访我们共富路上的护航人。

　　那今天，我首先要去拜访的是谁呢？她就是我们的国医大师——葛琳仪教授。

葛教授出生于 1933 年，葛老很幽默，见到我们喜欢说："我现在啊也是 90 后"了。

【旁边一个男子跑过来。他是张志强，病人王老太的儿子，某公司高管。

张志强：你要采访葛琳仪，葛教授啊！哎呀，你就是主持人杨子？我和我妈妈都喜欢听你的节目，对我们的帮助可大了。你好，我叫张志强，我妈妈的病就是葛教授治好的。

杨　子：张—志—强，你好。那你跟我说说……

张志强：葛琳仪教授啊，是 50 年代考入上海中医学院的大学生，1962 年毕业分配到浙江省中医院工作，她还担任过浙江省中医院院长和浙江中医学院院长。她提出教学和实践结合的人才培养模式，她带出来的专家有好多好多。葛教授啊，从医 60 多年了，最让我们满意的是：选方精炼得当，坚持开简便的小药方，病人都喜欢她。

杨　子：你知道的还真多。

【葛琳仪工作室门口。脚步声、机器叫号声交织成一曲紧张交响曲。

张志强：我和你说啊，别看葛教授今年 90 岁了，身体比我们还硬朗呢！每天不仅要给病人看病，她还带了不少学生呢！

杨　子：那你能说说具体的故事吗？

张志强：故事？那我就讲一讲 2017 年 3 月初，我妈妈来找葛教授看病的那一次吧……

杨　子：好，那就让我们一起走进浙江省中医院葛琳仪工作室，聆听葛琳仪大师的故事。

张志强：我的妈妈叫王桂花……那一年，她的咳血病又犯了……

【环境声，时间来到 2017 年 3 月初，浙江省中医院葛琳仪工作室。机器叫号声响起：请 17 号—王桂花到葛琳仪工作室就诊。

王老太：来了来了，葛医生，我去年治好的咳血今年又犯了，我是不是得了什么绝症，活不长了？

葛琳仪：别怕。你想治好病，就要先把心放宽。

王老太：这两年，孩子们陪着我跑了不少医院，各种检查都做了，药也吃了不少，还是没有断根。这咳嗽起来，我感觉心都要咳出来了。

葛琳仪：你们是从省外来的？

王老太：是啊，来一趟不容易。葛医生，您得给我好好看。我，我（咳嗽）。

葛琳仪：哦，不急，别怕。一得病就发愁，你看你比我年纪小多了，一急都急老了。来，手给我，不要激动，舌头伸出来让我看看……嗯，嗯，这样吧，我给你开方子，你回家等着中药寄过来就行了。

王老太：怎么？不用机器检查了？

葛琳仪：不用不用，我刚刚不是给你检查了一遍？

王老太：啊，就这？哎呀，葛医生，您可是太好了。真的不要让机器再看看？

葛琳仪：不用，你就放宽心，安心吃药，病会好起来的。

王老太：葛医生，你这么一说，我就放心了。谢谢。谢谢。

葛琳仪：小刘，方子也抄一遍，请老人家也收好。

王老太：谢谢葛医生，谢谢你们。

葛琳仪：桂花妹子，你们回去的时候，路上小心点。不要着急。

王老太：好的。

葛琳仪：小刘，下一位。

小　刘：老师，上午的号已经结束了，刚才是最后一位。

葛琳仪：那你去吃饭吧，吃完还要跟我去查房。

小　刘：老师，那我陪您去吃饭。

　　　　【脚步声起。王主任提着饭盒走了进来。

王主任：小刘，你第一天来实习还不知道老师的习惯吧，老师是在工作室吃饭的。

小　刘：王主任，那老师中午不休息吗？她下午还要坐门诊的。

葛琳仪：不要休息，我除了门诊，还要查房，医生都应该要门诊、病房都拿得起，多下临床。你们以后也要争取做到啊。

王主任：听到了没有。老师在提醒你呢！

葛琳仪：小刘，第一天来实习感觉怎么样？抄方子是不是很无聊？

小　刘：无聊倒没有，不过，有一些疑问。

葛琳仪：疑问？说出来听听。

小　刘：嗯……我？

王主任：没事，大胆说。

小　刘：老师，我发现您很喜欢和病人聊家常。

王主任：哈哈哈，这可问到点子上了。

葛琳仪：来看病的人啊，生了病的人，每个人走进医院，心里都会有一些紧张。我和他们聊点家常，就是想消除他们的紧张，那样看起病来也就顺利了。

小　刘：哦，哦。

　　　　【张志强手里拿着药方疾步走了进来。脚步声起。

张志强：医生，你们这个药方怎么开的？太糊弄人了。

葛琳仪：这药方小刘抄的，我还看了一遍。不可能有错。你坐下来慢慢说。

张志强：我妈是反复咳血，病得不轻，你怎么就只开这么一些药，那不是糊弄人吗？我们大老远来，你们也不好好检查检查，怕我们外地人没钱啊？

小　刘：你怎么回事？谁让你进来的，出去！没看到我们在休息吗！

葛琳仪：小刘，不能这么对病人家属说话。

张志强：医生，我们已经跑了很多家医院，我多少也知道一点。像你这样开这么少药的，还真是第一次遇到。

葛琳仪：刚才你妈妈在，我没有多说。她以前得过肺痨，加上喜欢喝酒和吃肉，肝火旺，所以才会咳血。你先照这个方子让你妈吃一周。一周后，再来找我。

张志强：真的不用CT检查了？

葛琳仪：治病不是检查、吃药越多就越好，要看是否有针对性地用药治疗。

张志强：哦。那，我……医生，刚才我不该……

葛琳仪：下次注意，哈哈哈，没事了。赶紧带妈妈回去抓药吧。

张志强：嗯嗯。谢谢您。

【脚步声渐渐远去。张志强走出诊室。

【时间来到2022年5月某日中午，浙江省中医院葛琳仪工作室。

张志强：那一天，从葛教授的工作室出来，我心里其实也没有底了。

杨　子：那你怎么又相信她了呢？是她的话让你放心了吗？

张志强：是葛教授那慈祥的眼睛里透出来的安详的光芒。那一刻我看着她，我感受到了安稳的气态。现在回过头来想想，小刘医生的话也没有错。我不该带着怀疑的态度去质问他们。后来我听说小刘医生就因为与我争执的事，被葛教授罚抄《大医精诚》，因为要让小刘医生记住"医者仁心"四个字，一切以患者为中心。

【2017年3月初，浙江省中医院葛琳仪诊室。小刘正擦拭桌子，整理桌上的纸、笔。擦桌子的声音、椅子挪动的声音、键盘碰撞的声音交织成一曲勤奋交响曲。

王主任：小刘，你这么勤快就对了。

小　刘：王主任，我怕葛教授再说我。

王主任：你还是轻的，我跟老师那会，可比你厉害多了。老师说批评只有触及灵魂，才能记得住。

小　刘：王主任，你跟着葛教授肯定学到了不少中医的技术吧。

王主任：老师来了，你自己问老师吧。

葛琳仪：什么事情要问我？

小　刘：我是说要认真向教授学习中医。

葛琳仪：你站着干什么！过来，和昨天一样坐我身旁。

小　刘：我今天还能给你抄方子？

葛琳仪：昨天是昨天，今天是今天。但是，你要记住，我们中医除了技术传承之外，更
　　　　需要传承医道精神。

王主任：老师带学生从来都是有一说一，就事论事。赶快过去吧。

葛琳仪：《大医精诚》有没有抄？

小　刘：已经抄好了。

葛琳仪：字写得还不错，说明态度很端正。趁现在还没到就诊时间，我给你讲个故事吧。
　　　　我1962年分配到浙江省中医院，跟随杨继荪先生学习中医。杨先生总是设身
　　　　处地为病人着想。一次，有几个传染病患者来求医，不巧的是，杨先生因为身
　　　　体原因在家休息。他知道后，主动让病人到他家中治疗。

小　刘：传染病在家中医治，他不怕家人也感染上吗？

葛琳仪：杨先生说这是急性病，等不得。杨先生还要求我开费用低，疗效好的药方，我
　　　　到现在还是这样做的。病人已经很苦了，我们应该多替病人着想。

小　刘：哦，我明白了。医者仁心！

【时间过渡到2022年5月某日中午，浙江省中医院葛琳仪工作室。

张志强：我妈吃了葛教授开的药，病果然好多了。一周后，我陪着她来浙江省中医院复
　　　　诊，再次见证了葛教授精湛的医术和宽仁为怀的胸襟。

杨　子：这里面一定又有故事，你快说说。

张志强：好的。

【2017年3月底，省中医院葛琳仪门诊。机器叫号声起：请28号王桂花就诊。

王老太：医生，我吃了你的药一个星期，感觉好了很多。

葛琳仪：那你现在放心了吧！来，我再给你把把脉。

王老太：我明年不会发病了吧？

葛琳仪：明年？等一下我再给你开个方子，你再吃上两周就好了。不过，要想做到不复
　　　　发，我建议你们还是在夏天的时候再来看。

王老太：什么？我没有听错吧？我这病是冬天发作的，你让我们夏天来治病？你
　　　　也太……

葛琳仪：你的咳嗽只是疾病发作时的表象，不咳嗽并不表示没有病。

王老太：嗨，嗨，志强，我们出去一下。（把儿子拉到门外，关门）我看她跟其他医生也
　　　　没有什么区别。儿子，我们治好了就行，冬天如果再发病，你陪我去其他地方
　　　　治病。

张志强：妈妈，我们要相信葛教授，我们夏天再来。

王老太：冬天发作的病，夏天治疗，这有一些不靠谱。

张志强：妈，我相信她是一个好医生。

【开门的声音，两人进来。

葛琳仪：桂花妹子，是不是觉得我说的不对啊？"冬病夏治"刚开始的时候，是有很多人不理解。你的反应是属于正常的。不少人尝试了以后，都说效果不错。

张志强：妈，你听人家葛教授说得多好。我们就听医生的了。

王老太：真的有效果？

葛琳仪：很多疾病在人体内潜伏时，人是感觉不到的。出现症状的时候，其实疾病已经积累到了一定的程度，已经是发作了。"冬病夏治"就是提前调理身体，在源头消灭疾病。

王老太：那我们夏天来试试。

张志强：当然嘛。

葛琳仪：治病是我们的职责。你放宽心，不要想太多。小刘，把方子抄好让他们带回去。

张志强：谢谢葛教授。谢谢医生。我们先回去了。

葛琳仪：路上小心，别着凉了。

【两人离开。

小　刘：葛教授，为什么还有这么多人不相信冬病夏治的功效？

王主任：那是因为我们普及得还不够。小刘，你先把这个病例输入数据库，我再告诉你其中的原理。

小　刘：数据库里的病例好多，都是葛教授看过的病人吗？

葛琳仪：对啊，这些都是宝贵的资料。我们会不定期拿出来讨论病例，分析研究疾病发作的原因和规律，从中吸取经验。你以后也要参加这些讨论，发表自己的意见。

小　刘：我一定努力学习。

葛琳仪：努力学习是对的，但也要多思考，多研究病例。

小　刘：跟随你学习的这段日子里，我总想起《大医精诚》里的一段话："不得瞻前顾后，自虑吉凶，护惜身命。见彼苦恼，若己有之，深心凄怆，勿避险巇、昼夜、寒暑、饥渴、疲劳，一心赴救，无作功夫形迹之心。"

葛琳仪：中医讲究"辨病为主、辨证为先"。我特别注意病人的体质对病症的影响。就拿这名病人来说，她的病起因是肺痨对身体的伤害，一直没有恢复。所以，在治疗症状的时候，要根除她的疾病，就需要从夏天开始调理身体，增强体质。

小　刘：那你刚才怎么不急着解释呢？

葛琳仪：病人又不是医生，你说这些他们听不懂。他们有不理解的地方，你就耐心倾听，先安抚好他们的情绪，然后再仔细解释。这样才是最有用的。

小　刘：医者仁心！

【2022 年 5 月某日中午，浙江省中医院葛琳仪工作室。

张志强：后来，我妈妈的病就彻底康复了，我们和葛教授也成了好朋友。

杨　子：嗯，你的故事不错。

【脚步声起，葛琳仪开门走了出来。

葛琳仪：杨子，你来了，来，快来坐。你们在聊什么呢？

杨　子：葛教授，刚刚张志强跟我说了他们家与您的故事。我们听了都很感动。
　　　　你有什么要对听众说的吗？

葛琳仪：我不说了。哈哈哈，我今年 90 岁，只要身体还允许我给病人看病，我会一直
　　　　坚持下去。

杨　子：好，那祝您健康长寿，我们永远记住您的医者仁心。

【音乐起。剧终。

🎤【片尾：刚刚您收听的是由浙江省中医院和浙江广播电视集团经济广播联合出品的十集系列广播剧《共富路·中医情》，第一集《医者仁心》。

总策划：何强

总监制：钱宇

策划：高俊

监制：陈岩明

总编剧：夏强

编剧：陈张立

制片：应鸽

录制：好声音音频制作

总导演、制作人：杨子

感谢您的收听。

儒心仁术

🕐 **时间：**当代

📍 **地点：**浙江杭州

👥 **剧中人物：**

杨　子：女，主持人，广播剧《共富路·中医情》主创；

陈　意：男，77岁，浙江省中医院中医名家；

周　菁：女，35岁，浙江省中医院陈意工作室助理；

吴　琪：女，23岁，浙江省中医药大学博士；

老　李：男，70岁，退休工人，行走不便；

李建锋：男，45岁，企业工人，老李之子；

其他医生、跟诊学生、病人若干。

🎤 **片头：**在迈向中国式现代化的征程、奔向共同富裕的道路上，我们都离不开健康的体魄。有这样一群人，他们，为我们默默奉献、风雨兼程；他们，为我们刻苦钻研、辛勤探索。他们就是守护着我们生命健康的医护人员们。把脉问诊良方出，携手共富健康来。今天，让我们一起去探访他们。欢迎收听由浙江省中医院和浙江广播电视集团经济广播联合录制的十集系列广播剧《共富路·中医情》。请听第二集《儒心仁术》。

【2022年夏天某日中午，浙江省中医院门口，蝉鸣叫的声音、汽车行驶声音、公交车进站声、行人交谈声交织成一曲欢乐的乐章。

【杨子一边走进浙江省中医院，一边说话。

杨　子：听众朋友们，大家好！我是杨子。多年前，我主持《跟着杨子看名医》节目，邀请过浙江省中医院的多位专家教授走进我的直播室。今天，我再次来到浙江省中医院，而这一次，我将作为10集系列广播剧《共富路·中医情》的主创带领大家一起拜访我们共富路上的护航人。

今天，我要去拜访的就是全国知名中医陈意教授。

【杨子来到陈意工作室门口。脚步声、机器叫号声、病人夸赞陈意教授医术的声音交织成一曲紧张的交响曲。

吴　琪：杨子，你是主持人杨子，没有想到能在这里遇到你。

杨　子：你好，你是?

吴　琪：我是陈意教授的博士研究生，你的《跟着杨子看名医》节目我听过，你还有一本《跟着杨子看名医》的书，陈老师还在里面讲了《冬令进补与膏方》，我们都读过，这本书还在外面的阅读架上放着呢! 您今天是来找我们老师做节目的吧?

杨　子：是的。能和我们讲讲陈意教授的故事吗?

吴　琪：好的，陈意老师出生于1945年，16岁就开始学习中医，精于中医典籍，博采众长，主张遣方用药重调理气机，养生治病不忘调畅情志。他还为很多老同志做过保健。

杨　子：你跟陈教授学习好多年了? 你能说说你和陈教授在一起工作的故事吗?

吴　琪：好。那是2019年11月，是我跟随老师门诊的第二个年头。那一天上午来看病的人很多，结束时已是下午两点了。就在大家准备去吃午饭时，急匆匆来了一位没有来得及挂号的病人……

【2019年11月某日下午两点，浙江省中医院陈意工作室。陈意门诊结束，跟诊学生收拾桌子声、交谈声交织成一曲快乐的乐章。

吴　琪：哎呦，终于看完了! 师姐，幸亏你提醒我们吃了些点心。要不然早就饿晕过去了。

周　菁：记住了吧，每次跟陈老师门诊，临时增加挂号数是常有的事情。有远道而来的病人，老师都会为他加号。

吴　琪：陈老师的体力真好。一上午，五个小时的门诊，连午饭都没有吃，到现在还神采奕奕。

陈　意：哈哈哈，你们是在表扬我吗? 五个小时算什么。我年轻的时候，还经常到病人家里去出诊看病呢。你们要记住，学医不仅是要学习医术，还要学习医德。只有医术和医德都好了，才能算得上是一名合格的医生。

【急促地喘气声、脚步声起。李建锋跑进了陈意工作室。

李建锋：请问陈意医生还看病吗?

周　菁：今天的门诊已经结束了。

李建锋：紧赶慢赶，还是迟到了。这可怎么办。

陈　意：小伙子，别着急。小周，去加个号。

李建锋：啊，您是?

陈　意：我就是你要找的陈意。

周　菁：（犹豫地）老师，您还没有吃午饭呢！

陈　意：午饭？等一下不要紧。我啊，一天不看病，若有所失，三天不看病，若有所病。病人着急，我能吃得下饭吗？

李建锋：谢谢，谢谢。我爸他腿有残疾，这几天又浑身无力，我又要上班，只能趁中午休息时间回家接他来看病。你真解决了我的大难题。

陈　意：扶你父亲到这里来，我现在就给他诊脉。

李建锋：爸，我们过去。

【李建锋扶老父亲过来。

陈　意：老哥，你哪里不舒服？

老　李：胸闷，透不过气来，身上也没有力气。

陈　意：你的脚是怎么回事？

老　李：年轻的时候干重体力活落下的毛病。

陈　意：是啊，我们年轻的时候，都要干重体力活的，老师傅，你把舌头伸一下，让我看看。

老　李：啊，医生我得了什么病？

陈　意：胸痹。同学们，你们谁来说一下胸痹的症状？

吴　琪：胸痹望舌时要注意舌质的淡、红。

陈　意：你们呢？都说说。（众人：舌淡为多虚、多寒，舌红为多有郁热。）不错。观察得仔细。不过，你们还要观察舌质有无瘀点、瘀斑、舌下静脉。胸痹之证病情复杂，大多属于本虚标实之证。临诊时要四诊合参，治疗上以"虚则补之，实则泻之，虚实互杂权衡之"为原则。

吴　琪：用补阳还五汤，黄芪、当归（去尾）、赤芍、地龙（去土）、川芎、红花、桃仁。

【陈意写字。

吴　琪：呀，老师，您的字真漂亮，比书法家都写得好。

周　菁：吴琪，专心记药方。

陈　意：字是一个人的门面。我的第一位中医老师不仅医术好，对传统文化也很有研究。我跟他学习的时候，他要求我每天5点钟起床用毛笔抄药方，这样既记住了药方，也练习了字。你们也要认真学习写字啊。

【2022年5月某日中午，浙江省中医院陈意工作室。

吴　琪：老师在门诊的时候，经常用实际病症来考我们，先让我们说出自己的想法，然后他再仔细分析讲解。让我们每个学生对病症有一个更直观的了解，也更加记得住。

杨　子：教学和实践相结合，这的确是一种很好的方式。后来呢？

吴　琪：在经过一定时间的跟诊学习以后，老师还会让我们开始坐诊。

杨　子：就是让你们自己给病人看病？

吴　琪：是的。

杨　子：那你第一次独立给病人看病开药方，会紧张吗？

吴　琪：肯定是紧张的，但老师会在旁边看着，手把手地教，随时纠错。

【2019 年 11 月某日早上，浙江省中医院陈意工作室。吴琪翻阅药方，口中轻声念出：地龙、桃仁、桂枝……

周　菁：吴琪，这么早就在背药方了？这不是上周老师开的胸痹药方。

吴　琪：今天这位病人已经挂号了，老师说要让我给病人复诊。我想准备充分一点。

周　菁：是不是很紧张？

吴　琪：老师突然让我给病人开方子，我都没想到。

周　菁：学得再多也需要实践，老师这是在帮助你们成长呢！再说，你已经很幸运了，老师还提前告诉你。我当年可是被临时抽到的，一点准备都没有。

吴　琪：啊！那你紧张吗？

周　菁：我能不紧张？但是紧张没有用，能看好病才是最重要的。你放心好了，老师只是让你尝试看病，不对的地方，他会指出来的。

吴　琪：听你一说，我不紧张了，谢谢师姐。

【电子叫号声起：请 30 号到诊室就诊。病人交谈声、脚步声、运药推车滚轮声交织成一片嘈杂的乐章。

李建锋：陈医生，我爸吃了你的药，身体好多了。

陈　意：我再看看。老兄弟，介意我学生给你看看不？

老　李：我从上次就看出来了，你是一边给人看病，一边在带学生。我不介意不介意。你这么好的医术，是要传下去的。

陈　意：好，谢谢你啊。吴琪，你过来检查。

吴　琪：老师，我？

周　菁：深呼吸，镇定。

吴　琪：伸出舌头让我看看。我再给你诊脉。

李建锋：陈医生，她能行吗？我看她有些紧张。

陈　意：不用担心，我心中有数。

老　李：我都不怕，你怕啥。小姑娘，你大胆地看，我配合你。

吴　琪：老师，我看好了。他的症状……

陈　意：你不用告诉我，开方子。

吴　琪：方子也要我开？

陈　意：当然要你开了。你毕业了进医院，就要独立给人看病了。

周　菁：没事的，大胆开。

陈　意：写在纸上，别在电脑上输入。

吴　琪：哦。我开好了。

陈　意：这方子的思路不错。我再给你换两味药就行了。就是这字还得多练。

吴　琪：老师，我最近也没有再练，就是以前也没有练习字的习惯，所以……

陈　意：这就是我今天想说的。其他人也听好了。我今天指出字的问题，是想提醒你们
　　　　学习中医要有我们传统文化的基础。中医与传统文化息息相关，只有理解了传
　　　　统文化，才能真正领会中医的要领。中医要有中医味。

吴　琪：老师，我们在大一的时候就开始学习医古文了。

陈　意：医古文是为了帮助你们能顺利学习古代的经典药方，传统文化中蕴含的精华也
　　　　同样重要。我今天还带来了一幅我自己写的字。
　　　　【宣纸打开的声音。

周　菁：古人学问无遗力，少壮工夫老始成。纸上得来终觉浅，绝知此事要躬行。

陈　意：这是宋代诗人陆游的诗句。我们学习中医就像是攀登高峰，经历磨难，必定会
　　　　有收获。博学而后成医，厚德而后为医。
　　　　【同学们不约而同鼓掌。掌声响起。

陈　意：吴琪，这幅字送给你，是对你第一次给病人开方的奖励。

吴　琪：谢谢老师。我一定牢记老师的教诲。

　　　　【时间回到 2022 年。

杨　子：你真幸运，能够拿到陈意教授的字。

吴　琪：是啊，那幅字我一直挂在书房里，激励我。后来，那位病人的儿子找到我们，
　　　　特意来感谢我们。那天我们在工作室整理医案。
　　　　【2019 年的一天。

周　菁：占用大家中午休息时间，我们简短探讨一下最近的几个医案。

陈　意：你们上午抄医案手酸不酸？

吴　琪：老师，我们不累。
　　　　【脚步声起。李建锋手拿感谢信走了进来。

李建锋：在开会啊，我能打扰你们一下吗？

陈　意：没事，没事，进来说，进来说。

李建锋：陈医生，今天我是特地来感谢你的。我爸吃了你的药，已经完全好了。这是感

　　　　谢信和我的一点心意。

陈　　意：你这是干什么！赶快收回去。

李建锋：你一定要收下。不然，我心里会过意不去的。

陈　　意：我如果收下了你的这些东西，你是安心了，我的心就难安了。

李建锋：那…这个感谢信你一定要收下。

陈　　意：好，感谢信我留下。

　　　　【2022年5月某日中午，浙江省中医院陈意工作室。

杨　　子：陈教授对中医、对学生的感情真的让人佩服。

陈　　意：你说得太过了，我只是做了一名医生该做的事情。你看，这墙上挂着的这幅
　　　　《红梅》是我几年前画的，下面的题字就是我的心声。

杨　　子：年逾古稀奔八，人生所剩几何？鄙人别无它好，唯有操岐终生。

陈　　意：博学而后成医，厚德而后为医。我在中医里学习到的不仅是医术，还有文化浸
　　　　润下的品格。

杨　　子：祝你健康，谢谢你的儒心仁术。

　　　　【音乐起。剧终。

🎙【**片尾**：刚刚您收听的是由浙江省中医院和浙江广播电视集团经济广播联合出品的十
集系列广播剧《共富路·中医情》，第二集《儒心仁术》。

_____

　　总策划：何强

　　总监制：钱宇

　　策划：高俊

　　监制：陈岩明

　　总编剧：夏强

　　编剧：陈张立

　　制片：应鸽

　　录制：好声音音频制作

　　总导演、制作人：杨子

_____

感谢您的收听。

精诚授业

🕐 **时间**：当代

📍 **地点**：浙江杭州

👥 **剧中人物**：

    杨　子：女，主持人，广播剧《共富路·中医情》主创；

    王坤根：男，77 岁，浙江省中医院全国名中医；

    小　孙：男，35 岁，王坤根学生，浙江省中医院医师；

    小　郭：女，40 岁，王坤根工作室助理；

    金玲玲：女，45 岁，企业管理人员，病人家属；

    护　士：女，25 岁，浙江省中医院住院部护士；

    其他跟诊学生、病人若干。

🎤 **片头**：在迈向中国式现代化的征程、奔向共同富裕的道路上，我们都离不开健康的体魄。有这样一群人，他们，为我们默默奉献、风雨兼程；他们，为我们刻苦钻研、辛勤探索。他们就是守护着我们生命健康的医护人员们。把脉问诊良方出，携手共富健康来。今天，让我们一起去探访他们。欢迎收听由浙江省中医院和浙江广播电视集团经济广播联合录制的十集系列广播剧《共富路·中医情》。请听第三集《精诚授业》。

    【2022 年 5 月某日中午，浙江省中医院门口，蝉鸣叫的声音、汽车行驶声音、公交车进站声、行人交谈声交织成一曲欢乐的乐章。

    【杨子一边走进浙江省中医院，一边说话。

杨　子：听众朋友们，大家好！我是杨子。很多朋友听过我主持的《跟着杨子看名医》节目，我也多次邀请过浙江省中医院的专家和教授走进我的直播室。今天，我再次来到浙江省中医院，我将作为 10 集系列广播剧《共富路·中医情》的主创带领大家一起拜访我们共富路上的护航人。今天，我要去拜访的就是王坤根教授。

【王坤根工作室门口。脚步声、机器叫号声、病人的声音交织成一曲紧张的交响曲。

病人甲：杨子老师，我们可算碰到你了。

病人乙：我们很早就来中医院等你了。

杨　子：你们找我有什么事情吗？

病人乙：你拜访中医名家的节目我们都知道了。我们还特地找来听了。

病人甲：杨子老师，你的《跟着杨子看名医》这本书我还特地买了一本，里面好多名医专家。有一次，我拿着这本书去医院，有一位专家还破例给我加了一个号呢！太谢谢您了。

杨　子：所以你们今天在这里等我。

病人丙：是啊，是啊。我们想让你给王坤根教授也做一期节目。

杨　子：我今天就是来拜访王教授的。

小　孙：杨子老师，我是王教授工作室成员，我有很多话想跟你说……

病人甲：孙医生，你也要说？

小　孙：对的。老师从医六十多年来，善于从细节入手，辩证灵活运用古方，精诚授业，言传身教，赢得病人和学生的喜爱。我也想和大家一起分享我和王老师的故事。

病　人：好，你是王教授的学生。你来讲更合适。

小　孙：我是一名外地来医院进修的医生。2019年5月，我为一位病人的病情所困扰，在跟随老师门诊时，是王老师帮我走出了困境……

【2019年5月某日中午，浙江省中医院王坤根工作室。王坤根结束了门诊工作，学生们舒展手臂，热烈交谈。整理笔记本的声音、移动键盘的声音、跟诊学生的交谈声交织成一曲欢快的乐章。

王坤根：你们几个第一天抄方子，体力跟得上吗？

学生甲：手都快抄僵硬了。

王坤根：抄方是积累经验的最好途径，你们不能懈怠。平时多练习，慢慢就习惯了。

学生齐：是，老师，我们记住了。

王坤根：好了，赶快去吃午饭吧，下午还有其他事情。

学生齐：去吃饭喽。

王坤根：小孙，你留一下。

小　孙：老师，还有什么事情吗？

王坤根：嗯，我看你刚才抄方时有一点走神，是怎么回事？

小　孙：老师，你是怎么看出来的？我已经很小心了。

王坤根：啊，你跟他们实习生不一样，你是已经在医院里工作了几年的医师，能让你走神，肯定是遇到问题了。是不是遇到了难解决的病症？

小　孙：老师，我负责的病区里有一个慢性病病人，出现了肠胃功能障碍，拉不出大便，病人感觉腹部胀满。我……

王坤根：那你都用了什么药？

小　孙：我开了大承气汤，病人现在能顺利大便了，可是腹部的胀满还是没有办法消除。也就是因为这个原因，病人一直没有办法出院。

王坤根：哦，是这样。那吃过午饭，你带我去看看。

【2022年5月某日中午，浙江省中医院王坤根工作室。

病人们：是这样啊？那，那你后来解决了吗？

小　孙：当然解决了，只是也遇到了一些小麻烦。我记得那天刚吃完午饭，老师就让我带他去病房为病人诊断。恰巧，病人的女儿也在，而且很是着急。

【2019年当天下午，浙江省中医院住院部病房。金玲玲焦急地询问查房护士。病人家属的询问声、护士的回答声、病人家属安慰病人的交织成一片。

金玲玲：护士，护士，（大声地）我妈妈还要几天才能出院？你们怎么搞的！！！

护　士：病人的胀满还没有消除，吃进去的食物身体不能完全吸收营养，后续恢复会出现问题。

金玲玲：那还需要几天，治疗胀满都花了五六天了，你们到底行不行？

护　士：这个你要问一下医生。

金玲玲：每次都问医生！你们这个医院怎么……

　　　　【脚步声起。小孙和王坤根走了进来。

小　孙：让一让、让一让，我请王老师来为病人会诊了。老师，就是这位病人，她听力不大好，每一次交流都非常困难。

　　　　【王教授认真把脉。

王坤根：谁是病人家属？我问一下，病人认识字吗？

金玲玲：你问这个干什么？这跟看病有关系吗？

王坤根：刚才孙医生说，病人听不见，交流有困难，所以我想用文字跟她交流。

金玲玲：我妈能读报纸呢。

王坤根：哦，那就好。小孙，我包里有纸笔，你拿出来。

护　士：我这里有。

王坤根：大家不要说话，保持安静。我先问她。

【2022年5月某日中午，浙江省中医院王坤根工作室。

小　孙：当时，病房里非常安静，所有人都屏住呼吸看着老师。老师仔细诊脉以后，给病人做了一个检查，然后通过书写的方式和病人交流起了日常饮食等情况。他担心病人看不清楚，还特地把字写得大大的。半个小时后，我和老师回到了工作室。

【2019年5月某日中午，王坤根工作室。脚步声起，王坤根带着小孙走进来。

小　孙：老师，今天多亏您了。您辛苦了。

王坤根：辛苦倒谈不上，但我要指出你的问题。你在给病人诊断的时候，有没有跟她交流过？

小　孙：交流了，但是她听力不行，所以交流就很困难。

王坤根：你先给病人换成桃红四物汤。

小　孙：请老师讲解。

王坤根：病人胀满，虽然说"六腑以通为用"，但也不能一味使用。我们中医讲究辩证，你还需要多多琢磨病人的病因、病机和临证。不能只看表象，需要多实践体会。有什么不懂的问题，可以随时来问我。

小　孙：谢谢老师。

【2022年5月某日中午，浙江省中医院王坤根工作室。

小　孙：我按照老师的意见换了方子。三天时间，病人腹部胀满没有了，顺利办理了出院手续。

杨　子：你从中得到了什么启发？

小　孙：这件事情对我的触动很大，所以我把老师和病人交流的那些纸条全部收集了起来，想从中找到答案。

【2019年5月某日中午，浙江省中医院王坤根工作室。小孙正埋头学习。工作室外病人交谈声、护士指引声、键盘敲击声、医生的匆匆脚步声。

小　郭：孙医生，刚吃完午饭就开始学习了，真用功。

小　孙：王老师连续四天给住院部的一位病人看病，我要好好总结一下他的经验。

同学甲：是吗？给我们也看看。

小　孙：你们没有在现场，看了也没有用。

小　郭：大家都是同学，一起学习嘛，别藏私了。

小　孙：这上面真的没有什么，你们看了也不懂的。

小　郭：我看看。（读纸上的文字）午饭什么时候吃的？吃了什么？（疑惑）这是什么啊？

同学甲：孙医生，你真会学习！这是？

小　孙：这是王老师和病人交流的纸条。

　　　　【王教授推门进来。

王坤根：什么？我和病人交流的纸条你全收集起来了？拿过来我看看。

小　孙：一共三天的，八张纸，我一张也没有拉下。

王坤根：（看）还真是。那你是有心了。你有没有新的收获？

小　孙：我感觉找到了一点老师辨证用药的关键，就是不知道对不对。

王坤根：你们都过来，大家一起听听。小孙，你大胆地说，说错了也没有关系。

小　孙：老师善于从五脏气血、阴阳调治杂病。临证必然会详细了解病情，先辨阴阳，再辨脏腑气血，强调的是辨病与辨证相结合，在这基础上选方用药，才能效如击鼓，应声而起，这个病人我开大承气汤虽然取得效果，但没有老师开的桃红四物汤有用，就是因为没有从气血方面去考虑。

王坤根：说得很不错。还有吗？

众　人：还有？

王坤根：其实他还有一个大收获！

小　孙：还有大收获？我怎么不知道？

王坤根：同学们，看看这些纸条。这不是简单的纸啊。别看就是这几张纸，你们要从这里去琢磨我在和病人交流病症，如果你们仔细看了，那就说明你已经开始注重看病的细节了。这是很重要的啊。

众　人：哦！！

小　孙：我一定牢记老师的话，以后一定想方设法多了解病人情况。

王坤根：我今天给你们看看我的包。这个包跟了我好些年头了，但是里面的纸、笔等物件却一直没有变过。你们也可以从这些小细节开始培养习惯。

众　人：好，我们记住了。

　　　　【门外脚步声起，是金玲玲走了进来。

金玲玲：王医生、孙医生，我非常感谢你们啊。我妈妈住院的这些日子，我生意忙。你们很快就帮我妈妈治好了病，是帮了我大忙啊。

王坤根：给病人看病是我们应该做的。你要谢，就谢孙医生吧，你妈妈的病主要是他治的。

金玲玲：谢谢孙医生。前几天我埋怨你，对不起啊。王教授，我今天想要您的电话号码，您能给我吗？

王坤根：哈哈哈，要我的电话做什么？

金玲玲：我妈说平时有什么地方不舒服的，也可以向您咨询。

王坤根：这个没有问题。我这就写给你。有问题可以发消息和我沟通联系。

金玲玲：谢谢，谢谢。那我先去办出院手续了。

王坤根：好的。其实对于我们医生来说，最好我们永远不见。

金玲玲：啊！您是不是怕我们打扰您？

王坤根：不是，不是。曾经有一名老中医作过一副对联：但愿世间人无病，何惜架上药生尘。我是希望大家都拥有一个健康的体魄，平时不要来医院。哈哈哈。

金玲玲：哈哈哈，王教授，您不仅医术好，人也特别好，还非常幽默。

王坤根：快别这么说。以后你们遇到什么疑问，记得打电话给我。

金玲玲：好的，那是肯定的。谢谢了。再见。

【脚步声起，金玲玲离开。

小　孙：老师，病人向您要电话，您怎么真的给了？

王坤根：当然要给咯。这是病人对我们医生最大的信任。

小　孙：可您每天要接诊这么多的病人，如果他们都给你打电话，那得有多烦。您能够应付过来？那要浪费多少时间啊。

王坤根：我确实没有时间接电话。年纪大了，耳朵也不好。可以用信息联系嘛！有空随时回复。这是建立一个友好医患关系的机会。医生和病人，不是只有看病治病的关系，医患关系是人与人的关系。只有病人信任我们医生了，我们才能够更好地为病人服务，其实有时候病人也能给我们不少帮助。我刚开始学习中医的时候，古文功底不扎实。那时，学习古文的书籍很难找。一位病人知道后，不仅给我带来了一本家藏《古文观止》，还和我一起找到了《康熙字典》。你说，建立一个友好的医患关系有错吗？

小　孙：嗯，老师，我懂了！我以后也会像您一样，认真对待我的每一个病人。

【2022年5月某日中午，浙江省中医院王坤根工作室。

小　孙：老师不仅以精湛的医术治病，对我们的教诲也是孜孜不倦，言传身教。这一点让我非常感动。这也是我今天来找你讲述这个故事的原因。

杨　子：是啊。中医是我们的宝贵财富，需要一代又一代的传承。王教授不遗余力的言传身教非常让人感动。

王坤根：我们在带学生的医生都这样，又不是我一个人的事情，你还找杨子去说。

杨　子：王教授，我要采访一下你。

王坤根：中医事业的传承，不仅需要传承医术之"精"，更需要传承医道之"诚"。

杨　子：祝你健康，谢谢你的精诚授业。

【音乐起。剧终。

🎙【**片尾：**刚刚您收听的是由浙江省中医院和浙江广播电视集团经济广播联合录制的十集系列广播剧《共富路·中医情》，第三集《精诚授业》。

总策划：何强

总监制：钱宇

策划：高俊

监制：陈岩明

总编剧：夏强

编剧：陈张立

制片：应鸽

录制：好声音音频制作

总导演、制作人：杨子

感谢您的收听。

肝胆相照

🕐 **时间**：当代

📍 **地点**：浙江杭州

👥 **剧中人物**：

杨　子：女，主持人，广播剧《共富路·中医情》主创；

李　宁：男，59 岁，浙江省中医院肝胆外科主任；

金　法：男，40 岁，浙江省中医院肝胆外科医师；

马先生：男，47 岁，病人；

毛大爷：男，60 多岁，马先生隔壁床病友；

马先生妻：女，45 岁，马先生妻子；

护　士：女，25 岁，李宁工作室护士；

🎤 **片头**：在迈向中国式现代化的征程、奔向共同富裕的道路上，我们都离不开健康的体魄。有这样一群人，他们，为我们默默奉献、风雨兼程；他们，为我们刻苦钻研、辛勤探索。他们就是守护着我们生命健康的医护人员们。把脉问诊良方出，携手共富健康来。今天，让我们一起去探访他们。欢迎收听由浙江省中医院和浙江广播电视集团经济广播联合出品的十集系列广播剧《共富路·中医情》。请听第四集《肝胆相照》。

【2022 年 5 月某日中午，浙江省中医院门口，蝉鸣叫的声音、汽车行驶声音、公交车进站声、行人交谈声交织成一曲欢乐的乐章。

【杨子一边走进浙江省中医院，一边说话。

杨　子：听众朋友们，大家好！我是杨子。今天，我又来到了浙江省中医院，这次我不是为了做《跟着杨子看名医》的节目访谈，而是作为广播剧《共富路·中医情》的主创，带领大家一起拜访共富路上的护航人。今天，我要去拜访的就是肝胆外科大名鼎鼎的李宁教授。

【浙江省中医院李宁工作室。脚步声、机器叫号声、病人夸赞李宁教授医术的声音交织成一曲紧张的交响曲。

马先生：请问您是杨子吗？……是，是杨子老师，真是杨子老师。

杨　子：您好！我是杨子。您是？……

马先生：太好了，杨子老师，我是您的忠实听众，好多次在省人民大会堂的健康大讲堂
　　　　上看您主持了。我老婆还有幸得到过您的一本书《跟着杨子看名医》，浙江大
　　　　学出版社出版的。能在这里见到您，真是太惊喜了。您是在做节目吗？

杨　子：哦，我们来拜访李宁教授。

马先生：李宁教授啊！我太熟悉了，不仅技术好，人也特别耐心。我们全家都很感谢他，
　　　　我能讲讲吗？

杨　子：好呀。

马先生：李教授从 1986 年开始行医到现在，几十年了，擅长微创外科和肝胆胰肿瘤外
　　　　科微创治疗，1993 年就开展腹腔镜胆囊切除术，迄今已完成 3000 多例。

杨　子：你对李教授这么了解？

马先生：那当然。我的病就是李教授治好的。2020 年 11 月 13 日，我因为十二指肠肿
　　　　瘤来到浙江省中医院。我的身体向来很好，李宁教授告诉我要住院手术的时
　　　　候，我心里紧张得不行……

【2020 年 11 月初，浙江省中医院的一间病房。马先生担心病情的长吁短叹声、
马先生妻子的脚步声、毛大爷整理衣物的拉链声交织在一起。

马先生：哎……

马先生妻：哎，这可怎么办呀，真的要手术吗？

毛大爷：哎，你，刚进来的，你怎么啦？

马先生：哎，我要做手术，可是风险太大，我和我老婆都有些担心。

毛大爷：你得的是什么毛病？

马先生：胰腺肿瘤。我从医院科普宣教活动中得知，这是普外科最大的手术之一，累
　　　　及的器官多，创伤大。哎，专业的，我们也不懂，总之风险不小，我们心里
　　　　慌啊。

毛大爷：给你做手术的是哪位医生？

马先生：是李宁教授。先是消化内科的吕教授会诊，然后又请肝胆外科李教授会诊，他
　　　　们综合考虑后认为有手术指征，于是立刻让我转入外科来进行手术准备。

毛大爷：是李宁教授啊，那你大可放心。我的手术也是李教授操刀的。我也是和你一样
　　　　的毛病，年纪还比你大，情况比你更差呢，我那时候就差签字了，你看我现在
　　　　恢复的（拉拉链的声音），刚才已经通知我可以出院了。你看我的行李都收拾
　　　　好了。

马先生：大爷，你不怕做手术的风险吗？

毛大爷：哎呀，怕有什么用。没事，没事，再大的风险也要面对。相信医生，听从医生
　　　　的建议才是最稳妥的！什么都不要想。

马先生：大爷，你说得对。

毛大爷：放心吧。你们看，李教授来了。

　　　　【脚步声走近。

李　宁：毛大爷，您要出院啦。

毛大爷：诶呀是啊是啊，多谢李教授和您的团队。我这身体又好了。

李　宁：哦，太好啦！记得回来复诊啊。

毛大爷：那肯定的，那一定的。李教授再见。

　　　　【毛大爷脚步声远去。

李　宁：马先生，我来通知你，你可以手术了，经过我主持的多学科MDT讨论，大家
　　　　一致认为，诊断明确。你的血糖控制平稳，各项检查无明显手术禁忌症，可以
　　　　进行手术，你看怎么样？

马先生：不瞒李教授，我还是有点儿怕。

李　宁：啊，那我明白。要说没有风险是不可能的。特别是手术后有吻合口瘘，包括溃
　　　　疡、出血、胃瘫等一系列并发症。但是，请你相信我们，我们会尽量避免的。

马先生：我……我相信。只是，哎，都怪我工作太忙，这几年多次错过单位体检，没引
　　　　起重视，才45岁身体就这样了。

李　宁：马先生，我给你简单说说我的工作经历吧。做主任、升上副高以后，我带一个
　　　　医疗组，去乡下，那儿条件非常差，但是我视那边的条件作为自己成长的一个
　　　　考验。在那儿，我也碰到稀奇古怪的病种，特别是很多的农药中毒病例，当然
　　　　像你这种平常没有症状的胰腺肿瘤也碰到过。

马先生：我也是发现嘴里发干，喝水喝得多，听说可能是糖尿病才去医院的。

李　宁：是啊，糖尿病本身这个疾病有它自身的一个疾病的发展过程和原理，但是有一
　　　　部分患者也作为一个肿瘤的并发症而发生，那么我们这个团队对于这个胰腺肿
　　　　瘤治疗也有非常多的经验，也有自己的独到之处，所以呢你自己应该拥有自信
　　　　心，相信我们会把你这个疾病治疗好。

马先生：那我还能治好？

李　宁：当然！只要医患彼此信任，要相信浙江省中医院肝胆医外科的团队会把这个疾
　　　　病治疗好。

马先生：好，我接受手术！

　　　　【2022年5月某日，浙江省中医院李宁工作室门口。脚步声起，金医生走了

出来。

金医生：杨子老师，马先生，李教授让你们进去聊。

马先生：在这里说好，可以让更多人知道李教授的精湛医术。

金医生：里面可以让杨子老师听到更多的故事。

马先生：那也是。杨子老师，我们进去吧。

【杨子、马先生走进李宁工作室。

李　宁：马先生，你身体恢复不错嘛。我们就放心啦。

杨　子：李教授，刚刚我正准备采访您，马先生跟我说了好多您的优秀事迹和故事。

李　宁：这都是我们应该做的。

杨　子：好的医术就应该让更多的人知道。

马先生：是，是。我把接下来的故事继续讲下去。那天手术前，我还是有些紧张……

【2020 年 11 月 13 日，浙江省中医院的一间手术室。伴随着脚步声和滚轮声，
　　马先生被推进手术室。

护　士：马先生姓名核对无误。

金　法：几病区？几床？还有住院号，都核对一下。

护　士：核对无误。

金　法：核对无误。李教授，可以开始了。

马先生：（紧张）李……李教授，这……这就开始了吗？

李　宁：是的。马先生，不用紧张。金医师已经跟你和你的家属谈过了吧。

金　法：谈过了，向马先生和他的家属详细介绍过了胰十二指肠切除手术方案。

马先生：是的，都和我们谈过了。我，我没有问题，就是……就是还有点紧张……

李　宁：不要紧张，马先生。手术一定会成功的！

金　法：是的。相信我们，相信李教授的医疗团队吧。

马先生：嗯，我当然相信你们。

李　宁：那就好。马先生，请你放松，不要紧张，我们请麻醉医生给你上麻醉了。

金　法：1、2、3、4、5、6……马先生睡着了。

李　宁：好，我们开始手术！我们应该按照程序做一个病人核对。好，我们开始手术，
　　做十二指肠右外侧缘的分离，做胃十二指肠韧带淋巴结清扫，做半胃切除。

金　法：游离成功。

李　宁：好。接下来做空肠起始段的离断，做胰腺钩突部的切除，我们移除标本动作要
　　轻柔。

【回到现实，2022 年 5 月的一天，浙江省中医院李宁工作室。

马先生：我做完手术，麻醉醒来后感觉还挺好。这个时段虽然感到疲惫，身上也插着不少管子，但是体征平稳，也并不需要去ICU，直接返回普通病房。看到担心焦虑的老婆，我还微微点头安慰她。到这时，我已经放下大半个心了。后来，我又住了几天院，身体才慢慢恢复……

杨　子：不急，马先生，喝口水，咱们慢慢说。

马先生：（喝水）谢谢，那天……

　　　　【2020年11月中旬，浙江省中医院的一间病房。

护　士：马先生，胃管给你拔掉了。现在你可以正常喝水了。

马先生：好好，谢谢。

马先生妻：来，喝点水吧，慢慢喝。

　　　　【咕嘟的喝水声。

马先生：啊，这口水简直像人间甘露、琼浆玉液般甘甜，真的太好喝了。

马先生妻：监护仪已经撤掉了，尿管、胃管、引流管也都拔掉了。没想到恢复得这么快，接下来可以慢慢开始吃东西了。

马先生：是啊。真的要感谢李教授和他的团队。

李　宁：（笑）诶呀老马，这可不是我一个团队的功劳啊。

马先生夫妻：李教授，您来啦。

　　　　【脚步声走近。

李　宁：我来看看你恢复得怎么样，看起来不错嘛。这是浙江省中医院多学科团队共同的成绩，我只是其中普通的一员。

马先生：发现肿瘤的时候我和我老婆都慌了。没想到现在能这样完美解决，我们的内心充满了感激。

马先生妻：谢谢您啊，李教授。这次真的非常感谢您。

李　宁：这是我们做医生的应该做的。减除病人的痛苦，是我们每一个医生的责任，要不然要我们医生干什么呢。

马先生：遇到李教授，真是我的荣幸啊。

李　宁：马先生，您客气了。哈哈哈。这两天你就可以逐步开始下床活动，首先每天在病房走上两千步。相信这样下去，过不了几天就可以出院了。

马先生：好，好。我一定听您的吩咐。嗨，没想到能这么快重回正常生活。我又对生活充满信心了。

李　宁：是的，我们整个手术都在腹腔镜下的帮助下完成，一气呵成，十分顺利，出血也很少。你看，腹壁上只留下五个小切口，因此恢复起来也很快。看到手术能够圆满，我们也放心了。

马先生：圆满，非常圆满。感谢感谢。

李　宁：老马啊，我们人到中年，今后一定要关注自己的身体健康，不能因为工作忙而忽视了自己个人的健康。

马先生：是啊，经过这一遭，也算是买了个教训了。以后单位体检我一定要及时参加。

李　宁：是的啊，在我 40 岁那年，我总是感觉很疲劳，也是参加单位体检，才检查出了比较严重的脂肪肝，胆固醇也超标了。说来惭愧，我身为肝胆外科专家反而患上了代谢性疾病，这和我自己平时不良的生活习惯有关。于是我戒了烟，吃得少，坚持跑步，控制体重，身体也健康了起来。

马先生：李教授的经历很有启发。以后我出院了，也要加强体育锻炼，更健康地生活。

李　宁：好，我们一言为定。马先生，没有别的事，那我先去别的病房了。

马先生：等等，李教授！

李　宁：还有……

　　　　【马先生下床声。

马先生：让我再一次握紧您的手，再道声谢谢。李教授，您说您只是平凡的一员。没有神的光环，我就握紧手中的平凡，你们就是我们能握紧的平凡，但是你们不平凡！

李　宁：哈哈哈，没那么严重，能握紧手中平凡，平平安安，就是一种福报，祝你出院后一切顺利。

夫妻两：谢谢，谢谢。

　　　　【回到现实，2022 年 5 月的一天，浙江省中医院李宁工作室。

马先生：就这样，我顺利出院了。有了靶向药进一步治疗和定期复查，我的身体到现在都非常好。如今，我也更加注重健康和养生，关注和保养身体。

李　宁：那你还定期参加单位体检吗？有没有忘记？

马先生：没忘、没忘。我一直参加，必须参加。

杨　子：这次采访收获匪浅。李教授，您还有什么要和我们听众朋友分享的？

李　宁：有啊，我常跟自己的学生说：人的成长，需要带领你的人放手，让你自己去奋斗、拼搏。

　　　　【音乐起。剧终。

🎙【片尾：刚刚您收听的是由浙江省中医院和浙江广播电视集团经济广播联合出品的十集系列广播剧《共富路·中医情》，第四集《肝胆相照》。

总策划：何强

总监制：钱宇

策划：高俊

监制：陈岩明

总编剧：夏强

编剧：陈张立

制片：应鸽

配音：李宁

录制：好声音音频制作

总导演、制作人：杨子

感谢您的收听。

协力同心

🕐 **时间：** 当代

📍 **地点：** 浙江杭州

👥 **剧中人物：**

杨　子：女，主持人，广播剧《共富路·中医情》主创；

吕　宾：男，59岁，浙江省中医院消化内科学术带头人；

李医生：男，28岁，医学博士，吕宾团队新人；

姚阿姨：女，61岁，患者；

姚阿姨家属，男，65岁，男

张大哥：男，50岁，患者；

张二哥：男，45岁，患者；

其他：胃肠外科专家、肝胆外科专家、肿瘤科专家、病理科专家、影像科专家等。

🎤 **片头：** 在迈向中国式现代化的征程、奔向共同富裕的道路上，我们都离不开健康的体魄。有这样一群人，他们，为我们默默奉献、风雨兼程；他们，为我们刻苦钻研、辛勤探索。他们就是守护着我们生命健康的医护人员们。把脉问诊良方出，携手共富健康来。今天，让我们一起去探访他们。欢迎收听由浙江省中医院和浙江广播电视集团经济广播联合录制的十集系列广播剧《共富路·中医情》。请听第五集《协力同心》。

【2022年5月某日中午，浙江省中医院门口，蝉鸣叫的声音、汽车行驶声音、公交车进站声、行人交谈声交织成一曲欢乐的乐章。

【杨子一边走进浙江省中医院，一边说话。

杨　子：听众众朋友们，大家好！我是杨子。《跟着杨子看名医》节目，邀请过多位浙江省中医院的专家和教授做客直播室。今天，我又来到浙江省中医院，这次我作为广播剧《共富路·中医情》的主创，带领大家一起拜访共富路上的护航人。今天，我要去拜访的就是浙江省中医院消化内科学术带头人——吕宾教授。

【杨子来到吕宾作室门口。脚步声、机器叫号声、病人夸赞吕宾教授医术的声音交织成一曲紧张的交响曲。

姚阿姨：杨子老师啊，你是要找消化内科的吕宾教授吗？

杨　子：是的是的。阿姨怎么知道的？

姚阿姨：你最近在做广播剧《共富路·中医情》，我都在听。今天看到你到这里来，我想肯定是找吕宾教授了。

杨　子：谢谢阿姨支持，你也是来找吕教授吧。

姚阿姨：是啊，我的病就是吕教授治好的，现在每个月还要定期到中医院，找吕医师复诊呢！我的病，说起来，多亏了有吕教授和浙江省中医院，把我从那场噩梦中解救出来。

杨　子：哦？阿姨能说说吗？

姚阿姨：三年前，我老是肚子疼，刚开始以为是吃坏了东西，简单吃点药就过去了。可是肚子老是反复疼，让我坐不住。我找到了吕宾教授……

【2019年8月的一天，浙江省中医院吕宾工作室。脚步声、机器叫号声交织成一曲紧张的交响曲。

姚阿姨：吕教授，我的胃病到底怎么样？严不严重？

吕　宾：姚阿姨，我实话告诉你，你别紧张。

姚阿姨：我……我不紧张……

吕　宾：通过胃镜检查结果，发现你的胃上存在一个病灶。

姚阿姨：啊！吕教授我开始的症状只是肚子偶尔隐隐作痛，有时候还恶心想吐，不会太严重吧？吕教授，我怎么办啊！怎么办啊！

家　属：妈，妈……

吕　宾：你们稍等一会儿。

【脚步声。李医生走进房间。关门声。

李医生：吕教授，经过进一步CT检查，发现左右两叶的肝脏上都有癌转移病灶。

吕　宾：看来是非手术不可了。

李医生：那我这就去做手术的准备。

吕　宾：等等，小李。直接手术效果不好。

李医生：吕教授的意思是？

吕　宾：姚阿姨的病情比较复杂，我们不宜单打独斗。小李，我跟你说过的吧，科室之间要知识互补，多学科合作，大家组成一个团队攻克难关，为病人排忧解难。

李医生：吕教授是想要启动MDT吗？

吕　宾：是的。小李，麻烦你通知消化学科群，预备启动肿瘤MDT会诊，请大家一起为姚阿姨商讨一个个性化治疗方案。

李医生：可是，消化道肿瘤MDT目前是两周一次，上一次在两天前已经启动过了。

吕　宾：MDT是定期举行的。但是，如果遇到一些疑难复杂、情况比较紧急的患者时，我们也会随时聚在一起多方会诊。小李，你辛苦一下，把姚阿姨的资料给各个科室的专家过目，并协调一下各科专家的时间。待大家准备好了，咱们预计在近几天启动MDT。咱们要让病重的患者，在这里找到继续活下去的希望。

李医生：让病重的患者，在这里找到继续活下去的希望……好的，吕教授，我这就去协调各个科室！

【李医生脚步声远去。姚阿姨挤了进来。

姚阿姨：吕教授，你们要找这么多医生来啊？我的病是不是没救了。

吕　宾：姚阿姨，放心吧。从2014年4月，我们省中医院就开始对消化道肿瘤进行多学科的评估综合治疗，也就是前面说的MDT。如果遇到疑难复杂的消化道肿瘤问题，由各科专家们聚在一起讨论。至今已有几千名像姚阿姨你这样的病人被治愈了。

姚阿姨：这样啊？吕教授，拜托您了啊。啊呀，听您这样一说，我稍微镇定一点了。

【2022年5月某日下午，吕宾工作室。

杨　子：那后来呢？

姚阿姨：后来吕教授把肠胃外科、病理科、肿瘤科、肝胆科等科室的专家请来，一起讨论、研究治疗方案。

杨　子：你是在当时就知道这个会诊的内容吗？

姚阿姨：不，可不是，我也是后来听说的。有这么多专家为我治病，我现在想起来都非常感动。到了2019年8月的一个下午，我就开始治疗了。

【脚步声和各科专家互相打招呼、交谈病情的声音起。

李医生：吕教授，我把各个科室的专家都请来了。患者的基本情况，我已经向各位专家介绍过了。

吕　宾：好，好，感谢大家啊！！！感谢你们在百忙之中前来进行会诊。相信在大家群策群力下，一定能为病人解决难题。

胃肠外科专家：吕教授，您的具体思路是什么？

吕　宾：我的想法是转化治疗。既然与肿瘤硬碰硬不行，我们就迂回出击。比如通过短期的化疗、靶向治疗等，等肿瘤缩小，淋巴转移控制之后，再抓住时机手术。

病理科专家：我们病理科已经把肿瘤分期分型、基因检测等结果提供给大家。

肿瘤科专家：我看看……根据吕教授的思路和病理科提供的资料，可以由我们肿瘤科先给姚阿姨进行化疗和靶向治疗。预计三个疗程之后，姚阿姨的胃肿瘤和肝脏肿瘤都能缩小至少三分之一。

胃肠外科专家：等到姚阿姨的病情符合手术条件，我们胃肠外科就与肝胆外科专家联合。

肝胆外科专家：对，我们两个学科联合，一次手术，把姚阿姨身患的胃与肝脏肿瘤都切除。

吕　　宾：好好，太好了。感谢大家。那就请大家开始准备。

　　　　　【大家的脚步声散去。

李医生：（长出一口气）难题终于有了眉目。吕教授，我终于明白您说的"要让专家广谱化，大家要多交流"是什么意思了。

吕　　宾：小李，我没记错的话，你是重点大学的医学博士吧。论文我也看过，写得很不错，在专业领域钻研得比较深入。

李医生：吕教授，我这不算什么。

吕　　宾：你别谦虚嘛。你看我，我是1979年进入温州医学院学习的，1984年毕业以后就来到我们医院。论学历，我是不如你们年轻人的。你们年轻人很能干，学历高，脑子灵，基础扎实，再辅以先进设备，在自己专业领域的成长都很快。现在还有人工智能辅助，能够帮助医生减少看病当中的错误。但是，很多人在其他学科方面的知识不够多，而医学绝不是单一的学科。

李医生：吕教授，您是要我也关注其他学科，多走出去。

吕　　宾：对啊，我早期行医时，当时的治疗方法主要用药物治疗。但现在有各种治疗手段，药物只是其中一个方面。器械、手术，这些都要其他学科的支持。我们在自己的学科勤奋苦练，同时也要交叉医学，打通科室的壁垒，互相进步。

李医生：难怪从2016年开始，就集合消化内科、消化外科、放射科成为消化学科群。

吕　　宾：对啊，如今早期检查能发现早期肿瘤，当下还有许多功能性疾病，都需要多学科来治疗。

李医生：吕教授，我懂了。我会努力成为一个全科人才的。

吕　　宾：好，我拭目以待。现在，先让我们用多学科合作的方法来解决姚阿姨的问题吧。

　　　　　【2022年5月某日。嘈杂的人声中，杨子与姚阿姨一边走一边聊。

姚阿姨：就这样，我的肿瘤被成功切除。后来我又接受了半年化疗、一年靶向以及中药辅助治疗。到现在三年了，身体状况良好，没有任何复发转移的迹象。

杨　　子：那真是太好了。

姚阿姨：可不是嘛。非常感谢吕教授和科室的专家们。喏，这里就是吕教授的工作室。

杨　　子：吕教授正在和患者交流。我们等等吧。

【吕教授工作室内。吕教授正在同两名男性患者交流。

张大哥：吕教授，我最近感觉胃部胀痛。这胃镜的结果怎么样啊？

张二哥：是啊，我哥他怎么样啊？

吕　宾：胃里长了胃息肉，不过活检没有异常，可以在胃镜下直接摘除。

张大哥、张二哥：那太好了！

吕　宾：但是，另一个胃镜检查结果显示是胃癌。

张大哥：（惊讶）什么？我弟怎么会？

张二哥：（惊讶）我只是陪大哥来检查的啊。自己的胃从来没有不舒服过。

吕　宾：千万不要凭症状判断胃部健康状况。胃癌早期几乎没有症状，一旦感觉疼痛、
　　　　消瘦，往往已到中晚期。

张二哥：那我这……

吕　宾：不用担心，是早期。我们有有效的手段、足够的时间来治疗。

张大哥：幸好吕教授建议我弟顺便也做个胃镜检查。

张二哥：哎，真是不幸中的万幸。

吕　宾：你们住在哪里？

张大哥：我们就住在附近的小区。

吕　宾：一定要注意定期检查，以你们现在的情况，最好一至两年做一次胃镜，另外注
　　　　意科学饮食。

张大哥、张二哥：记住了，记住了。

李医生：请张二哥前去窗口办手续，以进行进一步治疗。

【张大哥、张二哥脚步声离去。杨子和姚阿姨走进。

杨　子：吕教授，我今天来打扰了。

吕　宾：欢迎欢迎。杨子，好几年不见了，我还怕你找不到这里，正准备让小李去医院
　　　　门口带路呢。

杨　子：我在医院门口遇到了姚阿姨，是她带我来的。

姚阿姨：吕教授、李医生，早上好。

吕　宾：姚阿姨，你也来了，这个月身体还好吗？

姚阿姨：好，好！

杨　子：我们一路走来，姚阿姨把她的故事都告诉我了。

姚阿姨：真的非常感谢吕教授。

杨　子：听说吕教授经常下社区义诊。

李医生：是啊。从 2016 年开始，吕教授和团队成员就深入乡村、社区做胃癌筛查，如
　　　　今已惠及超过 10 万人。我加入后，也经常跟吕教授团队一起进行公益活动。
　　　　现在团队活动平均每周就有一次。

吕　宾：是啊，我们在下基层义诊中，经常发现早期胃癌患者。有一年，我去一个山区，
为二十多位老百姓做胃镜检查，结果我吓了一跳，绝大部分人都查出了胃粘膜
萎缩，就是我们讲的萎缩性胃炎，其中一位还查出早期胃癌。

姚阿姨：很多人平时都没什么感觉。我一开始也只是肚子有点痛，是朋友说我一定要去
省中医院做个检查。

杨　子：我们大家对身体健康还是要更加重视。

吕　宾：是啊，其实，现在的病人已经和以前的病人不一样了。病人情况有很大变化，
医疗环境、社会环境也在发生变化。功能性疾病变多了。这些年，医疗卫生已
经从疾病为中心转移到以健康为中心。

李医生：所以要多检查，早发现，早治疗。材料的发展也促进了医学的发展，胃内镜能
够传递清晰图像，我们医生的判断、决定也就更加准确。

吕　宾：但是要让高水平医疗惠及更多的人，就要基层跟上上级医院的水平，达到起码
的水平。医疗得同质化。

杨　子：为了能够在早期发现胃癌，吕教授团队真的做了很多努力。深入社区、乡村，
替大家检查。

吕　宾：但是，义诊不能覆盖所有人。刚才那位张二哥他是陪他大哥来医院检查的，结
果误打误撞检查后，发现了早期的肿瘤。

姚阿姨：我出院后，根据吕教授的建议，也让我的子女都去做了胃镜检查。因为我属于
高危人群嘛，大家都排查了风险。

李医生：现在，在浙江省中医院，已形成从预防到早期筛查、诊断治疗以及中医药康复
的一整套包括胃癌在内的消化道肿瘤全链条管理模式。

吕　宾：在病人有需要时，我们将多学科协同作战，把不同学科的不同技术用在治疗的
不同阶段，用最好的方法救治患者。这方面，小李成长得很快。

李医生：这方面，我一直谨记吕教授的指导。

杨　子：我们也要听吕教授的话。

吕　宾：我常说内科外科化，外科微创化。交叉医学，打通科室，互相进步。
　　　　【音乐起。剧终。

🎙【片尾】：刚刚您收听的是由浙江省中医院和浙江广播电视集团经济广播联合出品的十
集系列广播剧《共富路·中医情》，第五集《协力同心》。

　　　总策划：何强
　　　总监制：钱宇

策划：高俊

监制：陈岩明

总编剧：夏强

编剧：陈张立

制片：应鸽

配音：吕宾

录制：好声音音频制作

总导演、制作人：杨子

感谢您的收听。

如此"肾"好

🕐 **时间：** 当代

◎ **地点：** 浙江杭州

👥 **剧中人物：**

杨　子：女，主持人，广播剧《共富路·中医情》主创；

何　强：男，50多岁，浙江省中医院党委书记，浙江省中医院肾脏病重点实验室主任；

陈医生：男，40多岁，浙江省中医院肾脏科医生；

丁大伯：男，65岁，患者；

张　叔：男，50多岁，患者；

吴阿姨：女，50多岁，患者；

丁大妈：女，60岁，丁大伯妻子；

何奕欣：女，高中生，何强的女儿；

其他人物若干。

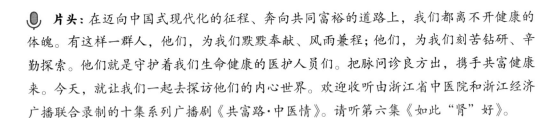

🎙 **片头：** 在迈向中国式现代化的征程、奔向共同富裕的道路上，我们都离不开健康的体魄。有这样一群人，他们，为我们默默奉献、风雨兼程；他们，为我们刻苦钻研、辛勤探索。他们就是守护着我们生命健康的医护人员们。把脉问诊良方出，携手共富健康来。今天，就让我们一起去探访他们的内心世界。欢迎收听由浙江省中医院和浙江经济广播联合录制的十集系列广播剧《共富路·中医情》。请听第六集《如此"肾"好》。

　　【2023年夏天，浙江省中医院一间活动大厅内，音乐声、人们交谈的声音交织成一曲车水马龙的乐章。

　　【杨子一边走进浙江省中医院这间活动大厅，一边说话。

杨　子：听众朋友们，大家好！我是杨子。欢迎大家收听系列广播剧《共富路·中医情》。今天，我要拜访的是浙江省中医院何强教授。但是我们去的不是科室也不是病房，而是这间礼堂。听，欢快的音乐声已经响起，今天，何教授要主持

一场特殊的活动，就是为肾脏病病友举办"肾友会"。据说，浙江省中医院从
2008 年开始举办肾友会，今年已经是第 15 届了。什么活动能坚持这么久，何
教授又将在会上带给我们什么呢？跟着杨子去听听吧。

【脚步声。

杨　子：你们好，请问你们都是来参加肾友会的病友吗？

丁大伯：是啊，我姓丁，今年 65 岁啦，是第一次参加肾友会。

杨　子：丁大伯。

张　叔：我姓张，今年过 50 岁了，我从第一届起就参加肾友会，几乎年年都参加。

杨　子：张叔。

丁大伯：张老弟和肾病抗争可有很长日子啦。我很佩服他。

吴阿姨：我姓吴。今年是第五年参加肾友会。

杨　子：吴阿姨。

吴阿姨：我们正聊着呢，都说起何教授，还有浙江省中医院肾脏科的各位医生，一直给
　　　　予我们关心和帮助。不仅在医疗上给我们排忧解难，还组织策划这些活动，抚
　　　　慰我们的精神，让我们更有勇气面对生活。

张　叔：是啊，一会儿这里活动结束，还要带领我们去西湖边健步行呢。

【大厅里突然响起鼓掌声。

丁大伯：是何教授来了！

【鼓掌声减止。

何　强：大家好，我是何强。今天，很高兴和大家一起参加活动。看到大家的气色和精
　　　　神都不错，我就放心啦。

丁大伯：看到何教授，我们肾友们也放心啦。

何　强：丁大伯，你身体可好啊。

丁大伯：好，好多啦。

何　强：可能有些肾友不认识丁大伯。这是丁大伯第一次参加肾友会。丁大伯，你要不
　　　　要给我们肾友们讲几句？

丁大伯：好啊。大家好，我姓丁，今年 65 岁啦。别看我这个岁数，我平时喜欢运动，
　　　　以养生达人自居，别说大病，连小毛病都几乎不生。但是去年下半年的一天，
　　　　我突然发现自己双侧小腿出现了水肿。我因为经常健身，有一些医学常识，担
　　　　心会不会是肾脏出毛病了。于是，我赶紧拿起手机，点开浙江省中医院微信服
　　　　务号，预约了肾病科何强教授的专家号……

【音乐过渡。

【2022 年 10 月的一天，浙江省中医院何强的门诊办公室。丁大伯和丁大妈的

脚步声近。

丁大伯：何教授，你看我，这到底是啥情况啊？

丁大妈：何教授，我老伴平时身体硬朗的嘞。不知道咋的，就会出这毛病，不会真的肾
　　　　有问题吧？

何　强：两位先坐，不用着急。丁大伯，你把你身体的具体情况跟我讲讲。

丁大伯：就是前些天，突然发现自己双侧小腿出现了水肿。水肿情况早上要相对轻一
　　　　些，晚上则重一些，摁下去还有一个坑。上厕所的时候，发现小便里还有许多
　　　　泡沫。

何　强：嗯……那么你在其他医院或者我们的门诊有没有做过一些检查？检查结果出来
　　　　了吗？

丁大伯：出来了，给。

何　强：我看看……哎，还真是，检查结果提示"三高一低"。

丁大伯："三高一低"是啥？

何　强：就是我们肾脏病医生经常讲的大量蛋白尿、水肿、高脂血症和低蛋白血症。丁
　　　　大伯，您现在这个情况，按照我们肾脏病专科医生讲，确实是"肾病综合征"。

丁大妈：啊，完了完了！

何　强：丁大妈，丁大伯，不要害怕，我们会制定治疗方案，一定会治好丁大伯的。

丁大伯：是啊，你先别急，何教授一定有办法。

何　强：丁大伯，我的建议，像您这种情况是应该住院，我们要去做肾脏穿刺的活检，
　　　　通过活检，实际上可以明确到底是什么原因导致肾病综合征，后续治疗方案可
　　　　能会更有帮助，也更加科学。

丁大伯："肾病综合征"直接治疗不行吗？我还想治疗完就回家呢。我每天都要在小区
　　　　里锻炼的，球友们还等着我呢。

丁大妈：是呀，何教授，为什么还要做肾组织穿刺活检呢，对我们家老头子会不会有很
　　　　大的创伤和风险？

丁大伯：何教授，别怪我们问得直接啊。我们确实不太明白。

何　强：丁大伯，丁大妈，很多患者会有您这样的一些困惑，我们为你们这样的患者专
　　　　门准备了一张图，你们看看这个图。

丁大伯：图上的是肾脏？

何　强：对了，你看，这两个都是肾脏，在肾脏里面最基本的功能单元我们叫肾单位，
　　　　我们正常两个肾脏加起来约有 200 万个肾单位，实际上肾单位就像我们平时
　　　　在用的筛子，筛子的孔呢是有规定的，正常情况下，像白蛋白这些比较大的分
　　　　子，是不能从筛子里漏出去的，但是水份、代谢的废物，就能从筛子里漏出
　　　　去，这样的话保持我们身体的平衡，但是一旦有病变，筛孔就会受到病变的损

害，有可能孔变大了，白蛋白就会从筛孔里漏出去，一但漏出去得多，就会导致您现在表现的"肾病综合征"。

丁大妈：哎呀，听起来太可怕了。

何　强：不可怕，现在的医学已经对肾病很多的方面了解得比较清楚了。您这次住院，我们的医生会安排您做一些血液、尿液等方面的检查，对您做一个系统的评估。如果各方面都没有禁忌的话，会尽快帮您安排肾脏穿刺活检，肾脏病理的结果出来以后，我们就可以针对你的病理和综合检查的情况给你制定精准的治疗方案。你放心，丁大伯，我们这个团队从上个世纪 90 年代开始就已经开始做肾穿刺活检了，所以说有 30 多年的经验了。我们也会帮你安排最熟练的医生来做这方面的穿刺治疗，你放心。另外，丁大伯，我首先要感谢你们对我们浙江省中医院肾脏科的信任，我们也会给你最好的诊疗服务。

丁大伯：好吧，就是不能运动锻炼了。

何　强：丁大伯，肾脏病啊，并不是说不能运动的，当然，你要在我们医生的指导下，怎么样做自己喜欢的运动，同时又不增加肾脏的负担，那样的话你就可以更安心锻炼了。

丁大伯：既然何教授都这么说了，我决定住院完善检查。老婆子，你觉得呢？

丁大妈：想不到何教授能这么耐心给我们两个门外汉解释。我也相信何教授。

【2023 年夏天，浙江省中医院一间活动大厅内。

丁大伯：就这样，经过何教授耐心的开导和建议，我决定住院接受检查。几天后，何教授又来病房看望我……

杨　子：那后来呢？

丁大伯：后来啊？就在几天后，大概是 2022 年 10 月的一天，何教授又来病房看望我……

【时间过渡。2022 年 10 月的一天，浙江省中医院病房。脚步声近。

何　强：丁大伯，丁大妈，在我们医院住院感觉怎么样？我们医生、护士服务的情况怎么样？帮我们提提意见啊，您的肾穿刺结果已经出来了。

丁大伯：何教授，结果怎么样？

丁大妈：是啊，何教授，严重嘛？

何　强：目前明确诊断为"膜性肾病Ⅱ期"。

丁大妈：这是什么病？能治吗？

何　强：能治，能治。丁大伯，我们还要感谢你对自己健康状况的敏锐洞察力，还是比较早就到我们医院来，所以我们也可以根据你的病理情况及时制定精准的治疗方案。

丁大伯：何教授，什么是膜性肾病？

何　强：好，我简单解释一下。上次在门诊，我跟您讲过，我们的肾脏相当于一个筛子，这个筛子实际上就是有张膜，这就是我们肾小球的滤过膜，滤过膜里面的细胞叫内皮细胞，外面的细胞叫足细胞，中间有张膜叫基底膜。您得的这个膜性肾病，主要病变在基底膜，有很多免疫的损伤导致一些病变的分子集中沉积在基底膜上面，基底膜损害了以后就会导致滤过膜功能减弱，就是我们所说的这个筛子，它的孔会变大，就会有蛋白漏出来。二期就是基底膜增厚到一定的程度，有时候我们在病理上看起来，就像一个个基底膜上长了钉子一样，我们叫做"钉突"，这是我们判断膜性肾病到哪一期比较重要的依据。所以，您的类型我们已经明确，是膜性肾病第二期。

丁大伯：好像有点懂了。这不会要透析吧？

丁大妈：难道要肾移植？天哪！

何　强：您不用过分担心。膜性肾病在 60 岁以上的人群当中还是比较多见的。当然，如果膜性肾病不及时治疗，可能会发展到终末期肾上病、尿毒症，需要透析，您这个情况我刚才讲了，您过来还是早的，在治疗上我们有一系列方案，应该说通过这些治疗，您完全可以避免发展到尿毒症。

丁大伯：那么，怎么治疗呢？

何　强：我们采取中西医结合的方法。西医当中会用到激素、免疫抑制药物，这些药物会对你的膜性肾病有特效，当然也有些患者不能完全、及时地起效，可能有效率在百分之六十到八十左右，我们再加上中药，起到两个目的：第一个，提高有效率，减少西药像激素的副作用，第二个，也会更加安全，实际上对临床诊疗有很大帮助。

丁大伯：原来如此。听何教授一席话，获益良多。我本来还担心身体吃不消治疗的副作用，这样一来，我也没什么可担心的了。

丁大妈：感谢何教授，对我们这么耐心的讲解。

何　强：您不用担心我们的治疗，只要您严格按照我们医生和护士的要求，第一个是按时服药，第二个是定期按照规定做检查，第三个是我们会对你生活方式和运动方式进行指导，这样的话就能够更好地保证你按照医疗的要求，回归正常的生活。

【音乐过渡。时间来到 2023 年夏，浙江省中医院活动大厅的活动现场。

丁大伯：说能重返运动场，就能重返运动场。经过何教授和肾脏科团队中西医结合的精心治疗，我的治疗过程很顺利，3 个月后复查尿蛋白就降至安全范围。我的球友们看到我回归，都很惊喜。今天借着这个活动，我要特别感谢何教授和浙江省中医院肾脏科医疗团队。

何　强：丁大伯，今天我们还有特别的礼物送给你呢。来，有请肾脏科的陈医生。

陈医生：哈哈哈，何教授，你看是谁跟来了？

何奕欣：爸爸！

何　强：陈医生，我的闺女怎么跟你一起来了？

陈医生：哈哈，小何是来给咱们送奖状的。

何奕欣：是啊，爸爸。我知道你每年都给各位叔叔阿姨们手写创意奖状。今年您写完后我又加工了一下，看，好不好看。

何　强：呦，还真不赖，有一种中国传统画的感觉。

何奕欣：希望拿到奖状的叔叔阿姨们身体都能够越来越好。

陈医生：谢谢小何。那我就发奖状啦。丁大伯，这是你的。

丁大伯：哎呦，这怎么好意思。

张　叔：你就拿着吧。这可是我们老病友每年最期待的纪念品呢。

丁大伯：好咧，那我就拿着啦。咦，这上面写着"陈皮奖"。

何　强：奖项都是用中药名或者经典处方名命名的。这既是对病友们自我管理的肯定、鼓励，同时也是科普和提醒，希望大家能进一步认识自己的病情，坚持规范化治疗，加强自我管理，同时我也想拜托你们一起传播中医药文化。

陈医生：陈皮是一味越老越好的中药，希望丁大伯能如陈皮一样，越陈越香，越来越好。

丁大伯：哈哈哈。有何教授和各位医生在，我一定会越来越好的。

陈医生：接下来是张叔，你的奖状。

张　叔：谢谢。今年是黄柏奖。

陈医生：黄柏的花语是坚强，希望张叔在长期与疾病战斗的过程中要始终保持乐观、坚强、向上的韧劲。

张　叔：从何教授到陈医生再到各位医生，一直对我关怀备至。我做血液透析已经十多年啦，虽然很艰难，但是每过一轮寒暑，每当看到茶树又冒出新芽，想起医生们的鼓励，我这个茶农就感到有乐观对面生活的动力。

陈医生：接下来是吴阿姨，你的奖状。

吴阿姨：谢谢喽。我看看，呀！芍药奖。

陈医生：芍药是花也是中药，这是我们专门为女性病友颁发的"女神奖"。

吴阿姨：谢谢你们，我真的很开心。

杨　子：看到氛围这么好的活动，我不禁感慨，不愧是中医特色、优势鲜明的浙江省中医院肾脏科。

何　强：这不是主持人杨子嘛，你好，你好。

杨　子：何教授好。

何奕欣：爸爸，听说接下来咱们还要去西湖边健行？快出发吧，我等不急啦。

何　强：对。名中药奖项已经花落各家了。今天春光明媚，各位病友，不妨随我去西湖边健步，或许还能来一段中华养生功法进行改良的八段锦。

张　叔：好，八段锦特别适合我们肾脏病人。

丁大伯：西湖好呀，我已经迫不及待去运动了。

何　强：哈哈，出发，我们一起去西湖。

何奕欣：出发喽，去西湖玩喽！

众　人：出发，我们一起去西湖！

【音乐起。剧终。

【片尾：刚刚您收听的是由浙江省中医院和浙江广播电视集团经济广播联合录制的十集系列广播剧《共富路·中医情》，第六集《如此"肾"好》。

总策划：何强

总监制：钱宇

策划：高俊

监制：陈岩明

总编剧：夏强

编剧：朱金文

制片：应鸽

配音：何强、何奕欣

录制：好声音工作室

总导演、制作人：杨子

感谢您的收听。

生死时速

🕐 **时间:** 当代

📍 **地点:** 浙江杭州

👥 **剧中人物:**

杨　子: 女, 主持人, 广播剧《共富路·中医情》主创;

江荣林: 男, 59 岁, 浙江省中医院重症医学科主任;

雷主任: 男, 40 多岁, 浙江省中医院重症医学科副主任;

张主任: 男, 40 多岁, 浙江省中医院重症医学科副主任;

杨主任: 男, 40 多岁, 浙江省中医院安吉分院重症医学科;

患者妻子: 女, 40 岁, 患者妻子;

患者儿子: 男, 10 岁, 患者儿子;

🎤 **片头:** 在迈向中国式现代化的征程、奔向共同富裕的道路上, 我们都离不开健康的体魄。有这样一群人, 他们, 为我们默默奉献、风雨兼程; 他们, 为我们刻苦钻研、辛勤探索。他们就是守护着我们生命健康的医护人员们。把脉问诊良方出, 携手共富健康来。今天, 让我们一起去探访他们的内心世界。欢迎收听由浙江省中医院和浙江广播电视集团经济广播联合录制的十集系列广播剧《共富路·中医情》。请听第七集《生死时速》。

【2022 年 9 月某日上午, 浙江省中医院重症医学科, 江荣林教授办公室, 敲门声响。

江荣林: 请进。

雷主任: 江教授, 我的夜班值完了, 还有什么任务吗?

江荣林: 哎, 雷主任辛苦了, 目前没什么要紧的事, 你先回去休息吧。

雷主任: 那我先回去休息了。如果有急事请一定联系我。

江荣林: 嗯, 好的。

【雷主任脚步声远去。关门声。紧接着，办公室内的电话声叮铃铃响起。

江荣林：你好，这里是浙江省中医院重症医学科。

杨主任：是江荣林江教授吗，江教授在吗？

江荣林：我是江荣林，请讲。

杨主任：江教授，我是安吉分院的老杨，我们安吉院区请求紧急支援！

江荣林：杨主任，发生什么事了？

杨主任：江教授，我们这里有一名42岁的男子因突发胸闷气急入院，现在情况很
危急！

江荣林：杨主任，请您具体描述一下病人的情况好吗？

杨主任：患者现在生命体征很不稳定，心率就像过山车，从30余次到160余次不断变
化，大剂量升压药维持血压，机械通气纯氧支持下氧合仍不达标，且合并呼吸
窘迫、大汗淋漓、大量粉红色泡沫痰、无尿。

江荣林：非常危重啊！你们觉得初步判断是什么样的一个情况？

杨主任：考虑为急性心肌梗死、急性心力衰竭、急性呼吸衰竭、急性肾功能衰竭，多脏
器功能衰竭，患者的生命危在旦夕啊！

江荣林：噢，确实很危重啊，老杨必须马上抢救！杨主任，根据你的描述，我觉得现在
非常符合ECMO治疗指征，您那边我知道没有具体的条件，我们马上过来帮助
你们。

【咔嚓。电话挂掉。嘀嘀嘀嘀嘀嘀嘀嘀嘀，江荣林又拨通了一个号码。

雷主任：喂，江教授。

江荣林：雷主任，有位患者情况非常危险，急需ECMO支持，安吉分院的杨主任请求我
们紧急支援，请你安排几名医生跟我一起去吧。

雷主任：我刚出院大门，正好没走远，马上回来！

江荣林：雷主任，你刚值完夜班，太辛苦了，不必自己过去，安排几名在岗的医生跟我
去就可以了。

雷主任：不，不。江教授，你常跟我们说要守护患者的生命，我这点疲劳算什么。倒是
您在医院的任务繁重，不如就由我带队过去，你在这里坐镇指挥吧。

江荣林：雷主任，辛苦你了。患者情况如此，我的心也揪着。既然这样，咱们一起带队
过去吧，我再联系张主任和其他医生，组织团队，准备出发。

雷主任：好，咱们一起去，把患者的生命挽救回来！

【嘀嘀嘀嘀嘀嘀嘀嘀嘀，江荣林又拨通了一个号码。

张主任：喂，江教授。

江荣林：张主任，打扰你休息了，安吉分院有一个心脏原因休克的患者，急需ECMO支
援。请你安排一名医生加入团队吧。

张主任：我刚好有空，我自己过来吧。我家离医院不远，我马上到。

江荣林：好，辛苦你了，我们准备准备，马上出发。

【2023 年 6 月的一天，浙江省中医院重症医学科，江荣林教授办公室。

杨　子：听众朋友们，大家好！我是杨子。欢迎大家收听广播剧《共富路·中医情》。我现在正在浙江省中医院重症医学科主任江荣林教授的办公室，请他继续为我们讲述这个惊心动魄的急救故事。

【开往安吉分院的汽车内。车辆行驶的声音。

江荣林：雷主任、张主任，还有大家，这次任务非常紧急，辛苦了。雷主任刚下夜班，还没来得及休息；难得的休息日，张主任也从家里火速赶来。我们要在 20 分钟内完成人员集结，备好物资，证明我们重症医学科是一支常备不懈、非常有战斗力的队伍。

张主任：江教授您常说，我们重症医学科是患者人生的守门员，是生命的守护人。守护患者是我们的责任，比起我们的责任来，一个休息日不算什么。

雷主任：没有奉献精神，干不了 ICU。江教授，开始布置任务吧。

江荣林：好。能否把病人的生命挽救住，今天的 ECMO 是最关键的一步，最强有力的措施，唯有准确判断，立即介入，然后创造时间，用其他方法治疗病人的原发疾病。根据安吉分院杨主任的描述，我已对病人情况有了大致判断。时间就是生命，我们在车里就要考虑到所有可能性，让分院团队预备好其他的机器设备，避免不必要的等待时间。

【一阵阵救护车的声音……安吉分院门口，汽车行驶声由远及近，刹车声，车门打开声。

杨主任：江教授，还有各位专家，没想到你们来得这么快。

江荣林：患者的情况如何？

杨主任：非常危险。

江荣林：之前在车上沟通过的事项都准备好了吗？

杨主任：都准备就绪。我们分院的团队人员都在手术室等着各位。

江荣林：好。杨主任我们立马过去吧。

杨主任：大家跟我来，这边……

　　　　【匆匆凌乱的脚步声。

杨主任：各位，患者就在这里。这是患者身体情况的详细数据。

江荣林：好。我们马上进行全面评估。

雷主任：江教授，看情况，我们必须立即对患者进行生命支持。

江荣林：对。ECMO置管！争取在最短的时间内把ECMO机器运转起来。雷主任用超声探查病人的血管，张主任准备全部ECMO耗材，小王准备ECMO机器，护士预充ECMO管路，杨主任全面配合。

雷、张、王、护士、杨：好的，明白！

江荣林：很好，感谢大家的配合以及安吉分院同仁们的准备工作，我们已经无缝衔接了第一步。

张主任：江教授，患者血管条件较差，穿管难度大。是不是考虑别的办法？

江荣林：我看看……杨主任，请加大升压药的剂量，补液500毫升。

杨主任：好的。我们马上配合！

江荣林：好，大家通力合作。

雷主任：江教授，患者心源性休克，恶性心律失常，心功能极差，肺水肿明显，肺功能也极差！

江荣林：选择VA ECMO模式，代替心肺功能。

雷主任：好，准备VA模式。

【一阵短暂的安静状态，只有清脆的秒针嘀嗒声……

雷主任：江教授，患者置管成功。

江荣林：很好！我们只用了全部不到二十分钟的时间就成功运转ECMO。但现在还不是松懈的时候，要继续坚持下去，我们还要继续严密观察。

杨主任：江教授和各位医生不愧是过硬的团队，这么快就把ECMO搞定了。

江荣林：杨主任您客气了。也多亏了杨主任和分院的各位对接得好。这第一步才走得又快又好。不过这也还只是第一步。张主任，现在患者情况如何？

张主任：江教授，患者容量过多，需要把液体排出，减轻肺水肿情况和心脏负荷。

雷主任：江教授，考虑上CRRT治疗吧。

江荣林：上CRRT治疗，因为病人容量过多，这样可以快速解决容量过多问题。杨主任，你们的CRRT有准备好吗？

杨主任：没问题，我们的护理团队已经提前把CRRT管路安装预充好备用了。

江荣林：好。雷主任、张主任，请马上连接ECMO与CRRT的管路。

雷主任、张主任：好。

【手术室外有喧闹声传来。

患者儿子：爸爸，我要爸爸！妈妈，爸爸在哪里？

患者妻子：爸爸在里面，很快就会出来的。

患者儿子：爸爸已经进去好久了，我要进去看爸爸！

患者妻子：乖儿子，再等等，爸爸一定会出来的。

【手术室内。

江荣林：管路已连接，治疗可以顺利进行了……外面是什么声音？

杨主任：恐怕是患者的家属吧。他们非常着急，已经来询问多次了。

江荣林：雷主任、张主任，请继续密切观察治疗。杨主任，带我出去看看。我们行医的，
也要有人文关怀，对患者和患者家属要有沟通，对他们进行心理抚慰，这也是
非常必要的。

【开关门声。

患者妻子：杨医师，杨医师！我老公情况怎么样？还有救吗？你们一定要救救他！

杨主任：你别担心。治疗很顺利。这位是浙江省中医院的江教授，他带领省中医院重症
医学科的团队特地赶来抢救你的丈夫。

江荣林：患者家属，我们是浙江省中医院重症医学科的团队，我们会尽最大的努力！现
在已经把ECMO顺利做上去了，还连接了CRRT的机器，目前一切顺利，但
后续还需要继续密切观察治疗。

患者妻子：他，他现在怎样？

江荣林：请你放心，目前整个过程都很顺利，对患者的所有治疗正在紧张有序地进行中。

【开关门声。

雷主任：江教授，杨主任，患者容量过多情况有所好转。但患者目前还没有脱离危险。

江荣林：我们对患者的初步治疗已经完成，我们接下去将把这个病人转到我们浙江省中
医院的本部进行进一步的后续治疗。

患者妻子：要转院吗？我丈夫这个样子，能上车吗？

江荣林：你放心，我们会确保转运工作的顺利进行。雷主任，杨主任，麻烦安吉的同事
们和我们的团队双方立刻协商做好各项转运前准备，加固各个导管及接头，保
证转运设备安全有效。注意，任何仪器设备都不能停，任何管路及接头的松动
滑脱都有可能危及患者生命。务必克服各种困难，保证患者安全。

杨主任：好。我这就去派出本院的120专车。

雷主任：好。我这就去安排随车转运的医生、护士。他们会一路上密切关注患者生命体
征及病情变化，观察患者每一次的心脏搏动，不会有任何闪失。至于设备，我
亲自监督。

【急促的脚步声远去。

江荣林：浙江省中医院本部的ICU已经准备就绪，最多一小时不到两个小时，你的丈夫
就会转到我们浙江省中医院的本部，由我医院的重症医学科团队全面接手，争

取顺利完成后续的一起医疗工作。

患者妻子：谢谢江教授，谢谢各位医师。

患者儿子：谢谢叔叔。

江荣林：不客气，这是我们叔叔、阿姨、伯伯们应尽的责任。请你们放宽心，相信我们，相信浙江省中医院重症医学科团队的专业和敬业。我们后续还要采用中西医结合的方法治疗患者的心脏疾病。他的心脏功能很差，中西医结合治疗可能有比较好的疗效。

【2023年6月的一天，浙江省中医院重症医学科，江荣林教授办公室。

杨　子：江教授讲的这个故事真是紧张，想必听众朋友们都在广播前捏了一把汗吧。现在让我们回到浙江省中医院重症医学科江荣林教授的办公室，让他把故事的结局告诉我们。

江荣林：那天，我们的救护车仅用一个多小时就走完两个小时的车程。到达省中医院后，立即将患者转移到ICU病房里。重症医学科的团队接过全部担子，稳稳完成救治。中西医结合治疗的第三天，患者心肺功能已有明显好转。经过评估，患者顺利完成ECMO治疗。当天下午，重症医学科团队为患者进行了撤机拔管，患者生命体征平稳，抢救成功！

杨　子：太好了！不愧是江教授，不愧是专业的重症医学科团队，不愧是浙江省中医院！

江荣林：又过了两天的后续治疗，患者已经可以脱离呼吸机，并成功拔除了气管插管。一周后顺利转普通病房继续治疗。患者家属也一扫紧张焦虑的情绪，露出了笑容，并向我们送来了感谢信。

杨　子：真是一场漂亮的接力赛！

雷主任：是啊，江教授带领我们顺利接好了这一棒。

张主任：有江教授的指挥，我们才顺利完成对患者的急救。

江荣林：这是我们上下级医院、团队间精诚合作，合力抢救危急重症的典型案例。大家都做得非常好。

杨　子：但也确实非常的紧张呐。这整个抢救就是分秒必争的抢险。

江荣林：是的。但这就是我们重症医学科的责任和常态。我常跟科室的同志说，人生的三分钟，可能就是一个生命。我们拖不起。科室里的大家，素质都非常高，也很有奉献精神，能够在高压下紧绷精神，迅速进入应急状态。因此，我们才能够达到90%以上的抢救成功率。

杨　子：江教授从业39年了吧，一直都是这个节奏吗？

江荣林：是啊。长期的工作，让我不仅手术快，走路也快，吃饭也快，哈哈哈哈。当然，我也很享受这份高速和高压。因为成就感非常强。虽然因为病人转危为安后会转移到其他病房，我们并不总是能听到病人康复出院时的感谢。但我们在抢救时能感受到病人的生命体征转危为安、为他们病情的好转感到欣慰，那是一份守护生命的崇高使命感。

杨　子：我觉得你们真的就是生命的守护神。江教授，最后一个问题，也是听众朋友们想问的。您对中医有什么期望？

江荣林：希望尽我们最大的努力，把中西医充分结合起来，让中西医结合更好地服务于病人，让中医走向世界。

【音乐起。剧终。

🎤【**片尾：**刚刚您收听的是由浙江省中医院和浙江广播电视集团经济广播联合录制的十集系列广播剧《共富路·中医情》，第七集《生死时速》。

总策划：何强

总监制：钱宇

策划：高俊

监制：陈岩明

总编剧：夏强

编剧：朱金文

制片：应鸽

配音：江荣林，沈子睿

录制：好声音工作室

总导演、制作人：杨子

感谢您的收听。

影像世界

时间: 当代

地点: 浙江杭州

剧中人物:

杨　子: 女, 主持人, 广播剧《共富路·中医情》主创;

许茂盛: 男, 50多岁, 浙江省中医院医学影像科主任;

董先生: 男, 60多岁, 患者, 企业家;

方先生: 男, 60多岁, 患者, 退休干部;

张大爷: 男, 70岁, 患者;

其他人物若干。

片头: 在迈向中国式现代化的征程、奔向共同富裕的道路上, 我们都离不开健康的体魄。有这样一群人, 他们, 为我们默默奉献、风雨兼程; 他们, 为我们刻苦钻研、辛勤探索。他们就是守护着我们生命健康的医护人员们。把脉问诊良方出, 携手共富健康来。今天, 让我们一起去探访他们的内心世界。欢迎收听由浙江省中医院和浙江广播电视集团经济广播联合录制的十集系列广播剧《共富路·中医情》。请听第八集《影像世界》。

【2022年某日早晨, 浙江省中医院内, 喧嚣的行人声音。杨子一边走一边说话。

杨　子: 听众朋友们, 大家好! 我是杨子。欢迎收听系列广播剧《共富路·中医情》。今天我们要拜访的是浙江省中医院医学影像科主任许茂盛教授。许教授是从业30年的"医学影像老行家"了, 有人称他为黑白影像世界的"福尔摩斯"。今天就让我们一起听听这位"侦探"如何"破案"。从这个拐角过去就是——哎呦——

董先生: 哎呦——

【啪的一声，两人轻微碰撞。董先生手中的纸掉在地上，散落开来。

董先生：对不起，对不起，是我走太急了，没看人。你还好吧？

杨　子：没关系。你手里的纸都掉地上了，我帮你一起捡吧。

董先生：谢谢，谢谢你。

杨　子：咦，这是你的CT检查报告？

董先生：哎，不瞒你说，体检查出有肿瘤，着急啊。我这急着去门诊三楼A309找许茂盛教授呢。我现在精神压力大，昨晚就没睡好，走路都有点恍恍惚惚的，只想快点去找许教授。不小心撞了你，还麻烦你捡报告，真是不好意思。

方先生：（气喘吁吁）老董，哎，你在医院里跑什么，我都差点跟不上啦。你跑这么快撞到人怎么办——哎呦，还真撞到了，这位女士你没事吧？

杨　子：没关系的。给，你的CT检查报告——你说你们要找医学影像科的许茂盛教授？

董先生：是的。啊，自我介绍一下。我姓董，是个企业家。这位姓方，是位退休干部，也是我的好朋友。前几天，离退休人员组织体检，我俩一块参加了。体检CT拍片显示，我朋友是良性，我却是肿瘤。哎呦，愁得我一宿没睡着。都说许教授是黑白影像世界的"福尔摩斯"。我把材料都集齐了，要请许教授看看。

方先生：我怕董老弟一个人压力太大，今天陪他一块过来。

杨　子：我也正好要拜访许教授，那我们一起过去。

【脚步声。医学影像科许茂盛教授诊室（门诊三楼A309）。有人交谈着走出诊室。

杨　子：您好，许教授。我是杨子，今天来打扰了。

许茂盛：杨子，好久不见，欢迎欢迎。现在正值体检季，我这里人不少，今天可能没有时间和你详细交流，抱歉呐。

杨　子：没关系的，您忙您的，我在一旁学习。

许茂盛：好的，好的。

杨　子：对了，这位是董先生，这位是方先生，刚才在走廊上遇到的，今天也是挂了您的号。

方先生：我没有挂，只是陪董老弟来的。

许茂盛：两位好！我有什么可以帮到你们的？

杨　子：许教授，董先生有很多检查单。

许茂盛：董先生，你好！今天的CT检查报告出了吗？

董先生：出了出了，今天我还把最近几年的检查资料都带来了，请许教授仔细看看，该怎么办呢？

许茂盛：好的，我看看。嗯……肺结节的大小和之前几次检查基本没有变化，加上结节的形态等综合分析，基本可以肯定是良性结节，不是恶性肿瘤。董先生，你实在是不必过于担心。

方先生：哈哈哈，老董，我就说吧，你身体倍棒，跟我一样。

董先生：但是我……为什么体检结果显示是肿瘤呢？

许茂盛：不同的医生根据自己的专业和掌握的信息不同，有不同的考量，会根据病灶的大小等等来判断，另外，如果当时只是一次检查，没有前后对比动态观察，那对你的这个判断会有点局限。我这里的话，根据前后几次的结节变化进行判断会更加准确，你这个结节从前后来看基本上没什么变化，可以断定是良性，不是恶性肿瘤。

董先生：原来是这样，那我没事了？怎么感觉还是有点担心呢。

许茂盛：是的。我遇到过不少查出肺结节的人都会忐忑不安，心理压力非常大，生怕肺结节是癌。这种担心可以理解。但是，自从肺部CT扫描成为常规体检项目以后，体检中检出"肺部小结节"已经成为一种"新常态"，其中只有很少一部分是肺癌。像你这样的情况，我已经明确是一个良性的结节。不用担心。

董先生：万一我刚好不是常态呢？

许茂盛：这个你放心，我已经仔细看过了。实际上，从研究来说，直径小于6毫米的肺结节恶性的几率还不到1%，你现在不用担心。

董先生：好吧，我相信你，许教授。

许茂盛：董先生，根据你的情况，建议你12个月后随访，如变化不明显，后续就可以再增加间隔时间，到18至24个月。

董先生：好的，许教授。

方先生：许教授，我也有一张CT单，刚做的，劳驾您也帮我看一下？

许茂盛：好的，方先生，稍等，我看看啊！方先生，根据我的经验，你这个结节我不太放心，需尽快进行手术。

方先生：这样啊。可是我的报告上显示是炎性结节啊！

许茂盛：是的。很多病灶表现得差不多，也就是在影像学上表现的是相近的，这就是我们所说的"异病同影"——不同的疾病可以表现得很相似。但是你这个呢，正好我查到，两年前你在我们这里做的检查结果，你这个结节有增大。所以，我可以比较有把握地告诉你，你这个结节应该尽快手术。

方先生：那许教授，我接下去该怎么做啊？

许茂盛：找胸外科的专家，住院手术。

方先生：谢谢许教授啊！我们今天就去。

杨　子：好的，两位抓紧去治疗吧。好，再见！

　　　　【过渡音乐声，脚步声离去。

杨　子：许教授，刚才董先生和方先生两个病例的判断有截然不同的结果，您是怎么得出的？

许茂盛：这个确实是比较专业的问题，也是我们影像工作面临的比较困难的、比较有挑战性的工作。实际上，我们是根据很多的影像表现和我们工作的经验，对这个病灶不同的形态、大小、密度还有它动态变化进行综合判断。我们可以看到，刚才董先生的病灶形状比较规则，他在几年的随访当中是稳定的，而方先生的病灶有毛刺，病灶在增大，所以判断董先生的病灶是一个良性的结节，而方先生的病灶就是一个肺癌。

【急促的脚步声。

张大爷：许教授，你好！我这个情况医生建议做手术，请你看看什么情况，是否一定要手术！

许茂盛：张大爷，您别急，我先仔细看看片子。

张大爷：你看，外院胸外科医生说我右肺有个很大的影子，考虑是肺癌，需要手术！

许茂盛：好的，我给你仔细看过了，也对比了前几次的检查，你的这个磨玻璃的阴影一团最大的直径有37毫米，也就是3.7厘米，在3年多前（3年半）之前是35毫米，在3年多的时间里面，只是增加了2毫米。像这样的情况，我认为是一个稳定的结节。

张大爷：那我现在怎么办比较好？

许茂盛：像你这样的情况，我建议随访。当然也可以去手术，手术也是一个选择。你已经70多岁了，考虑到你的身体，手术对你也有损伤。我的建议，首先是随访，次选可以考虑手术。

张大爷：也有医生建议我手术的。

许茂盛：是的，你的这个结节比较大，确实是可以考虑手术。但是，我刚才和你说了，3年多的时间，才长了2毫米，平均下来，一年也就长了0.6毫米，这样的一个生长速度，说明结节比较稳定，加上你年纪也比较大，我建议你的首选应该是随访，不是手术。

张大爷：哎，既然许教授都这么说了，我听许教授的话。可是我心里还是担心呐。

许茂盛：实际上不用担心，我们现在是在监控的。你只要一年来复查一次，我们就可以及时把握它病变的发展情况。

张大爷：好吧，那我就不手术了。外边人都说许教授对病人很负责，今天交流下来，真的是这样。那我这把老骨头，就拜托许教授啦。

许茂盛：不用客气，这是我们应该做的。

张大爷：谢谢许教授，那我先走了，再见。

许茂盛：慢走，记得回来检查。

张大爷：我老头子一定记得。

【脚步声远去。回到采访现场。

杨　子：精准医疗，影像先行。许教授，您真不愧是影像界的"福尔摩斯"。一个上午，看你马不停蹄地破了一个又一个"案子"。许教授，你是如何练出这般火眼金睛的？

许茂盛：也谈不上什么火眼金睛啦！只是经过多年的努力和实践，有一些经验和体会，我们也会从影像学最基本的技能来判断疾病的演变过程，做出精确的判断。

杨　子：许教授，您入行有30多年了吧，对现在医学影像学的飞速发展有什么样的感想呢？

许茂盛：确实，这方面感想很多。主要是两个方面：一个是医学影像学发展非常快，给我们带来了很多的好处，它的检查、成像越来越快速，可以把身体内部的结构显示得非常清楚，给医学带来了非常大的进步，不单单是形态学的变化，还有功能的变化，等等，我们都可以看清楚，让我们可以为病人提供更多、更好的诊断。另一方面，它的检查可以显示越来越细微的结构，我们需要预防过度诊断、过度检查、过度治疗。小的病灶，比如很小的磨玻璃结节，实际上在6毫米以下的时候，大部分都是没有太多临床意义的。我们在报告上不能不写，被检者或者患者看到了这个结果，很多时候他对这方面不了解，就会很焦虑、忐忑，这样就导致了很多过度检查、过度诊断和过度治疗的发生。

杨　子：看得出许教授一直都是患者思维，也一直走在研究的前沿。

许茂盛：谢谢杨子，作为医者，我们一定要从患者出发，我们浙江省中医院的院训"精诚仁和"也能够体现这种追求。我们一方面对病人要仁心仁术，另一方面则要"大医精诚"，不断地进行知识的更新和技术的提高。医学影像学这个学科发展非常快，有很多知识需要我们去更新，需要我们去研究。这样的话，我们就能把我们的服务做得更好。接下来我马上会去参加一个国际学术会议，同国内外的同行进行经验交流和分享。期待我们不断的学习、自我提升，能造福更多的病人。

杨　子：我们也期待许教授新的研究成果。

许茂盛：谢谢，我们继续努力。

【音乐起。剧终。

【**片尾**：刚刚您收听的是由浙江省中医院和浙江广播电视集团经济广播联合录制的十集系列广播剧《共富路·中医情》，第八集《影像世界》。

总策划：何强

总监制：钱宇

策划：高俊

监制：陈岩明

总编剧：夏强

编剧：朱金文

制片：应鸽

配音：许茂盛

录制：好声音音频制作

总导演、制作人：杨子

感谢您的收听。

传承有方

🕐 **时间：** 当代

📍 **地点：** 浙江杭州

👥 **剧中人物：**

杨　子：女，主持人，广播剧《共富路·中医情》主创；

徐志瑛：女，83 岁，全国名老中医药专家；

凌医师：女，中年，中医，徐志瑛的女儿；

病人周：男，51 岁，患者；

小　刘：男，14 岁，患者；

刘妈妈：女，40 岁，患者妈妈；

医生甲：男，青年医生；

医生乙：女，青年医生；

其他人物若干。

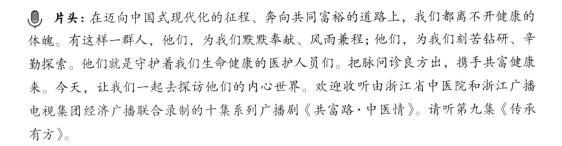

🎤 **片头：** 在迈向中国式现代化的征程、奔向共同富裕的道路上，我们都离不开健康的体魄。有这样一群人，他们，为我们默默奉献、风雨兼程；他们，为我们刻苦钻研、辛勤探索。他们就是守护着我们生命健康的医护人员们。把脉问诊良方出，携手共富健康来。今天，让我们一起去探访他们的内心世界。欢迎收听由浙江省中医院和浙江广播电视集团经济广播联合录制的十集系列广播剧《共富路·中医情》。请听第九集《传承有方》。

【2023 年夏天，浙江省中医院内。人来人往。主持人杨子边走边说。

杨　子：听众朋友们，大家好！我是杨子。欢迎收听系列广播剧《共富路·中医情》。今天我们来到浙江省中医院，要拜访的是全国名老中医药专家徐志瑛教授。看起来今天医院内的医生们都格外忙碌。这么多医生都在往同一个方向赶，这是要去做什么？你好，我看你们这么多医生都往同一个方向赶，是有什么活动吗？

医生乙：大家都去跟着名中医查房呢。今天是徐教授查房，各科室的中医骨干都赶去现场观摩学习呢。

杨　子：请问是哪位徐教授？

医生乙：国医名师徐志瑛徐教授啊。她今天要对呼吸内科的两名咳嗽患者开展纯中医查房。机会难得，大家都不想错过。

杨　子：真巧！我们今天要拜访的就是徐教授。你能带我去看看吗？

医生甲：你要采访徐教授？哦，这位就是徐教授的女儿，凌医师。

凌医师：你好，我是凌艺匀。你就是主持人杨子吧，我们电话联系过。

杨　子：凌医师，你好。我是杨子。我们今天特意来拜访徐教授。

凌医师：好。今天徐教授到呼吸科查房，时间快到了，我们一起去吧。

杨　子：好，麻烦凌医师了。

　　　　【脚步声。边走边说。

杨　子：凌医师，我知道您是跟着徐教授学医的，是一名优秀的中医传承人。

凌医师：优秀不敢当，中医理论博大精深，我跟着母亲行医也有快二十个年头了，依然是常学常新。

医生甲：徐教授啊，是我们浙江省中医院非常受人尊敬的主任中医师，她汲取众家之长，精勤不倦，学研俱丰，形成了独特的中西医结合学术思想和诊疗体系。

医生乙：如今八十多岁了还坚守在医疗第一线。很多人经过她诊疗后都对中医"路转粉"。我们跟在她身边努力学习，希望能将中医更好地传承发扬下去。

　　　　【脚步声。几个人来到病房门口。

医生甲：好激动啊，第一次看桃李满天下的徐教授查房。

医生乙：听说徐教授还给熊猫看过病？

医生甲：是啊，就是杭州动物园3岁的大熊猫。

医生乙：大熊猫既无法搭脉又无法看舌象，那要怎么看？

医生甲：当然是徐教授拿出了特别的处方治好了熊猫。中西医结合抢救熊猫，在国内也是先例。好了好了不说了，查房要开始了。

凌医师：看来我们来得及时。徐教授的查房马上就开始了。

　　　　【脚步声和人走进来的声音。

凌医师：徐院长，这位就是患者周钢。老周，这位是我们省中医院呼吸科的创始人徐志瑛老院长，今天我们请她来给你会诊。

徐志瑛：周钢您好！今天我们大家一起来讨论您的病情，希望您尽早康复出院！谁是主管医生，麻烦请汇报一下病史。

医生丙：徐院长好！我是主管医生。患者周钢，男性，51岁，已婚。患者咳嗽一月余。一个月前受凉后咳嗽，自觉低热，未测体温，发热前稍有恶寒，周身酸痛，自服感冒药后热退，咳嗽咳痰明显，痰量多而粘稠不畅，伴咽痒，鼻塞无涕，无头晕头痛及胸闷气急等，夜间汗出，自服止咳糖浆（不详）未见好转，去其他医院就诊，肺部CT检查为：肺炎（报告未见）。给予"头孢类（具体不详）、切诺"治疗4天后，上述症状未见好转而来我院门诊。门诊拟为"社区获得性肺炎"收入院。多年前右侧肾上腺手术史（具体不详），半年前因多饮多尿检查发现肾功能异常，有蛋白尿、血尿等，确诊肾小球肾炎半年，一直中西药控制，高血压5年西药控制，B超：脂肪肝，胆囊炎伴胆固醇结晶，肾结石。

徐志瑛：病情了解，我们看一下病人吧。

病人周：咳咳，徐教授好，徐教授请坐。

徐志瑛：不，我站着就行了。周先生，最近咳嗽怎样？

病人周：咳咳咳……

徐志瑛：来，您先喝点水，慢慢说。

病人周：整天咳嗽止不住，晚上咳嗽还变多。

徐志瑛：晚上咳嗽吗？会咳醒吗？

病人周：晚上睡前平躺的时候咳嗽厉害，时而睡着咳醒。

徐志瑛：痰多不多？什么颜色，容易咳出来吗？

病人周：痰不多，黄白相兼，难咳出。

徐志瑛：喉咙有痛痒吗？

病人周：开始有痛，现在不痛，只是痒。

徐志瑛：有胸闷气急，心慌？

病人周：没有。

徐志瑛：舌头伸出来让我看看。

病人周：【张嘴，伸舌

徐志瑛：你们大家都来看一下他的舌象，舌紫泛胖苔白厚腻带黄，等会我们讨论。

徐志瑛：来，你的手给我一下，我搭一下你的脉。左脉弦细滑，右脉沉，在呼与吸交界时可触及短暂的停搏。周先生，你平时抽烟喝酒吧？饮食有节制吗？

病人周：抽，也喝酒。哎，应酬没办法，戒也戒不掉。有时候吃得挺多。

徐志瑛：嗯，从额头和手指都能看出你抽烟时间挺长的。夏天是不是一直在空调间里？

病人周：是的，我怕热，在夏天一回房就开空调。

徐志瑛：那就是了，一冷一热温差大，你的身体接受不了。

病人周：原来是这样，和我的生活习惯有关。

徐志瑛：麻烦您坐起来，我要听诊一下您的心肺的情况。

徐志瑛：周先生，您有肾小球肾炎、右侧肾上腺手术史，其他还有什么不舒服的情况吗？

病人周：没有了。徐教授，我咳了这么长时间一直没有缓解，病情严重吗？能好起来吗？

徐志瑛：小周你好好休息，积极配合治疗，烟酒要开始减量，慢慢戒掉它，你的病会好起来的，我们这就去讨论你的病情，为你开中药药方，制定治疗方案。

病人周：感谢，感谢！

徐志瑛：凌医师，我们找个地方讨论一下？

凌医师：好，那我们大家去会议室吧。

【脚步声，会议室凳子声。

徐志瑛：大家先坐吧，先把原来开的方子让我看一下。哦，是以麻杏石甘汤为基础的方子。

医生丙：是的。我们用了麻杏石甘汤加减……

徐志瑛：首先我们要看一下辨证，那么在辨证以前呢，我要讲一下，什么叫风温？"风温"属于新感温病，在春季发病，其特点是春季阳气升发，温缓之风为多。由于季节不同，六淫邪气的侵犯不同。今年的天气过冷过热交替出现，人不能"天人相应"，即会发病。这个病人反复地咳嗽，痰多且难咳出来，痰的颜色是黄白相间或者是灰白的，我们可以从痰的颜色来辨证寒与热。我们刚才看到舌苔厚腻，中间还带着黄颜色，那这位病人的辨证属于湿热蕴肺、痰瘀互结。病人咳嗽的时间比较长，并有肝火犯肺的症状，我们中医怎么来辨证？这和他既往的病史有密切的关系，我们在用药的时候要考虑这些差异。患者本来就切除了一个右肾上腺，高血压已有五年了，在用中、西药治疗肾小球肾炎，有脂肪肝、胆囊炎，并形成了胆囊结晶、肾结石，而且这个病人有烟史40年，酒史20年。所以，我们看到他唇绀、脸黑，有杵状指。这个病人肝、胆、肾早就出现了问题，三脏腑失去了协调，所以产生了一系列病变。

【众人发出惊奇的声音。

徐志瑛：麻杏石甘汤的确可用在治疗肺炎上。但该患者入院后一不发热，二不喘，我认为他这时表症已解，已入里，是他肺气失宣而致。我们知道，他肾气早虚，无法温煦脾阳，聚液成湿，郁而化热。舌苔白厚腻，苔中带黄。湿浊灼炼成痰成砂，窜走脉络，身体出现血脂高、脂肪肝，时有血糖高、胆囊结晶、肾结石等症状。他卧时咳嗽加重，往往是与胃、肝胆有关，是木火刑金的表现。我们知道，肝属木，肺属金，肝火旺而侮肺，所以容易出现夜间咳嗽，那么在治疗上方法就不一样了。在《内经》中有句话，"五脏六腑皆令人咳，非独肺矣"。咳嗽并不一定是肺引起的，五脏六腑都能引起咳嗽，我们要加以辨证。我们也知道，现在西医也已证实胃的毛病会引起咳嗽，可以通过治疗胃而解决咳嗽问题。这个结论与我们古代的理论完全吻合。这个病人为湿浊之体，痰湿重，所以应该清化痰热，宣肺止咳，先以温胆汤加减，配以清肺化痰之药，而不是用麻杏石甘汤，这是一个内在的问题。病人在服用中药汤药的时候，要嘱咐病人饭后 20 分钟内吃掉，若超过时间，吃点其他东西马上吃，药后咳嗽、痰、大便增多了都不要紧。大便比较稀，这是药后可能他里面的一些痰浊等，从大便中排出来，我们知道，肺是要清洁的，有的毒素排不出来，它只能从大便中排出来。告诉病人，吃了这个药以后会出现这些情况，他会放心一点。

这个病人是这样的辨证思路，大家清楚了吗？这是方子。大家还有什么问题吗？

医生丙：好，徐院长，我们马上执行。

【众人纷纷赞叹。桌椅的声音响起来。

凌医师：门诊那边已经有病人在等着了。

医生乙：徐教授，您看……要不要休息一下？

徐志瑛：那我们赶快去啊。不用休息了。别让病人等久了。

【门诊楼，一片嘈杂声。

刘妈妈：徐教授好，我们是慕名而来的。我儿子已经咳嗽快四周了，吃药后也不见好，麻烦徐教授了！

徐志瑛：不要着急，我看了以后再说。小朋友 15 岁啊，长成小伙子了，来这边坐，你从什么时候开始咳嗽的？

【在时钟的滴答声和两个人一问一答的声音里，

徐志瑛：把手拿过来，我摸一下脉。嗯，这个脉象细滑小弦。小伙子，平时压力大吗？

小　刘：大。要上课，还要写作业。马上就初三了，班里同学都很用功，我也不想落下。

徐志瑛：现在的孩子不容易啊。

刘妈妈：徐教授，这是孩子前面吃的中药，您看。

医生甲：徐教授，这第一张方子是否比较苦寒？

徐志瑛：你说的对，所以患者最好不要空腹服用，容易损伤脾胃。

刘妈妈：徐教授说的对，我儿子服用了这方子后出现胃部不适。

医生乙：徐教授，那这张方子呢？

徐志瑛：从这方子看，病人当时可能有阴虚之象，但病人外邪未散，增加肥甘厚腻滋阴之品，会存在闭门留寇之弊。

医生甲：（小声）不愧是老教授，一针见血。

医生乙：（小声）是啊，是啊。

徐志瑛：药方开好了，记住我刚才和你们说的服用方法，平时要防范感冒。小伙子你的病很快会好的。

小　刘：谢谢徐教授。

徐志瑛：不客气呦，小伙子。

【叫号声一个又一个，徐教授和病人交流。

病　人：谢谢，谢谢徐教授。（七嘴八舌地）

医生乙：哎呀，看完上午的最后一个病人，终于可以放松一下了。

医生甲：可以吃午饭去了。

凌医师：大家别忘了，我们还有一个例行公事呢。

杨　子：什么例行公事啊？

凌医师：诊后交流、研讨。

杨　子：哦，哦，那我也去听听。

医生乙：徐教授，这位是主持人杨子。

徐志瑛：呵呵，杨子，主持人好，我听过你的节目。大家来会议室吧，大家交流交流。

【众多脚步声，开门声，落座声。会议室内。

徐志瑛：来，大家坐。今天这么多年轻人随我一起查房又看门诊，让我也感觉到活力满满啊。

凌医师：今天啊，是难得的跟徐教授查房的机会，大家，当然包括我在内，都要好好学习。

医生甲、乙：对，对，跟着徐教授查房又看门诊，重温中医经典，一上午下来，真是学到了很多。

徐志瑛：大家都别客气了，我们把今天的病例总结一下，主要是四点。第一，急则治其标，缓则治其本，这是我们治疗的一个原则。出现外感症状时，首先治疗外感，不能轻易用肥甘厚腻之品进行补益。特别是治疗呼吸道疾病，我们先要清热化痰，兼顾其本。第二，注意祛痰的方法：豁痰、祛痰、涤痰、化痰。采用辨证与辨病相结合，进行治疗。第三，在治疗呼吸道疾病时侯，要特别注意患者随时的病情变化。第四，在咳嗽发展过程中，痰湿瘀浊互结可以根据各项变化来进行辨证。所以我们会看到，有的病人阴虚夹湿，我们在养阴的时候兼化痰湿，不可用滋腻药物，用了反而碍湿。

众　人：我们都记下了，谢谢徐教授。

徐志瑛：我们医生要学做"万金油"，慢慢积累经验，各方面的知识都要懂一些，特别是我们内科医生，要看到自己的不足，包括我自己。所以，我讲我是一个"万金油"的医生。要成为一个优秀的现代中医师，就要懂得现代医学仪器的运用，要做到中西医相结合，用西医的理论来补充我们中医的治疗和治法的不足。

医生甲、乙：我们会努力做到的。

杨　子：徐教授，我还有一个问题。

徐志瑛：杨子，有什么问题你就请问吧。

杨　子：徐教授，您觉得要如何做一名好医生？

徐志瑛：我已经做了 60 年多年的临床医生了。我有这些感悟：第一点，要有雄鹰的眼睛。扎实的内科功底非常重要，一个专科医生必须有全科医生的视野，要打好内功，把不属于内科的病人分散出去，及时指引他们就诊的方向。所以我们要有像雄鹰一样的眼睛，精准锁定这个病，然后一下子把病啄除。

杨　子：嗯，雄鹰的眼睛。那么第二点呢？

徐志瑛：第二点是雄狮的胆量。为什么我说雄狮的胆量呢？有的病人很危险，但无论是什么样的危急情况，我们都要有雄狮的胆量扑过去处理、抢救病人。

杨　子：好形象啊！还有第三点吗？

徐志瑛：第三点呢，我认为是鲁班的智慧。为什么是鲁班呢？因为他发明制造的东西一直延续到现在，他是非常有智慧的。我们也要像鲁班一样，不断学习，不断创新。

杨　子：雄鹰的眼睛，雄狮的胆量，鲁班的智慧，还有吗？

徐志瑛：还有女人的纤手。

杨　子：胆大心细吗？

徐志瑛：当医生就是如临深渊、如履薄冰，要有很强的责任心，要很细心。中医要用三指去搭脉，去感受脉搏的变化。你说能不要巧手吗？骨伤科医生打石膏的时候要轻手轻脚，否则病人会痛上加痛。针灸医生施针时要快、准、轻，手能不巧吗？外科医生的手要细巧吧，做手术的话，手更加要灵巧，外科医生都学过缝针的方法。

杨　子：嗯，说得太形象了，还有吗？

徐志瑛：还有第五点，作为医生，要像狄公一样进行推理。

杨　子：狄公的推理？狄仁杰吗？

徐志瑛：对！狄仁杰，他是一名侦探，他能够一个一个破案，那我们不同的身体不同的疾病也是一个个案件，你怎么去破？所以我们中医讲审症求因，根据症状来求因，这就是推理，要善于分析思考。这是第五点，我现在想到第六点。

杨　子：还有第六点！第六点是什么？

徐志瑛：第六点是善良的心。因为医生给人治病不是为了钱，要有一颗慈悲的心。做医生一辈子要"学到老"，要"青出于蓝胜于蓝"。我也做过老师，所以一定要有继承和创新的精神！

大　家：对，医者，当以慈悲为怀，以德为天，然后以其技治人。

杨　子：好！谢谢徐教授，谢谢凌医师，谢谢你们。

　　　　【音乐起。剧终。

🎤【片尾：刚刚您收听的是由浙江省中医院和浙江广播电视集团经济广播联合录制的十集系列广播剧《共富路·中医情》，第九集《传承有方》。

総策划：何强

总监制：钱宇

策划：高俊

监制：陈岩明

总编剧：夏强

编剧：朱金文

制片：应鸽

配音：徐志瑛、凌红羽

录制：好声音工作室

总导演、制作人：杨子

感谢您的收听。

天下无病

⏱ **时间：** 当代

📍 **地点：** 浙江杭州

👥 **剧中人物：**

杨　子：女，主持人，广播剧《共富路·中医情》主创；

高祥福：男，58岁，浙江省中医院院长，浙江省名中医；

小　李：男，26岁，浙江中医药大学研究生；

赵医生：男，30多岁，浙江省中医院肾脏科医生；

小　周：女，25岁，患者；

大　周：女，28岁，患者姐姐；

万　万：男，17岁，患者；

万万的父亲：男，40多岁；

小　黄：男，28岁，患者；

其他人物若干。

🎤 **片头：** 在迈向中国式现代化的征程、奔向共同富裕的道路上，我们都离不开健康的体魄。有这样一群人，他们，为我们默默奉献、风雨兼程；他们，为我们刻苦钻研、辛勤探索。他们就是守护着我们生命健康的医护人员们。把脉问诊良方出，携手共富健康来。今天，让我们一起去探访他们的内心世界。欢迎收听由浙江省中医院和浙江广播电视集团经济广播联合录制的十集系列广播剧《共富路·中医情》。请听第十集《天下无病》。

　　【2023年夏天的晚上，浙江省中医院内，人来人往。主持人杨子边走边说。

杨　子：各位朋友，《共富路·中医情》广播剧播出后，很多网友在播出平台留言点评，给我们故事中的大专家、大教授点赞，也有一些朋友还约上名医号了。今天我们又来到浙江省中医院，要拜访浙江省名中医，院长高祥福教授。与以往不同的是，今天我来到这里时，夜幕已经降临，我要带大家看看省中医院的夜门诊，今天晚上来找高教授，是因为高教授平时太忙了，今晚刚好坐诊，我得好好采访他。

小　李：主持人，主持人！

杨　子：帅哥，你是？

小　李：你就是主持人杨子吧。叫我小李就可以了。高教授让我在这里等你。主持人，跟我来吧。

杨　子：谢谢你了，小李。听说你也是学医的？

小　李：是的。我今年26岁，刚刚从浙江中医药大学研究生毕业，专业是肾脏病。目前在浙江省中医院实习，跟在高教授身边学习。

杨　子：恭喜小李获得硕士学位。

小　李：谢谢。不过呢，我现在还不算正式的医生，至少我觉得自己不算。我还要多学才行。高教授就常跟我说，小李，你要多学，多看，多想。所以，我今天和主持人你一样，也是门诊的一名旁观者、记录者。喏，前面就是高教授的门诊办公室了。赵医生也在，他是高教授的助手。嗯，希望我有一天也能成为助手。

杨　子：看起来已经有患者在问诊了。

【高祥福诊室内。

大　周：高教授，我们是从丽水景宁来的。我今天陪我妹妹来看病。本打算周末来看的，突然发现您夜间门诊有号，就立马从景宁来杭州找您了。

高祥福：你是从景宁过来的啊，还要费点周折吧？

大　周：是呀。景宁没有火车站，我是先转车到丽水火车站，再坐高铁过来的。

高祥福：小周，你用帽子、墨镜、围巾把脸捂得严严实实的，只是为了夏天防晒吗？

小　周：哎，逃不过高教授的眼睛。我知道我这样整个头包起来，看起来有点奇怪，有些路人擦肩而过也会看两眼。但是，我没办法啊，我现在的样子，见不得人的。坐在车厢里也是，就怕别人盯着我的脸。

高祥福：生病不是羞耻的事，小周，你可以把脸露出来的。

赵医生：是啊，小周，这样也方便高教授诊断。

大　周：妹妹，把围巾摘了吧。

小　周：那……那好吧。我摘了。

高祥福：嗯……你现在是不是停药了？

小　周：是停了。高教授，你看到我这样的脸没有被吓一跳吗？

赵医生：小周，你这样的患者，高教授遇到过太多了。

小　周：可我的脸上都是痤疮，还越来越肿了。

高祥福：药物的激素会有一些副作用，有些患者就会私自停药或自行调整药物，甚至还会误信偏方。

小　周：哎，我最开始是手、腿小关节疼痛，脸上长皮疹，我就去上海的医院看，确诊为系统性红斑狼疮，开始口服激素治疗，但效果一直不好。每次在镜子前看着我的脸越来越丑，我就心里直打鼓。我变得沉默寡言，晚上也翻来覆去睡不着。

赵医生：这是激素典型的副作用，但是这样停药并不能解决问题呀。

高祥福：没有用什么偏方吧?

大　周：没有没有。本来有这种念头，但后来帮我妹妹加了一个病友群，有群友推荐我到杭州找浙江省中医院的高祥福院长，我就赶过来了。

高祥福：小周，你不要有心理负担，我会治好你的。关键是，你自己不要被"红斑狼疮"这听起来可怕的病吓到。有一年，一名来自甘肃患有狼疮性肾炎的 25 岁女孩辗转找到我。患者当时全身高度浮肿，可以说每一个毛孔都会冒水。检查后发现她还同时有肾功能衰竭。在当地治疗多年无效，她当时状态很不好，甚至感觉对人生已经有些悲观绝望。但通过一段时间的治疗，她水肿都退了，肾功能也恢复正常了，控制得挺好。

赵医生：是啊，我当时还是实习医生。高教授在医疗过程中细心开导她，联系治愈患者与她交流，发动整个科室给她做心理工作。

大　周：啊，原来是她，她就是病友群里推荐我们来看高教授的网友!

高祥福：真巧啊。后来她生下了一个健康的小孩，还向我发短信报喜，我也由衷地为她高兴。

大　周：她说多亏高教授，她重新点燃了对生活的信心。

高祥福：小周，我给你开中药，激素减至最小维持剂量。一周后，你脸上的痘痘就会消失，睡眠也会改善。

小　周：太好了，那我就再也不用捂得严严实实出门了!高教授，我还有一个担忧，红斑狼疮会带来肾损害吧，会不会影响怀孕?

高祥福：我以前做过一个课题，专门研究中医药在治疗红斑狼疮上的作用。中医可以抑制免疫反应，改善血液循环。我开的中药，就地取材，几乎没有副作用，同时能减少激素用量，尽量避免激素造成的股骨头坏死。其中最主要的，青蒿对红斑狼疮的治疗非常有效。放心吧，只要你坚持中药治疗，怀孕期间也定期门诊，我会为你保驾护航。你也会有健康可爱的孩子的。

大　周：谢谢高教授!就是定期门诊这事吧，哎，从景宁过来真是不方便，来回一趟至少需要一整天，我又不好老是向单位请假。

高祥福：没关系。你在我这里治疗后，回到景宁，在本地定期就诊即可。

大　周：可是老家那边能看好我妹妹这病吗?

高祥福：你可能还不知道，就在今年 4 月 13 日，我院与景宁签署合作协议，深化山海协作。我们浙江省中医院将重点对景宁县人民医院的中医科、针灸科、推拿科、康复科、中药等学科进行帮扶，提升其综合服务能力，促进同质化管理。

大　周：太好了！想不到最近有这么利好的消息。那是不是意味着，未来我们景宁人不出县城就能得到省城专家的诊疗了？

高祥福：呵呵，是的，我们就是这么计划的。省中医院将努力通过数字化医疗云平台，实现省、县医院的全面对接，促进高效同质化管理。

大　周：哇，我回去后要把这个好消息告诉身边的所有景宁人。

高祥福：我们医院与景宁渊源很深。抗战时，省中医院的前身（浙江省立医院）曾南迁景宁，景宁是与我们医院一起经历战火、共克时艰的"老战友"。现在，正是我们"省中人"与景宁再续情谊的时候。

大　周：原来我们景宁与浙江省中医院还有这样的历史，真是战火情，山海缘。

高祥福：我院在合作办医方面积累了丰富经验，会推动优质医疗资源下沉到景宁。你们以后可以在景宁安心就诊。

大　周：听到这个好消息，我对以后的生活也充满了希望。谢谢高教授，那我先回去了，中药会快递到家里的吧。

高祥福：是的，放心回去吧，一般省内我们48小时内肯定能到的。

大　周：谢谢高教授。

小　周：谢谢高教授。

大　周：那我们回去了，太好了。再见。（姐妹俩一起说再见）

　　　　【脚步声。

万万的父亲：来，万万，快进来。

万　万：（哈欠）来了来了。

万万的父亲：这是高教授。把你的病历拿出来给高教授看看。

万　万：（哈欠）给。

赵医生：哎，小伙子，你这不是病历啊，是生物卷子。这是要考考我们医生们有没有遗忘基础知识吗？哈哈哈。

万万的父亲：哎，你这家伙，怎么跟丢了魂似的。

高祥福：哈哈哈，没关系。小伙子还在读书吧，看你这两个深深的黑眼圈，平时没少熬夜啊。

万万的父亲：是，我儿子暑假结束就升高三了。

高祥福：来，小伙子，手伸出来，我给你把把脉。嗯……

万万的父亲：高教授，万万他应该没问题吧？

高祥福：疲劳综合征。你们家长在学习上不要给他压力，看得出他自己已经很努力了，看病时都带着卷子。

万万的父亲：哎，不是我们给压力，是现在太卷了。万万他是个上进的孩子，平时晚自修结束了，也在寝室里挑灯夜读。

高祥福：注意劳逸结合，欲速则不达啊。

万　　万：学校规定晚上十点熄灯，可室友们都申请延熄继续刷题，看着他们刷，我心急，也一起刷。

高祥福：晚上不够睡，白天没精神，长此以往，脑袋发昏，浑身乏力，就会患上疲劳综合征。我给你开些中药吧。

万万的父亲：高教授，这小伙子高高壮壮的，个子比我还高，不会真有什么毛病吧。还是说只是累了，多休息休息就会好。

高祥福：现在的问题还不是太大。但是，预防是医学的主旋律。我们治未病，而不是没病。提前干预，做好预防，防止产生严重性疾病。人要注重健康管理，不能因为年轻体壮就放松啊。

万万的父亲：原来是这样。

高祥福：小伙子，高考比的是长跑。有拼劲是好的，但要有棒棒的身体才能跑到终点。

万　　万：我记住了，谢谢高教授。

【急促的脚步声。

小　　黄：高教授，高教授，是我，还记得我吗？

高祥福：你是小黄，我当然记得了。

小　　黄：我来复诊了。

赵医生：几年前看到你，还是那个面色苍白，走路气喘吁吁，怕冷，甚至脊椎也不好的小伙子。现在你看起来越来越好了。

小　　黄：是啊。复诊的间隔时间也越来越长，这应该是我最后一次复诊了。与其说来复诊，不如说特意来向高教授道谢和报喜。

高祥福：哈哈哈，看到你现在生龙活虎的样子，我就已经很高兴了。

小　　黄：我现在工作顺利，有了恩爱的老婆，最近还怀了孩子。我快要当爸爸啦。高教授，当时那个病恹恹的我，从不敢奢望能有这样正常的生活。

高祥福：说实话，当年你来就诊的时候情况确实不好，肾功能不好，脾胃也不好，还影响腰椎。连走路都有问题。

小　　黄：是啊。多亏高教授开的中药，我服用了一周之后就有见效。三个月的治疗后，我慢慢恢复了正常。

高祥福：中医辨证论治，补肾健脾很重要。能给你一个新的健康的生命，并保持在一个正常的状态，我们也很高兴，这就是我们追求的医学本质。小黄，享受完整幸福的生活和家庭吧。

小　　黄：谢谢高教授，我一定会的。高教授，赵医生，还有各位，再见。

【脚步声离去。

小　李：高教授，这是主持人杨子。

高祥福：杨子，你好，你好。

杨　子：高教授好。刚才我在一边做了回观众，发现就诊的年轻人居多啊。

高祥福：有一个刻板印象就是中医院的就诊人群以中老年人为主，其实并不是这样。来我院的患者中，四十岁以下青年人占到了半数以上，已经成了就医需求的主力军。哎，现在的年轻人压力大，工作、学习忙，亚健康问题正在悄悄偷走他们的健康。其实肾脏何尝不是这样呢？"身兼数职，工作繁忙"的肾脏也渴望更多的关爱啊。

杨　子：看得出高教授心系年轻人的健康。高教授从医多年，有什么心愿呢？

高祥福：医者仁心。实际上，作为医生，一个最大的心愿就是天下无病。我们一直朝着这个目标去努力，去奋斗。虽然我们都知道要实现这个目标非常难，但是我们一直在努力。我常跟小赵、小李他们年轻人讲，我希望通过我们医务工作者的不断努力，能够让人民从出生、成长到老去，整个的过程都能够得到医疗方面的照顾。也希望全体人民的身体素质能够得到不断提高，健康指数、幸福指数也不断提高，充分享受我们这个伟大的时代带给我们的美好生活。这是我的愿望。

赵医生：这也是我的愿望。

小　李：对，也是我们所有年轻医生和医学生的愿望。

杨　子：希望我们的愿望都能实现，大家都能拥有身体健康的美好生活。作为院长，高教授还有什么想法呢？

高祥福：作为浙江省中医院的院长，我还希望通过我院科学的、规范的、现代化的管理，真正建设一个高水平、高质量、现代化的中医院，做到让患者满意，让政府放心，让同行认可。在我们的医院里，我们希望给患者提供最简单、最方便、最温馨、最有效的服务。患者到我们医院来就诊，一定让他们享受到现代科学技术所带来的便捷温馨、高效安全。力求做到别处治不好的病省中医院能治，别处解决不了的问题省中医院能解决，真正让我们医院成为患者的首选医院。

【音乐起。剧终。

🎙【片尾：刚刚您收听的是由浙江省中医院和浙江广播电视集团经济广播联合录制的十集系列广播剧《共富路·中医情》，第十集《天下无病》。

总策划：何强

总监制：钱宇

策划：高俊

监制：陈岩明

总编剧：夏强

编剧：朱金文

制片：应鸽

配音：何奕欣、徐瑶

录制：好声音音频制作

总导演、制作人：杨子

感谢您的收听。

启程复兴

🕐 **时间:** 当下

📍 **地点:** 浙江杭州

👥 **剧中人物:**

    杨　子:女,主持人;

    董事长:男,方回春堂董事长;

    老　汪:男,方回春堂副总;

    小　刘:女,方回春堂财务;

    徐锡山:男,退休多年,国家级主任中医药师;

    老　李:男,东北参商;

    竞拍者及其他人员若干。

🎤 **片头:** 在迈向中国式现代化的征程、奔向共同富裕的道路上,我们都离不开健康的体魄。有这样一群人,他们,在为我们默默奉献、风雨兼程;他们,在为我们刻苦钻研、辛勤探索。他们就是守护着我们生命健康的医护人员们。把脉问诊良方出,携手共富健康来。今天,让我们一起去探访他们的内心世界。欢迎收听由方回春堂和浙江广播电视集团经济广播联合录制的方回春堂系列广播剧《共富路·中医情》。请听第一集《启程复兴》。

【2023 年夏,白天,方回春堂展厅。主持人杨子边说边走进展厅,厅内播放的古乐逐渐清晰。

杨　子:听众朋友们,大家好!我是杨子。今天我们前往一家有 300 多年传承历史的中医馆,在他们的文化展厅,我看到了灿烂辉煌的中医文化和它曲折的成长历程。啊,董事长您好。

董事长:杨子,欢迎你啊。

杨　　子：谢谢董事长。"振兴传统中医文化，提升百姓健康品质"，是你们的企业文化精神？看来我们还是要经常深入百姓生活啊，我原来一直以为是"许可赚钱，不许卖假"呢。

董事长：哈哈，这两句话换个说法你会觉得更熟悉——"振兴中医，悬壶济世"。

杨　　子：对，确实是。

董事长：杨子，你看，我们现在的中医已经与时俱进，融入了很多现代元素。

杨　　子：是的，我看很多地方出现了中医奶茶、中医糕点，很受年轻人欢迎。

董事长：其实这就是中医药食同源的体现，这是在用一种更年轻化的方式融入大众。作为一名中医人，看到中医得到越来越多的重视，我很高兴。但在高兴之余，我经常提醒自己不能忘记老祖宗的教诲。因为，只有守好底线，才能更好地传承，你之前说的那句"许可赚钱，不许卖假"就是我们的底线，也是我们一直坚持的祖训。

杨　　子：从您创业之初一直延续到现在？

董事长：对，复馆之后我们就将这条祖训第一时间分享给所有员工。不许卖假有三层含义：第一，不卖假药，这个是最基础的；第二，不卖劣质药，不能以次充好；最后一点，也是最重要的，就是不卖顾客实际不需要的药。对我们来说守住这条祖训就是守住了中医人的心。

杨　　子：没想到简简单单的八个字有这么深的含义。对了，您说到复馆，可以对此再展开说说吗？

董事长：其实从 1649 年至今，方回春堂已经创立了三百多年，但方回春堂重新恢复营业是在 2001 年。我记得那一年杭州正好要改造、重修河坊街，听到这个消息，我们很激动，对我来说，方回春堂是有故事和历史的，我就找到老汪、老毛他们一合计，就接手了方回春堂。

杨　　子：刚开始的时候困难一定不少吧。

董事长：那当然，我们起步的时候压力很大的。嗨，现在回想起来，那时候是真的难啊。

　　【2001 年复馆之初，方回春堂河坊街馆。有药馆里中药抽屉拉进拉出的声音，偶有门口人群嘈杂声和叫卖声，偶尔传来"来一碗凉茶"的声音。

小　　刘：董事长，都开业一个月了，我们店的生意还是没什么起色，账上的钱一直在亏，您看要不要答应他们，把方回春堂的招牌借出去？这样至少每个月都会有一点进账。

董事长：借出去？（带着怒气）绝对不行！（停顿，叹气，平静下来）小刘啊，当初我和老汪、老毛接手时就想过会亏钱，亏得起那就亏，真亏不起了我们就把招牌还给政府，至少对得起方回春堂的百年文化。如果我们把这块招牌借出去，这个传承了无数中医人心血的百年品牌可能就毁了。

小　刘：可，董事长……唉，没事，我想办法节省开支吧。

董事长：你记住，千万不能用降低药材质量的办法来追求利润。

小　刘：（笑着回复）那当然，"许可赚钱，不许卖假"的祖训不能忘。

杨　子：那后来你们是怎么度过难关的？

董事长：后来，虽然困难，但我们还是咬紧牙关，度过了最初的两年。为了找到最地道的中药材，我们在2006年冬天，直接到东北跑了一大圈，最后还是老汪找到了长白山野山参交易市场，收购到最好的药材。

　　　　【火车汽笛声音，车轮滚滚声音，大风的呼啸声音。东北长白山野山参交易市场，市场里人来人往十分嘈杂，吆喝声、砍价声不断。

老　汪：（稍大声喊）小刘，我们现在收了多少支参了？

小　刘：（大声回答）汪总，两百多支了。

老　汪：那今天多收点，到预算了我们就回去！

参商甲：杭州老板，又来啦。

老　汪：哈哈对，有好货记得留给我。小刘，再去上个月李老板那里看看，看看他有没有新货。

小　刘：好。

　　　　【野山参交易市场李老板店内。

老　汪：李老板，你看，我们又来了，有新货没？

老　李：哎呀，杭州老板，哈哈，上个月才来过，这货哪能补得这么快。

老　汪：您可别骗我，我知道市场里就您的货最齐，把您攒的好货都拿出来看看，我们好开开眼。

老　李：那不知道这次杭州老板想收多少？

老　汪：您的货要是好，我们自然要的不会少。

老　李：那二位稍等，我这就去里面拿。

　　　　【老李脚步声渐远。

老　汪：小刘，咱们再收个五十来支就差不多了，预算还够吗？

小　刘：超是超了一点，但还在可控范围内。

老　汪：哦，没事，我们都是到原产地来采购的，超点预算没事。

　　　　【老李推着装满野人参的推车出来。推车推拉声。

老　李：杭州老板，这些都是市面上难见的好货，您瞧瞧。（边说边搬人参）

老　汪：（走到推车边，脚步声）李老板，好货不少啊，（拿起人参一个个细看）老李，这批货比我上个月收的还要好啊。

老　李：那是当然，您是老顾客了，肯定要给你最好的货，价格还要优惠。

老　汪：谢谢，谢谢。那我就不客气了，小刘，来，好好挑了。（边说边挑，发出东西与桌面碰撞的声音）就这二十八支吧。

老　李：好嘞，（包装货物的声音）您眼光就是好，挑的都是好货，我给您算个价格（计算器声音）95万。

小　刘：什么！才一个月，价格就翻一倍了？

老　李：小姑娘，话不好乱说的，你们老板可挑中了两支百年人参呢！

小　刘：我们也不是没收过百年人参，可没你说的那么贵！

老　汪：哎哎，小刘没事没事，我们不是在跟李老板谈生意嘛，有来有往才是生意嘛。李老板你说是吧。

老　李：杭州老板，我实话给您说吧，您在市场也好几个月了，大家伙都看得出您着急收一大批货，现在就算您不在我这买，去其他店买也是这个价，但我能给您保证品质，这点您应该清楚。

小　刘：你们这就是坐地起价！

老　汪：（赶紧打断小刘）好，李老板，就按您说的价格来。

小　刘：（惊讶）汪总。

老　李：杭州老板，有魄力！

　　　　【老汪、小刘拿好野山参走出店铺。市场外的嘈杂声又响起。

老　李：杭州老板，慢走。

老　汪：老李，有好货记得联系我。

老　李：没问题。（声音渐行渐远）

老　汪：小刘，我们再收十支就走。

小　刘：汪馆，不能再收了，已经大大超出预算了。再收，我们都没钱买机票回杭州了。

老　汪：必须收！我马上给董事长打电话。

　　　　【董事长办公室，电话铃响起。

董事长：喂，老汪，是有好货了吗？

老　汪：让你说着了，这货你一定得过来看，（激动）我这么多年没看到这么完美的大参了！但价格你要做好心理准备，没个百多万下不来。

董事长：没问题，我信你，直接买下来，下午我就去订机票。我也来，我们要和他们建立战略伙伴关系。

　　　　【飞机的轰鸣声，一路上汽车的爬坡声，路上偶尔传来车鸣。一阵寒暄过后，大家坐下来交流。

董事长：老李，怎么回事，怎么又不能卖了？

老　李：是我们上边的意见，说这几支参年限都在百年以上，又是今年长白山区出土最大的一颗，不属于任何一家销售单位，必须进入评选过程，而且要公开拍卖才行。

董事长：老汪，出来一下。（开门声）我觉得，这支参我们必须拿下。（轻轻地）我们至少要把最贵的一支买下来，作为镇店之宝。

老　汪：（下定决心的）好，董事长，我支持你。

【关门声音。

老　李：怎么样？看你们两个人的脸色，我就知道你们是志在必得！这样吧，我帮你们把手续办好，等一下我们直接去拍卖现场。

董事长：好！

【长白山野山参拍卖行。拍卖场的背景乐循环不断，拍卖场里大家都在窃窃私语，讨论这支野山参。

主持人：各位竞买人大家好，今天我们要拍卖的这支参名为"九五至尊"的百年野山参王，起拍价是150万元。接下来，请各位出价。

竞拍甲：151万。

竞拍乙：152万。

竞拍丙：153万。

竞拍甲：155万。

竞拍丙：157万。

竞拍丁：160万。

董事长：166万。

【现场响起一阵骚动。

主持人：还有人要出价吗？

竞拍甲：170万。

竞拍乙：172万。

竞拍丁：175万。

竞拍甲：178万。

小　刘：董事长，不能再加了！

董事长：我们找了三个多月了，就差这临门一脚。

小　刘：可你忘记第一批参，咱们就是太心急，收高了最后卖亏了吗。

董事长：但现在不一样，我们方回春堂好不容易走上正轨，我们需要这支参王让更多人看到我们。

老　汪：（悄悄地）我们手上还有多少钱？

小　刘：只有190万了。

董事长：还有这么多？（下定决心的）好。老汪，我再叫一次。成不成都无所谓了。

老　汪：好。

董事长：（嘹亮）188万！

主持人：1—8—8万？！方回春堂，188万，还有人出价吗？没有的话，188万一次，188万两次，188万三次，（落槌）成交。恭喜方回春堂拍到"九五至尊"野参王。

【全场掌声雷动。

【2023年，方回春堂展厅内，茶煮开后的"咕噜咕噜"声把大家从回忆里拉了出来。

杨　子：那后来这支参去哪了？

董事长：做了五年的镇馆之宝，2012年被一位病人的孩子买走了，后来他也成了我们的熟客。来，喝茶。

杨　子：（喝了一口茶水）我看您这里不只熟客络绎不绝，名医、药师也是往来不绝。

董事长：你别看我们现在有七百多号医师和药师，当初复馆，可没几个人愿意来，一批老回春堂人因为年纪大了不愿意再做，新的人找不到，老的人要走，我当时差点哭出来，人跟药不一样，药还能花钱买，可好的医师药师不行。最后我用了最土的办法，一个个上门请，里面我印象最深的就是徐老。

杨　子：国家级主任中药师徐锡山？

董事长：对。第一次上门，我准备了两支野山参，还带上了很多我引以为傲的昂贵补品，没想到连面都没见上，徐老就以他年纪大了为由拒绝了我们。第二次见面更是很匆忙，而且我还挺狼狈，可他居然主动跟我约了见面时间。

【2001年冬，饭店。董事长和员工去饭店收甲鱼血，推着刚收回来的甲鱼血路过饭店大堂，碗筷的碰撞声显示了饭店的热闹。甲鱼血不小心打翻了一盒，"嘭"的一声影响了附近一桌客人。

董事长：（快步走去道歉）对不起，对不起。（激动）您，您不是徐锡山老先生吗！

徐锡山：您是？

董事长：我是方回春堂的，之前来拜访过您。

徐锡山：哦哦，你们这是？

董事长：来收甲鱼血。

徐锡山：做鳖血柴胡？

董事长：徐老好眼光。市面上没得卖，但医生开方需要，没办法，只能自己试试。

徐锡山：唉，那刚刚那盒倒掉的很可惜啊。

董事长：确实是很可惜，我们要的多，普通饭店没那么大的量，这也是我们好不容易找到的，不过，能碰到徐老您也是个收获，我想再冒昧请您考虑一下加入方回春堂的事情。

徐锡山：（沉默了一会儿）下次我去方回春堂看看。

董事长：真的吗？

徐锡山：（笑）真的，你们快去吧，别再把剩下的血浪费了。

【方回春堂河坊街馆。

董事长：小刘，待会徐老就要来了，让你准备的老参怎么样了？

小　刘：两支上好的老参，您放心吧。

董事长：好，我们去门口等吧。

【徐锡山走进方回春堂，店员们纷纷鼓掌欢迎他的到来。

徐锡山：董事长，你好，你这个欢迎有点过了。

董事长：徐老，我可没有要求，是他们自己期盼您的到来。就算您不加入，给我们指导一下也是好的。

徐锡山：这是哪里的话，都是互相学习。

董事长：我带您参观一下，这边是我们的医药馆，后面是我们的膏方馆，对了，有一样东西一定要让您过目。

【董事长快步走到药柜前，拉开几个抽屉，抓出几把药材，再快步走回。

徐锡山：（接过药材，仔细观察，药材相互摩擦碰撞，发出清脆的声响）这是你们炮制的鳖血柴胡？

董事长：对。这个是猪血拌丹参。

徐锡山：确实是用心了啊。

董事长：其实我也知道，您都七十多岁了，应该颐养天年，提出让您加入方回春堂确实是冒昧了。但我们确实是很需要像您这样精通加工炮制工艺，同时又精通药材的人，帮我们把关药材质量，所以我才会如此急切。

徐锡山：哈哈哈哈，你第一次上门，我确实是一点也不想考虑。你拿了一堆好药材给我一个没诊症的人，让我觉得你们就是一群市侩的商人。但没想到第二次我们会在饭店相遇，还是因为一盒鳖血，那时候我有些动摇。今天上门看到你们的药材，我觉得我是愿意帮助你的，你们确实是在做好药，做良心药。

董事长：真的吗？徐老，您这是答应加入我们了。

徐锡山：对。你都三顾茅庐了，我还能不来吗？我又不是诸葛亮，哈哈哈。

【在大家的笑声里，回到 2023 年，方回春堂展厅，温柔而感人的背景乐响起。

董事长：也正是因为像徐老这样的老药师、老医师的不断加入，我们才能吸引到更多人才，才能不断拓展，城西、拱宸桥、下沙、半山……方回春堂开遍杭州东南西北中，然后走出杭州，这些都是全体回春人共同努力达成的成绩。

杨　子：是的，我也相信，方回春堂一定会越来越好。

【音乐起。剧终。

【片尾：刚刚您收听的是由方回春堂和浙江广播电视集团经济广播联合录制的系列广播剧《共富路·中医情》，第一集《启程复兴》。

总策划：丁志强

总监制：丁黎

策划：汪立源、毛海勑

监制：郭怡飚

总编剧：夏强

编剧：蔡梦谣

制片：应鸽

配音：李宁

制作：应鸽

录制：好声音音频制作

总导演、制作人：杨子

感谢您的收听。

仁者仁心

🕐 **时间**: 当代

📍 **地点**: 浙江杭州

👥 **剧中人物**:

杨　子: 女，主持人；

董事长: 男，方回春堂董事长；

俞柏堂: 男，"阿牛师傅"，国家非物质文化遗产传承人，杭州中药世家第四代传人；

陈学群: 女，方回春堂复馆元老，方回春堂头柜；

黄师傅: 男，方回春堂保安主管；

李　姐: 女，方回春堂老主顾；

阿　力: 男，跟随阿牛师傅熬制膏方的学徒；

小　林: 女，跟随陈学群学习的药房药师；

老　吴: 男，保安员；

顾客甲及其他人物。

🎙️ **片头**: 在迈向中国式现代化的征程、奔向共同富裕的道路上，我们都离不开健康的体魄。有这样一群人，他们，为我们默默奉献、风雨兼程；他们，为我们刻苦钻研、辛勤探索。他们就是守护着我们生命健康的医护人员们。把脉问诊良方出，携手共富健康来。今天，让我们一起去探访他们的内心世界。欢迎收听由方回春堂和浙江广播电视集团经济广播联合录制的方回春堂系列广播剧《共富路·中医情》。请听第二集《仁者仁心》。

【2023 年夏天，白天，方回春堂河坊街馆。背景音起。

杨　子: 听众朋友们，大家好！我是杨子。今天我们将前往方回春堂的原址地——杭州河坊街馆，跟随董事长的脚步，继续了解这个百年品牌的有趣故事。

【声音由热闹的街道过渡到播放悠扬古曲的室内，继而脚步声响起。

杨　子：董事长，没想到这次又是您在等我，看来下次我得再早点。

董事长：哈哈哈，杨子，我可不算早。在方回春堂来得最早的，一直是我们的阿牛师傅。

杨　子：哦，我记起来了，我看过介绍，是国家非物质文化遗产传承人，俞柏堂老先生吗？他的名字可是如雷贯耳啊。

董事长：是啊。百闻不如一见，今天要让你看看阿牛师傅的制膏秘法。

杨　子：好，真是我的荣幸。董事长，我有个问题。大家为什么叫俞老为阿牛师傅？

董事长：那是因为啊，俞师傅从工作第一天开始，就坚持晚上八点半睡觉，清晨五点起床，八点准时上班。别看他平时话不多，但在我们这一行埋头苦干了50多年，大家都夸他"一年到头只晓得低头干活，跟牛一样"，所以，慢慢地，大家就亲切地叫他阿牛师傅了。

杨　子：哦，我知道了，其实这是一种尊称，是爱戴的意思。

董事长：确实是。

【两人边说边往里走，穿过蝉鸣鸟叫的花园，走进制膏房。里面充斥着药材入锅的声音、药煮开后的"咕噜咕噜"声，以及竹搅棍与铜锅碰撞的声音。

董事长：阿牛师傅，您看，我带了广播电台的杨子老师来看你了。

阿牛师傅：看我？（轻声交代）一定要把握好火候。

阿　力：明白。

杨　子：俞老，阿牛师傅好。

阿牛师傅：您好。嗨，董事长（边走到一边，边和董事长轻声说）我有什么好看的呢？

董事长：她是来采访我们方回春堂的历史。我觉得你最具代表性，所以就把她带过来了。

阿牛师傅：哎呀，董事长！你可别寒碜我了，我们开馆元老那么多，个个都了不得，我哪敢代表啊。

杨　子：阿牛师傅您就别谦虚了，其实我就是来偷学你的制膏秘法的。

阿牛师傅：秘法？哪有什么秘法啊。（声音大起来了）说到膏方啊，哈哈哈。一个膏方好不好，得看医生；一个膏方灵不灵，得看药材；最后才看工艺。

杨　子：是啊，就是您这最后的工艺决定了效果呀。

阿牛师傅：杨子，话不能这样说，制膏的每一步都很关键。对膏方工艺来说，最重要的是心，所以最后决定效果的是药工的心。（边走边说）你别看这里这么多七七八八的工具，就以为制膏很复杂、很神秘，其实制膏根本没多少秘密，也没多少高科技，关键就是环环相扣，缺一不可。整个过程就是对脑力、耐力和物力的考验。

【阿牛师傅走到制膏器皿前，偶尔拨弄药材，偶尔敲敲铜锅，偶尔拍拍竹竿。

阿牛师傅：每个人的病不同，膏方的用药也不同。我们拿到药方后，第一件事就是认真琢磨，谓之脑力；手工熬制膏方需要搅拌、控制火候、清理残渣和泡沫，还要检查水位、擦拭灶台等等，这一系列工序的"循环播放"，谓之耐力；炮制膏方所用的药材需要保质保量，绝不能偷工减料，谓之物力。把控好这三点，就能熬制出好的膏方。制作膏方看似很难，其实也很简单，就看你有没有这个心了。

杨　子：阿牛师傅，您这一番话有很深刻的人生哲理啊。

阿牛师傅：我哪会说那么多大道理呀，只不过我家四代都是药工，从小我父亲就告诉我这一行吃的是"良心饭"，是"子孙饭"，我们手上握的是别人的健康，甚至是生命。药多一分、少一分都会影响效果，不管是滋补药还是治疗药，都是人命关天的大事，马虎不得。而且膏方做好后，无论患者还是医师，都无法判断出药材用料，所以能否做出一副好膏方，凭的就是药工的良心。

杨　子：真的没有想到，不起眼的膏方居然有这么深刻的内涵。阿牛师傅了不起！！

董事长：是啊，耐得住寂寞，守得住平凡，几十年如一日，你说是不是像牛一样。

阿牛师傅：（爽朗地笑）其实我做的只是一件普通的事，为大众服务，我也乐在其中。

【外面传来一阵嘹亮的笑声，吸引了三人的注意。

杨　子：董事长，外面这是怎么了？

董事长：我猜大概是李姐来了，一起去看看吧。

阿牛师傅：我就不去了，我怕阿力一个人看不过来。

董事长：好。

【热情的李姐匆匆忙忙走进馆内，脚步声听着十分急促。

李　姐：（用杭州话打招呼）早上好，黄师傅。呀，不好意思，不好意思老吴，给你认错了。

老　吴：（习以为常地说）没事，习惯了，我记得前天我刚给你送了药呀。

李　姐：不是我的，我家老头子的，上次就拿了一周的量，张医生说要再吃一周，我正好路过就过来先抓药。今天陈姐在吗？

老　吴：在的，你快去吧。

【李姐吆喝着走到柜台前。

李　姐：陈姐，学群大姐！我来抓药啦。

陈学群：老李，别喊啦，听到啦，你一开口，整个馆都知道你来了。

【拿起方子查看，纸张离开桌面发出清脆的响声。

李　姐：这有什么，我不是早就在你们馆出名了吗！是吧，小林。

小　林：当然，您和师傅的故事哪个不知道，刚来的小李都知道了。

陈学群：别闹了，拿去，认真抓药去！

【李姐和陈学群继续聊天，背景音里有小林的脚步声，以及铺开包药的纸声，打开各个抽屉拿取药材倒在桌面的声响。

李　　姐：陈姐，我就先走了，其他的就交给你了，顺便帮我熬了哈。

陈学群：你不看看药就走啊？

李　　姐：（边走边说）有你看着我还有什么不放心的。

【李姐走出馆内，边走边说，声音渐远。

李　　姐：对了，老吴，药熬好帮我送下，老头子在家，你带回家让他直接喝。

【杨子和董事长从制膏房出来。

杨　　子：董事长，看得出你们和顾客关系好，可没想到好到像自己家一样了，你们居然还能直接送药上门，有点羡慕。

董事长：（不掩饰地笑）李姐她和我们方回春堂是有渊源的，我也没想到后来居然处成了一家人。

杨　　子：喔，又有故事听了？

董事长：那会儿方回春堂复馆也才四年，情况刚刚好起来没多久。

【2005年，方回春堂河坊街馆。药馆里充斥着抓药、拿药、人来人往的脚步声，突然李姐怒气冲冲，脚步十分沉重地走了进来。

李　　姐：喂喂喂，有人在没！（"啪"，一把把药扔在桌上）你们把这个药配错了！

【周围突然变得安静，只剩呼吸声。（在紧张的音乐里）陈学群快步走上前，打开药包，认真拨开每一种药开始辨认。

陈学群：李姐，老李。慢慢说，慢慢说。我先看看，检查检查。

李　　姐：（更生气地说）有什么好检查的！我吃了这么久的药多少还是认得一些的，也幸亏我是自己煎，不然指不定给你们吃成什么样呢！

黄师傅：（接茶水递茶水）李姐，您先喝杯水消消气，我们肯定给你一个交代，我们先让学群大姐先找找问题。

李　　姐：找呗！嗨，你们啊……（端起水杯喝了一口，长舒了一口气）还是你们回春堂的凉茶好喝。

黄师傅：那是自然，我们可不敢马虎。

李　　姐：就因为这样，我才会更生气，我都在你们这里看病配药那么久了，真的很信任你们！可今天却发生配错药这种事情。

陈学群：李姐，真的很对不起，确实是配错了，真的很抱歉。

李　　姐：那现在怎么办呢？

陈学群：我们马上给您换掉。

李　　姐：换掉？不行，我怎么知道会不会有残留，都喝进肚子里了，已经混在一起大半天了。

小　林：那？师傅，要换掉？

陈学群：换，马上换！

小　林：可是，师傅，其实就是多了一味药，挑出来就行，其实对整个方子没有多少影响的。

陈学群：没有影响也不行！药是治病救人的，马虎不得。

小　林：那要赔好多钱呢，我……

陈学群：从我工资里扣！

【陈学群把七包药一把抓起来发出巨大响声，打断了小林的话，然后打开药房柜门，走了出去。

李　姐：陈师傅，（有些害怕）你干嘛？

【陈学群加快走到门口垃圾桶边上，把七包药"啪"地丢进去，又走回药房。

陈学群：李姐，这件事情是我们的不对。我们也有我们的规矩，但凡出错的药我们是不会再用的，而且我保证以后会更加仔细，避免再发生这样的问题。小林，你去给李姐再抓七副药，一定要仔细！

李　姐：（迟疑了一下）陈大姐，好魄力！就凭这一次，我相信你，我也相信你们方回春堂。

陈学群：对不起啊，李姐。这样，如果你今天赶时间去干其他事情，我可以让我们黄师傅帮你把药送到家里去。

李　姐：这样，好，也好，我正要去另外的地方，那你们帮我送到家吧。那我就先走了。

【李姐踩着轻快的脚步离开。

陈学群：李姐。慢走。

小　林：（停顿一下）师傅，您刚刚为什么一定要扔掉那些药？明明都还可以用。

黄师傅：小林啊，你换个角度想，如果你是顾客，明明是店家弄错了，他还把你要换的东西拆拆补补再还给你，你会开心吗？

陈学群：黄师傅不愧是黄师傅，一针见血。小林你想想，她要换的还不是别的，是跟健康息息相关的药，换作是谁都会很谨慎。再说，我们方回春堂的药既要保证品质，也要对顾客负责，所以无论那个药是否能用，我们绝对不会再用的。

【2023 年夏天，方回春堂河坊街馆。

杨　子：（感叹）这真是一种对顾客的责任心和诚意。

董事长：是啊，所以陈师傅的这个举动就被当成榜样故事在各个馆里传颂开了。

杨　子：对了，故事里面那个黄师傅是谁，李姐刚刚也提到了他，大家好像都很喜欢他。

董事长：说喜欢不如说是敬佩。

杨　子：喔？

董事长：他是一个全年无休的人，一个让人真心实意想要夸奖的人。

【2005年，方回春堂河坊街馆门口偶尔传来一些脚步声，还有谈话声。

顾客甲：不好意思各位，路过麻烦注意着些，我得在这里分分药。

黄师傅：（边走边说）这位先生您好，医馆门口不能卖药。

顾客甲：不是的师傅，您误会了，我是来打粉的。

黄师傅：打粉？

顾客甲：对，打粉的，你看这些药材我都想给打成粉，方便用。

黄师傅：那直接就去吧，为什么在门口待着。

顾客甲：里面有一味药不能直接打，要先烘干，但药给我混一起了，所以我只能先出来把药挑出来。

黄师傅：（惊讶）没提前告知您吗？

顾客甲：我也第一次来回春堂，不知道这些规矩。没关系，我分一分再进去。

黄师傅：（开始帮顾客收拾东西，发出沙沙的响声）走走走，上里面去，我帮你挑，您来打粉，让您一个人在门口挑药怎么好意思。

顾客甲：不要紧，是我没问清楚，给混一起了，不麻烦您。

黄师傅：不麻烦，为您服务是我的荣幸，而且我们肯定比您了解药，分起来更快，也更安全。

顾客甲：那我也不客气了，下次我一定注意，谢谢，谢谢。

黄师傅：如果您有任何问题，随时都可以问我们，我们会很乐意为您解答。

【2023年，方回春堂河坊街馆。

杨　子：（感慨）怪不得大家都喜欢他，我听完也很喜欢他。

董事长：是啊，店员直接上门给病人送药，也是黄师傅带的头。那是两年前，我们城西馆刚开业，他去那边负责带员工。有一次病人说想尽快拿到汤药，药一熬好，黄师傅骑着车就给送过去了，送到的时候药还热乎着呢。后来次数多了，也有不少馆里的员工听到熟悉的小区名，都自发帮忙送药。

杨　子：是潜移默化地影响了大家，确实值得大家尊重。

董事长：我其实很幸运。不对，应该说方回春堂很幸运，拥有阿牛师傅、陈学群，还有好多其他师傅和员工。他们不仅传承了方回春堂追求好药的精神，同时也正确传达了方回春堂对顾客的服务理念，更重要的是，他们诠释了方回春堂至诚、至仁、至精、至礼、至新的核心价值观。

杨　子：相信你们的执着和用心，大家都能感受到。

【音乐起。剧终。

【**片尾：**刚刚您收听的是由方回春堂和浙江广播电视集团经济广播联合录制的系列广播剧《共富路·中医情》，第二集《启程复兴》。

总策划：丁志强

总监制：丁黎

策划：汪立源、毛海枞

监制：郭怡飚

总编剧：夏强

编剧：蔡梦谣

配音：俞柏堂、陈学群

制片：应鸽

录制：好声音音频制作

总导演、制作人：杨子

感谢您的收听。

立德利民

🕐 **时间**：当代

◎ **地点**：浙江杭州

👥 **剧中人物：**

　杨　子：女，主持人；

　董事长：男，方回春堂董事长；

　毛馆长：男，方回春堂副总；

　陈学群：女，方回春堂复馆元老，方回春堂头柜；

　张小迪：男，中学生，后来成为杭州某综合性三甲医院急诊科医生；

　李师傅，男，方回春堂保安；

　军军、大力、琪琪：男，中学生，张小迪同学；

　其他人物若干。

🎙 **片头**：在迈向中国式现代化的征程、奔向共同富裕的道路上，我们都离不开健康的体魄。有这样一群人，他们，为我们默默奉献、风雨兼程；他们，为我们刻苦钻研、辛勤探索。他们就是守护着我们生命健康的医护人员们。把脉问诊良方出，携手共富健康来。今天，让我们一起去探访他们的内心世界。欢迎收听由方回春堂和浙江广播电视集团经济广播联合录制的方回春堂系列广播剧《共富路·中医情》。请听第三集《立德利民》。

　　【2023年夏，白天，烈日炎炎。方回春堂河坊街馆。音乐起。

杨　子：（边走边说）听众朋友们，大家好！我是杨子。欢迎收听方回春堂系列广播剧，今天我将继续为大家分享方回春堂的故事。

　　【除了杨子的步伐，越来越多的脚步声和对话响起，几个路人的声音有近有远，相互交织。

路人甲：好渴。

路人乙：走，我带你去方回春堂喝凉茶，这也算我们杭州的一大亮点。

路人丙：老李你走快点，这凉茶要趁热给小宝喝。

杨　子：没想到这么多人都是去方回春堂喝凉茶的，待会我也要来一杯。

路人乙：李师傅，我带朋友来喝凉茶了，你给拿个杯子呗，那边用完了。

李师傅：好，拿稳了，顺便帮我补点杯子。

路人乙：没问题。

杨　子：请问？

李师傅：您是？

杨　子：我是浙江经济广播的主持人。

李师傅：杨子？是杨子老师，您好，您好。我是老李。

杨　子：（笑）李师傅，看得出来您和大家都很熟。

李师傅：也没有熟不熟的啦，来到方回春堂就是朋友，朋友之间多见几次就熟了。对了，
　　　　您要不要也来杯凉茶，三伏天喝凉茶最合适了。

杨　子：我刚就说想尝尝来着。

李师傅：我去给你倒一杯。

杨　子：没事，我自己去。

李师傅：（跑着离开）很快的。（很快走回来）

杨　子：谢谢谢谢，我看那凉茶桶有些年头了。

李师傅：对，一直用这个款式，也算是一种传承。说起来都已经有二十多个年头了。

杨　子：这么久了！

李师傅：对，是很久了。当时就是陈学群，陈师傅提出的建议。那是复馆之初，我们喝
　　　　上第一桶凉茶的画面，到现在我还是记忆犹新。

【2001 年，方回春堂河坊街馆，毛馆长的办公室，外面响起了敲门声。

毛馆长：进来。

陈学群：毛馆长。

毛馆长：陈师傅，您怎么来了，柜上出什么事了吗？

陈学群：没，没有。我就是想来跟您商量一件事情。

毛馆长：商量？哈哈哈，您是老大姐，有事情您尽管说。不用商量。

陈学群：毛馆长，我来柜上也有些时间了，对我们大家的行为处事也有了一定的了解，
　　　　看得出来，你们是真心想办好方回春堂，而且是真的想把中医做好。

毛馆长：那当然，我们的心都是一样的。

陈学群：所以啊，我们有些礼仪和规矩还是不能忘。

毛馆长：哦？礼仪和规矩？您说。

陈学群：就是，我们老底子的中药行啊，无论你是来看病，还是干嘛的，只要是人进来了，进门都有一杯茶，这是礼仪也是规矩。所以我觉得如果我们方回春堂要真想做好做精，那这杯茶，是少不了的。

毛馆长：哦，哦！对，您说的这个我赞成。不过我……那具体该怎么做呢？

陈学群：很简单。我们可以在门口设立一个凉茶桶，这样除了是进门的一杯茶，也可以免费提供给游客和附近的居民。一方面方便了大家，另一方面也可以招揽人气，让更多人了解中医文化。

毛馆长：没问题，您的这个建议，我绝对支持！我觉得我们还可以根据不同季节更换效果不同的茶。夏天用凉茶，冬天用保暖茶，这样才算真正做到便民利民。

陈学群：对，对。这我倒是没考虑到冬天，哈哈哈。还是毛馆长心细。

毛馆长：虽然是传承，但我觉得还是要对基础凉茶的配方做一些改进，因地、因时做修改，这也算是我们的一次创新之举，（"唰"一下起身，激动地说）陈师傅，你给拟几个方子。（疾走了几步，停顿）我们立即去办。

【2023 年，方回春堂河坊街馆。杨子喝了一口茶。

杨　子：这个就是你们一直传承、坚持下来的凉茶？很好喝。

李师傅：是呀，就在陈师傅提出意见的第三天，毛馆长就把一切准备就绪，这个凉茶桶就这样在那里待了二十多年。

杨　子：没想到，你们是完全的行动派啊。

【远处传来脚步声。

毛馆长：哈哈哈，大老远就听到你们谈论我，都说了我些啥。

杨　子：毛馆长，（笑）肯定是你的好话呀。

李师傅：毛馆长，我在给杨子老师讲咱们这个凉茶桶的由来。

毛馆长：就讲了由来吗？那杨子你可错过好戏了。

杨　子：什么，这我可不能错过，能说的可别瞒着。

毛馆长：这有什么不能说的，不过李师傅不好意思说。

李师傅：什么李师傅，毛馆长你也跟那群小孩一样胡闹。

杨　子：别岔开话题，给我好好说说那故事。

毛馆长：这故事的起源就是李师傅，那凉茶桶就是故事的起点，哈哈哈。

李师傅：毛馆长，虽然故事是由我发现的，但决定拍板的还是你们馆领导，是董事长啊。我记得那也是夏天，2003 年的夏天，高考结束不久，那一年，天气特别炎热。

【2003 年，方回春堂河坊街馆门口熙熙攘攘，一群学生卖力地售卖报纸。

军　军：卖报啦！卖报啦！

大　力：都市快报、青年时报、钱江晚报都有！快来看看！

琪　琪：卖报，卖报，两块一张，两块一张。

张小迪：卖报啦，卖报啦！

路人甲：要一张人民日报，多少钱？

张小迪：两块。谢谢。

路人乙：钱江晚报有吗？

军　军：有，两块一张。

路人乙：给。

军　军：谢谢，谢谢。

大　力：不行了，太热了，喊一上午嗓子都要冒火了。

琪　琪：你才卖了多少啊，你看人家军军和小迪，卖得比你多，也没听他们喊累。

大　力：我喊的多啊，真受不了了，要不我们去买点饮料喝？

琪　琪：喝什么饮料，我们卖报纸是为了什么你忘啦？到最后卖一天还不够你饮料钱。

大　力：那你说怎么办，总不能让我渴死吧！

琪　琪：（气愤）你！

军　军：好啦，你俩别吵了，我知道哪里有喝的，还是免费的。

大　力：哪里哪里？

军　军：前面方回春堂，每年夏天都有免费凉茶喝的，我们去要几杯喝。

琪　琪：（大声喊）小迪，我们去喝凉茶你去吗？

张小迪：（大声回）不用啦，你们去吧，我再卖一会儿。

军　军：琪琪别喊了，他肯定想多卖点，我们先去，再给他带一杯回来就好了。

琪　琪：嗯。（不耐烦地对大力说）走吧，大懒虫，你不是快渴死了吗！

大　力：走走，快走。

　　　　【方回春堂凉茶桶前，李师傅正在往桶里加凉茶，一大桶凉茶"哗"一下倒进
　　　　凉茶桶。

军　军：请问，还有杯子吗？

李师傅：有的，你们等等，我进去拿。

大　力：凉茶能好喝吗？要不咱们还是去买饮料？

琪　琪：那你让小迪喝什么。

大　力：你可以给他说我中了个再来一瓶，他那瓶不要钱。

李师傅：小伙子啊，这凉茶可是专门为夏天调配的，清凉解暑，比你说的那些饮料强
　　　　多了。

大　力：你家的东西，你当然这么说。

李师傅：不信，你们尝尝。

　　　　【倒水声结束后，响起喝水声。

李师傅：怎么样？

军　军：确实舒服很多，感觉人都凉快不少。

琪　琪：比我想象的好喝多了，我还以为很苦呢。

李师傅：你觉得呢？

大　力：还行吧，我得再来一杯仔细尝尝。

　　　　【大伙都被大力逗笑了。

李师傅：对了，你们刚刚说的那个同学怎么不来？

军　军：他还在前面卖报纸。

李师傅：这么热的天，你快把他喊来休息一下吧。

琪　琪：他不会来的，倔得很。

李师傅：为什么？听你们意思他连买瓶饮料都不舍得，他很着急用钱吗？

军　军：对，他考上了大学，但家里条件不太好，现在学费还没攒够呢。

大　力：我们今天就是来帮他一起卖报纸攒钱的。

李师傅：卖报纸这得攒到什么时候啊。对了，他考上了哪个大学。

琪　琪：浙江中医药大学，他可厉害了，从小就立志当个医生。

李师傅：中医药大学？确实很厉害。要不然你们把他喊过来吧，我们一起出出主意，看
　　　　我能不能帮到他。

军　军：他不乐意的，我们之前班里组织捐款，他拒绝了，他说离开学还有好几个月，
　　　　他会自己想办法攒齐的，大家都是要上大学的，都是正好要用钱的时候，没必
　　　　要为了他特意搞个捐款。

大　力：我们那会儿劝了他很久，他就是不同意，一开始我们说帮他一起买报纸都被他
　　　　拒绝了，好说歹说才同意我们来帮忙。

李师傅：真的是难得的好孩子啊。

　　　　【在卖报的声音里，有脚步声过来。董事长走了过来。

董事长：李师傅啊，今天这里这么热闹？怎么，交了一群中学生朋友？

李师傅：董事长好。

军军、琪琪、大力：叔叔好。

李师傅：一群卖报的孩子，正好渴了来讨杯凉茶喝。

董事长：这么热的天还勤工俭学，不错不错。别站外面了，进去休息吧。

军　军：没事叔叔，我们喝完还要继续卖报，谢谢你的凉茶，我们先走啦。

军军、琪琪、大力：叔叔们，再见。

　　　　【一阵欢快的脚步声后，三人吆喝着继续卖报。

李师傅：董事长。

董事长：怎么了，李师傅？心疼那群孩子了？

李师傅：确实是心疼了。

董事长：孩子嘛，总要历练一下的。

李师傅：不是他们，我是想跟您说说另一个孩子。

【响起一阵拉凳子的声音。

董事长：来，老李师傅，你说吧。

李师傅：他们三个其实是来帮同学卖报纸攒学费的，他们同学是一个叫张小迪的孩子，刚刚考上浙江中医药大学，但家里太穷了，只能自己赚学费，班级里要给他捐款他都拒绝了，一定要自己攒。听说他从小就立志当医生，我觉得这是个好孩子，未来也一定会是个好医生。本来我想自己给他捐点钱，但我想他一定会拒绝，所以我想问问您，有没有什么办法帮帮他。

董事长：这个简单，由我们方回春堂出面资助他，我想他会接受的。

李师傅：真的吗？万一他又拒绝了呢？

董事长：要不你把刚才那群孩子叫回来，我们当面说说这件事。

李师傅：也好。（朝外喊）孩子！孩子们，等等我，等等我。

【一阵急促的脚步声，和孩子们跑回来的声音。

李师傅：孩子们，这是我们方回春堂的董事长。

军军、琪琪、大力、张小迪：董事长叔叔好。

董事长：这几个同学我刚刚都见过了，你就是考上中医药大学的那位同学？

张小迪：是的，我，叫张……小迪。

董事长：嗯嗯，李师傅告诉了你们的事情。小迪，我们愿意帮助你。

军　军：真的？你们愿意帮助小迪，太好了。

大　力：董事长叔叔，您真的帅气！

张小迪：可是，我，可是，我……

李师傅：孩子，不急，喝杯凉茶（递过去）。

张小迪：（"咕噜咕噜"快速喝完）叔叔，我很感谢你们的好意，可是我也不想无缘无故就接受你们的帮助。

董事长：小迪啊，你也别着急拒绝，我也不是无条件帮助你的。我听说你考上的是浙江中医药大学，而我们也正好专注于中医药，所以我们也希望能培养更多优秀的中医药人才，让中医文化能够发扬光大。

张小迪：嗯，可是……

董事长：我还没说完条件哦，我们也不是随随便便帮助你。我们是有条件的，

众　人：什么？条件……？

董事长：瞧，瞧，你们这些人啊！一听条件，吓坏了吧！哈哈哈。条件就是，在你有空的时候来方回春堂实习，当我们的帮工。当然，我们也不会白白让你劳动，还是有一定的酬劳的，怎么样？愿意吗？

张小迪：这，这个……

军　军：小迪，这还有什么好犹豫的。

琪　琪：就是，快答应啊。

大　力：快啊。

张小迪：好，谢谢你们。

　　　　【众人一起开心地笑了起来。

　　　　【2023 年夏天，方回春堂。

杨　子：毛馆长，董事长好有魄力。了不起。后来呢，那个同学去哪了？

毛馆长：去了市医院的急诊科。

杨　子：没来方回春堂吗？

毛馆长：其实当时我们资助他，只是想给他一个学习的机会，给他一个更好的学习空间，又不是为了让他到我们这里来。虽然他没有继续走中医的道路，但到现在我们依然保持着良好的联系。他也把他在中医上学习到的知识融会贯通在了西医里，从另一个方面发扬了我们中医文化。他的出现也让我们发现了另一种回馈社会的方式，之后我们就开始做一些中医进校园的活动，给孩子们科普一些中医药知识，让更多的孩子了解中国绵延千年的中医文化。

杨　子：这真的是一个很暖心的故事，（大口喝完最后的凉茶，发出痛快的声音）这个凉茶真的太好喝了！

毛馆长：你可别小瞧我们，我们可不只凉茶好喝，还有腊八粥、决明子苦丁茶，端午还有香袋可以领，你只要踩点到都可以赶上。对了，义诊活动也很多，你都可以去感受感受。

杨　子：（笑）那真的是全年无休了。

李师傅：杨子老师，再喝一杯凉茶？

杨　子：好，我再喝一杯！真甘甜啊。谢谢。

　　　　【音乐起。剧终。

🎙【**片尾**：刚刚您收听的是由方回春堂和浙江广播电视集团经济广播联合录制的系列广播剧《共富路·中医情》，第三集《立德利民》。

总策划：丁志强

总监制：丁黎

策划：汪立源、毛海荪

监制：郭怡飚

总编剧：夏强

编剧：蔡梦谣

制片：应鸽

配音：陈学群、李宁、章晓玥、谢嘉威、田钧益

录制：好声音音频制作

总导演、制作人：杨子

感谢您的收听。

在『浙里』听见共富中国

——杨子和她的广播剧

第六辑

护航有我：
共富路上保险人

YANG ZI HE TA DE GUANG BO JU

杨子和她的广播剧

"安全之锚" 的保险声音

  人类的本能，趋利避害；而今，我们需要富而思安。在国际形势波诡云谲、变化莫测的今天，中国的发展面临着前所未有的机遇与挑战。在乡村振兴、共同富裕伟大的历史进程中，保险业作为我国社会主义市场经济条件下最有效的风险管理手段之一，具备经济补偿、资金融通、社会管理等重要功能。人民可以通过风险管理来防损减损，通过及时的灾后重建来恢复生产，通过稳定居民预期来促进消费，通过转嫁风险来推动科技创新，帮助人民提高收入、积累财富，为实现共同富裕提供重要保障。我们出品的系列广播剧《共富路上的护航人》，就是通过 6 集生动的保险故事，向听众展示保险从业者的努力与坚持以及他们在共富路上护航人民的事迹。

  在这个信息快速传播、保险产品琳琅满目的时代，人们常常迷失在选择中。像《共富路上的护航人》这类以保险为题材的作品，既可以帮助人们了解保险，还可以让行业中的良心企业出现在大众视野中。怀揣着这样的初心，在两家知名保险公司的支持下，我们开始了解保险专业知识，同时深入挖掘行业中具有代表性的案例，希望能从中筛选出既有保险知识科普意义，又能代表保险从业者专业素养与责任感的故事内容，借此让大众更全面地了解保险行业，破除一些陈旧的观念和偏见。

  罗斯福说："一个有责任感的人对父母、妻子、儿女珍爱的表现乃在于他对这个温馨、幸福的家庭有完全的准备。"为了展示保险行业的真实面貌，在投入剧本创作前，我们率先组织了采访团队来往于杭州、舟山、丽水等地，深度采访了几位经验丰富的保险从业者，了解他们的职业生涯和价值观，其中有公司经理、业务员、部门主管，还有保险代理人。同时我们也采访了部分故事中的受益人。这些珍贵的采访内容也成了我们这个系列广播剧的故事基石。

  《励精图治》里台风险的首创者何总、《负重前行》里充满奋斗精神的朱总、《奋发有为》里充满改革精神的王总、《永不言弃》里努力创新的殷总、《希望之舟》里当机立断的陈昌建、《希望之光》里一心为民的潘卫强，他们每个人身上都有踏实肯干、积极进取的工作热情和谦虚谨慎、用心负责的工作态度，让我们看到了一张张保单背后的丰满故事。

随着地球环境的破坏，自然灾害频繁，人民的生命、财产面临着巨大风险。《励精图治》中提及的天气指数保险，通过将气候条件带来的损害程度指数化让投保人获得相应赔偿。同时通过重现台风灾害情境，突出在风险管理和救援方面保险所带来的各种优势，可让听众了解如何通过保险来减轻风险、帮助受灾群众。《负重前行》则通过保险业务员的日常，向听众展示这个行业里年轻人的励志故事和保险人的专业、耐心与责任感。故事里朱总是保险业务员的一个缩影，"负重前行"不单单指他在业务中远距离的出行，也象征着保险行业面对的挑战。

《奋发有为》则是通过领导视角，向听众展示保险公司的工作日常，在不断的创新和变革中，他们竭力为大众呈现好的产品和规范便捷的流程。《永不言弃》中，我们将沈老板车祸理赔的事件融入其中，提醒人们选择靠谱的公司投保、注意合同款项，同时在理赔期间要做好充分准备，避免因个人原因导致理赔失败。另外，我们也通过殷总这个角色，让听众可以认识到保险代理人的作用，了解更多投保途径和学习咨询方式。

虽然保险是社会经济发展的重要金融手段，但常常被误解和低估，这种现象在农业保险的推广中最为常见。为此，我们将视线停留在了农业保险上，以农业保险起家的中华保险作为故事原型。通过沟通我们发现，即使有政府共同推广，农业保险发展道路依旧困难重重。这也更加坚定了我们创作的决心。他们在舟山遭遇台风时及时支付预赔款，让渔民开渔无后顾之忧，避免了更大的损失，同时为了支持高粱种植的推广，配合政府出台各种惠农投保方案。在丽水，他们又与政府携手推广稻鱼共生、助力农产品销售，同时还迈出了生猪价格"保险+期货"的第一步。在这些故事中我能很明确地感受到种植户、养殖户的态度转变，这也是《希望之舟》《希望之光》这两集故事的重要意义，在普及农业保险专业知识的同时，可破除一些人们对保险的误解。

我们在刚接触这些保险人时，他们对自己的故事都是轻描淡写，后续我们聊到保险的意义与价值，他们才打开话匣子。可能在他们看来，普及保险对社会的价值意义比宣传他们个人有价值得多，而那些出现在剧中、被他们刚开始一笔带过的故事也是后来我们好不容易"套"出来的。

故事里的人物有些已经联系不上，为了让故事完整、塑造更立体的人物形象，我们在创作时虚构了一些辅助角色与情节，推动故事发展，同时尽可能还原真实的情感与语境，以帮助听众沉浸其中。我们期望透过声音，记录他们的人生，探寻保险真谛。

胡适先生曾说过："保险的意义，只是今日做明日的准备，生时做死时的准备，父母做儿女的准备，儿女幼小时做儿女长大时准备，如此而已。今天预备明天，这是真稳健；生时预备死时，这是真旷达；父母预备儿女，这是真慈爱。不能做到这三步，不能算做现代人！"当生活变得复杂又充满不确定时，保险是家庭和个人的安全之锚，它不仅仅是一项金融工具，更是一份对家庭未来的承诺。

我们希望通过这个系列的作品，帮助更多人更好地理解保险，合理规划家庭保险体系，为共富之路提供坚实的保护伞。同时也希望保险人诚实守信、坚韧不拔、勇于创新、敢于改革、永不言弃的精神可以感染更多人。我们相信保险人一定可以坚守保障本心，托起人民群众的获得感、幸福感和安全感。

励精图治

🕐 **时间：** 当代

📍 **地点：** 浙江杭州

👥 **剧中人物：**

何　总：男，43岁，某保险公司总经理，台风险首创者；

何　妻：女，40岁，何总妻子，都市白领；

晶　晶：女，15岁，何总女儿，初中生；

小　刘：男，25岁，某保险公司员工，何总所在组成员；

王　叔：男，50岁，河北某地运输司机；

郑　婶：女，45岁，河北某地农民；

婧　婧：女，6岁，台州某地渔民的女儿；

其他居民、救援人员等若干。

🎙 **片头：** 共富路上，总有那么一群人，他们敢担当、勇作为，在创业中矢志拼搏，在创新中施展才干，在创造中筑梦未来。他们是保险从业者，他们是奔跑在共富路上了不起的护航人。欢迎收听系列广播剧《共富路上的护航人》，让我们一起走近保险人，去聆听每一个奔跑、护航的故事，去感悟每一次奋斗的信仰，去体念每一次激情澎湃的力量。请听第一集《励精图治》。

【2023年元旦假期，何家。何总正在陪晶晶看电视。电视声、拖地声、洗衣机的声音交织成一曲温馨的乐章。

【电视新闻主持人：观众朋友，大家好，今天是2023年元旦假期的第二天，在我们欢度元旦佳节的时候，有许多人还在为我们的工作、生活而忙碌，今天我们请出的共富路上奔跑者就是保险人——何总，（何总：大家好。）何总，请问你今天给我们带来了什么好的建议？

【何总：我今天带来的是尽快实施天气指数保险业务的建议。

【主持人：天气指数保险？你给我们大家介绍一下。

晶　晶：（突然）爸爸，爸爸，电视上的这个人好像你。不，爸爸，就是你！你上电视了。这是什么时候的事情啊？爸爸，你怎么不告诉我。妈妈快来看！

何　妻：呀，真是啊，让我好好看看，哈哈哈。

晶　晶：爸爸，你好棒，我崇拜你！

何　总：保险是爸爸的工作，这有什么好崇拜的，哈哈哈。

晶　晶：爸爸，我知道。开始天气指数保险，天气也能保险吗？你跟我讲讲。

何　总：天气当然能保险了。天气指数保险是指把一个或几个气候条件（如气温、降水、风速等）对农作物、工业生产以及我们的生活等等的损害程度指数化，每个指数都有对应损益，保险合同以这种指数为基础，当指数达到一定水平并造成一定影响时，投保人就可以获得相应标准的赔偿。

晶　晶：爸爸，为什么要搞这个保险呢？

何　总：那是因为在过去 20 年间，全球共记录发生了 7348 起自然灾害事件，造成 123 万人死亡，带来 2.97 万亿美元经济损失，受灾人口高达 40 亿。气候变化的复杂性决定了应对方式的多样性，以风险防范与管理为己任的保险行业在这场战役中责无旁贷。所以……

晶　晶：所以爸爸你就要做这个事情？

何　总：对！我们保险，不就是要保护大家吗？晶晶，今天爸爸就给你讲一个保险和台风的故事。那是 2019 年的 8 月，超级台风利奇马在浙江沿海地区登陆。强劲的风裹挟着暴雨在极短的时间倾泻而下。当时，我正在丽水考察，突然接到总部的电话，要我立刻带人赶到台州……

【2019 年 8 月中旬，利奇马台风过境后的台州某镇。何总带小组成员到赶到台州某镇考察。中途，道路被大水淹没，无法前行。

【汽车喇叭声、风声、雨声交织在一起。

【汽车广播声：听众朋友，在台风利奇马过境后的第 3 个小时，我们来到了受灾最严重的台州，一路上我们看到道路被大水冲毁，房子被大风刮去了屋顶，山坡上树木倒伏严重，哎呀，前面桥好像被冲垮了……

【一群司机焦急交谈声、电话声音……

【汽车熄火的声音。

小　刘：何总，前面的道路被水淹没了，超过 5 米了，车子开不过去。

何　总：那还有其他的路可以绕过去吗？

小　刘：车已经堵了好几公里，应该是没有可以绕的地方。

何　总：这次台风实在太诡异了。在海上行踪不定，快登陆的时候又来了一个大拐弯。不仅风大，雨水量也很足。嗨，老百姓受灾一定很厉害啊。

小　刘：是啊，那我们在这里等水退去再前进还是怎么办？

何　总：我们带的生活物资足吗？

小　刘：有两大包，不成问题。

何　总：嗯，这样……咱们一人背上一包，步行绕过去。今天一定要赶到受灾最严重的那个厂里。

小　刘：步行？这样的天气？那要走到什么时候？

何　总：总部让我们来考察，就是要了解最真实的情况。我们浙江分公司的业务刚刚起步，要想在强手林立的这里拓展出新的天地，我们现在遇到这么点困难就退缩，怎么能完成总部交给我们任务！

小　刘：可是，这一片区域，我们的业务还没有开展起来。再说台风与我们的主营业务也没有多少关系。

何　总：怎么会没有关系呢？正因为这里是我们业务开展的薄弱地区，总部才让我们来考察。你看，现在道路都淹没了，车辆进水的事故肯定也不在少数。老百姓财产损失这就和我们有关系了吧。蹚水的时候小心点，不要划伤了脚。

小　刘：可是我们还要赶十多公里的山路呢！还背这么大个包。

何　总：小刘，把包给我。我个子大，力气大。

小　刘：何总，那不行。我是您助理，背包，是我的工作。

何　总：那你也不能让我空着手走路吧，哈哈哈，我们一人一个。

小　刘：何总，这次跟您出差，我真是学到了很多。

何　总：是吗？说来听听。

小　刘：首先就是您的吃苦精神，还有就是您的同情心。

何　总：哈哈哈，苦嘛，每一个创业的人都必须领略。没有一个人的成功是轻而易举的。我实习刚进入保险公司那时，大家对保险行业还不了解，我需要给不同的人去介绍、推荐保险。嗨，那时候一天不知道要走多少路，穿破多少鞋啊。可比现在辛苦多了。

【工人正在抢修基础设施的声音。救援人员指挥声、树枝碰撞声交织成繁忙乐章。

【小刘气喘吁吁地跑来。

小　刘：何总，我转了一圈，发现很多车都泡在水里。

何　总：你都记录下来。来，我们一起去看看那些泡在水里的房子，还有那里，屋顶都被吹掉了。小刘，记录一下，看看雨水冲进去，里面的物品还不能用了。还有那边，真让人揪心啊。

小　刘：何总，我们这次不是主要考察车险的吗？你怎么又看起房子了？

何　总：虽然主要是考察车险业务。可看到这样的场景，谁又会只是想到车险业务呢？小刘，你是浙江人，你有没有发现每年台风都给浙江带来严重的危害？

小　刘：是啊，我们家也曾经遭过台风破坏，一场台风，把我们家的好不容易修建起来的厂房刮倒了，借了好多钱才补修好，三年才把债还完。嗨。浙江什么都好，就是自然灾害多，不让人省心。

【突然传来一阵哭声。婧婧坐在遭受灾害的家门口哭泣。
【婧婧哭泣声、邻居安慰声起。

何　总：怎么有小女孩的哭声？过去看看。

小　刘：在那边，还有人围着。可别是家人出事情了。

何　总：小朋友，你的爸爸妈妈呢？

婧　婧：我找不到他们，也找不到我的玩具。我好怕。

何　总：玩具在哪里？叔叔帮你去找。

婧　婧：被台风吹走了，房子也被台风吹坏了，我们家我没有地方住了。

何　总：我们是坚强的好孩子，不哭好不好？

小　刘：听村民说，她家在台风登陆时就吹掉了屋顶。家里的渔船也沉了。她的父母正在四处想办法整修房子。

何　总：小刘，你再去四处走走，了解一下情况，不要光盯着车子，还要注意一下其他的损失。

小　刘：我马上就去。

何　总：婧婧，你爸爸妈妈去找人来修房子了，叔叔和你一起等他们回来好不好？

婧　婧：那他们什么时候回来啊？我家的船也沉了，没钱修房子了。

何　总：不哭，不哭，叔叔和你一起想办法好不好？

婧　婧：那你赶快想办法，我不要住在没有屋顶的房子里。我会害怕的。

何　总：有叔叔陪着你，就不会害怕了。叔叔答应你，一定还给你们家一个漂亮的大屋顶。

婧　婧：谢谢叔叔。我不哭。

小　刘：（气喘吁吁地跑回来）何总，我看了一下，这个村子房子进水的人家不少。听他们说，每年台风季节，他们都会有损失。今年特别大。

何　总：是啊，台风经常在台州登陆，一个村子就这么严重，一个地区的损失那该多大啊……应该想个办法。

【在紧张的环境声里，四天很快就过去了，那天的夜晚，何总家里。开门声起。

何　妻：老公，这次出差，听说你们到了台州？那么大的台风灾害，你们也真是拼啊。

何　总：不拼不行啊。总部要求我们一年打基础，两年出成效，三年上台阶。这是实打实的任务啊。咦，都快十一点了，你怎么还不休息？晶晶呢？

何　妻：你说今天能回来，我就等着你。晶晶做完作业先睡了。我给你倒杯热水？

何　总：好，这次忙着考察，三天三夜都没怎么合眼。不过还好，现在到家就可以休息了。

何　妻：那你还坐在这里干什么？赶紧去洗澡啊！

何　总：不急。这次考察，我有一个新想法，可以让我们拓展新的业务。我跟你说一下，你帮我分析分析。

何　妻：嗨，好吧。你每次在保险业务上有新想法，都是拿我做市场调研。你说吧，我听着。

何　总：浙江的沿海地区每年都会遇到台风，每年都会遭受很大的损失。这对当地的居民生活带来了很多困难。我在想能不能开发一个与台风有关的保险业务，把他们的损失减少到最小。

何　妻：给台风买保险，这是好想法，可是如何实现呢？再说了，台风也不是每年都像今年这么大的威力。这都是小概率的事件。

何　总：我想设计一个针对浙江的天气指数保险产品，既能为大家抗击恶劣天气提供保障，也可以作为我们分公司保险转型的一种尝试。

【2023年元旦假期，杭州何总家里。

晶　晶：原来这样啊！爸爸，我想问你一个问题，你为什么会做保险这一行的呢？

何　妻：那是因为你爸爸一个难忘的经历，就发生在你爸爸老家的村子里。

晶　晶：妈妈，不要说。我要爸爸说，爸爸，你快说，你快说。

何　妻：好好，让爸爸说，爸爸说。

何　总：那是我大学毕业刚参加工作的那年春节前，我就职的公司放假了，我回老家看到我们村两个邻居就因为一个买了保险，一个没有买保险，在差不多同一类的事情上得到不一样的结果……

【冬天某日。春节前，河北某地。在远处的鞭炮声里，附近的一户人家传来一阵阵哭声。屋子外面一群人在叹息、聊天。年轻的何总走了过来，打听。

何　总：他们家里出了什么事情吗？

王　叔：哎！还不是那该死的车祸。

何　总：车祸？你们没有伤到人吧？

王　叔：人倒没有伤到，就是我俩的车子都撞坏了，没有钱修。

郑　婶：为了开出租车，各种费用交了不少。我现在拿什么去修车。不修车，车子就没有办法开，这日子可怎么过啊！

王　叔：指望自己勤快点，辛苦点，多跑几趟能挣钱养家。结果路上出了车祸。这修车的钱都不知道从哪里来呢！我的日子也难过啊！

何　总：就不能想想办法吗？这日子还得过，车子肯定要修的。

王　叔：为了买这辆货车，亲戚这边能借的都借了，我还能去哪里借呢！

郑　婶：我也是啊，实在是没有办法了。

何　总：王叔、郑婶，你们别哭了。哭也不能解决问题。

王　叔：不哭还能啥办法。愁啊！

　　　　【座机电话响起。

王　叔：你陪郑婶一会，我去接个电话。（接电话）谁啊？保险公司，什么，我的车辆损失你们能赔。那太好了，谢谢啊，谢谢！

郑　婶：老王，你修车的钱有着落了？

王　叔：嗨，当年我买车的时候就买了一份和车祸有关的保险。刚才保险公司来电话，说他们勘察过了，能按照合同赔我一笔钱。这样，我修车的钱就有了。

郑　婶：你运气也太好了。

王　叔：我当时对保险不是很懂，只是觉得出点钱买个心理安慰，没有想到真能赔。

郑　婶：那你能帮我问问，他们能把我修车的钱也赔我吗？实在不行我挣了钱还给他们。

何　总：这个好像不行吧，当初你买了保险吗？

郑　婶：没有！当时我记得也有人问过我要不要买一份保险，可我觉得花这个钱没有必要，所以就没有买。

何　总：那估计赔不了，你看，王叔是之前交了钱，签了保险合同的。

郑　婶：天哪，我怎么就没有想到要买个保险呢！（大声哭了起来）

　　　　【时间来到 2023 年元旦假日，杭州何总家里。

何　总：当年，差不多的两场灾祸，就因为王叔购买了汽车保险，得到了理赔。而郑婶没有购买保险，所以不能理赔。郑婶那失望的眼神我永远记得，也就是在那一次我才认识到保险可以帮助到很多人。

晶　晶：原来保险可以在困难的时候帮助到人。

何　总：现在我主导的天气指数保险也是一个新的开始，我想帮助到更多的人。

晶　晶：好，爸爸，我长大了也要做一个能帮助到别人的人。

何　妻：哈哈哈，你瞧，你们父女两个，为保险，着迷了。看菜都凉了，赶紧来吃饭吧。

何　总：晶晶，帮助别人，转化风险，保障生活。是我二十年保险从业路上，永远的追求。我始终不忘初心，让保险为生活保驾护航。

晶　晶：嗯嗯，我知道的。我的爸爸最棒！！！咦！！！

　　　　【一家人的笑声。剧终。

🎙【**片尾**：刚刚您收听到的是由浙江广播电视集团经济广播和知名保险公司联合推出系列广播剧《共富路上的护航人》第一集《励精图治》。

总策划：何中晓

总监制：朱俊

监制：胡文雅、王琛

总编剧：夏强

编剧：陈张立、朱金文

制片：应鸽

录制：好声音音频制作

配音：刘燕、方恰宜、郑舒予

总导演、制作人：杨子

感谢您的收听。

负重前行

🕐 **时间：** 当代

📍 **地点：** 上海、浙江杭州

👥 **剧中人物：**

朱　总：男，44岁，某保险公司副总经理；

刘婷婷：女，30岁，某保险公司业务员；

郑老板：男，40岁，某外贸公司老板；

朱　妻：女，30岁，朱总妻子，某企业会计；

胡经理：男，50岁，某公司外贸部经理；

何　总：男，45岁，某保险公司总经理；

其他人物若干。

🎙️ **片头：** 共富路上，总有那么一群人，他们敢担当、勇作为，在创业中矢志拼搏，在创新中施展才干，在创造中筑梦未来。他们是保险从业者，他们是奔跑在共富路上了不起的护航人。欢迎收听系列广播剧《共富路上的护航人》，让我们一起走近保险人，去聆听每一个奔跑、护航的故事，去感悟每一次奋斗的信仰，去体念每一次激情澎湃的力量。请听第二集《负重前行》。

【春天，杭州市区，鸟语花香中的某保险公司办公楼。

【办公室内，员工们各司其职，全身心投入工作当中。键盘敲击声、电话呼叫声、销售电话介绍产品的声音交织，繁忙紧张。

【敲门声起，刘婷婷走进朱总办公室。

刘婷婷：朱总，您找我。

朱　总：刘婷婷，是啊。听说你已经打报告，要从内勤岗位转到销售岗位去？

刘婷婷：是的。朱总，我正想听您的建议呢！朱总，您看，我都快30了，家里负担重，不想在内勤岗位上拿一点死工资了，我想去挑战一下保险销售，去跑跑业务。

公司不是正在招业务员吗！我……

朱　总：挑战一下，跑跑业务。那可就没有内勤轻松了啊。你要做好思想准备。
别看销售人员整天在外面跑，自由自在的，但这是一个要能吃苦、吃大苦的工作，你准备好了？

刘婷婷：风里来雨里去地跑，我是不成问题。

朱　总：风里雨里？看来你还是不够了解我们保险行业啊。我和你讲个故事吧！那是2001年的一天，我刚入职保险公司第三天，你知道我打了多少电话？我在连续打了300多个电话后，终于和一位客户约好上门去拜访，我记得那一天真是风雨交加……

【2001年夏天，上海某地，电闪雷鸣，风雨大作。风声、雷声、汽车行驶声交织成一曲沉闷的乐章。（背景声）
【年轻的小朱坐着公交车送文件。门铃声起。

朱　总：请问，胡经理在吗？

前　台：找胡总？请问你有预约吗？

朱　总：胡……总？哦，有，有，我是小朱。

前　台：小朱？哦。（电话）胡总，有位小朱找您，嗯，嗯，我带他来。请……

朱　总：好，好，谢谢，谢谢。胡……总！嗨！

【前台敲门声。

胡经理：（在内）进来吧！

朱　总：胡总，您好！我是小朱，前天和您电话里联系过，您约我今天见面的。

【胡经理站起来。

胡经理：小朱，好年轻！请坐。不要紧张。坐。你是保险公司的？我的电话你是从哪里来的？

朱　总：不好意思，胡总，您电话我是从114查来的。

胡经理：啊？

朱　总：我这刚刚参加工作，没有工作经验……您的电话是我连续打了300个电话以后，第一个打成功的有效电话。谢谢您胡总。

胡经理：哦？是嘛？有点意思。哈哈哈。

朱　总：对不起，我打电话的确是冒昧了。我也是没有办法。

胡经理：看来我们还是有缘啊。说吧，你想做什么？

朱　总：胡总，您看，您是做外贸的，我们公司是做外贸保险的，我想……（突然紧张起来、咳嗽）

胡经理：哎，不用紧张。（起来拿一瓶苏打水）喝水。

朱　　总：不用，不用，我不渴。

胡经理：（打开瓶）喝吧。这一路赶过来，公交车吧？

朱　　总：（喝水）是的。

胡经理：你们公司在哪里啊？

朱　　总：虹口。我们公司，一切都按政策办事的，我们有货运保险、可以为货运……你可以相信我们。

胡经理：哎哎，先别急着介绍你们公司。（把电风扇转一个方向）从虹口到我这里有二十多公里，要转好几次车吧？

朱　　总：转了四趟公交车，花了两个半小时。不过只要能见到你，就不觉得辛苦。（一口气喝完）

胡经理：（再拿水）给。

朱　　总：胡总，我不渴。

胡经理：喝……小伙子，其实刚接到你电话的时候，我对你们公司的保险没有想法。可是你真的找过来了，我就想看看你。

朱　　总：说真的，我也没有想到胡总您是总经理。那你现在是不是可以考虑一下我们公司的保险呢？

胡经理：保险，说真的我还没有这个想法。不过，看你这么有诚意，这么辛苦，这保险，我买了。

朱　　总：啊，真的！胡总，太谢谢您了。

胡经理：把保单给我。

朱　　总：胡总。请！！

胡经理：（随便翻一翻）我知道了！在哪里签字？

朱　　总：这里，这里……胡总，谢谢您！这是我卖出去的第一份保单，我一定会好好珍藏它。谢谢，胡总。这是我的第一次成功。

胡经理：哈哈哈，小伙子，要谢，就谢你自己吧。是你的真诚打动了我。知道不？你敢于负重前行，这是我们大家都需要。小伙子，在你身上，我看到了我自己年轻时候的影子。加油吧。

朱　　总：是！（递保单）胡总。

胡经理：放着吧。我还有其他事情要忙，要不你先回去？

朱　　总：好，胡总，再见。我会经常来看望您的。

胡经理：好，欢迎！

　　　　【一阵愉快的音乐，小朱离开大楼，汇入到街道的人流之中。

　　　　【回到开头的杭州办公室里。

刘婷婷：真想不到朱总您原来也当过菜鸟。那我更不怕了。后来那个胡总跟你怎么样了？

朱　总：当然我们成了很好的朋友，到现在我们一直保持联系。

刘婷婷：真好。朱总，我坚定地决定，要跟着您干销售。

朱　总：好。不过我们公司在浙江的业务刚刚起步，有难度哦。

刘婷婷：这不是有您为我们出谋划策嘛，不怕。对了，朱总，您在上海事业发展得好好的，为什么要来杭州开疆拓土？

朱　总：嗨，这个啊，都是因为我们何总的一席话，哈哈哈。

刘婷婷：是嘛？说来听听。

朱　总：咦，你也有一点喜欢八卦哦。

刘婷婷：说嘛，说说嘛。

朱　总：好吧。就是前年，春天，何总回到我们的上海总部，单独约我聊天……

　　　　【2020年3月，春天，上海某保险公司咖啡厅一角。倒水声起。

何　总：老朱，今天找你来是有一件事情要和你商量商量。

朱　总：何总，您有什么指示？

何　总：没有。我们两个商量商量。哈哈哈。

朱　总：何总，你在杭州怎么样？这次回总部有什么……

何　总：兄弟，我们不聊这个，哈哈哈。

朱　总：你……

何　总：你是2001年进入保险行业，2018年进入我们总部，算起来也是有丰富经验的老保险人员了。你对当下的保险业发展怎么看？

朱　总：嗨，老何，聊这个啊，那就问对人了。当前的保险，主要是转型，外部环境在变，行业内部的思维也需要转变。

何　总：哎！不要急，喝口水，慢慢说。我非常有兴趣。

朱　总：我刚入职公司的时候，有些不太适应。这里传统保险业务不发达，大众的保险意识很弱。而且，我们的从业人员的素质也不高，无法在客户心中建立良好的形象。还有就是经纪人数量太少，无法覆盖整个市场。

何　总：好，那你和我真是想到一块去了。如果给你一次机会，让你独立开拓一个市场，按照你设想的那种模式，你愿不愿意？

朱　总：何总，你别和我开玩笑了。哪有这么好的事情。再说，我也只是一些想法，真正要做起来还是有难度的。

何　总：就当是闲聊，开玩笑。就问你想不想要这样的机会？

朱　总：有这样的机会当然好了。只不过……

何　总：别把事情想得太复杂，有没有这样的干劲才是最重要的。

朱　总：在保险行业这么多年，每天面对新的客户不都是新的挑战吗？我干劲十足。

何　总：跟我一起回你老家去，我把你那里的销售市场交给你，你自己招人建立团队，开拓业务和市场。我们一起负重前行。

朱　总：何总！行！我马上要回家和老婆汇报。

何　总：好，我在杭州等你！

【场面过渡，当天晚上，上海朱总家。

朱　总：老婆，老婆，来来，有件事情很重要。我和你商量商量。

朱　妻：这么着急？是什么事情啊？还等不了了。我正在烧饭呢。

朱　总：今天的饭晚一点，不，不，我们商量好了外面去吃。

朱　妻：咦，捡到金元宝了？

朱　总：是这样的，今天杭州何总来找我，想让我跟他一起去杭州发展。

朱　妻：去杭州发展？离开上海？那，你自己是怎么想的？

朱　总：我也没有考虑好，所以想问问你的意见。

朱　妻：我的意见……我不同意，不同意。你去了杭州家里怎么办？我总不能也跟着去杭州吧？再说了，在这里，你业务开展得很不错，去那边是要重新开始的。你要吃多少苦啊？

朱　总：业务上，我觉得是一次机会。我在这里业务是成熟了，工作也相对轻松了。但是何总给我的条件也不错。

朱　妻：什么条件？你不会已经下了决心了吧？

朱　总：何总和我聊到了保险行业转型的问题。这是一件我思考了很久的事情。这里面有我多年工作的经验总结，也有一些对未来发展的设想。我有点想尝试一下。

朱　妻：你的心情我能理解。从认识你开始，你一直是一个有想法的人，对于一些事情的见解也很独到有远见。但是，在这件事情上还是要兼顾家里的。

朱　总：这是一次机会，错过了可能就没有了。我想试试。何况，杭州距离上海也不远，我可以每周双休日回来的。

朱　妻：你让我想想。这事情来得太突然，我一时之间无法接受。你一个人在杭州能照顾自己吗？那里可没有人做饭给你吃了。

朱　总：干保险这么多年了，我深深感觉到保险对于大众的重要性。我想把这件事情做得更好，让更多的人受益。

朱　妻：既然你有这么大的决心，我全力支持你。

朱　总：好，老婆，我不会让你和孩子失望的。

【音乐过渡，办公室嘈杂声，刘婷婷与客户联系的声音，汽车声等等交织在一起。

【新闻播报：为全面贯彻落实"7.8 全国保险公众宣传日"的活动要求，更好地推广"7.8 全国保险公众宣传日"活动，通过保险知识宣传，不断提升保险消费者的权益保护意识，我们将以"7.8 全国保险公众宣传日"活动为契机，积极拓展线上、线下宣传渠道，丰富宣传方式，通过职场宣传、早会宣讲、公共宣传等方式积极宣传保险金融知识，为提升社会公众保险知识、反洗钱及防范非法集资意识做出积极贡献。

【音乐和其他效果声渐弱。

【时间来到当年 8 月的一天，在知了的嘈杂声里，脚步走向杭州某保险公司朱总办公室门口。轻轻的敲门声起。

朱　总：请进。哎，刘婷婷，今天没有去联系客户？怎么样？最近销售情况？

刘婷婷：朱总，急死我了。上次听了你的讲述，我学到很多。可是，转销售两个月，我的签单率一直上不去。

朱　总：那你现在手头有多少意向客户在联系？签单率又是多少？

刘婷婷：现在有 50 多个意向客户在联系，但是签单率很低。

朱　总：那你告诉我怎么联系客户的，我给你分析分析。

刘婷婷：我先电话联系客户，客户不拒绝我，我就约时间和他见面。

朱　总：见面的情况怎么样？

刘婷婷：有些很顺利的，但是大多数都不理想。即使当面没有拒绝，事后再打电话过去，要么不接，要么也是直接拒绝我。

朱　总：这样，中午我和你一起去一下，看看哪里出问题了。

刘婷婷：好的，感谢朱总。我按照您的建议，已经和客户约好今天中午在他们公司楼下的咖啡馆聊天了。

朱　总：（正好当的一声，12 点了）好，时间差不多了。我们一起去。

【中午，杭州某咖啡馆。舒缓的音乐、开门铃铛声、店员招呼客人声、客人交谈声等交织成一曲舒缓的乐章。

刘婷婷：郑经理，中午喝杯咖啡放松一下。

郑老板：我说你每天都在这里喝咖啡吗？我们这幢外贸大楼里的人都知道你了。

刘婷婷：我在这里为你们守护安全，为大家提供一份保障。你们应该感谢我。

郑老板：卖保险就是卖保险！还说得这么冠冕堂皇。你就算说得再多，我也不会买的。

朱　总：郑老板，话不要说得这么绝对嘛。小刘她是刚做保险销售业务不久，对一些问题还不是很熟悉。今天我来向你介绍产品怎么样？

郑老板：你是谁？

朱　总：我是她团队的一个成员。

郑老板：别和我来这一套。我好歹也是公司部门经理，这些话术我比你熟。

朱　总：话术？什么话术？郑经理，我们就是随便聊聊。这么好的环境里，我们。聊天，放松放松不是很好嘛！

郑老板：这倒也不错。放松放松。其实你们说买保险就是投资，为自己的未来做规划。那你要如何保证我的投资呢？我可不想自己做的未来规划出现问题。

朱　总：那你可以试试短期的保险，做一个初步的尝试。我的很多客户都是从短期保险开始的，后来才慢慢购买长期保险产品。

郑老板：你看你，还是拐到业务上来了。

朱　总：你管理着一家公司，降低风险肯定是首要的。保险就有这作用。

郑老板：你说得有些道理。不过，交了保险，我们的成本也会上涨，成本上涨，竞争力就会削弱。

朱　总：我们做保险很注重自己的形象，注重信誉。这些都落实在保险合同里。这些条款都是我们艰难摸索出来的。这可不仅是为了自己的利益，也是为了客户的利益。

郑老板：为了客户的利益？还有这样的事情？

朱　总：这些年，我接触过很多大企业的客户，他们投保也是为了信誉，而不是简单的成本计算。企业运营难免会出现预料之外的事情，如果没有充分准备，要想及时补救就需要多方筹措。而有了保险，就多了一个弥补的机会。

郑老板：说得不错。没有想到你对企业运营也有深的见解。那把你们短期的产品介绍一下，我看看有没有合适的。

刘婷婷：郑经理，您看，这些……我们的……（声音渐弱）

【音乐起，员工的交谈声、椅子的挪动声、喝茶声等交织成一曲繁忙的乐章。

【2022 年 10 月。杭州某保险公司会议室。季度考核公布，何总宣布刘婷婷得到季度第一名。

何　总：大家安静一下。我们今天召开季度例会。在这里，我首先有一个好消息要宣布。刘婷婷三个月里六十多个客户，有三十多个客户签约了。签单率超过百分之五十，顺利通过考核，正式转为销售部副经理。

【员工掌声起。

【朱和刘在一起，刘跑上来。

刘婷婷：朱总，朱总，等等我。朱总，太感谢您了，您在这几个月里带着我拜访客户，让我收获很大。我请您喝咖啡。

朱　总：还喝咖啡？我就不用了。这三个月，咖啡我都喝吐了。要请，你就请大家喝吧，哈哈哈。

刘婷婷：好的。我真的想感谢你。谢谢你的帮助。

朱　总：嗯，好好干。记住，做任何事情，我们都要比别人先走一步。别人没做的，我在做；别人在做的，我争先。这样，我们才会做得更好。

刘婷婷：嗯，我记住了。我们一起负重前行。

【音乐起。剧终。

【片尾：刚刚您收听到的是由浙江广播电视集团经济广播和知名保险公司联合推出系列广播剧《共富路上的护航人》第二集《负重前行》。

总策划：何中晓

总监制：朱俊

监制：胡文雅、王琛

总编剧：夏强

编剧：陈张立、朱金文

制片：应鸽

录制：好声音音频制作

总导演、制作人：杨子

感谢您的收听。

奋发有为

🕐 **时间：**当代

📍 **地点：**浙江杭州

👥 **剧中人物：**

王　总：男，35岁，某保险公司部门负责人；

何　总：男，43岁，某保险公司总经理；

小　吴：女，25岁，某保险公司理赔部主管；

陆　姐：女，45岁，某保险公司理赔部员工；

小　李：男，30岁，分公司办公室主任；

王　妻：女，30岁，王总妻子，公司文员；

邵老板：男，40岁，某地小老板；

其他人物若干。

🎙 **片头：**共富路上，总有那么一群人，他们敢担当、勇作为，在创业中矢志拼搏，在创新中施展才干，在创造中筑梦未来。他们是保险从业者，他们是奔跑在共富路上了不起的护航人。欢迎收听系列广播剧《共富路上的护航人》，让我们一起走近保险人，去聆听每一个奔跑、护航的故事，去感悟每一次奋斗的信仰，去体念每一次激情澎湃的力量。请听第三集《奋发有为》。

【2023年6月某日，某保险公司办公大楼。键盘敲击声、电话呼叫声、销售电话介绍产品的声等交织成一曲繁忙乐章。

王　总：大家都到齐了吧，今天我们理赔部开个奋发有为周例会，每个人讲下上周重点工作完成情况和需要会上共同讨论的事项，以及本周的重点工作计划。

小　李：我这里没有什么。你们呢？

小　吴：我上周碰到一个客户提出申请合同仲裁。我们的理赔员觉得很棘手，不敢单独决定，所以想让我在今天的例会上提出来，让大家分析一下。

王　总：事情很难办吗？先把具体的情况说一下。

小　吴：事情其实很简单。这个客户出了车祸，申请理赔。资料提交也没有问题。理赔员也是按照流程和合同条款支付了赔款。

王　总：那为什么还要申请仲裁呢？陆姐，结合过去理赔实务，你觉得这个情况发生的原因是什么？

陆　姐：可能是因为客户习惯了。王总，在你来之前，我们理赔部理赔标准不够明确，客户态度强硬一点，就多赔一点；碰到客户好说话的，那就按照合同来理赔。一般来申请仲裁的客户都是老客户，之前也有过几次理赔协商。

王　总：那小吴你有没有和客户解释过我们新制订的理赔方案？

小　吴：理赔员在走流程的时候已向客户解释了，但客户不理解，也不愿意接受，才要去申请仲裁的。

王　总：小吴，你和客户约一下时间，我们和他面谈。我和陆姐研究一下这个客户的案件在新的理赔方案下适用和可能存在的疑义点。我们既要保证客户得到合理赔偿，也不能负担保险合同约定的保险责任以外的损失。

　　　　【员工窃窃私语声起。

员工甲：新的理赔标准实施已经好几个月了，没有想到还会有这样的事情发生。

员工乙：新的标准出来总要接受考验的，之前不也有客户提出疑问，最后不也解决好了。

员工甲：我看这次有些麻烦。

员工乙：还是做好自己的事情吧。

　　　　【王总敲了敲桌子。

王　总：好，散会！

　　　　【桌子椅子的移动声。

王　总：小吴，明天我们一起去客户那里走访走访。

小　吴：好的，王总，我马上联系客户，预约客户。

　　　　【时间过渡到第二天中午，邵老板办公室。王总带着小吴前来面谈。

王　总：邵老板，我们今天来商谈理赔的事情。

邵老板：这个事情没有什么好谈的。你们照以前的标准赔付就行了。

王　总：我想我们应该心平气和谈谈，对大家都有利。

邵老板：这些我都不想听，以前怎么样赔我的，现在也该怎么样赔我。

王　总：这是我们的理赔方案，是根据合同条款和实际定损得出的，后面都有详细的清单。

邵老板：新方案？你们经过谁同意了？说变就变！我不可能接受的。

王　总：这不是谁同意的问题，是依据保险合同的约定和事故查勘定损得出的理赔结果。

都是有法律依据的，毕竟，我们都是规则的执行者，权利义务是对等的嘛。

邵老板：讲法律，那我们就不用谈了。让法律部门来裁定谁对谁错好了。

王 总：我们有合同，有定损报告，还清单。都是依据法律来的。今天和你见面，主要是想节约大家的时间。如果你要走仲裁，那也是你的合法权利，我们尊重。您又是老客户……

邵老板：你把理赔方案和清单给我看看再说。

王 总：还是那句话，我们都是规则的执行者，保险合同既约束了我们，也保障了我们。我们都要按照合同内容和相关法律规定来确定赔偿方案，不因人而异，务求诚信公平公正。

邵老板：你是要给公司和业务立规矩啊！有点野心啊！我早就听朋友说你们公司和以前不一样了，今天还真见识到了。

王 总：邵老板，你做了多年的生意，应该知道标准对市场的作用。有了标准，你投保的信心更足了，我们理赔也有了依据。这不是对大家都有利吗？

邵老板：王总，你不简单啊！要给市场定标准可不是一件容易的事情。

王 总：哪里，在其位谋其政，保险也是一种商品，有其根本的社会价值和内在逻辑。我们保险人和被保险人以及更多人需要共同努力去营造良好的保险氛围，让保险发挥更好的作用。说到不容易，再难也需要有人去做不是。我们都希望有一个良好的氛围来保障大家的利益。你说是不是？

邵老板：说得好！这份理赔方案我接受了。下次我还买你们的保险产品。

王 总：谢谢！我们一定为你提供最好的保障和服务。您还有事情，我们就不打扰了，我们先走了。

邵老板：好，好。再见！

【邵老板公司外马路上。汽车声、音乐声等各种嘈杂的声音起。

小 吴：王总，我还以为要沟通半天才能解决这件事情。你却这么轻松几分钟就解决了问题。

陆 姐：我也没有想到王总你这么厉害。我都有些佩服你了。

王 总：哎，你们千万不要给我戴高帽子，我啊，今天也是赶鸭子上架，头一回。你们知道的，我是2014年才进入保险行业，起步晚。直到2018年，是何总让我在大机构副手和小机构一把手之间做选择。我那时刚刚大学毕业不久，年纪也轻，就一直犹豫不决，何总还找我谈了好几次心，多角度开导我……

小 吴：是吗？那你快说说。我请你喝冰咖啡。

陆 姐：走，走，我们一起去。

【在大家的谈笑声里，时间来到2018年6月，杭州某保险公司何总办公室。员工各司其职，全身心投入工作当中。

【敲门声。

何　总：进!

王　总：何总，您找我?

何　总：坐。之前找你谈的事情考虑得怎么样了?

王　总：去中支公司任职的事情，这是公司对我的信任，我很感谢。但是，心里是没底的。

何　总：能力都是历练出来的，不去突破不去挑战，就不会有长足的成长。的确，你在这里工作了三年，已经驾轻就熟了。

王　总：我也不是这个意思。只是毕竟对这里有感情的，一下子要离开，有点舍不得。

何　总：还记得我们到浙江的初心么? 我们工作要干嘛?!

王　总：我当然记得了。当时，我想离开公司，你来找我谈心。你说要跳出办公室"舒适圈"，提升自己，勇于挑战。

何　总：现在又是一次挑战自己的机会。不尝试就不会知道自己的能力边界。

王　总：嗯……可是我没有管理经验，让我做中支公司一把手，管理整个公司，我怕做不好。

何　总：没有人生下来就会走路，都要有个过程。用心用脑用力做，不去想事儿成没成，在这个过程中对事情的认知就会不同，能够不断成长的人早晚会成事。

王　总：我去!

何　总：好! 要稳重，到了机构，我也给不了很多支持，你自己要加倍努力。

王　总：一定

何　总：走，明天就出发，我们一起送送你。

【脚步声起。何总鼓掌示意大家安静。

何　总：大家停一下手头的工作，我宣布一件事情。王总即将去外地任职，今晚我们聚餐为他饯行。

员工众：祝贺王总!

何　总：让我们祝贺他马到成功!

【热烈的鼓掌。

【时间过渡到 2018 年 7 月的某日，某保险中支公司王总办公室。王总正在翻阅材料。书页翻动声、书写文字的声音、键盘敲击声交织成一曲忙碌的乐章。

王　总：小李，这里的公估费用真有这么高吗? 还有这些成本，都偏高了。

小　李：这些都是请外面的评估公司评估的，肯定没有问题。

王　总：但是和分公司的差距很大，得想办法改变一下。还有这两笔理赔，同样的定损，为什么理赔金额会不一样？

小　李：我们这里的有些客户说话凶一点，我们就只好多赔点，这是没有办法的事情。

王　总：小李，我们这里还有这样的事情！嗯……不行，我来都一个月了，还没有见齐我们的员工。

小　李：大家都……（尴尬的）习惯了。平时我们都是各顾各的。

王　总：小李，要是我们把团队的人员打乱一下，把大家的岗位都调整一下，你觉得可行吗？

小　李：啊！这能行吗？会不会出事情？

王　总：不试试怎么知道。步子先迈出去，快速改进。你跟我过来。

　　　　【脚步声起，王总带着小李走到办公区域，员工交谈声起。

小　李：王总来了。

　　　　【各种声音消失。

王　总：大家好，我到这里也有一个月，也基本熟悉了这里的工作环境。今天有个重要的事情要宣布一下。

员工丙：什么情况？这是要干什么啊？

员工丁：新官上任三把火，这不就来了嘛！

员工丙：小声点，王总看着呢！

员工丁：怕啥。

张　姐：王总，把我们的岗位都换了，那公司不就乱套了？

王　总：大家可以重新学习。同事之间也可以互相帮助，共同提高。

张　姐：这能行吗？

王　总：行不行试试就知道了。具体安排随后办公室小李会公布的。还有，以后工作休息的安排由小李负责，提前一周会公布。大家有什么需要变动的，可以提前和他沟通。

张　姐：这个好！我们支持。有了明确的排班，大家也可以合理安排工作了。

员工丁：这工作没法干了。我辞职！你们走不走？

员工丙：我再考虑考虑。

王　总：要辞职也没有关系，我们充分理解。公司的人员总要流动的。还有谁要辞职的？可以现在提出来。另外，留下来的同事也不用担心，只要按照公司规章制度办事，公司也不会亏待他的。

员工众：张姐，你说怎么办？

张　姐：我想王总这么做是有他的想法的。先按照他说的做。

【环境声，嘈杂声，一片。

【时间过渡。电视机里传来中秋节晚会的声音：每逢佳节倍思亲，一年一度的中秋佳节来临了……

【中支公司王总临时的家。杯子碰撞桌子的声音起。

王　妻：过节还熬夜改方案，你真是拼命三郎。

王　总：这总经理不好当啊！机构最近虽然业务上取得了一些成绩，但是远程率一直没有办法提高，成本也降不下来。业务开展也就很难了。

王　妻：就算再难，也要注意身体。

王　总：这件事情不解决，我心里不踏实。你先去休息吧，我一会就好。

王　妻：嘴上说得好听，你哪次做到了？放假三天，你就熬夜三天了。在家里还有我说你，在公司都不知道你要熬夜到几点。

王　总：理赔方案我已经改得差不多了。等假期结束，我还要找老员工看看。你先去休息。

王　妻：记得早点休息！

王　总：好！马上就好。

【时间过渡，回到冰咖馆里。

小　吴：王总，你在机构不是干得很好的，怎么就回来了？

陆　姐：是啊，是啊，再跟我们说说。

王　总：你们这是要打破砂锅问到底啊？那我就全部告诉你们。

【在大家的笑声里。

王　总：那一天，就是今年春节上班的第一天，何总把我约到了办公室……

【2023年春节，杭州某保险公司何总办公室。倒水声起。

何　总：小王，听了你的汇报：机构业绩是有些改观，团队凝聚力有提升。你个人也有了成长，见的事情、视野都不同了。

王　总：哪里，要是没有何总的帮助和支持，我哪有这么足够的把握。谢谢何总。

何　总：客气的话就不要说了。我有一个新的设想，你愿不愿意接受一个新的挑战？

王　总：何总，我在那边刚干出点成绩，你不会想把我又调走吧？

何　总：就问你愿意不愿意吧！

王　总：现在我有足够信心，当然愿意了。就怕我干不好。

何　总：干任何事，都不用怕。

王　总：那您准备给我安排什么新工作？

何　总：瞧你，这么着急。看起来真干出心得来了。总部接受了我的提议，决定把公司的理赔部门交给你，由你主持所有的理赔工作。

王　总：啊，这么重要？

何　总：害怕了？

王　总：怕？何总，如果没有在机构的经历，我不敢答应。感谢何总，我一定不负期望，交出一份完美的答卷。

何　总：工作看结果，不是看表态。下月第一周周三到省公司报到！机构我派另外的人去。

王　总：好，我现在就找理赔部门老员工去研究一下工作。

何　总：多学习，把事儿琢磨明白，好好干。

【几天后的一个晚上。公司陆姐家。敲门声起。

陆　姐：谁啊？（开门声）王总，吴主管，你们怎么来了？快进来，我倒茶。

王　总：我带着水呢！不用麻烦了。我就是想找你聊聊。你孩子呢，哦，阿姨也在，你们好。陆姐，我们这边聊，小吴，你也来听听。

陆　姐：找我聊聊，王总，我没有犯什么错误吧？你别吓我。

王　总：怎么了？我有这么可怕吗？

陆　姐：自从你到了理赔部，公司在业务上的效率提高了不少。可是大家都在传说你又要换掉一批人。

王　总：这个事情我和何总商量过，他帮助我理清楚了思路。公司是在考虑把一些不达标的员工换掉。不过，你是公司里有经验的老员工，只要不出错，不会换掉你的。

陆　姐：我不仅仅担心自己，更担心公司会出事情。

王　总：公司要有所发展，进行人事调动，提高效率是必须要做的。哦，这是我修改过的理赔方案。你看看。

陆　姐：王总，这关系到理赔部门未来的运营，是很重要的事情。

王　总：你是理赔部门的老员工，熟悉理赔工作，也熟悉市场客户的心态，我很重视你的看法。

陆　姐：我觉得这份方案比以前的要完善了许多，但客户的心态是千变万化的，需要有一个应对方案作为补充。

王　总：你详细说说，我们一起研究，小吴，你记一下……

【第二天，王总部门办公室。脚步声起。

小　吴：王总，这样真不会出事吗？

王　总：放心，不会的。小吴，你把这份名单仔细看一下，看看我们自己能不能培养一些人员进行线上化作业。

小　吴：我们自己培养？以前没有人做过。

王　总：每次理赔都要人员现场查勘，遇到忙的时候，人手严重不足，无法及时赶到现场查勘，客户意见不少。我们自己培养一批，同时收窄和公估公司合作数量，提高我们自有员工作业占比。这样案件处理质量和客户满意度会提升，公估占比下来了，费用也减少了。

小　吴：你是说通过线上网络视频等方式查勘，不用人员到现场。这是好事情。不过需要点时间，我要仔细想想谁合适。

王　总：给你两天时间，足够了吧。

小　吴：我一定挑选最好的员工。

王　总：好，你先去忙吧。我再研究一下业务。

【滴答滴答时针走动的声音起。

陆　姐：王总，你整理的理赔方案对我触动很大。有这些依据，我们可以更好地开展业务。不过，对你个人来说要冒很大的风险。

王　总：这些我都知道。我们都在保险行业工作多年，对保险很了解，也有很深的情感。我想在保险业务中体现我们的价值，而不仅仅是个养家糊口的工具。

陆　姐：你这话让我想起一件事情。前几天我的几个客户打电话给我，都在询问我们是不是换领导了。

王　总：他们怎么知道的？

陆　姐：他们遇到远程查勘觉得很新奇，效率快，节省等待时间，非常不错。还有说理赔方案的内容很清晰，他们也知道什么事故情况能理赔，什么情况不能理赔，也就更注重自身的行为了。都说对大家有帮助。

王　总：那我更加不怕了。

小　吴：我们一定会成功的。

三　人：加油……

【时间过渡到 2023 年 6 月，杭州某保险公司会议室。王总代表理赔部向公司汇报。

王　总：现在理赔部汇报新方案实施半年的成绩。经过半年的实践，分公司的公估占比已经下降到了 11%，远程率预计可以提高到 25% 左右。财险业务从 5 万上升到了 64 万。

何　总：小王，继续努力，更要看到大局，还有很多需要提升的地方。

王　总：还有，经过大家的努力，我们新的理赔方式也逐渐被客户接受。客户满意度正在不断上升。

何　总：对标卓越，不要松懈。

王　总：我们只有热忱进取，奋发有为，我们才能继续奉献在保险行业，我们才能用真诚迎接光明，去照耀每一个人。

【热烈的掌声响起……剧终。

🎤【**片尾**：刚刚您收听到的是由浙江广播电视集团经济广播和知名保险公司联合推出系列广播剧《共富路上的护航人》第三集《奋发有为》。

总策划：何中晓

总监制：朱俊

监制：胡文雅、王琛

总编剧：夏强

编剧：陈张立、朱金文

制片：应鸽

录制：好声音音频制作

总导演、制作人：杨子

感谢您的收听。

永不言弃

🕐 **时间：**当代

📍 **地点：**浙江杭州

👥 **剧中人物：**

殷　　总：男，40 岁，某地保险代理人；

殷　　妻：女，35 岁，殷总妻子，都市白领；

何　　总：男，44 岁，某保险公司总经理；

王经理：男，35 岁，某保险公司理赔部经理；

沈老板：男，35 岁，某中小企业老板；

顾　　客：女，45 岁，全职太太，投保人；

舟　　舟：男，10 岁，殷总的儿子，小学生；

其他人物若干。

🎤 **片头：**共富路上，总有那么一群人，他们敢担当、勇作为，在创业中矢志拼搏，在创新中施展才干，在创造中筑梦未来。他们是保险从业者，他们是奔跑在共富路上了不起的护航人。欢迎收听系列广播剧《共富路上的护航人》，让我们一起走近保险人，去聆听每一个奔跑、护航的故事，去感悟每一次奋斗的信仰，去体念每一次激情澎湃的力量。请听第四集《永不言弃》。

【2023 年 6 月某日，杭州某保险公司何总办公室。各司其职，全身心投入工作当中。

【键盘敲击声、电话呼叫声、销售电话介绍产品的声等交织成一曲繁忙乐章。

【突然一个人气冲冲地跑进来。

顾　客：你们老板呢，叫你们老板出来，今天不给我一个交代，我就不走了！

【众人阻拦。

何　总：太太，你先别着急，我是公司总经理，姓何；这位是我们理赔部王经理，有什么问题可以和我们说。

顾　　客：你是负责人？这个公司你们说了算？我找的就是你们。

王经理：你先别着急，坐下来喝口水，把事情慢慢地告诉我们。

顾　　客：我到你们公司来买保险，你们的员工却要把我介绍给外面的人，你们到底是不是正规公司？

何　　总：哦，不是理赔，是销售，小吴，小吴，顾客说的是真的吗？

小　　吴：是的。何总，这位顾客要给自己家人做一个合理的商业保险规划，但是有些保险产品我们这里没有，所以我想把她介绍给保险代理公司去。可能是我没有说清楚，顾客有些不理解。

顾　　客：我来你们公司！就是看中了你们公司。现在你要我去其他地方，我怎么知道你介绍的人靠谱不靠谱。你这个服务态度有问题。

王经理：哦，这位太太，看得出来你很关心家人，也很爱护你的家庭。想给他们提供一份保障。这个心情我们很理解，也很赞赏。

顾　　客：这话我爱听。我就是想给家人有一份保障，所以才特地到你们公司来买保险的。

何　　总：确实。谢谢您对我们公司的信任。来，请到我办公室去一下啊，我们坐下来聊。（边走边说）家庭全套保险这可是一件大事，需要多个保险产品互相补充，形成一个完整的保险体系。

【进办公室。

王经理：是啊。（递水）请喝茶。太太，您看，目前每一个保险公司的业务方向和开发产品是不同的，所以需要购买多个保险公司的产品才能建立家庭保险体系。

顾　　客：那就是说有些产品你们没有呗！那有什么保险公司靠谱点，你们给我推荐一个。我不喜欢东找一个西找一家。

何　　总：太太，别着急。刚才我们销售主管给你推荐的殷总就是一家保险代理公司负责人。保险代理公司就是服务中小型企业和个人的保险专业公司。这位殷总既在代理销售我们公司的保险产品，也在代理其他保险公司的产品。

顾　　客：哦，那，你们带我去的地方原来是一个保险中介啊！早这么说我不就明白了。

王经理：也不能完全这么理解。殷总从事保险代理业务多年，有丰富的家庭保险体系规划经验。他可以根据你家庭的情况设计合理的保险体系，可以让你对家庭的爱心得到充分体现。

顾　　客：哦，明白了。你们两位这么耐心的解释让我很感动，我相信你们。

何　　总：那我们现在派人陪你去见殷总怎么样？

顾　　客：好。我们现在就去。

【脚步声起，汽车声起。销售主管陪着客户去殷总办公室。

【不久，殷总办公室。销售主管小吴带着客户走进来。

小　吴：殷总，这位顾客需要一个家庭保险规划，一些产品我们公司没有，所以何总让我带他来找你。

殷　总：欢迎，坐，坐。

【两个人刚刚坐下，外面一阵爽朗的笑声起。

【沈老板一个人走了进来。

沈老板：老殷，殷总，我又要来麻烦你了。

殷　总：哎，沈老板，我这里有客户，

沈老板：咦，我不是你的客户吗？我现在只要保险方面的事情，可都来找你的。

殷　总：要不你会客室稍微等我一下。我先这里接待一下。

【顾客站起来。

顾　客：不要紧，我就随便看看，听听。怎么，你也是来买保险的？

沈老板：我今天不光是来保险的，还是来感谢他的。

顾　客：感谢？怎么回事！

殷　总：嗨，都是业务上的事情，还是我来给你做咨询的好。

顾　客：不，我要先听听他的事情。

殷　总：那还是我来说吧。2022年11月初，沈老板给我打电话说有保险方面的事情要商量。我立刻赶了过去……

【时间过渡，2022年11月初，沈老板办公室。员工对沈老板借车给员工出车祸的事情窃窃私语。

殷　总：沈老板，出了什么事情？你这么着急找我。

沈老板：我的一个员工回家相亲，我把自己新买的跑车借给了他。不想出了车祸。所以想找你咨询一下。

殷　总：人有没有出事吧？保险买了没有？

沈老板：车子是今年新买的，买车的时候买了一份100万的保险。员工还在当地医院里治疗。

殷　总：人没有买保险，这个就需要看事故责任认定了。车子倒是可以按照保险合同的内容理赔。

沈老板：员工家属急得不行，我一边要安抚他们，还要去处理交通事故认定，又要去医院安排人照顾员工。实在分不开身了。你能帮我把车子理赔事情的处理了吗？

殷　总：我们多年的朋友了，这点事情我肯定能帮你的。不过，我需要把手头的事情安排一下。

沈老板：真是好朋友，好邻居。我没有从你这里买车险。你竟然还这么帮我。

殷　总：朋友之间讲这些就见外了。我马上回去准备。

【一周后傍晚，殷总家。电视声、拖地声、洗衣机的声音交织成一曲温馨的乐章。

殷　妻：沈老板的保险赔下来了吗？我听说他的跑车要100多万呢！

舟　舟：那车子我见过，敞篷的，非常漂亮。

殷　总：你什么时候见的？

舟　舟：那天我看到沈叔叔开了回来，还非常小心的停车。停好后还用车罩盖了起来。沈叔叔很珍惜这辆车。

殷　妻：我也看到过。现在出了车祸，他肯定很着急。

殷　总：着急也没有用。事故责任认定书还没有出来，他已经吃了一个大亏。

殷　妻：谁负主要责任的结果还没有认定，你怎么知道他会吃亏？

殷　总：他在朋友的车行里买的车，当时贪图优惠，把车辆保险也买了。我拿着保险合同去理赔，结果发现保险金额从100万变成了10万。

舟　舟：啊！只有十分之一了。沈叔叔可要心疼了。

殷　妻：缩水了这么多。那赶紧找车行问清楚。

殷　总：我去车行找这个人，车行说没有这个人。

殷　妻：那可真吃了大亏了。可是这事跟你有什么关系？你能帮的都帮了，作为朋友已经够可以的了。

殷　总：但是，事故认定书还没有出来，所以这10万他也拿不到。我想要和他再聊聊。

殷　妻：是该聊聊。不过，事情得慢慢来，你也别心里不痛快了。

舟　舟：爸爸，你是不是保险代理人，你们保险代理公司一定要帮帮沈叔叔。

殷　总：爸爸一定尽力帮助沈叔叔。

【回到2023年6月，殷总办公室。

顾　客：那后来呢？

沈老板：当然解决好了。殷老板他们全力以赴，一个星期就全部搞定。后来啊，我还特意去殷总家里拜访，去感谢他，另外一方面也是要加深我们之间的合作。那天，我敲开了殷总家的门。

【门铃声响起。开门声响起。

殷　妻：沈老板，你来找我老公的吧？

沈老板：这些日子他帮了我的大忙，也挺辛苦的。我找他一起吃顿饭。

殷　总：（看见了）老沈，是你，干嘛外面去吃。家里有菜，就在我家吃吧！

沈老板：你帮了我不少的忙，我还吃你家的饭，那多不好意思。

殷　总：大家老熟人了，你还来这一套。别磨蹭了。

舟　舟：沈叔叔，赶快进来。

沈老板：那……好吧。

殷　总：员工的事情处理得怎么样了？

沈老板：伤了点元气，总算是挺过来了。不过，车子理赔的事情更麻烦了。

殷　总：说起这个，我也有疑问。已经过去一周时间了，为什么事故责任认定书还没有
　　　　出来，这不正常。

沈老板：其实我除了交强险外，在车行买了一份商业保险，在其他公司还买了一份商业
　　　　保险。那家公司发现我有两份保险，所以对我买保险的动机产生了怀疑。

殷　总：他们怀疑你骗保？那你为什么要买两份商业保险呢！

沈老板：车子是为了结婚买的，按照我老婆的想法挑了一辆跑车。我想着车子挺贵的，
　　　　多买一份保险就多一份保障。

殷　总：另外一份保险金额是多少？

沈老板：也是 100 万。

殷　总：你啊！因祸得福了！现在两份保险金额加起来没有超过车辆价格，可以是在合
　　　　理范围内的。

沈老板：那边的保险公司气势汹汹，向交通部门申请经济方面的侦查。保险公司的人员
　　　　连我手机的聊天记录都查了，就是不想理赔，这可怎么办？你能陪我和他们面
　　　　谈吗？

殷　总：你给我说实话，还有没有其他隐瞒的地方。

沈老板：没有了，没有了。这是我所有投保的合同，我都带来了。

殷　总：给我看看，你明天到我办公室去，我再给你整理一下。

沈老板：好。

　　　　【第二天中午。沈老板办公室。

沈老板：殷总，今天早上事故责任认定书终于出来了，对方负全责。

殷　总：那是好事啊！你怎么还闷闷不乐的？

沈老板：保险公司那边对这个问题始终不肯松口，实在难办。

殷　总：那我们先从简单的入手。你把事故责任认定书给我拍拍照，我把其他资料一起
　　　　发给 10 万保单的那家，先把这个走完。

沈老板：你等一下。（抽屉声、整理资料的声音）都在这里了。

殷　总：我检查一下。嗯，都齐了。我拍照发过去。（手机拍照声）好了，那边说按照流
　　　　程走，没有什么问题。

沈老板：那还有一张保单怎么办？现在理赔不是重点了，是要把事情说清楚。

殷　总：你在合理范围内的诉求，又符合保险相关法律，为什么不理赔。该是你的，就

不能少。

沈老板：你不知道这件事情对我影响多大。不少朋友都打电话过来问我事情的真相，有真关心的，也有看热闹的。我都不敢出去谈业务了。我现在就想把这件事情赶快翻篇，不要再闹下去了。

殷　总：道理总是越辩越明，事情要处理也不能和稀泥。你不坚持，你怎么和外面解释事情的原委？你怎么让朋友信任你？这也不仅仅关系到钱的事情。

沈老板：你真的有把握吗？我心里还是七上八下的。

殷　总：那要谈了再看。你和他们约时间，我陪你和他们谈。

沈老板：好！我现在就打电话。

【时间又回到 2023 年 6 月，殷总办公室。

顾　客：那后来呢？

殷　总：后来？是他又跑到了我家里。

【在大家的笑声里，时间过渡，某日傍晚，殷总家里。沈老板提着酒上门。

沈老板：殷总，嫂子，我又来了。

殷　妻：沈老板，赶快进来。车子理赔的事情处理好了吗？

沈老板：你不知道殷总当时多厉害。上次面谈的时候，对方公司一下子来了 7 个人，而我这边只有我和殷总，气势上弱了一大截。

殷　妻：这阵仗真大得有些吓人啊！

殷　总：太夸张了，太夸张了。

沈老板：一点也不夸张。对方来之前明显做了充分准备，一上来就抓住关键问题。说我投保的时候没有告诉他们已经买了其他保险了。我心想这下可就难办了。谁知殷总把我买保险时候的聊天记录拿了出来。证明他们是知道的。

殷　总：这是你自己坦诚，我才能据理力争。

沈老板：无论如何我都要感谢你的。今天我特地找你来喝一杯。

殷　总：喝一杯可以，就在我家，而且不能有其他的礼物拿出来。

沈老板：嘿！你干嘛这么见外。我拿到了理赔款，又挽回了声誉，就不能感谢你一下。

殷　总：简单的几杯酒足够了。老婆，去弄点菜，我和沈老板好好喝一顿，我再给讲讲保险的知识。

沈老板：吃一堑长一智，我正想向你好好学习一下保险知识。

殷　总：来，我们边喝边聊。

【时间又回到 2023 年 6 月，殷总办公室。

顾　　客：想不到你们还有这一层关系。

殷　　总：是啊，后来我也发现了其中的商机，于是我也找到我们的何总，就是你上午刚刚见到的，对对，就是他。我跟他一说，他立刻就明白了。那一天我们两个，在他办公室里，愉快地决定了要长期合作，哈哈哈……那一天，是在两年前，可对我来说，仿佛就是昨天。

　　　　　【时间过渡，何总办公室，殷总敲门走了进来。

何　　总：老殷啊！你这个大忙人有时间来找了？

殷　　总：我就不能来找喝茶聊天了？这话说的。

何　　总：保险代理人和销售不一样，要管理的事情太多，所以我才有些意外。

殷　　总：何总还真被你说着了。我今天来找你，是有一个设想问一下你的意见。

何　　总：哦，业务上的事情，那可要好好听。来，我们坐下慢慢聊。

殷　　总：你觉得建设一个网站，专门开展保险代理业务，这事情可行吗？

何　　总：利用互联网开展业务，这个想法有新意，你详细说说。

殷　　总：大众对保险的知识基本上来自保险公司的宣传和销售的讲解，对保险相关法律的途径更少。我想通过一个保险代理网站，一边开展业务，一边可以帮助客户了解保险。

何　　总：好事情，好事情。之前有人和我提过保险经纪人和代理人不足的问题。如果有这么一平台，这些问题不就可以解决了。这么好的创意你是怎么想出来的？

殷　　总：这件事情我思考很久了，但是我现在觉得应该做起来了。因为，客户真需要专业的保险指导，才能把在保险上的投入合理化。

何　　总：我们一起研究一下……一起干？

殷　　总：一起干！

　　　　　【两人愉快的笑声。

　　　　　【2023年6月某日，殷总办公室。

顾　　客：沈老板，听了你的故事，我完全理解了保险代理公司和保险代理人这个职业，很受感动。说实在的，保险意识我们都有，就是缺乏专业人士的指导。不知道怎么买才合适。

沈老板：我现在就盼着殷总快把网站建设起来。以后，我们就可以在网上学习保险知识，通过网络咨询合理规划我们自己的保险体系。

顾　　客：这是最让我感动的地方。殷总不仅帮你争取到了应该得到的利益，心中还想着许许多多的客户。有格局，有想法，我相信殷总。殷总，你赶快给我规划家庭保险体系吧。

殷　　总：人生的理想充实生命的内涵，服务客户，愿千家万户平安健康是我永远的追求。

对于保险事业，我们要永不言弃。

【新闻播报：为全面贯彻落实"7.8 全国保险公众宣传日"的活动要求，更好地推广"7.8 全国保险公众宣传日"活动，通过保险知识宣传，不断提升保险消费者的权益保护意识，我们将以"7.8 全国保险公众宣传日"活动为契机，积极拓展线上、线下宣传渠道，丰富宣传方式，通过职场宣传、早会宣讲、公共宣传等方式积极宣传保险金融知识，为提升社会公众保险知识、反洗钱及防范非法集资意识做出积极贡献……

【音乐起。剧终。

【**片尾**：刚刚您收听到的是由浙江广播电视集团经济广播和知名保险公司联合推出系列广播剧《共富路上的护航人》第四集《永不言弃》。

总策划：何中晓

总监制：朱俊

监制：胡文雅、王琛

总编剧：夏强

编剧：陈张立、朱金文

制片：应鸽

录制：好声音音频制作

儿童配音：沈子睿

总导演、制作人：杨子

感谢您的收听。

希望之舟

🕐 **时间：**当代

📍 **地点：**浙江舟山

👥 **剧中人物：**

陈昌建：男，40岁，中华财险舟山中支公司负责人；

小 余：男，22岁，大四学生，舟山中支公司实习生；

林增光：男，39岁，舟山中支公司重要客户部经理；

高老板：男，60岁，高粱种植户；

方书记：男，50来岁，舟山水产品中心批发市场有限责任公司纪委书记；

王靖玮：男，47岁，中华财险浙江分公司总经理；

老 王：男，财务部经理；

老 李：男，理赔部经理；

其他实习生、办公室同事若干。

🎙 **片头：**共富路上，总有那么一群人，他们敢担当、勇作为，在创业中矢志拼搏，在创新中施展才干，在创造中筑梦未来。他们是保险从业者，他们是奔跑在共富路上了不起的护航人。欢迎收听系列广播剧《共富路上的护航人》，让我们一起走近保险人，去聆听每一个奔跑、护航的故事，去感悟每一次奋斗的信仰，去体念每一次激情澎湃的力量。请听第五集《希望之舟》。

【2022年12月，中华财险舟山中支公司。一群青年人在会议室里议论纷纷。

实习甲：你们知道不？听说我们马上就分部门去实习了。

实习乙：我啊，就想去干车辆保险，我对这个比较了解。

实习丙：我想去做人身健康保险。

实习甲：哎，你们知道不，我们还有一个农业保险部门。

实习乙：农业？保险？那有什么好保的。

实习丙：干农业保险，估计也是最不赚钱的。我才不想去呢。

实习甲：估计也由不得我们每个人吧，我们保险公司，听说就是靠做农业保险起家的。

乙和丙：嗨，反正我们不想去，要去你去。咦，小余，你呢？

小　余：我，我没有什么想法。反正我看农民赚钱很不容易，也没有多少钱。要让他们投保，非常难。嗨，管它呢，走一步看一步吧。反正我是不愿意去干农业保险的。

乙和丙：好，那我们一起，都不去。

实习甲：嘘、嘘，小声点，林经理来了。

【走廊里脚步声，林增光拿着报名表，走到陈昌建办公室旁边，敲门声，开门声。

陈昌建：请进。林经理，有事？

林增光：是的，陈总，您看，这是本次要招录的实习生名单。

【陈昌建接过名单，纸张摩擦发出响声。

陈昌建：哟，不错嘛，还有舟山本地的孩子，都是大学生。

林增光：就是不知道最后有几个愿意留下来。

陈昌建：这还没开始，就已经泄气了？想当初我们才几个人呀，你再看看现在。

林增光：是啊，那会儿人少，公司的大小事情您都要亲自干。

陈昌建：不光是我，还有你们，现在你们都成长为公司的主力了。这些小伙子，好，我看，都让他们留下来实习吧，告诉他们好好干，实习结束了，要是愿意留下，我们全部欢迎。

林增光：好，我马上就去告诉他们。

【脚步声和开门声。

乙和丙：嘘。林经理来了。

林增光：大家都在啊。告诉你们一个好消息！陈总同意你们留下来实习了。这些是你们递交的资料，这是我给你们安排的实习职位，你们传一下，一人一份。大家看起来，熟悉情况。

【传递手册的声音。有人叫好，有人叹气。

林增光：各位实习同事，从今天起，你们就不是在校学生了。我们根据每个人的情况安排了相应的部门，希望接下来的实习时光大家都能有所成长和收获，也希望未来彼此有更多的合作机会，你们有任何问题也欢迎随时和我沟通。（停顿一秒）如果没什么异议就各自去部门报到吧。

【大家的议论声和椅子推拉声和脚步声一片。

林增光：咦，小余，你怎么不去报到？

小　余：我，我，林经理，我可以不去农业保险部吗？

林增光：为什么？

小　余：我父母也是农民，我也是在农村长大的，我们家从来没有买过农业保险，非常没有必要。再说了，整天在农村里卖农业保险，没有前途。

林增光：哦，（沉默一秒）小余，我明白你的意思。要不这样，你先去试一试，如果感觉不合适，我给你换部门。

小　余：嗨，好吧。

【2022年冬天，中华财险舟山中支公司农业保险部，门铃响起，第一声没人应，第二声小余才来开门。

小　余：您好，请问您找谁？

高老板：你好小同志，我想问一下这里是卖保险的吗？

小　余：卖保险（尴尬地笑着重复一遍）。叔叔这里是保险公司，我们这里是农业保险部，隔壁是车辆和财产保险，您具体想咨询什么？

高老板：农业保险，对，就是农业保险。

小　余：您稍等一下，我帮你去叫人。

【匆忙的脚步声。

小　余：（边跑边念叨）王姐，李哥，怎么都不在？对了，还有林经理。（跑步声）林经理。哎，怎么说？他去开会了。嗨，那怎么办！

【回到办公室里。

高老板：小同志，怎么样了？

小　余：（跑着说）嗨，我们其他同事和领导都出去了。要不，要不您进来等？我打个电话请他们回来。

【拨打电话，铃响，接通。

小　余：喂，林经理，我是小余。

林增光：哎，小余你说。

小　余：公司来了一个，一个，您稍等。叔叔，您怎么称呼？

高老板：老高，叫我高老板也行。别人都这样叫我。

小　余：公司来了一位姓高的老板要咨询农业保险的问题，但是王姐和李哥都出去了，只有我一个人在公司，您看怎么办？

林增光：哦哦，是种高粱的高老板吧，我知道我知道，你把电话给他，我来跟他说。

小　余：高……老板，我们林经理跟您聊。

高老板：好，喂，林经理。是这样，今年的高粱马上就要开始种植了，我想正好你们可以去核实一下我地里的基本情况，后面再聊保险。

林增光：哦，好啊，只是我这两天在外岛，赶不回来。嗯，要不，今天我让小余跟你去，你带他去拍一些照片，有空了我马上过去找您？好，那您把电话给小余。

高老板：好，好。林经理让你接电话。

小　余：喂，林经理。

林增光：小余啊，你今天跟高老板去一趟，了解一下地里的现状，顺便带上相机，拍一些现场照片，路上跟高老板也稍微聊一下农业保险，其他事情等我回去再商量。

小　余：啊？让我去？我行吗？林……喂，（挂断电话）喂。高老板，我去拿一下相机和笔记本。高老板，远不远？50公里？哎呀，这么远？农用车？

高老板：小伙子，上车。一下子就到了，哈哈哈。咱们这个车啊，敞亮，哈哈哈，坐好咯。

【农用车关车门的声音，开在路上的声音。小余、高老板抵达高粱地，车门"嘭"一声关闭，耳边响起一阵阵风声。

小　余：哇，高老板，您这一片都准备种高粱？

高老板：是啊，怎么样？

小　余：（舟山话）没想到，完全没想到。我们舟山竟然有人要种高粱。高老板，高粱不是只有北方才能种植吗？

高老板：小伙子，你会说舟山话。

小　余：（舟山话）当然啦，我也是舟山人。

高老板：还是老乡呀。来，我带你逛一逛，拍拍照。

小　余：好嘞。

【背景音，风吹土地。

小　余：高老板你是第一次种高粱吗？

高老板：对，我以前没有种过高粱。我现在年纪大了，儿子儿媳不让我出去打工，但我也闲不住，正好国家对农业有很多扶持政策，我就想承包土地种点粮食。

小　余：您一共承包了多少土地？

高老板：大概508亩，那边准备种水稻。这边准备试种高粱，就只有276亩。

小　余：也不少呢。

【两人又开始边走边说，脚踩土地发出"沙沙"声。

高老板：是啊，所以我想着要不投个保险，安稳些。

小　余：高老板，我理解您的担忧，你看，我们是老乡，坦白说我不想推荐你买这个保险。

高老板：（蹲下来边拔杂草边说）什么？之前你们林经理可是联系过我好多次了。

小　余：可能因为我父母也是农民，所以我对农保的看法和他们不一样。你看咱们舟山本地不适合种高粱，那产量肯定没办法保证，所以才要先尝试推广，不确定因素太多。你再看，舟山不是高粱的主产地，销售途径肯定也是不行的。加上我们这里高粱成熟的时候，经常有台风。我看，很可能会亏本的。

【高老板停下手里的活，四周又只有风吹土地的声音。

高老板：这个不是政府鼓励、扶持我们吗。而且我听说买保险，政府也有补贴，我自己只用付一小部分。

小　余：您这一小部分也不少嘞，两百多亩要将近2万的保费。就算有政府补贴，你也要一次性拿出差不多6000块呢。

高老板：（噌地起身）多少！我个人只要出6000？那，最多能赔多少？

小　余：256亩，我计算一下看看，只有30万呢。我觉得还是搞点别的比较好。

高老板：什么？（大声地）你刚刚说赔30万！

小　余：（惊讶）叔，是多还是少啊。

高老板：我这一片地啊，正常产量也就差不多35万元。哪怕我颗粒无收，那也不错。我投保，我投保！

小　余：高老板，保险只是保证你不会因为损失而影响正常生活。如果都按最高销量给你保，那我们还开保险公司干什么呀。况且我们才收不到2万块，赔出去就要30多万，这么个赔法，到最后，我连工资都要赔给你。

高老板：嗨，要真这样，你工资赔我都没用，我也得喝西北风去了。

小　余：所以我劝您别种高粱了，还是种其他适合的吧，稳着点，这样保险也不用买。你省，我们也省。大家都不亏。保险保险，没有险也就不用保了。

高老板：小伙子，你说的好像也是这么回事哦。唉，我也第一次种，哪里能想这么多呢，（拍拍身上的土和草）今天还得谢谢你，我回去要好好盘盘，保险就先不买了。走吧，我送你回去。

【两人大步往回走。

小　余：（欢快）好嘞。（小声嘀咕）这我回去得告诉林经理，我可为公司规避了一个赔钱的大风险。

【时间嘀嗒，2023年初，陈昌建办公室。

陈昌建：这个小余，哈哈哈，高老板就这样被他吓跑了？

林增光：（无奈）哎！对，小余去核对的时候，他这也不行那也不行，还说不能让公司当冤大头，做赔本生意！

陈昌建：嗨，这孩子。哈哈哈。可惜你给高老板做了那么多思想工作。就差一步，咱们舟山的高粱保单就破零了。

林增光：是啊！……咦，您怎么看起来一点也不生气？

陈昌建：都这样了，我生气还有什么用，只能想办法补救了。

林增光：那这个……小余怎么办？

陈昌建：怎么办？

【陈昌建大笑。

林增光：我跟你说认真的，你怎么还笑？

陈昌建：你说这个小余，像不像咱们公司最初接触到的那些农户，把我们保险公司当骗子。这样，明天水产品中心批发市场赔付会议我们带上他一起参加？

林增光：带上他？（拖长音）好吧。

陈昌建：你还别不高兴，谁让你让他一个人跟高老板去的，而且我也是真的很想他们都能认识到农业保险的重要性。

【时间嘀嗒……2023年初，中华财险舟山中支公司会议室。

陈昌建：（匆忙的脚步声）方书记，欢迎欢迎。

方书记：感谢你们啊，陈总，要不是有你们，今年怕是有一大批渔民过不好这个年了啊！

陈昌建：言重了言重了。来请进。

【脚步声，开门声。

方书记：陈总，你看，（"啪"展开锦旗）"情系客户急企所急，尽心服务至善至美"。这是渔民们自发定制的锦旗，一定要托我带过来，送给你。

陈昌建：啊，这怎么好意思！那都是我们应该做的。锦旗？

方书记：这是大家的一片心意，你们一定要收下，

陈昌建：这个，好吧。锦旗我收下了，请你替我感谢他们。另外，方书记这边请。我们一起商议一下，后续怎么更好地做好防灾防损工作。

方书记：好。感谢感谢。

【陈昌建、方书记走路的声音和谈话声渐弱。

【小余和林经理看着他们离开，然后把门关上。

小　余：360万？林经理，什么赔付这么多？

林增光：这就大惊小怪啦，小余啊，要知道，这个赔付，我们可是在灾害发生的第二天就向水产交易中心支付了200万的预赔款。

小　余：这么快？理赔不是最起码要五天流程吗？

林增光：这就是我们的魄力。那是 2022 年 9 月，台风"梅花"登陆，我们舟山损失不小啊。水产交易中心那边 8 座浮台已经沉没了 7 座！得到消息，我立马就给陈总打电话。

【2022 年 9 月，台风"梅花"登陆，风雨交加的背景音，电话铃响。

林增光：（在风中吃力地大声讲话）喂，陈总，水产中心这边 8 座浮台已经下沉 7 座了，预计损失超过 400 万！

陈昌建：（突然起身，椅子翻倒）7 座！这怎么办？马上就要开渔季了！！！我马上召开视频会议，把大家召集起来开会。怎么得也要先把赔付流程先走起来，不能耽搁了开渔季啊！你在现场跟方书记好好沟通。

【电话里突然传出重物被风吹倒的巨响。

陈昌建：林经理，你在外面，一定要注意安全！！

林增光：好。

【一种忙碌的声音，电话会议开始连线，各部门负责人一个个接通。

老　沈：喂，陈总，这大半夜的什么急事？

陈昌建：等老李上线一起说。

老　李：喂，陈总。

陈昌建：今天半夜把你们叫起来是为了水产交易中心的案子，增光现在已经到了现场，现在他们那里 8 座浮台沉了 7 座，预计损失超过 400 万，我不管最后一个能不能保住，我们这边得马上启动预赔付流程。不能耽搁了开渔季，让渔民的船没有地方卸货。

老　李：那，还没现场确认完，现在启动赔付是不是太早了。

【陈昌建起身靠近窗户，查看情况，树木拍打着墙壁，风声更大了。

陈昌建：不能等啊，兄弟，耽误一天渔民们就多一天的损失啊。（扶起椅子坐好）还有老沈，你准备一下，我请示一下分公司，看能不能提前预赔 200 万过去……

老　沈：预赔？200 万？陈总，这不合规矩啊。

陈昌建：这时候就要特事特办，什么规矩不规矩的，在老百姓的利益面前都是空的。

老　沈：可一下子要预赔 200 万，分公司会不会同意啊。

陈昌建：分公司我会汇报的，我马上给王总他打电话。

老　沈：呃，呃，我们还是……陈……

【手机已经挂了，只有"嘟嘟"声。

【另外一边，拨打电话的声音，以及回复"您拨打的电话，正在通话中"，重复拨打声，然后在繁忙中接通。

陈昌建：王总，不好意思。这么晚打扰您。

王　总：昌建，你别说这些客套的，什么事直接说。

陈昌建：舟山台风，我们承保的水产交易中心浮台沉了7座，预计损失超过400万，我想马上启动预赔付流程，先打200万过去，开始抢修工作。

王　总：好，以后这种紧急情况，农险大灾面前，你要记住，保障农户利益最要紧，要第一时间介入，迅速开辟绿色理赔通道，协助农户防灾减损，灾后重建。践行我们服务三农保障三农的职责。不多说了，抓紧时间处理好吧。

陈昌建：好。

王　总：我这里还有几个受台风影响的客户在等我回复。你们抓紧。

陈昌建：好。谢谢王总。（挂断电话）老沈你听到了，马上去准备先行垫付吧。

老　沈：好。

陈昌建：一定要快，马上到开渔季节了，千万不要因为浮台沉没耽误了渔民的交易。老李，你这边也要把水产中心放第一位，早点把流程走完。另外，其他有可能受台风影响的客户也要抓紧联系起来，有情况的都早点安排起来。

老　李：好，我晚上就把任务布置下去，让大家跟客户保持沟通。

陈昌建：咱们这几天辛苦辛苦，尽可能缩短赔付时间，搞好以后，我请大家吃鱼！

老沈、老李：（两人坚定地说）好。

【音乐渐渐淡出。

【2023年初，某保险公司舟山中支公司。

小　余：那这笔单子保费多少？

林增光：一年12万。

小　余：什么，12万赔付了这么多。

林增光：你不会以为都是我们在赚吧？

小　余：（结巴）我，我。

林增光：你不要以为作物品种好就可以不担心，也不要以为没有碰到，损失就不会发生，很多事情等发生了你再后悔也没用。其实保险的意义很简单，就是今天为明天做准备。国家要全面推进乡村振兴、加快建设农业强国、大力推进农业现代化，保障粮食和重要农产品稳定安全供给。我们公司加快推广农业保险，就是要发挥好保险保障作用，防灾减损作用，更好地服务三农，助力乡村振兴。

【小余沉默不说话。

林增光：还有你之前说农业保险会增加负担，你刚刚也听到了，与农民利益息息相关的业务都有政策扶持，国家也在大力帮扶，很多你以为高额的保费，到最后农民需要承担的只有三分之一。我拿高老板的高粱地给你举例,他只要自己承担30%的保费,但可以得到的保障涵盖风灾、暴雨、干旱、病虫害的风险,我们想做的无非是给农民们一个安心的环境,一个坚强的后盾。

小　余:林经理,对不起,我不该自以为是让高叔叔放弃参保。

林增光:你不是对不起我,你是对不起他,对不起高老板。你应该还不知道因为干旱,高老板那片地里的高粱已经"渴"死了30%。

小　余:啊,这么严重?

林增光:千万不要把保险不当回事啊!如果他参保了就会有赔付,就不会受到这么大的损失。小余啊,知道为什么我们要在农村推行农业保险了吗?这也是保障乡村脱贫共富的重要手段啊!

小　余:(着急)那,那我现在就去找他,我去道歉。

林增光:别着急,别着急,陈总跟农业农村局商量过了,也已经派人跟高粱种植户们沟通了惠农政策,他们现在对农业保险都有所了解,不会太排斥。接下来还有很多农户需要动员,我把高老板再交给你跟进,你接受吗?

小　余:保证完成任务!

【时间嘀嗒,2023年7月,中华财险舟山中支公司,门铃响。高老板带来了好几个老乡来购买农业保险。

王　姐:小余啊,快出来,你的"义务宣传员"高老板又来了!

小　余:(匆忙跑出来)王姐,您就别开玩笑了。高老板,高叔叔,您快请坐,这么热的天,您怎么又亲自跑过来!

高老板:今年也不知道是不是买了保险有底气,种起来轻松了,产量也上去了,多亏了你们,不然还要提心吊胆的。这么好的事,肯定要帮你们多宣传宣传,这不,我这几个朋友听说后都想来咨询咨询保险的事。

小　余:当初我差点误导了您。

高老板:后来也多亏你每天絮叨,我今年才下决心投保,来,大家有什么问题,都问问小余。

实习生甲:这么主动上门咨询的客户,好羡慕,我也想到农业保险部来了。

实习生乙:是啊,感觉真有成就感,把我也调来农业保险部吧。

实习生丙:还有我还有我,我也想为三农服务。

【中华财险舟山中支公司办公室,一阵欢声笑语。

林增光:陈总,真的没想到,今年我们可招来了不少人才呢。

陈昌建:那是啊,我们一起再接再厉,服务三农,服务中华!

众　人：再接再厉，服务三农，服务中华！咦！！！

【音乐起。剧终。

【**片尾**：刚刚您收听到的是由浙江广播电视集团经济广播联合中华联合财产保险股份有限公司浙江分公司共同出品的系列广播剧《共富路上的护航人》第五集《希望之舟》。

　　　总策划：王靖玮

　　　总监制：俞学兵

　　　策划：陈昌建

　　　监制：潘迎新、顾彦颖

　　　总编剧：夏强

　　　编剧：蔡梦谣

　　　制片：应鸽

　　　录制：好声音音频制作

　　　总导演、制作人：杨子

感谢收听。

希望之光

🕐 **时间：**当代

📍 **地点：**浙江丽水

👥 **剧中人物：**

俞学兵：男，40 来岁，中华财险浙江分公司总经理；

潘卫强：男，39 岁，中华财险丽水中心支公司负责人；

杭　飞：男，30 岁，中华财险丽水中心支公司业务主管；

舒海勇：男，50 岁，青田芳乡村村书记；

雷建红：女，45 岁，龙泉某乡生猪养殖户；

方主任：女，35 岁，龙泉某街道办事处主任；

其他员工、村民男女若干。

🎤 **片头：**共富路上，总有那么一群人，他们敢担当、勇作为，在创业中矢志拼搏，在创新中施展才干，在创造中筑梦未来。他们是保险从业者，他们是奔跑在共富路上了不起的护航人。欢迎收听系列广播剧《共富路上的护航人》，让我们一起走近保险人，去聆听每一个奔跑、护航的故事，去感悟每一次奋斗的信仰，去体念每一次激情澎湃的力量。请听第六集《希望之光》。

【2023 年 1 月，中华财险丽水中心支公司会议室，大家欢聚一堂。

俞　总：感谢大家啊，青田支公司 2022 年的保费规模同比上涨近 2 倍，这是质的飞跃。青田金融办都打电话表扬我们了！大家辛苦了！（大家热烈的掌声）去年我们还和青田签订了全面战略合作协议，和芳乡村建立了党建联建，又签订了助农协议，最重要的是你们联合中大期货推动的"生猪价格指数保险"在龙泉实现了零的突破，这可是咱们浙江分公司的首个案例，做得很好！我代表分公司再一次感谢你们。

【会议室里响起一阵笑声。几个年轻的员工在一起议论。

员工一：好啊，（欣慰地笑着说）我们今年确实应该表扬。

员工二：那是，你贡献不小哦。

员工三：可是，你忘记了，刚开始的时候，派你下乡去跑业务，你还老大不高兴呢！哈哈哈！

员工一：那不是我，是杭飞！

潘卫强：是啊，我记得也是他，杭飞！那会儿他可不大乐意呢，我记得是在农遗大会上。

杭　飞：你们别取笑我了。我永远忘不了去年夏天刚到丽水的那些情景。

【2022年夏天，青田芳乡村。村民们在水田里忙碌，田鱼扑腾的声音、稻穗摩擦的声音和谐地编织在一起。

潘卫强：（自豪）杭飞，这就是青田著名的稻鱼共生梯田，也是我们公司在丽水实行农业保险的第一个成功案例。

杭　飞：（惊叹）哇，这里好美！

【舒海勇边走边说，声音由远到近。

舒海勇：老潘，你终于来啦！这位是？

潘卫强：杭飞，我的同事。这位是芳乡村书记——舒海勇。

杭　飞：舒书记你好。

舒海勇：你好你好，欢迎欢迎。老潘，正好你也很久没来了，今天我带你们一起参观参观。

【三个人边走边说。没走几步，几个村民跑了过来。

村民甲：（兴奋）潘总你来啦！

村民乙：潘总可等到你了！

杭　飞：书记，大家都好热情啊。

舒海勇：（开心地笑）那可不，老潘可是我们这的名人，帮了我们不少忙。

杭　飞：您详细说说呗。

舒海勇：你别看咱们今年才正式建立党建联建，但其实村企合作早就展开了，还是老潘他自己毛遂自荐呢。

杭　飞：喔？这么有趣。

舒海勇：前几年我们青田在全县推广稻鱼生态种养技术，种子、鱼苗都有，可养鱼要修堤，又要开垦新地，村里年轻人又不多，这事就很难推广。加上村里的很多供水管道老化，损坏了不少，村民们更不乐意做了。正巧那会儿老潘来推广农业保险，我们聊的时候就谈到了这件事，他就积极地说要帮忙，还让我把村民们都叫来。

村民甲：我记得，那是去年春天。

杭　飞：还有这事？那你快给我说一说。

村民甲：那天啊，我们在村里文化礼堂开的大会，我们大家都把潘总当骗子呢，哈哈哈。

【春天的芳乡文化礼堂。摆弄桌椅的声音，以及试话筒发出"嗞"的响声混在一起。

潘卫强：（激情满满，拍拍话筒）各位村民，大家好！我是中华财险丽水中心支公司的潘卫强，我今天来不是为了给你们推销保险，我是想跟大家聊一聊"稻鱼共生"。

村民甲：你一卖保险的来给我们讲稻鱼共生？我们这是祖上传下来的，这你还会比我们懂？

潘卫强：对它我确实比不上你们，但我可以用我的专业帮助你们。

村民甲：你的专业，那还不是推销保险！

潘卫强：您别生气，但凡我说的不对您就反驳，当然直接走也是可以的，走之前还可以领一桶油回去，毕竟您大老远过来了。

村民甲：你先说说吧。

潘卫强：我说的可以帮助你们的是我们的农业保险，它和普通的保险不一样，它主要针对的是农业，我们都知道农业是一个充满风险的行业，天灾、虫害等等问题都可能影响到产量，而产量决定了收入，这也正是咱们农人最担心的。而农业保险，就是用来分担这些风险的，它是专门为咱们农民设置的靠山。

村民乙：你别说什么靠山不靠山的，我们也不是没有了解过，喊我们投的时候，你们说得头头是道，到要赔付了，推三阻四，最后有几个钱到我们手里。

村民们：就是，就是。

潘卫强：（自信）这个你们可以放心，我们的保险条款都非常明确，只要是在保险范围内的损失，我们公司会按照合同进行赔付，绝不会赖账。

村民甲：那你这个说的和"稻鱼共生"也没有关系呀。

潘卫强：别着急，我下面就开始讲正事。我跟咱们村书记了解过了，政府这边有专门的部门提供种子、鱼苗，以及后续的包装销售，所以我们只需要负责种养殖、收割，而这部分正好是农业保险着重针对的部分，有了这个我们就有了底气，无论收成如何都不会有损失。

村民乙：你说的底气，还不是要我们付钱，我们还要投入时间和精力，最后拿到一点点的赔偿，那一年就白干了，还不是你们赚。

村民们：（七嘴八舌）他说得对。我差点就信了。不能买。

潘卫强：我知道各位担心保费，其实现在国家出了很多惠农政策，你们的保费会有政府和你们分摊，面积不大的，可能只用交几十块钱，但是这几十块钱可以保证你的心血不会白费，我说通俗点，几十块钱能保证一年不会白干。

【一瞬间，大家就七嘴八舌地议论起来。

村民们：（七嘴八舌）这样还不错。我觉得可以试试。分摊完其实也不贵。

潘卫强：其实这就是一种防范性的工具，保障我们的收成和收益。

村民丙：潘总说得有一定道理，我们自己一个人承担风险确实不太好。

村民甲：像他这么说，如果真的遇到问题，有保险公司的支持也能减轻很多负担。

潘卫强：是的，大家想一想，农业保险不仅可以保障你们的利益，还可以让你们没有压力地尝试稻鱼共生。未来发展得好，大家的生活也都能更好。

村民乙：（坚定）潘总，我决定了，我要参保。

村民们：（同意声逐渐增多）我也是。我相信潘总的话。我也是。

【时间回到 2023 年 1 月，中华财险丽水中心支公司会议室里，年轻员工兴奋地聊着员工讨论声……

潘卫强：看来大家都聊得很激动。

杭　飞：潘总，那我们咱们现在就再聊聊在农村开展党建联建后，再怎么去资源共享、优势互补、合作共赢。

潘卫强：是啊，看了你们一年的成绩，我很感动，我们大家一起为乡村振兴付出了努力，推进了农村党建工作和社会服务，值得充分肯定。你们还记得去年我去丽水市政府领奖的事情不？

众　人：记得，当然记得……

【背景音乐起。2022 年，丽水政府颁奖现场。

主持人：下面我们要颁布的是奖项是——乡村振兴优质单位，让我们热烈欢迎中华财险丽水中心支公司上台领奖。

【掌声响。潘总上台。

主持人：恭喜潘总。

潘卫强：谢谢，谢谢。今天拿到这个奖项，是对我们工作的最大肯定。同时我也要感谢努力付出的同事们。在丽水深耕的这些年，他们被质疑过，也退缩过，但最后他们坚持了下来。通过不断努力探索，积极创新，让越来越多的人了解到农业保险，让越来越多的农村参与到农业保险中。当然我最高兴的是，我们做的事真正帮助到了农民，推动了产业发展，借这个机会，我向辛勤工作的各位献上诚挚的感谢，谢谢。

【掌声雷动。

杭　飞：潘总，你刚刚那段发言太棒了。

潘卫强：是大家工作做得好，我才有这样的殊荣啊。

【电话铃响，潘接电话。

潘卫强：（接通电话）喂，方主任你好，生猪农保的那个计划我们已经写好了，好，我
　　　　马上……（挂断电话）杭飞，你跟我一起去一趟村里。

杭　飞：好。

【龙泉市某街道办事处主任。车辆熄火，两声关门声，远处的争吵声由远到近。

雷建红：方主任，村里都不管我了，你要是再不管我，我今天就躺这不走了。

【雷建红"啪"一下躺地上，周围伴随着猪叫。

方主任：雷大姐啊，你先起来，起来，地上凉。

【雷建红、方主任两个人相互拉扯。

雷建红：不行，我不起来，今天你不给一个说法，我就不起来。

方主任：你要说法，你总得告诉我发生什么事情了吧。

雷建红：还是我们家猪的事情，猪，我今天也拉来了。

【猪叫声四起。

方主任：（继续上手扶雷建红）你先起来，去屋里说。

雷建红：这可不行，我去村里，他们也是把我骗去屋里，然后就不给解决了，我这要是
　　　　起了，你就不管了。

方主任：我肯定管，你相信我。

雷建红：我不信，我就要坐这说。

方主任：那行，（跟着一起坐下）我坐着听你说，要还不满意，我躺下听你说。

雷建红：我，我不是这个意思方主任，我起来，我起来说。

【两人相互搀扶起身，往屋里走。

潘卫强：方主任。

方主任：呦，老潘啊，来得真巧，这是村里的养猪户雷大姐，来，正好一起进屋。

【几人一起往屋里走。

潘卫强：这位是我们公司新来的杭飞。杭飞，这位是龙泉市街道办事处方主任。

杭　飞：方主任，您好。

方主任：你好。

　　　　【方主任推开门。

方主任：你们先坐一下，喝点茶，我先处理雷大姐的事情。

潘卫强：没事，您先忙。

　　　　【倒水声。

杭　飞：（走上前接过水）方主任我们自己来。

方主任：（把水放在桌上）雷大姐，你先喝口水，然后慢慢说。

雷建红：（喝一口茶）嗨，方主任，其实就是去年村里鼓动生猪养殖，说一只猪可以卖三千多呢，我就买了几只猪仔养着，都给我养到200多斤了，前几天我家急需用钱了，我就准备先把猪卖了，可一打听，我这猪，才卖三千不到，（激动）这可差太多了！我就去村里要说法，村里说价格也不是他们控制的，没办法，让我多养段时间，等价格上去了再卖，你说这怎么行呢！我多养一天就多一天的饲料，它们一天可吃不少呢。而且，我家桂花病了，最近也没时间照看。

方主任：那你现在想怎么解决？

雷建红：我就想村里把钱给我补上，把我那几只猪买走，那会儿也是他们说能卖不少钱，我才养的。

方主任：这肯定不行，要是你们都这样，以后村里都不敢动员你们了，好项目都给你们吓跑了，再说，那会儿猪价高，而且他们也肯定是估算，哪能那么准。

雷建红：我就知道，你跟村里那些人一样，不帮我。

方主任：雷大姐，雷大姐，您别激动，我说了帮你，肯定给你想办法。

雷建红：那你说怎么办，我没时间照顾，卖了又亏，也没个地说理。

　　　　【叹气声，跺脚声。猪叫声一片。

潘卫强：方主任、雷大姐，我可以插句话吗？

方主任：老潘，你说。

潘卫强：我今天就是带着生猪价格指数保险计划来的，之前我们聊过，前段时间我们也和物产中大期货认真拆解了一下，计划可行性很强。

雷建红：也是猪，不过你这个我听不懂。

方主任：哈哈哈，老潘啊，看来你得先面对一下受众，正好帮帮雷大姐解决困难。

潘卫强：雷大姐，是这么个情况，拿您的猪做例子，这"生猪价格指数保险"就是把您猪的价格风险转移到我们保险公司身上。

雷建红：不明白。

潘卫强：打个比方，您这个猪现在卖3000。

雷建红：3000不到，说2800呢。

潘卫强：（笑着说）2800，就当 2800 一只，但你投保时这只猪是 3300 一只，按投保的约定价格这里差了 500，我们保险公司就会赔你 500 块钱。

雷建红：这么好！那你们赚什么？别是骗人的。

方主任：雷大姐，我还在这呢，他怎么敢骗你。

雷建红：倒也是。

潘卫强：你投保时有保费的呀，而且我们也和期货公司合作，价格风险相互转移嘛。

雷建红：就是你们收我们的钱，这些猪亏的钱你们自己会解决，我们只管收钱？

潘卫强：对，就是这个意思。

雷建红：那你这保费肯定很贵，我不投。

潘卫强：（哭笑不得）雷大姐，您先听我说完。咱们这一只猪大概一百多的保费，但保障金额有两千多。

雷建红：（嘟囔）一百多，可不就挺贵的嘛。

潘卫强：但你想，你要是之前投了，现在你就能赔五百呢，还不会拖着卖不掉，完全不用担心价格。

雷建红：你这么说也对。

潘卫强：大家现在对"生猪价格指数保险"都不是很了解，我们也是希望有更多人认识到它的优势，这样你们也不用"靠天吃饭"了。

雷建红：那我啥时能投。

【大家都笑了。

方主任：雷大姐，你别着急，猪呢，你先拉回去，详细的内容我跟潘总再好好聊聊，肯定也要为大家伙再争取争取好处嘛。

雷建红：好，方主任，你给再砍砍价，我拉着猪回去等你好消息。

潘卫强：雷大姐，你放心吧，我们一定不会亏待农民朋友的！您回去也可以帮我们给大伙说说这个生猪价格指数保险。

雷建红：行。

方主任：老潘啊，我看这生猪价格指数保险要尽快敲定了，这可是金融赋能山区的重要手段。

潘卫强：文件都备好了，就等着你们看呢。

方主任：太好了，我们争取今天就搞定！

【众人大笑起来。

【2023 年 1 月，中华财险丽水中心支公司会议室。

杭　飞：就这样我们浙江第一单"生猪价格指数保险"项目正式入场，一个月后结算顺利赔付，而且，（自豪）农户实缴赔付率高达 236.77% 呢。

俞　总：不错不错。我们保险公司就是要把客户的利益放在第一位的。

【众人点头说"是"。

杭　飞：俞总，经过这些事啊，（感叹）我是越来越佩服潘总，他把老乡都当亲人，所以
　　　　还想跟他学习学习。

潘卫强：（谦虚地笑）那些都是应该的，我们的目标就是服务三农、保护好农民们的
　　　　利益，而我只是在履行我们保险人的职责而已，能帮助到他们，我也觉得很
　　　　欣慰。

俞　总：我希望你跟他学学这股劲，真正明白农业保险的意义。

杭　飞：（感慨）现在我明白了。保险的价值远不止于此，它还能为农户们带来希望和
　　　　保障。

俞　总：你有这样的觉悟我很高兴，今后一定要好好干啊！

杭　飞：俞总、潘总你们放心，我一定不会让你们失望，我一定好好为丽水的"三农"
　　　　服务！

俞　总：好，大家一起努力，我们要把服务三农当作第一要务。

众　人：好！我们大家一起加油！

【在大家的欢笑声中，音乐起。剧终。

【片尾：刚刚您收听到的是由浙江广播电视集团经济广播联合中华联合财产保险股份
有限公司浙江分公司共同出品的系列广播剧《共富路上的护航人》第六集《希望之光》。

总策划：王靖玮

总监制：俞学兵

策划：潘卫强

监制：潘迎新、谢林男

总编剧：夏强

编剧：蔡梦谣

制片：应鸽

录制：好声音音频制作

总导演、制作人：杨子

感谢收听。

第七辑

绿水青山：
共富路上护林人

那一群大山深处的守护者

　　他们每天早出晚归，穿行在深山野林，用双脚丈量每一个山头；他们是森林的"活地图"，熟悉那里的一草一木；他们不畏严寒酷暑，耐心守护目之所及的每一片山林；他们用热情对抗孤寂，用布满老茧的双手兑现对绿水青山的承诺。勤劳是他们的标志，坚守是他们的信念，担当是他们的态度。他们，就是默默坚守在森林深处的护林人。他们有着护林员、森林消防员、林场负责人、林场工人等等不同的称呼，但他们都是大山的守护者。

　　"咬定青山不放松，立根原在破岩中。"一个人，一片林，可能就是护林人的青春年华。对很多人来说，护林人已经有些陌生了，但这个看似离我们很遥远的职业，却又与我们的生活与社会发展息息相关。大到祁连山保护区，小到自家附近的森林资源，国家生态环境不断改善，荒漠地区和社区植被覆盖率不断提高，这些都离不开护林人的努力。艰苦、寂寞、孤独、危险，是每一个护林人日常面临的挑战，但他们早已习以为常，是他们守护了"绿水青山"，是他们让"金山银山"离我们更近。他们就是一群了不起的英雄。抱着对他们的尊敬与感激，我们开始了系列广播剧《共富路上的护林人》的创作。

　　这个系列广播剧的诞生并不是偶然，而是源于大家环保观念的提升以及绿色可持续发展等观念对共同富裕的要求。这也意味着我们可以从护林人的故事中，看到国家发展的另一个维度。

　　"原上草，露初晞，旧栖新垄两依依。"在我国，护林人总数超过 250 万，有森林的地方就有他们的身影。为了更生动地呈现他们的故事，我们把目光聚焦在了位于杭州市余杭区径山镇的长乐林场。那里，迄今已有一百多年的历史，是浙江省创办最早的实业林场，也是国内最早开展林木良种工作的单位之一，目前已成为浙江省选育树种最多、面积最大的良种基地。青峦叠翠、林海茫茫，森林覆盖率约85%，在这个天然的林场里，松、樟、榧、枫、杉……植被多种多样，更是被誉为"色彩的森林"，而这些都是护林人默默付出换来的。我们得到了物产中大长乐林场有限公司的倾力支持，向我们提供了一系列真实感人的护林人代表事迹。经过沟通采访，我们确定了6个具有代表性的故事来呈现这群——最能体现林业艰苦奋斗、无私奉献精神的护林人。

《特殊接待》里我们跟着张场长的脚步回顾了长乐林场的全面改制。他以推动林场发展、提高职工生活质量为目标，积极探索林场创新之路，勇挑重担，在困难中努力前行，最终让林场实现多元化发展。他是一个充满使命感、责任感和领导力的人，也是乡村振兴中的典型人物，从他身上我们看到了许多负重前行改革推动者的身影。《披星戴月》里我们跟随护林员叶青感受了护林员的日常工作，"林二代"的他在重病父亲的鼓励下，春节期间依旧坚守岗位，这是护林员精神的使命感与传承。日常巡查、清理山道、提醒游客……每一个看似平凡的工作都是守护自然环境不可或缺的步骤。《风雨兼程》里我们在森林消防扑火队总指挥王冰锦的带领下，了解了消防队员的日常工作、培训方式，他们展示了专业素养的同时，也让我们对森林火灾提高了警惕。

他们就像是肖像画大师克拉姆斯柯依画笔下的"护林人"，"为了正义可随时站出来的人"，晶亮透明、炯炯有神的双眼，透露出的是坚毅、果敢与责任心。

除了他们，林场还有一批新的护林人，他们用教育者的身份参与林场发展，让孩子们多了一个学习玩耍、融入自然的机会，也让自然教育被更多人所重视。《模范夫妻》里宋、王两位老师结合林场自然资源，开发出多样的科普课程，组织各种实践活动，为孩子们提供丰富的生态体验，同时也为林场带来了新的运营思路。《以林为家》通过孙家三代向我们展示了"护林人"代代相传的优良品质。同时通过林场辅导员孙家晨回归林场的过程，向大众展示新时代下的林场，无论是生活环境，还是就业岗位，都已焕然一新。《鱼水情深》则以长乐青少年素质教育培训基地为背景，结合拥军活动策划、准备过程，以及寻找老战士的故事线，传达林场传承的历史精神。这样的活动也有利于传承和弘扬红色文化，教育后辈们牢记历史、尊重军人。这些故事也为林下经济的发展打开了新的思路，为乡村振兴提供了新的方向和路径。

岁月静好，因为有人在负重前行；山明水秀，因为有人在默默守护。不同于别的创作，这个系列故事里的人带着天生的明媚和沉稳，可能是与山相伴久了，沾染了山的魅力。在我们创作刻画人物角色时，也特别关注了这点。无论是前期剧本中的人物对白，还是后期录制时的演员选择、声音刻画，我们都进行了反复雕琢，我们希望听众可以在故事里触摸到角色的灵魂，从而更加理解这些人的故事与精神。

推窗见绿，开门见山。挺拔的树随风摇曳，绚烂的花开遍山野，森林的美好在此时与我们是如此相近，而这背后凝结着多少绿水青山守护者的付出和心血。长乐林场的这些故事真实地呈现了护林人的生活，在他们的坚守与努力下，教育、康养、文旅多个发展板块被开启，村民们的生活水平也在不断提高，在外飘荡的年轻游子也回来了。山更绿了，水更清了，房子更美了，人更多了，精神也更富有了。系列广播剧《共富路上的护林人》不仅让我们走近了护林人，也展示了"生态共富"在推动社会发展中的重要性。

在共富路上，他们巡山护林、造林护绿，发展林下经济，带动乡村共富。他们是"共富路上"的护林人，他们是"绿水青山"的守护者和践行者。

他们披星戴月、风雨兼程、以林为家，助力林业高质量发展。他们的故事值得被听见，被颂扬。

特殊接待

🕐 **时间:** 当代

📍 **地点:** 浙江杭州长乐林场

👥 **剧中人物:**

　张　总: 男, 59岁, 物产中大长乐公司副总;

　赵　发: 男, 62岁, 原长乐林场员工, 后辞职下海, 某餐饮公司老总;

　钱小丽: 女, 55岁, 原长乐林场员工, 赵发妻子;

　包工头: 男, 负责长乐林场开发工程;

　邵　总: 男, 物产中大长乐公司总经理;

群众甲乙丙、教育基地老师、教育基地学生莎莎、记者。

🎙 **片头:** 创建于1910年的物产中大长乐林场, 位于余杭区径山镇。这里青峦叠翠, 林海茫茫, 是浙江省唯一的百年林场。转企改制以来, 全场上下凝心聚力, 秉承"生态建设为主体、生态服务为特色"的发展战略, 坚持"忠诚敬业、创新协同"的企业文化, 稳健经营、二次创业、提质增效、转型升级, 实现了"生态优先与产业发展相平衡, 生态效益与经济效益相平衡, 生态成果与行业地位相平衡"的预想。如今的长乐林场人, 正在朝着打造全国"两山理念"高质量转化重要"窗口", 全省"党建好、效益强"的国有林场"排头兵", 争创全国一流国有林场的宏伟目标努力迈进。

今天, 我们将通过系列广播剧《共富路上的护林人》, 去探索、揭秘走在共富路上的长乐林场人。请听第一集《特殊接待》。

【2023年秋天, 物产中大长乐林场内小道上, 虫鸣唧唧, 鸟鸣喳喳。张总坐着电瓶车在巡查, 突然手机铃声响起。他接电话。

张　总: 喂, 小丽呀!

钱小丽: 张总, 我们快到门口了哦!

张　总: 别给我阴阳怪气的, 到了? 我马上掉头赶过来接你们。

【倒车，开车……停车，张总迎接钱小丽、赵发。

钱小丽：大哥……

张　总：小丽……

赵　发：哥……

钱小丽：大哥，一晃就十几二十年过去了……

张　总：是呀，时间过得真快！

赵　发：哥——我们是听说林场发展得红红火火的，想回来好好看看。

张　总：还真有你们的，这么多年也不肯回来看看我。

钱小丽：赵发说不好意思，觉得当初很对不起你，我们在深圳也是摸滚带爬的，为了生
　　　　活，几乎都是闲不下来的节奏。所以……

张　总：你们不是做大老板了吗？

赵　发：小本生意而已。

张　总：这么多年了，一点也没变，还是那样藏着掖着的，怕我向你借钱呀？

钱小丽：你还要向我们借钱吗？你早就变大红人了！中国林学会第六届劲松奖，全国生
　　　　态建设突出贡献奖都给你拿了，牛呀！

张　总：看来对我还蛮关心的嘛。

钱小丽：当年的赵发、现在的老赵从来就没有忘记过你，老让我想办法搜索你的消息，
　　　　自己又不好意思联系你。

张　总：那今天为啥敢露面了？

钱小丽：因为你把林场发展起来了，成了林业界大红人了，他对你的愧疚也就慢慢少了，
　　　　其实，早就想回来了，我们都眷念着林场。

张　总：那早就应该回来看看了呀！

赵　发：这不是怕……

张　总：难道还怕我怨你抢了我女朋友，还是怕我记恨你们当初带头辞职？

钱小丽：都有……

张　总：你们俩呀，还真是天生的一对呀！当初当得起你们的哥，就说明我有能容你们
　　　　的度量！走吧！两位大老板！今天就让我带你们好好的游一游绿水青山，我们
　　　　的现代化林场，别让过去那点儿事影响今天的美好体验。

赵　发：谢谢哥！

张　总：还是那么客气！走吧！

【三人穿梭在林场，虫鸣鸟叫、树叶摇晃声、树枝摩擦声、林场工人与张总打
　招呼声，随着三人的脚步声逐渐响起。

钱小丽：大哥，这里真的完全不一样了，不只树多了，鸟都感觉多了不少，那还有松鼠，
　　　　好可爱。

张　　总：是啊，这里已经大变样了，跟你们离开的时候完全不同了。怎么样，想不想回来？

赵　　发：这不是已经回来了吗？

张　　总：哈哈哈哈，我说回来林场工作。

赵　　发：这我可不好意思，别看我现在在这，来的路上我可是打了好几次退堂鼓的。

钱小丽：这是真的，他差点跑了，给我抓回来了。

张　　总：你们可别这么想，其实，今天林场有这么好的生态，你们也帮了不少忙，要不是你们在改制最开始力挺我，我也坚持不下去，到今天，我都记得二十多年前你在包工头面前的英勇表现……

　　　　【1998年的一天，长乐林场。急促的脚步声接快速的开门声。

赵　　发：(气喘吁吁) 小丽，快跟我来，张总跟人吵起来了。

钱小丽：怎么了怎么了？张总跟谁吵起来了？

赵　　发：哎，就是那个包工头。林场要改企，什么幺蛾子都来了。走，跟我去帮帮张总。

钱小丽：我不去，你要去你去。

赵　　发：小丽，你这是怎么了？

钱小丽：你想啊，林场一改制，我们想要的分房不就泡汤了吗。难道继续在这破房里住下去？

赵　　发：小丽，你的意思是？

钱小丽：赵发，不如我们离开林场吧。我有亲戚在深圳，她喊我们也南下打工，说深圳机会多。

赵　　发：这种事，我们以后再商量吧。张总跟我们可是大学同学，算我们大哥。在林场这些年，我们也算是他的幕后军事。怎么着也先帮他渡过难关再说吧。

钱小丽：哎，好吧好吧，他在哪，你带路。

　　　　【急促的脚步声近。人群的嘈杂声越来越响。

张　　总：(高声) 我说不可以就是不可以！这是我的底线！

包工头：张总，这林场已经改制了，又不是你家，犯得着这样嘛。

张　　总：可是林场就是林场，改企了也是林场。你承包了这片地，就该拿来种树，至少也是苗木花卉，要拿来做别的，不行！

包工头：嘿张总你这……是一辈子没出过林场吧。现在都1998年了，你的脑子也该活泛活泛了。

张　　总：不错，我从林业中专毕业后，就一直在长乐林场工作，从技术员到副场长。我要保护好林场的森林资源。你想在林场开度假村，还要砍树，那一定不行。

钱小丽：怎么了这是？

群众甲：张总在保护咱们林场呢。

群众乙：什么咱们啊，都改企了。

群众甲：咱们还是这里的员工呢。

群众丙：要是没新房住，很快就不是喽。

赵　发：甭管有没有，先帮衬张总。

张　总：赵发，小丽，你们也来了。

赵　发：包工头，我劝你别想了。我们张总不会松口的。听我一句劝，长乐林场怎么改都是林场，你就别花其他的心思了。

包工头：行行行，算我拗不过你们。我以后只种树，行了吧。

张　总：理应如此！

包工头：那我先走了。

张　总：不送！

【2023 年秋天，长乐林场内小道上，钱小丽"啧啧"逗着小松鼠。

赵　发：二十多年前的事，哥你还记得呢。

张　总：那当然，那天要不是你们俩来了，我可能真坚持不住。

钱小丽：那我们俩也算安心了，今天可以睡个好觉，你都不知道他老给我说，如果不是我坚持，他肯定不会抛下你。

张　总：有什么抛不抛的，现在林场发展得好也是因为和你们一起的时候基础打得好，再说，你们不走，今天我接哪个大老板参观啊。

钱小丽：不过说真的，大哥，我欠您一句道歉，那天的事，我真的很抱歉，对不起。

张　总：快别这样，我都记不得了。

钱小丽：我记得，那是个夏天的晚上……

【2001 年的某天晚上，长乐林场的甘岭水库边，夜虫啾啾，凉风习习。

张　总：小丽，你真的想好了吗？

钱小丽：说真的，我也非常难做出这个决定，我在林场工作、生活了这么多年，这里有我的青春，这里有我的血汗，还有我的热爱……

张　总：我知道，三年前你和赵发是因为我才留下来的，可是……

钱小丽：我虽然选择了赵发，但是，从学校到农场，我们从来都不分你我，现在也一样！所以，三年前改企，那是摸着石头过河，我和赵发没有理由不支持你。可是，现在三年过去了，这乱糟糟的，大哥！你让我们怎么支持你呀？房子还是破房子，还整天喊着发展，创收，提高我们的收入，改善我们的生活！光打雷，就不见下过雨！

张　总：改企是一个复杂的过程，也是一项需要稳步推进的工作，我们也在想办法做好相关工作，尽早让大家稳定下来。

钱小丽：我和赵发想好了，辞职是迟早的事，既然是迟早的事，那就快刀斩乱麻，看在咱们仨同学一场，兄弟姐妹多年的情份上，你就高抬贵手，批准我们辞职吧！

张　总：小丽，你和赵发可谓是我的左膀右臂。如今，在这节骨眼上带头辞职，哎，我的心里真是五味杂陈。

钱小丽：大哥，三年前我就想过要辞职了，是赵发觉得有必要帮你一把，我们才留下来的。

张　总：你们坚持要走，我还能说什么呢？强扭的瓜不甜，我也没必要强迫你们留下，只是……

钱小丽：只是啥呀？

张　总：我们当初这么拼命读书，不都是为了份工作吗？现在你们俩辞职，就等于一切重新开始，万一整不好咋办？

钱小丽：这三年来，我和赵发想了很多很多，也想过劝你别挑这个担子，我们仨一起出去闯闯，因为知道你舍不得这份工作，也就没跟你提起。三年过去了，不光没有进展，反而职工们的动摇情绪更大了。破房还是破房，工资还是那么丁点儿，铁饭碗随时被砸，有几个能安心、真心地去搞发展。还是大锅饭，出工不出力的大有人在，职工的技能水平也没见有长进，当然，也是因为生活没着落、不稳定大家才没有心思想发展的！

张　总：正因为没有大的进展，才需要你们帮忙想办法解决问题，寻找突破口，改企是大势所趋，我们没有退路呀！

钱小丽：不管怎么改，改善大家的居住环境，增加大家的收入，这些是关键的突破口。

张　总：对呀！既然找到问题所在了，你们为什么就不留下来帮我呢？

钱小丽：这些问题不是我们协助你就能解决的，需要上头领导们的鼎力支持和真诚帮助。你就当我和赵发知难而退吧。

张　总：你们还不如当初就直接走人，现在带头辞职，雪上加霜！

钱小丽：是我们对不起你，所以赵发让我单独约你，他不敢直接面对你。我们已经联系好深圳的工作了，就当我们背叛你一次吧。

张　总：哎，好吧。

钱小丽：大哥，你批准了？

张　总：你们去意已决，我也就不挽留了。实话告诉你，已经有20几位员工向我提交辞职报告了。只希望你们以后有空还能回林场看看。

钱小丽：那，大哥你呢？

张　总：我？当然是把林场发展下去。林场就是我的家。

【2023 年秋天，长乐林场的林场之家，小孩的嬉闹声、晾被子的敲打声、老人的闲谈声交织在一起。

钱小丽：大哥，这里是？

张　总：咱们林场的职工楼，一大部分人都住这呢，里面还有不少你们的老熟人。

赵　发：盖的真好，比我们那会儿住的可强多了。

张　总：要不要进去看看？

赵　发：看就不必了，给我们讲讲建楼的故事吧，我记得那会儿可难批了，要是早点批了，可能我们就不走了。

张　总：是啊。

钱小丽：你肯定费了不少心思，给我们说说吧。

张　总：这有什么好讲的，给你们讲讲盖好楼那天的盛况吧。那一天呀！……

【林场职工新楼建成分房当天。欢声笑语和鞭炮声。

群众甲：住新房子喽！

群众乙：想不到真有住新房的一天，还来得这么快。

群众丙：这下在林场干活更有干劲了。

群众甲：当年差点跟着赵发他们一起走了呢，还好我选择了相信张总。

群众乙：张总，在分新房的今天，说几句吧！

群众丙：对，说几句！

张　总：我想说，改制以来，我们坚决按照区委、区政府的文件精神，果断地对公司实行了全面改制。建立了股东会、董事会、监事会、经营班子等组织机构。理顺了人员关系，减轻了企业负担，在公开、公平、公正的上岗竞争中，使全体员工深切地感受到市场经济条件下竞争的风险，铁饭碗已成为历史，从而极大地激发广大员工敬业爱岗的积极性，成为企业创造利润的力量源泉，从体制上彻底打破了大锅饭模式。你们都是经过考验的合格员工，今天的新房是你们应得的。相信，给大家解决后顾之忧后，林场能再次迈开稳健发展的步伐。

群众甲乙丙：谢谢张总，谢谢林场！

张　总：赵发、小丽，不知道你们看到今天会怎么想。我们多少年后能再见面呢？

【时间回到 2023 年秋天。

钱小丽：大家都是发自内心地感谢你。

张　总：小丽呀，其实是我想找机会感谢你，还记得当初你们辞职时你对我说的——

张、钱：不管怎么改，改善大家的居住环境，增加大家的收入，这些是关键的突破口！

赵　发：心有灵犀呀……

张　总：吃醋啦？

赵　发：不不不，不敢……

张　总：哈哈哈……当初一门心思在林场的工作上，才让你趁虚而入，把小丽给抢走的。

钱小丽：哥，你……

张　总：不是吗？

赵　发：嗯，是是是！！！

张　总：哈哈哈！你们都这把年纪了，还开不起玩笑呀？

钱小丽：你差点把老赵吓到了。

张　总：不管怎样，你俩今天就给我好好看一看林场，也就是现在的森林公园，找出不足之处，提出宝贵意见，哥我就原谅你们。

赵　发：一定，一定！

钱小丽：磐安县自然资源和规划局副局长一行赴长乐林场考察调研产业发展情况；鸡西市林业和草原局局长一行赴长乐林场考察调研产业发展情况；大兴安岭林业集团韩家园林业局党委书记一行赴长乐林场考察调研产业发展情况——大哥！咱们林场成明星了呀！

张　总：对呀！你们辞职后，我的工作重点放在了为大家建房子上，向政府申请盖房子的地皮，冲破重重困难，为留下来的职工们解决住房问题，让他们住上新房子，解决他们的后顾之忧，真正做到安居乐业。接下来就是培训，一场接一场的全员技能培训。

钱小丽：以前"三个石头垒个灶，一把雨伞过个夜"是咱们老林场人常挂在嘴边的话。偌大的林场里只有几间低矮的平房，育种工作也相对单一。

张　总：因为杉树和松树生产速度都比较快，而且用途广泛，那个时候首要考虑的是树高和胸径，以培育木材为主要目的，所以是主要育种对象。现在你看，树壮了，树种资源更丰富了。林场的林木良种基地也被列为"国家杉木、火炬松良种基地"了。"立足林场、多种经营"的创新发展也加快了步伐。你们看，那边就是青少年科普教育基地。

【青少年科普教育基地老师授课的声音传来。

老　师：火炬松生长快，适应性强，它们的树皮往往是鳞片状开裂，呈现出黑色和暗灰褐色……

莎　莎：老师，老师——您看，我这片火炬树皮是暗灰褐色的——这片是黑色的！！

【授课声音远去。

张　总：赶巧了，今天正好总经理来了，一起去打个招呼吧。

钱、赵：不了吧。

张　总：怕什么，你们也是为林场做过贡献的。

【张总拉着两人快步走。

张　　总：邵总留步。

邵　　总：老张，这两位是？

张　　总：钱小丽、赵发。这位是我们公司的邵总。

钱、赵：邵总，您好。

邵　　总：两位久仰大名，幸会幸会。

钱小丽：邵总您说笑了。

邵　　总：你们俩的故事我在老张那听了不少。

钱小丽：我们这叫臭名远扬。

邵　　总：怎么会呢，要不是你们，怕是不会有现在的老张，更不会有现在的长乐林场了。既然这次碰到了，不如下面这个青少年科普教育基地就让我来给你们介绍介绍，也算是感谢你们当时的付出。

钱小丽：这怎么好意思。

邵　　总：这有什么不好意思的，当回自己家一样。

张　　总：邵总说的对，你们就别推辞了。

钱、赵：行，那就麻烦邵总了。

【四个人边走边说。

邵　　总：林场在步入正轨后，老张就跟我们商量了多次林场的未来规划，最终我们得出结论——未来，林场必须实现多元化发展。立足自然资源优势，开展一些能够适应中小学教学需求的活动，便是探索的路径之一。林场免费向社会开放，可以随时参观体验，另外我们也会面向社会招募学员，有组织地开展各类体验活动。林场现在每年接待量可达30万人次，截至去年底已累计接待了来自1000多所学校的青少年学生350余万人次。

钱小丽：这么说来，林场成网红打卡点啦？

张　　总：你说呢？

赵　　发：接待1000多所学校350余万人次还不网红呀！

张　　总：你们也是来打网红卡的啰？

钱小丽：对呀！哈哈哈。

邵　　总：家长和孩子们能够在林场体验手工竹艺、强身健体、读自然诗歌、认识中药标本、举办萤火虫晚会等，让孩子们在自然中学习知识，在知识中感悟自然。

钱小丽：林场有今天，我们的大哥功德无量呀！为你点赞！

张　　总：你就别贫嘴了。

邵　　总：老张你确实功不可没。

钱小丽：现在林场更加像莫奈的画作了，清澈的湖水碧波荡漾，身后的山峦俊秀绵延，绕过波光潋滟的甘岭水库，一直进入池杉林区，一路醉人的景色和铺满地的落叶把这里装点得如童话世界般，上到山坡，下到山底，满眼都是风景。

赵　发：真不愧是"色彩的森林""上帝打翻的调色盘"呀！

张　总：不怎么说话的人，一说就这么有水平，看来是提前做足功夫的了。

钱小丽：那是必须的哦！

张　总：好！各奖励一杯咖啡。

钱小丽：这里还有咖啡喝呀？

邵　总：不光有森林咖啡，还有越野运动基地、森林摄影基地、森林萌宠乐园、露营基地等等。游客可以在森林公园内尽享亲子、休闲、娱乐时光。或自带帐篷、天幕在丛林间享受露营、野餐的乐趣；或骑车环绕甘岭水库，感受百年林场的自然底蕴；或在亲水平台伴随微微清风，品尝森林公园特有的睡莲花茶。若要体验刺激，也可以到越野运动基地驾驶ATV，在山林间尽情穿梭。

钱小丽：那得好好体验体验。

张　总：疫情结束以来，几乎每天游客都爆棚，接待明显不够，必须新上一些项目，解燃眉之急。所以得好好请两位深圳来的大老板喝杯森林咖啡。

赵　发：这个？

张　总：别这个那个的啦，你们既然敢回到这里，我绝不会放过你们，就当你们欠我的。

钱小丽：我们可是来纯玩的。

张　总：当年你说过这里有你的青春，这里有你的血汗，还有你的热爱——今天我得给你们机会去追求你们的理想呀！哈哈哈。

赵　发：小丽你看……

钱小丽：看什么看，不就鸿门宴嘛，该吃的吃，该喝的喝，我们也该为林场做点贡献了！

张　总：就等你这句话！走，喝咖啡去！

邵　总：走，喝喝我们的森林咖啡！我请你们！

钱小丽：走！

赵　发：喝森林咖啡去！

🎙【片尾】：百年沧桑巨变，变的是管理体制，不变的是理想信念；变的是岁月容颜，不变的是长乐精神。刚刚您收听的是由浙江广电集团经济广播和物产中大长乐林场有限公司联合出品的系列广播剧《共富路上的护林人》第一集《特殊接待》。

总策划：邵磊

总监制：单伟明

策划：张峻榕

监制：章恒

总编剧：夏强

编剧：张传强、陈张立、朱金文、蔡梦瑶

制片：应鸽

配音：严军、张芯瑜

录制：好声音音频制作

总导演、制作人：杨子

感谢收听。

披星戴月

🕐 **时间：** 当代

📍 **地点：** 浙江杭州长乐林场

👥 **剧中人物：**

叶　青：男，55岁，长乐林场护林员；

赵福英：女，50岁左右，叶青妻子；

叶　父：叶青的父亲；

老　陈：男，50多岁，长乐林场护林员；

老　王：男，50多岁，长乐林场护林员；

点　点：男，12岁，游客；

点点爸：男，40岁，游客；

点点妈：女，38岁，游客；

游客甲：青年男性；

游客乙：青年女性；

其他人物若干。

🎙 **片头：** 创建于1910年的物产中大长乐林场，位于余杭区径山镇。这里青峦叠翠，林海茫茫，是浙江省唯一的百年林场。转企改制以来，全场上下凝心聚力，秉承"生态建设为主体、生态服务为特色"的发展战略，坚持"忠诚敬业、创新协同"的企业文化，稳健经营、二次创业、提质增效、转型升级，实现了"生态优先与产业发展相平衡，生态效益与经济效益相平衡，生态成果与行业地位相平衡"的预想。如今的长乐林场人，正在朝着打造全国"两山理念"高质量转化重要"窗口"，全省"党建好、效益强"的国有林场"排头兵"，争创全国一流国有林场的宏伟目标努力迈进。

今天，我们将通过系列广播剧《共富路上的护林人》，去探索、揭秘走在共富路上的长乐林场人。请听第二集《披星戴月》。

436

【2023 年 4 月清晨。长乐林场内叶青的住所。搅拌机的声音。

叶　青：老婆，好了吗？早饭已经给我备好啦，还在厨房忙什么呢？已经是早上五点半啦，老陈和老王已经在外面等着了。

赵福英：快好了，快好了。叶青，你让老陈和老王先进来坐啊。

叶　青：不啦，我们马上就去巡林了。

赵福英：今天什么阵仗啊，三位护林员一起出动。平时不是只要两个就够了吗？

叶　青：现在正是人间四月天，春暖花开的时候，今天又是周末，来咱们长乐林场游玩的人多。昨天，有三千多人，今天恐怕会更多。相应的，我们护林员也要增加人手和班次，做好保障工作。

赵福英：又要辛苦你们啦。（搅拌机声音停）叶青，好啦。把这个也带上，记得分给老陈和老王一份。

叶　青：我看看，翡翠色的豆腐，像凉粉冻一样，Q 弹软糯，冻冻的，这不是山林里的美食"神仙豆腐"吗？

赵福英：给你们做点甜点，巡林的时候吃。现在天气渐渐热起来了，也降降温，缓解一下疲劳。这是三支勺子，想吃的时候一片片舀出来当甜点吃。

叶　青：好咧，多谢老婆。

赵福英：对了，晚上回来吃晚饭吗？

叶　青：这个……

赵福英：哎，算啦算啦。你也别支支吾吾的了，这么多年我都习惯了。一巡起林来，就是早上天不亮就出门，晚上到深夜才回来，一天 16 个小时执勤是常事。去吧去吧，别让老陈和老王等着了。

叶　青：哎，那我出门了。

【脚步声。关门声。

叶　青：老陈，老王，不好意思，让你们等了。

老　陈：没事，就几分钟。

叶　青：你们早饭吃过了吗，我这有。

老　王：都吃过啦。不用，谢谢。你留着吃不完的当中饭吧，咱们护林员工作的时候，在大山之中赶不回家吃饭是常事，都要在山里解决。你看，我的面包也准备好了，饿的时候想吃就吃。

叶　青：难怪你的布口袋鼓鼓的。那带着这个吧，我老婆三份分好了。

老　陈：这是啥？

叶　青：山林特产，"神仙豆腐"，你们带着当清凉的零食吃。

老　王：哦，我知道，这是采摘一种叫"豆腐柴"的植物嫩叶来制作的。

老　陈：就是那种闻起来有股浓郁的特殊气息，感觉像是紫苏混合着鱼腥草的味道，经常会被虫咬坏的叶子？

叶　青：对，那个就是豆腐柴的叶子。我们巡林的时候经常能看到。

老　陈：想不到这东西也能做出美食。绿水青山就是金山银山，我现在更深刻地理解这句话了。

叶　青：尝到这样的食物时，我对这片大山和森林的感情就更深了。

老　陈：老叶，你今天迟了几分钟，就是在做这个吧？

叶　青：确切地说，是等我老婆做这个。哎，有时候想想真是对不住老婆。我自己做护林员，也让她来到这么偏僻的地方落脚。她还要每天早起，给我准备吃的。

老　王：哎，我也把一家大小杂事都交给了老婆。

老　陈：咱们护林员，有时候注定是要舍小家顾大家的。还好防火期快结束了，能稍微轻松一点。话说回来，老王，你做护林员几年了？

老　王：二十三年啦！老陈，你也护林很久了吧。

老　陈：2004 年开始的，十九年，比你短一点。

老　王：那也很久了。咱们几乎天天这样巡林，十几年如一日啊，时间过得真快。

老　陈：是啊。叶青，你也来林场很久了吧。没听你讲过你的故事，听说那时候你父亲生病了？

叶　青：21 年前，我来到了长乐林场。我清楚记得，那年春节下着大雪……

　　　　【2002 年春节，长乐林场。来回踱步的焦急脚步声。

叶　青：怎么办，父亲生病住院了。福英，你说我该怎么办？

赵福英：你应该回去照顾你父亲的。

叶　青：是啊，但是春节值班的护林员有急事请假了。如果我不值班，这片林场就没有人看护。

赵福英：叶青，我问你，林场重要还是家人重要？

叶　青：这不是同一类事物，没法比较。

赵福英：怎么没法比较？上回我生日，你不就巡林给巡忘了？我看在你这里什么都没有林场重要。

叶　青：福英，你怎么这么说呢，我后来不是向你道歉了吗。

赵福英：道歉？可那是我第一次吃生日蛋糕。我这样劳动了半辈子的人，难得买一次蛋糕，但是和电视里的不一样，既没人给我点蜡烛，也没有人给我切蛋糕。我只能一个人默默地吃，甚至都忘了那是什么味！

叶　青：可是那次林场真的需要我……

赵福英：够了！这个理由我不想再听了！我已经听过很多遍了！

叶　青：可是我听过的次数比你更多！

赵福英：你说什么？

叶　青：你知道我是"林二代"吧。小时候，我父亲就是这么和我说的。那个时候，每次生日或者过年，我最大的愿望就是父亲能陪我。

赵福英：叶青……

叶　青：福英，我没办法呀。我也想回去，可是……

赵福英：叶青，你给父亲打个电话吧，听听他的意见。

叶　青：好。我这就给父亲打电话。

【"嘟嘟嘟"，电话接通。

叶　青：喂，爸？

叶青爸：咳咳，是叶青吗？

叶　青：爸，是我。爸，你身体怎么样？

叶青爸：在家还是熬不过，住院啦。这个春节估计要在医院里过喽。

叶　青：那我回来看你。

叶青爸：你回来？你不是说春节林场没人值班吗？你回来了，林场谁管？

叶　青：可是……

叶青爸：你不用担心我。有你妈照看着呢，你回来能做什么？

叶　青：但毕竟是春节啊。

叶青爸：春节咋了。我这里有你妈，有医生护士，还有热心的病友们，大家一起热热闹闹的，比你和福英孤独地在林场强。应该是我关心你，而不是你关心我。

叶　青：你的意思是，不要我回来？

叶青爸：对。你初到林场，好好拿出你"林二代"的风采来。

叶　青：父亲，你和母亲都是林场职工，从小我就在林场长大，读书报的也是余杭区林业花卉职业学校。我对林场的热爱都是你们培养的。

叶青爸：所以说，好好拿出你对林场的热爱来。春节是防火期，没人看护林场怎么行！至于我，你过段时间再回来也行。咳咳。

叶　青：是啊，我割舍不了林场，但也放心不下父亲。

叶青爸：听着，叶青。我们这代护林员，都是"三块石头搭个灶，一把雨伞过一夜"这样过来的。我们用心守护山林。你们要把我们的接力棒接过去，传递我们对护林事业的热爱，兢兢业业守护住这一片绿色。这样，你才是我的好儿子，才不愧"林二代"。

叶　青：我知道了，爸，春节期间我会在这里牢牢护好林场的。

【2023 年 4 月早晨。长乐林场。

老　陈：后来见到你父亲了吗？

叶　青：没有，春节期间他就走了。但我母亲告诉我，他并没有怪我，反而为我感到欣慰和自豪。一晃二十年，明年我也要退休啦。

老　王：希望也有人能接伴我们的棒。

叶　青：我们这走着走着就到山口了，游客也多了起来。

老　陈：我们也巡林几小时了，现在已经是上午九点多了。游客们渐渐来了。自去年长乐森林公园正式运营，游客越来越多了。

老　王：我们分头走吧，扩大巡防范围。

叶　青：好，我去游客多的地方转转。

　　　　【人声渐渐嘈杂起来。

点　点：哇，好大一片林子，爸爸妈妈快来呀。

点点妈：点点，跑慢点。你怎么把零食包装袋也丢了呀，吃完了吗?

点点爸：哎，这孩子就是淘气。

点点妈：孩子爸，你也别光顾着抽烟了，快跟上点点。

叶　青：小朋友，这位小朋友，山里跑慢一点，小心摔着。

点点妈：点点，听到没有，这位伯伯叫你别乱跑。

点　点：哦，那我不跑了。

叶　青：还有，请记得不要乱扔垃圾。特别是不要乱扔烟头，谢谢。

点点爸：哎呦，对不起对不起。我光顾着看孩子，一时没注意。我把烟头捡起来。

点　点：对不起，我也把袋子捡起来。

点点妈：对不住啊，这一大一小的。你是护林员吧。

叶　青：我是长乐林场护林员叶青。没关系，以后注意就好。林区的环境需要我们共同保护。

点点爸：一路走来还有禁火宣传幅、告示牌呢，我怎么给疏忽了。我以后进林区不抽烟了，给你们添麻烦了。

叶　青：感谢你的理解和配合。我们在林区都是眼看四路、耳听八方，看有没有人抽烟或者放炮仗，听有没有烟气。闻到就要跑去看。以前，年纪大的人抽烟，用的是火柴，点着了自己不注意，丢在这里了，我在另外地方巡山，看到那边烟上来了，我就马上跑过去。

点点爸：惭愧惭愧，差点也给你添麻烦了。

叶　青：四月是森林火灾的高发期，在这期间，我们护林员每天早上五点就要出发，一直反复巡查到晚上七八点，直至天完全黑了才回家。就是为了做好防护工作，及时发现林区里的火灾隐患。

点点妈：你们护林员的工作真是辛苦。

点　点：天天住在森林里好幸福啊，伯伯，林子里一定有很多故事吧。

点点妈：点点，你是过来玩的才幸福，伯伯的工作是很辛苦的。

叶　青：呵呵，你们说的其实都没错。护林员的工作既辛苦，也幸福。我在这里当护林员，已经超过二十年了。每到节假日和旅游旺季，我都每天穿梭在熙熙攘攘的人群中，一边做好日常林区巡访，一边劝阻个别违规行为。

点　点：哇，这么久了，比我年纪大多了。

点点妈：是什么让您坚持这么久呢？

叶　青：我是"林二代"。我爸爸也是林场职工。我从小有这个信念，把绿色事业当成自己终生奋斗的事业来做。虽然辛苦，但是每天看到绿水青山，人就放松了。只要能干得动，我就要把这片山山水水管护下去，还大自然绿色的本色，哈哈哈。

点点妈：点点，你看。伯伯为了守护这座山林付出了这么多，我们作为游客是不是也有责任保护林场的环境呢？

点　点：嗯，我以后一定把垃圾丢进垃圾桶，也不在林区用火。爸爸，你也要这样哦。

点点爸：当然，今天，我们都从护林员叶伯伯这里学到了一课。

【脚步声近。

游客甲：护林员师傅，你好。请问这边上山有便道吗？

叶　青：这里过去有条小道，就是比较难走。

游客乙：呵呵，我们是登山爱好者，就爱走这难走的路。

游客甲：我看看，虽然是小道，看起来也很干净啊。

叶　青：呵呵，我们护林员每天天一微亮就起床，对林区内每一条便道都进行细致检查，巡山防火啊，不留死角的。你们看，我开路用的就是这把柴刀，我管它叫作"一号工具"。

游客甲：把手看起来很光滑了，是用了很多年了吧。

叶　青：是啊，这个一号工具陪伴我十多年了。逢山开路，有时候山上林叶很茂密，我就用它清理出一条通道。还有就是防火。一旦有火情，我可以砍下一根树枝，把它当做敲打火苗必要的工具，及早消灭火苗。

游客乙：原来是这样。

叶　青：我们护林员日常检查上山的便道，有没有被杂草和灌木阻挡，一旦林区发生火灾，这便道就是森林消防上山灭火的必经之路，所以日常的巡查清理尤为重要。我们拿着柴刀，也有些是拿镰刀的，把这些杂树的枝杈都砍掉，让天天要走的路更宽更方便。万一山上发生火灾，救火队一到，就能从便道上去。如果这条路没砍过，是根本爬不上去的。

游客甲：怪不得小路也好走，这是你们护林员每天打理的成果。

叶　青：对了，小道上去别往西走，那里有个马蜂窝。

游客乙：谢谢护林员师傅提醒。师傅对山道这么熟悉，看来真是平时不断地巡林。

叶　青：我建议你们啊，今天还是少走便道，稍微试一试就好，下次换了鞋再来。你们
　　　　看我的鞋。

游客甲：高帮解放鞋。看起来很实用啊。

叶　青：满山苍翠的景色固然很美，可崎岖的山路并不好走啊。只有穿这样的鞋子才能
　　　　健步如飞。在林场里，我觉得什么鞋都不如这双工作鞋合适。一个是鞋底不会
　　　　打滑，再一个是高帮，下雨天不会有泥巴上来，还能防可能出现的蛇，蛇上来
　　　　也咬不进去。你们的板鞋不行的，为了安全，还是走大道吧。

游客甲：好，护林员师傅经验之谈。我们听。

游客乙：师傅，山路前面的风景美吗？

叶　青：美！层林尽染美如画。欢迎来到长乐林场，好好享受大自然之美吧！

【剧终。

🎙【片尾：百年沧桑巨变，变的是管理体制，不变的是理想信念；变的是岁月容颜，不
变的是长乐精神。刚刚您收听的是由浙江广电集团经济广播和物产中大长乐林场有限公
司联合出品的系列广播剧《共富路上的护林人》第二集《披星戴月》。

　　总策划：邵磊

　　总监制：单伟明

　　策划：张峻榕

　　监制：章恒

　　总编剧：夏强

　　编剧：张传强、陈张立、朱金文、蔡梦瑶

　　制片：应鸽

　　儿童配音：沈子睿

　　录制：好声音音频制作

　　总导演、制作人：杨子

感谢收听。

风雨兼程

🕐 **时间**: 当代

📍 **地点**: 浙江杭州长乐林场

👥 **剧中人物**:

王冰锦: 男, 长乐林场公司森林消防扑火队技术总指导;

方　队: 男, 35岁, 长乐林场公司森林消防扑火队队员;

何　队: 男, 32岁, 长乐林场公司森林消防扑火队队员;

小　黄: 男, 20多岁, 长乐林场公司新员工;

小　俞: 男, 20多岁, 长乐林场公司新员工;

裁判、扑火队队员甲、乙、丙等。

🎤 　**片头**: 创建于1910年的物产中大长乐林场, 位于余杭区径山镇。这里青峦叠翠, 林海茫茫, 是浙江省唯一的百年林场。转企改制以来, 全场上下凝心聚力, 秉承"生态建设为主体、生态服务为特色"的发展战略, 坚持"忠诚敬业、创新协同"的企业文化, 稳健经营、二次创业、提质增效、转型升级, 实现了"生态优先与产业发展相平衡, 生态效益与经济效益相平衡, 生态成果与行业地位相平衡"的预想。如今的长乐林场人, 正在朝着打造全国"两山理念"高质量转化重要"窗口", 全省"党建好、效益强"的国有林场"排头兵", 争创全国一流国有林场的宏伟目标努力迈进。

今天, 我们将通过系列广播剧《共富路上的护林人》, 去探索、揭秘走在共富路上的长乐林场人。请听第三集《风雨兼程》。

【2023年3月19日, 长乐林场森林消防扑火队训练场。脚步声近。

小　黄: 王指导!

小　俞: 王指导, 我们来了!

王冰锦: 哈哈, 小黄, 小俞, 你们来得正好。来加入我们的比赛吧。

小黄、小俞: 比赛? 什么比赛?

王冰锦：今天是 2023 年 3 月 19 号，正是第 14 个浙江省森林消防宣传日。我们长乐林场森林消防扑火队正要在这天来个小小的技能竞赛，你们也加入吧。

小　黄：可是，王指导，我们什么都不会啊。

小　俞：是啊，我们对消防一窍不通。

王冰锦：没关系。正好，小黄，你和方队一组。小俞，你和何队一组，两组来个小较量。方队和何队都是我们扑火队的老队员了，他们会指导你们的。

小黄、小俞：那好吧，我们就试试。

王冰锦：竞赛项目是，2 名扑火队员合作完成高压水泵的启动及一根水带的安装和出水。用时少的获胜。准备好喽，三二一，比赛开始。

众　人：加油！加油！加油！

方　队：小黄，和我一起安装高压水泵油壶，跟着我的步骤做。

小　黄：好的，方队！

何　队：小俞，你拿好水管的那头，我们一起把水管安装上。

小　俞：好的，何队！

众　人：加油！加油！加油！

王冰锦：三、二、一，时间到！1 分 57 秒和 1 分 49 秒，两队都做得很不错，均在两分钟内完成了任务。你们都是胜利者！

小　黄：多亏有老队员的指导。

小　俞：王指导，如果两人都是老队员，多少时间完成这个任务。

王冰锦：50 秒吧。

小　黄：5……50 秒？我还以为自己做得很不错了呢。

小　俞：小黄，不是吃惊的时候。忘了我们来干什么的吗？

小　黄：哦，对对。王指导，还有方队、何队，各位队员们，你们看，这是什么！

方　队：我看看，哈哈，这是小朋友们画的画呢。你们看，这幅上面写着：王冰锦叔叔好。王指导，这是给你的。

何　队：看来这次小小护林员活动很成功啊，小朋友们热情很高呢，回去了还有继续创作。

小　黄：是啊，被授予"小小护林员"称号，小朋友们都很兴奋呢。各位扑火队队员们都给小朋友们留下了印象。

小　俞：何止印象而已。看这画，有小朋友都记住王指导的名字了，说长大也要当消防扑火员。

王冰锦：小黄、小俞，这次活动的组织，也多亏了你们。在和小朋友们打交道上，你们年轻人有更多的方法和经验，真是要感谢你们。

小　黄：哪里哪里，这是我们应该做的。

小　俞：我们是新职工嘛，有什么需要，王指导尽管说就可以了。

王冰锦：还真有需要你们的地方。我们方队要从长乐林场森林消防扑火队退役。首先让我们感谢方队这些年做的贡献。

众　人：（鼓掌）感谢方队！

方　队：谢谢王指导，谢谢大家。

小　黄：哇，虽然我们初来乍到，也不是扑火队队员，但我们也要谢谢方队这些年对林场消防的贡献。

小　俞：是，还有扑火队所有队员。

王冰锦：（笑）队伍是要补充力量的。有人退出就有人加入。小黄、小俞，你们想加入扑火队吗？

小　黄：我们？我还真没想过。王指导，参加扑火队要放弃很多节假日吧，我假期要陪女朋友呢。

小　俞：我……我也没想过。虽然和小朋友进行消防教育活动很开心，但是我从没想过自己要真正参加消防扑火行动，何况……

王冰锦：何况什么，小俞，但说无妨。

小　俞：何况……我说了这话大家可别怪我……

何　队：哎，有什么好怪的，你说吧。

小　俞：何况咱们长乐林场森林消防扑火队只是半专业化队伍，会不会有危险啊……

何　队：哈哈哈，看你说的。你们知道吗，在长乐公司，有个不成文的规定，每一名新入职的年轻男员工都有参加公司扑火队的义务。大家都是义务兼职的。

小　俞：话是这么说，可这规定到底没有成文不是吗？

小　黄：我们来参加比赛已经尽到义务了吧，当真就没意思了。

何　队：你们……

王冰锦：何队，强扭的瓜不甜，咱们也要尊重两位年轻人的个人意愿。确实，加入扑火队，意味着在完成本职工作的同时，还要放弃全年三分之二的节假日，参与森林消防值班值守，确保森林资源安全。这不是一项轻松的事，你们两个一开始有顾虑我完全能够理解。

小　俞：我想问，大家都是义务兼职的，那王指导也是兼职的吗？

何　队：没错。王队是办公室后勤主管。他是设备助理工程师，农业工程技术员，风景园林工程师，碳排放高级管理师。同时，也是消防指导员。从 2013 年进入公司以来，就一直积极参加消防事务。

王冰锦：比起我的事迹，还是给两位年轻人讲讲我们扑火队的历史吧。你们愿意听吗？

小　黄：请王指导讲讲吧，我们虽然有一些顾虑，但还是很向往扑火队的。

小　俞：对，请王指导说说吧。

王冰锦：那是 1987 年的秋天，以党团员为主的十六名青年职工为守护两万三千亩青山绿水，在当时的余杭县长乐林场组建了余杭县第一支半专业化森林消防扑火队——长乐林场扑火队。

小　俞：原来扑火队的历史这么悠久了。

小　黄：算算到现在，已经三十六年了。

王冰锦：是啊，经历了三十多年的风雨洗礼，我们扑火队的人员数量、救援装备、应急能力都有了极大的提升。从最初的六台风力灭火器到现在的十七台风力灭火器、五台森林消防水泵等一系列专业设备，保障了应急救援的安全、及时和高效。

方　队：扑火队除了火灾扑救任务，还同时肩负公司抗台、抗洪、抗雪等应急救援任务，在公司最需要的时候，扑火队永远都是冲在最前面的那一抹橙色。哎，这橙色的外套，我都穿出感情了，还真舍不得脱下呢。

何　队：扑火队员除了日常的救援和值守，平时还要参加公司开展的各类森林消防应急培训与演练，提高应急救援能力和森林火灾扑救效率。

王冰锦：是的。不是我们自夸。咱们扑火队虽然只是半专业化的队伍，但一直以来啊，可以说是一支"召之即来，来之能战，战之能胜"的森林消防队伍。小俞前面说担心安全问题。我们扑火队的总体目标正是"打早，打小，打了"，把火灾隐患及时掐灭在萌芽状态。这样就不会有安全问题了。

小　俞：听说咱们长乐林场森林消防扑火队伍自成立以来就经常获得荣誉？

小　黄：对，对，我也听说了，去年拿了余杭区什么消防竞赛的第一名，杭州市的第二名。那是我进公司前一个月的事。虽然我不清楚具体事情，但是看到奖状和奖杯摆在活动室，大家都露出充满骄傲的表情。王指导，能跟我们说说具体情况吗？

王冰锦：在余杭区，从 2018 年开始，我们长乐林场森林消防扑火队一直是森林消防演练竞赛的第一名。去年的比赛是九月份举行的，我、方队、何队，还有在座的许多人都有参加……

【2022 年 9 月的一天上午，消防比武现场。山中森林里清风吹拂树叶的沙沙声、鸟叫声等构成一曲和谐的自然乐章。

裁　判：今天是 2022 年余杭区森林火灾扑救实战演练大比武，将进一步检验全区森林消防队伍实战能力。本次演练模拟高火险等级天气，余杭区境内发生森林火情，随着火势蔓延，启动森林火灾应急预案Ⅳ级应急响应，13 支半专业森林防灭火队将奔赴海拔 500 多米的火场增援，采用以水灭火的方式进行灭火。听我口令，三、二、一。比武开始！

【安静的森林一下动了起来。急促的脚步声、跑动声、交谈声、呼喊声加入了这曲乐章。

王冰锦：大家听着，首先是水源取水，再是水管铺设，然后是引水上山、扑灭火源，咱们稳扎稳打，做好配合，一步一步来。火场在海拔500米的山上，咱们要在山路上铺设水带，把水带铺到山上去。

方　队：好，咱们通力协作。

何　队：大家都有一定的经验了，具体怎么说，请王指导安排吧。

王冰锦：首先是高压水泵的启动及连接一根水带出水。方队，你带两名队员做好高压水泵油壶、进水管、出水管的安装。

方　队：交给我们。

王冰锦：何队，你和三名队员做好在500米的山路上铺设水带。比赛比拼的就是高压水泵启动及水带连接出水的速度。

何　队：我们没问题。

王冰锦：其他人跟我去水源边上取水。大家做好配合，准备启动。我们争取在十五分钟内完成救火任务，咱们开始吧。

众　人：开始！

【忙碌工作的安装声、脚步声等响起。很快，水带进水的咕咕声化作水柱喷出的声音。

王冰锦：出水了，咱们抓紧扑灭火源。

方　队：来，把水管对准这边！

何　队：好，大家一起来，一二三！

王冰锦：完成了，我们灭火成功了，不到十五分钟！

裁　判：13分54秒！我宣布，长乐林场森林消防扑火队用时9分59秒到达火场，13分54秒成功出水，以较大的优势获得了第一名！

【2023年3月19日，长乐林场森林消防扑火队会议室内。

小　黄：好燃啊！

王冰锦：这样的比武，很考验队伍的合作默契度和应急处置能力，每一步都需要队员之间相互紧密配合，科学应对，才能达到"出水"目标。多年的比武好成绩，都是队员们配合默契、分工明确，合力拼搏的成果。

小　俞：之后在市里的比赛中，我们也拿了第二名？

王冰锦：是的。在杭州市森林消防技能竞赛与演练中，以长乐林场森林消防扑火队队员为主，组建了余杭区森林消防代表队参加比赛。我、方队、何队，还有这里的好几位队员都参加了。咱们余杭森林消防队最后获得综合成绩第二名，在引水灭火竞赛环节也是第二名。

小　俞：这样的成绩可以说是很优异了。

王冰锦：市里的比赛，也是对队员的体力与意志、队伍的合作与沟通的考验。

方　队：是啊，我们当时人均负重35斤，还要爬高山陡坡。

何　队：当然，这些困难难不倒我们，我们最终提前完成扑救任务。

小　黄：负重爬山啊，我最在行了，我平时假期经常这么锻炼。王指导，我愿意加入扑火队。

何　队：哈哈，节假日不陪女朋友啦？

小　黄：要陪的。但是抽出时间参加扑火队，相信她一定能理解并且为我骄傲的。每次在山中锻炼，我对山区和林场的亲近感就油然而生。听了大家这么燃的故事，我真心想加入，为守护森林贡献自己的一份力。

方　队：好，有你这样健壮的青年加入，我也能够安心退出了。期待在下次比武中，看到你的出色表现。

小　黄：放心吧，方队。我一定是铺管和爬山最快的。下次比武，我们一定还是第一名！

王冰锦：感谢小黄。小黄是我们扑火队的一员了。小俞，你怎么说？

小　俞：我被大家的事迹感染了，我也想加入。但是……

王冰锦：小俞还有什么顾虑吗？

小　俞：我没有小黄那么强壮，担心拖大家后腿。

何　队：哈哈哈，这有什么，跟着我体能训练就行了。

小　俞：就算训练了，我也担心跟不上节奏。

何　队：瞧你说的，要对自己有信心。

王冰锦：是啊，要对自己有信心。我们加入扑火队的时候，也并非各个神勇。大家都是锻炼出来的。再说，不要只看短处，也要看到自己的长处。小俞，你是不是比较擅长网络和电子设备？

小　俞：是的，我是学计算机的。

王冰锦：咱们林场已经有了电力巡检无人机，架空线路巡视作业，应用可见光、红外热成像双光摄像头同步完成山林防火。还有图像视频在线监测，火情时自动预警的装置。这些都需要有人来操作，但并不是每个队员都精通。相信在这方面，你能贡献自己的力量。

小　俞：太好了！我也有用武之地了。王指导，各位队员，我申请加入长乐林场森林消防扑火队。

王冰锦：好。小黄、小俞，欢迎你们加入。大家把掌声送给我们的新队员！

【鼓掌声。

王冰锦：春天，天干物燥，是森林火灾的高发期。但是，我们有了这么年轻有活力的新队员们加入，我很高兴，也充满信心。今年市里、区里的比赛，我们一定能再创好成绩。我相信，我们一定能继续守护好我们的绿色家园！

【音乐起，剧终。

【**片尾**：百年沧桑巨变，变的是管理体制，不变的是理想信念；变的是岁月容颜，不变的是长乐精神。刚刚您收听的是由浙江广电集团经济广播和物产中大长乐林场有限公司联合出品的系列广播剧《共富路上的护林人》第三集《风雨兼程》。

总策划：邵磊

总监制：单伟明

策划：张峻榕

监制：章恒

总编剧：夏强

编剧：张传强、陈张立、朱金文、蔡梦瑶

制片：应鸽

配音：严军

录制：好声音音频制作

总导演、制作人：杨子

感谢收听。

模范夫妻

🕐 **时间:** 当代

◎ **地点:** 浙江杭州长乐林场

👥 **剧中人物:**

宋老师:男,35岁,长乐林场工作人员;

王老师:女,30来岁,长乐林场工作人员,宋老师的妻子;

张　总:男,50来岁,物产中大长乐公司副总;

其他人物若干。

🎤 **片头:** 创建于1910年的物产中大长乐林场,位于余杭区径山镇。这里青峦叠翠,林海茫茫,是浙江省唯一的百年林场。转企改制以来,全场上下凝心聚力,秉承"生态建设为主体、生态服务为特色"的发展战略,坚持"忠诚敬业、创新协同"的企业文化,稳健经营、二次创业、提质增效、转型升级,实现了"生态优先与产业发展相平衡,生态效益与经济效益相平衡,生态成果与行业地位相平衡"的预想。如今的长乐林场人,正在朝着打造全国"两山理念"高质量转化重要"窗口",全省"党建好、效益强"的国有林场"排头兵",争创全国一流国有林场的宏伟目标努力迈进。

今天,我们将通过系列广播剧《共富路上的护林人》,去探索、揭秘走在共富路上的长乐林场人。请听第四集《模范夫妻》。

【2023年,傍晚时分,林场的职工大院里,巧手的厨娘们已魔法般地让美食香飘满院。厨房里锅碗瓢盆似交响乐团奏出美妙动听的旋律,家家户户老老少少摩拳擦掌,一副副急不可耐的样子,守候着美食上桌。

【年轻的王老师正在家里烧饭,丈夫宋老师此时也要下班回家了。

王老师:回来啦?

宋老师:嗯,回来了。

王老师:老公呀,你还记得钱小丽和赵发吗?

宋老师：记得呀！他们不是在深圳吗？怎么啦？

王老师：他们今天回林场，听说还准备投资林场的合作项目呢！

宋老师：他们还好意思回来呀？

王老师：有什么不好意思的，人家现在可是深圳的特区大老板！

宋老师：当初带头辞职离开林场，一石激起千层浪，好家伙，二十几人学他们辞职了，当年作为张总的老同学，又是工作上的得力助手，他们那一走，给林场带来了多大的困难，说得难听点，这是无情无义！

王老师：照你这样说，那时候我让你去找领导说辞职的事，其实你的内心是反对的是吧？

宋老师：这个？

王老师：等于说，我当年提出辞职也是无情无义啰？

宋老师：没你想的那么复杂，你不是喜欢林场这鸟语花香嘛，一离开林场，不是也有违我们来到林场的初衷吗？

王老师：我就知道你心肠软，不敢跟领导认认真真地提出要求。当时给咱们分房，你还吱吱歪歪的，让来让去，要不是我，恐怕屋顶都还不知道在哪呢！

宋老师：你要不是这样，我们怎么会有这林场模范夫妻称号呢，你功劳大大的！

王老师：就你会说。

宋老师：要不是张总，恐怕我们俩早就回华北老家了，还能在这享受绿水青山呀。

王老师：是呀，这还真得感谢张总。回想起 2001 年，幸好当时他把我们的一时冲动给拿下了。

【2001 年的一天。宋老师和王老师的家，厨房里锅碗瓢盆和炒菜的声音。开关门声。

宋老师：老婆，你回来啦，尝尝我的手艺。今天有好吃的。

王老师：吃吃吃，你就知道吃！

宋老师：呦，我们家小王老师，你这是怎么啦？

王老师：外面发生了那么多事，就你还窝在家里两耳不闻窗外事呢。

宋老师：就咱这林场能有什么大事。

王老师：我问你，待遇是不是大事，房子是不是大事？

宋老师：这也不是我们自己能解决的呀。

王老师：亏你还是个大学生呢。你没法解决，可有人就解决了。赵发和钱小丽夫妻俩辞职了，你知道吗？

宋老师：啊，他们俩不是张总的同学吗，说走就走了？

王老师：想不到吧。他们那叫有能力，有魄力。

宋老师：可是，离开林场就能解决房子和待遇吗？

王老师：他们要去深圳闯荡，不管怎么着，比窝在林场强！

宋老师：不一定吧。林场里鸟语花香，空气清新，有什么不好的。

王老师：空气清新能当饭吃吗？

宋老师：那倒是不能。不过老婆，我饭做好了嘛，你先尝尝。

王老师：我不吃！

宋老师：你要怎样嘛！

王老师：你，现在去找张总，问清楚，房子的事情能不能解决，不能解决，我们就辞职回家，回吕梁！

宋老师：这就辞职恐怕不好吧。

王老师：去不去？你想让咱们的孩子以后跟我们一块住在这厨房连着客厅的破屋子，天天闻油烟味？你想让他上学了也没有自己的卧室，每晚跟我们挤一块睡，在油腻腻的饭桌上写作业？

宋老师：这个……

王老师：我再问你一遍，去……不……去……！

宋老师：我去我去，我明天就去找张总。

【宋老师敲张总办公室的门。

张　总：请进。

宋老师：张总好。

张　总：哦，小宋呀，有什么事吗？

宋老师：呃……张总……我们……

张　总：怎么啦？来喝杯水，有事慢慢说，大胆说。

宋老师：张总，那个……我们家小王说想……想……

张　总：咋啦？想生娃你就抓紧呗。

宋老师：不不不……生娃还早，生娃还早……

张　总：那是想啥呀？

宋老师：张总……

张　总：小宋呀！你平时都很爽快的呀！今天这是干嘛啦？支支吾吾的，有什么事你就直说呀。

宋老师：张总，我们家小王说想……想回老家。

张　总：回老家？回吕梁？

宋老师：是……是的。

张　总：你们俩一起回去？

宋老师：是……是的。

张　总：这里不比你们老家好吗？你们是咱们林场的双职工，大学毕业后为了理想从遥远的华北地区来到浙江，这多么不容易呀，就这么轻易地回去吗？

宋老师：就是小王她想的，她让我来跟您提出来，如果您同意，我们就打申请报告。

张　总：小王想的？那你是怎么想的？

宋老师：我……我其实是不想的，我就想留在林场，我喜欢这里。

张　总：那你为什么不跟小王说清楚？

宋老师：没找到充分的理由，没底气说服她。

张　总：为什么？说出来看看我能不能帮你找点理由。

宋老师：张总……那句"三个石头垒个灶，一把雨伞过个夜"是我们这些年的真实写照。刚才您也说了，问我小王是不是想生娃？其实，我们一直都想，但也只能想想，目前的居住条件，您说我们如果有了娃之后，这破房子怎么住？这对小孩的成长也会有影响。小王是师范毕业的，所以她对下一辈的培养比我更有要求。我不能满足她所需要的条件，只能听从她的安排了。

张　总：嗯，这确实是个问题。

宋老师：而且小王还说，您的得力助手赵发两夫妻都辞职了，你也批准了，他们是你的同学，带头辞职，这次改企，我们本来心里就不踏实，现在更加有想法了。

张　总：嗯……赵发、钱小丽这事确实对我们影响很大，但那是他们的权利，我也不能强迫他们留下，你们也是一样，我也不可能硬生生地把你们留下。不过有点想法想跟你聊聊，也正好供你们参考参考，不要太冲动，三思而后行，这样对大家都好。

张　总：首先，你们的住房问题肯定是要解决的，给我点时间，我也迫切地希望咱们林场的职工都能住得好，能安居乐业，我会尽最大的能力去争取，尽快给大家解决好。

宋老师：谢谢张总！

张　总：小王是师范毕业的，你是从事研发的。要充分发挥你们的长处，为林场的发展推波助澜。你既然知道"三个石头垒个灶，一把雨伞过个夜"的生活写照，那更应该知道"开拓创新，锐意进取"的林场精神。在林场发展的关键时刻，实话说，我一个也不想你们离开林场，毕竟我们都是林场人，都深爱着这里的山山水水、鱼跃虫鸣、鸟语花香！

宋老师：是呀！我是真的舍不得！

张　总：那你就拿出男子汉的魄力来，好好说服小王，同时，也积极地争取早日兑现给予她的承诺。

宋老师：我心里有数了。

张　总：我有这样一个打算，就是计划把你调去搞林下中草药研发，这是你的强项，可以尽情发挥。

宋老师：好呀！谢谢张总！

张　总：小王是老师，正好帮我负责上课，主持各种技能培训课，把职工们的技能水平提上去。小宋，你觉得怎么样？

宋老师：太好了！我同意！呃……不好意思，张总，我太激动了……

张　总：哈哈哈……年轻人激动很正常哦，只要不是太冲动就好。

【2023 年，炒菜声音。

王老师：你就是这样被张总打回来的？

宋老师：讲得那么难听，什么打回来？那是晓之以理知道不！

王老师：好啦好啦，知道啦。

宋老师：自那以后，我在林场从事林下经济建设，主要从事林下中草药的研究开发工作，采用原生态的栽培方式，本着"从哪里来、回哪里去"的栽培原则，摸索出了一套立体栽培的林下经济栽培发展模式。积极推广普及林下经济的科学知识。

王老师：还荣获了全国林业和草原科普讲解大赛优秀奖、杭州市林业乡土专家、被集团授予"金牌内训师"荣誉称号。宋老师牛呀！

宋老师：你不是也作为教育的研发人员嘛，这么多年来，你结合林场特色，周密计划精心组织开展课程研发，通过课程研发，大力推广我们研发的林下经济产业。

王老师：对呀，我的《百年林场小探秘》、《不止好奇，乐见探索》、《以自然为师，解森林密码》等 3 门系列课程，在全国级林学会课程设计比赛中获得三等奖、优秀奖、入围奖。

宋老师：只要是奖项，你都记得清清楚楚，王老师更牛呀！

王老师：你还别不承认，我们和我们林场有今天，那可是真牛！

宋老师：是呀，当初张总把林场逐渐理顺了人员关系，建立起与现代企业相适应的用人和分配机制，还创办起青少年科普教育基地，开始探索森林生态教育。

王老师：他说林场必须实现多元化发展。立足自然资源优势，开展一些能够适应中小学教学需求的活动，便是探索的路径之一。

宋老师：通过多年的发展，实践教育基地的项目和课程日渐成熟，生态馆、植物馆等室内科普场馆相继落成，专业的科普培训员队伍日渐充实……如今，我们林场积极开发森林生态特色课程，结合"生态、生存、生活、生命、生长"的"五生教育"理念，开发出了"生态与自然"、"生存与拓展"、"生活与活动"、"生命与安全"的"四生课程"，组织中小学生开展以生态科普、劳动实践、自然教育、森林拓展为主的各种社会实践活动、素质教育活动和亲子假日活动等。

王老师：每年暑假，实践教育基地的亲子自然研学体验活动报名人数都会爆满，还有特设特训军旅营新项目。家长和孩子们能够在长乐林场体验手工竹艺、强身健体、读自然诗歌、认识中药标本、举办萤火虫晚会等，让孩子们在自然中学习知识，在知识中感悟自然。

宋老师：我们林场健全的课程体系，完善的师资队伍，丰富多样的研学实践活动，受到了学校、家长的认可，因此也获得了"全国中小学生研学实践教育基地"、"浙江省国防教育基地"、"浙江省青少年学生校外素质教育示范基地"、"浙江省生态文明教育基地"等称号。"长乐林场：山中新天地林间大课堂"项目还入选了全省林业共同富裕十大典型案例。

王老师：我们都记得很灵清呀！

宋老师：（说杭州话）毛灵清得嘞！

王老师：杭州话都来了。

宋老师：当然啦，我们是新杭州人哦！

王、宋：对呀！哈哈哈……

　　　　【音乐起。剧终。

【片尾：百年沧桑巨变，变的是管理体制，不变的是理想信念；变的是岁月容颜，不变的是长乐精神。刚刚您收听的是由浙江广电集团经济广播和物产中大长乐林场有限公司联合出品的系列广播剧《共富路上的护林人》第四集《模范夫妻》。

总策划：邵磊

总监制：单伟明

策划：张峻榕

监制：章恒

总编剧：夏强

编剧：张传强、陈张立、朱金文、蔡梦瑶

制片：应鸽

配音：严军

录制：好声音音频制作

总导演、制作人：杨子

感谢收听。

以林为家

🕐 **时间：** 当代

📍 **地点：** 浙江杭州长乐林场

👥 **剧中人物：**

孙爷爷：男，83岁，林场原总经理，第一代林场工人；

孙家晨：男，33岁，孙爷爷的孙子，林场辅导员；

孙基源：男，36岁，孙爷爷的侄孙，后勤经理助理；

潘益婷：女，30岁，孙基源妻子，财务主管；

张钱珍：女，63岁，孙基源母亲，林场工人；

其他林场工人、来林场培训的学生和陪同的家长等若干。

🎙 **片头：** 创建于1910年的物产中大长乐林场，位于余杭区径山镇。这里青峦叠翠，林海茫茫，是浙江省唯一的百年林场。转企改制以来，全场上下凝心聚力，秉承"生态建设为主体、生态服务为特色"的发展战略，坚持"忠诚敬业、创新协同"的企业文化，稳健经营、二次创业、提质增效、转型升级，实现了"生态优先与产业发展相平衡，生态效益与经济效益相平衡，生态成果与行业地位相平衡"的预想。如今的长乐林场人，正在朝着打造全国"两山理念"高质量转化重要"窗口"，全省"党建好、效益强"的国有林场"排头兵"，争创全国一流国有林场的宏伟目标努力迈进。

今天，我们将通过系列广播剧《共富路上的护林人》，去探索、揭秘走在共富路上的长乐林场人。请听第五集《以林为家》。

【2023年夏天某日清晨，长乐青少年素质教育培训基地。孙家晨正在为前来体验的小学生讲课。蝉鸣声、鸟叫声、小学生开心的笑声交织成一曲欢乐的乐章。

孙家晨： 长乐森林公园占地面积约7600亩，森林覆盖率高达95.11%，有285种植物和120余种野生动物。同学们，看，这就是国家一级保护植物——水杉。那边是二级保护的，有银杏、鹅掌楸、杜仲、夏蜡梅、金钱松等。等会，我们还会看到"植物界大熊猫"——中华水韭。

小学生一：哇！有这么多种类。叔叔，你每天和这么多珍贵的植物在一起，一定很开心吧？

孙家晨：这里就是我的家。

小学生二：叔叔，你是怎么找到这么好的地方的？和我们说说呗！

孙家晨：我爷爷是这里的第一代工人，我爸爸是第二代工人。我是在这里出生、长大的。那一年，我从外面打工回来，爷爷带着我走在林场里，给我讲林场的故事……

　　　　　【某年夏天，林场之家。今天是孙家晨回家的日子，孙爷爷等待孙家晨回来。扫地声、擦桌子声、收被子拍打的声音等交织成一曲欢乐的乐章。

孙家晨：爷爷，我回来了。

孙爷爷：家晨，来，让爷爷看看，瘦了没有。

孙家晨：我身体很好。你放心好了。

孙爷爷：这次回来就不出去打工了吧？

孙家晨：这次回来，我就想在林场找份工作，坚决不走了。

孙爷爷：回来好，回来好！这下我就心安了。

孙家晨：爷爷，我去打工的时候已经成年了，有能力应对外面的人和事。不过，你担心我，想着我，让我心里很温暖。

孙爷爷：爷爷是担心你，牵挂你，想着你。你当年坚持要出去打工，也给爷爷心中埋下了一个巨大的疑问。爷爷和你爸，还有这么多你的婶婶伯伯以林场为家，在这里奋斗、开拓，扎下根基。怎么到了你们这一代，就想出去看看呢？

孙家晨：爷爷，我就是想出去看看外面的世界。这几年我一边打工，一边也在学习。学会了不少东西，也扩宽了视野，增长了见识。

孙爷爷：以后踏踏实实在林场干，林场有你的用武之地。我得过劳动模范、先进工作者等荣誉，你也要以此为激励，不要给我丢人。

孙家晨：我以后都听爷爷的。

　　　　　【敲门声，邻居走了过来。

张钱珍：家晨回来了！我给你摘了点新鲜的蔬菜，一会做几道你爱的菜。

孙家晨：张婶，那多不好意思。

张钱珍：林场的孩子，哪一个不是我们看着长大的。你说这话才见外呢！再说，我还想问你，我儿子基源他什么时候回来啊？

孙家晨：我回来之前打电话问过他，他说还没有考虑好。

孙爷爷：这还考虑什么，林场的孩子，不回林场还想做什么！你赶快再打电话叫他回来。

张钱珍：家晨啊，等你在林场适应了工作岗位，就多和基源聊聊，和他说说林场的好处，让他早点回来。

孙家晨：我一定会劝他回来的。

【几天后的下午，孙家晨家。孙家晨担任青少年素质教育培训公司做辅导员一职，正在认真学习资料。翻书声、敲击电脑键盘声、孙家晨轻轻背诵内容的声音交织成一曲勤奋的乐章。

孙爷爷：家晨，你已经上岗一周了，感觉怎么样？

孙家晨：我觉得很安心。

孙爷爷：做辅导员要学习很多知识，有没有压力？

孙家晨：压力就是动力，我对新的岗位充满信心。

孙爷爷：爷爷带你四处走走，熟悉一下林场。

孙家晨：我在林场长大，对这里的一草一木都很熟悉。

孙爷爷：那你知道现在住的房子怎么来的吗？

孙家晨：自然是林场分配给我们的。

孙爷爷：当年林场的老场长申请土地，大家合力建起了这些房子，还取名叫林场之家。

孙家晨：林场之家……扎根林场，护林造林，为国家作贡献。

孙爷爷：你现在作为林场青少年素质培训教育的辅导员，要给学生们讲授林场的知识，所以要对林场有充分的了解。读万卷书行万里路，在读书充电的同时，也该实地走走林场，把这里的一草一木牢记在心里。

孙家晨：爷爷，你赶快带我去，我等不及了。

孙爷爷：好。我们现在就去。还有，等你熟悉工作了以后，多给基源打电话聊聊。你们是林场的第三代，也要在林场做贡献。你婶婶也来问了好几次了，你一定要把基源劝回来。

孙家晨：我一定把我的感受告诉基源。

【2023年夏天某日清晨，长乐青少年素质教育培训基地。孙家晨正在为前来体验的小学生讲课。蝉鸣声、鸟叫声、小学生开心的笑声交织成一曲欢乐的乐章。

小学生们：基源叔叔后来回来了吗？

孙家晨：他现在也在我们的青少年素质教育培训基地。不过，这里面还有很有趣的故事。

小学生们：叔叔，你赶快讲下去，我们想听。

孙家晨：那一年的春节，孙基源回家过春节。我和他一起进行了一次深入的聊天。

【春节，林场之家。张钱珍和孙基源到孙爷爷家拜年。电视机里播放欢度春节的节目。门铃声起，孙家晨开门，开门声起。

孙家晨：张婶、基源，新年快乐。

张钱珍：新年快乐。我和基源来给你爷爷拜年了。

孙爷爷：基源，赶快进来。家晨，泡茶，泡七宝茶。

张钱珍：家晨，你在林场工作了大半年了，把你的感受和我家基源说说。他想听听你的想法。

孙爷爷：把你的想法一五一十说出来，赶紧的。

孙家晨：基源哥，我们之前也在电话里聊了很多，那都是一时的感受。我最近总结了一下自己半年的工作感受，觉得比在外打工更有意义。你也可以回来试试。

孙基源：在外打工十几年，我早就适应这种生活了。可是一个人在外地，总觉得孤单，想家，想妈妈。所以，一直很犹豫。

孙家晨：我在打工的时候也想家，所以回到林场工作。这半年，爷爷和我讲林场的故事，我边干边想，渐渐发现这不只是一份工作，还有传承和责任。

孙基源：传承和责任？你详细说说。

张钱珍：基源，我来告诉你吧。我和你爸一辈子在林场做育种工作，这份工作在外人看来很简单。但我和你爸有自己的想法。我们把每一颗种子都当作是参天大树的起点，精心呵护，干着干着，又积累了很多经验。这些经验需要有人来传承。

孙爷爷：对，对。林场这一片绿色的海洋，是我们林场每一个人的事业，是数十年的辛勤付出，是宝贵财富。以前是开拓，现在是守护，都是需要有人来完成的。家晨、基源，你们是林场子弟，该有这个担当。

孙家晨：基源哥，回来一起干吧。

孙基源：好，一起在林场干。

【几天后的中午，林场育种基地。孙家晨带孙基源参观。

孙家晨：带你参观育种基地的感受怎么样？

孙基源：哎，我从会走路开始就在育种基地，你问我感受怎么样？我只是配合你一下，你还来劲了。

孙家晨：现在我是林场的工人，你是准备进入林场工作的。自然是要带你参观熟悉了。

孙基源：回林场工作是好，但是我还有些犹豫。

孙家晨：前几天不是说好了的，怎么又要变卦？

孙基源：不是变卦，是担心我能不能做好这份工作。我外出打工十多年了，学会的本领都是和林场、育种没有关系的。回林场工作，我就要从头学习，我担心干不好。

孙家晨：回林场之前，这个问题也一直困扰着我。为此，我也犹豫了很久。

孙基源：那你是怎么下定决心回来的？

孙家晨：回到林场后，我一边学习，一边思考爷爷和父亲他们扎根林场的动力。世界上有很多事情需要人去做，但个人的力量和时间是有限的。我们可以去探索、去尝试，但最终还是要选择一项事业作为自己追求的目标。

孙基源：打工十几年，干过不少工作，钱也挣了一些，可我心里总是不踏实。可能这就是你说的没有追求目标吧。但是，现在林场的育种技术与以前相比有了很大的革新，我还是担心跟不上工作节奏。

孙家晨：我们现在正是努力奋斗的时候，不要担心学不好，有志者事竟成。你看我，才回来半年，已经把青少年培训基地的工作内容都掌握了。我相信你也一定行的。

孙基源：有你在前面做示范，我就有信心了。

孙家晨：走，我再带你去青少年培训基地走走。

【三个月后，孙家晨新分配的住处。孙家晨邀请孙基源和潘益婷前来庆祝。孙家晨介绍房子的情况声音起。

孙家晨：这是林场新分配给我的房子。根据林场规定，一个人分配 50 平方，两个人分配 60 平方，三个人分配 80 平方。

孙基源：你是介绍新居还是给我介绍公司福利？

孙家晨：都是。我现在是一个人，所以只有 50 平方。这是客厅，那边是卧室，我还弄了一个小书房，平时可以看书。怎么样？我的设计不错吧！

孙基源：想得真周到，比在外面租房强多了，真不错。

孙家晨：是林场想得周到。你也会分配到房子的，不过我建议你等等。

孙基源：为什么啊？你有了，却让我等等。

孙家晨：现在工作也稳定的，该考虑一下个人问题了。

孙基源：我也想啊，可也得有人愿意啊。

【潘益婷走了进来。

潘益婷：家晨，感谢你邀请我来参观新居，我没有什么礼物，带了点水果。

孙家晨：带水果干嘛，人来就行了。来，我给你介绍一下，这是孙基源，和我一起在培训基地工作。基源，这是潘益婷，林场的财务。巧合的是，你们两个都单身。

潘益婷：孙基源，你好。

孙基源：你……你好。

孙家晨：晚饭已经做好，我们边吃边聊吧。基源哥，给人家搬椅子啊。

孙基源：搬椅子做什么啊？

孙家晨：你是我哥，也是半个主人，当然要帮忙招待客人了。要有风度。

潘益婷：我自己来吧，没事，没事。

孙家晨：你们两个坐一起，我坐你们对面。益婷，有什么想吃的，让基源哥给你夹。

孙基源：对，我给你夹。

孙家晨：我们基源哥人可好了……（声音减弱）

【吃完晚饭，潘益婷回家了。孙家晨和孙基源收拾屋子。

孙基源：兄弟，下次给我介绍女朋友的时候提前打声招呼，我心里好有准备。

孙家晨：怎么？喜欢人家了？

孙基源：我，嗨，这么跟你说吧，哈哈哈，我觉得她人很实在，是我喜欢的类型。再说，我们都在林场工作，有共同的理想和追求，也有共同语言。

孙家晨：我们林场的姑娘都是好样的。不过，你也别高兴得太早，你喜欢人家，人家未必喜欢你呢！

孙基源：那你帮我打电话问问吧！既然做了媒人，就要负责到底。

孙家晨：我考虑考虑，总不能问得太直接吧。

孙基源：那你下次再约她出来，给我们制造一次交流的机会。

孙家晨：这是她的微信，还有电话号码，她让我转发给你的。你自己去约她吧。

孙基源：真的！兄弟，谢谢你了。

孙家晨：记得好好对待益婷，她是个不错的姑娘。

【众人的笑声。

孙家晨：以林为家，用坚守扛起责任与担当，守护绿色，让后辈共享福祉。

孙基源：我决定了，我也要回到自己家里来工作！

众　人：好欢迎回家。

【音乐起。剧终。

🎤【片尾：百年沧桑巨变，变的是管理体制，不变的是理想信念；变的是岁月容颜，不变的是长乐精神。刚刚您收听的是由浙江广电集团经济广播和物产中大长乐林场有限公司联合出品的广播剧《共富路上的护林人》第五集《以林为家》。

总策划：邵磊

总监制：单伟明

策划：张峻榕

监制：章恒

总编剧：夏强

编剧：张传强、陈张立、朱金文、蔡梦瑶

制片：应鸽

儿童配音：张芯瑜、沈子睿

录制：好声音音频制作

总导演、制作人：杨子

感谢收听。

鱼水情深

🕐 **时间**：当代

📍 **地点**：浙江杭州长乐林场

👥 **剧中人物**：

邵　总：男，48岁，物产中大长乐公司总经理；

周　斌：男，40岁，基地总教官，退役军人；

严　军：男，40岁，基地辅导员，退役军人；

小　刘：女，25岁，基地文员；

其他小超市老板、小区大爷、大婶、老知青、老战士、中学生等若干。

🎙 **片头**：创建于1910年的物产中大长乐林场，位于余杭区径山镇。这里青峦叠翠，林海茫茫，是浙江省唯一的百年林场。转企改制以来，全场上下凝心聚力，秉承"生态建设为主体、生态服务为特色"的发展战略，坚持"忠诚敬业、创新协同"的企业文化，稳健经营、二次创业、提质增效、转型升级，实现了"生态优先与产业发展相平衡，生态效益与经济效益相平衡，生态成果与行业地位相平衡"的预想。如今的长乐林场人，正在朝着打造全国"两山理论"高质量转化重要"窗口"，全省"党建好、效益强"的国有林场"排头兵"，争创全国一流国有林场的宏伟目标努力迈进。

今天，我们将通过系列广播剧《共富路上的护林人》，去探索、揭秘走在共富路上的长乐林场人。请听第六集《鱼水情深》。

【2023年7月上旬某日上午，长乐青少年素质教育培训基地。教官正在给中学生上课。教官的口号声、中学生报数声、踢正步的脚步声交织成一曲火热的乐章。

【周斌和严军敲开邵总办公室的门。

周　斌：邵总，找我和严军有什么事情？

邵　总：坐下谈。我们林场的前身是生产建设兵团，传承着军队的优良作风。从1996

年开始，与驻地部队建立了拥军关系，至今已经有二十多年了。现在我们培训基地的教官、辅导员、炊事员不少也是从部队退役的军人。这马上就到 8 月 1 日了，想问问你们有什么准备？

周　斌：拥军活动我们每年都搞，已经积累了丰富的经验，今年的活动我们已经在着手准备了。

严　军：我在部队里搞文艺的，这件事情交给我们绝对没有问题。

邵　总：这就是我想说的。往年的拥军活动做得很不错，但多年做下来，内容上难免有些重复。今年我给你们提出个要求，要做点和以往不一样的，要有特色，最好做成我们林场的品牌活动。有没有信心？

周　斌：保证完成任务。

【中午，基地会议室。周斌和严军、小刘等人一起开始策划拥军活动。

周　斌：趁着午饭后休息的时间，我把大家都叫到一起开会，主要是关于今年拥军活动的内容。我们想要搞一个既有新意，又有内涵的拥军活动，大家群策群力，一起想想点子。

严　军：拥军既是传统，也是我们的义务。大家有什么好的想法可以直接说来。

同事甲：我在部队里是炊事员，我们可以做一顿拥军饭，让来培训的青少年通过品尝美食去感受军旅生活，激发爱国热情。

小　刘：我觉得光是吃单调了点，可以搞点有意思的仪式之类的。我们训练内容里有升旗仪式，是不是可以在升旗仪式的时候做一次拥军宣讲。

同事乙：还可以邀请人来给学员讲讲部队的故事。

同事丙：可以搞一个文艺晚会。

周　斌：大家的想法都很好。但是这些活动以前也做过，虽然都很成功，但成功的经验可以借鉴，却不能重复。我们一起再想想，看看能否创新突破。

小　刘：要有新意，有所突破。这个可有点难度了。

周　斌：有挑战才有进步，越战越勇，遇见更好的自己。这既是一次拥军活动，也是一次锻炼我们的机会。

严　军：军爱民，民拥军，军民团结一家人。这是我们的光荣传统。大家集思广益，好好想一想。

周　斌：大家有什么好的想法可以随时告诉我们，我和严军有好的想法，也会和大家交流。先去工作，我们晚上再交流。

【当天下午，长乐林场青少年素质教育培训基地。周斌正在打快板。快板声起。严军见状过来打招呼。

严　军：好！这快板打得好！提气、有劲，听着痛快。

周　斌：别开玩笑了！我心烦着呢！我把我们林场以前的拥军活动方案都看了一遍，还是没有思路，只能从这里找找灵感。

严　军：邵总的要求也能理解，可是要找到有特色的活动的确有难度。我也想了半天没有想到好的办法，出来透透气，换换脑子，就看到你在这里干老本行。

周　斌：我和你都是从部队复员后到林场的，有很深的军人情结。无论是不是在邵总面前作了保证，拥军活动都要做好。

严　军：情结，你倒是提醒我了。你中午说军爱民、民拥军，军民团结一家人。这不就是部队和地方的情感吗？我们是不是可以从情感入手想想呢！

周　斌：对啊！部队和人民的情感是我们最具特色的地方。走，我们把小刘等人找来，看看能不能情感上入手，做一次以初心和使命为主题的拥军活动。

严　军：等傍晚结束工作，我们叫上小刘他们一起商量一下。我相信这次一定能碰撞出不一样的思想火花。

【傍晚，基地会议室。严军、周斌的想法获得小刘和同事们的认可，一起展开热烈的讨论。

小　刘：刚才大家的讨论很热烈，气氛也很好，讨论的内容也很丰富。有从拥军历史上找灵感的，也有从拥军的意义上找灵感的，还有从个人的感受出发参加讨论的，都很不错。现在我们是不是可以再进一步，从林场的拥军活动出发去讨论。

严　军：我先来说吧。我们是青少年培训基地，每年都会有很多青少年来基地做活动。是不是把拥军活动和青少年结合起来，做成一次既拥军又是爱国教育的活动。

小　刘：我也有一个想法。我们可以邀请老战士来给青少年讲革命故事，让他们了解历史、了解军人。

同事甲：我们林场也可以把曾经在林场奋斗过的知青也邀请回来，这样内容就更丰富了。

同事乙：对啊，还可以把以前的老员工邀请过来，请他们讲林场的故事，从奋斗中汲取力量。

【同事们踊跃发言声起：对，还可以邀请更多的人过来。

周　斌：大家的想法都很好，我们的拥军活动方案已经有了初步的方向。

严　军：我补充一点。在讲故事的同时，我们还可以请老战士、老知青、老员工参观林场，和他们一起重温当年的奋斗岁月，展示林场建设新貌。

同事们：这个好。我们支持。

小　刘：在林场工作过的人很多，还有部队的老战士，我们要怎么去寻找呢？

周　斌：小刘，你先整理林场的资料，把曾经在林场工作的人联系方式找出来，然后大家一起联系，一起邀请。

小　刘：好。我等会就去整理。

严　军：有需要帮忙的地方，招呼一声，大家都可以帮你的。

周　斌：我们一起努力，一定要把这次活动搞得有声有色，精彩纷呈。

　　　　【时间过渡。几天后，市区某小区门口。周斌和严军一起拜访林场老知青老何，却发现老何已经搬迁。汽车喇叭声、行人交谈声、知了声交织成一曲烦躁的乐章。

周　斌：不少老知青都联系上了，就这一家没有找到。这可怎么办！

严　军：过了几十年了，他搬家也是正常的。

周　斌：可是我们现在哪里找呢？小刘整理的资料里留的固定电话没有用了，住的地方也搬了。线索全断了。

严　军：线索全断也要想办法寻找，事在人为嘛！我们可不是轻易放弃的。

周　斌：对。不能缺少一个人。

严　军：天太热了，口渴得很，我们先去买瓶水，顺便问问周围的人，看看能不能发现新线索。

周　斌：好。

　　　　【脚步声起，周斌和严军走进小超市。超市"欢迎光临"的铃声响起。

周　斌：老板，给我两瓶矿泉水。

老　板：那边冰箱里有，自己拿。

严　军：我去拿吧。

周　斌：老板，你认识这个小区里的老何吗？原来在林场工作的。

老　板：老何……林场工作，好像没有。你们是在找人吗？

周　斌：我们是林场的工作人员，想邀请他回林场参加活动。

老　板：那应该是很久以前的事情了吧？我开店没有几年，不是很清楚。你们可以去小区的老年活动室问问，那边都是这个小区的老人，说不定有知道的。

周　斌：给你钱，谢谢了。

　　　　【小区老年活动室。电视剧的声音、老人们下象棋的声音、聊天声等交织成一曲欢乐的乐章。

周　斌：大爷、婶婶们下午好。向你们打听一下，原来在林场工作的老何是住这里吗？

老大爷：林场的老何？好像是有这么一个人。

周　斌：你知道他现在搬哪里去了吗？我们是林场的工作人员，找他有事。

老大爷：我不知道。我帮你问问。你们有谁知道老何搬哪里去了吗？

大　婶：他和孩子住一起去了。

老大爷：住哪里知道吗？

大　婶：老郑，老郑，先别下棋了，老何单位的人找老何，你和他关系不错，你知道他搬哪里去了吗？

郑大爷：老何和孩子一起住郊区去了。你们真是他单位的人？

周　斌：这是我的工作证。

郑大爷：我现在就给他打电话。

周　斌：谢谢大爷。

　　　　【一周后的晚上，长乐青少年素质教育培训基地办公室。周斌、严军和小刘向邵总汇报活动进展。

邵　总：都一个星期过去了，我给大家准备了一些夜宵。策划方案我看了，这段时间，大家既要完成工作任务，又忙着准备活动，挺辛苦的。

小　刘：还挺丰富的，这吃下去，我可要胖了。

严　军：胖点好啊！就像《沙家浜》唱的那样，（哼）到那时，身强力壮跨战马，驰骋江南把敌杀。

邵　总：好，这《军民鱼水情》的唱段唱得好，在这个场合来唱，更加有意义。活动准备得怎么样了？

周　斌：老知青已经都联系上了，除不在本地的外，都能来参加活动。其他工作也在顺利推进当中。

邵　总：距离活动只有一周的时间了，还有其他要准备的吗？

周　斌：我们还在寻找老战士在活动当中讲述红色故事。

邵　总：联系上了吗？

周　斌：正在寻找当中。

邵　总：有什么困难的地方吗？

周　斌：我们想寻找一位当地的老战士，不过由于资料的欠缺，目前还没有头绪。

邵　总：来，我们边吃边聊，明天我们一起想想办法。

　　　　【第二天中午，办公室。周斌和严军正在翻阅资料。

小　刘：呀，这么多书籍，你们是从哪里找来的？

周　斌：早上我去了一趟图书馆，想从这里找一些资料。

小　刘：这么多书，那要看到什么时候去？

严　军：这只是其中一个方案，周斌已经联系了他原来服役的部队。那边很支持我们的活动，也在帮助我们寻找。

周　斌：不过，我们也不能完全依靠部队，自己也需要出力寻找。

小　刘：我也和你们一起找吧，整理资料是我的强项。

严　军：这不仅是整理资料，我们在阅读的时候，同样是在学习红色历史。

小　刘：严辅导员，你在部队里做过党务工作，又搞过文艺，说出来的话就是有觉悟。

【周斌的电话响起。周斌接电话。

周　斌：好，谢谢。告诉大家一个好消息，部队帮我们找到了一位老战士。

周　斌：走，我们去布置场地，准备需要的物品。一星期后，我们再见。

【一周后，青少年素质教育培训基地。周斌和严军、小刘等人正为活动开始做准备。中学生开心的笑声、老知青的赞叹声和回忆过往的交谈声、周斌和严军对接工作声等交织成一曲欢乐的乐章。

邵　总：活动马上要开始，准备得怎么样了？

周　斌：接待处已经有老知青、老战士、老员工到来了。现在他们正在参观林场。

严　军：升旗仪仗队已经准备完毕。

小　刘：各部门工作人员也已经到位，正在有序开展工作。

同事甲：食堂食材采购已经到位，我们正准备大展身手。

邵　总：好。

周　斌：邵总，老知青、老战士们参观完毕，过来参加活动了。

老知青：你们这个活动太有创意了，我要不是回来看看，还真不知道我们当年奋斗过的地方变得这么好了。

老战士：能和这么多中学生讲述我们当年的战斗故事，我特别激动。

邵　总：能邀请到你们，才是我们的荣幸。这一片绿色，需要我们共同呵护、传承、发展，是我们永远的方向。

周　斌：活动马上开始了。请大家加入队伍。

众　人：好。

严　军：仪仗队准备，起步，走！

【仪仗队出发，整齐的踢正步声起。

周　斌：这是一次回归之旅，回归林场，回归人民，回归初心。在找寻的过程中，我们仿佛回到了军营，重走了历史，洗礼了心灵。

【在嘹亮的军歌声里，剧终。

🎙️【片尾：百年沧桑巨变，变的是管理体制，不变的是理想信念；变的是岁月容颜，不变的是长乐精神。刚刚您收听的是由浙江广电集团经济广播和物产中大长乐林场有限公司联合录制的广播剧《共富路上的护林人》第六集《鱼水情深》。

总策划：邵磊

总监制：单伟明

策划：张峻榕

监制：章恒

总编剧：夏强

编剧：张传强、陈张立、朱金文、蔡梦瑶

制片：应鸽

配音：严军

录制：好声音音频制作

总导演、制作人：杨子

感谢收听。

在「浙里」听见共富中国

——杨子和她的广播剧

第八辑

"八八战略"：
共富路上展新颜

YANG ZI HE TA DE GUANG BO JU

声动 "美丽浙江"

2023 年是 "八八战略" 实施 20 周年。二十多年前，习近平同志到浙江工作后，马不停蹄地下基层开始调研工作，11 个市一个也没落下。他一路走，一路看，一路听，一路不停地思考，总结了浙江多年经济发展的经验，并在 2003 年的省委第十一届四次全体（扩大）会议上，全面系统地阐释了浙江发展的八个优势，提出了指向未来的八项举措，即 "八八战略"。

二十年来，浙江各地在 "八八战略" 的指引下，实现了从经济大省向经济强省、从对内对外开放向深度融入全球、从总体小康向高水平全面小康的历史性跃迁。山绿了，水清了，天蓝了，村美了，人富了……一个个值得被铭记的历史瞬间，一幅幅触及心底的生动图景，一份份丰硕厚重的精彩答卷，生动展示了为建设共同富裕先行省不懈努力的美丽浙江。

在这个值得纪念的历史时刻，我们组织创作了 "八八战略" 20 周年系列广播剧《杨子看 "浙" 里》，从一个侧面展现 "八八战略" 实施 20 周年的成果，记录下浙江人民奋斗的足迹。

英国诗人威·柯柏说："声音能引起心灵的共鸣。"如果说文字是一种表达情感、传递信息和引发思考的方式，那么广播剧是一种传递故事、激发想象和引发情感共鸣的艺术形式。我们期望通过这种不同以往的艺术表达形式，给大众带来不一样的 "八八战略"，让听众融入一个充满想象力和创新精神的浙江中去。

项目启动始于我们对 "八八战略" 的深入研究。"八八战略" 是一个有机整体，每个版块相互联系、相互促进、相辅相成，为浙江带来了历史性的发展变革，从经济到文化，都发生了翻天覆地的变化。体制机制、区位、块状特色产业、城乡协调发展、生态、山海资源、环境、人文，这其中有太多的故事可讲，我们也很乐意从不同角度出发，创作具有多种可能性的故事内容。但由于篇幅和时间原因，这本书中我们只收录了两集故事内容。

这两集故事都是围绕"山海协作"助力共同富裕展开的。《荷香飘千里》讲述的是常山县聚宝村的"寻宝记"，看似一个荷塘改造和发展的简单故事，却是"山海协作"的典型成功案例，透过这个故事我们可以看到政策引导、村企合作，还可以看到村民们内心的转变。在村支书的带领和慈溪企业家的支持下，聚宝村的村民逐渐理解并接受了村子的开发，团结一致全力支持荷塘改造，改变了自己的生活，也推动了村子旅游和经济的发展。

聚宝村就是一个缩影。在"八八战略"的指引下，常山县不断加强与沿海发达地区全方位、多层次的交流合作，持续推进"山海协作"工程。而慈溪作为海洋经济发展重地，结对帮扶常山，将城市的资源延伸到农村来，不仅带来了技术、资金支持，还带来了人，促进了乡村的振兴和发展。常山、慈溪两地充分发挥各自的资源优势，以市场为导向，积极推进多元化合作模式，是强村富民、合作共赢的样板，也是"山海协作"工程助力共同富裕的优秀示范。

打开山门，问海借力。聚焦江山市华夏村的《江山美如画》，讲述的则是江山与柯桥双向奔赴的一段佳话，华夏村的共富之路也是值得多方学习的宝贵经验。针对华夏村生态资源独具特色而产业特色不够鲜明的现状，柯桥区因地制宜地打造了特色帮扶产业。从花卉特色种养到全面的现代农业示范基地，再到丰富的文化交流，这段友情之线愈牵愈紧密，这座互助之桥愈建愈稳固。

"许诺固然可以获得友谊，但培养和保持友谊的还是行动。"费尔瑟姆的名言印证了柯桥与江山的友谊。他们不仅把"山"的优势和"海"的资源结合了起来，还把两地的文化和人民牵在了一起。如同故事里的老刘和杨经理，是"山海协作"让他们并肩作战、成为好友，也是"山海协作"让他们走进彼此的家乡、相互了解，结下了道不尽的情谊。在柯桥区的帮扶下，华夏村的就业率上去了，村民们的年收入也增加了，从内到外都有了质的飞跃。而江山婺剧也因此走进了柯桥，声情并茂、委婉动听的婺韵声声入耳，带给了柯桥人民不一样的文化体验。携手并进，文化互融，江山与柯桥用实际行动描绘了一幅"新山海情"，形成了具有绍兴特色的协作经验，生动演绎了"情越山海、共建共进"的友谊之歌。

山有所呼，海必有所应。作为"八八战略"的生动实践，"山海协作"不仅振兴了乡村，还在产业合作、项目援建、文化交流、社会合作等多个方面都结出丰硕成果。在这些故事里，跨地区合作是推动区域发展的关键，这不仅有利于欠发达地区的跨越发展，也有助于整体社会的共同富裕。

"绿遍山原白满川，子规声里雨如烟。"《荷香飘千里》和《江山美如画》不仅仅是故事，更是"八八战略"的一个生动写照。他们每一个故事里都有一个大家庭，村支书、村民、企业家、游客……每个人都扮演者着多个角色，每个人都是发展中不可缺席的人物，在他们的共同努力下，才有了今天的美丽浙江。

山海情缘没有断点，在未来，"八八战略"还将继续探索山海协作的更多可能性，顺应时代、因地制宜地改变形式和内容，助推浙江高质量发展的脚步，让神州大地绽放出更加绚丽的"共富之花"。

荷香飘千里

🕐 **时间：**当代

📍 **地点：**浙江常山

👥 **剧中人物：**

老　　常：男，45岁，常山县某镇某村小超市老板；

宋溪峰：男，35岁，慈溪上林英才产业园某企业总经理；

金书记：男，50岁，常山县聚宝村村委书记；

常　　妻：女，42岁，老常妻子，种植户；

常志远：男，17岁，老常儿子，高中生，成绩优异；

刘妈妈：女，60岁，慈溪退休职工，游客；

张婷婷：女，30岁，刘妈妈女儿，教师，游客；

杨　　子：主持人；

其他游客、村民若干。

杨　子：习近平同志在浙江工作时，亲自擘画实施了"八八战略"。"八八战略"指引浙江实现了从经济大省向经济强省、从对内对外开放向深度融入全球、从总体小康向高水平全面小康的历史性跃迁。可以说，"八八战略"就是习近平新时代中国特色社会主义思想在浙江萌发与实践的集中体现，是引领浙江共同富裕和现代化的总纲领，是我们打好打赢所有战役最充足的"弹药库"。
2023年是全面贯彻落实党的二十大精神开局之年，是"八八战略"实施20周年。全省上下深入学习贯彻习近平新时代中国特色社会主义思想，踔厉奋发、鼓足干劲，深入实施"八八战略"，强力推进创新深化、改革攻坚、开放提升，在中国式现代化新征程上干在实处、走在前列、勇立潮头。
为此，我们组织创作"八八战略"20周年系列广播剧《杨子看"浙"里》，全面展现"八八战略"20周年成果，记录咱们浙江人民的奋斗足迹。大家好！我是杨子。下面，让我们一起聆听第一集《荷香飘千里》。我们来到的是衢州市常山县聚宝村的十里荷花园，一场赏荷大会就要开始。婷婷，婷婷妈，你们等等我……

【2023 年 7 月的一个中午，常山县某镇某村的 500 亩荷塘中，荷花盛开，游客络绎不绝。蝉鸣声、游客惊喜的赞叹声、招呼朋友合影声、相继快门声交织成一曲欢乐的乐章。（导游的话：各位游客，你们好，欢迎来到浙江常山县聚宝村的十里荷花园，我们这里有 500 亩种类繁多的荷花，你们看，接天莲叶无穷碧……）

张婷婷：妈，这荷花漂亮吧，我们这一趟旅游来对地方了吧！

刘妈妈：这么多荷花，粉的，白的，这边还有并蒂莲，真好看！常山我年轻的时候就来过，真没有想到会变得这么漂亮。你看，那边还有白鹭，我真喜欢。

张婷婷：我也是被惊艳到了。回去要告诉朋友们，让他们也来这里旅游。

刘妈妈：你平时总是去省外旅游，什么时候开始关注省内的景点？

张婷婷：我们学校和常山县的学校有合作，他们的优秀教师经常来交流，我是听他们说的。

刘妈妈：在你跟我说之前，我也在我们退休工人群里看到了，说是政府鼓励市民去常山旅游。常山的也会到我们这里来旅游。

张婷婷：那你不早说。

刘妈妈：我看到消息的时候在想，小村庄里有什么好玩的。你告诉我有荷花，我才动了心的。

张婷婷：妈，我有点口渴了，我去买瓶水

刘妈妈：这小村子，小卖部不好找吧？

张婷婷：你看，那边就有一个超市。

刘妈妈：超市！看门面装修挺不错的，进去看看。

【刘妈妈和张婷婷走进超市。电子声"欢迎光临"起。

张婷婷：老板，两瓶矿泉水，一瓶冰的，一瓶不冰的。

老　常：你们是来玩的吧，十里荷塘去过了吗？那里可好看了，一定要去看看。

刘妈妈：我们就是从那里来的。老板，这荷塘有多大啊？

老　常：整整五百亩，一到夏天就开花，别说有多漂亮。还有，荷塘下面还养着小龙虾、青虾，既带动旅游，又有经济产出，一举两得。

【金书记走进来。

金书记：老常，在门外我就听见你在推荐荷塘了，看你高兴的样子，眉毛都快飞起来了。

老　常：那里面可有我家的地。再说，要没有这个荷塘带动旅游，我的小卖部怎么会变成今天的超市。

金书记：当时你可是不太乐意……

刘妈妈：我听出来了，这荷塘是你们为了推动村里的发展改造的。这么好的创意是怎么想到的？

老　常：这事我来说吧！

金书记：你真的要说？这里面可有你的事情。

刘妈妈：听起来挺有故事的，快说说。

老　常：那是2019年7月，常山县和慈溪市签订了"山海协作"协议，我们村和慈溪的企业合作，规划发展。一天，我听邻居说有人在看我家的地……

　　　　【2019年7月某日，老常家承包地。金书记和宋溪峰在考察环境，制作发展规划。溪水声、鸟叫声交织成一曲宁静的乡野小曲。

金书记：这块地是老常家的，他在村里有一个小卖部，收入还可以。这地就被他用来种蔬菜，自己吃。

宋溪峰：这地正好在我们的荷塘规划中间，位置十分重要。

金书记：老常的工作可能不太好做。这原来是一片荒地，老常自己开出来种了蔬菜，专门给孩子吃的。

宋溪峰：我们一起找他聊聊吧！

金书记：说曹操，曹操到，他这不是来了。

老　常：都停下来，停下来。（脚步声）金书记，你们在我家地里干什么呢？

金书记：老常，村里准备在这里建生态荷塘，发展系统的产业，这位就是投资企业的宋总。

老　常：就是想把我家的地改成荷塘呗，这是不用谈，我不同意。

金书记：这可是村里的大事，其他人基本上都同意了。

老　常：我就不同意。这地种的蔬菜是给我儿子吃的，等他考上了大学再来跟我说。

金书记：你孩子今年才高一，规划可等不起。

老　常：我家就这一个孩子，成绩很好，我就盼着他考上大学。现在正是需要吃这些绿色蔬菜的时候。

金书记：你怎么就说不通呢！

　　　　【当天晚上，老常家。青蛙叫声、碗筷摆放的声音、宋志远的读书声、厨房烧菜的声音交织成一曲温馨的乡村夜曲。

老　常：儿子，今天的菜都是我下午从地里摘来的，你赶快过来吃。

宋志远：等我做完这道题目就来。

老　常：做题也不能饿着肚子，赶快过来吃。吃完再做。

常　妻：我听说你跟金书记顶嘴了。

老　　常：你怎么知道的？当时就没有几个人在场。

常　　妻：大家都觉得这是件好事，偏偏你不同意，这事情早就整个村都知道了。

老　　常：地里种了荷花，孩子吃什么去。不管他们说的，我是不会同意的。再说了，我们开这个小卖部，审批的时候，金书记也是帮过我们的。

常志远：爸，我觉得改荷塘是件好事情。现在流行网红打卡地，我们种了荷花，肯定能吸引人。

老　　常：你好好读书，其他事情不要管。来，喝点蛋汤，这可是正宗的土鸡蛋，城里人想吃还得跟我们买呢！

常　　妻：孩子说得有道理。我看其他人都会同意，你这么顶着也不行。

　　　　　【金书记和宋溪峰走了进来。

金书记：哎！在吃晚饭呢！这菜很香啊！

老　　常：你说再多的好话，我也不会同意的。别浪费唾沫。

宋溪峰：老常，今天是我要求金书记带我来的，主要是想跟你聊聊。

老　　常：没啥好聊的。

常　　妻：人家既然来了，你就听他们说说吧。干什么这么大火气。

宋溪峰：老常，我也是农村里长大的。我爸年轻的时候做生意，吃过很多苦，为的就是能让自己过上幸福生活。他知道"山海协作"的事情，让我来这里考察，帮助村里发展，让大家的生活好起来。他说，现在有能力了，响应政府号召，帮助更多的人富起来。

老　　常：把我家的地拿走，就能富起来了？

金书记：我们村叫聚宝村，聚就是汇聚，宝就是致富。我们现在汇聚了致富的资源，迎来了机会。老常，你要替大家想想。

宋溪峰：我们想在村里建起荷塘，这个荷塘不单单是一个荷塘，荷花开出来，可以让村子变美丽，带动旅游。游客来了要消费，住宿、吃饭，买点土特产什么的，这不是可以让村里增加一笔收入。

老　　常：那地没了，我家孩子吃什么？

金书记：村里规划的土地，都是产出不高的地，又不是全部土地改成荷塘，你愁这个干什么。再说了，村里有了收益，会给每一个村民分红，这里有你的一份，还愁买不了菜？

宋溪峰：还有，荷塘的改造费用由我们公司来出，不用你们掏钱。荷花开过以后会结莲蓬，莲蓬里的莲子可以酿酒。由我们来保证销售，这不又是一笔收入。你想想，500亩荷花可以收多少莲子。还有，我们在荷塘里养上小龙虾、青虾，也都可以增加收入。

老　　常：想得倒是挺好的。

常　妻：那你还等什么，就答应了吧！

老　常：不行，不行，还是等我孩子考上大学再说。

常志远：爸，考大学我会努力的。这个可拖不起，你不能耽误大家。

老　常：大人说话，小孩子别多嘴，看书去。你们应该说完了吧，说完了就请回去吧。

金书记：要不，我们还是先回去吧。

宋溪峰：老常，你考虑一下，我们回头再聊。

　　　　【几天后中午，老常小卖部。电子音"欢迎光临"起。

老　常：老姚，今天买些什么？

村民甲：一包盐，再来一包面粉。

老　常：你等着，我给你去拿。

村民甲：你今天怎么这么热情，有什么喜事吗？

老　常：可别这么说了，我愁死了。都好几天了，来买东西的乡亲不少，就是没有人跟我说句话的。你看，平时他们聚在我这里喝茶聊天的，这几天一个都没来。

村民甲：你这是活该。人家大老远跑过来帮助我们发展，还投入资金，谁不高兴，就你在这里顶着，你觉得还会有人来吗？

老　常：这事情，我昨天晚上想了一夜。金书记他们说得句句在理，可是我心里总放不下我家小子。这孩子挺争气的，从小学开始，我就没有操心过他的学习，他硬是年年成绩前三，我不能让他跟我一样守着小卖部过日子，可我能做的就只有这块地了。

村民甲：就地里那点菜就能让孩子考上好的大学了？要是这样，大家都来地里种蔬菜了。你真是榆木脑袋不开窍。

老　常：你也这么说我。

村民甲：你再这么犟下去，估计买东西的人都会没有。聚宝村的聚宝盆，就缺你这一块了。

老　常：我再想想，我再想想。

　　　　【金书记快步走了进来。脚步声起。

金书记：好消息，好消息。你家孩子真争气了。

老　常：志远怎么了啊？你别想着蒙我签字。

金书记：刚接到电话，你家志远通过了选拔，可以去慈溪的学校读书了。那里的教育水平可比我们这里高不少。

老　常：这是怎么回事？我怎么一点也不知道。

金书记：我们的"山海协作"里不光有经济上的合作，还有教育和旅游的合作。我们这里的尖子生可以去那边读书。你要知道，那边的学校可是不错的。

老　常：金书记，走，我们现在就去丈量地去。

【2020 年 12 月，荷塘。在金书记和宋溪峰的带领下，进行首批小龙虾苗的投放仪式。村民欢欣的交谈声交织成一片热闹的乐章。

金书记：大家安静一下。下面请宋总公布我们荷塘运营一年的成果。

宋溪峰：我现在代表企业把荷塘的第一笔分红三万元交给村里。

金书记：经过村委会讨论决定，这三万元依照规划全部采购虾苗，投放到荷塘。明年夏天，我们的荷塘产出的虾将出现在餐桌上。

金书记：还有一件事情。慈溪市支援我们 10 万元已经到账，这笔款项将用于搭建莲子酒销售平台，我们荷塘产出的莲子将变成香醇可口的美酒，销售到祖国各地。

村民众：好！

【掌声起。

【2023 年 7 月某日，老常超市。

老　常：这几年，来我们村旅游的人越来越多，买东西的人也越来越多，需要的商品种类也是数不胜数。有要奶茶的，有要咖啡的。我一想，干脆把小卖部改成了超市算了。

金书记："山海协作"激发了我们村的活力，我们村大变样了，不少村民还主动装修了房子，做起了民宿。这日子，是越来越有滋味了。聚宝村真的汇聚了金元宝。

【汽车刹车声起。

常　妻：老常，孩子回来了！

老　常：来，让我看看。怎么样，在学校里还习惯吗？

常志远：我已经在大学里过了两个学期了，你怎么还跟第一次一样。

老　常：我给你们介绍一下，我孩子，他现在已经在杭州读大学了。

刘妈妈：真不错。这个故事真的很感人，我现在就发朋友告诉老伙伴们，让他们也来这里旅游。

张婷婷：妈妈，我们要经常来这里旅游。我觉得这里将来会更美。

老　常：等我有空了，我们全家也要去你们那里旅游。

刘妈妈：大家一起互相往来，共同走向幸福之路。好啊！

杨　子：真的不错。"八八战略"实施 20 周年来，浙江大地上的山海协作走得越来越好，这一切离不开我们在第一线的人们。金书记，对于"八八战略"，对于"山海协作"，您有什么要说的？

金书记：从聚宝村的名字到实现聚宝致富，"山海协作"把城市优质资源延伸到山区群众，构筑聚宝村振兴驱动力，描绘共同富裕的美丽篇章。

众　人：好，说得好！

【一阵热烈的掌声。

杨　子：20年来，我们在"八八战略"指引下，坚持一张蓝图绘到底，一任接着一任干，推动浙江经济社会发展取得了历史性成就。浙江，坚持以习近平新时代中国特色社会主义思想为指导，当好"红色根脉"传承人、守护者，忠实践行"八八战略"、奋力打造"重要窗口"，争创社会主义现代化先行省，在构建深入实施"八八战略"年度评估机制、高质量发展建设共同富裕示范区、大力实施数字化改革、打好构建新发展格局组合拳、全面构建党建统领的整体智治体系等方面拿出更多成果、展现硬核担当，以"浙江之窗"展现"中国之治"，以优异成绩迈向中国式现代化的新征程。

🎙️【片尾：感谢您收听八八战略20周年系列广播剧《杨子看"浙"里》第一集《荷香飘千里》。

总编剧：夏强

编剧：陈张立、朱金文

制片：应鸽

录制：好声音音频制作

总导演、制作人：杨子

谢谢收听。

江山美如画

🕐 **时间：** 当代

◎ **地点：** 浙江绍兴柯桥区钱清街道梅东村文化礼堂，江山市清湖街道华夏村

👥 **剧中人物：**

老　刘：男，48岁，江山市清湖街道华夏村村民；

杨经理：男，40岁，柯桥区某花卉公司总经理；

夏书记：男，50岁左右，江山市清湖街道华夏村党总支书记、村委会主任；

老刘妻：女，45岁，老刘的妻子；

刘　军：男，12岁，老刘的小儿子；

杨　子：主持人；

其他人物若干。

杨　子：习近平同志在浙江工作时，亲自擘画实施了"八八战略"。"八八战略"指引浙江实现了从经济大省向经济强省、从对内对外开放向深度融入全球、从总体小康向高水平全面小康的历史性跃迁。可以说，"八八战略"就是习近平新时代中国特色社会主义思想在浙江萌发与实践的集中体现，是引领浙江共同富裕和现代化的总纲领，是我们打好打赢所有战役最充足的"弹药库"。

　　2023年是全面贯彻落实党的二十大精神开局之年，是"八八战略"实施20周年。全省上下深入学习贯彻习近平新时代中国特色社会主义思想，踔厉奋发、鼓足干劲，深入实施"八八战略"，强力推进创新深化、改革攻坚、开放提升，在中国式现代化新征程上干在实处、走在前列、勇立潮头。

　　为此，我们组织创作"八八战略"20周年系列广播剧《杨子看"浙"里》，全面展现"八八战略"20周年成果，记录咱们浙江人民的奋斗足迹。大家好！我是杨子。下面，让我们一起聆听第二集《江山美如画》。我们今天来到的是绍兴市柯桥区钱清街道梅东村文化礼堂，一场迎春文艺演出就要开始。咦，那不是衢州江山市清湖街道华夏村的老刘吗，他怎么来这里了？

【春节期间，柯桥区钱清街道梅东村文化礼堂，一场文艺演出将要开始。现场观众已经入座七七八八，嘈杂的人声充斥着整个礼堂。老刘领着儿子刘军走近礼堂，脚步声不停。

老　刘：儿子，快跟上。

刘　军：爸，怎么这么急啊，演出还没开始呢。

老　刘：不急，不急啊。我们是7排14、15座，快快，这边……

刘　军：（苦笑）还说不急呢。爸，不是我说您，好不容易来一趟绍兴柯桥，什么景点都不去，先跑到文化礼堂里面来看什么演出啊。

老　刘：好儿子，你就先陪爸这一回啊。哎呦，前面到了。

刘　军：终于找到座位了。爸，爸？您怎么停住了，坐呀！

　　　　【旁边一人在叫"老刘"！

老　刘：啊，（迟疑）你，不是……哎呦，（激动）这不是杨经理嘛！

杨经理：老刘！真是你啊！

老　刘：哈哈哈，好巧啊，杨经理。

杨经理：哈哈哈，是巧啊，老刘。我刚才低头在看节目单，都没发现走到身边的人是你。缘分啊，咱们还连着座。来来来，我们一起坐。

　　　　【在嘈杂声里，刘军自言自语。

刘　军：奇怪，这明明是爸爸第一次来绍兴，怎么在这里有熟人？

杨经理：哈哈哈，老刘啊，这是你儿子吧？

老　刘：对对。儿子，这就是我经常向你说起的杨叔叔。杨经理，这是刘军，我小儿子。

刘　军：（惊奇）啊，杨叔叔，您就是爸爸提起过的花卉公司的杨经理啊。杨叔叔好。

杨经理：你好。来来，别站着了，快来坐。

老　刘：你也坐。坐。

　　　　【在嘈杂声里，三人一起坐下。

刘　军：杨经理，今晚是什么演出啊？我爸一定要过来看。

杨经理：今晚是——你们看，舞台上的屏幕亮了，出标题了。

刘　军：江山如画，美丽柯桥。这是？

杨经理：哈哈哈，没错。今晚就是"江山·柯桥文化走亲文艺演出"。你们江山婺剧可是今晚的重头戏，你爸爸这个老戏迷是不会错过的。

刘　军：（笑）怪不得呢。

老　刘：都春节了，玫瑰花期也差不多过了，暂时没那么忙了，就想着来咱开展山海协作的兄弟城市转转。杨经理，我倒是很意外你也会过来看演出呢。

杨经理：（笑）江山的文化很有魅力，去你们江山去得多了，也被你们的文化给熏陶啦。今晚可是有江山婺剧《梨花颂》，我怎么能错过呦。

刘　军：爸爸，杨叔叔，你们是怎么认识的呀。杨叔叔，您说您去过江山？

杨经理：对，准确地说，是江山市清湖街道华夏村。

刘　军：那不就是我们村？所以您和我爸爸……

杨经理：是啊，曾经在一起工作过。

老　刘：（笑）杨经理，太谦虚啦，说是一起工作，基本都是你领着我走。

杨经理：（笑）哪有，你老刘干起活来我也是很佩服的嘛。

刘　军：你们一起工作的故事，能说给我听听吗？

杨经理：离演出开始还有十多分钟，老刘，要不给你儿子讲讲？

老　刘：好啊。儿子，我跟你杨叔叔是在 2016 年认识的……

【2016 年的一天上午。老刘家，老刘的卧室。室内很安静，只有广播里有新闻播报："八八战略"提出要"进一步发挥浙江的山海资源优势，大力发展海洋经济，推动欠发达地区跨越式发展，努力使海洋经济和欠发达地区的发展成为我省经济新的增长点。"

【这时，一阵脚步声走近，然后是开卧室门的声音。老刘妻走进来。

老刘妻：老刘，老刘，都九点多了，还没起呢。你儿子在家的时候都没你能赖床。

老　刘：（低落）别吵我了。

老刘妻：你看你这，窗帘拉得严严实实的，还大早上听戏。再说你声音开这么轻，听得清楚吗？

老　刘：说了，别吵我啦，让我再躺会吧。

老刘妻：你这到底是怎么了？

老　刘：哎我，我那种的花呀……

老刘妻：哎，我当是什么呢。放宽心啊，都过去了。

老　刘：过不去啊，那都是我的心血……

老刘妻：哎，我也不知道怎么安慰你，总之你先……

【咚咚咚，家门口传来敲门声。

老刘妻：（提声）谁啊？（降声）我先去开门啊。

【老刘妻走出卧室的脚步声，虚掩上卧室门的声音。接着是家门打开的声音。接下来的对话从门口及门外的客厅传来。

老刘妻：啊，是夏书记啊。

夏书记：嫂子，早上好。老刘在家吗？

老刘妻：在倒是在，就是……哎……

夏书记：老刘怎么了？

老刘妻：情绪低落，还窝在床上呢，劝也劝不动。夏书记，你帮着劝劝吧。

夏书记：是因为什么事儿？

老刘妻：刚念叨着他那些花。

夏书记：（笑）这样啊。嫂子你不用担心，交给我吧。

　　　　【脚步声走近，继而虚掩的卧室门被推开。老刘听到声音，下床站起。

夏书记：（笑）老刘，什么事情不开心啊？

老　刘：哎，夏书记。我这副样子，让你见笑了。

夏书记：你是为种花的事情烦恼吧？

老　刘：夏书记你知道啊。

夏书记：我啊，就是为这事来的。怎么样，跟我走一趟？

老　刘：去做什么？

夏书记：干你熟悉的工作啊，种花。

老　刘：我可不想再种了，品质又不好，卖又卖不出去……

夏书记：这次可不一样啦。现在有新政策，我们村也有新机遇。

老　刘：新机遇？

夏书记：是啊，我先给你讲讲政策吧。

老　刘：夏书记你说。

　　　　【隐隐约约的婺剧《梨花颂》起。

夏书记：山海协作工程是"八八战略"的重要内容。江山—柯桥山海协作已经开始几年了。眼下，山海协作正在逐步升级、不断优化。这不，咱们华夏村也会有很多机会。

老　刘：好啊，政策好呀。

夏书记：是啊。这么好的时候，怎么能少得了你老刘呢。现在，柯桥来帮扶我们的人已经在村口等我们了，你是想继续在卧室待着还是跟我一起去见见？

老　刘：我，当然是要跟着书记一起走了。

夏书记：那就一块儿去。

　　　　【两人的脚步声远去。

　　　　【在隐隐约约的婺剧《梨花颂》下，华夏村边的荒地里。啾啾的鸟叫声和沙沙的风吹树叶声中，两人脚步声走近。

夏书记：杨经理，久等啦。我来介绍一下，这是我们村的种花能手－－老刘，这是柯桥花卉公司的杨经理。

杨经理：老刘，你好。这是送你的玫瑰花。

老　刘：（奇怪）嘿，你这人有意思啊，大男人送大男人玫瑰花。

杨经理：哈哈哈，我这是开门见山，向你介绍今天的项目。

老　刘：项目？什么项目？

夏书记：咱们村里和柯桥花卉公司商量好啦，要在这里种大块的玫瑰花，打造一个玫瑰园。

老　刘：可是，这里不是在建光伏电站吗？你们看，都建得差不多了，马上就能验收了。

杨经理：（笑）就是有光伏电站才好。

老　刘：为什么？

杨经理：你看，这个光伏电站的电板支架高度都在两米以上，完全不影响板下农业开发。而且在光伏组件下面，种植高档花卉，是一种"板上绿色发电，板下高效种植"的新模式。有了光伏电板，玫瑰花就不至于被太阳暴晒，它的生长环境就会好一点，当然它的出芽率就会因此高一点，花苞也会大一点，量也会多一些。

老　刘：这样？……这倒是，有道理。

杨经理：还有，等到做成旅游项目！

老　刘：这还能做成旅游项目？不好意思，插嘴了，你继续。

杨经理：（笑）没事。我听夏书记说了，老刘你之前种的花销路不畅。但是你有没有想过，我们不必把种出来的花运出去卖，只需要吸引人们自己过来买就行了。那么，就需要发展旅游。

老　刘：那怎么才能吸引游客呢？再说，这一片亮亮的光伏电板……

杨经理：身边是一朵朵娇艳欲滴的玫瑰花，抬头是一块块的光伏电板，这两种原本毫不相关的事物被联系在一起，这正是让游客觉得新奇的点嘛。咱们也可以在节假日做好宣传，并推出自剪玫瑰、消费满多少元送一小瓶玫瑰细胞液等活动。能够一边欣赏玫瑰园里的美丽景色，一边亲自动手采剪自己喜欢的玫瑰花，绝对能吸引大批游客在玫瑰盛开季节前来赏花、购花、游园，乃至吸引单位在这里团建活动。甚至，玫瑰花园运营成熟后还能开发婚庆基地。

夏书记：杨经理他们柯桥花卉人的想法是很多的，就看我们如何开发了。开发得好的话，预计能给华夏村以及周边其他村的村民带来一个在家门口赚钱的好机会，人均月增收1000多元。

老　刘：杨经理，你的建议都很好。夏书记，一定能开发起来的。

夏书记：这么说，你老刘是要加入啦？

老　刘：嗯，加入了！

　　　【春节，柯桥区钱清街道梅东村文化礼堂，依旧有嘈杂的人声。

刘　军：爸，原来其中还有这样的故事啊。

老　刘：就这样，华夏玫瑰园建设得越来越红火。不仅如此，随着这两年华夏村成为绍兴市柯桥区结对帮扶的对象和山海协作乡村振兴示范点的建设对象，山海协作进入升级版。柯桥区不仅支援援建资金，在项目规划设计上也给予指导和帮助。华夏村大力发展现代农业，"山海协作共同富裕现代农业示范基地"项目一期工程已经完成。花卉的种植也越来越多，除了玫瑰园，还成片种下500多亩油菜，金黄金黄的油菜花海成了另一道风景，游客们管我们这叫"小婺源"呢。

杨经理：那可比当年更美了。

老　刘：可不是嘛。柯桥区还援助资金用于华夏村的雨污分流、路面白改黑、休闲广场建设等民生工程。吸引游客，增加收入是一个方面，我最欣喜的是原本外出打工的年轻人纷纷回流了。现在村子越来越热闹，呈现一派欣欣向荣的景象。

刘　军：是啊，家门口变得干净整洁，又有就业机会，很多人就没必要出远门了。哥哥说，等他毕业，就要回到家乡工作。

老　刘：（笑）年轻的江山人啊，很有自己的想法。

杨经理：江山是好地方，华夏村是美丽的村子。看到你们发展越来越好，我很高兴。

刘　军：杨叔叔，我们江山有江山特色的婺剧，还有我们的村歌文化也是家喻户晓的，但是跑到外地却很少有人知道。都说江山如画，我们都在种植花卉，我觉得是"江山如花"。我们江山的花不仅美，而且还很香呢。

杨经理：江山如花。说得好呀，我这不就是被你们江山的文化吸引来礼堂看演出了嘛。你们看，演出马上开始了。

老　刘：一曲《梨花颂》，唱出梨花颂韵绚诗意，唱出流娑昀光鸾鸾，国家级非物质文化遗产江山婺剧，我们一起欣赏吧。

【背景的人声渐止，《梨花颂》音乐渐响起来。

杨　子：哦，原来是这样，我得马上去看看他们。夏书记，留步留步。听众朋友们，今天我们请到了江山市清湖街道华夏村党总支书记夏武军，请夏书记给大家说句话。

夏武军：华夏村借助山海协作之"桥"，与绍兴柯桥结下帮扶"亲戚"，培植发展新兴产业，增强村级集体经济"造血"功能，补足美丽宜居"壮骨之钙"。如今，华夏村发展现代农业，村民口袋都鼓起来了。

杨　子：20年来，我们在"八八战略"指引下，坚持一张蓝图绘到底，一任接着一任干，推动浙江经济社会发展取得了历史性成就。浙江，坚持以习近平新时代中国特色社会主义思想为指导，当好"红色根脉"传承人、守护者，忠实践行"八八战略"、奋力打造"重要窗口"，争创社会主义现代化先行省，在构建深入实施"八八战略"年度评估机制、高质量发展建设共同富裕示范区、大力实施数字化改革、打好构建新发展格局组合拳、全面构建党建统领的整体智治体系等方面拿出更多成果、展现硬核担当，以"浙江之窗"展现"中国之治"，以优异成绩迈向中国式现代化的新征程。

🎙【**片尾**：感谢您收听"八八战略"实施 20 周年系列广播剧《杨子看"浙"里》，第二集《江山美如画》。

总编剧：夏强

编剧：朱金文、陈张立

制片：应鸽

录制：好声音音频制作

儿童配音：沈子睿

总导演、制作人：杨子

谢谢收听。

图书在版编目（CIP）数据

在"浙里"听见共富中国 ： 杨子和她的广播剧 / 夏强，杨了著. -- 杭州 ： 浙江大学出版社，2024.5
ISBN 978-7-308-24890-7

Ⅰ．①在… Ⅱ．①杨… ②夏… Ⅲ．①广播剧本－作品集－中国－当代 Ⅳ．①I235.3

中国国家版本馆CIP数据核字(2024)第084285号

在"浙里"听见共富中国：杨子和她的广播剧

夏 强 杨 子 著

责任编辑	宋旭华 徐 婵
责任校对	胡 畔
责任印制	范洪法
封面设计	林智广告
出版发行	浙江大学出版社
	（杭州市天目山路148号 邮政编码 310007）
	（网址：http://www.zjupress.com）
排 版	杭州林智广告有限公司
印 刷	浙江新华数码印务有限公司
开 本	787mm×1092mm 1/16
印 张	31
字 数	692千
版 印 次	2024年5月第1版 2024年5月第1次印刷
书 号	ISBN 978-7-308-24890-7
定 价	128.00元